ବିବାହ ବେଦୀ କେତେ ଦୂର

ଓ ଅନ୍ୟାନ୍ୟ ଗଳ୍ପ

ବିବାହ ବେଦୀ କେତେ ଦୂର

ଓ ଅନ୍ୟାନ୍ୟ ଗଳ୍ପ

ହିମାଂଶୁ କୁମାର ହୋତା

ବ୍ଲାକ୍ ଈଗଲ୍ ବୁକ୍ସ
ଭୁବନେଶ୍ୱର, ଓଡ଼ିଶା

BLACK EAGLE BOOKS
Dublin, USA

BLACK EAGLE BOOKS

USA address:
7464 Wisdom Lane
Dublin, OH 43016

India address:
E/312, Trident Galaxy, Kalinga Nagar,
Bhubaneswar-751003, Odisha, India

E-mail: info@blackeaglebooks.org
Website: www.blackeaglebooks.org

First International Edition Published by
BLACK EAGLE BOOKS, 2022

Bibahabedi Kete Dura O Anyanya Galpa
by **Himansu Kumar Hota**
Cell: 8917285924

Copyright © **Himansu Kumar Hota**

Cover & Interior Design: Ezy's Publication

ISBN- 978-1-64560-299-6 (Paperback)

Printed in the United States of America

ମୋ ଜୀବନର ସହଯାତ୍ରୀ
ଶ୍ରୀମତୀ ବାସନ୍ତୀଲତା ପାଣିଗ୍ରାହୀଙ୍କ କରକମଳରେ
ଏହି ସଂକଳନକୁ ଉତ୍ସର୍ଗ କଲି ।

-ଲେଖକ

ପଦେ

କାହାଣୀ କଥନ ଓ ଶ୍ରବଣ ଜୀବର ଏକ ସହଜାତ ଆଦିମ ପ୍ରବୃତ୍ତି। ମହାଦେବ ଶିବ ଏକଦା ମାତା ପାର୍ବତୀଙ୍କୁ ପ୍ରଭୁ ରାମଚନ୍ଦ୍ରଙ୍କର କାହାଣୀ ଶୁଣାଉଥିଲେ। ସେତିକିବେଳେ ଶୁକପକ୍ଷୀ କୋରଡରେ ଥାଇ ଏକାଗ୍ର ଚିତ୍ତରେ ତାକୁ ଶୁଣୁଥିବାର କାହାଣୀ ଆମର ପୁରାଣ ଶାସ୍ତ୍ରରେ ଲିପିବଦ୍ଧ ହୋଇଛି। ସୃଷ୍ଟି ଆରମ୍ଭରୁ ଏମିତି କାହାଣୀମାନଙ୍କର କଥା ବିଭିନ୍ନ ଭାଷା ମାଧ୍ୟମରେ କୁହାଯାଇଛି। କାଳକ୍ରମେ କାହାଣୀଗୁଡ଼ିକ ବିଭିନ୍ନ ଭାଷା ସାହିତ୍ୟରେ ଲିପିବଦ୍ଧ ହୋଇ ରହି ଆସୁଛି। ଆମେମାନେ ଆଈମାଙ୍କଠୁ ଅନେକ କାହାଣୀ ଶୁଣି ଆସିଛୁ। କେବଳ ଦେବ ଓ ମାନବଙ୍କର କାହାଣୀ ନୁହେଁ ବିଷ୍ଣୁ ଶର୍ମାଙ୍କର କାହାଣୀ ପରି ମାନବେତର କାହାଣୀମାନ ମଧ୍ୟ ରହିଛି। କାହାଣୀ ଦ୍ୱାରା ମାନବ ସମାଜର ଉପକାର ସାଧିତ ହୋଇଥାଏ। ଚିତ୍ତବିନୋଦନ ହୋଇଥାଏ। ନୀତିଶିକ୍ଷା ମିଳିଥାଏ। ଆମେ ଜୀବନର ଦିଗବିଦିଗ, କୋଣ ଅନୁକୋଣକୁ ଦେଖିପାରୁ, ବୁଝିପାରୁ। ନିଜକୁ ସଂଶୋଧନ ବି କରୁପାରୁ।

କାହାଣୀ ଭିତରେ କାଳ ଥାଏ, ଚିତ୍ର ଥାଏ, ଚରିତ୍ର ଥାଏ, ଘଟଣା ଦୁର୍ଘଟଣା ଥାଏ। କାହାଣୀକାରର ସୂକ୍ଷ୍ମ ଅନୁଭୂତି ଛତ୍ରେ ଛତ୍ରେ ଲିପିବଦ୍ଧ ହୋଇଥାଏ। ଏଥିରେ ମଧ୍ୟ ଥାଏ ସୃଜନଶୀଳତା ଓ କଳ୍ପନାପ୍ରବଣତା। ଏହାର ଶିଳ୍ପକଳା, କଥନ ଭଙ୍ଗୀ, ପ୍ରାରମ୍ଭର ଉତ୍କଣ୍ଠା ତଥା ପରିସମାପ୍ତିର ବହୁବର୍ଣ୍ଣା ତୃପ୍ତି/ଅତୃପ୍ତି ପାଠକକୁ ବିମୋହିତ କରେ।

ମୁଁ ଗପ ଲେଖିଛି। ଅନେକ ପାଠକୀୟ ଶ୍ରଦ୍ଧା ଓ ପ୍ରଶଂସା ଅର୍ଜନ କରିଛି। ଓଡ଼ିଆ ସାହିତ୍ୟର ଆଧୁନିକ ଯୁଗସ୍ରଷ୍ଟା ଫକୀରମୋହନ ସେନାପତିଙ୍କଠାରୁ ଅନେକ ସଫଳ ସ୍ରଷ୍ଟା ତାଙ୍କର କାଳଜୟୀ ସୃଷ୍ଟି ସମ୍ଭାର ଧରି ତଳକୁ ତଳ ଧାଡ଼ି ବାନ୍ଧି ରହିଛନ୍ତି। ସେମାନଙ୍କର ନାମ ଉଲ୍ଲେଖ କରିବା ସମ୍ଭବ ନୁହେଁ। ତେବେ ସେମାନଙ୍କ ତଳ ଧାଡ଼ିରେ ମୁଁ ସାମିଲ ହେବାକୁ ଚେଷ୍ଟା କରିଛି। କୁହାଯାଏ ସେମାନଙ୍କ ସମୟରେ

ବିଭିନ୍ନ ପରୀକ୍ଷାମୂଳକ ଗଳ୍ପ ଲେଖାଯାଇଛି, ବିଭିନ୍ନ ବାଦ(ism)ର ଅନୁପ୍ରବେଶ ଘଟିଛି। ମୋ ଗଳ୍ପଗୁଡିକ ସେହି ଭିତରେ କେଉଁଠି ଅଛି ମୁଁ କହି ପାରିବି ନାହିଁ। ଏହା ସମୀକ୍ଷକଙ୍କ କାମ। ତେବେ ମୋ ଗଳ୍ପଗୁଡିକରେ କଣ ଥାଏ ବୋଲି ଖୋଜିଲେ ସବୁ କିଛି ଉପାଦାନ ତ ମିଳିବ, ମିଳିବ ବି କଳ୍ପନାପ୍ରବଣତା ଓ ସତ୍ୟତା। ଗଳ୍ପରେ କଳ୍ପନା ପ୍ରବଣତାର ମାତ୍ରା ଅଧ୍ୟଧିକ ହେଲେ ତାହା ଆଉ ଗଳ୍ପ ହୋଇ ରହେ ନାହିଁ, ପୁଣି ସତ୍ୟତାର ପରିମାଣ ଅତ୍ୟଧିକ ହେଲେ ତାହା ବି ଗଳ୍ପ ହୋଇ ନ ପାରି ସମ୍ବାଦକୁ ଚାଲିଆସେ। ଗଳ୍ପ ହେଉଛି ସତମିଛ, ଛାଇଖରାର ଏକ ଦସ୍ତାବିଜ। ତେବେ ମୁଁ ଦୃଢ଼ ଭାବେ କହିବି ଯେ ମୋ ଗଳ୍ପ ସମୂହ ମୋ ଚିହ୍ନା ପୃଥିବୀର, ଆତ୍ମୀୟତାର। ମୋ ଗଳ୍ପର ଚିତ୍ର ଚରିତ୍ରମାନ ମୋ ଆଗରେ ଜୀବନ୍ତ ଭାବେ ଠିଆ ଉଠନ୍ତି।

ଜୀବନ ସୂର୍ଯ୍ୟ ମୋ ପଶ୍ଚିମାକାଶରେ। ସୂର୍ଯ୍ୟାସ୍ତ କେତେ ବିଳମ୍ବ ଅଛି ଯେ କେଜାଣି। ଏହା ଭିତରେ ଇଚ୍ଛା ହେଲା ବିଭିନ୍ନ ପତ୍ର ପତ୍ରିକାରେ ପ୍ରକାଶିତ ମୋର ଗଳ୍ପସମୂହକୁ ସଂକଳିତ କରିବାକୁ। ସଂଗ୍ରହ କରିବାକୁ ଚେଷ୍ଟା କଲି। ସଂପୂର୍ଣ୍ଣ ରୂପେ ସଫଳ ହୋଇ ପାରିଲି ନାହିଁ। କିଛି ଗପ ଫକୀରମୋହନଙ୍କ 'ଲଛମନିଆ' ପରି ଆତ୍ମ ଗୋପନ କଲେ।

ବିଭିନ୍ନ ପତ୍ରପତ୍ରିକା ଓ ସମ୍ବାଦପତ୍ରରେ ମୋର ଏହି ସଂକଳନର ଗପଗୁଡ଼ିକୁ ସ୍ଥାନ ଦେଇଥିବା ସମ୍ପାଦକ ଓ ସମ୍ପାଦିକାମାନଙ୍କୁ କୃତଜ୍ଞତା ଜଣାଉଛି।

ମୋର ଇଚ୍ଛାକୁ ସଫଳ ରୂପ ଦେବାପାଇଁ ଅତ୍ୟାଧୁନିକ ଦରିଆପାରି ଆମେରେକୀୟ ପ୍ରକାଶନ ସଂସ୍ଥା 'ବ୍ଲାକ୍ ଈଗଲ ବୁକ୍ସ' ଆଗେଇ ଆସିଥିବାରୁ ଏହାର ପ୍ରାଣଦାତା ସାହିତ୍ୟିକ ସତ୍ୟ ପଟ୍ଟନାୟକଙ୍କଠରେ ମୁଁ ଋଣୀ ଚିରକାଳ। ଅଶେଷ ଅଶେଷ ଧନ୍ୟବାଦ। କେଉଁ ଭାଷାରେ ମୁଁ ମୋର ହୃଦୟର କୃତଜ୍ଞତା ଜଣାଇବି ଜାଣିପାରୁନି। ସଂସ୍ଥାର ସଂଚାଳକ ଶ୍ରୀଯୁକ୍ତ ଅଶୋକ ପରିଡ଼ା ମହୋଦୟଙ୍କଠାରେ ମଧ୍ୟ ମୁଁ କୃତଜ୍ଞ।

ଯେଉଁ ପାଠକ ବନ୍ଧୁମାନେ ମୋ ପ୍ରକାଶିତ ଗଳ୍ପଗୁଡିକୁ ବିଭିନ୍ନ ପତ୍ରପତ୍ରିକାରୁ ପଢ଼ି ମୋତେ ସେମାନଙ୍କ ମତାମତ ତଥା ଖୁସି ଜଣାଇଥିଲେ, ଚିଠି ଲେଖିଥିଲେ, ସେମାନଙ୍କଠାରେ ବି ମୁଁ କତଜ୍ଞ। ସେମାନଙ୍କ ପ୍ରଶଂସା ମୋତେ ସୃଷ୍ଟିଶୀଳ ହେବାପାଇଁ ପ୍ରେରଣା ଯୋଗାଇଛି।

ଓଡିଆ ଭାଷାଭାଷି ପୃଥିବୀର ସର୍ବତ୍ର ବାସ କରୁଥିବା ପ୍ରିୟ ପାଠକମାନଙ୍କୁ ଅନୁରୋଧ କରିବି, ସେମାନେ ଏହି ସଂକଳନକୁ ଆପଣେଇ ନିଅନ୍ତୁ। ତାଙ୍କର ପାଠକୀୟ ମତାମତ ଜଣାନ୍ତୁ। ମୁଁ ଖୁସି ହେବି। ମୋର ଶ୍ରମ ସାର୍ଥକ ହେଲା ବୋଲି ଅନଭବ କରିବି।

ହିମାଂଶୁ କୁମାର ହୋତା

ନି/ପୋ: ଲାଇନପଡା, ପାଟଣାଗଡ

ଜିଲ୍ଲା: ବଲାଙ୍ଗୀର (ଓଡିଶା) ପିନ: ୭୬୭୦୨୫

ସୂଚିପତ୍ର

ବିବାହ ବେଦୀ କେତେ ଦୂର

ବିଶ୍ୱବିଦ୍ୟାଳୟର ଡିଗ୍ରୀ ହାସଲ କରିବା ପର୍ଯ୍ୟନ୍ତ ମୁଁ ଅନେକ ବାର ପରୀକ୍ଷାର ସମ୍ମୁଖୀନ ହୋଇଛି । ନିର୍ଦ୍ଧାରିତ ସୀମିତ ସମୟ ଭିତରେ ସଂପ୍ରସାରିତ ପ୍ରଶ୍ନର ଉତ୍ତରକୁ ସଂକ୍ଷିପ୍ତାକାରରେ ଲେଖି ଦେଇ ପାରିଛି । କଠିନ ପ୍ରଶ୍ନମାନଙ୍କର ଦୃଢ଼ତାର ସହିତ ମୁକାବିଲା କରିଛି ଏବଂ ଶେଷକୁ ପରୀକ୍ଷାମାନଙ୍କରେ ପ୍ରଥମ ଉଦ୍ୟମରେ ହିଁ କୃତକାର୍ଯ୍ୟ ହୋଇଛି । କିନ୍ତୁ ଆଜି ମୋତେ ଯେଉଁ ପ୍ରଶ୍ନର ଉତ୍ତର ମଗାଯାଇଛି ତାହା ବୋଧହୁଏ କଠିଣତମ । ଏହାର ଉତ୍ତର ମିଳିବନି କୌଣସି ପୁସ୍ତକ ପୃଷ୍ଠାରୁ । ଏହା ପୋଥି ବାଇଗଣ ପ୍ରଶ୍ନ ନୁହେଁ । ବାଡି ବାଇଗଣ । ଏପରି ଜଟିଳତମ ସମସ୍ୟାର ସମ୍ମୁଖୀନ ମୁଁ ଯେ ହଠାତ ହେବି, ଏହା ଥିଲା ମୋର କଳ୍ପନାତୀତ । ପୁନଶ୍ଚ, ଏହି ପ୍ରଶ୍ନର ଉତ୍ତର ମୋତେ ନିର୍ଦ୍ଦିଷ୍ଟ ସମୟ ସୀମା ଭିତରେ ଦେବାକୁ ହେବ । ପ୍ରକୃତରେ ଏହା ମୋ ପାଇଁ ଏକ ଉଦ୍‌ବେଗର ବିଷୟ । ମୋ ଉତ୍ତର ଋଣାତ୍ମକ ହେଉ ବା ଧନାତ୍ମକ ହେଉ କିଛି ଯାଏ ଆସେନା, ମାତ୍ର ମୁଁ ଯଦି ନିରତ୍ତର ରହିଯାଏ ପୋଡିଯିବ ମୋର ଆଜନ୍ମ ସଂପର୍କିତ ଆତ୍ମୀୟତା । ନିଜର ଲୋକ ସବୁ ହୋଇଯିବେ ସାତପର । ମୁଁ ହୋଇଯିବି ଏକଲା ପୃଥିବୀର ଏକଲା ମଣିଷଟେ ।

ବଡ ଭାଇ ଯେକି ଏବେ ଏଠାରୁ ଶହେ କିଲୋମିଟର ଦୂରରେ ସକୁଟୁମ୍ବେ ରହନ୍ତି ଚିଠି ଲେଖିଥିଲେ: ଦେଖ ମାନସ, ତୁ ଆଉ ବାଳକ ନୋହୁ ଯେ ତୋତେ ବାରମ୍ବାର ବୁଝାଇବାକୁ ପଡିବ । ଆମେ ଯେତେଥର ତୋର ମତାମତ ଲୋଡିଛୁ ତୁ ନାହିଁ କରି ଦେଇଛୁ । ବୋଉ ତୋ ବିବାହ ବିଷୟରେ ଚିନ୍ତିତ । ତାଙ୍କର କାନ୍ଦଣା ମୋତେ ବଡ ବ୍ୟଥିତ କରି ଦେଇଛି । ତୁ ବିବାହ କରିବୁ ନା ନାହିଁ ତୋର ନିଷ୍ପତ୍ତି ଏହି

ମାସର ଶେଷ ସୁଦ୍ଧା ମୋତେ ଜଣାଇବୁ। ଯଦି କରିବୁ... କନ୍ୟାର କି କି ଯୋଗ୍ୟତା ଥିବା ଆବଶ୍ୟକ ଲେଖିବୁ। ଆସନ୍ତା ଫଗୁଣରେ ତୋର ବିବାହ ନିଶ୍ଚୟ ଶେଷ କରିବାକୁ ପଡିବ। ଯଦି ନ କରିବୁ, ଜାଣିବୁ ଆମେମାନେ ତୋର କେହି ନୋହୁଁ । ତୋର ନିଜ କଥା ତୁ ତେଣିକି ନିଜେ ଚନ୍ତା କରିବୁ। ମନେ ରଖ, ତୋର ବିବାହ ବିଷୟରେ ଏହା ମୋର ଶେଷ ଚିଠି।

ଚିଠିର ଆମୂଳଚୂଳ ପଠନ ପରେ ମୋର କର୍ତ୍ତବ୍ୟ ଠିକ କରି ପାରିଲିନି।

ଏପରି ଏକ ଚିଠିରେ କିଛି ବିସ୍ମୟତା ନ ଥିଲା। କାରଣ ମୋର ବାରମ୍ବାର ବିବାହ ପ୍ରତ୍ୟାଖ୍ୟାନ ସମସ୍ତଙ୍କୁ ଆଘାତ ଦେଇଛି। ବାପା, ବୋଉ ଚାହୁଁଛନ୍ତି ଏକ ନୂଆବୋହୂ। ସାନ ଭଉଣୀ ଚାହୁଁଛି ଏକ ନୂଆ ଭାଉଜ। ବଡ ଭାଇ ଚାହୁଁଛନ୍ତି ଏକ ନୂଆ ଭାଇବୋହୂ। ସର୍ବୋପରି ଆମ ଘର ଚାହୁଁଛି ପରିବାରର ଜଣେ ନୂତନ ସଭ୍ୟଙ୍କ ହାତର ଶୃଙ୍ଖଳାବଦ୍ଧ ହାତ ପାଇଟି। ତେଣୁ, ଏ ପତ୍ର ପ୍ରେରକ ବଡଭାଇଙ୍କ ଉପରେ ରାଗି ପାରି ନ ଥିଲି । ଘୃଣା ବି ଜାତ ହୋଇ ପାରି ନ ଥିଲା। ଏହା ସତ୍ୟ ଯେ ମୁଁ ବିବାହ କରିବି ବୋଲି ଏହି ମୁହୂର୍ତ୍ତରେ ସିଦ୍ଧାନ୍ତ ନେଇ ପାରିଲିନି। ବିବାହଟା କିମିତି ଆହୁରି ବିଳମ୍ବିତ ହୁଅନ୍ତା ସେ ଚିନ୍ତାରେ ମୁଁ ମଗ୍ନ ହେଲି। ପରିବାରର ସମସ୍ତଙ୍କର ଅସହାୟତା ପ୍ରତି ମୋର ସହାନୁଭୂତି ଜାଗ୍ରତ ହେଲେବି ମୁଁ ନିହାତି ସ୍ୱାର୍ଥପର ହୋଇପଡିଲି।

ବିବାହ କଥା ଚିନ୍ତା କଲେ ମାଳ ମାଳ ସମସ୍ୟା ମୋ ଆଖି ଆଗରେ ଧାଡି ଲଗାନ୍ତି।

ଏଠି ଆମର ପିତୃଅର୍ଜିତ କିମ୍ବା ସ୍ୱପାର୍ଜିତ ଘର ନାହିଁ। ମୋ ଚାକିରୀ କଲା ଦିନରୁ ରହି ଆସୁଛୁ ଭଡା ଘରେ। ସରକାରୀ କ୍ୱାର୍ଟର ମିଳିବା ଏକ ଚିରାଭିଳାସିତ ସ୍ୱପ୍ନ ମାତ୍ର। ପ୍ରତି ମାସର ସ୍ୱଳ୍ପ ଓ ସୀମିତ ଦରମାର ଗଣି ଦେବାକୁ ହୁଏ ଦେଢ଼ଶହ ଟଙ୍କା ଘରବାଲାକୁ। ଘର ଚଳିବାକୁ ଟଙ୍କାର ଘୋର ନିଅଣ୍ଟ। ବାପା ପ୍ରତି ମାସ ଆମକୁ ସାହାଯ୍ୟ କରୁ ନ ଥିଲେ ଆମେ ଏଠି ରହି ପାରନ୍ତୁନି।

ଆମ ଗାଁରେ ହାଇସ୍କୁଲ ନାହିଁ। ସେଥିପାଇଁ ବାପା ଏଠିକୁ ପଠାଇ ଦେଇଛନ୍ତି ଭାଇ ଭଉଣୀମାନଙ୍କୁ। ଏଠାରେ ସ୍କୁଲ କଲେଜ ଅଛି। ବାପାଙ୍କର ଇଚ୍ଛା ନିଜେ ପଛେ କଷ୍ଟ ପାଆନ୍ତୁ ପୁଅ ଝିଅ ଶିକ୍ଷିତ ହୁଅନ୍ତୁ, ମଣିଷ ହୁଅନ୍ତୁ। ସେଥିପାଇଁ ବୋଉକୁ ପଠାଇଛନ୍ତି ବି ଏଠାକୁ। ଏଠି ବୋଉ ରାନ୍ଧି ଦିଏ। ଘରକାମ କରେ। ଆମମାନଙ୍କୁ ସ୍କୁଲ ଓ ଅଫିସ ପଠାଏ। ସ୍କୁଲ ଓ ଅଫିସରୁ ଫେରିବା ବାଟକୁ ଚାହିଁ ବସିଥାଏ। ଆମ ସୁଖ-ସ୍ୱାଚ୍ଛନ୍ଦ୍ୟ ପାଇଁ ସେ ସବୁକିଛି ଦ୍ୱିଧାହୀନ ଭାବେ କରେ। ମାତ୍ର ଏଇ ଦିବର୍ଷ ହେବ ସେ ଅବଶ

ଅନୁଭବ କରୁଛି। ଘର ପାଇଟିରେ ତାର ଆଉ ସ୍ପୃହା ନାହିଁ ଯେପରି। ତାକୁ ଯଦି ଧରାଯାଏ ଗୃହକାର୍ଯ୍ୟକରା ଏକ ମେସିନ, ତେବେ ସେ ଅଚଳ ହୋଇ ଯାଉଛି ବୋଲି କହିବାକୁ ପଡିବ। ସେ ଏବେ କଣ ଭାବେ ଗୁମସୁମ ହୋଇ। ବେଳେ ବେଳେ ତା ଆଖିରେ ଲୁହ ଜକେଇ ଆସେ, ଉଦ୍‌ଗତ ଅଶ୍ରୁକୁ ଆମଠୁ ଲୁଚାଇବାକୁ ଚେଷ୍ଟା କରେ, ଅଥଚ ପାରେନା। ମୁଁ ପଚାରି ଦିଏ - ତୋର କଣ ହୋଇଛି ବୋଉ । ତୁ କାନ୍ଦୁଛୁ କାହିଁକି ? ସେ କ୍ରନ୍ଦନୋଚ୍ଛ୍ୱାସ ତୋଳି କହେ, ମୋର କଣ ହେବ ମାନସ, ମୁଁ ତ ପାଚିଲା ପତର, ଆଜି ଅଛି କାଲି ଝଡିଯିବି। ବୟସ ଥିଲାବେଳେ କେତେ କାମ କରୁ ନ ଥିଲି, ଏବେ ଆଉ ପାରୁନି। ମୋର ବୋହୂଟେ ଦରକାରରେ ପୁଅ, ବୋହୂଟେ। ମୋତେ ଏତିକିବେଳେ ଭୟ ନ କରି କହିପକାଏ ଏତକ। ମୁଁ ବି ଗଭୀର ଦୁଃଖରେ ଡୁବିଯାଏ। ବୋଉକୁ ଯେ ଅକର୍ମଣ୍ୟତା ଦିନକୁ ଦିନ ଗ୍ରାସି ଆସୁଛି ଏଥିପ୍ରତି ମୁଁ ବେଶ୍ ସଚେତନ। ମୁଁ ଜାଣେ, ବୋଉ ବେଳେ ବେଳେ ଖଟରେ ପଡିରହେ। କିଛି କରି ପାରେନା। ସାନ ଭଉଣୀ ଏଣୁ ତେଣୁ କରି ରାନ୍ଧିଦିଏ। କେଉଁଟା ସିଝେ ତ କେଉଁଟା ଦରସିଝା ହୋଇ ରହିଯାଏ। ସମସ୍ତେ ଖାଇ ଦେଇ ସ୍କୁଲ ଓ ଅଫିସ ଯାଉ । ମାତ୍ର, ସାନ ଭାଇଟା ଏପରି ଅବବ୍ୟସ୍ଥା ପ୍ରତି ଦୃଢ଼ ପ୍ରତିବାଦ କରି ନ ଖାଇ ଦିନେ ଦିନେ ଚାଲିଯାଏ। ମୁଁ ଏଇ ଛୋଟ ବୟସର ଭାଇକୁ ଯେତେ ବୁଝାଇଲେ ବି ବୁଝେ ନାହିଁ। ସ୍କୁଲରୁ ଆସିଲେ ଆଗରୁ ପଡିଥିବା ଅଇଁଠା ବାସନ ମାଜିବାକୁ ଭଉଣୀ ଖିଜ୍‌ବିଜ୍ ହୁଏ। ସେ ନିଜେ ସବୁ କାମ କରି ପାରୁନ ଥିବା ସତ୍ତ୍ୱେ କରୁଥିବାରୁ ବିରକ୍ତି ପ୍ରକାଶ କରେ। ସେପଟେ ରୋଗିଣା ବୋଉ ଖଟରୁ ଉଠିବାକୁ ଉଦ୍ୟତ ହୁଏ, ଘର ପାଇଟି କରିବାକୁ, ଅଥଚ କିଛି କରି ପାରେନା। ମୁଁ ଏସବୁ ଅବସ୍ଥା ଦେଖି ଦୁଃଖର ପରିଧି ଭିତରେ ଆବଦ୍ଧ ହୋଇ ପଡେ। ଏକ ସୁଚିନ୍ତିତ ଏବଂ ଚିରସ୍ଥାୟୀ ସମାଧାନ କରିବାକୁ ମୋ ମନ ଡାକେ।

ସେପଟେ ଗାଁରେ ରହନ୍ତି ବାପା ଏକା ଏକା। ନିଜେ ନିଜ ପାଇଁ ରାନ୍ଧନ୍ତି। ଚାକରାଣୀର ମହାର୍ଘତାରୁ ନିଜ ବାସନ ନିଜେ ସଫା କରନ୍ତି। ନିଜ ଖଟରେ ନିଜେ ଶଯ୍ୟା ପ୍ରସ୍ତୁତ କରନ୍ତି। ନିଜେ ପୁଣି ବାଡି କୂଅରୁ ପାଣି ଟାଣି ଆଣନ୍ତି। ଡାଲି କୂଅ ପାଣିରେ ଭଲ ସିଝେ ନାହିଁ ବୋଲି ଜଣେ ଦୈନିକ ଗରାଏ ପାଣି ଦିଏ। ମାସକୁ ନିଏ ପନ୍ଦର ଟଙ୍କା। ବାପା ଆମର ସୁଖ ସୁବିଧା ପାଇଁ ଏତେ ଅସୁବିଧାକୁ ସାଉଁଟି ନିଜର କରି ନେଇଛନ୍ତି ଅଥଚ ତାଙ୍କର ତତ୍ତ୍ୱ ନେବାକୁ ଏତେବଡ ପରିବାରରୁ ଜଣେ ବି କେହି ପାଖରେ ନାହାନ୍ତି। ସମୟ ସବୁବେଳେ ତ ଅଜଣା ଅଶୁଣା ନିରହଙ୍କାର ପଡୋଶୀ ନୁହେଁ। ସେ ବେଳେ ବେଳେ କ୍ରୂର ହୋଇଉଠେ। ବାପାଙ୍କ ଉପରେ ଦାଉ ସାଧେ।

ଥରେ ବାପାଙ୍କୁ ଏପରି ଜ୍ୱର ହେଲା ଯେ, ସେ ସ୍କୁଲରୁ ଆସୁ ଆସୁ ବାଟରେ ମୁଣ୍ଡ ବୁଲାଇବାରୁ ପଡିଗଲେ। ସାଇ ପଡିଶା ଲୋକେ ପାଣି ପିଆଇଲେ। ସଂଜ୍ଞା ଫେରିବା ପରେ ଘରେ ପହଞ୍ଚାଇ ଦେଲେ। ଏପରି ଅସମୟକୁ ବୋଉ ଯଦି ପାଖରେ ଥା'ନ୍ତା ! କିନ୍ତୁ ହେଇ ପାରେନି। ବୋଉ ଏଇଠି ଦିନେ ଅନୁପସ୍ଥିତ ରହିଲେ ଘର ଅଚଳ। ବୋଉର ଆବଶ୍ୟକତା ଗାଁରେ ପୁଣି ନିହାତି ଉତ୍କଟ। ମାଟିଘରର ରକ୍ଷଣାବେକ୍ଷଣ ପାଇଁ ଜଣେ ସ୍ତ୍ରୀ ଲୋକର ଆବଶ୍ୟକତା ଜରୁରୀ। ଆଜି ଏଇଠି ମାଟି ଖସି ପଡିଲା ତ ଟିକିଏ ଲିପି ଦେବାକୁ ହୁଏ। ପୁଣି ଚଟାଣରୁ ମାଟି ପରସ୍ତେ ପରସ୍ତେ କାଢ଼ି ନୂଆ ମାଟି ପକାଇ ଲିପା ପୋଛା ନ କଲେ ଚଟାଣ ଫମ୍ପେଇ ଯାଏ। ଏପରି ଫମ୍ପିତ ଚଟାଣ ଓ ଅବହେଳିତ ଅଲିପା କାନ୍ଥମାନଙ୍କୁ ନିଜର କରି ବାପା ସମୟ କାଟନ୍ତି। ଏହି ଅବହେଳାର ପ୍ରତିବାଦରେ ବୋଧହୁଏ କାନ୍ଥମାନେ କେଉଁଠି କେମିତି ଆଁ କରି ସାହାଯ୍ୟ ମାଗୁଛନ୍ତି। ସେମାନଙ୍କୁ କିଛି ସାହାଯ୍ୟ ଦିଆଯାଇ ପାରୁନି। ଦଶବର୍ଷ ତଳେ ତିଆରି ହୋଇଥିବା ଚାରି ପାଞ୍ଚ ବଖରାର ଘର ଆଉ ବର୍ଷେ ଦି ବର୍ଷ ପରେ ମାଟିରେ ଟଳି ପଡିବେ।

ମୋ ବିବାହ ହୋଇଯିବା ପ୍ରସଙ୍ଗ ଆମ ପରିବାରର ଅନ୍ୟ ସଭ୍ୟମାନେ ଯେତେ ଜରୁରୀ ବୋଲି ଚିନ୍ତା କରିନ୍ତି, ମୁଁ ସେତିକି ଯେ ଚିନ୍ତା ନ କରିଛି ତା' ନୁହେଁ। ହେଲେ ମୁଁ ନାଚାର। ମୁଁ ସେମାନଙ୍କର ସ୍ୱପ୍ନକୁ ହୁଏ ତ ମକଚି ଦେଉଛି କିମ୍ବା ପଛକୁ ଘୁଞ୍ଚାଇ ଘୁଞ୍ଚାଇ ଦେଉଛି; କିନ୍ତୁ ଏମାନଙ୍କର ସ୍ୱପ୍ନକୁ ସଫଳ ରୂପ ଦେବାକୁ ମୁଁ କ'ଣ ନିଜର ଭବିଷ୍ୟତକୁ ଅନ୍ଧାର ଭିତରକୁ ଟାଣି ନେଇ ପାରିବି ? ନିଜର ଜ୍ଞାତସାରରେ ମୁଁ ମୋର ଆଶା-ବୈତରଣୀକୁ ହଜାଇ ଦବି ଧୂ ଧୂ ମରୁ-ଉପତ୍ୟକାରେ ?

ମାଟ୍ରିକ ଶିକ୍ଷାଗତ ଯୋଗ୍ୟତାନୁଯାୟୀ ମୁଁ କିରାଣୀ। ଚାକିରୀ ଜୀବନର କର୍ମବ୍ୟସ୍ତତା ଭିତରେ ଘରୋଇ ପରୀକ୍ଷାର୍ଥୀ ଭାବେ ଏମ.ଏ. ସାରିଦେଲିଣି । ମୁଁ ଅନୁଭବ କରିଛି ଏଇ ତଳ ପାହାଚରେ ଥାଇ ବଞ୍ଚିବାର ମୂଲ୍ୟ କିଛି ନାହିଁ। ଏଠି ବଞ୍ଚିବାର ରାହା ସଙ୍କୁଚିତ।ଏଠି ବଞ୍ଚିବାର ନାହିଁ କିଛି ମାଦକତା। ନାହିଁ କିଛି ସ୍ୱପ୍ନବିଳାସ, ନାହିଁ ନିତ୍ୟ ନୂତନତା, ଏଠି ଖାଲି ବଞ୍ଚିବାକୁ ହେବ ଶଗଡଗୁଳାରେ। ଏଠି ଖାଇବାକୁ ପଇସା ନିଅଣ୍ଟ। ଏହି ତିନି ପାହାଚରେ ଥାଇ ଦୃଢ଼ ସ୍ୱରରେ କହିବାକୁ ହେବ ନାହିଁ ବଞ୍ଚିବାକୁ ଖାଅ ବୋଲି। ଆଉ ସାହିତ୍ୟ ଚର୍ଚ୍ଚା କରିବ କୁଆଡୁ ? କଳାନୁରାଗୀ ପ୍ରତିଭାଟେ ଅକାଳରେ ଝଡିଯାଏ ସିନା ତଳ ପାହାଚର ଅକପଟତାରେ। ବହିପାରେନା ସବୁଜତାକୁ ଚିରଦିନ ଅଙ୍ଗରେ ନେସି। ଏଥି ପାଇଁ ଅତି କମରେ ଆଉ ଗୋଟିଏ ପାହାଚ ଉପରକୁ ଉଠିବାକୁ ହେବ। ଆପ୍ରାଣ ଚେଷ୍ଟା କରି ଉଠିବାକୁ ମୁଁ ସଂକଳ୍ପବଦ୍ଧ। ନହେଲେ ମୋର ଏତେ ପାଠ ପଢ଼ି ଲାଭ କ'ଣ ? ମୋଠୁ କମ ପାଠପଢ଼ା ଏବଂ ନ୍ୟୁନ ମାନସିକ ଶକ୍ତି ସଂମ୍ପନ୍ନ

ପିଲାମାନେ ମୋଠୁ ବେଶି ଦରମା ପାଇ ବେଶ ଆରାମରେ ଅଛନ୍ତି। ଏଇ ଦୁନିଆଁ ଯେତେ ଭେଜାଲ, ଯେତେ ଅନ୍ୟାୟ ଅଭିମୁଖୀ ହେଉ ପଛେ ଜଣେ ପରିଶ୍ରମୀର ମୂଲ୍ୟ ଦେବାକୁ କ'ଣ ନାରାଜ ହୋଇଯିବ? ଏଇ ଦୃଢ଼ ମନୋବଳ ନେଇ ପ୍ରତିଯୋଗିତାମୂଳକ ପରୀକ୍ଷାମାନଙ୍କରେ ମୁଁ ସମ୍ମୁଖୀନ ହେଉଛି। ଚେଷ୍ଟା କରୁଛି ଆଉ ଗୋଟିଏ ପାହାଚ ଉଠିବାକୁ। ସେଥିପାଇଁ ଅନେକଥର ବିବାହ ପ୍ରସ୍ତାବ ଆଗତ କରିଥିଲେ ବି ମୁଁ ସେସବୁକୁ ଦୃଢତାର ସହିତ ପ୍ରତ୍ୟାଖ୍ୟାନ କରି ଆସିଛି। ଆଉ ଚାରି ବର୍ଷ ଆଉ ଦି'ବର୍ଷ କହି ବିଳମ୍ବିତ କରି ଦେଇଛି ବିବାହ କାଳକୁ।

ମୁଁ ଯେ ପାହାଡ ଚୂଳର ଏକ ସର୍ବାଙ୍ଗ ସୁନ୍ଦର ଚାରା ଏ କଥା ନୁହେଁ। ବେଳେ ବେଳେ ମୋ ଦେହର ପତ୍ରଗୁଡ଼ିକ ଶୁଖିଯାଏ। ଝଡ଼ିଯାଏ। ନୈରାଶ୍ୟର କଳା ଛାଇ ମୋତେ ଢ଼ାଙ୍କି ପକାଏ। ବିଫଳତାର ପ୍ରମାଣପତ୍ର ଧରି ଇଚ୍ଛା ହୁଏ ଯେଉଁଠୁ ବାହାରିଥିଲି ପୁଣି ସେଠାକୁ ଫେରି ଯିବାକୁ। କାରଣ ଆଜିକାଲିର ଦୌଡ ପ୍ରତିଯୋଗିତାରେ ଖାଲି ଦୌଡୁଥାନ୍ତି। ମୋ ପରି ନିରୀହ ଜୀବଗୁଡା। କିନ୍ତୁ ଯେଉଁମାନେ ଚାଲାକ ଓ ଥିଲାବାଲା, ଯେଉଁମାନଙ୍କର ହାତ ଲମ୍ବା, ସେମାନେ ଆଗରୁ ନିର୍ଦ୍ଦିଷ୍ଟ ଲକ୍ଷ୍ୟ ସ୍ଥଳରେ ପହଞ୍ଚି ସାରିଛନ୍ତି ଦୌଡରେ ଯୋଗଦେବା ପୂର୍ବରୁ। ମୋପରି ଜୀବଗୁଡା କେବଳ ଖାଲି ଯାହା ଧଇଁସଇଁ ହୋଇ ଯାଆନ୍ତି- ଲକ୍ଷ୍ୟରେ ପହଞ୍ଚି ପାରନ୍ତି ନାହିଁ ।

ସେଥିପାଇଁ ନିଜକୁ ରିଟ୍ରିଟ ମନୋଭାବରୁ ନିବୃତ୍ତ ରଖିବାକୁ ସଜାଇ ରଖିଛି ସବୁକିଛି। ମୋ ପଢ଼ା କୋଠରୀକୁ ସଜାଇଛି ସୁନ୍ଦର ଭାବେ, ଘରେ ଭାଉଜ ଆସି କୋଠରୀର ସାଜସଜ୍ଜା ଦେଖି ଥରେ ସ୍ତବ୍ଧ ହୋଇ ପଡିଥିଲେ। ବ୍ୟାଘ୍ରଚର୍ମୋପବେଶିତ ଶିବଙ୍କର ଫଟୋ ଦେଖି ସେ ଥଟ୍ଟାରେ କହିଥିଲେ: କେବେଠୁଁ ଶିବଭକ୍ତ ପାଲଟିଲଣି ମାନସ, କ'ଣ ଶିବଙ୍କୁ ସୁନ୍ଦର କନ୍ୟା ମାଗୁଛ? ମୁଁ ହଠାତ୍ ଉତ୍ତର ଦେଇଥିଲି, ଛାଡ ବାଜେ କଥା ସବୁ। ଶିବ ହେଉଛନ୍ତି ଶୁଭଶକ୍ତିର ପ୍ରତୀକ। ବ୍ୟାଘ୍ର କ୍ରୁର ଶକ୍ତିର। ବ୍ୟାଘ୍ରଚର୍ମ ଉପରେ ଶିବଙ୍କର ଅବସ୍ଥାନ-ମାନେ ହିଂସ୍ର ଶକ୍ତି ଉପରେ ଶୁଭ ଶକ୍ତିର ବିଜୟ। ଅର୍ଥାତ ଜୀବନର ସଫଳତା ପାଇଁ ହିଂସ୍ର ଇଚ୍ଛା, ହିଂସ୍ର ଭୋଗଲାଳସା, ହିଂସ୍ର ଲୋଲୁପତାକୁ ଦମନ କରିବାକୁ ହେବ। ଆଉ ଗୋଟାଏ ହାତ କଟା ଚିତ୍ରକୁ ଦେଖି ସେ ମୋତେ ସେ ଫଟୋ ବିଷୟରେ ପଚାରିଥିଲେ। ଫଟୋରେ ଏକ ନିଶୂନ ଇଲାକାରେ ଏକ ଶୁଖିଲା ଗଛଟେ ଠିଆ ହୋଇଛି। ତା'ର କୌଣସି ଅଂଶରେ ସଜୀବତାର ସ୍ପନ୍ଦନ ନାହିଁ। ମାତ୍ର ତା ମୂଳ ଆଡୁ ବାହାରି ଆସୁଛି ଏକ ଲହ ଲହ ସବୁଜ ଡାଳ। ସେଥିରେ ଅନେକ ଭବିଷ୍ୟର ସମ୍ଭାବନା। ଭାଉଜଙ୍କୁ କହିଲି: ଯଦି ମୁଁ ଏହା ତଳେ ଲେଖି ଦେଇଥାନ୍ତି "ଆଶାକୁ ପୁନର୍ଜୀବିତ କର" ତେବେ ଯାଇ ତୁମେ ବୁଝି ଥାଆନ୍ତ। ଏ

ଘଟଣା ଉପରେ ଭାଉଜ ବଡଭାଇ ପାଖରେ କହୁଥିଲେ ଯେ ମୁଁ କୁଆଡେ ଦାର୍ଶନିକ ହେଇଗଲିଣି। କେଜାଣି ? ଦାର୍ଶନିକ ଅର୍ଥ ସେ କ'ଣ ବୁଝନ୍ତି।

ଓଡିଆ ସାହିତ୍ୟ ପ୍ରତି ଅନୁରାଗ ଥିଲେ ବି, ଲେଖାଲେଖିରେ ଅଭ୍ୟାସ ଥିଲେ ବି ମୁଁ ଏଇ ଉଚ୍ଚତର ଚାକିରୀ ଅନ୍ୱେଷଣରେ ଥିବାରୁ ଲେଖାଲେଖି ପ୍ରାୟ ଛାଡି ଦେଇଛି। କେବେ ଗଙ୍ଗାଧର ଜୟନ୍ତୀକୁ ଗୋଟିଏ ତ କେବେ ବିଷୁବକୁ ଗୋଟିଏ ଲେଖେ। କାରଣ ମୁଁ ନିର୍ଭୁଲ ଭାବେ ଜାଣିଛି ଯେ ଓଡିଆ ସାହିତ୍ୟରେ ଲେଖକ ହିସାବରେ ସ୍ୱୀକୃତି ପାଇବା ଏକ କଷ୍ଟକର ବ୍ୟାପାର। ପୁନଶ୍ଚ ଅଧା ପନ୍ତରିଆ ସାଧନାରେ ସ୍ୱୀକୃତି ଆଶା କରିବା ନିରର୍ଥକ। ସାହିତ୍ୟ ପ୍ରତି ଏହି ନିସ୍ପୃହତା ସତ୍ତ୍ୱେ ବେଳେ ବେଳେ ଇଚ୍ଛା ହୁଏ ସାହିତ୍ୟ ଆଲୋଚନା ପାଇଁ। ଆଗ୍ରହୀ ବିଜୟବାବୁଙ୍କ ସହ କଚେରୀରେ ବେଳେ ବେଳେ ଦେଖାହୁଏ। ପାଖ ଚା' ଦୋକାନରେ ବି ବେଳେ ବେଳେ ଜମିଯାଏ ସାହିତ୍ୟ ଆସର। ସେଇ ଆଲୋଚନା ଭିତରେ ସେ ଥରେ ମୋତେ ଉତ୍ସାହ ଦେଇଥିଲେ ଆଉ ଗୋଟିଏ ପାହାଚ ଚଢ଼ିବାକୁ। ସେ ପଚାରିଥିଲେ: ତୁମେ ଆଲକାତରା ଢ଼ୋଳ ଭିତର ବଢ଼ୁଥିବା ଗଛକୁ ଦେଖିଛ ? ମୁଁ ହଁ କହିଥିଲି । ସେ କହିଲେ: ତୁମେ ଚାକିରୀରୂପକ ଆଲକାତରା ଢ଼ୋଲ ଭିତରେ ବଢ଼ୁଛ। ତୁମେ ଏମିତି ପରିଶ୍ରମ କର ଆଲକାତରା ଢ଼ୋଲକୁ ଗଛର ପୃଥୁଳତା ଭାଙ୍ଗି ଦେବା ପରି ଭାଙ୍ଗିଦେବ। ତୁମେ ଏକ ନୂତନ ପରିବେଶ ସୃଷ୍ଟି କରିବ। ତୁମର ପୂର୍ବ ପରିଚିତ ପୁରୁଣା ପରିବେଶକୁ ଛାରଖାର କରି ଏକ ନୂତନ ପରିବେଶରେ ପଦାର୍ପଣ କର। ପ୍ରକୃତରେ ଏହା ଆଉ ଆଗକୁ ଦି'ପାଦ ଯିବାକୁ ବେଶ୍ ପ୍ରେରଣା ଦେଇଛି।

ମାତ୍ର, ମୁଁ ଆଗକୁ ଯାଇଛି କେତେ ଦୂର ? କିଛି ମପାଯାଇ ପାରେନା। ମୁଁ ଦୌଡୁଛି ଅଥଚ ଦୌଡୁଥିବା ସ୍ଥାନରେ ହିଁ ରହି ଯାଇଛି। ଦୌଡିବାକୁ ହୁଏତ ଆଉ ସମୟ ନାହିଁ। ଏ ବର୍ଷ ଛବିଶ ପୂରିଗଲା।

ସତ କହିବାକୁ ଗଲେ ବେଳେ ବେଳେ ବିବାହ କରିବାକୁ ଭାରି ଇଚ୍ଛା ହୁଏ। ମନ ବେଳେ ବେଳେ ବାଉଳା ଧରେ। ସେଥିପାଇଁ ବୋଉର ବାରମ୍ବାର ପ୍ରୋତ୍ସାହନ ଶୁଣି ପୂର୍ବ ପରି ଆଉ କୃତ୍ରିମ ରାଗ ଦେଖାଇ ହୁଏନାହିଁ। ପୂର୍ବ ପରି କହି ହୁଏ ନାହିଁ। ରଖିଲୁଣି ଦଶବାର ହଜାର ଟଙ୍କା ? ଇଚ୍ଛା ହୁଏ କହିବାକୁ ଶୀତଳପାତଳ କରି ଚଳେଇ ନେବା।

ବଡଭାଇଙ୍କ ଚିଠିର ଉତ୍ତର ଦେବାର ଆଉ ଅଳ୍ପଦିନ ଥିଲା। ଯା ଭିତରେ ପହଞ୍ଚିଲା ପ୍ରତିଯୋଗିତାମୂଳକ ପରୀକ୍ଷାର ପୋଗ୍ରାମ। ଲାଗି ରହିଲି ମୁଁ ପ୍ରସ୍ତୁତି ପର୍ବରେ। ମନେ ହେଲାନି ଚିଠିର ଉତ୍ତର ଦେବାକୁ । ପରୀକ୍ଷା ପରେ ମୁଁ ଚିନ୍ତା କଲି କଣ ଦିଆଯାଇ ପାରିବ ଉତ୍ତର । ଏକ ସୁସମାହିତ ଏବଂ ସର୍ବଜନବୋଧିତ ଉତ୍ତରଟି କଣ ହୋଇପାରେ ?

ମୁଁ ଚିନ୍ତା କଲି। ମୋ ପିଠିର ଭାଇଟା ବେକାର। ଗୋଟିଏ ଝିଅ ତା ପାଇଁ ଠିକ ହୋଇଛି। ତା ଭାବୀ ଶ୍ୱଶୁର କହୁଛନ୍ତି ଭାଇକୁ କିଛି କାମ ଯୋଗାଇ ଦେବେ। କଡା ଯଉତୁକ ଦେବେ। ଏପଟେ ସେ ଭାଇଟା ସାନ ଭାଇର ସମ୍ମାନ ଦେଇ କହୁଛି ଯେ ବଡଭାଇ ଥାଉ ଥାଉ ସେ ଆଗରୁ ବିବାହ କରିବନି। ପୁଣି ମୋ ଭଉଣୀ ପାଇଁ ଏବେଠୁ ଚିନ୍ତା କରିବାକୁ ହେବ।ଏବେଠୁ ବୈବାହିକ କାର୍ଯ୍ୟ କରିନ ଗଲେ ପଛରେ ବହୁ ଅସୁବିଧାର ସମ୍ମୁଖୀନ ହେବାକୁ ହେବ। ବାପା ତୁଲାଇ ପାରିବେନି ଏତେ ଗୁଡାଏ ବିବାହ ଦାୟିତ୍ୱ ଏକା ଥରକେ କିମ୍ୱା କମ ସମୟର ବ୍ୟବଧାନ ଭିତରେ। ପୁନଶ୍ଚ ବାପାଙ୍କର ଚାକିରୀରୁ ଅବସର ନେବା ସମୟ ନିକଟେଇ ଆସୁଛି। ଏସବୁ ସମସ୍ୟା ପ୍ରତି ସଚେତନ ହୋଇ ମୁଁ ବିବାହ ଅନୁରାଗୀ ହେବାକୁ ବାଧ୍ୟ ହେଲି। ଠିକ କଲି ବିବାହ କରିବି। ଚିଠି ଲେଖିବି। ଏମିତି ଝିଅ ଦେଖ, ସେମିତି ଝିଅ ଦେଖ।

ପୁଣି ଠିକ କଲି ନା ହେବିନି। ଏତେ ବର୍ଷ ତ ଅତିବାହିତ ହୋଇଛି ଏକା ଏକା। ଏତେ ବର୍ଷ ତ କେବଳ ପ୍ରତିଶ୍ରୁତିରେ ବିଳମ୍ୱିତ କରି ଦିଆଯାଇଛି। ଏତେ ବର୍ଷ ତ ପାରିବାରିକ ଅବ୍ୟବସ୍ଥା ଭିତରେ ଜୀବନ କଟାଯାଇ ପାରିଛି। ଏତେ ବର୍ଷ ତ ବୋହୂର ଅପାରଗତା ସତ୍ତ୍ୱେ କାହାର ପଢ଼ାପଢ଼ିରେ ଗୁରୁତର ବାଧା ସୃଷ୍ଟି ହୋଇ ନାହିଁ । ତେବେ, ଆଉ ଦୁଇ ବର୍ଷ ପାଇଁ ଅପେକ୍ଷା କରି ହେବ ନାହିଁ କାହିଁକି ? ହେବ ନିଶ୍ଚିତ ରୂପେ। ତେବେ କିପରି ?

ମୋ ମନରେ ଅନେକ ମିଶାଣ ଫେଡାଣ । ତେବେ ମୁଁ କଣ ପୂର୍ବ ପରି ରୋକ୍‌ଠୋକ୍ ନାହିଁ କରି ଦେବି ? ଏପରି କଲେ ମୋ ପୌରୁଷ ପ୍ରତି ସେମାନେ ହୁଏତ ସନ୍ଦେହ ପୋଷଣ କରି ପାରନ୍ତି।

ମିଶାଣ ଫେଡାଣରେ ଫଳ ଶେଷକୁ ବାହାରିଲା। ମୁଁ ନିଜକୁ ନିଜେ ଚମତ୍କୃତ ହୋଇପଡିଲି। ଏକ ସଫଳ ଉତ୍ତରଟେ ପାଇଲି। ବଡଭାଇଙ୍କୁ ଚିଠି ଲେଖିଲି ଯେ ବଡଭାଇ ଝିଅର ଅନୁସନ୍ଧାନ କରିବେ। କନ୍ୟାର ବିଭିନ୍ନ ଯୋଗ୍ୟତାଦି ବିଷୟରେ ମୁଁ ଜ୍ଞାତସାରରେ ଆଦୌ କିଛି ଲେଖି ନାହିଁ।

ସ୍ଥିର କଲି, ଦି'ବର୍ଷ ମୁଁ ବିଳମ୍ୱିତ କରି ଦେବି କନ୍ୟା ଦେଖା। ଯାହା ଦେଖିବାକୁ କହିବେ ଦେଖି ଯାଉଥିବି। ମନ ପସନ୍ଦ ନୁହେଁ ବୋଲି କହି ଯାଉଥିବି। ଦେଖାଯାଉ, ବିବାହ ବେଦୀ ଏଇଠୁ କେତେ ଦୂର।

■

'ଝଙ୍କାର' ସେପ୍‌ଟେମ୍ୱର ୧୯୮୫ ସଂଖ୍ୟାରେ ପ୍ରକାଶିତ।

ଦୁଶ୍ଚରିତ୍ରା

ଅମୃତା ପୁରୋହିତ ଏଇ ଦି ତିନିମାସ ହେବ ଆମ ସ୍କୁଲରେ ଜଏନ କରିଛନ୍ତି ।

ସେତେବେଳେ ଆମର ଟିଚର କଲୋନୀରେ କ୍ୱାର୍ଟର ଖଣ୍ଡେ ଖାଲିଥିବାରୁ ତାଙ୍କ ନାଁରେ ଆଲଟ ହୋଇ ଯାଇଥିଲା । ନିଜ ସଙ୍ଗରେ ଶାଶୁ ଓ ଗୋଟାଏ ପାଞ୍ଚ ଛଅ ମାସର ପୁଅକୁ ଧରି ସେ ରହନ୍ତି ସେଇଠି । ଏଠୁ ପ୍ରାୟ ଦୁଇଶହ କିଲୋମିଟର ଦୂରରେ ଚାକିରି କରନ୍ତି ତାଙ୍କ ସ୍ୱାମୀ । କେବେ କେମିତି ପ୍ରାୟ ସାପ୍ତାହିକ ଛୁଟୀମାନଙ୍କରେ ସେ ଆସନ୍ତି । ମୁଁ ଦେଖିନି ତାଙ୍କ ଚେହେରା ।

ମୁଁ ରହେ କଲୋନୀର ଏ ମୁଣ୍ଡରେ । ସେ ରହନ୍ତି ସେ ମୁଣ୍ଡରେ । ଏଥି ପାଇଁ ହୁଏତ ନିକଟତମ ପଡୋଶୀ ପରି ମିଳାମିଶା ଏତେଟା ଆମର ହୋଇପାରେନା । କିନ୍ତୁ ସେ ଜଣେ ମେଳାପୀ, ମିଷ୍ଟଭାଷିଣୀ ନାରୀ ହୋଇଥିବାରୁ ତାଙ୍କ ଓ ମୋ ଭିତରେ ଗୋଟାଏ ସୁସଂପର୍କ ଗଢ଼ି ଆସିଛି । ସେ ମୋଠୁ ସ୍ୱଳ୍ପ ବୟସ୍କା ପରି ମନେ ହେଲେ ବି ମୁଁ ତାଙ୍କୁ ଡାକେ 'ନାନୀ' । ସେ ସେଇ ଡାକକୁ ଅସ୍ୱୀକାର କରନ୍ତିନି । ମୋତେ ସେ ଆପଣାର ଆପଣାର ଲାଗନ୍ତି । କିନ୍ତୁ ତାଙ୍କ ପ୍ରତି ମୋ ମନ ଭିତରେ ଯେ ଏକ ସନ୍ଦେହର ସଂଗୁପ୍ତ ଅନ୍ଧାରୀ କୋଠରୀଟେ ତିଆରି ହୋଇଛି ଏକଥା ସେ ଜାଣନ୍ତି ନାହିଁ । ସେ ଜାଣନ୍ତି ନାହିଁ ଯେ ମୋ ଆଖିରେ ସେ ଜଣେ ଦୁଶ୍ଚରିତ୍ରା ।

ଏଇ ଧାରଣା ମୋ ମନରେ ଜନ୍ମ ହୋଇଥିଲା ସେ ଦିନ । ଆମ କଲୋନୀର ବାସିନ୍ଦା ହୋଇ ସେ ପ୍ରଥମ ଦିନ ଯେବେ ସ୍କୁଲ ଗଲେ ମୁଁ ଭଦ୍ରତା ଖାତିରରେ ଯାଇ ତାଙ୍କ ଘରେ ପହଞ୍ଚିଲି ସାଥି ହୋଇ ସ୍କୁଲ ଯିବାକୁ । ସେ ଘର ଭିତରେ ଥିଲେ । ମୁଁ ବାହାର ବରଣ୍ଡାରେ ଠିଆ ହୋଇ ତାଙ୍କୁ ଡାକିଲି । ସେ ଆସିବା ଭିତରେ ମୋ ଦୃଷ୍ଟି ଗୋଚର ହେଲା ଯେ ଗୋଟାଏ ସଦ୍ୟ ଲିଖିତ ଇନ୍‌ଲେଣ୍ଡ ଲେଟର ମୋ ପାଦ ତଳେ ପଡିଛି । ନିକଟ ଟେବୁଲରୁ ଖସି ପଡିଛି ବୋଧହୁଏ । ସେ ପର୍ଯ୍ୟନ୍ତ ତାକୁ ମୋଡା

ହୋଇ ନ ଥିଲା । ତାକୁ ଉଠାଇ ଦେଇ ଟେବୁଲ ଉପରେ ରଖିଦେଲି ସେଇ ଚିଠିରେ ଲିଖିତ ଯେଉଁ କେତେ ଧାଡ଼ି ମୋର ନଜର ପଡ଼ିଲା ସେଇଠୁ ମୋଠ ଧାରଣା ହେଲା ଯେ ଅମୃତା ଦୁଶ୍ଚରିତ୍ରା । କେଉଁ ଏକ ପରପୁରୁଷ ପ୍ରତି ଏଇ ଚିଠି ଅଭିପ୍ରେତ । ପୁନଶ୍ଚ ତାଙ୍କର ପୁଅ ସେଇ ପରପୁରୁଷ ଔରସଜ ।

ସେଦିନ ମୋ ଡାକରେ ଘର ଭିତରୁ ସଂପୂର୍ଣ୍ଣ ପ୍ରସ୍ତୁତ ହୋଇ ବାହାରି ପଡ଼ିଥିଲେ ଅମୃତା । ସେ ସେଇ ଲେଟର ତରତର ହୋଇ ଭରି ଦେଲେ ବ୍ୟାଗରେ ଓ ସାମାନ୍ୟ ଡେରି ହେଲେ ହେଡ ମିଷ୍ଟ୍ରେସ କଣ କହନ୍ତି କି ଇତ୍ୟାଦି କଥା ମୋତେ ପଚାରିଲେ । ସେଇ ଲେଟରକୁ ତାଙ୍କ ଝୁଲା ବ୍ୟାଗରେ ଭରି ଦେବା ଭିତରେ ଯେଉଁ ବ୍ୟସ୍ତତା ଥିଲା ତାହା ସ୍କୁଲ ସମୟ ଡେରି ହେବାର ପାଇଁ ନା ସେଇ ଲେଟର ସଂପର୍କୀୟ କଥାବସ୍ତୁ ମୋଠୁ ଗୋପନ ରଖିବା ପାଇଁ, ସେଦିନ ମୁଁ ବୁଝି ପାରି ନ ଥିଲି । ହେଲେ ଦିନକୁ ଦିନ କାହିଁକି କେଜାଣି ଅମୃତା ପ୍ରତି ମୋର ସେଇ କୁତ୍ସିତ ଧାରଣା ଦୃଢ଼ୀଭୂତ ହୋଇ ଉଠୁଥିଲା ।

ଆଖିଦେଖା ପ୍ରମାଣ କିମ୍ବା ଅକାଟ୍ୟ ଦୃଷ୍ଟାନ୍ତ ନ ପାଇଲେ କାହାର ଚରିତ୍ର ବିଷୟରେ କିଛି ଆକ୍ଷେପ କରିବା ଉଚିତ ନୁହେଁ- ମୁଁ ଏକଥା ଜାଣେ । ମୁଁ ଜାଣେ ଯେ କାହାକୁ ଦୋଷାରୋପ କରିବା ଭଲ ନୁହେଁ । ତଥାପି କଥା ଛଳରେ ଜଣେ ଦିଜଣ ବାନ୍ଧବୀଙ୍କ ଆଗରେ ଅମୃତାଙ୍କ କଳଙ୍କିତ ଅଧ୍ୟାୟକୁ ମୁଁ ଖୋଲି ଦେଇଥିଲି ।

ଅନେକ ଦିନ ପରେ ସୁରେନ୍ଦ୍ର ଦାଦା ଅମୃତା ସହିତ ମୋ କ୍ୱାର୍ଟରକୁ ଆସି ପହଞ୍ଚିଲେ । ମୁଁ ଆଶ୍ଚର୍ଯ୍ୟ ଅମୃତା ସୂଚାଇ ଦେଲେ ଯେ ସେଇ ଭଦ୍ରବ୍ୟକ୍ତି ହେଉଛନ୍ତି ତାଙ୍କର ସ୍ୱାମୀ । ମାତ୍ର ସେଇ ଭଦ୍ରବ୍ୟକ୍ତିଙ୍କୁ ମୁଁ ଆଗରୁ ଜାଣେ ଓ ସେ ମୋର ସଂପର୍କୀୟ ଦାଦା ହେବେ ସେ କଥା ଅମୃତାକୁ ସେ ଦିନ ପର୍ଯ୍ୟନ୍ତ ଜଣା ନ ଥିଲା । ମୋତେ ଜଣା ନ ଥିଲା ଯେ ସେ ଦାଦା ମ୍ୟାରେଜ କରିଛନ୍ତି ଅମୃତାକୁ । ସୁରେନ୍ଦ୍ର ଦାଦ ସହିତ ମୋତେ ଅମୃତାର ଭଲମନ୍ଦ ବୁଝିବାକୁ ଦାୟିତ୍ୱ ଦେଇ ଚାଲି ଯାଇଥିଲେ । ଆଉ ସେ ଦିନଠୁ ଅମୃତା ମୋ ନିକଟରେ ନାନୀ ରୂପରେ ଉଭା ନ ହୋଇ ହେଲେ ମୋର ଭାଉଜ । ସେ ଦିନଠୁ ଆମର ମିଳାମିଶା, ଯିବା ଆସିବାର ସଂପର୍କ ପୂର୍ବାପେକ୍ଷା ବଢ଼ି ଯାଇଥିଲା ଅନେକ ପରିମାଣରେ ।

ଅମୃତା ସହିତ ମୋର ସଂପର୍କର ନୂତନ ଖିଅ ଆବିଷ୍କାର ହେଲାପରେ ମୁଁ ନିଜକୁ ଜଣେ ଅପରାଧିନୀ ପରି ମନେ କରୁଥାଏ । ମୋର ମନେ ହେଉଥାଏ ଯେ ମୁଁ ଭୁଲ କରିଛି ଅମୃତାର କଳଙ୍କିତ ରୂପ ବାନ୍ଧବୀ ଦି ଜଣଙ୍କ ସାମ୍ନାରେ ଖୋଲି ଦେଇ । ଏହା ଭାବିବା ବେଳକୁ ଭାଉଜ ଅମୃତା ପ୍ରତି ଯେତିକି ଘୃଣା ଜାତ ହେଉଥାଏ ଦାଦା

ସୁରେନ୍ଦ୍ର ପ୍ରତି ସେତିକି ଜାତ ହେଉଥାଏ ସହାନୁଭୂତି । ମନରେ ପ୍ରଶ୍ନ ଉଠୁଥାଏ- ସୁରେନ୍ଦ୍ର ଦାଦା କ'ଣ ଅମୃତାର ଏଇ ନଷ୍ଟ ଚରିତ୍ର ଦିଗ ପ୍ରତି ଅବଗତ ?

ଦିନକର କଥା । ଅମୃତା ଭାଉଜ ମୋ କ୍ୱାର୍ଟରକୁ ଆସି କାନ୍ଦି ଥିଲେ । କହିପାରୁ ନ ଥିଲେ ସେ କିଛି । ଯଦିବା କହୁଥିଲେ ବୁଝିପାରୁ ନ ଥିଲି ମୁଁ । ତେବେ କଥାଟା ଏମିତି ଥିଲା- ତାଙ୍କ ଘରେ ଯେଉଁ ସ୍ତ୍ରୀ ଲୋକଟି କାମ କରୁଥିଲା ସେ ମାସକରେ ପ୍ରାୟ ଦଶଦିନ ଆସୁ ନ ଥିଲା । ତା ସତ୍ତ୍ୱେ ପୁରା ପାରିଶ୍ରମିକ ନେଉଥିଲା । ଅମୃତା ତା ବଦଳରେ ଅନ୍ୟଜଣେ ସ୍ତ୍ରୀଲୋକ ଠିକ କରିବାରୁ ସେଇ ପ୍ରଥମ ଜଣକ ଆସି ଅମୃତାକୁ ଯା'ଇଚ୍ଛା ତା' ଗାଳି ଗୁଲଜ କଲା । ସେ କୁଆଡେ କହିଲା ଯେ ଅମୃତାର ଅନ୍ୟ ପୁରୁଷ ସହିତ ସଂପର୍କ ଅଛି ଓ ତାର ପୁଅ ସୁରେନ୍ଦ୍ରର ନୁହେଁ- ସେଇ ଅନ୍ୟ ପୁରୁଷର ।

ମୁଁ ଅବାକ ହୋଇ ପଡିଥିଲି । ଗୋଟାଏ ଗୁଜବ କିମ୍ବା ଗୋଟାଏ କୁତ୍ସା କିପରି ଚାରିଆଡେ, ଏପରିକି ନିଜର ଦେହଲଗା ସନ୍ନିକଟ ପବନରେ ପହଁଚୁଥାଏ ଅଥଚ ହଂସର ପରକୁ ଜଳ ପରି ସ୍ପର୍ଶ କରି ନ ଥାଏ ।

ମୁଁ ମନେ ମନେ ପ୍ରମାଦ ଗଣିଲି । ସେଇ କୁତ୍ସା ଚଟନାର ମୂଳ ପ୍ରଚାରକ ମୁଁ ନିଜେ ବୋଲି ଅମୃତା ଯେତେବେଳେ ଜାଣିବେ ତାଙ୍କୁ କି ଉତ୍ତର ଦେବି ? କେମିତି ମୁହଁ ଦେଖାଇବି ତାଙ୍କୁ ।

ମୁଁ ଦୁଃଖାଭିଭୂତ ହେଲି ଯେ ଯଦି ଅମୃତା ମୋର ଭାଉଜ ବୋଲି ଆଗରୁ ଜାଣିଥାନ୍ତି, ତେବେ ମୁଁ ତାଙ୍କ ବଦନାମ କାହିଁକି ପ୍ରଚାର କରିଥାନ୍ତି ।

ମୋଟାଏ ଅସତୀକୁ ଅସତୀ, ଗୋଟାଏ ଚୋରକୁ ଚୋର କହିଲେ ମୁହଁରେ ସିନା ପ୍ରତିରୋଧ କରିବ ଯେ ସେ ଅସତୀ ନୁହେଁ, ଚୋର ନୁହେଁ ବୋଲି, ମନ ଭିତରେ ଏତେଟା ଭାଙ୍ଗି ପଡିବନି- ଯେତିକି ଭାଙ୍ଗି ପଡିଥିଲେ ସେଇ ଚାକରାଣୀର ଦୋଷାରୋପରେ ଅମୃତା ସେ ଦିନ । ମୋର କାହିଁକି ସେତେବେଳେ ମନେ ହେଉଥିଲା ଅମୃତା କଳଙ୍କିତା, ପରପୁରୁଷର ରକ୍ଷିତା ନୁହନ୍ତି । ସେ ପବିତ୍ର । କିନ୍ତୁ ମୋ ମନର ସିଲେଟରେ ସେଇ ଇନ୍‌ଲାଣ୍ଡ ଲେଟରର ଧାଡି ଗୁଡାକ ଏବେ ବି ଝଲ୍‌ଝଲ୍ କରି ଦିଶୁଥାନ୍ତି, ଯେଉଁଥିଲେ ଲେଖାଥାଏ- "ଆପଣଙ୍କର ରକ୍ତ ମୋ ପୁଅର ଶିରା ପ୍ରଶିରାରେ ପ୍ରବାହିତ ହେଉଛି ।"

ନିଜ ପୁଅ ଦେହରେ ଅନ୍ୟ ପୁରୁଷର ରକ୍ତ ପ୍ରବାହିତ ହେବାର ଗୋଟାଏ ମାଆର ଲିଖିତ ସ୍ୱୀକାରୋକ୍ତି କଣ ଯଥେଷ୍ଟ ନୁହେଁ ତାକୁ କଳଙ୍କିନୀ ବୋଲି କହିବାକୁ ?

ଅମୃତାର ପୁଅ ଆଲୋକକୁ କ୍ରମାଗତ ତିନିଦିନ ହେଲା ଜ୍ୱର । ତାତି କମୁନି ପାରାସିଟାମଲରେ ସଂପୂର୍ଣ୍ଣରୂପେ । ପାଖରେ ନାହାନ୍ତି ସୁରେନ୍ଦ୍ର ଦାଦା ।

ଅମୃତା ଆମ କ୍ୱାର୍ଟରକୁ ଆସି ପଚାରିଲେ:- ସଞ୍ଜୁ, ଏଇଠି ଫୋନ କା'ର ଅଛି କି ? ଟିକେ କଥା କରି ହେବ ସୋନପୁରକୁ।

ମୁଁ ପଚାରିଲି:- କାହିଁକି ? କାହା ସହିତ କଥା ଅଛି ? ସେ ନିର୍ବିକାର ଓ ବ୍ୟସ୍ତ ଗଳାରେ କହିଲେ: ଅରୁଣ ପଣ୍ଡା ସହିତ।

ମୁଁ ଚମକି ପଡିଲି। ସେଇ ଅରୁଣ ପଣ୍ଡା ଯାହାକୁ କି ସେଦିନ ଅମୃତା ପ୍ରେମପତ୍ର ଲେଖିଥିଲେ। ମୁଁ ନିଜେ ଅନ୍ୟ କା ଆଗରେ ପ୍ରକାଶ କରି ନ ଥିଲି ନାଁଟା। ମୋର ନୀରବତା ଲକ୍ଷ୍ୟ କରି ସେ କହିଥିଲେ: ହଁ , ସେ ଅରୁଣ ପଣ୍ଡା। କାକାଙ୍କ ସାଙ୍ଗ। ଯେ ପ୍ରଥମେ ଆଲୋକକୁ ରକ୍ତ ଦେଇଥିଲେ। ତାଙ୍କର ବ୍ଲଡ ଗ୍ରୁପ ବି ପୋଜିଟିପ୍। ଆଲୋକର ବି। ତାଙ୍କର ଦୁଇଟି ଭାଇଙ୍କର ବି ସେଇ ଏକା ଗ୍ରୁପ। ତାଙ୍କୁ ଖବର ଦେଲେ ରକ୍ତ ସଂଗ୍ରହ ପାଇଁ ଚିନ୍ତା ଯିବ। ସେ ପ୍ରତିଶ୍ରୃତି ଦେଇଥିଲେ ପୁଣି ରକ୍ତ ଦେବାକୁ।

ମୁଁ କିଛି ବୁଝି ପାରୁନ ଥାଏ ଅମୃତା ଭାଉଜଙ୍କ କଥା- ମୋ ଅଂସଶୋଧନୀୟ ଭୁଲର ଅନୁଶୋଚନାରେ। ସେ ଦିନ ସେଇ ଚିଠିର କଦର୍ଥ କରି ତାଙ୍କୁ କଳଙ୍କନୀ କରି ଦୁନିଆରେ ଠିଆ କରିବାରେ ମୁଁ ପାପିନୀ ହିଁ ଦାୟୀ ।

ସେ ମୋତେ ହଲାଇ ଦେଇ କହିଲେ- କୁହନା କେଉଁଠି ଫୋନ କରିହେବ। ତାଙ୍କର ଫୋନ ନମ୍ବର ଅଛି ମୋଠି। ଆଲୋକର ଦେହରେ ବ୍ଲଡ କମି ଗଲାଣି ଯେ ।

ମୁଁ ଆଉ କିଛି ପ୍ରତ୍ୟୁତ୍ତର ଦେଇ ପାରିନ ଥିଲି। ମୁଁ ଜାଣିନ ଥିଲି ଯେ ସିକଲ ସେଲ ଏନିମିଆ ପରି ଦୂରାରୋଗ୍ୟ ରୋଗରେ ପୀଡିତା ଅମୃତାର ପୁଅକୁ ରକ୍ତ ଦରକାର। ମୋତେ ଫୋନର ସନ୍ଧାନ ଦେବାକୁ ହେବ ଅମୃତାକୁ। ମାତ୍ର, କାନ୍ଦି କାନ୍ଦି ଗଡିଗଲି ଅମୃତାର ପାଦତଳେ। ବାଷ୍ପାକୂଳ କଣ୍ଠରେ କହି ଉଠିଲି-ଭାଉଜ ମୋତେ କ୍ଷମା କରି ଦିଅ। ତୁମେ କେଡେ ପବିତ୍ର। ମୁ ପାପିନୀ।

ଅମୃତା ସେଇ ଘଡିସନ୍ଧି ମୁହୂର୍ତ୍ତରେ ମୋର ଏତାଦୃଶ ସମର୍ପଣ ଓ ଆଚରଣକୁ କିଛି ବୁଝି ପାରୁନ ଥିଲେ।

■

ସମ୍ବାଦ 'ରବିବାର' ୧୩ ଫେବୃୟାରୀ, ୧୯୯୪ ସଂଖ୍ୟାରେ ପ୍ରକାଶିତ।

ସାକ୍ଷାତକାର

ପାଣି ବାବୁ ତତ୍ପର ହୋଇ ଉଠିଲେ। ହେବା କଥା ବି। ଏମିତି ସୁଯୋଗକୁ ହାତଛଡା କରାଯାଇ ନ ପାରେ। ସୁଯୋଗ ଗୋଟାଏକୁ ତ ଖୋଜିଲେ ମିଳେନି। ସେ ଯେତେବେଳେ ସ୍ୱତଃପ୍ରବୃତ୍ତ ହୋଇ ଗୋଡତଳକୁ ଆସିଛି ତାକୁ ହାତଛଡା ବା କରିହେବ କେମିତି ? ସୁଯୋଗର ସଦୁପୋଯୋଗ ନିଶ୍ଚୟ କରାଯିବ। ନଚେତ ପଛନ୍ତେ ପସ୍ତେଇବାକୁ ହେବ। ପଛନ୍ତେ ଏହାକୁ ଅଜସ୍ର ଟଙ୍କା ବ୍ୟୟରେ ଖୋଜି ବୁଲିଲେ ବି ପାଇବା କଷ୍ଟକର।

ଆନ୍ତର୍ଜାତିକ ଖ୍ୟାତିସଂପନ୍ନ ସରୋଜ ପଣ୍ଡା ଆସୁଛନ୍ତି ଓଡିଶା। ପୁନଶ୍ଚ ଖାସ ସେ ଆସୁଛନ୍ତି ପାଣିବାବୁଙ୍କ ସହରକୁ। ଏଠାରେ ରହଣି ପାଇଁ ମଧ୍ୟ ବ୍ୟବସ୍ଥା ହୋଇଛି। ଏହି ଅବସରରେ ସେ ଚାହାନ୍ତି ସରୋଜ ପଣ୍ଡାଙ୍କ ଠାରୁ ଗୋଟିଏ ସାକ୍ଷାତକାର। ଯେଉଁ ସାକ୍ଷାତକାରଟି ପ୍ରଥମ ହୋଇ ଜନ୍ମ ନେବାକୁ ଥିବା ସାହିତ୍ୟ ପତ୍ରିକାର ମାନକୁ ବହୁଗୁଣିତ କରିବ ବୋଲି ପାଣି ବାବୁଙ୍କ ଧାରଣା ରହିଛି। ଏଥିପାଇଁ ସେ କର୍ମବ୍ୟସ୍ତ ହୋଇ ଉଠିଛନ୍ତି। କେଉଁ ଉପାୟରେ କାହାକୁ ଅନୁରୋଧ କରି, କେଉଁ କେଉଁ ପ୍ରଶ୍ନ ପଚରାଯାଇ ଏକ ଉଚ୍ଚମାନ ସଂପନ୍ନ ସାକ୍ଷାକାରଟେ ଟ୍ୟାପ କରାଯାଇ ପାରେ- ଏହି ଚିନ୍ତାରେ ପାଣି ବାବୁ ଭାରାକ୍ରାନ୍ତ।

ପାଣି ବାବୁଙ୍କ ସାହିତ୍ୟରେ ଏତେ ଗଭୀର ଜ୍ଞାନ ନାହିଁ। ସେ ଓଡିଆ ସାହିତ୍ୟର ଇତିହାସ, ସାଂପ୍ରତିକ ସ୍ଥିତି ତଥା ବିଭିନ୍ନ ଚେତନା ଧାରାପ୍ରତି ଅବହିତ ନୁହନ୍ତି। ସେଥିପାଇଁ କିପରି ଏକ ସାକ୍ଷାତକାର ସରୋଜ ପଣ୍ଡାଙ୍କଠୁ ନିଆଯାଇପାରେ ସେ କିଛି ଠିକ କରି ପାରୁ ନାହାନ୍ତି। ଓଡିଆ ସାହିତ୍ୟରେ ଏତେ ଅନଭିଜ୍ଞ ବ୍ୟକ୍ତି ଜଣେ ଯେ ସାହିତ୍ୟ ପତ୍ରିକାର ସଂପାଦକ ହୋଇ ପତ୍ରିକା ପ୍ରକାଶନ ପାଇଁ ଅଣ୍ଟା ଭିଡିଛନ୍ତି ଏହା କିଛି ଅସ୍ପୃହଣୀୟ କଥା ନୁହେଁ। ସେ ଯାହା ବି ହେଉ, ଏପରି ପ୍ରଚେଷ୍ଟା ପ୍ରଶଂସନୀୟ। ଓଡିଶାର ଏତାଦୃଶ

ଏକ ଅବହେଳିତ ତଥା ଅପରିଚିତ ଇଲାକାରୁ ସାହିତ୍ୟ ପ୍ରତିକାଟେ ଜନ୍ମନେବା କିଛି କମ ଗୌରବର କଥା ନୁହେଁ। ପୁନଶ୍ଚ ପାଣିବାବୁଙ୍କ ପରି ଏକ ଉଦ୍ୟମୀ ତଥା ସାହସିକ ଲୋକ ପାଇବା ଏ ଅଞ୍ଚଳରେ କାଠିକର ପାଠ। ଅବଶ୍ୟ ପାଣି ବାବୁ ଅନ୍ୟମାନଙ୍କ ଉପରେ ସଂପୂର୍ଣ୍ଣ ନିର୍ଭରଶୀଳ। ତାଙ୍କ ସହରର ସାହିତ୍ୟ ସଂସଦର ସଂପାଦକଙ୍କଠୁଁ ଆରମ୍ଭ କରି ନିଷ୍କ୍ରିୟ ସଭ୍ୟ ପର୍ଯ୍ୟନ୍ତ ତାଙ୍କ ପ୍ରତି ଥିବା ସହାନୁଭୂତି କଥା ସେ ଜାଣନ୍ତି। ଏଥିପାଇଁ ମଧ୍ୟ ସେ ଆଗଉଛନ୍ତି। ସାହସ ଆସୁଛି ତାଙ୍କର ମନରେ ଅସୀମ। ଏଥିପାଇଁ ସେ ସାକ୍ଷାତକାର ପାଇଁ ଏକ ଯୋଜନା ପ୍ରସ୍ତୁତ ପାଇଁ ଏମାନଙ୍କ ସହାୟତା ଲୋଡିବାକୁ ବାହାରିଲେ।

ସରୋଜ ପଣ୍ଡାଙ୍କ ଆଗମନ ଅବସରରେ ତାଙ୍କର ଏକ ସାକ୍ଷାତକାର ନୂତନ ପତ୍ରିକା ପାଇଁ ପ୍ରସ୍ତୁତ କରିବା ପ୍ରସ୍ତାବନା ପାଣିବାବୁ ଏକଦା ଉତ୍‌ଥାପନ କରିଥିଲେ ସାହିତ୍ୟ ସଂସଦର ସଂପାଦକ ଅଜୟବାବୁଙ୍କ ପାଖରେ। ଅଜୟ ବାବୁ ଏଥିପାଇଁ ସମସ୍ତ ସହଯୋଗ ଅକୁଣ୍ଠିତ ଚିତ୍ତରେ ଦେବାର ପ୍ରତିଶ୍ରୁତି ଦେଇଥିଲେ। ସେ ସରୋଜ ପଣ୍ଡାଙ୍କୁ ଏଥିପାଇଁ ଅନରୋଧ ଜଣାଇବେ ବୋଲି କହିଥିଲେ। ମାତ୍ର ସରୋଜ ପଣ୍ଡାଙ୍କ ଆଗମନ ଅବସରରେ ସେ ନିଜେ ବ୍ୟସ୍ତ ରହୁଥିବାରୁ ପ୍ରଶ୍ନ ପ୍ରସ୍ତୁତି ପାଇଁ ଅନ୍ୟମାନଙ୍କ ଉପରେ ନିର୍ଭର କରିବାକୁ ସେ ପରାମର୍ଶ ଦେଇଥିଲେ। ବିଶେଷତଃ ସେ ସୁଧା ବାବୁ ଓ ଗଣେଶ ବାବୁଙ୍କ ନାମ ଉଲ୍ଲେଖ କରିଥିଲେ। ସୁଧାବାବୁ ଓଡିଆ ସାହିତ୍ୟରେ ଏମ.ଏ.। ଗଣେଷ ବାବୁ ଏ ବିଷୟରେ ସ୍ନାତକୋତ୍ତର ନ ହୋଇ ଥିଲେ ବି ସାହିତ୍ୟ ଉପରେ ତାଙ୍କର ଅନୁରକ୍ତ ଅଧ୍ୟୟନ ରହିଛି।

ସରୋଜ ପଣ୍ଡାଙ୍କ ଭାଷଣ କାର୍ଯ୍ୟକ୍ରମ ଥିଲା ଗତକାଲି ଜିଲ୍ଲା ମହକୁମାରେ। ଆଜି ସକାଳୁ ସେ ଜିଲ୍ଲାର ଏକ ଐତିହାସିକ ଦର୍ଶନୀୟ ସ୍ଥାନ ପରିଦର୍ଶନ କରି ସନ୍ଧ୍ୟାରେ ପହଞ୍ଚିବେ ପାଣିବାବୁଙ୍କ ସହରରେ। ଏଠାରେ ସେ ଦେବେ ଏକ ଭାଷଣ। ଭାଷଣ ପରେ କିମ୍ବା ପୂର୍ତ୍ତ ବିଭାଗର ବଙ୍ଗଲୋରେ ରହଣି ସମୟରେ ଗୋଟିଏ ସାକ୍ଷାତକାର ନେବାକୁ ହେବ। ଏଥିପାଇଁ ଆଗରୁ ସବୁକିଛି ପ୍ରସ୍ତୁତ କରିବାକୁ ହେବ। ଏକ ଶକ୍ତିଶାଳୀ ତଥା ସ୍ୱଚ୍ଛ ଟ୍ୟାପ୍ କରୁଥିବା ରେକଡର ତା ସଙ୍ଗକୁ ଉତ୍‌କୃଷ୍ଟ ପ୍ରଶ୍ନାବଳୀ। ପାଣିବାବୁ ମନେ ମନେ ଠିକ କରିଥିଲେ ଏକ ଟ୍ୟାପ ରେକଡର। କେବଳ ରହିଲା ପ୍ରଶ୍ନାବଳୀ ସମସ୍ୟା। ଏଥିପାଇଁ ଯିବେ କାହା ପାଖକୁ? ଅଜୟ ବାବୁ ତ ଆଗରୁ ନିଜର ଅସାମର୍ଥ୍ୟ ପ୍ରକାଶ କରିଦେଇଛନ୍ତି। କୋଦଣ୍ଡ ବାବୁ ଏ ଦିଗରେ ହୁଏତ ସାହାଯ୍ୟ କରିବେ। ଏ ସହରର ସମସ୍ତ ସାହିତ୍ୟକଙ୍କଠୁ ସେ ବୟସ୍କ। ଅଧିକ ଅନୁଭୂତି ରହିଛି ତାଙ୍କର। ଅଧିକ ଲେଖା ପ୍ରକାଶ ପାଏ ବି ବିଭିନ୍ନ ପତ୍ର ପତ୍ରିକାରେ। ପାଣିବାବୁଙ୍କୁ ଲାଗିଲା ସୁଧାବାବୁ

କିମ୍ବା ଗଣେଶ ବାବୁଙ୍କ ଅପେକ୍ଷା କୋଦଣ୍ଡ ବାବୁ ନିଶ୍ଚିତ ଭାବେ ଉଚ୍ଚ ଧରଣର ପ୍ରଶ୍ନ ପ୍ରସ୍ତୁତ କରି ପାରିବେ। ସେ ଚାଲିଲେ କୋଦଣ୍ଡ ବାବୁଙ୍କ ପାଖକୁ।

ମାତ୍ର କୋଦଣ୍ଡ ବାବୁ ଘରେ ନ ଥିଲେ। ଜିଲ୍ଲା ମହକୁମାରେ ଗତକାଲି ଅନୁଷ୍ଠିତ ସାହିତ୍ୟ ସଭାରେ ଯୋଗଦେଇ ଆଉ ଘରକୁ ଫେରି ନ ଥିଲେ। ସେଇଠି ସରୋଜ ପଣ୍ଡାଙ୍କ ସହିତ ତାଙ୍କର ପୂର୍ବ ସଂପର୍କ ଯୋଡ଼ି ତାଙ୍କର ସହଗାମୀ ହୋଇ ଯାଇଥିଲେ। ସରୋଜ ପଣ୍ଡା ଜିଲ୍ଲା ମହକୁମାକୁ ଆସିବା ପରେ କୁଆଡେ ପଚାରିଥିଲେ, ଆମ ସାଙ୍ଗରେ କୋଦଣ୍ଡ ମିଶ୍ର ନାମକ ପିଲାଟେ ପଢୁଥିଲା। ଲେଖାଲେଖି କରେ। ସେ କଣ ଆସିଛି ? ତା ପରେ କୋଦଣ୍ଡ ବାବୁ ତାଙ୍କ ସହିତ ସାକ୍ଷାତ ହୋଇ ଛାତ୍ର ଜୀବନର ସ୍ମୃତିଚାରଣ କରି ବନ୍ଧୁତ୍ୱର ସଂପର୍କକୁ ନିବିଡ କରିଥିଲେ। ସେ ସରୋଜ ପଣ୍ଡାଙ୍କ ପିଛା ଧରିଥିଲେ। ଆଶା ରଖିଥିଲେ, କାଳେ ତାଙ୍କର କୌଣସି ଲେଖା ସରୋଜ ପଣ୍ଡାଙ୍କ ପ୍ରସିଦ୍ଧ ତଥା ପ୍ରତିଷ୍ଠିତ ଏକ ଅଣ ଓଡିଆ ପତ୍ରିକାରେ ସ୍ଥାନ ପାଇଯିବ। ସେ ଯାହା ବି ହେଉ, ସରୋଜ ପଣ୍ଡାଙ୍କ ସହିତ ଏକ ସଙ୍ଗରେ ଆସି ପହଞ୍ଚିବେ ସନ୍ଧ୍ୟା ଛଅଟାରେ। ତା ପୂର୍ବରୁ ହିଁ ପ୍ରଶ୍ନ ପ୍ରସ୍ତୁତ କରିବାକୁ ହେବ। ତେଣୁ ସୁଧା ବାବୁଙ୍କ ନିକଟକୁ ଯିବା ହିଁ ଶ୍ରେୟସ୍କର ହେବ ଚିନ୍ତାକରି ପାଣି ବାବୁ ତାହିଁ କଲେ।

ସୁଧାବାବୁ ସରୋଜ ପଣ୍ଡାଙ୍କ ଆଗମନ ପ୍ରତି ଅବଗତ ଥିଲେ। ସେଥିପାଇଁ ପାଣିବାବୁ କିଛି ପୂର୍ବାଭାସ ନ ଦେଇ ସିଧା କହିଲେ: ସୁଧା ବାବୁ, ଆମ ପତ୍ରିକାରେ ସରୋଜ ପଣ୍ଡାଙ୍କର ଏକ ସାକ୍ଷାତକାର ଛାପିବା। ଆପଣ ପ୍ରସ୍ତୁତ କରନ୍ତୁ ପ୍ରଶ୍ନାବଳୀ। ଏହା ମୋର ବିଶେଷ ଅନୁରୋଧ।

ସୁଧାବାବୁ ଟିକିଏ ଚିନ୍ତା କରି ସ୍ୱଗୋତକ୍ତି କଲେ, କ'ଣ କ'ଣ ପ୍ରସ୍ତୁତ କରାଯାଇ ପାରେ ପ୍ରଶ୍ନ ?

ପାଣିବାବୁ କହିଲେ: ଦେଖନ୍ତୁ, ସରୋଜ ପଣ୍ଡାଙ୍କ ସମସ୍ତ ସୃଷ୍ଟିକୁ ମୁଁ ଅନୁଧ୍ୟାନ କରି ନାହିଁ। ଆଉ, ବର୍ତ୍ତମାନ ଅଧ୍ୟୟନ କରି ପ୍ରଶ୍ନ ପ୍ରସ୍ତୁତ କରିବାକୁ ସମୟ ନାହିଁ। ତେବେ ମୋ ସୀମିତ ଜ୍ଞାନ ଭିତରେ ପ୍ରଶ୍ନ ପ୍ରସ୍ତୁତ କରିବାକୁ ମୋର ଦ୍ୱିଧା ନାହିଁ । ମାତ୍ର ମୋ ମତରେ ସାକ୍ଷାତକାର ଏକ ନୂଆ ଧରଣର ହେବା କଥା। ଆଉ, ଆପଣ କେବେ ଠୁ ଲେଖିଲେଖି କଲେଣି, ପ୍ରଥମେ କେବେ ଲେଖା ପ୍ରକାଶ ପାଇଥିଲା ପରି ଶସ୍ତା ପ୍ରଶ୍ନ ପଚାରିବା କଥା ନୁହେଁ। ତେଣୁ, ଏ ଦାୟିତ୍ୱ ମୋତେ ନ ଦେଇ ଅନ୍ୟ କାହାକୁ ଦେଲେ ଭଲ ହୁଅନ୍ତା।

ପାଣି ବାବୁ ଟିକିଏ ଅନୁନୟ ଭଙ୍ଗୀରେ କହିଲେ: ସୁଧାବାବୁ ! ଆଉ କିଏ ଅଛି ଯେ'। ଅଜୟ ବାବୁ ସଙ୍ଗଠନ ବ୍ୟବସ୍ଥାରେ ବ୍ୟସ୍ତ। କୋଦଣ୍ଡ ବାବୁ ସରୋଜ

ପଣ୍ଡାଙ୍କ ସହିତ ଯାଇଛନ୍ତି। ଆପଣଙ୍କୁ ହିଁ ଏହି ଦାୟିତ୍ୱ ତୁଲାଇବାକୁ ପଡିବ। ମୋ ଅନୁରୋଧ ରକ୍ଷା କରନ୍ତୁ ।

ସୁଧା ବାବୁ ସମ୍ମତି ଜଣାଇ କହିଲେ: ଠିକ ଅଛି। ମୋ ସୀମିତ ଜ୍ଞାନ ଭିତରେ ଯଥାସାଧ୍ୟ ଚେଷ୍ଟା କରିବି ପ୍ରଶ୍ନାବଳୀ ଉତ୍ତମ ଭାବେ ଗଢ଼ିବାକୁ।

ସୁଧାବାବୁଙ୍କୁ ଏ ଦାୟିତ୍ୱ ଦେଇ ପାଣିବାବୁ ନିଶ୍ଚିନ୍ତ ରହି ପାରିଲେନି। କାଳେ ସୁଧାବାବୁ ପ୍ରଶ୍ନ ପ୍ରସ୍ତୁତ କରି ନ ପାରନ୍ତି? ଯଦି କରନ୍ତି ତାହା ସବୁ ଉତ୍ତମ ହୋଇ ନ ପାରେ। ସେ ଭାବିଲେ: ଗଣେଶ ବାବୁଙ୍କୁ ବି ଏ ଦାୟିତ୍ୱ ଦେଲେ ଭଲ ହୁଅନ୍ତା। ଦୁଇ ଜଣଙ୍କର ପ୍ରଶ୍ନାବଳୀରୁ ବଛା ବଛା ପ୍ରଶ୍ନମାନ ଉତ୍‌ଥାପନ କଲେ ଆହୁରି ଚିତ୍ତାକର୍ଷକ ହୁଅନ୍ତା ସାକ୍ଷାତକାର। ପତ୍ରିକାର ପ୍ରଥମ ସଂଖ୍ୟା ଋଦ୍ଧିମନ୍ତ ହୁଅନ୍ତା। ମାନ ବଢ଼ିଯାନ୍ତା। ବଜାରରେ କାଟ୍‌ତି ବେଶ ହୁଅନ୍ତା। ଏପରି ଭାବନାରେ ଉଚ୍ଛକିତ ହୋଇ ପାଣିବାବୁ ଚାଲିଲେ ଗଣେଶବାବୁଙ୍କ ପାଖକୁ।

ଗଣେଶ ବାବୁଙ୍କୁ ପାଣି ବାବୁ କହିଲେ: ସରୋଜ ବାବୁଙ୍କୁ ଗୋଟିଏ ସାକ୍ଷାତକାର ଛାପିବା ଆମ ପତ୍ରିକାରେ। ଆପଣ ପ୍ରସ୍ତୁତ କରନ୍ତୁ ପ୍ରଶ୍ନାବଳୀ। ସୁଧା ବାବୁଙ୍କୁ ବି ଏ କଥା କହିଛି।

ଗଣେଶ ବାବୁ ଟିକିଏ ନୀରବ ରହିଗଲେ। କହିଲେ: ମୁଁ ପ୍ରଶ୍ନ ପ୍ରସ୍ତୁତ କରିବାର ଆପତ୍ତି ନାହିଁ। ହେଲେ ସାକ୍ଷାତକାରରେ ମୋ ନାଁ ରହିବ ତ? ନା ଅନ୍ୟ କାହାର ନାଁ ଛାପିବେ?

ଏପରି ପ୍ରଶ୍ନରେ ପାଣି ବାବୁ ହତବାକ ହୋଇ ପଡିଥିଲେ। ସେ ତ ଠିକ କରି ନ ଥିଲେ କାହା ନାଁ ଛାପିବେ 'ସାକ୍ଷାତ କରିଛନ୍ତି' ରେ। ସେ ବୁଝାଇବା ସ୍ୱରରେ କହିଲେ: ଗଣେଶ ବାବୁ, ନାଁ ଛାପିବା ନ ଛାପିବା କଥା ଏବେ ଉଠାନ୍ତୁ ନାହିଁ। ଆଗେ ସାକ୍ଷାତକାରଟା ଭଲ ଭାବେ ହୋଇ ଯାଉ ତ। ତା ପରେ ଆମେ ବିଚାର କରିବା - କା ନାଁ ଛାପିବା ନ ଛାପିବା ।

ଗଣେଶ ବାବୁ ସନ୍ଦେହ ଦୃଷ୍ଟିରେ ଦେଖିଲେ ପାଣିବାବୁଙ୍କୁ। ତାଙ୍କର ମନେ ହେଲା ପାଣି ବାବୁ ତାଙ୍କୁ ଠକିବାକୁ ଆସିଛନ୍ତି। ପ୍ରଶ୍ନ ପ୍ରସ୍ତୁତ କରିବେ କଷ୍ଟ କରି ଅଥଚ ଅନ୍ୟ ନାଁରେ ପ୍ରକାଶ ହେଲେ ତାଙ୍କର ଲାଭ କଣ? କିନ୍ତୁ ମନା କରିଦେଲେ ପାଣି ବାବୁଙ୍କୁ ଆଘାତ ଲାଗି ପାରେ। ତେଣୁ ସମ୍ମତି ଜଣାଇ ଦେଇ ପରେ ଅନ୍ୟ ଅସୁବିଧାର କାରଣ ଦର୍ଶାଇ ଦେବାର ଠିକ ହେବ ବୋଲି ସ୍ଥିର କରି ନେଲେ। ପାଣି ବାବୁଙ୍କୁ କହିଲେ: ଠିକ ଅଛି, ମୁଁ ପ୍ରଶ୍ନାବଳୀ ପ୍ରସ୍ତୁତ କରୁଛି। ଆପଣ ଯାଆନ୍ତୁ।

ସରୋଜ ପଣ୍ଡା ପହଞ୍ଚିବାର ନିର୍ଦ୍ଦିଷ୍ଟ ମୁହୂର୍ତ୍ତ। ତା ଆଗରୁ ସୁଧା, ଗଣେଶ ଆଉ

ପାଣି ବାବୁ ମିଳିତ ହୋଇ ଯାଇଥିଲେ ଏକାଠି। ସୁଧା ପ୍ରସ୍ତୁତ କରି ଆଣିଥିଲେ ଦଶଟି ପ୍ରଶ୍ନ। ସରୋଜ ପଣ୍ଡାଙ୍କ ଅର୍ଦ୍ଧାଧିକ ରଚନାବଳୀ ଉପରେ କେନ୍ଦ୍ରୀଭୂତ ହୋଇଥିଲା ପ୍ରଶ୍ନଗୁଡ଼ିକ। ପ୍ରଶ୍ନ ଗୁଡ଼ିକର ଶୈଳୀ ଏତାଦୃଶ ଯେ ଏଥିରୁ ବୁଦ୍ଧିଦୀପ୍ତ ତଥା ସରସ ଉତ୍ତର ସବୁ ବାହାରିବାର ଆଶା କରାଯାଉଥିଲା। ମାତ୍ର, ଗଣେଶ ବାବୁ କିଛି ଆଣି ନ ଥିଲେ। ତାଙ୍କର କୁଆଡ଼େ ମୁଣ୍ଡବ୍ୟଥା ହେବାରୁ ସେ ପ୍ରସ୍ତୁତ କରି ପାରିଲେନି ପ୍ରଶ୍ନାବଳୀ।

ସରୋଜ ପଣ୍ଡା ପହଞ୍ଚିବାର ନିର୍ଦ୍ଧାରିତ ସମୟ ଉପସ୍ଥିତ। ଓଡ଼ିଶା ବାହାରେ ରହୁଥିବା ଏଇ ବିଶିଷ୍ଟ ଓଡ଼ିଆ ସାହିତ୍ୟିକଙ୍କ ଦର୍ଶନ ପାଇଁ ଅନେକ ସାହିତ୍ୟ ରସ ପିପାସୁ ଭିଡ଼ ଲଗାଇଛନ୍ତି। ସମସ୍ତଙ୍କ ମନରେ ପ୍ରତୀକ୍ଷା। ସମସ୍ତେ ନିଜ ଗହଣରେ ଜଣେ ଏତେ ପ୍ରତିଷ୍ଠିତ ଲେଖକଙ୍କୁ ପାଇବାକୁ ଗୌରବାନ୍ୱିତ ମନେ କରୁଛନ୍ତି। ତାଙ୍କର କଣ୍ଠରୁ କିଛି ଶୁଣିବାକୁ ଉତ୍କଣ୍ଠିତ ହୋଇ ଚାହିଁ ରହିଛନ୍ତି। ମାତ୍ର, ଆସୁ ନାହାନ୍ତି ସେ ଅପେକ୍ଷିତ ବ୍ୟକ୍ତି।

ନିର୍ଦ୍ଧାରିତ ସମୟରୁ ଅଧଘଣ୍ଟା ଡେରି। ଅଧଘଣ୍ଟାରୁ ଘଣ୍ଟାଏ। କେତେକ ଶସ୍ତା ସାହିତ୍ୟିକ ଚାଲିଗଲେଣି ନିଜ ନିଜ ଘରକୁ। ତଥାପି ବହୁ ଲୋକଙ୍କ ପ୍ରତୀକ୍ଷା। ଯେପରି ସେ ପ୍ରତୀକ୍ଷାର ଶେଷ ନାହିଁ ।

ୟା ଭିତରେ ପାଣିବାବୁ ଅଜୟ ବାବୁଙ୍କ ସହିତ କଥା କରିଥିଲେ। ଅଜୟବାବୁ ଅଭୟ ବାଣୀ ଶୁଣାଇଥିଲେ ଯେ ସାକ୍ଷାତକାର ନିଶ୍ଚୟ ହେବ। । ସେ ନିଜେ ସରୋଜ ପଣ୍ଡାଙ୍କୁ ଅନୁରୋଧ କରିବେ କିଛି ସମୟ ଦେବାକୁ ଭାଷଣ ପରେ, ଯଦି ଭାଷଣ ପରେ ନ ହୁଏ ରାତ୍ର ଭୋଜନ ପରେ।

ଘଣ୍ଟାଏ ପନ୍ଦର ମିନିଟ ବିଳମ୍ବରେ ଆସି ପହଞ୍ଚିଲେ ସରୋଜ ପଣ୍ଡା। ଜଣାଗଲା, ବାଟରେ ପଡୁଥିବା ନଈ ବାଲିରେ ଗାଡ଼ି ଦବି ଯାଇଥିଲା। ପାଖ ଗାଁରୁ ଲୋକ ଡାକି ଜିପକୁ ଉଦ୍ଧାର କରି ଆସୁ ଆସୁ ଡେରି। ଏଥିପାଇଁ ଗାଡ଼ିରେ ଥିବା ସମସ୍ତଙ୍କୁ ହଇରାଣ ହେବାକୁ ପଡ଼ିଥିଲା। ସରୋଜ ପଣ୍ଡା ତାଙ୍କ ଭାଷଣରେ ଉଦ୍‌ଗ୍ରୀବ ସାହିତ୍ୟିକ ମଣ୍ଡଳୀକୁ ଜଣାଇ ଦେଲେ ଯେ ସେ ଅତ୍ୟଧିକ କ୍ଳାନ୍ତ। ବେଶୀ କିଛି କହି ପାରିବେନି। ଏଥିପାଇଁ କ୍ଷମା ପ୍ରାର୍ଥନା ବି କରି ଦେଲେ।

ଭାଷଣ ସରିଲା। ସମସ୍ତ ଶ୍ରୋତା ଗୃହାଭିମୁଖେ ପ୍ରତ୍ୟାବର୍ତ୍ତନ କଲେ। ରହିଲେ କେବଳ ସାହିତ୍ୟ ସଂସଦର କର୍ମକର୍ତ୍ତାମାନେ। ସେଠାରେ ରାତ୍ରି ଭୋଜନ ହେବ।

ସରୋଜ ପଣ୍ଡାଙ୍କର ଏପରି କ୍ଳାନ୍ତ ଅବସ୍ଥାରେ ସାକ୍ଷାତକାର କେତେବେଳେ ନିଆଯାଇ ପାରେ ଏ ପ୍ରସଙ୍ଗ ବୁଝିବାକୁ ଗଲେ ଅଜୟବାବୁ ପାଖକୁ ପାଣିବାବୁ।

ଏପଟେ ଗୋଟାଏ ନିଛାଟିଆ ଜାଗାରେ ଗଣେଶ ବାବୁ ଓ ସୁଧା ବାବୁ ଠିଆ

ହୋଇ କଥାବାର୍ତ୍ତା ହେଉଥାନ୍ତି। ଯା ଭିତରେ ପାଣି ବାବୁ ଆସି ସୂଚାଇ ଦେଲେ ଯେ ସାକ୍ଷାତକାର ହେବାର ସମ୍ଭାବନା କ୍ଷୀଣ। କାରଣ ସରୋଜ ପଣ୍ଡା ଅତି କ୍ଲାନ୍ତ। ଜଣେ ସମ୍ମାନନୀୟ ଅତିଥି ଭାବେ ତାଙ୍କୁ ସମ୍ମାନ ଦେବାକୁ ପଡିବ। ତଥାପି ପାଣିବାବୁ କୋଦଣ୍ଡ ବାବୁଙ୍କ ପରାମର୍ଶ ପାଇଁ ଗଲେ। କୌଣସି ମତେ ଅନ୍ତତଃ ପାଞ୍ଚଟା ପ୍ରଶ୍ନର ଉତ୍ତର ଦେବାକୁ ଅନୁରୋଧ କରିବାକୁ।

ସାକ୍ଷାତକାରର ଆଶା କ୍ଷୀଣ ହେବାର ଦେଖି ଗଣେଶ ବାବୁ ଅସହିଷ୍ଣୁ ସ୍ୱରରେ କହିଲେ, ଆପଣଙ୍କ ସାକ୍ଷାତକାର ସରୋଜ ପଣ୍ଡାଙ୍କ ପତ୍ରିକାରେ ସ୍ଥାନ ପାଇବ। ଭାରି ଭଲ ପ୍ରଶ୍ନ ସବୁ ରେଡି କରିଛନ୍ତି ଆପଣ ।

ସୁଧାବାବୁଙ୍କ ମନରେ ଆଘାତ ଲାଗିଲା। ସେ ବୁଝି ପାରିଲେ ଗଣେଶ ବାବୁଙ୍କର ଏତାଦୃଶ ଥଟ୍ଟା ଅନ୍ତରାଳରେ ତାଙ୍କର ଈର୍ଷାର ବିଦ୍ୟାମାନତାକୁ।

ସୁଧାବାବୁ ପକେଟରୁ ବାହାର କଲେ ପ୍ରଶ୍ନାବଳୀ। ରାଗରେ ଚିରିଦେଲେ ଟୁକୁରା ଟୁକୁରା କରି।

ସେପଟୁ ପାଣି ବାବୁ ଆସିଲେ। କହିଲେ, କୋଦଣ୍ଡ ବାବୁ ମଧ୍ୟ କହିଲେ: ଏବେ ହୋଇ ପାରିବନି ସାକ୍ଷାତକାର। ତଥାପି ସକାଳେ ଯଦି ସମୟ ମିଳେ ଚେଷ୍ଟା କରିବାର ପ୍ରତିଶୃତି ଦେଇଛନ୍ତି ।

ପାଣିବାବୁଙ୍କର ଇଚ୍ଛା ହେଉଥିଲା ସିଧା ସଳଖ ସରୋଜ ବାବୁଙ୍କୁ ଅନୁରୋଧ କରିବାକୁ। ମାତ୍ର, ବିବେକ ମନା କରୁଥିଲା ଏପରି କ୍ଲାନ୍ତ ବ୍ୟକ୍ତିଙ୍କୁ ଅଯଥା ଅନୁରୋଧ କରିବାକୁ। ପ୍ରତି ସଂସଦର କର୍ମକର୍ତ୍ତାମାନଙ୍କୁ ପ୍ରତ୍ୟକ୍ଷ ଅବମାନନା ଏହା ଦ୍ୱାରା ହେବାର ଭୟରେ ସେ ନିଜକୁ ଏଥିରୁ ନିବୃତ୍ତ ରଖିଲେ। ସେ ନିଜେ ସଂସଦର ଜଣେ ସଭ୍ୟ ହୋଇଥିଲେ କଥାଟି ଭିନ୍ନ ହୋଇଥାନ୍ତା।

ସୁଧା ବାବୁଙ୍କ ହାତରୁ ଖସି ପଡୁଥିବା ଟୁକିଡା ଟୁକୁଡା କାଗଜକୁ ଚାହିଁ ପ୍ରଶ୍ନ କଲେ: ସେ ସବୁ କି କାଗଜର ଟୁକୁଡା ? ଉତ୍ତର ପାଇଲେ: ପ୍ରଶ୍ନାବଳୀର।

ତାଙ୍କର ଉତ୍ସାହୀ ମନକୁ ବିଦ୍ରୁପ କରୁଥିଲେ ଟୁକୁଡା ଟୁକୁଡା କାଗଜ। ତା ସଙ୍ଗକୁ ଏତେ ଚେଷ୍ଟା ସତ୍ତ୍ୱେ ସାକ୍ଷାତକାରଟେ ନେଇ ନ ପାରିବାର ବିଫଳତା ମଧ୍ୟ।

■

ତ୍ରୈମାସିକ ସାହିତ୍ୟ ପତ୍ରିକା 'ପୂର୍ବରାଗ'ର ଶାରଦୀୟ ବିଶେଷାଙ୍କ ୧୯୮୬ ରେ ପ୍ରକାଶିତ। ଏହା 'ସପ୍ତର୍ଷି ମଇ୧୯୮୭ ସଂଖ୍ୟାରେ ମଧ୍ୟ ପ୍ରକାଶିତ।

ମଶାଣି ନିଆଁ ଓ ମନ୍ଦିରର ଦୀପ ମଝିରେ ସରୋଜ

ସହରତଳି ଅଞ୍ଚଳରେ ରହି ଆସିଥିଲା ସରୋଜ। ମୁଖ୍ୟ ସହରରୁ ଏହା ଏକ ବଚ୍ଛିନ୍ନାଞ୍ଚଳ। ବ୍ୟବଧାନ ପ୍ରାୟ ଦୁଇ କିଲୋମିଟର। ପ୍ରତିଦିନ ଅଫିସରେ ପହଞ୍ଚିବାକୁ ସରୋଜକୁ ରୀତିମତ ସାଇକେଲରେ ଦୁଇ କିଲୋମିଟର ଅତିକ୍ରମ କରିବାକୁ ପଡୁଥିଲା। ତା'ଛଡା ଘରୋଇ ବ୍ୟବହାର୍ଯ୍ୟ ଜିନିଷପତ୍ର ପାଇଁ ସହରକୁ ଦୈନିକ ଥରେ ଦିଥର ଯିବାକୁ ପଡୁଥିଲା। ତେବେ ସହର ଭିତରେ ଭଡାଘର ଅଭାବ ଯୋଗୁଁ ସେ ଏଠି ରହୁଥିଲା ତା ନୁହେଁ, ଘରଭଡା ଏଇଠି ଟିକିଏ ଶସ୍ତା। ମଦ କୁକୁଡା ଖାଉନ ଥିବା ବ୍ରାହ୍ମଣ ଭଡାଟିଆଟେ ଘରବାଲା ଚାହୁଁ ଥିବାରୁ ଅର୍ଥନୀତି ସୂତ୍ରରେ ଏହାର ଡିମାଣ୍ଡ କମ ଥିଲା। ତେଣୁ ଅପେକ୍ଷାକୃତ ଏହି ଶସ୍ତା ଘରେ ସରୋଜ ତା ମାଆ ଭାଇ ଓ ଭଉଣୀମାନଙ୍କୁ ଧରି ରହି ଆସୁଥିଲା ତିନି ବର୍ଷ।

ଗାଁର ମୁଖ୍ୟ ରାସ୍ତା କଡରେ ଏହି ଘରର ଅବସ୍ଥିତି। ବସା ଉଠା ପାଇଁ ଦି ବଖରା। ରନ୍ଧା ଘର, ଏବଂ ତଳ ଦି ବଖରାର ଆୟତନ ନେଇ ଉପରେ ଗୋଟିଏ ପ୍ରଶସ୍ତ ବଖରା। ଘରର ପଛ ପଟକୁ ଏକ ବିରାଟ ପଡିଆ। ଏହାର କିଛି ଅଂଶରେ ରୁଇବାଡ ଦିଆ ଯାଇଥିଲା। ବାଡି ପଟକୁ ବାହାରିବା ଆଗରୁ ଗୋଟିଏ ବରଣ୍ଡା। ଘର ସିମେଣ୍ଟେଡ, ଇଲେକ୍ଟ୍ରିଫାଏଡ। କିନ୍ତୁ ଲେଟ୍ରିନ ନ ଥିଲା। ଗାଁ ଏପଟରେ ନଈଟେ ଏବଂ ଅନ୍ୟପଟେ ପୋଖରୀଟିଏ ଥିବାରୁ ଝାଡାଝପଟର ଅସୁବିଧା ହେଉ ନ ଥିଲା।

ଘରଟି ଭଡା ଦେବା ଉଦ୍ଦେଶ୍ୟରେ ନିର୍ମିତ ହୋଇ ନ ଥିଲା। ଘରବାଲା ବାହାରେ ଚାକିରି କରନ୍ତି ବୋଲି ଘରଟା ଖାଲି ରହୁଥିଲା। ଘର ପାଇଁ ଭଡାଟିଆ ଜୁଟାଇବା, ଘରର ସୁବିଧା ଅସୁବିଧା ଦେଖିବା ତାଙ୍କ ଦ୍ୱାରା ହେଇ ପାରୁ ନ ଥିଲା।

ତେଣୁ ଘରର ବାମ କଡକୁ ଲାଗି ରହିଥିବା ତାଙ୍କର ଭାଇ ପୁଅ ପୁତୁରା ବାସୁ ହାତରେ ସେ ତାର ତତ୍ତ୍ୱାବଧାନ ଦାୟିତ୍ୱ ନ୍ୟସ୍ତ କରିଥିଲେ। ବାସୁ ଘର ଦେଖାରେଖା କରେ। ସୁବିଧା ଅସୁବିଧା ଘରମାଲିକ ବୀରବାବୁଙ୍କୁ ଜଣାଏ। ଏହି ଅଳ୍ପ କ୍ଷମତାରେ ଆସୀନ ହୋଇ ବି ବାସୁ ଜଣାପଡେ ବିରାଟ ବାହୁ ବଳେ କୀଚକ ରାଜା। ଭଡାଟିଆମାନେ ତା ଇଚ୍ଛା ଅନୁସାରେ ନ ଚଳିଲେ ସେ ଅତିରଞ୍ଜିତ ଓ ସତମିଛ କହି କାକାଙ୍କୁ ଭଡାଟିଆମାନଙ୍କ ବିରୁଦ୍ଧରେ କହିବାକୁ ଧୁରନ୍ଧର। ବୀରବାବୁ ସତ୍ୟାସତ୍ୟ ଅନୁସନ୍ଧାନ ପାଇଁ ଭଡାଟିଆମାନଙ୍କୁ କିଛି ପଚାରନ୍ତି ନାହିଁ। ସେ ବାସୁ ଉପରେ ଅନ୍ଧ ଆସ୍ଥାବାନ। ଏପରି ସଂପର୍କର ଦୁର୍ଭେଦ୍ୟତା ଭିତରେ ବିଚରା ଭଡାଟିଆମାନେ ସଖୀ କଣ୍ଢେଇ ପରି ରହିବାକୁ ବାଧ୍ୟ ହୁଅନ୍ତି। ବାସୁକୁ ମାନନ୍ତି।

ସରୋଜ ଏଠି ରହିବା ଭିତରେ ବାସୁ ସହିତ ଅନ୍ତରଙ୍ଗ ହୋଇ ଯାଇଥିଲା। ବିଶେଷ ଅନ୍ତରଙ୍ଗ। ଲୋକେ ସରୋଜ ଏବଂ ବାସୁକୁ ଅଲଗା ଅଲଗା ପ୍ରାୟ ଦେଖି ପାରୁ ନ ଥିଲେ। ସରୋଜ ଏବଂ ବାସୁର କର୍ମକ୍ଷେତ୍ର ଏକ ଏବଂ ଦୁହେଁ ବୟସରେ ସମସାମୟିକ ବୋଲି ଆତ୍ମୀୟତା ବଢିବା ସ୍ୱଭାବିକ। ଏହି ନିବିଡ ଆତ୍ମୀୟତାର ବସନ୍ତ ଭିତରେ ହଠାତ ବାସୁ ଶୀତ ଓ ବର୍ଷାକୁ ଡାକି ଆଣୁଥିଲା। ବାସୁର ଉଦ୍ଧତ ଆଚରଣରେ ସରୋଜ ପରି ଅନ୍ତରଙ୍ଗଙ୍କୁ ବି ସନ୍ତୁଳିତ ହେବାକୁ ପଡୁଥିଲା। ଏହା ଥରେ ନୁହେଁ ତିନିଥର। ସାମାନ୍ୟ ଟିକିଏ ମନୋମାଳିନ୍ୟରୁ ବାସୁ ସରୋଜକୁ ତିନି ବର୍ଷର ରହଣି ଭିତରେ ତିନିଥର ଘର ଛାଡିବାକୁ ନିର୍ଦ୍ଦେଶ ଦେଇଥିଲା। ପ୍ରଥମ ଦୁଇଥର ଯାକ ସରୋଜ ଘର ଛାଡି ଦେବ ବୋଲି ସହର ଭିତରେ ଘର ଖୋଜି ବସିଲା ବେଳକୁ ବାସୁ ରହିଯିବାକୁ ଅନୁରୋଧ କରିଥିଲା। କାରଣ ଏଇ ସହରତଳି ଅଞ୍ଚଳରେ ଭଡାଟିଆ ଠିକ କରିବା କଷ୍ଟକର। ଘର ଖାଲି ରହିବାର ଆଶଙ୍କା ବହୁତ । ସେ ଯାହା ହେଉ,ଏଇ ତୃତୀୟ ଥରକର ନିର୍ଦ୍ଦେଶ ପାଇବା ପୂର୍ବରୁ ସରୋଜ ଘରଛାଡି ଦେବାକୁ ମାନସିକ ଭାବେ ପ୍ରସ୍ତୁତ ହୋଇ ସାରିଥିଲା। ଗାଁରେ ଏକା ରହୁଥିବା ରୋଗାକ୍ରାନ୍ତ ବାପାଙ୍କର ସେବା ଶୁଶ୍ରୁଷା କରିବାକୁ ମାଆ ତାର ଗାଁକୁ ଯିବାର ନିତାନ୍ତ ଆବଶ୍ୟକ ହୋଇ ପଡିଥିଲା। ଭାଇମାନଙ୍କୁ ଗାଁ ପାଖ ହାଇସ୍କୁଲରେ ପଢାଇବ ର ଠିକ କରିଥିଲା। ସେ ଠିକ କରିନେଇଥିଲା ଯେ ବାସୁ ପରି ଆତ୍ମୀୟ ବୋଲାଉଥିବା ଅନାତ୍ମୀୟ ମଣିଷଠାରୁ ଦୂରେଇ ରହିବା ଭଲ। ସେ ଠିକ କରି ନେଇଥିଲା ଯେ ସେ ଏକା ଲଜ୍‌ରେ ରହିବ ଏବଂ ହୋଟେଲରେ ଖାଇବ।

ଘର ଛାଡିବାର ଦିନ ଉପସ୍ଥିତ। ସକାଳ। ସରୋଜ ଘରର ସବୁ ଆସବାବପତ୍ର ଶଗଡ ଗାଡିରେ ବସଷ୍ଟାଣ୍ଡକୁ ବୁହାଇ ନେଇଥାଏ। ଏଣେ ସରୋଜର ମାଆ ଏବଂ

ଦୁଇଟି ଭାଇ ଭଉଣୀକୁ ବିଦାୟକାଳୀନ ସୌଜନ୍ୟ ଜଣାଇବାକୁ ଅନେକ ଲୋକ ରଣ୍ଡ ହୋଇଛନ୍ତି। ଗାଁର ଅର୍ଦ୍ଧାଧିକ ସ୍ତ୍ରୀଲୋକ ସରୋଜର ମାଆ ଏବଂ ଭଉଣୀକୁ ଘେରି ଯାଇଛନ୍ତି। ଭାଇକୁ ତାର ଗାଁ ଏବଂ ସ୍କୁଲ ସାଥିମାନେ।

ମାତ୍ର, ସରୋଜ ବାହାରେ ସାଇକେଲଟେ ଧରି ଏକୁଟିଆ ଠିଆ ହୋଇଛି। ତାକୁ ବାଟେଇ ଦେବାକୁ କେହି ଆସୁ ନାହାନ୍ତି। ଅବଶ୍ୟ ସରୋଜ ତା ମାଆ ଓ ଭଉଣୀ ପରି ଗାଁରେ ମିଳାମିଶା କରି ଲୋକପ୍ରିୟ ହୋଇ ପାରିନାହିଁ। ଏଠି ରହଣୀ ଭିତରେ ସେ ଗୁମ୍‌ସୁମ୍ ମୁକଟିଏ ପରି ରହି ଯାଇଥିଲା। ବାସୁ ସହିତ କେବଳ ତାର ସାଙ୍ଗ। ବସାଉଠା ଆଳାପ ଆଲୋଚନା ଗାଁବାଲାଙ୍କ ସହିତ ବାସୁଘର ବାସନ୍ଦ ପ୍ରାୟ ହୋଇଥିବାରୁ ବାସୁ ଗାଁବାଲାଙ୍କ ସହିତ ପ୍ରାୟ ମିଳାମିଶା କରୁନ ଥିଲା। ଏହି ସୂତ୍ରରେ ବାସୁ ସହିତ ସରୋଜ ସାଙ୍ଗ ହୋଇ ସେ ନିଜେ ଯେପରି ବାସନ୍ଦ ହୋଇ ଯାଇଥିଲା ଗାଁବାଲାଙ୍କ ସହିତ। ସେ ଯାହା ହେଉ, ସରୋଜର ବିଶ୍ୱାସ ଆସୁଥିଲା ଯେ ବାସୁ ଶେଷକୁ ନିଶ୍ଚୟ ଆସିବ। ତାଙ୍କ ଭିତରେ ଅନେକ ମନାନ୍ତର ହୋଇଥିଲେ ବି ବିଦାୟ କାଳରେ ଟିକିଏ ଭଦ୍ରତା ଦେଖାଇବ।

ମାତ୍ର, ସରୋଜ ଠିଆହୋଇଥିଲା ଏକୁଟିଆ। ବାସୁ ଆସିବାର ବିଳମ୍ବ ହୋଇ ଯାଉଥାଏ। ଏଣେ ସରୋଜ ଉପରେ ଗାଁର ମାଇକିନା ଏବଂ ବାଳକମାନଙ୍କର ଆଶ୍ଚର୍ଯ୍ୟର ଦୃଷ୍ଟି ନିବଦ୍ଧ। ସେମାନେ ଆଜି ପରିକା ବିଚ୍ଛେଦ ବେଳାରେ ସରୋଜକୁ ଯେ ଏକା ଦେଖିବାକୁ ପାଉଛନ୍ତି ? ବାସୁ କଣ କୁଆଡେ ଯାଇଛି ? ଘରେ ସେ ଅଛି କି ନାହିଁ ? ସରୋଜକୁ ବଳେଇ ଦେବାକୁ ଆସୁନାହିଁ ଯେ !

ସରୋଜ ଏବଂ ବାସୁର ବନ୍ଧୁତ୍ୱର ଗଭୀରତା ମାପି ନ ଥିବା ଲୋକେ ଏପରି ଆଶ୍ଚର୍ଯ୍ୟ ହେବା ସ୍ୱଭାବିକ। କାରଣ ସେମାନେ ସରୋଜ ଏବଂ ବାସୁର ମନାନ୍ତର ଭାବ କେବେ ଦେଖି ନାହାନ୍ତି କି ଜାଣି ନାହାନ୍ତି। ସରୋଜ ଏବଂ ବାସୁ ମଧ୍ୟ ଲୋକପବାଦ ଭୟରେ ମନାନ୍ତର ଭାବକୁ ଚାପି ଦେଇଛନ୍ତି ମନର ନିଭୃତ ବଖରାମାନଙ୍କରେ। ମୁଖରେ ସ୍ୱଭାବିକ ହସ ଟାଣି ପୁଣି କଥାବାର୍ତ୍ତା ହୋଇ ଆସିଛନ୍ତି। ଯା ଆସ କରିଛନ୍ତି। ଅନେକ ହିଂସା, କପଟ ଏବଂ ଅସନ୍ତୋଷରେ କୁହୁଳି କୁହୁଳି ସେମାନେ ବନ୍ଧୁ ସୁଲଭ ବ୍ୟବହାର ପରସ୍ପରକୁ ପ୍ରଦର୍ଶନ କରି ଆସିଛନ୍ତି। ଏହି ସୂତ୍ରରେ ସମସ୍ତେ ଆଶା କରୁଥିଲେ ବାସୁ ଆସିବ ସରୋଜକୁ ବଳେଇ ଦେବାକୁ।

ମାତ୍ର, କଥାଟା ନିଆରା। ଏହା ଏକ ବ୍ୟତିକ୍ରମ। ସରୋଜର ମନ ବି କହୁଥିଲା ଯେ ସେ ଆଜି ଚାହେଁନି ନୁଖୁରା ସୌଜନ୍ୟ। ସେ ଚାହୁଁନ ଥିଲା ବାସୁଠାରୁ ଏକ କୃତଘ୍ନତାର ବିଦାୟ।

ଏତେ ଦିନ ସୌଜନ୍ୟକୁ ଚାହିଁ ବସିଥିବା ସରୋଜ ଆଜି କାହିଁକି ଏହାକୁ ନାପସନ୍ଦ କରି ଦେଉଛି ? କାହିଁକି ସେ ତିନି ବର୍ଷର ସହବାସୀ ଗୋଟିଏକୁ ବିଦାୟ ସମୟରେ ଟା ଟା ଜଣେଇବାକୁ ଚାହୁଁନାହିଁ। ଏହାର ରହସ୍ୟ ଉଦ୍‌ଘାଟନ ପାଇଁ ତିନୋଟି ଘଟଣାର ଅବତାରଣା ନିତାନ୍ତ ଆବଶ୍ୟକ ।

ପ୍ରଥମ ଘଟଣା:

ବାସୁ ଘରେ ସ୍ୱତନ୍ତ୍ର ଲାଇନ ନ ଥିଲା। ସରୋଜ ରହିବା ପରେ ସରୋଜଠୁ ଅନୁମତି ନେଇ ବାସୁ ନିଜ ପଢ଼ା ଘରକୁ ଗୋଟିଏ ପଏଣ୍ଟ ନେଇଥିଲା। ସରୋଜ ବିଲ ବୁଝାଉଥିବାରୁ ବାସୁ ଅନୁମତି ମାଗିଥିଲା ନଚେତ୍ ଏହା ଆବଶ୍ୟକ ପଡି ନ ଥାନ୍ତା ପ୍ରଥମେ ପ୍ଲଗରୁ ଟେମ୍ପୋରାରୀ ଲାଇନ ନେଇଥିଲା। ସରୋଜ ଘରେ ରାତିରେ କୁଆଡେ ସୁଇଚ ଅଫ କରି ଦେଉଥିବାରୁ ବାସୁ ପରେ ପରମେନେଣ୍ଟ କରି ନେଲା।

ଦିନେ ବାସୁ ବୀରବାବୁଙ୍କଠାରେ ଅଭିଯୋଗ କଲା ଯେ ସୁଇଚ ବୋର୍ଡକୁ ସରୋଜର ଭାଇ ବାଡିଆପିଟା କରିଛି ଫଳରେ ବୋଡର ଉପର ପଟା ଫାଟି ଯାଇଛି। ଆକସ୍ମିକ ବିପଦରୁ ରକ୍ଷା ପାଇବାକୁ ଏହାକୁ ବଦଳାଇବାକୁ ହେବ।

ସରୋଜ ଏପରି ଅଭିଯୋଗ କରିବା କଥା ପରୋକ୍ଷରେ ଜାଣି ଦୁଃଖିତ ହେଲା। କାରଣ ତାର ଭାଇ ବୋର୍ଡକୁ କେବେ ଫଟାଇ ନ ଥିଲା, ଏହା କ୍ରମଶଃ ହୋଇ ଯାଇଥିଲା। ଟେମ୍ପୋରାରୀରୁ ପାରମେନେଣ୍ଟ ଲାଇନ ନେବା ଥର ସୁଇଚ ବୋଡ ଖୋଲାଖୋଲିରେ କିଛି ଅଂଶ ଫାଟିଥିଲା। ପୁଣି ଥରେ କାନ୍ଥ ଦେଇ ଯାଇଥିବା ଲାଇନକୁ ମୂଷା କାଟି ଦେଇଥିଲା। ମାତ୍ର, ଏହା ଆଗରୁ ଜଣା ପଡି ନ ଥଲା। କାଠ ବୋର୍ଡ ଭିତରେ ଦୋଷ ତୃଟି ଥିବାର ସନ୍ଦେହ କରି ବୋଡକୁ ଖୋଲା ଯାଇଥିଲା। ଏପରି ବାରମ୍ବାର ଖୋଲାଖୋଲିରେ ବୋଡ ଫାଟି ଯାଇଥିଲା।

ଏପରି ମିଛ ଅଭିଯୋଗ ପ୍ରତି ସରୋଜ ପ୍ରଥମେ ପ୍ରଥମେ ପ୍ରତିବାଦ କରିବାକୁ ମନସ୍ଥ କରିଥିଲା। ସିଧାସଳଖ ବୀରବାବୁଙ୍କୁ ପ୍ରକୃତ ଘଟଣା କହିବାକୁ ଠିକ କରିଥିଲା। ବୀରବାବୁ ସରୋଜକୁ ଏ ବିଷୟରେ କିଛି ପଚାରି ନ ଥିଲେ। ତାଙ୍କ ମନରେ ସରୋଜ ପ୍ରତି କିଛି ଅସନ୍ତୋଷ ରଖି ନେଇଥିଲେ କେବଳ। ମାତ୍ର, ସରୋଜ ପରେ ନୀରବ ରହି ଯାଇଥିଲା। ସେ ଭାବି ନେଲା ଯେ ଭଡାବାଲା ଏବଂ ଭଡାଟିଆ ଭିତରେ ଏ ସବୁ କଥା ମାଇନର। ଆଉ ଏପରି ନଗଣ୍ୟ କଥାକୁ ଧରି ବସିଲେ ଚଳି ହେବ ନାହିଁ।

କଥାଟାର ଶୀତଳ ସମାଧାନ ହୋଇ ଯାଇଥିଲା ସିନା, ସରୋଜ ମନରେ ବାସୁ ପ୍ରତି ଅସନ୍ତୋଷ ରହିଗଲା। ସରୋଜ ଏବଂ ବାସୁ ମଧ୍ୟରେ ପ୍ରତିଷ୍ଠିତ ସୁସଂହତ ବନ୍ଧୁତ୍ୱ ମଧ୍ୟରେ ସଂଗୁପ୍ତ ଫାଟ ତିଆରି ହେଲା।

ଦ୍ୱିତୀୟ ଘଟଣା

ସରୋଜ ଘର ଏଠାରେ ରହିବାର ଦିନଠୁ ସମସ୍ତଙ୍କ ସହ ଭଲ ସଂପର୍କ। ସରୋଜର ମାଆ ମେଳାପୀ ପ୍ରକୃତିର । ପିଲାମାନେ ଅଫିସ ଏବଂ ସ୍କୁଲ ଯିବା ପରେ ଗାଁରେ ମାଇକିନାମାନେ ଆସି ସରୋଜ ଘରେ ରୁଣ୍ଡ ହେଉଥିଲେ। କେତେବେଳେ କେମିତି ତାସ୍ ଖେଳୁଥିଲେ। କୋଳାହଳ ଜମି ରହୁଥିଲା ସେଠାରେ।

ଦିନେ ରିକ୍ରେସନ ସମୟରେ ବାସୁ ଏବଂ ସରୋଜ ଅଫିସରୁ ଫେରୁଥିଲେ ସାଙ୍ଗ ହୋଇ। ସେମାନେ ପହଞ୍ଚି ଦେଖିଲେ ଯେ ସରୋଜ ଘର ବାହାର ବାରଣ୍ଡାରେ ଲୋକ ଭର୍ତ୍ତି। ନୂଆ କରି ରେକର୍ଡ ହୋଇଥିବା ସମ୍ବଲପୁରୀ ନାଟିକା 'ନାବକେଳି' ଟେପରେ ଲାଗିଥିବାରୁ ଲୋକଙ୍କ ଏପରି ଭିଡ। ସରୋଜ ଘରେ ଲୋକଙ୍କର ଏପରି ବହୁ ସମାବେଶ ବାସୁକୁ ବିରକ୍ତି ଆଣି ଦେଇଥିଲା।

ଅଫିସକୁ ଯିବା ବାଟରେ ବାସୁ ସରୋଜକୁ କହିଥିଲା ଏତେ ଲୋକଙ୍କୁ କାହିଁକି ଘରକୁ ପଶାଇ ଦେଉଛ ?

– କାହାକୁ ମନା କରିବୁ? ନୂଆ ଗୀତଟେ, ନୂଆ ନାଟକଟେ ଶୁଣିବାକୁ କାହାର ଆଗ୍ରହ ନ ଥାଏ ? ଆମେ ବିଦେଶୀ ଲୋକ, ସମସ୍ତଙ୍କ ସହିତ ଏଡ୍‌ଜଷ୍ଟ କରି ଚଳିବାକୁ ହେଉଛି।

– ଆଗ୍ରହ ଥାଏ ବୋଲି ଘର ଭିତରକୁ ପଶି ଶୁଣିବେ ? ବାହାରେ ତ ବସି ଶୁଣି ପାରନ୍ତେ? ଟିକିଏ କଅଁଳେଇ କହିଲା ବାସୁ ପୁଣି ଥରେ- ବୁଝିଲେ, ଏଠିକାର ଲୋକଗୁଡା ଭଲ ନୁହନ୍ତି। କେତେବେଳେ କଣ ଚୋରାଇ ନେବେ ଜାଣି ପାରିବନି।

– ନାଁ ତ । ଏମିତି କେବେ ଚୋରି ହୋଇନି ଆମର। ଏଠିକାର ଲୋକେ ସେମିତି ନୁହନ୍ତି।

ସତ୍ୟ ପ୍ରକାଶ ପାଇଁ ସରୋଜ ଏହା କହି ଦେଇଥିଲା। ଏହା ଦ୍ୱାରା ବାସୁ ଆଘାତ ପାଇଲା। ସେ ଟିକିଏ ରାଗି ଯାଇ କହିଲା- ନା, ନା, ଏ ଲୋକଗୁଡାଙ୍କୁ ତୁମକୁ ମନା କରିବାକୁ ପଡିବ ।

ବାସୁ ଈର୍ଷାପରାୟଣ। କା'ର ଲୋକପ୍ରିୟତା ସହ୍ୟ କରି ପାରେନାହିଁ। ସରୋଜକୁ କହିବାକୁ ଇଚ୍ଛା ହେଉଥିଲା – ଘର ତୁମର ଭଡା ଦେବ ବୋଲି, ତୁମର କଥାରେ କଥାରେ ଆମେ ଚଳିବୁ? ଘରକୁ ଭଡା ଦେଲ ବୋଲି ଆମକୁ କଣ କିଣି ନେଇଛ କି ?

ମାତ୍ର ସରୋଜ ନରମ ଗଳାରେ କହିଲା – କ୍ଷତି କଣ ସେମାନେ ଆସିଲେ ?

କଣ କ୍ଷତି ହେଉଛି ତା ଉପରେ କିଛି ନ କହି ବାସୁ ରାଗିବା କଣ୍ଠରେ କହିଲା

– ବୀରକାକା ଏଠି ଥିବାବେଳେ ଲୋକେ ଘର ମାଡୁ ନ ଥିଲେ, ଜାଣ? ଏପରିକି ମୂଷା ଛୁଆଟେ ବି ଭୟ କରୁଥିଲା। ସରୋଜର ଇଚ୍ଛା ହେଉଥିଲା କହିବାକୁ – ତୁମେ ସିନା ବଣର ମଣିଷ ପରି ରହିବ, ଆମେ କଣ ସେପରି ରହି ପାରିବୁ? କିନ୍ତୁ, କହିଲାନି। ସେ କହିଲା – ଆମେ ତ କାହାକୁ ଯାଇ ଡାକୁନୁ ଆସ ଆମ ଘରେ ବସ, ଗପ କର ବୋଲି। ସେମାନଙ୍କର ମନ ହେଉଛି ଆସୁଛନ୍ତି। କିପରି ବ ମନା କରିବୁ? ମୁଁ ତ ପାରିବିନି। ଆଚ୍ଛା, ତୁମର ଏହା ଦ୍ୱାରା କଣ କ୍ଷତି ହେଉଛି?

କ୍ଷତି କଥା କିଛି କହିଲାନି ବାସୁ।

ତାର କିଛି ଦିନ ପରେ ସରୋଜକୁ ଗୋଟିଏ ପତ୍ର ଦେଇଥିଲେ ବୀରବାବୁ ଘର ଛାଡି ଦେବାକୁ। କାରଣ କଣ ଚିଠିରେ ଉଲ୍ଲେଖ ନ ଥିଲା।

ସରୋଜ ଘର ଛାଡିବାକୁ ରାଜି ହୋଇଗଲା। ଘରଟେ ଖୋଜିବାକୁ ଯିବା ବେଳକୁ ବାସୁ ତାଙ୍କୁ କହିଲା ମୁଁ କାକାଙ୍କୁ କହି ରଖାଇ ଦେବି ନିଶ୍ଚୟ। କାହିଁ କୁଆଡେ ଯିବ ତୁମେ। ତୁମେ ଗଲେ ଆମ ମନ କଣ ଭଲ ଲାଗିବ?

ସରୋଜ କିନ୍ତୁ କାହାର ଦୟାର ପାତ୍ର ହୋଇ ରହିବାକୁ ପସନ୍ଦ କଲାନି। ମାତ୍ର, ବାସୁର ବାରମ୍ବାର ଆଶ୍ୱସନା ଓ ଅନୁରୋଧକୁ ସେ ବନ୍ଧୁତ୍ୱର ଖାତିରରେ ରକ୍ଷା କରିବାକୁ ବାଧ୍ୟ ହେଲା।

ତା କିଛି ଦିନ ପରେ ସରୋଜ ପାଖକୁ ଚିଠି ଆସିଲା ବୀରବାବୁଙ୍କ ପାଖରୁ ଘରେ ରହିବାକୁ।

ଏଇ ଘଟଣାର ଅଭ୍ୟନ୍ତରରେ ଯେ ବାସୁର ପ୍ରଚ୍ଛନ୍ନ ହାତ ରହିଛି ଏ କଥା ବୁଝିବାକୁ ସରୋଜର ବାକି ରହିଲାନି। ବୁଝିବାକୁ ବାକି ରହିଲାନି ଯେ ବାସୁ ସହିତ ତାର ସଂପର୍କ କାର୍ଯ୍ୟଘେନା।

ଶେଷ ଘଟଣା

ଅଭାବ ଅସୁବିଧା ବେଳେ ସାମାନ୍ୟ ଟିକିଏ ଉଦାରତା, ସାହାଯ୍ୟରେ ସଂପର୍କ ବଢ଼େ। ଦେବା ନେବାରେ ଭଲ ପାଇବାର ଅୟମାରମ୍ଭ ଘଟେ। ଅପର ପକ୍ଷରେ ପ୍ରାଚୁର୍ଯ୍ୟ ମଧ୍ୟରେ ଥାଇ ଯେ ଅଭାବୀ ଲୋକକୁ ହତାଶ କରେ, ସେ ଅଭାବୀ ଲୋକ ନିକଟରେ ଅପ୍ରିୟ ହୋଇପଡେ। ଏହି ସୂତ୍ରରେ ବାସୁ ଘର ସରୋଜ ଘରକୁ ଭଲ ପାଉନ ଥିଲେ। ସଂପର୍କର କୋଣାର୍କ ଗଢ଼ି ଉଠିଥିଲା ଆଉ ଏକ ପରିବାର ସହିତ। ବାସୁର ଅନ୍ୟ ଏକ କାକା ଘର ସେମାନେ। ବାସୁ ଘରର ପଛପଟକୁ ସେମାନଙ୍କ ଘର। ସରୋଜ ଘରର ବାଡିପଟରୁ ତାଙ୍କ ଘରକୁ ଅତି ଶୀଘ୍ର ଯାଇଆସି ହୁଏ। ମାତ୍ର, ବାସୁ ଘର ଦେଇ ଗଲେ ବୁଲାଣିଆ ବାଟ ପଡେ।

ଏ ଘରର ଗୋଟିଏ ଅଭିଆଡ଼ୀ ଝିଅ ରେଣୁ। ସେ ସରୋଜର ମା'କୁ ଡାକେ ନାନୀ। ସରୋଜର ମା ତାକୁ ରେଣୁ ବୋଲି ଡାକନ୍ତି। ରେଣୁ ଏବଂ ସରୋଜର ମାଆ ମଧ୍ୟରେ କ୍ଷୀର ନୀର ସଂପର୍କ। ରୀତିମତ ଏହି ଦୁଇ ପରିବାର ଭିତରେ ବାଡ଼ିପଟୁ ତିଅଣ ଦିଆନିଆ ହୁଏ।

ଦିନେ ବାସୁ ଅଫିସରେ ସରୋଜକୁ ଡାକି କହିଲା - ଗୋଟିଏ ପ୍ରଶ୍ନ ପଚାରିବି, ଉତ୍ତର ଦେବ ?

ସରୋଜ ହଁ କହି ପ୍ରଶ୍ନ ଶୁଣିବା ଉଦ୍ଦେଶ୍ୟରେ ଚାହିଁଲା ବାସୁକୁ। ବାସୁ ଟିକିଏ ରହିଯାଇ କହିଲା - ଗୋଟିଏ ଯୁଆନ ଝିଅ ଅନ୍ୟ ଜଣେ ଯୁଆନ ପୁଅକୁ ପାଣି ଢ଼ାଳି ଗାଧୋଇ ଦିଏ ତାହା ହେଲେ ପୁଅଟି ମନରେ କଣ ପ୍ରତିକ୍ରିୟ ହେଉଥିବ ?

- ସୋମନଙ୍କ ମଧ୍ୟରେ ସଂପର୍କ କଣ ?

- ସଂପର୍କ କିଛି ନାହିଁ। ନାହିଁ ରକ୍ତଗତ ସଂପର୍କ। ଧରି ନିଅ ପିଲାଟି ବିଦେଶୀ।

- ପୁଅ ଓ ଝିଅ ମନରେ ନିଶ୍ଚିତ ରୂପେ ପ୍ରେମ ଭାବ ଜାଗ୍ରତ ହେବ।

ପିଲା ଘର କ'ଣ ପୁଅକୁ ଆୟତ୍ତ କରିବାକୁ କିଛି କରିବେନି ? ତାକୁ କଣ ଛାଡି ଦେବେ ମିଳାମିଶା ପାଇଁ ?

ସରୋଜ ଏପରି ଅପ୍ରତ୍ୟାଶିତ ପ୍ରଶ୍ନର ଉଦ୍ଦେଶ୍ୟ କିଛି ବୁଝି ପାରୁ ନ ଥିଲା। ତଥାପି ନିର୍ବିକାର ଭାବେ ଉତ୍ତର ଦେଇ ଚାଲିଥିଲା। ଏଥର ସେ କହିଲା - ନିଶ୍ଚୟ ତାକୁ ନିୟନ୍ତ୍ରଣ କରିବେ।

ବାସୁ ଏଥର କହିଲା ଯେ ପୁଅଟି ଆଉ କେହି ନୁହେଁ ସରୋଜର ଭାଇ ଓ ଝିଅଟି ରେଣୁ।

ସରୋଜ ମନରେ କୌତୁହଳ, ଭୟ ଏବଂ ରାଗର ଫେଣ୍ଟାଫେଣ୍ଟି ପ୍ରତିକ୍ରୟା। ସରୋଜ କହିଲା - କଥାଟା ସିଧା ନ କହି ବୁଲେଇ ବଙ୍କେଇ କହିବାର କଣ ଥିଲା ? କୁହ ଘଟଣାଟା କଣ ?

- ମୁଁ ଏବେ ଘରୁ ଫେରୁଛି। କାମଟେ ଥିଲା ଯେ ଯାଇଥିଲି। ଘରେ ପହଞ୍ଚି ଯାଇ ଦେଖେ ତ ମେଘୁକୁ ରେଣୁ ଗାଧୋଇ ଦେଉଛି।

- କେଉଁଠି ?

- ରେଣୁ ଘରର ବାରଣ୍ଡାରେ। ବୋରିଂ କଳରୁ ପାଣି ଆଣି।

- ତା ପରେ ?

- ଗାଧୋଇ ଦେଉଥିଲା ପରା। ମେଘୁର ଦେହକୁ ଘସି ଦେଉ ଥିଲା। ତାପରେ କିଛି ସମୟ ମୁଁ ବାଡ଼ିପଟକୁ ଯିବାବେଳେ ଦେଖିଲି ଯେ ରେଣୁ ଏବଂ ମେଘୁ ଗୋଟିଏ

କୋଠରୀରେ ଥିଲେ। ତାଙ୍କ ଘରେ ଆଉ କେହି ନ ଥିଲେ। ଶୁନ୍‌ଶାନ୍‌। ପାଖକୁ ଯାଇ ଦେଖିଲି ଯେ ରେଣୁ ଏବଂ ମେଘୁ ଗୋଟିଏ ଖଟରେ ବସି କଣ କଥାବାର୍ତ୍ତା ହେଉଛନ୍ତି।

- ତୁମେ କାହାକୁ କିଛି କହିଲ ?

- ମେଘୁକୁ ପଚାରିଲି, ତୋର କଲେଜ କଣ ଆଜି ବନ୍ଦ ?

ସରୋଜର ମୁଖ ରଙ୍ଗା ପଡିଗଲା। ମେଘୁ ପରି ଶାନ୍ତ ପିଲାଟେ ଯେ ଭିତରେ ଭିତରେ ଏପରି ଖରାପ ହୋଇଯିବ ସେ କଳ୍ପନା କରି ନ ଥିଲା। ମେଘୁ ଅବଶ୍ୟ ରେଣୁ ଘରକୁ ଯାଏ ଆସେ। ରେଣୁକୁ ମାଉସୀ ମାନ୍ୟ କରେ। ରେଣୁ ତା'ଠୁ ଛଅ ବର୍ଷର ବଡ ହେବ।

ବାସୁ ପ୍ରଶ୍ନ କଲା- ବର୍ତ୍ତମାନ ତୁମର କର୍ତ୍ତବ୍ୟ ?

ବାସୁ ତାର କର୍ତ୍ତବ୍ୟ କରି ଯାଇଛି। ସେ ଜଣାଇ ଦେଇଛି ତାର ଗୋଟାଏ କାକାର ଝିଅ ପ୍ରତି ସରୋଜର ଭାଇର ଅବାଧ ମିଳିମିଶାକୁ।

ସରୋଜର ମନେ ପଡିଲା, ଦିନେ ରେଣୁ ଘର ଏବଂ ବାସୁ ଘର ମଧ୍ୟରେ ଥିଲା ଅହିନକୁଳ ସଂପର୍କ। ଏବେ ସାମାନ୍ୟ ଆଳାପର ଆଦାନ ପ୍ରଦାନ ଚାଲିଛି ମାତ୍ର। ତେମେ ପାରିବାରିକ କଳହର ପୁନରାବୃତ୍ତି କରିବାକୁ ଏପରି ଅଭିଯୋଗ ଫନ୍ଦା ଯାଇ ନାହିଁ ତ !

ସରୋଜ କହିଲା - କଥାର ସତ୍ୟାସତ୍ୟ ଅନୁସନ୍ଧାନ କରି ମୁଁ କହିବି ତୁମକୁ।

ସରୋଜ ଅଫିସରୁ ଘରକୁ ଯାଇ ତା ମା'କୁ ଏକାନ୍ତରେ ଡାକି ବୁଝିନେଲା- ମେଘୁ ସେଦିନ କେଉଁଠି ଗାଧୋଇ ଥିଲା। ପ୍ରତିଦିନ କେଉଁଠି ଗାଧୋଏ। ସେଦିନ ରେଣୁ ଘରକୁ କେତେ ଥର ଯାଇଛି, କେତେ କେତେ ସମୟରେ, ଇତ୍ୟାଦି ଇତ୍ୟାଦି ..। ବାସୁର ଅଭିଯୋଗ ଘଟଣାଟି ଶୁଣାଇ ଦେଲା ମା'ଙ୍କୁ।

ଗୁଇନ୍ଦା ବିଭାଗର ସଚ୍ଚୋଟ କର୍ମଚାରୀ ପରି ସରୋଜ ଓ ତା ମା' ଲାଗି ପଡିଲେ ତଦନ୍ତ କାର୍ଯ୍ୟରେ।

ଜଣାପଡିଲା କଥାଟା ପୁରାପୁରି କପୋଳ କଳ୍ପିତ। କଥଟା ହେଲା- ମେଘୁର ଗୋଡରେ କଣ ଗୋଟାଏ ଖଣ୍ଡିଆ ହୋଇଥିଲା। ବେଣ୍ଡେଜ କରି ହାସପାତାଳରୁ ଆସିଲା। ପୋଖରୀକୁ ଗଲେ ପାଣି ଲାଗିବାର ଭୟରେ ସେ ମାଆକୁ କହିଥିଲା ବୋରିଂ କୂଅରୁ ପାଣି ଆଣି ଦେବାକୁ। ମାଆ କାର୍ଯ୍ୟବ୍ୟସ୍ତ ହେତୁ ରେଣୁକୁ କହି ଦେଇଥିଲେ ପାଣି ଦେବାକୁ। ରେଣୁ ବୋରିଂ କୂଅରୁ ପାଣି ଆଣି ଟପ୍‌ରେ ଭର୍ତ୍ତି କରି ଘରକୁ ଚାଲି ଆସିଥିଲା। ମେଘୁକୁ ସେ ପାଣି ଢ଼ାଳି ଗାଧୋଇ ଦେଇନି କି ନିର୍ଜନ କୋଠରୀ ଭିତରେ ମେଘୁ ସହିତ କଥା ହୋଇନି। ସବୁ ଡାହା ମିଛ।

ମେଘୁ ତା ନାଁରେ ଏପରି ମିଥ୍ୟା ଅଭିଯୋଗ ଯେବେ ଶୁଣିଲା ଅତିଶୟ କ୍ରୁଦ୍ଧ ହୋଇ ପଡିଲା। ସେ ରାଗରେ କହିଥିଲା - ଶଳାକୁ ମାରିଦେବି। ଶଳା ମୋ ନାଁରେ ମିଛ ଯୋଡିବ। ମୁଁ ତା କୋଉ ବୋପାର ଖାଉଛି କି?

ତା ରାଗିବାରେ ସରୋଜ ଡରି ଯାଇଥିଲା। ତାକୁ ବୁଝାଇ ଶୁଝାଇ ଶାନ୍ତ କରି ଦେଇଥିଲା।

ରେଣୁ ଏ ଅଭିଯୋଗ ଶୁଣିବା କ୍ଷଣି କାନ୍ଦି ଉଠିଥିଲା। ତାର ମନ କିନ୍ତୁ କାନ୍ଦଣା ସ୍ୱର ସବୁକୁ କଣ୍ଠରୁଦ୍ଧ କରି ଦେଉଥିଲା। ଗୋଟିଏ ଅଭିଆଡୀ ଝିଅର ଏପରି କାଣ୍ଡକୁ ନିଶ୍ଚୟ ସମସ୍ତେ ଅନ୍ଧ ଭାବେ ବିଶ୍ୱାସ କରିଯିବେ। କଣ ହେବ ତାର ଅବସ୍ଥା। ତୁଣ୍ଡ ବାଇଦ ସହସ୍ର କୋଶ। ତା ପାଇଁ ବରପାତ୍ର ଜୁଟିବ ନାହିଁ। ରେଣୁ ପ୍ରମାଦ ଗଣିଲା। ସେ ବୁଝି ପାରୁ ନ ଥିଲା ଯେ ବାସୁ ଭାଇ ତା'ର କାହିଁକି ଏପରି ନିର୍ଦ୍ଦୟ। କ'ଣ ଉଦ୍ଦେଶ୍ୟ ତାର ଏହି ଚକ୍ରାନ୍ତ ପଛରେ?

ରେଣୁ ବାସୁ ଘରକୁ ଦୌଡି ଯାଇ ବାସୁର ଗୋଡ ଧରି କହିଥିଲା - ତୁମେ କେଉଁଠି ଦେଖିଲ ଭାଇ ମୁଁ ମେଘୁର ଦେହ ଘସି ଦେଉଥିଲି? ପାଣି ଢ଼ାଳି ଦେଉଥିଲି? କେତେବେଳେ ମୁଁ ମେଘୁ ସହିତ ଛିନା ଘରେ କଥା ହେଉଥିଲି?? କେତେବେଳେ???

ବାସୁ ସମସ୍ତ ଝଡକୁ ଶାନ୍ତ କରିଦେବାର ଭାଷାରେ କହିଥିଲା - ସେ ସବୁ କଥା ତୁ ଛାଡି ଦେ। ମୁଁ କଣ ସେପରି କହିଲି? ଏକଥା ପରା ମୋତେ ସରୋଜ କହିଲା। ଜାଣିଛୁ? ସେ ତୋତେ ଭାରି ହିଂସା କରେ। ଏକଥା ତୁ କୁଆଡୁ ଜାଣିବୁ? ମୁଁ ଜାଣେ। ତାର ଇଚ୍ଛା, ତୋର ନାଁରେ ଏପରି ଯୋଡିଯାଡି କହିଲେ ତୁ ଅଭିଆଡୀ ରହିଯିବୁ। ବୁଝିଲୁ, କଥାଟା ଯେତେ ବଢ଼ାଇବୁ ସେତେ ବଢ଼ିବ। ଅଖା ଯେତେ ଧୋଉଥିବୁ ସେତେ ଗୁଣ ଗାଇବାକୁ ଇଚ୍ଛା ହେଉଥିବ। ଏଣିକି ତୁ ବି ଚୁପ ମାରିଯା। ମୁଁ ବି । ଆଉ ସରୋଜ ଘରକୁ ବି କହି ଦେ ଯେ କଥାଟା ଯେପରି ଫୁଟିଆରା ନ ହେବ। ସରୋଜ ଆଜି ଏଠି, କାଲି ଚାଲିଯିବ, ତାର କଣ ଯାଉଛି। ଭଡାଟିଆ ଲୋକ। ତୁ ସିନା ମୋର ଭଉଣୀ ବୋଲି ମୁଁ ମୁଣ୍ଡ ଖେଳାଉଛି ।

ବିଚାରୀ ରେଣୁ ଆଉ କରେ କ'ଣ? ତାର ଇଚ୍ଛା ହେଉଥିଲା ଶୋଧିବାକୁ ବହେ ବାସୁକୁ। ମାତ୍ର, ସେ ଏକ ଅନୂଢ଼ା କନ୍ୟା। ପୁଅଟେ ହୋଇଥିଲେ ହୁଏତ ଚୁପି ଦେଇଥାନ୍ତା ବାସୁର ମୁଣ୍ଡକୁ।

ବାସୁର ସାନ ଭଉଣୀ ରେଣୁର କାନ୍ଦକୁ ସହ୍ୟ କରି ପାରି ନ ଥିଲା। ତା ମନରେ ଦରଦ। ସେ ବାସୁ ଦାଦାକୁ ଆସି କହିଥିଲା - ଦାଦା, ତୁମେ ଏପରି ଖରାପ

ବୋଲି ଜାଣି ନ ଥିଲି । ରେଣୁ ନାନୀକୁ କଣ କହିଲ କେଜାଣି, ସେ କେତେ ଯେ କାନ୍ଦୁଛି ଯେ କାନ୍ଦୁଛି । ବାସୁ କହିଥିଲା ରାଗିଯାଇ – ତୁ କଣ ବୁଝିବୁ ରେ । ଆମ ଘରେ ଭଡା ରହିବେ, ଦୋସ୍ତି କରିବେ ପର ଘରେ, ଆମର ଶତ୍ରୁ ଘରେ ! ଠିକ ହୋଇଛି ହାରାମଯାଦୀକୁ । ଏ ଘଟଣାରୁ ସରୋଜ ବୁଝି ଯାଇଥିଲା ବାସୁକୁ । ତାର ଇଚ୍ଛା ହେଉଥିଲା ବାସୁ ସହିତ ସମସ୍ତ ସଂପର୍କ ଛିନ୍ନ କରି ଦେବାକୁ । ମାତ୍ର, ଦୁନିଆଁ ଯେ ଜାଣେ, ସରୋଜ ଓ ବାସୁର ସଂପର୍କରେ କାଳିମାର ତିଳ ଚିହ୍ନଟେ ବି ନାହିଁ । କେମିତି ପଦାଘାତ କରିବ ସେ ? କେଉଁ କାରଣ ଦର୍ଶାଇ ସେ ଘର ଛାଡିଦେବ ? ଭାଗ୍ୟ ତାର ଅନୁକୂଳ ଥିଲା । ବାପାଙ୍କ ସେବା ପାଇଁ ଗାଁକୁ ମାଆଙ୍କୁ ପଠାଇବାକୁ ପଡିଲା । ମା'ଙ୍କୁ ପ୍ରତିଦିନ ସେଠି ବାପାଙ୍କ ପାଇଁ ରାନ୍ଧି ଦେବାକୁ ହେବ । ନ ହେଲେ ନିଜେ ରାନ୍ଧି ଖାଇଲେ ତାଙ୍କ ଦେହ ପୁଣି ଖରାପ ହେବ । ମା ବିନା ଯେ ଏଠି ଚଳି ହେବ ନାହିଁ । ତେଣୁ ସମସ୍ତଙ୍କୁ ଗାଁକୁ ପଠାଇବାର ଚିନ୍ତା କରିଥିଲା । ତଦନୁସାରେ ସରୋଜ ଭଡାଘର ଛାଡି ଦେଇଥିଲା ।

ବସଷ୍ଟାଣ୍ଡ ଅଭିମୁଖେ ସରୋଜର ମାଆ ଭାଇ ବାହାରିଲେ । ସରୋଜର ମାଆକୁ ରେଣୁ ଲୋତକଭରା ନୟନରେ ଚାହିଁ କହୁଥିଲା- ରେଣୁ ମରିଗଲା ବୋଲି କହିବୁ ନାନୀ ।

ସରୋଜର ମାଆ ତାଙ୍କର ପାପୁଲିରେ ରେଣୁର ମୁହଁ ବନ୍ଦ କରି କହିଲେ, ଛି, ଛି ଏପରି ଖରାପ କଥା ତୁଣ୍ଡରେ ଧରନ୍ତି ? ମୁଁ କଣ ତୋତେ ଭୁଲି ପାରିବି ? ଠପ୍ ଠପ୍ ଗଡି ପଡିଲା ଲୁହ । ବାଷ୍ପାକୁଳ ହୋଇ ଯାଇଥିଲା ଦୁଇଟି ସମବେଦନା ଭରା କଣ୍ଠ ।

ଏପଟେ ସରୋଜ ଭଡାଘର ସାମ୍ନାରେ ଠିଆ ହୋଇଛି ଏକୁଟିଆ । ତାକୁ ବିଦାୟ ଦେବାକୁ କେହି ନାହିଁ । ଗାଁର ଏକ ମାତ୍ର ସାଥୀ ବାସୁ । ତାର ଅବାଂଛିତ ଇଚ୍ଛା ହେଉଥିଲା ତଥାପି, ବାସୁ ଆସନ୍ତା, ତାକୁ ବେଦରଦୀ ହୃଦୟରେ ହେଲେ ଟା ଟା କରନ୍ତା । ଅଭିନୟଟେ ହେଲେ କରି ଦିଅନ୍ତା ଯେ ସରୋଜ ଆଉ ତାର ସଂପର୍କ ଅତୁଟ । ସେ ପ୍ରମାଣ କରି ଦିଅନ୍ତା ଯେ "ଅତି ମଧୁର ବିଶ୍ୱାସ ତୁଟିଯାଏ, ଅତି ମଧୁର କିର୍ହା ଖାଏ" କଥାଟିର ବି ବ୍ୟତିକ୍ରମ ରହିଛି ।

ମାତ୍ର ବାସୁ ଆସୁନ ଥିଲା । ଏଣେ ଭଡା ଘରୁ ସମସ୍ତ ମାଲପତ୍ର ବୁହା ସରିଲାଣି । ବସଷ୍ଟାଣ୍ଡକୁ ସମସ୍ତେ ଗଲେଣି । ମେଲା ଘରକୁ ସମର୍ପି ଦେବାକୁ ବାସୁର ଉପସ୍ଥିତି ସରୋଜ ନିହାତି ଅନୁଭବ କଲା ।

ହେଲେ ସେ ତା ଘରକୁ ଡାକି ଯିବ କି ? ନିଷ୍କପଟ ଭାବେ ଭଲ ପାଇ ଆସିଥିବା ବନ୍ଧୁ ଗୋଟାଏକୁ ଯେ ପଦାଘାତ କରିଛି ତା ଗୋଡ ତଳକୁ ଯିବା କେତେ ଦୂର ଠିକ ହେବ ?

ସମସ୍ତ ଦୋ ଦୋ ପାଞ୍ଚର ପରି ସମାପ୍ତି ଘଟାଇ ବାସୁର ସାନ ଭଉଣୀ ଆସି କହିଲା - ବାସୁ ଦାଦା କହିଛି ଘରେ ଏଇ ତାଲା ମାରି ଚାବିଟା ମୋତେ ଦିଅ।

ସରୋଜ ସେଇଆ ହିଁ କଲା, ଆଉ ଏକାକୀ ଏକାକୀ ସେ ବସଷ୍ଟାଣ୍ଡ ଅଭିମୁଖେ ସାଇକେଲ ମାଡିଲା। ଚିହ୍ନା ଲୋକମାନେ ରାସ୍ତା କଡରେ ଠିଆ ହୋଇ ଦେଖୁଥିଲେ ସିନା ଆଶ୍ଚର୍ଯ୍ୟଚକିତ ହୋଇ ବିଦାୟ ବେଳାରେ ଏକାକୀ ସରୋଜକୁ। ସରୋଜ କିନ୍ତୁ କାହାକୁ ଦେଖି ପାରି ନ ଥିଲା।

■

'ସୂର୍ଯ୍ୟସ୍ନାତ' ପୂଜା ବିଶେଷାଙ୍କ ୧୯୮୫ରେ ପ୍ରକାଶିତ।

ବିଧିର ବିଧାନ

ବିମଳ ବାବୁ ଓ ନରେନ ବାବୁଙ୍କ ମଧ୍ୟରେ ବେଶ ଆତ୍ମୀୟତା ବଢ଼ି ଯାଇଛି। କେବଳ ଏଇ ଦୁଇ ଜଣଙ୍କ ମଧ୍ୟରେ କାହିଁକି ତାଙ୍କ ଦୁଇ ପରିବାର ମଧ୍ୟରେ ଏହା କ୍ରମଶଃ ପ୍ରସାରିତ ହୋଇଛି।

ବିମଳ ବାବୁ ଓ ନରେନ ବାବୁ ଗୋଟିଏ ଅଫିସରେ କାମ କରନ୍ତି। ଉଭୟଙ୍କର ସିଟ ପାଖାପାଖି।

ନରେନ ବାବୁ ଏଇ ଅଫିସରେ ପାଞ୍ଚ ବର୍ଷ ହେବ କାମ କରି ଆସୁଥିବା ବେଳେ ବିମଳବାବୁ ଏଇ କେଇ ମାସ ପୂର୍ବରୁ ଏଠାରେ ଆସି ଯୋଗଦାନ କରିଛନ୍ତି।

ଏଇ ଦୁଇ ସହକର୍ମୀଙ୍କର ଆଗରୁ ସେମିତି ଚିହ୍ନା ପରିଚୟ ନ ଥିଲା। ଗୋଟିଏ ଅଫିସରେ ଏବଂ ପାଖାପାଖି ବସି କାମ କରିବା ଭିତରେ ସମ୍ପର୍କ ଆସ୍ତେ ଅସ୍ତେ ପ୍ରସରି ଯାଇଛି। ୟା'ଙ୍କ ଭିତରେ ପାରସ୍ପରିକ ସମ୍ପର୍କ ଘନୀଭୂତ ହେବାର ବୋଧହୁଏ ଅନ୍ୟ କାରଣ ହେଉଛି କେତେଟା ପାରିବାରିକ ସାଦୃଶ୍ୟ। ଉଭୟ ବିମଳ ବାବୁ ଓ ନରେନ ବାବୁଙ୍କର ମିସେସ୍‌ମାନେ ଶିକ୍ଷୟତ୍ରୀ। ଉଭୟଙ୍କର ଗୋଟାଏ ଗୋଟାଏ ପୁଅ ଓ ଗୋଟାଏ ଗୋଟାଏ ଝିଅ। ଉଭୟଙ୍କର ଝିଅ ବଡ ଓ ପୁଅ ସାନ। ଝିଅମାନେ ସ୍କୁଲର ଛାତ୍ରୀ। ପୁଅମାନେ ସ୍କୁଲ ଯିବା ବୟସରେ ପହଞ୍ଚି ନାହାନ୍ତି। ତାଛଡା ପ୍ରତ୍ୟେକ ପରିବାରର ସଦସ୍ୟ ସଂଖ୍ୟା ଚାରି।

ନରେନ ବାବୁ ରହନ୍ତି ସରକାରୀ କ୍ୱାର୍ଟରରେ। ବିରେନ ବାବୁ ଏଇ କେତେମାସ ତଳେ ଆସିଥିବାରୁ ଏବଂ ସରକାରୀ କ୍ୱାର୍ଟର ଅଭାବରୁ ରହନ୍ତି ନରେନବାବୁଙ୍କ ଘରଠାରୁ ପ୍ରାୟ ଅଧ କିଲୋମିଟର ଦୂରରେ ଗୋଟିଏ ଭଡା ଘରେ। ଏଇ ଉଭୟ ପରିବାର ମଧ୍ୟରେ ବୁଲାବୁଲି ଓ ପର୍ବପର୍ବାଣୀକୁ ଡକାହକା ହୁଏ।

ସେମାନେ ସମସ୍ତେ ଜାଣନ୍ତି ଯେ ଜୀବନଟା କେତେ କର୍ମମୟ। ବ୍ୟସ୍ତ ବିବ୍ରତ

ହେବାକୁ ହୁଏ ବେଳେବେଳେ, ସକାଳ ହେଲେ ପ୍ରସ୍ତୁତି ଆରମ୍ଭ ହୁଏ ସ୍କୁଲ ଅଫିସ ଯିବାର। ଯା ଭିତରେ ପିଲାଙ୍କୁ ବ୍ରସ କରାଅ। ଝାଡା କରାଅ। ଜଳଖିଆ ଦିଅ। ବହି ବସ୍ତାନୀ ଧରି ବସାଅ। ପଢ଼ାଅ, ଏଇ ସମୟ ଭିତରେ ପୁଣି ଭାତ ତରକାରୀ ଭଜା କି ଶାଗ ଟିକେ କୌଣସି ମତେ ନ କଲେ ନ ଚଳେ। ତରତର ହୋଇ ଖାଇବାକୁ ହୁଏ। ତରତର ହୋଇ ମେଡ ସରଭେଣ୍ଟ ନିକଟରେ ଛୋଟ ପୁଅକୁ ଦାଖଲ ଦେଇ ଯିବାକୁ ପଡେ ସ୍କୁଲ ଓ ଅଫିସ। ପୁଣି ଛୁଟି ପରେ ପରେ ରାତ୍ରୀ ଭୋଜନ ପାଇଁ ପ୍ରସ୍ତୁତି। ରାତ୍ରୀ ଭୋଜନ ପରେ କର୍ମମୟ ଦିନର ଶେଷରେ ଗୋଟାଏ ବିଶ୍ରାମ, ଠିକ ଯେପରି ଦୁଇଶହ ମିଟର ରେସରେ ଦୌଡି ଟିକିଏ ବସି ପଡିବା ପରି।

ଏଇ ବ୍ୟସ୍ତ ଓ ଚଞ୍ଚଳ ଦିନମାନଙ୍କରେ ବେଶୀ ବ୍ୟସ୍ତ ରହନ୍ତି ମିସେସ୍‌ମାନେ। ତେବେ ଛୁଟି ଦିନମାନଙ୍କରେ ପ୍ରଚୁର ସମୟ ମିଳୁଥିବାରୁ କିଏ କେମିତି ଅନୁଭବ କରନ୍ତି ଖାଁ ଖାଁ। ସେମାନେ ଅନୁଭବ କରନ୍ତି ଯେ ଲିଜର ଟାଇମରେ କିଛି ଗୋଟାଏ ହବି ଜିନିଷ କରିବା କଥା।

ବିମଳ ବାବୁ ଏମାନଙ୍କଠାରୁ ନିଆରା। ଛୁଟି ଦିନଗୁଡିକ ତାଙ୍କ ପାଇଁ ଅପେକ୍ଷକୃତ ବେଶୀ ଗୁରୁତ୍ୱପୂର୍ଣ୍ଣ ଓ ବେଶୀ ବ୍ୟସ୍ତତାର ଦିନ। ପୂର୍ବ ଦିନମାନଙ୍କରେ ସଂଗୃହୀତ ହୋଇଥିବା ରେଡିଓ, ଟେପରେକଡର ଇତ୍ୟାଦି ସେ ମରାମତି କରନ୍ତି ନିଜ ଘରେ। କେବେ କେମିତି କିଏ ଟି.ଭି. ମରାମତି ପାଇଁ ଡାକି ନିଅନ୍ତି ତାଙ୍କ ଘରକୁ।

ନରେନ ବାବୁଙ୍କର ସେମିତି କିଛି ହବି ନାହିଁ। ଛୁଟି ଦିନମାନଙ୍କର ବେକାର ସମୟରେ ପିଲାଙ୍କ ସହ ବିତାନ୍ତି। ଘରର ଯେଉଁ ଜିନିଷ ଯେଉଁଠି ରହିବା କଥା ସେଠାରେ ନ ଥିଲେ ମିସେସ ବିଡ୍ ବିଡ୍ ହୁଅନ୍ତି। କୌଣସି ନଭେଲ ଫଭେଲ ପଢ଼ିବାରେ ବି ତାଙ୍କର ଆଗ୍ରହ ନାହିଁ। ମିସେସ୍ ତାଙ୍କର ଗପ କି ନଭେଲ ପଢ଼ି ବିତାଇ ଦିଅନ୍ତି ବେକାର ସମୟର ବିରକ୍ତିକର ମୁହୂର୍ତ୍ତମାନଙ୍କୁ। କିନ୍ତୁ ନରେନ ବାବୁଙ୍କର କିଛି କାମ ନ ଥିବାରୁ ମଝିରେ ମଝିରେ ମିସେସ୍ ସହିତ ଅଯଥା ବିରକ୍ତି ହୋଇ ପଡନ୍ତି। ଏଥର ମିସେସ୍ ଥରେ ଦି ଥର କହିଲେଣି, ଦେଖୁନ ବିମଳ ବାବୁଙ୍କୁ। କେମିତି ଟାଇମ ପାସ କରୁଛନ୍ତି। ଟାଇମ ବି ପାସ ହେଉଛି। ପଇସା ବି ଆସୁଛି।

ନରେନ ବାବୁ ତାର ପ୍ରତ୍ୟୁତ୍ତରରେ କହନ୍ତି: ଆମ୍ଭୁଡି ହେବା କଥା ନୁହେ ମ। ଜୀବନରେ କିଛି ଶିଖିବନି ? କିଛି ଜାଣିବନି ? ବେକାର ସମୟକୁ ଠିକ ମାର୍ଗରେ ଖଟାଇ ପାରିଲେ ବୋରଡମ୍‌ରୁ ମୁକ୍ତି ତ ମିଳିବ।

ନରେନ ବାବୁ ନୀରବ ରହନ୍ତି।

ମିସେସ୍ ପୁଣି କହନ୍ତି, "ଯାଉନ ବିମଳ ବାବୁଙ୍କ ପାଖେ ବସି ଶିଖାଶିଖି କର।

ଯଦି ତୁମର ସେ'ଠି ପସନ୍ଦ ନାହିଁ ଏଇ ସିଲେଇ ମେସିନଟା ଅଯଥାରେ ପଡିଛି। କିଛି ସିଲେଇ ହେଲେ ଶିଖ। ଅଯଥାରେ ମୋ ସହିତ ଲାଗୁଛ କାହିଁକି ?

ନରେନ ବାବୁଙ୍କ ମିସେସ ଆଖିରେ ବିମଳବାବୁ ଜଣେ ଆଦର୍ଶ ପୁରୁଷ। ସେ ବିମଳ ବାବୁଙ୍କ ପ୍ରଶଂସା ନିଜ ସ୍ୱାମୀ ଆଗରେ ଖୋଲାଖୋଲି ଭାବେ କରନ୍ତି। ଯା'କୁ ସହି ପାରନ୍ତି ନି ନରେନ ବାବୁ।

ସେଦିନ ସୋମବାର। ଅଫିସରେ ବିମଳବାବୁଙ୍କ ଅନ୍ୟମନସ୍କତା ଲକ୍ଷ୍ୟ କରି ନରେନ ବାବୁ ଥରେ ଅଧେ ପଚାରି ଦେଇଥିଲେ " ଆଜି ଆପଣଙ୍କର ମନଟା ଭଲ ନାହିଁ କି ? ବିମଳ ବାବୁ "ନାହିଁ କିଛି ନାହିଁ" କହି କଥାଟାକୁ ବାଆଁରେଇ ଦେଇଥିଲେ। ମାତ୍ର ରିକ୍ରେସନ ସମୟକୁ ବିମଳବାବୁ ଘର ଆଡକୁ ନ ମୁହେଁଇବା ଦେଖି ନରେନ ବାବୁ ତାଙ୍କ ପଛେ ପଛେ ଗଲେ। ବିମଳ ବାବୁ ହୋଟେଲରେ ମିଲ ପାଇଁ ଅର୍ଡର ଦେଇ ବସିଲେ। ଖାଇଲେ। ହୋଟେଲରୁ ବାହାରିଲେ । ନରେନ ବାବୁ ଜିଜ୍ଞାସା ସହିତ ପଚାରିଲେ "ଆଜି ଛୁଆପିଲା କୁଆଡେ ଯାଇଛନ୍ତି କି ? ଆପଣ ହୋଟେଲରେ ଖାଇଲେ ଯେ !! ବିମଳବାବୁ ନରେନବାବୁଙ୍କୁ ଟିକିଏ ହସିବା ଢ଼ଙ୍ଗରେ କହିଲେ, "ଆସନ୍ତୁ କହିବି ସବୁ କଥା। ଆପଣଙ୍କୁ ଲୁଚାଇ ଲାଭ କଣ ?

ଟିକିଏ ନିରୋଳାକୁ ଡାକି ବିମଳବାବୁ କହିଲେ, ଗତକାଲି ଝଗଡା ଟିକେ ବଢ଼ିଗଲା ମ । ନରେନ ବାବୁ ବୁଝିଗଲେ ଯେ ଆଗରୁ ଝଗଡା ଲାଗିରହିଥିଲା। କିନ୍ତୁ ଗତକାଲି ତାହା ଭୀଷଣ ଭାବେ ବଢ଼ିଛି। ହେଲେ କାହା ସହିତ ୯ ଝଗଡା ? ସେ ପଚାରିଲେ ଯେ ଝଗଡାର ଅନ୍ୟ ପକ୍ଷ କିଏ ଓ କାହିଁକି ଏ ଝଗଡାର ସୃଷ୍ଟି।

ବିମଳବାବୁ କହିଲେ, "ମୋ ମିସେସ ମ।"ସେ ସବୁବେଳେ କହୁଛି ତୁମେ ସେ କେଁ କେଁ ପେଁ ପେଁ ଛାଡ। କଣ ଦରକାର ଆମର ରେଡିଓ ଫେଡିଓ ସଜାଡିବାର। ଆମ ଦୁଇ ଜଣକର ଦରମା କଣ ଯଥେଷ୍ଟ ନୁହେଁ ପିଲମାନଙ୍କୁ ମଣିଷ କରିବାକୁ ? ତୁମ ଅଫିସର ଅନ୍ୟମାନେ କଣ ଚାକିରୀ ବାହାରେ ଅଲଗା ଧନ୍ଦା କରୁଛନ୍ତି ? ଦେଖୁନ ନରେନ ବାବୁଙ୍କୁ। ଆର୍ଥିକ ଲାଳସାକୁ ଅସ୍ୱୀକାର କରି ମୁଁ ଯେତେବେଳେ ଏ ଦିଗରେ ମୋର ସ୍ପେସିଆଲ ଇନ୍‌ଟ୍ରେଷ୍ଟ କଥା କହିବି ସେ ରାଗି କରି କହିବ " ପୋଡି ଯାଉ ତୁମର ଆଗ୍ରହ। ମୁଁ ପାରିବିନି ଛୁଆପିଲା, ରନ୍ଧାବଢ଼ା, ଚାକିରୀ ସବୁକାମ ଏକା ସଙ୍ଗେ।"

ନରେନ ବାବୁ କହିଲେ, " ଯଦି ଆପଣଙ୍କର ରେଡିଓ ଫେଡିଓ ମରାମତି ପାଇଁ ଏତେ ପାରିବାରିକ ଅଶାନ୍ତି ତେବେ ଛାଡି ଦେଉନାହାନ୍ତି ସେ ସବୁ।"

ନରେନ ବାବୁ "ମୁଁ ଛାଡି ଦେଇ ପାରିବିନି ଏ ସବୁ। ଇଲୋକ୍‌ଟ୍ରୋନିକ୍ସରେ ମୁଁ ନୂଆ କିଛି କରିବାର ଅଛି ।

ନରେନ ବାବୁ କହିଲେ " ଏକଥା ଅନ୍ତତଃ ମିସେସଙ୍କୁ କୁହନ୍ତୁ । ସେ ହୁଏତ ଆପଣଙ୍କର ମହତ ଉଦ୍ଦେଶ୍ୟରେ ଖୁସି ହେବେ । ବିରୋଧ କରିବେନି ଆଉ । ବିମଳବାବୁ କହିଲେ " ଏକଥା ଯେତେବେଳେ ତାକୁ କହିବି ସେ ତ ଉଗ୍ରଚଣ୍ଡୀ ରୂପ ଧରିବ। ମୋ କଥାକୁ ହସରେ ଉଡାଇ ଦେଇ ହସିବ।

ନରେନ ବାବୁ ବୁଝିଗଲେ ସବୁ କଥା । ବୁଝିଗଲେ ଯେ ଗତକାଲିର ସ୍ତ୍ରୀପୁରୁଷର ଗୋଳମାଳରୁ ବିମଳ ବାବୁ ଆଜି ଘରୁ ନ ଖାଇ ଅଫିସ ଚାଲି ଆସିଥିଲେ ।

ନରେନ ବାବୁଙ୍କ ଇଚ୍ଛା ହେଉଥିଲା ସେ ତତ୍‌କ୍ଷଣାତ ଦୌଡି ଯାଇ ତାଙ୍କ ମିସେସଙ୍କୁ ବିମଳବାବୁ ଫେମିଲିର ଏହି ଅନାବିଷ୍କୃତ ଅଧ୍ୟାୟର କାହାଣୀ କହନ୍ତେ । ବିମଳବାବୁଙ୍କ ଶତ ମୁଖର ପ୍ରଶଂସା ଗାଉଥିବା ନିଜର ମିସେସଙ୍କୁ ବିମଳବାବୁଙ୍କ ପ୍ରତି ବିମୁଖତା ସୃଷ୍ଟି କରି ପାରନ୍ତେ । ଯେଉଁ ଗୁଣକୁ ତାଙ୍କ ମିସେସ୍‌ଙ୍କ ବେଶୀ ପସନ୍ଦ ସେହି ଗୁଣ କିପରି ବିମଳବାବୁଙ୍କ ପରିବାର ଭିତରେ ଅଶାନ୍ତିର କାରଣ ହୋଇଛି ତାହା ହୁଏତ ତାଙ୍କ ସ୍ତ୍ରୀ ଜାଣିବା ପରେ ତାକୁ କୁହନ୍ତେ ନାହିଁ ଯେ ତୁମେ କିଛି ହବି କାମ କର ।

ଆମେ ଲେଖକ ଜଣେ ତୃତୀୟ ପକ୍ଷ ଲୋକ ହିସାବରେ ନରେନ ଓ ବିମଳ ବାବୁଙ୍କର ଏହି ଘଟଣା ଜାଣିବା ଶୁଣିବା ପରେ ଅନୁଭବ କରୁଛେ ଯେ ନରେନ ବାବୁଙ୍କ ମିସେସ ବିମଳ ବାବୁଙ୍କ ମିସେସ ଯଦି ହୋଇଥାନ୍ତେ ଓ ବିମଳବାବୁଙ୍କ ମିସେସ ନରେନ ବାବୁଙ୍କ ମିସେସ ହୋଇଥାନ୍ତେ ତେବେ ଭଲ ହୋଇଥାନ୍ତା । ମାତ୍ର, ବିଧିର ଇଚ୍ଛା ଥିଲେ ସିନା ?

■

"କଥା"ଏପ୍ରିଲ ୧୯୯୫ ସଂଖ୍ୟାରେ ପ୍ରକାଶିତ । ଏହି ଗଳ୍ପଟି "ଓଲଟ ରଚି" ନାମରେ ତ୍ରୟମାସିକ ପତ୍ରିକା 'ଏଇପରି ଆମ ସଂପର୍କ' ର ବିଷୁବ ବିଶେଷାଙ୍କ ୧୯୯୭ରେ ପ୍ରକାଶିତ ।

ତଳ ବରଡା

ତଳ ବରଡା ଖସୁଥାଏ। ସେ ଜୀର୍ଣ୍ଣ ଶୀର୍ଣ୍ଣ ଅପାଙ୍‌କ୍ତେୟ। ତାର ଲୋଡା ନାହିଁ ବଞ୍ଚିରହି ଜୀବନର ସବୁଜ ଉଷ୍ମତା ଅନୁଭବ କରିବାର। ବୟସର ଅବାରିତ ଚାପରେ ସେ ନଇଁ ପଡିଥାଏ। ତଳକୁ ତାର ଭବିଷ୍ୟତର ଆକାଶ ବିବର୍ଣ୍ଣ। ଅନ୍ଧାର ଓ କୁହେଳିକାରେ ଭରପୁର।

ଲଳିତ ମୋ ସାଙ୍ଗ। ତା ଘରେ ଅଛନ୍ତି ଗୋଟାଏ ତଳ ବରଡା, ଲଳିତର ବାପା। ନବେ ବର୍ଷର ବୃଦ୍ଧ ଅସ୍ଥିକଙ୍କାଳସାର ମଣିଷଟିଏ। ଗୋଟିଏ ଆଶାବାଡି ଧରି ଠୁକ୍ ଠୁକ୍ ଚାଲୁଥାନ୍ତି ନିଜର ଗୃହାଙ୍ଗନ ଭିତରେ। ବାହାରକୁ ଯାଇ ପାରନ୍ତି ନାହିଁ। ଯିବାର ଆବଶ୍ୟକତା ବି ନଥାଏ। ତାଙ୍କ ଘରକୁ ଯାଇ ତାଙ୍କୁ ନମସ୍କାର ଜଣାଇଲେ ଏଇ ଉର୍ତ୍ତୀର୍ଣ୍ଣ ବୟସରେ ବି ମୋତେ ଠିକ ଚିହ୍ନି ପାରନ୍ତି। ବସିବାକୁ କହନ୍ତି। ତାଙ୍କ ଜୀବନର ଅଲିଭା ସ୍ମୃତିରୁ କିଛି ବଖାଣନ୍ତି। ନିଜର କୃତୀତ୍ୱ, ସାହସିକତା ତଥା ବଡିମା ପ୍ରକାଶ କରନ୍ତି। ଦ୍ୱିଧାହୀନ ଭାବେ ଶେଷକୁ କୁହନ୍ତି - ମୁଁ ତଳ ବରଡା ବାବୁ, ଆଜି ଖସିବି କି ଆସନ୍ତାକାଲି କିଏ କହିବ ?

ମୁଁ ମନେ ମନେ ଭାବେ ସତରେ ନବେ ବର୍ଷର ମଣିଷଟେ ବଞ୍ଚିଥିବା କିଛି କମ କଥା ନୁହେଁ। ମୁଁ କହେ, ତୁମେ ଆଗକାଳର ବୋଲି ବଞ୍ଚିଛ ଏ ଯାଏ। ଦେଖି ପାରୁଛ। ଶୁଣି ପାରୁଛ। ଆମେ ତ ଭେଜାଲ ଖାଉଛୁ। ଆମେ କଣ ଏତେ ବର୍ଷ ବଞ୍ଚି ପାରିବୁ ? ଆମ ଭିତରେ ଭୟଙ୍କର ରୋଗମାନ ମୁଣ୍ଡ ଟେକୁଛି। ତୁମେ ପ୍ରାୟ ନିରୋଗୀ।

ଲଳିତଠାରୁ ଶୁଣିଛି ଓ ଅନେକ ଥର ତା ଘରକୁ ଯାଇ ଜାଣିଛି ଯେ ଲଳିତର ବାପାଙ୍କର ସେମିତି କିଛି ରୋଗ ନାହିଁ, ଯାହା ଦ୍ୱାରା ଲଳିତ ଓ ତା ସ୍ତ୍ରୀ ଘାଣ୍ଟି ଚକଟି ହେବେ। ମାତ୍ର, କେବେ କେମିତି ଝାଡା ରୋଗ ଧରେ ତାହାଙ୍କୁ। ଶୋଇବା ଖଟରେ ଝାଡା ଗଳି ପଡେ । ଅବସ୍ଥା ବେଳେ ବେଳେ ଅଣାୟତ୍ତ ହୋଇପଡେ। ମୁଁ ଭାବେ

ଏଥର ତଳ ବରଡା ଖସିବ, ମାତ୍ର ଖସେନି। ବୁଢ଼ା କିଛି ଦିନ ପରେ ଚେଙ୍ଗା ହୋଇ ଉଠନ୍ତି। ସ୍ୱାଭାବିକ ଭାବେ ବସନ୍ତି, ଉଠନ୍ତି। କଥାବର୍ତ୍ତା କରନ୍ତି। ସେ ଅପେକ୍ଷା କରନ୍ତି ବାତ୍ୟାତୁଲ୍ୟ ପବନର ଉତ୍ପାତକୁ ଯା ଦ୍ୱାରା ସେ ଝଡି ଯିବେ।

ବାପା ଝଡିଯିବାର ସମୟକୁ ଅପେକ୍ଷା କରିଥିଲା ଲଳିତ। ପ୍ରସ୍ତୁତ ହେଉଥିଲା ଅନାଗତ ଶୁଦ୍ଧିକ୍ରିୟା ପାଇଁ। ଦିନେ କହୁଥିଲା ଯେ ତା ମାଆର ଶୁଦ୍ଧିକ୍ରିୟାରେ ଖର୍ଚ୍ଚ ହୋଇଥିଲା କୋଡିଏ ହଜାର। ବାପାଙ୍କ ପାଇଁ ସେତିକି ଅଣ୍ଟିବନି। ଏଣିକି ତା ବିବାହ ଯୋଗ୍ୟା ଦୁଇଟି ଝିଅ ଅଛନ୍ତି। ଯଦି ଗୋଟିଏ ବର୍ଷରେ ବିବାହ ଓ ମୃତାହ କାର୍ଯ୍ୟ ପଡିଯାଏ ଲଳିତ ସମ୍ଭାଳିବା କଷ୍ଟକର ହୋଇପଡିବ।

ସେଦିନ ଆମ ସାହିର ଜଣଙ୍କଠୁ ଶୁଣିବାକୁ ପାଇଲି ଲଳିତ ଘରେ କାନ୍ଦବୋବାଳି ପଡିଛି। ମୁଁ ଭାବିନେଲି ଅନେକ ଦିନରୁ ଲଟକିଥିବା ତଳ ବରଡା ଏଥର ଖସିଲା। ଏଥିପାଇଁ ଦୁଃଖ ତ ଲାଗିଲାନି ଖାସ ବରଂ ଖୁସି ଲାଗିଲା ଟିକେ। କାରଣ କେବେ କେମିତି ଝାଡା ରୋଗରେ ଶଯ୍ୟାଶାୟୀ ହେଉଥିବା ହନ୍ତସନ୍ତରୁ ବର୍ତ୍ତିଗଲେ ଲଳିତ ଓ ତା ପତ୍ନୀ। ଶବ ଦାହ ପାଇଁ ମୁଁ ସଙ୍ଗରେ ଯିବାକୁ ପ୍ରସ୍ତୁତ ହେଲି। ପେଣ୍ଟ ସାର୍ଟ ବଦଳାଇ ଧୋତି ଢ଼ିଲା ପିନ୍ଧି ଗାମୁଛା ଖଣ୍ଡେ ଧରି ବାହାରିଲି।

ଆର ସାହିରେ ଲଳିତର ଘର। ତା ଘର ପାଖାପାଖି ହେବାରୁ ଲଳିତ ଘରୁ ନିର୍ଗତ ହେଉଥିବା ମିଳିତ କ୍ରନ୍ଦନରୋଳ ମୋ କର୍ଣ୍ଣଗହ୍ୱର ସ୍ପର୍ଶ କଲା। ମୁଁ ଭାବିଲି ତୁଚ୍ଛାଟାରେ ଏତେ କନ୍ଦାକଟା କରୁଛନ୍ତି ଏମାନେ। ମିଛ ମାୟା ଏ ସଂସାର। ଆଉ କେତେ ଦିନ ବା ବଞ୍ଚିଥାନ୍ତା ବୁଢ଼ାଟା। ପୁଣି ମନେ ମନେ ଭାବିଲି ପ୍ରତ୍ୟେକ ମୃତ ବ୍ୟକ୍ତି ପାଇଁ କାନ୍ଦିବାର ଗୋଟାଏ ପ୍ରଥା ରହି ଆସିଛି ବୋଧେ !

ଲଳିତ ଘରେ ପହଞ୍ଚିଲି। ଯାହା ଦେଖିଲି ବିଶ୍ୱାସ କରି ପାରିଲିନି। ଆଶ୍ଚର୍ଯ୍ୟ ଚକିତ ହେଲି। ମୋ ମୁଣ୍ଡ ବୁଲାଇଗଲା ସେ ହୃଦୟ ବିଦାରକ ଦୃଶ୍ୟ ଦେଖି। ଭୋ ଭୋ କାନ୍ଦି ପକାଇଲି। ମୁଁ କାନ୍ଦିବାର ଦେଖି ଦ୍ୱିଗୁଣିତ ବେଗରେ କାନ୍ଦି ପକାଇଲେ ଲଳିତର ବାପା। ମୁଁ ଅଦୃଶ୍ୟ ବିଧାତା ପ୍ରତି ଗାଳି କରି କହିଲି, ଏ କି ଅବିଚାର ! ତୁ ଏତେ ନିଷ୍ଠୁର !! ଏତେ ପାଷାଣ !!!

ଧଳା ଧୋତିରେ ଆପାଦବକ୍ଷାବୃତ ହୋଇଥିବା ମର ଶରୀରଟ ହେଉଛି ଲଳିତର। ପୂର୍ବଦିନ ହଠାତ ଦେହ ଖରାପ ହେତୁ କୁଆଡେ ହାସପାତାଲରେ ଆଡମିଟ ହୋଇଥିଲା। ଲଳିତ ଆର ସକାଳକୁ ହଜିଗଲା ଅନ୍ତହୀନ ଆକାଶରେ। ନୀରେଗ ପ୍ରାୟ ଲଳିତର ଏହି ଅପ୍ରତ୍ୟାଶିତ ବିୟୋଗରେ ଦେଖି ହେଉ ନ ଥିଲା ତା ପତ୍ନୀ ଓ ପିଲାଛୁଆଙ୍କ ମର୍ମନ୍ତୁଦ ବିଳାପ। ଶୁଣି ହେଉ ନ ଥିଲା ଆର୍ତ୍ତ ଚିତ୍କାର।

ହାୟ ! ତଳ ବରଡା ଥାଉ ଥାଉ କେଉଁ ଉଦ୍ଧତ କାଠୁରିଆର ଟାଙ୍ଗିଆ ଚୋଟରେ ଉପରବରଡା ସବୁ ଲଣ୍ଡା ହୋଇଥିବା ତାଳ ଗଛ ପରି ଶ୍ରୀହୀନ ଦିଶୁଥିଲା ଲଳିତର ପରିବାର ।

ପାକ୍ଷିକ 'ସଇତାନ' ଫେବୃୟାରୀ ୧-୨-୯୭ ସଂଖ୍ୟାରେ ପ୍ରକାଶିତ ।

ପାହାଡ

କୁମାରକୁ ସମୟ ଦିଆଯାଇଥିଲା ସିଦ୍ଧାନ୍ତ କରିବାକୁ ତା'ର ଅନିର୍ଦ୍ଧାରିତ ଭାବୀ ପତ୍ନୀଙ୍କର ରୂପରେଖ, ମୁଖ୍ୟତଃ ସେ ଠିକ କରିବ ଯେ ତା ପତ୍ନୀ ଜଣେ ଗୃହିଣୀ ହେବ ନା ଚାକିରିଆ ମହିଳା। ତାର ସିଦ୍ଧାନ୍ତ ଅନୁଯାୟୀ ଚାଲିବ କନ୍ୟା ଖୋଜା। କନ୍ୟା ଠିକ ହେଲେ ଏଇବର୍ଷ ହିଁ ହେବ କୁମାରର ବିବାହ। ତାର ମତାମତକୁ ଅପେକ୍ଷା କରିଛନ୍ତି ତାର ଅଭିଭାବକ ଅଭିଭାବିକା ଭାଇ ଭାଉଜ।

ତେବେ କୁମାରକୁ କାହିଁକି ସମୟ ଦିଆଗଲା ସିଦ୍ଧାନ୍ତ କରିବାକୁ କୁମାର ଜାଣେନା। ଠିକ କରି ସାରିଥିବା ତାର ଶେଷ ସିଦ୍ଧାନ୍ତ ସେ ତ ପ୍ରକାଶ କରି ସାରିଥିଲା ଭାଇ ଭାଉଜଙ୍କ ସାମ୍ନାରେ। ତାର ମତାମତ, ତାର ରଚି ଭାଇ ଭାଉଜଙ୍କ ଅନୁରୂପ ନ ହେବାରୁ ତାକୁ ବୋଧହୁଏ ପୁଣି ଥରେ ସିଦ୍ଧାନ୍ତ କରିବାକୁ କହିଛନ୍ତି ସେମାନେ। ସେମାନେ ଚାହାନ୍ତିନି କୁମାରର ପତ୍ନୀ ହେଉ ଜଣେ ଉଚ୍ଚଶିକ୍ଷିତା ଚାକିରିଆ ମହିଳା। ଗୋଟିଏ ଅଳ୍ପଶିକ୍ଷିତା ଗୃହିଣୀ ହେଲେ ସେମାନଙ୍କୁ ମାନି କରି ଚଳିବ ଓ ସେମାନଙ୍କ ଉପରେ କୁମାର ପରିବାରର ବୋଝ ପଡିବନି। ସେଥିପାଇଁ ସେମାନେ ଚାହାନ୍ତି କୁମାର ନାମକ ବଶମ୍ବଦ ଭାଇଟେ ବାଧ୍ୟ ଛାତ୍ରଟେ ପରି ସେମାନଙ୍କ ମତାନୁଯାୟୀ ନିଜର ମତକୁ ପରିବର୍ତ୍ତନ କରିନେଉ। ମାତ୍ର ସେ କିପରି ଗୋଟାଏ ଭୁଲ ରାସ୍ତାରେ ଜୀବନକୁ ଟାଣି ଓଟାରି ନେବ? ଗୋଟାଏ ଅସଂଶୋଧନୀୟ ଭୁଲ ଜ୍ଞାତସାରରେ କରି ସେ କାହିଁକି ଦହଗଞ୍ଜ ହେବ ଜୀବନସାରା। ତାର ତ ନିଜସ୍ୱ ଚିନ୍ତାଧାରା ଅଛି। ଭବିଷ୍ୟତ ଅଛି। ସ୍ୱାଧୀନ ମନ ଅଛି। ସେ ସବୁକୁ କଣ ସେ ପିତୃମାତୃପ୍ରତିମ ଭାଇଭାଉଜଙ୍କ ଇଚ୍ଛା ଚରଣରେ ନିଷ୍କପଟ ହୃଦୟରେ ସମର୍ପଣ କରି ଦେଇ ପାରିବ?

ସେଦିନ ଭାଉଜ ଲକ୍ଷ୍ୟ କରିଥିଲେ କୁମାର ତାର ସିଦ୍ଧାନ୍ତରେ ଅଟଳ ଅଟଳ। ଯେତେ ପ୍ରରୋଚନା, ବୁଝାମଣାରେ ସେ ଅବିଚଳିତ। ତେବେ ପୁଣି ଥରେ ଭଲଭାବେ

ସିଦ୍ଧାନ୍ତ ନେବାକୁ କୁମାରକୁ କହିବା ପରେ ସେ ନିଜର ମତକୁ ପରିବର୍ତ୍ତନ କରି କୁମାର ସହିତ ସାଲିସ କରିବାକୁ ଆତ୍ମପ୍ରତ୍ୟୟ ସଂଗ୍ରହ କରୁଥିଲେ ନା ଭାତୃଭକ୍ତ କୁମାର ପାଖରେ ସେ ମତ ପରିବର୍ତ୍ତନର ଏକ କ୍ଷୀଣ ଆଶା ଦିକ୍ ଦିକ୍ କରି ଜଳି ଉଠିବାର ସମ୍ଭାବନା ଲକ୍ଷ୍ୟ କରିଥିଲେ କୁମାର ତାହା ଜାଣେନା।

କୁମାର ଠିକ କରିନେଲା, ନିର୍ଦ୍ଧାରିତ ସମୟର ସମାପ୍ତି ପରେ ସେ ପୁନଶ୍ଚ ଘୋଷଣା କରିବ ଯେ ସେ ତାର ପୂର୍ବ ସିଦ୍ଧାନ୍ତରେ ସ୍ଥିର ନିଶ୍ଚିତ।

ଘରଠୁ ପଚାଶ କିଲୋମିଟର ଦୂରରେ ଅବସ୍ଥିତ ଗୋଟାଏ ସ୍କୁଲରେ ଶିକ୍ଷକତା କରେ କୁମାର। ରବିବାର ସାପ୍ତାହିକ ଛୁଟି ବ୍ୟତୀତ ଅନ୍ୟ ଦିନମାନଙ୍କରେ ସେଇଠି ରହେ ସେ। ଏଥର ଶନିବାର ଦିନ ସ୍କୁଲ କାମ ସାରି ଫେରି ଆସିଥିଲା ଘରକୁ। ଭାଇଭାଉଜଙ୍କ ବସାକୁ। ଆଜି ତାର ଶେଷ ନିଷ୍ପତ୍ତିର ପୁନଃ ପ୍ରକାଶ ଦିନ। କେତେବେଳେ ଓ କିପରି ଶୁଣାଇବ ତାର ଶେଷ ନିଷ୍ପତ୍ତି, ଭାତୃ ବଶମ୍ବଦ କୁମାର ମନରେ ଅନିର୍ଧାର୍ଯ୍ୟ ତାହା।

ରାତ୍ରୀ ଭୋଜନ ସରିଲା। କୁମାର ତାର ଶୟନ ପ୍ରକୋଷ୍ଠରେ ଉପସ୍ଥିତ। ବଡଭ ଇ ଧୀର ପଦକ୍ଷେପରେ ସେଇ କୋଠରୀକୁ ପ୍ରବେଶ କରି କୋଣରେ ଥିବା ଚୌକିରେ ବସିଲେ। କୁମାର ଲକ୍ଷ୍ୟ କଲା ଭାଉଜ କବାଟ ସେ ପାଖେ ଉତ୍କର୍ଣ୍ଣ ହୋଇ ଠିଆ ହୋଇଥିଲେ।

ଭାଇ ପଚାରିଲେ କୁମାରକୁ : କଣ କୁମାର, ଠିକ କଲୁ ତ ?

କୁମାର ସହଜ ଗଳାରେ ପ୍ରକାଶ କଲା : ହଁ ଭାଇନା, ମୁଁ ଗୋଟାଏ ଚାକିରିଆ ଝିଅ ବାହା ହେବି।

ବଡ ଭାଇ ନୀରବ ରହିଗଲେ କିଛି ମୁହୂର୍ତ୍ତ। ଚିନ୍ତିତ ଜଣା ପଡିଲେ। କେଉଁ ଭାଷାରେ ବୁଝାଇବେ ଅବିଚଳିତ କୁମାରକୁ ? ଭାଉଜ ଭିତରକୁ ପଶି ଆସି କହିଲେ: ଦେଖ କୁମାର, ଜୀବନର ଏଇ ଥରକର ସିଦ୍ଧାନ୍ତ ଉପରେ ନିର୍ଭର କରେ ତୁମର ଭବିଷ୍ୟତ ଜୀବନର ସୁଖଶାନ୍ତି।

କୁମାର ଦୃଢ଼ ସ୍ୱରରେ କହିଲା: ସେଥିପାଇଁ ତ ମୋର ଏଇ ନିଷ୍ପତ୍ତି।

ଭାଉଜ ଅସନ୍ତୁଷ୍ଟ ଗଳାରେ କହିଲେ: ଏଥିପାଇଁ ତୁମର ଏ ନିଷ୍ପତ୍ତି !! ଆଚ୍ଛା । ଗୋଟାଏ ଚାକିରିଆ ଝିଅକୁ ବାହା ହୋଇ ଟଙ୍କାର ଗଦିରେ ଶୋଇବ ସିନା କୁମାର, ଜୀବନରେ କ'ଣ ପାଇ ପାରିବ ସୁଖ ଶାନ୍ତି ?

କୁମାର ବୁଝାଇବା ଗଳାରେ କହିଲା: ଦେଖ ଭାଉଜ, ଟଙ୍କା ହେଲା ଏ ଦୁନିଆଁର ବଡ ଜିନିଷ। ଟଙ୍କା ଥିଲେ ସବୁ କିଛି କିଣି ହୁଏ। ସୁନା ରୂପା, ଗହଣା, ସୁଖଶାନ୍ତି ସବୁ କିଛି। ଟଙ୍କା ଅଭାବରେ କିଛି କରି ହୁଏନା। ଟଙ୍କାର ଅଭାବ ମଣିଷର

ମେରୁଦଣ୍ଡକୁ ଭାଙ୍ଗି ଦିଏ। ମନରୁ ସାହସକୁ ହଟାଇ ଦିଏ। ମଣିଷ ଅଥର୍ବ ହୋଇ ପଡେ। ଆଉ ମୁଁ ଏଥର ଯଦି ଅନ୍ଧ ବାଡି ହଜେଇବା ପରି ଚାଲିବି ମୋତେ କିଏ ଧରାଇବ ବାଡି ? କିଏ ଦେଖାଇବ ବାଟ ?

ଭାଇନା କୁମାର କଥାରେ ପ୍ରତିରୋଧ କରି କହିଲେ: ସେ ସବୁ କଥା ଆମକୁ ବୁଝାନା କୁମାର। ସତ କଥା, ତୋ କହିବାନୁସାରେ ଟଙ୍କା ଦୁନିଆଁରେ ସବୁଠୁ ବଡ ଜିନିଷ। ମାତ୍ର, କେବଳ ବଡ ଜିନିଷ ନୁହେଁ। ତୁ ଜାଣୁନା ଯେ ଯେଉଁଠି ଟଙ୍କାର ପ୍ରାଚୁର୍ଯ୍ୟ, ସେଇଠି ସୁଖଶାନ୍ତି ଥାଏନା। ସେ ଦି'ତିନିଟା ଉଦାହରଣ ଥୋଇ ଦେଲେ କୁମାର ସାମ୍ନାରେ।

ସେ ସବୁ ପ୍ରମାଣୋକ୍ତି କୁମାର ନିକଟରେ ମୂଲ୍ୟହୀନ । କୁମାର ମନରେ ଭାସି ଉଠିଲା ଦୁଇଟି ଚିତ୍ର। ପ୍ରଥମରେ ପାଖ କଲୋନୀରେ ରହୁଥିବା ଗୋଟିଏ କିରାନୀର ଜୀବନଚିତ୍ର। ତାଙ୍କର ପୁଅ ତିନୋଟି। ସେଥିରୁ ଗୋଟିଏ ସୈନିକ ସ୍କୁଲରେ ସିଲେକ୍ଟ ହୋଇଥିଲା ପଢ଼ିବାକୁ। ମାତ୍ର, ପିତାଙ୍କର ଆର୍ଥିକ ଅକ୍ଷମତାରୁ ସ୍ଥଗିତ ରହିଗଲା ତାର ପାଠପଢ଼ା ସେଇଠି। ଅନ୍ୟ ପିଲାମାନେ ବି ମେଧାବୀ। ସେମାନଙ୍କର ପଢ଼ାପଢ଼ି ବାହାରେ ଭଲ କଲେଜରେ କରିଥିଲେ ହୁଏତ କିଏ ଡାକ୍ତର କିଏ ଇଂଜିନିୟର ହୋଇ ବାହାରନ୍ତେ। ମାତ୍ର ବାପାଙ୍କର ଆର୍ଥିକ କ୍ଷମତା କାହିଁ ପିଲାମାନଙ୍କର ଭବିଷ୍ୟତ ଗଢ଼ିବାକୁ? ସାଧାରଣ ସ୍କୁଲରେ ଯାହି ତାହି ପଢ଼ି ସେମାନେ ଯାହା ମଣିଷ ହୁଅନ୍ତୁ-ତାହା ସେମାନଙ୍କର ଭାଗ୍ୟ। ଅନ୍ୟ ଦୃଶ୍ୟରେ ଦୃଶ୍ୟମାନ ହେଲା ସୁନୀଲ ପଣ୍ଡାଙ୍କ ପାରିବାରିକ ଚିତ୍ର। ତାଙ୍କର ବି ତିନି ପୁଅ। ବଡ ପୁଅ ଏଥର ଉତ୍ତୀର୍ଣ୍ଣ ହୋଇଛି ମେଡିକାଲ ଏନଟ୍ରାନ୍ସରେ। ତାର ସେମିତି କିଛି କୃତୀତ୍ୱ ନ ଥିଲା ସ୍କୁଲ କଲେଜରେ। ଗୋଟାଏ ସାଧାରଣ ପିଲା ପରି ନମ୍ବର ରଖୁଥିଲା ପରୀକ୍ଷାମାନଙ୍କରେ। ମାତ୍ର, ସେ ମେଡିକାଲ ଏନଟ୍ରାନ୍ସ ପାଇଁ କୋଚିଂ କରିଥିଲା। ନିଜ ସହର ଛାଡି ଅନ୍ୟତ୍ର ରହୁଥିଲା ବର୍ଷ ବର୍ଷ। ଉଭୟେ ଶିକ୍ଷକତା କରୁଥିବା ତାର ପିତାମାତା ଯୋଗାଇ ପାରିଥିଲେ ଯଥେଷ୍ଟ ଅର୍ଥ।

ଭାଇଙ୍କ କଥାକୁ କାଟି କୁମାର କହିଲା: ତୁମର ସେ ସବୁ ଉଦାହରଣ ଛାଡ ଭାଇନା। ତୁମେ କୁହ ତ, ତୁମ ପୁଅ ରଞ୍ଜନକୁ ବାହାରେ ରଖି ପଠାଇ ପାରିବକି ମାସିକ ସାତ ଆଠ ହଜାର ଟଙ୍କା ଦେଇ ?

କୁମାରର କଥାରେ ଭାଇନା କ୍ଷୁବ୍ଧ ହୋଇ ପଡିଥିଲେ। କୁମାର ନ ବୁଝିଲା ତ ନାଇଁ। ଶେଷକୁ ତା ସାମର୍ଥ୍ୟ ପ୍ରତି ଚ୍ୟାଲେଞ୍ଜ କରୁଛି କାହିଁକି ?

ଭାଉଜ କଥାର ମୋଡ ବଦଳାଇ କହିଲେ: କୁମାର, ତୁମର ନା ଅଛନ୍ତି ମାଆ ନା ବାପା। ଘରେ ତ କେହି ନାହିଁ, ଦୁହେଁ ଯିବ ସ୍କୁଲକୁ। ଘରେ ପିଲାମାନଙ୍କୁ ଦେଖିବ କିଏ ? ଯତ୍ନ ନେବ କିଏ ?

ଭାଉଜଙ୍କ ଏକଥା ଶୁଣି କୁମାର ଆଶ୍ଚର୍ଯ୍ୟ ଓ ଦୁଃଖରେ ଅଭିଭୂତ ହୋଇ ପଡିଲା। ସେ ତ ଭାଉଜଙ୍କୁ ମାଆ ବୋଲି ମାନି ନେଇଛି। ଭାଇଙ୍କୁ ବାପା। କେଉଁ ଦୂରାରୋଗ୍ୟ ରୋଗରେ ପୀଡିତା ମାଆ ତାର ପରଲୋକଗମନ କରିଥିଲେ କୁମାରକୁ ଯେତେବେଳେ ତିନିବର୍ଷ। ଆଉ ବାପା ଏଇ ଚାରିବର୍ଷ ତଳେ ହଠାତ୍ ହାର୍ଟ ଏଟାକ୍‌ରେ ଖରାପ ହୋଇଗଲେ। ସେଥିପାଇଁ ଭାଇ ଭାଉଜଙ୍କୁ କୁମାର ସମ୍ମାନ ଦିଏ ପିତାମାତା ହିସାବରେ। କେବେ ବି ଅବାଧ୍ୟ ହୁଏନି। ଅସମ୍ମାନ କରେନି। ଭାଉଜ କିପରି ଓ କାହିଁକି ଏପରି ଖାପଛଡା କଥା କହିଲେ କିଛି ଠଉରାଇ ପାରିଲାନି କୁମାର। ତେବେ ସେମାନେ କଣ ତାର ବିବାହ ପରେ ତାକୁ ଭିନ୍ନେ କରି ଦେବାକୁ ଚାହାନ୍ତି ? ତାକୁ ତାଙ୍କ ପରିବାରର ସଦସ୍ୟ ତାଲିକାରୁ ବାଦଦେଇ ଶାନ୍ତିରେ ରହିବାକୁ ଚାହାନ୍ତି ? କୁମାର ତାର ମନର ଏଇ ଦ୍ୱନ୍ଦ ଓ ସନ୍ଦେହକୁ କିପରି ସାମ୍ନା କରିବ ଭାଉଜଙ୍କ ପାଖରେ ଠିକ କରି ପାରୁନ ଥିଲା।

ଓଜନିଆ ମନରେ ଭାଉଜଙ୍କୁ କହିଲା: ତୁମେ କଣ ମୋର ମାଆ ନୁହଁକି ଭାଉଜ ? ଭାଇନା କଣ ବାପା ନୁହନ୍ତି ? ତୁମେ କଣ ମୋତେ ପର କରି ଦେବ ବିବାହ ପରେ ?

କୁମାରର ଏପରି ପ୍ରଶ୍ନରେ ଭଉଜ ସହଜ ଗଳାରେ କହିଲେ: ଆମେ ତୁମର ମାଆ ବାପା, କିଏ ମନା କରୁଛି ? ମାତ୍ର ତୁମର ସିଏ ଆସିବା ପରେ ସେ ଆମକୁ ହୁଏତ ସ୍ୱୀକାର କରି ନ ପାରେ। ତୁମକୁ ଅଲଗା ରହିବାକୁ ସେ ପ୍ରବର୍ତ୍ତାଇ ପାରେ।

ଆଉ କିଛି କହିବାକୁ ଭାଉଜ ଯାଉଥିଲେ, କୁମାର ମଝିରେ କହିଲା ଦୃଢ଼ତାର ସହିତ: ସେକଥା ମୁଁ କେବେ ହେବାକୁ ଦେବିନି ଭାଉଜ। ମୁଁ ତୁମକୁ କେବେ ଛାଡି ପାରିବିନି।

କୁମାରର ପ୍ରତିଶ୍ରୁତିପୂର୍ଣ୍ଣ ଦୃଢ଼ୋକ୍ତିରେ ଭାଉଜଙ୍କ ମନରେ ସନ୍ଦେହ ସୃଷ୍ଟି ହେଉଥିଲା ବୋଧହୁଏ। କାରଣ ସେ ଦେଖୁଛନ୍ତି ଅନେକ ପିତୃମାତୃ ଭକ୍ତ ପୁଅ କାମିନୀକାଞ୍ଚନ ଲାଭ ପରେ ଆଉ ପୂର୍ବବତ ରହି ପାରନ୍ତିନି ବାପା ମାଆଙ୍କ ଅନୁଗତ ହୋଇ। ବରଂ ଅବହେଳା କରନ୍ତି ସେମାନଙ୍କୁ। ବାପା ମାଆଙ୍କ ପ୍ରତି ଜଣେ ପୁଅର ଯଦି ଏତାଦୃଶ ପରିବର୍ତ୍ତନ ସମ୍ଭବ ତେବେ କୁମାର କଥାର କଣ ନିଶ୍ଚିତତା ଥାଇ ପାରେ ? ସେମାନେ ତ ସହଜେ ଭାଇଭାଉଜ ।

ଭାଉଜ କୁମାର ମନରେ କଷ୍ଟ ନ ଲଗାଇବାକୁ ସ୍ୱୀକାର କରି ନେଲେ କୁମାରର ପ୍ରତିଶ୍ରୁତି। କିନ୍ତୁ କହିଲେ: କିନ୍ତୁ କୁମାର ମୁଁ ଆଉ ପାରିବିନି। ଏ ପିଲାଛୁଆ ଧନ୍ଦାରୁ ମୁଁ ଚାହେଁ ମୁକ୍ତି। ତୁମ ଘରକୁ ଆସିବା ଦିନଠୁ କଣ ମୁଁ ଶାନ୍ତିରେ ନିଶ୍ୱାସ ମାରି ପାରିଛି ? ଖାଲି କାମ ଆଉ କାମ। ତୁମକୁ ବାହା କରିଦେଲେ ଦାୟିତ୍ୱ ତୁଟିଲା।

ଭାଉଜଙ୍କ ଏତାଦୃଶ ପରୋକ୍ଷ ଅସହଯୋଗାତ୍ମକ କଥାରେ କୁମାର ଆଶ୍ଚର୍ଯ୍ୟ ହେବା ସଙ୍ଗେ ସଙ୍ଗେ ଦୁଃଖିତ ବି ହୋଇଥିଲା। ଯାହାକୁ ଆପଣାର ଭାବି ତାର ସମସ୍ତ ଅର୍ଜିତ ଆୟକୁ ପ୍ରତିମାସ ବଢ଼ାଇ ଆସୁଥିଲା ଆଜିପର୍ଯ୍ୟନ୍ତ, ଯାହାର କଥାରେ ପ୍ରତ୍ୟୁତ୍ତର ନ ଦେଇ ନତ ମସ୍ତକରେ ମାନି ଆସୁଥିଲା ସବୁକିଛି ସେହି ଦେବୋପମ ନାରୀଟି ସତରେ ଏତେ ହୀନମନ୍ୟା ! ଏତେ ଅନୁଦାରୀ, ଏତେ ଈର୍ଷାପରାୟଣା !!

ସେତେବେଳକୁ ରାତ୍ରୀ ବିଳମ୍ବ ହୋଇ ଉଠୁଥିଲା। ଭାଇ ଉଠିଲେ ନିଜର ଶୟନ କକ୍ଷକୁ ଫେରିଯିବାକୁ ଆଳାପ ଆଲୋଚନାର ପରବର୍ତ୍ତୀ ପର୍ଯ୍ୟାୟ ସକାଳକୁ ରଖି। ଭାଉଜ ବି ଭାଇଙ୍କ ପଦାନୁସରଣ କଲେ।

କୁମାର ଶୋଇବାକୁ ଚେଷ୍ଟା କଲା। ଆଖିକୁ ଆସିଲାନି ନିଦ। ଏକ ଅଦ୍ଭୁତ ଆଇଡିଆରେ ସେ ଚକିତ ହେଲା। ସେ କଥାରେ ହୁଏ ତ ଭାଇ ଭାଉଜ ରାଜି ହୋଇ ପାରନ୍ତି। ସେ କହିବ: ତା ପାଇଁ ଚାକିରିଆ ଝିଅ ଠିକ କରାଯାଉ। ବିବାହ ପରେ ଘର ସମ୍ଭାଳିବା ଅସୁବିଧା ହେଲେ ଚାକିରୀ ଛଡାଇବ ତା ସ୍ତ୍ରୀର। ଚାକିରିଆକୁ ପରେ ଅଣଚାକିରିଆ କରାଇ ହେବ। ମାତ୍ର, ଅଣଚାକିରିଆକୁ ଚାକିରିଆ କରାଇବା ବହୁ କଷ୍ଟକର କାମ।

ଭାଇ ଭାଉଜ ଶୋଇ ନାହାନ୍ତି ଏ ଯାଏ ବୋଧହୁଏ । ବାହାର ବାରଣ୍ଡାରେ ଶୁଭୁଛି ସେମାନଙ୍କର କଥାବାର୍ତ୍ତାର ଅସ୍ପଷ୍ଟ ସ୍ୱର। ବୋଧହୁଏ ଭାଇ ଗୁଡାଖୁ ଘସୁଛନ୍ତି।

କୁମାର ଉଠିଲା ଖଟରୁ। ଭାବିଥିବା ପ୍ରସ୍ତାବ ଦେବାକୁ ଚାଲିଗଲା କବାଟ ପର୍ଯ୍ୟନ୍ତ। ଅଟକିଗଲା ଭାଇଙ୍କର ସ୍ୱଗତୋକ୍ତି ଶୁଣି। ଭାଇ କହୁଥିଲେ : ପିଲାଟାକୁ ଟଙ୍କାର ଭୁତ କି ଅନ୍ୟ ଭୁତ ଧରିଛି ଯେ କେଜାଣି, ଖାଲି ଚାକିରିଆ ଚାକିରିଆ ଝିଅ ବୋଲି ଜିଦ ଧରିଲା ହୋ।

ଭାଉଜ କହୁଥିଲେ: ହଉ ବାହା କରିଦିଅ ତା ଇଚ୍ଛା ଅନୁସାରେ। ଆମେ ତାଙ୍କ ପାଖ ନ ପଶିଲେ ହେଲା। ଆମ କଥା ତ ମାନିଲାନି। ଆମେ କାହିଁକି ତା କଥା ବୁଝିବୁ ?

ଏ କଥା ଶୁଣି କୁମାରକୁ ଲାଗୁଥିଲା: ଭାଇ ଭାଉଜ ଠେଲି ଦେଉଥିଲେ ତାକୁ କେଉଁ ଗୋଟାଏ ବଢ଼ନ୍ତା ନଈର ସୁଅରେ ସୁରକ୍ଷିତ କାଠବାକ୍ସରେ ଭର୍ତ୍ତି କରି ଯେପରି। ସେ କେଉଁ ଅଜଣା ରାଜ୍ୟରେ ପହଞ୍ଚିବ ଠିକଣା ନାହିଁ। ଏକ ନୂତନ ପୃଥିବୀରେ ତାର ଚେର ମେଲେଇ ପାରିବ କି ନା ସନ୍ଦେହ। ସବୁଦିନ ପାଇଁ ହଜିଯିବ ତାର ପୂର୍ବ ପରିଚିତ ପୂର୍ବ ଆତ୍ମୀୟ ମୁହଁମାନ। ଏସବୁ ଭାବି କୁମାର ଧୈର୍ଯ୍ୟ ଧରି ରହିପାରିଲାନି। ମାତ୍ର, ତାର ସେହି ନୂତନ ଚିନ୍ତା ପ୍ରସ୍ତାବକୁ ଉପସ୍ଥାପନା ନ କରି ବି ରହି ପାରିଲାନି।

ସାମ୍ନାକୁ ଆସି ଭାଇଙ୍କୁ କହିଲା ତାର ପ୍ରସ୍ତାବ। ଭାଇ ତାସଲ୍ୟରେ ହସି ହସି କହିଲେ: ଥରେ ଯେ ଚାକିରୀ କରେ ସେ କଣ ସହଜରେ ଛାଡି ଦେଇପାରେ କିରେ? ସେ କଥା କେବେ ବି ସମ୍ଭବ ନୁହେଁ, ବୁଝିଲୁ?

କୁମାରର ପ୍ରସ୍ତାବ କାଟ ଖାଇ ଯିବା ପରେ ସେ କିଂକର୍ତ୍ତବ୍ୟ ବିମୂଢ଼ ହୋଇ କାଠ ଗଣ୍ଡିଟେ ପରି ଠିଆ ହୋଇ ରହିଲା ମୁହୂର୍ତ୍ତେ।

କିଛି ସମୟ ପରେ ଗୁଡାଖୁ ଘସା ପାଟିରେ ପାଣି ପୁଚୁକା ମାରି ଭାଇ କହିଲେ: ମୁଁ ଭାବି ନ ଥିଲି, ତୁ ଏତେଟା ଅବାଧ୍ୟ ହେବୁ। ତୋ ବିବାହ ତୋ ଇଚ୍ଛା ଅନୁସାରେ ହେବ। ମାତ୍ର, ତେଣିକି ତୋ କଥା ନିଜେ ବୁଝିବୁ। ବାପା ଗଲାବେଳେ ମୋତେ ଯେଉଁ ଦାୟିତ୍ୱ ଦେଇଥିଲେ ତାହା ପାଳନ କଲେ ମୋ ଦାୟିତ୍ୱ ତୁଟିଲା।

ଭାଇନା ଏତକ କହିବାବେଳେ ତାଙ୍କର କଣ୍ଠ ବାଷ୍ପାକୁଳ ହୋଇ ଉଠୁଥିଲା। ଲୋ ଭୋଲଟେଜଯୁକ୍ତ ଚାଳିଶ ୱାଟ ବଲ୍‌ବ୍‌ର ଆଲୁଅରେ ବି କୁମାର ଭାଇନାଙ୍କ ଆଖିରେ ଲୁହ ଜକେଇ ହୋଇ ଆସୁଥିବାର ସ୍ପଷ୍ଟ ଦେଖି ପାରୁଥିଲା।

କୁମାରର ମନେ ପଡିଲା ବାପାଙ୍କର ମୃତ୍ୟୁକାଳୀନ ଦୃଶ୍ୟ। ମୃତ୍ୟୁର କିଛି ମୁହୂର୍ତ୍ତ ପୂର୍ବରୁ ତାକୁ ପାଖକୁ ଡାକି ବାପା କହିଥିଲେ ଯେ ସେ ପ୍ରତିଶୃତ କଣ୍ଠରେ କହୁ, ଭାଇନାର କଥାରେ ସେ ଚଳିବ। ଅବାଧ୍ୟ ହେବନି। ସେ ତ ସେଦିନ କେବଳ ପ୍ରତିଶୃତି ଦେଇ ନ ଥିଲା ଶପଥ ବି କରିଥିଲା ଭାଇଙ୍କୁ ଅମାନ୍ୟ ନ କରିବାକୁ। ବାପା ଭାଇନାକୁ ମଧ୍ୟ ଶପଥ କରାଇଥିଲେ ଭାଇମାନଙ୍କୁ ନିଜର କରି ରଖିବାକୁ।

କୁମାର କାନ୍ଦି ଉଠିଲା।

ଆଜିଯାଏ ମନର ଲଣ୍ଡା ପାହାଡରେ ଭବିଷ୍ୟତ ଜୀବନର ଆଲେଖ୍ୟ ନେଇ ସ୍ୱପ୍ନର ବରଫ ସବୁ ଜମା ହୋଇ ହୋଇ ପାହାଡଟା ଆକାଶଚୁମ୍ବୀ ହୋଇ ଯାଇଥିଲା। ସେଇ ପାହାଡଟା ଥିଲା ଅଚଳ, ଅଟଳ। ମାତ୍ର, ବାପାଙ୍କର ସେଇ ଅସହାୟ ମୁହୂର୍ତ୍ତର ଦୁଃଖଦ ସ୍ମୃତି ଏକ ତେଜସ୍କ୍ରିୟ ସୂର୍ଯ୍ୟ ହୋଇ ଉଇଁ ଆସିଲା ଆକାଶରେ। ତାର ପ୍ରଚଣ୍ଡ ଉତ୍ତାପରେ ଏତେ ଦିନର ସ୍ତୁପୀକୃତ ବରଫ ସବୁ ମିଳେଇ ଗଲା ପାଣିହୋଇ। କୁମାର ଭାଇଙ୍କ ନିକଟରେ ସମର୍ପଣ କରି କହି ଉଠିଲା: ମୁଁ ତୁମକୁ ମାନିବି। ଅବାଧ୍ୟ ହେବିନି। ତୁମେ ଯେମିତି ଝିଅ ଠିକ୍ କରିବ ସେମିତି ଝିଅ ବାହା ହେବି।

କୁମାରକୁ ଲାଗୁଥିଲା ସେ ଚାଲୁଛି ଆଗକୁ ଯେଉଁଆଡେ ଆପେକ୍ଷିକ ଅନ୍ଧକାର ମାଡି ବସିଥିଲା।

■

ଦୈନିକ 'ପ୍ରଜାତନ୍ତ୍ର' ସାହିତ୍ୟ ସାପ୍ତାହିକୀର ୦୬/୦୭/୧୯୯୭ରେ ପ୍ରକାଶିତ।

କାହା ପାଇଁ ଏ ଘର

ସୁଷମା ଦେବୀଙ୍କ ମନରେ ଅନେକ ଦିନରୁ ଏକ ସ୍ୱପ୍ନ ଜାଗି ଉଠିଥିଲା ନିଜସ୍ୱ ଘର ଖଣ୍ଡେ କରିବାକୁ। ନରହରି ବାବୁଙ୍କୁ ନେଇ ସେ ତ ଦୁଇଟି ପୁଅ ଓ ଝିଅର ଘର ସଂସାର କରି ସାରିଥିଲେ। ସେ ତାଙ୍କ ଜୀବନରେ ଚାହୁଁଥିଲେ ନିଜ ପସନ୍ଦର ଖଣ୍ଡେ ଇଟା ମାଟିର ଘର।

ସୁଷମା ଦେବୀଙ୍କ ବିବାହର ପାଞ୍ଚବର୍ଷ ପରେ ନରହରି ବାବୁଙ୍କ ଭାଇମାନଙ୍କ ମଧ୍ୟରେ ପୈତୃକ ଘରବାଡି ଭାଗବଣ୍ଟୁରା ହୋଇଥିଲା। ସେଥିରେ ନରହରିଙ୍କ ଭାଗରେ ପଡିଥିଲା ମାତ୍ର ଗୋଟିଏ କୋଠରୀ ଓ ବାରଣ୍ଡାଟିଏ। ସେଠାରେ ନରହରି ବାବୁଙ୍କ ଛଅ ପ୍ରାଣୀଙ୍କ କୁଟୁମ୍ବ ଚଳିବା ସମ୍ଭବ ନ ଥିଲା। ସେ କୋଠରୀକୁ ଲାଗି ଆଉ ଗୋଟାଏ ଦିଟା କୋଠରୀ ତିଆରି କରିଦେଲେ ଅବଶ୍ୟ ଚଳି ଯାଇଥାନ୍ତା, ମାତ୍ର ସେଥିପାଇଁ ଆଉ ଖୋଲା ଜାଗା ନ ଥିଲା। ଏପରି ଅଭାବିତ ପରିସ୍ଥିତିରେ ଦୁହେଁ ସ୍ୱାମୀ ସ୍ତ୍ରୀ ଅନୁଭବ କରୁଥିଲେ ଗୋଟାଏ ସ୍ୱତନ୍ତ୍ର ଘରର ଆବଶ୍ୟକତା। ମାତ୍ର, ଶିକ୍ଷକ ଚାକିରୀରେ ଘର ଖଣ୍ଡେ କରିବା ତାଙ୍କ ପକ୍ଷରେ ସମ୍ଭବ ହୋଇପାରୁ ନ ଥିଲା।

ସୁଷମା ଦେବୀ ନରହରି ବାବୁଙ୍କୁ ଅନେକ ଥର କହିଛନ୍ତି ସୁବିଧା ଦେଖି ପ୍ଲଟଟିଏ କିଣି ରଖିବାକୁ। ଉପଯୁକ୍ତ ଜାଗାରେ ପ୍ଲଟଟିଏ କିଣି ରଖିଥିଲେ ଯେବେ ହାତରେ ଟଙ୍କା ହେବ ଘରଟିଏ ତିଆରି ହେବ। ମାତ୍ର ସେତକ ବି ନରହରି ବାବୁ କରିପାରିଲେନି। ଭଲ ଜାଗାରେ ପ୍ଲଟର ଦାମ ବେଶୀ। ତା' ଛଡା ଗ୍ରାହାକମାନଙ୍କ ଭିଡ। ପ୍ଲଟ କିଣାର ପ୍ରତିଯୋଗିତାରେ ପ୍ଲଟର ଦାମ ବଢ଼ିଯାଏ ଦୁଇଗୁଣ। ନରହରି ବାବୁ ହାରିଯାନ୍ତି ପ୍ଲଟ କିଣାରେ। ସୁଷମା ଦେବୀଙ୍କୁ ପ୍ରବୋଧନା ଦେଇ ଦେଇ କହନ୍ତି: ପ୍ଲଟ କିଣିବାରେ ତରତର ହେବାର କିଛି ଦରକାର ନାହିଁ। ହାତକୁ ମୋଟା ଟଙ୍କା ଆସିଲେ ଏକା ଥରକୁ ପ୍ଲଟ କିଣି ସଙ୍ଗେ ସଙ୍ଗେ ଘର ତିଆରି କରି ହେବ।

କୌଣସି ସୂତ୍ରରୁ ଅନେକ ଥର ମୋଟା ଅଙ୍କର ଟଙ୍କା ହାତକୁ ଆସିଛି ନରହରି ବାବୁଙ୍କର। ମାତ୍ର ତାହା ତାଙ୍କ ପରିକଳ୍ପିତ ଘର ପାଇଁ ବ୍ୟୟ ହୋଇପାରିନି। ଏଥର ବଡ ଝିଅର ବାହାଘର ପାଇଁ ଖର୍ଚ୍ଚ ତ ସେଥର ସାନ ଝିଅର ବିବାହା ପାଇଁ ସଂରକ୍ଷିତ। ତା'ଛଡା ପୁଅମାନଙ୍କ ପଢ଼ାପଢ଼ି ପାଇଁ ଖର୍ଚ୍ଚ ହୋଇଛି ଅନେକ ଟଙ୍କା। ଘର ହୋଇ ନ ପାରିବାର ଦୁଃଖରେ ସୁଷମା ଦେବୀ କେବେ ନରହରି ବାବୁଙ୍କୁ ଅଭିଯୋଗ କଲେ ନରହରି ବାବୁ କହନ୍ତି: ନ ହେଉ ସେ ଘର। ଏମିତି ଭଡା ଘରେ କେବେତ କେବେ ସରକାରୀ କ୍ୱାର୍ଟରରେ ରହି ଦିନ ଯାଉ। ପିଲା ଛୁଆମାନେ ମଣିଷ ହୁଅନ୍ତୁ। ରିଟାୟର୍ଡ ପରେ ତ ଘର ଖଣ୍ଡେ କରିବାର ଅସୁବିଧା ନାହିଁ। ଗୁଡାଏ ଟଙ୍କା ମିଳିବ ସେତେବେଳେ। ପିଲାଛୁଆଙ୍କ ପିଛାରେ ଖର୍ଚ୍ଚର ଆବଶ୍ୟକତା ନ ଥିବ।

ସତକୁ ସତ ନରହରି ବାବୁଙ୍କ ଅବସର ସମୟ ଆସିଲା। ଅବସର ନେଲେ। ଅବସରକାଳୀନ ଟଙ୍କା ସବୁ ପର୍ଯ୍ୟାୟକ୍ରମେ ହାତକୁ ଆସିଲା। ଗୋଟାଏ ଭଲ ଜାଗାରେ ପ୍ଲଟଟିଏ କିଣା ହେଲା। ଘର ତିଆରିବା ଆରମ୍ଭ ହେଲା। ଚାରୋଟି ବେଡ୍‌ରୁମ୍। ପ୍ରଥମଟି ନରହରି ବାବୁ ଓ ସୁଷମା ଦେବୀଙ୍କ ପାଇଁ, ଅନ୍ୟ ଦୁଇଟି ଦୁଇ ପିଲାଙ୍କ ପାଇଁ ଓ ଚତୁର୍ଥଟି ଗେଷ୍ଟମାନଙ୍କ ପାଇଁ । ଡାଏନିଂ ହଲ୍ ପାଇଁ ପ୍ରଶସ୍ତ ଜାଗା କିଚେନକୁ ଲାଗି। ବାହାର ଆଡକୁ ବଡ ବରଣ୍ଡା। ଘରକୁ ଲାଗି ଲାଟ୍ରିନ ଓ ବାଥ୍‌ରୁମ୍। ଘର ପଛକୁ ରହିଛି କିଛି ଖୋଲା ଜାଗା ବାଡି ବଗିଚା ପାଇଁ। ସେଠାରେ ଖୋଳା ଯାଇଛି କୂଅ।

ସମ୍ପୂର୍ଣ୍ଣ ହେଲା ଗୃହ ନିର୍ମାଣ କାର୍ଯ୍ୟ। ପ୍ରତିଷ୍ଠା ପାଇଁ ଦିନ ଧାର୍ଯ୍ୟ ହେଲା। ବନ୍ଧୁବାନ୍ଧବ, ଚିହ୍ନା ପରିଚୟ, ପାଖ ପଡିଶା ସମସ୍ତଙ୍କୁ ନିମନ୍ତ୍ରଣ କରାଗଲା ଭୋଜି ପାଇଁ। ସମସ୍ତେ ଆସିଲେ। ଗହଳ ଚହଳରେ କମ୍ପି ଉଠିଲା ଘର। ନିମନ୍ତ୍ରିତ ଲୋକମାନେ, ମହିଳାମାନେ ଘର ସାରା ବୁଲି ବୁଲି ମନ୍ତବ୍ୟ ଦେଉଥାନ୍ତି ଭଲ ହୋଇଛି ଘରର ପ୍ଲାନିଂ ବୋଲି। ତାରିଫ କରୁଥାନ୍ତି ନରହରି ବାବୁଙ୍କୁ। ସୁଷମା ଦେବୀଙ୍କ ଛାତି କୁଣ୍ଡେମୋଟ ହୋଇଯାଉଥାଏ ସେମାନଙ୍କ ମୁଖରୁ ସ୍ୱାମୀଙ୍କ ପ୍ରସଂଶା ଶୁଣି। ସତରେ ଝିଅ ଦି'ଟାକୁ ସେ ସତ୍ପାତ୍ରରେ ଦେଇ ପାରିଛନ୍ତି। ଗୋଟିଏ ଇଲେକ୍ଟ୍ରିକାଲ ଇଞ୍ଜିନିୟର ହୋଇ ରାଉରକେଲାରେ ଚାକିରି କରୁଛି। ଅନ୍ୟଟି ସରକାରୀ କଲେଜରେ ଅଧ୍ୟାପକ ହୋଇ ରହିଛି ସମ୍ବଲପୁରରେ। ପୁଅ ଦିଟାକୁ ମଣିଷ କରିବା ସଙ୍ଗେ ସଙ୍ଗେ ତାଙ୍କ ପାଇଁ ଘର ବି ତୋଳି ଦେଇଛନ୍ତି, ଆଉ ଚିନ୍ତା ନାହିଁ ନରହରି ବାବୁ ବାବୁଙ୍କର। ପୁଅ ଦିଟା ପାଇଁ ଦିଟା ବୋହୂ ଆଣିଲେ ସରିଲା ତାଙ୍କ କାର୍ଯ୍ୟ।

ବହୁଦିନରୁ ଦେଖି ଆସିଥିବା ସ୍ୱପ୍ନଟେ ସାର୍ଥକ ହେଲା ସୁଷମା ଦେବୀଙ୍କର। ଏଠି ନାହିଁ ଭଡାବାଲାର ଝନ୍‌ଝଟ କି ସରକାରୀ କ୍ୱାର୍ଟର୍ରର ଅବ୍ୟବସ୍ଥା। ନିଜ ଘରକୁ

ନିଜ ମନ ମୁତାବକ ସଜାଇଲେ ସେ। ବାହାର ବରଣ୍ଡାକୁ ବିହାତ ଛାଡି ଲଗାଇଲେ ଧାଡିଏ ଦେବଦାରୁ ଗଛ। ବାଡିପଟେ ଭଲିଭଲିକା ଫୁଲଗଛ। ତାଙ୍କର ହାତ ସ୍ପର୍ଶରେ ସୁନ୍ଦର ଦିଶିଲା ଘର। ଘର ସୌନ୍ଦର୍ଯ୍ୟ ତଥା କୋଳାହଳ ବଢ଼ାଇବାକୁ ଘରକୁ ଆଣିଲେ ସେ ଦୁଇଟି ସୁନ୍ଦର ସୁନ୍ଦର ବୋହୂ।

ମାତ୍ର, ସୁଷମା ଦେବୀ ଆନନ୍ଦରେ ବିଭୋର ଥିବାବେଳେ ଘୋଟି ଆସିଲା ଦୁଃଖର ବାଦଲ। ନରହରି ବାବୁଙ୍କ ଦେହ ଭୀଷଣ ଅସୁସ୍ଥ ହୋଇ ହୋଇପଡିଲା। ଡାକ୍ତର କହିଲେ କ୍ୟାନସର ହୋଇଛି। କିଛି ମାସ ପରେ ନରହରି ବାବୁ ଚାଲିଗଲେ ମସାଣିକୁ। ଛାଡିଗଲେ ନିଜର ପ୍ରିୟ ପତ୍ନୀକୁ ଦୁଃଖ ଓ ଏକାକୀତ୍ୱର ବିଷ ଜ୍ୱାଳାରେ ଛଟପଟ ହେବାକୁ।

ନରହରି ବାବୁ ଚାଲିଯିବାର ଦୁଃଖର ଲୁହ ଆଖିରୁ ଶୁଖୁ ନ ଶୁଖୁଣୁ ହଠାତ୍ ବଡ ପୁଅ ଚାଲିଗଲା ଗୋଟାଏ ଆକ୍ସିଡେଣ୍ଟରେ। ସୁଷମା ଦେବୀଙ୍କ ଆଖି ଆଗରେ ଖାଲି ଘୋଟିଗଲା ଅନ୍ଧକାର ଆଉ ଅନ୍ଧକାର। ସଦ୍ୟ ବିବାହିତ ବିଧବା ବୋହୂର ଦୁଃଖରେ ସେ ଯେତିକି ଦୁଃଖିତା ନିଜ ପୁଅର ବିୟୋଗରେ ସେତିକି।

ସୁଷମା ଦେବୀ ଭାବୁଥିଲେ : କେତେ ସ୍ୱପ୍ନ କେତେ ଆଶା ନେଇ ତୋଳାଇଥିଲେ ଏ ଘର। କ'ଣ ହେଲା ଅଚାନକ ଏ ସବୁ। ଏବେ ଖାଲି ଦୁଃଖରେ କଟୁଛି ଦିନ। ପାଣି ଅଭାବରୁ କ୍ରମେ ମରି ଆସୁଥିବା ଦେବଦାରୁ ଗଛମାନଙ୍କୁ ପାଣିଟିକେ ଦେଇ ପାରୁନାହାନ୍ତି ସୁଷମା ଦେବୀ। ଏତେ ସୁନ୍ଦର କରି ଗଢ଼ିଥିବା ସଜାଇଥିବା ଘର ଭିତରେ ସୁସ୍ଥରେ ଘଣ୍ଟାଏ ବସି ପାରୁନାହାନ୍ତି। ଥରେ ଦାଣ୍ଡକୁ ତ ଥରେ ବାଡିକୁ। ଆଉ ଥରେ ଥରେ ଘର ଭିତରକୁ। ଏମିତି ଅସ୍ଥିର ଯାତାୟତରେ କଟି ଯାଉଛି ଦିନ। ଖାଁ ଖାଁ ଗୋଡାଉଛି ଘରଟା। ମରଦ ବୋଲି କେହି ନାହିଁ ଘରେ। ସାନ ପୁଅଟା ପ୍ରତି ଶନିବାର ସନ୍ଧ୍ୟାରେ ଆସି ସୋମବାର ସକାଳୁ ଚାଲି ଯାଉଛି ସମ୍ବଲପୁର।

ବିଧବା ବୋହୂର ବାପା ଆସି ସେଦିନ ନେଇଗଲେ ତାଙ୍କ ଘରକୁ ଝିଅକୁ। କଣ ପାଇଁ ସେ ଏଠାରେ ରହନ୍ତା ଯେ ? ପ୍ରତିବାଦ କରି ନ ଥିଲେ ସୁଷମା ଦେବୀ। ତା ଦେହରେ ଅନାଗତ ସନ୍ତାନର ବୋଝ। ସେଠି ସେ ସୁବିଧାରେ ରହୁ।

ବଡ ବୋହୂ ବାପଘରକୁ ଚାଲି ଯିବା ପରେ ସୁଷମା ଦେବୀ ଓ ସାନ ବୋହୂକୁ ସାନପୁଅ ତାର କର୍ମସ୍ଥଳୀ ସମ୍ବଲପୁରକୁ ନେଇଯିବାର ପ୍ରସ୍ତାବ ଦେଲା। ସୁଷମା ଦେବୀ ମନା କରି ପାରିଲେନି। କ'ଣ ପାଇଁ ଏଇ ଘରଟିରେ ପଡି ରହିଥିବେ ଦୁଇଟି ମାଇପି। କଣ ପାଇଁ ପୁଅଟା ପ୍ରତି ଶନିବାର ଧାଇଁ ଆସୁଥିବ ଓ ସୋମବାର ସକାଳୁ ପୁଣି ହନ୍ତସନ୍ତ ହୋଇ ଦୌଡୁଥିବ ସମ୍ବଲପୁର।

ସେଦିନ ସାନପୁଅ ବ୍ୟାଗଭର୍ତ୍ତି ଟଙ୍କା ଆଣି ମାଆ ସୁଷମା ଦେବୀଙ୍କ ସାମ୍ନାରେ ରଖି କହୁଥିଲା :ଯା ହେଉ ବୋଉ, ଗ୍ରାହକ ଜଣେ ଠିକ ହୋଇଥିଲା   ଟଙ୍କା ବି ପୁରା ଦି' ଲକ୍ଷ ଦେଇ ଦେଇଛି । ତୁମ ଇଚ୍ଛା ଅନୁସାରେ ଭାଉଜ, ତୁମ ଓ ମୋ ଭିତରେ ବାଣ୍ଟି ଦିଅ । ଦୁଇ ତିନି ଦିନ ପରେ ରେଜିଷ୍ଟି କରି ଦେବାକୁ ଚୁକ୍ତି କରିଛି । ଏତେ ଟଙ୍କା ଦେଖି ସୁଷମା ଦେବୀ ଆଶ୍ଚର୍ଯ୍ୟ ହୋଇଗଲେ । ତଥାପି ଜାଣି ଦୁଃଖିତ ହେଲେ ଯେ ତାଙ୍କ ବହୁ କଷ୍ଟରେ ନିର୍ମିତ ସ୍ୱପ୍ନର ସୌଧକୁ ବିକ୍ରି ବାବଦକୁ ସାନପୁଅ ଟଙ୍କା ଧରି ଆସିଲାଣି । କିଛି ଦିନ ତଳେ ଘରକୁ ବିକ୍ରି କରିବାର ପ୍ରସ୍ତାବ ବାଢ଼ିଥିଲା ସେ । ସୁଷମା ଦେବୀ ମନା କରିଥିଲେ ବିକ୍ରି ପାଇଁ । ପୁଅ ଯୁକ୍ତି କରି କହିଥିଲା: ଦେଖ ବୋଉ, ଏ ଘରେ ଅଉ ରହିବ କିଏ ? ମୁଁ ତ ସେଠାରେ ସେଟଲ କରିବି । ବିକ୍ରି ଟଙ୍କାରୁ କିଛି ଭାଇଜଙ୍କୁ ଦେଲେ ସେ ଖୁସି ହେବେ ।

ସୁଷମା ଦେବୀ କହିଲେ: ହଁ ବୋଉ । ଘର ପାଇଁ ଭଲ ଗ୍ରାହକଟେ ଜୁଟିଲା ଯେ ବଡ କଥା । ସମସ୍ତଙ୍କ ଧାରଣା ଘରଟି ଏକ ଅଶୁଭ ଘର । ସେମାନେ ଜାଣନ୍ତି ଆମେ ସେଇ ଘରେ ରହିବା ପରେ ହିଁ ବାପା ଓ ବଡ ଭାଇ ଚାଲିଗଲେ ।

ଘର ବିକ୍ରି ପାଇଁ ଗ୍ରାହକ ଠିକ୍ ହେବା କାରଣରୁ ସାନପୁଅ ବେଶ୍ ଖୁସି ଥିଲା । ସୁଷମା ଦେବୀ କିନ୍ତୁ ଖୁସି ନ ଥିଲେ । କଣ ପାଇଁ ତାଙ୍କ ସ୍ୱାମୀ ଅବସରକାଳୀନ ସମସ୍ତ ଟଙ୍କା ବ୍ୟୟ କରି ଏ ଘର ତିଆରି କରିଥିଲେ ? ଶେଷକୁ କଣ ବିକ୍ରି କରି ଦେବା ପାଇଁ ? ତାଙ୍କର ଇଚ୍ଛା ହେଉଥିଲା କହିବାକୁ: ତୁ ଫେରାଇ ଦେ ପୁଅ । ମୁଁ ବିକ୍ରି କରି ପାରିବିନି ସେ ଘର ।

କିନ୍ତୁ କହି ପାରୁ ନ ଥିଲେ ।

■

'ରବିବାର' ସମ୍ବାଦ ସାପ୍ତାହିକୀ ଏପ୍ରିଲ ୧୩ରୁ ଏପ୍ରିଲ ୧୯,୧୯୯୭ ସଂଖ୍ୟାରେ ପ୍ରକାଶିତ ।

ବନ୍ଧ ପ୍ରଜାପତି

ବିବାହର ଅନ୍ୟନାମ ବୋଧହୁଏ ବନ୍ଧନ। ବିବାହକାଳୀନ କୋଳାହଳ, ବିବାହର ମଙ୍ଗଳବାଦ୍ୟ ଏସବୁ ବୋଧେ ମୁକ୍ତ ଜୀବନର ଶେଷ ପର୍ବ। ଯା ପରେ ଆଉ ଶୁଭେନି କିଛି ଶବ୍ଦ। ଶୁଭେନି କିଛି ସ୍ୱର। ସବୁ ହୋଇଯାଏ ଶୁନଶାନ। ଆଉ ଏଇ ଶୁନଶାନ ଭିତରେ ଆକ୍ତାମାକ୍ତା ହୋଇ କଟାଇବାକୁ ହୁଏ ବିରକ୍ତିକର ଲମ୍ବା ଲମ୍ବା ଦିନଗୁଡିକୁ। ଅସହାୟଭାବେ ଦେଖିବାକୁ ହୁଏ ବିଗତ ଦିନମାନଙ୍କର ଜ୍ୱଳନ୍ତ ସ୍ମୃତି ସବୁକୁ। ସ୍ମୃତିମାନେ ଡାକୁଥାନ୍ତି। ହସାଉଥାନ୍ତି। ସମ୍ମୋହିତ କରାଉଥାନ୍ତି। ମାତ୍ର, ନିରୁପାୟଭାବେ ଖାଲି ସେମାନଙ୍କୁ ଦେଖିବାକୁ ହୁଏ। ସଦ୍ୟ ବିବାହିତା ମିତା ମହାନ୍ତି ଏପରି ସମୀକ୍ଷା କରୁଥିଲା ତାର ବିବାହୋତ୍ତର ଜୀବନକୁ।

ସୁଦିନ ସବୁ ଚାଲି ଯାଇଥିଲେ ମିତା ମହାନ୍ତିର ଇତିହାସ ପୃଷ୍ଠାକୁ। ସେ ଦିନମାନଙ୍କରେ ମିତାର ଜୀବନ ଥିଲା କେତେ ଶାନ୍ତ କେତେ ମୁକ୍ତ। ସେ ନିଜକୁ ମନେ କରୁଥିଲା ମୁକ୍ତ ଆକାଶତଳର ଏକ ଉଡୀୟମାନ ପକ୍ଷୀ, ଯା'ର କୌଣସି ବନ୍ଧନ ନ ଥିଲା, ଯାର ପରିକ୍ରମାରେ ପରିଧି ନ ଥିଲା। ଯେ ମନଇଚ୍ଛା ହସି ପାରୁଥିଲା। ମନ ଇଚ୍ଛା ଖେଳି ପାରୁଥିଲା। ସେ ନିଃସଙ୍ଗତା କଣ ଜାଣି ନ ଥିଲା। ଏକ ଅଦୃଶ୍ୟ ଡୋରିର ବନ୍ଧନ ଭିତରେ ନିଜକୁ କିପରି ସଙ୍କୁଚିତ କରି ରଖିବାକୁ ହୁଏ ତା' ବି ଶିଖି ନ ଥିଲା। ସେ ଜାଣି ନ ଥିଲା ଯେ ଏପରି ଏକ ଦିନ ତା ଜୀବନରେ ଆସିବ ଯେଉଁଦିନ ତା ସ୍ୱତନ୍ତ୍ରତା, ତା ସ୍ୱାଧିନତାକୁ ସେ ହରାଇ ବସିବ। ନିଜ ଦେହରେ ମନରେ ଅମିତ ଶକ୍ତି ଥିଲେ ବି ସେ ନିବୀର୍ଯ୍ୟା ପରି କିଛି କରିପାରୁ ନ ଥିବ। ସହି ଯାଉଥିବ ସବୁ ନିଃସଙ୍ଗତାର ବେତ୍ରାଘାତକୁ।

ମିତା ମହାନ୍ତି ଏଇ କିଛିଦିନ ତଳେ ଥିଲା ତୃତୀୟ ବାର୍ଷିକ କଳା ଛାତ୍ରୀ। ବୋଉଙ୍କଠୁ ଯେତେବେଳେ ତା' ଆସନ୍ନ ବିବାହର ସମ୍ବାଦ ଶୁଣିଲା ସେ ସ୍ତବ୍ଧ

ହୋଇ ଯାଇଥିଲା । ସେ ପ୍ରତିବାଦ କରିଥିଲା । କାରଣ ସେ ଥିଲା ଏକ କୃତିଛାତ୍ରୀ । ସେ ସଂକଳ୍ପ କରିଥିଲା ନିଜର କ୍ୟାରିଅରକୁ ଆହୁରି ସୁଦୃଢ଼ କରିବ । ନିଜର ଆତ୍ମଗୌରବରେ ସେ ଫୁଲି ଉଠିବ । ସେଥିପାଇଁ ସେ ବୋଉକୁ କହିଥିଲା ମୁଁ ବିବାହ କରିବି ନାହିଁ ବୋଉ । ମୋତେ ପଢ଼ିବାକୁ ଦିଅ । ତା' ବୋଉ ହସି ଦେଇଥିଲେ ମିତାର କଥାରେ । ମିତାକୁ ସେ ବୁଝାଇଥିଲେ ଯେ ନାରୀ ଜୀବନରେ ପାଠପଢ଼ା ଏକ ଗୌଣ ବିଷୟ । ବିବାହ କରି ଘର ସଂସାର କରିବା ହେଉଛି ମୁଖ୍ୟ ବିଷୟ । ମିତ ମହାନ୍ତି ତଥାପି କହିଥିଲା ଯେ ସେ ଗ୍ରାଜୁଏସନ କରି ସାରିବା ପରେ ହିଁ ବିବାହ କରିବ । ଏ କଥାରେ ମିତାର ବୋଉ ବିରୋଧ କରି କହିଥିଲେ ଯେ ମିତାର ଗ୍ରାଜୁଏଜସ ସମାପ୍ତି ପର୍ଯ୍ୟନ୍ତ ପୁଅଘର ଅପେକ୍ଷା କରିବେନି । ପୁଣି ହୁଏତ ଅନିଶ୍ଚିତ ଅବସ୍ଥା ଆସିପାରେ । ପାତ୍ରଟେ ଆଉ ହୁଏତ ଜୁଟିବି ନ ପାରେ । ମିତା ସେଇମିତି ଅନୂଢ଼ା ହୋଇ ଅନେକ ବର୍ଷ ରହିଯାଇପାରେ ଏକ ମନମଣିଷର ଅପେକ୍ଷାରେ । ସେ ଥୋଇ ଦେଇଥିଲେ କେତୋଟି ଦୃଷ୍ଟାନ୍ତ । ଦେଖୁନ, ଯଶୋଦା ମାଟ୍ରିକ ପାସ୍ ପରେ ବିବାହ କରିଥିଲେ କେତୋଟି ସନ୍ତାନର ମାଆ ହୁଅନ୍ତାଣି । ଆଜି ପର୍ଯ୍ୟନ୍ତ ସେ ଅବିବାହିତା । ଶାନ୍ତା ବି ସେପରି ।

ମିତା ଏସବୁ ଶୁଣି କିଛି ଠିକ କରି ପାରିନ ଥିଲା । ତାର ପ୍ରତିବାଦ କଣ୍ଠରେ ଭରି ଯାଇ ଥିଲା ସ୍ତର ସ୍ତର ଜଡତା । ଭାସିଗଲା ତାର ସଂକଳ୍ପ । ଏକ ଆକସ୍ମିକ ବନ୍ୟାରେ ଧୋଇ ହୋଇଗଲା ତାର ସ୍ୱପ୍ନର ସବୁଜ ଫସଲ । ସେ ଜୀବନରେ ପ୍ରଥମେ ଅନୁଭବ କଲା ଯେ ଗୋଟାଏ ଅନୂଢ଼ା କନ୍ୟାର ସମସ୍ତ ଇଚ୍ଛାକୁ ଅଭିଭାବକମାନଙ୍କର ବଳିଷ୍ଠ ଇଚ୍ଛା ଆଗରେ ବଳି ଦେବାକୁ ପଡେ ।

ଶିକ୍ଷା କ୍ଷେତ୍ରରେ ଯେଉଁ ସ୍ୱପ୍ନ ଦେଖିଥିଲା, ତାହା ତ ଭାଙ୍ଗି ଯାଇଥିଲା ମିତା ମହାନ୍ତିର । ତାର ପ୍ରତିବଦଳରେ ତା ଆଖିରେ ନେସି ହୋଇ ଯାଇଥିଲା ଏକ ଭିନ୍ନ ସ୍ୱପ୍ନ । ସେ ଭାବିଥିଲା ତା ବିବାହ ପରବର୍ତ୍ତୀ ଜୀବନ ହେବ କୋଳାହଳମୟ । ତାର ସ୍ୱାମୀ ସର୍ବଦା ତା ପାଖେ ପାଖେ ଥିବେ । ତାଙ୍କ ସହିତ ସେ କେତେ ହସ ଖୁସିରେ ଦିନ ନ କାଟିବ । ନଣନ୍ଦ ସହିତ ସେ କେତେ ମଜା କଥା ନ ହେବ । ସ୍ୱାମୀ ନ ଥିବା ବେଳେ ଦିଅରମାନଙ୍କ ଥଟ୍ଟା ତାମସାରେ ଦିନ କେତେବେଳେ ସରି ଯାଉଥିବ ଜଣା ପଡୁନ ଥିବ ।

ମାତ୍ର, ଏ ହେଲା କଣ । ସବୁ ସମ୍ଭାବନାର ଚାରା ଚେରେଇବାର ଆଗରୁ ମରିଗଲେ । ସବୁ ସ୍ୱପ୍ନ ବାସ୍ତବ ରୂପ ନେବା ଆଗରୁ ଜାଗରଣର ନିଷ୍ଠୁର ମୁହୂର୍ତ୍ତ ଆସି ଉପସ୍ଥିତ ହୋଇଗଲା । କୋଳାହଳର ସବୁ ଶୋଭାଯାତ୍ରା ସୁରୁ ହେଉ ନ ହେଉଣୁ ସବୁଆଡେ ଘେରିଗଲା ପ୍ରାକଝଡର ନିସ୍ତବ୍ଧତା । କଳ୍ପନାର କ୍ରମ ସଙ୍କୁଚିତ ଦିନଗୁଡିକ

ହୋଇଗଲେ ଆଶାତୀତ ଭାବେ ଲମ୍ବା ଲମ୍ବା। ବିବାହର କେତେ ଦିନ ପରେ ତା ସ୍ୱାମୀ ଚାଲିଗଲେ ଏକ ଦୂରନ୍ତ ସହରକୁ ଯେଉଁଠିକି ଚାକିରି କରନ୍ତି। ତାଙ୍କର ଅନୁପସ୍ଥିତିରେ ନଣନ୍ଦ ଦିଅରଙ୍କ ଥଟ୍ଟା ତାମାସା ତାକୁ ନିରସ ଲାଗେ। ଶାଶୁ ବି ଭଲ ଲାଗନ୍ତି ନି।

କୁଆଡେ ଗଲା ମିତା ମହାନ୍ତିର ଅଭିପ୍ସିତ ସୁଖ। କୁଆଡେ ସତ୍ୟ ହେଲା ତା ବୋଉଙ୍କ ଶାନ୍ତ୍ୱନା ବାଣୀ। ତୁ କାନ୍ଦନା ମିତା। ତୁ ସୁଖରେ ରହିବୁ। ଶାଶୁ ଦିଅର ନଣନ୍ଦଙ୍କ ମେଳରେ ତୋ ଦିନ ସୁଖରେ କଟିଯିବ। ଦିନେଶ (ମିତାର ସ୍ୱାମୀ)ତ ସହଜରେ ଭଲ ପୁଅ।

ମିତା ମହାନ୍ତି ଅତିବାହିତ କରୁଛି ଏକ ଭିନ୍ନ ଜୀବନ। ତା ଜୀବନ ଭିତରକୁ ଆସୁ ନାହାନ୍ତି ତା କଲେଜ ସହପାଠିନୀ ରୁନା, ଲୀନା, ମୀନା ଓ ଅନ୍ୟମାନେ। ତା ରୂପରେ ଲାଳାୟିତ ହୋଇ ତା ପଛରେ ବୁଲୁ ନାହାନ୍ତି, କୁନା, ଟୁନା ଓ ଅନ୍ୟମାନେ। ତା ପାଇଁ ନାହିଁ କଲେଜ ପରି ମୁକ୍ତ ପ୍ରାଙ୍ଗଣ। ତା ପାଇଁ ଅନୁମୋଦିତ ହୋଇ ନାହିଁ ଅବାଧ ଗମନାଗମନ। ସେ ରହିଯାଇଛି ଗୃହାଙ୍ଗନରେ। ତା ପାଇଁ ପୃଥିବୀଟା ସଙ୍କୁଚିତ ହୋଇ ଯାଇଛି ଗୃହର ସୀମିତ ପରିବେଶରେ। ତାକୁ ମନା ହୋଇ ଯାଇଛି ବିନା ସହାୟତାରେ ରାସ୍ତାକୁ ଓହ୍ଲାଇବାକୁ। ସେ ହୋଇ ଯାଇଛି ଏକ ନିଷିଦ୍ଧ ଅଞ୍ଚଳର ନିରୀହା ଜୀବଟେ। ତାର ନିଃସଙ୍ଗତାକୁ ପଙ୍ଗୁ କରି ଦେବାକୁ ବାହାରୁ ବି କେହି ଆସୁ ନାହାନ୍ତି।

ଏଇଠି ଏବେ ମିତାର କାମ ନୁହେ ଗୁଡାଏ ମୋଟା ମୋଟା ବହିକୁ ସ୍ଥିର ମନରେ ପଢ଼ିଯିବା। ପ୍ରଖ୍ୟାତ ବ୍ୟକ୍ତିମାନଙ୍କ କୋଟେସନଗୁଡିକୁ ବାରମ୍ବାର ପଢ଼ି ମନେ ରଖିବାର ଚେଷ୍ଟା କରିବା। ଏଇଠି ମିତାର କାମ ହେଉଛି ସକାଳୁ ଜଳଖିଆ ପ୍ରସ୍ତୁତ କରିବା। ତାପରେ ମଧ୍ୟାହ୍ନ ଭୋଜନ ପ୍ରସ୍ତୁତ ଏବଂ ରାତ୍ରିରେ ରାତ୍ରି ଭୋଜନ ପ୍ରସ୍ତୁତ କରିବା। ଏକ ସଂଜ୍ଞାହୀନ ପ୍ରଜାପତି କଣ୍ଟା ବାଡରେ ଲଟକି ରହିଥିବା ପରି ସ୍ୱାମୀର ମାସିକ ଆଗମନକୁ ଝରକାର ରେଲିଂ ଧରି ନିର୍ନିମେଷ ନୟନରେ ଅପେକ୍ଷା କରିବା ଏବଂ ଶେଷକୁ ସ୍ୱାମୀର ଆଗମନରେ ପୁନର୍ଜୀବିତ ହୋଇ ତାଙ୍କ ସହିତ ରାତ୍ରୀଯାପନ କରିବା। ପୁଣି ସ୍ୱାମୀର ଅନୁପସ୍ଥିତିରେ ନିଃସଙ୍ଗତାର ଅକାଟ୍ୟ ଜାଲରେ ବନ୍ଦୀ ହୋଇଯିବା।

■

ଦୈନିକ 'ପ୍ରଜାତନ୍ତ୍ର' ରବିବାର ସାପ୍ତାହିକୀର ୧୩/୧୦/୧୯୮୫ ସଂଖ୍ୟାରେ ପ୍ରକାଶିତ।

ଭୁଲ ପ୍ରଶ୍ନର ଭୁଲ ଉତ୍ତର

ମନ୍ମଥ ପଣ୍ଡା ସହିତ ସେଦିନ ପାନ ଦୋକାନରେ ଅପ୍ରତ୍ୟାଶିତ ଭାବେ ସାକ୍ଷାତ ହେଲା। ତାଙ୍କ ସହିତ ମୋର ପ୍ରଥମ ପରିଚୟ ଘଟିଥିଲା ଗୋଟାଏ ସାହିତ୍ୟ ସଭାରୁ। ସେ ଏଇ ସ୍ଥାନୀୟ କଲେଜରେ ଓଡିଆ ଅଧ୍ୟାପକ। କୁଆଡେ ସେ ଥିଲେ ଜଣେ ମେଧାବୀ ଛାତ୍ର। କେବେ କେମିତି ତାଙ୍କ ଲେଖାମାନ ପତ୍ର ପତ୍ରିକାରେ ପ୍ରକାଶିତ ହୁଏ।

ନମସ୍କାର ଆଦାନ ପ୍ରଦାନ ପରେ ମୋତେ ତାଙ୍କର ପ୍ରଶ୍ନ ଥିଲା: ଲେଖା ଲେଖି କରୁନାହାନ୍ତି କାହିଁକି ?

ତାଙ୍କର ଏଇ ପ୍ରଶ୍ନର ଉତ୍ତର କଣ ଦେବି ମୁଁ ହଠାତ୍ ଠିକ କରି ପାରିନ ଥିଲି। ମୁଁ ଆଗରୁ ଲେଖା ଲେଖି କରୁଥିଲି। ଏବେ କରୁନି। ଯା ପଛରେ ଅନେକ କାରଣ ରହିଛି, ଯଥା ପାରିବାରିକ ସମସ୍ୟା, ଜଞ୍ଜାଳ, ସାହିତ୍ୟ ପ୍ରତି ବୀତଶ୍ରଦ୍ଧତା ଇତ୍ୟାଦି।

ମୋର ନୀରବତା ଲକ୍ଷ୍ୟ କରି ସେ ପୁଣି ପ୍ରଶ୍ନ ଦୋହରାଇଲେ। ପଚାରିଲେ: କ'ଣ ଏଥିପାଇଁ ଯେ, ଦୁନିଆଁରେ, ଆଖପାଖରେ ସେମିତି କିଛି ନୂଆ ଜିନିଷ ଘଟୁନି ନା କଣ ?

ମୁଁ କଣ ଉତ୍ତର ଦେବି ? ସେତେବେଳେ ତାଙ୍କ କଥାଟା ଆପେକ୍ଷିକ ଭାବେ ସତ୍ୟ ପରି ମନେହେଲା ମୋ ପାଇଁ। କୌଣସି ଦୃଶ୍ୟରାଜି, ଘଟଣା ମୋତେ ଚମତ୍କୃତ କରୁନି। ଚହଲାଇ ଦେଉନି ମୋର ନୀରବିତ ଭାବସତ୍ତାକୁ। ମୋତେ ବାଧ୍ୟ କରୁନି କଲମ ଧରିବାକୁ। ତେଣୁ ତାଙ୍କ କଥାରେ ସମ୍ମତି ପ୍ରକାଶ କରି ମୁଁ କହିଲି: ହଁ , ସେଥିପାଇଁ।

ମାତ୍ର ମନ୍ମଥ ପଣ୍ଡାଙ୍କ ଧାରଣା ଭୁଲ ଥିଲା। ତାଙ୍କର ଧାରଣା ଯେ ଲେଖକର ଆଖପାଖରେ ନୂଆ ଘଟଣାମାନ ଘଟେ। ତେଣୁ ସେ ଲେଖିପାରେ। ସେମିତି କିଛି ନୂତନତ୍ୱ ନ ଥିବାରୁ ପୃଥିବୀରେ ବାସ କରୁଥିବା ଲେଖକଟେ ହଜାଇଦିଏ ତାର

ଲେଖକର ନାମ ଫଳକ । ସୃଜି ପାରେନା କିଛି। ପଡିରହେ ନିଷ୍କର୍ମା ହୋଇ। ମାତ୍ର ପ୍ରକୃତରେ କଣ କଥାଟା କଣ ଏପରି। ଏଇ ବସୁନ୍ଧରା କାହିଁ କେତେ ଯୁଗରୁ ଏକା ରହିଛି। କିଛି ନୂତନତ୍ୱ ଘଟିବାର ନାହିଁ। ଏଠାରେ କେଉଁ ଆବାହମାନ କାଳରୁ ନିୟତି ଚଳାଇଛି ଗୋଟାଏ ବାଇସ୍କୋପକୁ ବାରମ୍ବାର। ନୂତନ ଦର୍ଶକ ଆସୁଛନ୍ତି। ପୁରୁଣା ଯାଉଛନ୍ତି । ପୁଣି ସେଇ ବାଇସ୍କୋପରେ ଚାଲିଛି ସେଇ ପୁରୁଣା କେତୋଟି ରିଲିଜ୍‌ର ପୁନରାବୃତ୍ତି। ପୁଣି ପୁରାତନ ଦର୍ଶକ ଯାଉଛନ୍ତି, ନୂତନ ଆସୁଛନ୍ତି। ଏମିତ ଚାଲିଛି ବାରମ୍ବାର। ଲୈଲା ମଜ୍‌ନୁର ପ୍ରେମ କାହାଣୀ ଯେମିତି ପ୍ରଥମେ ଆରମ୍ଭ ହୋଇଥିଲା ଏମିତି କେତେ ଲୈଲା ମଜ୍‌ନୁର ପ୍ରେମ କାହାଣୀ ଏବେ ଘଟିଛି। ପ୍ରଥମେ ରାବଣ ନାମକ ରାକ୍ଷସ ସୀତା ନାମ୍ନୀ ସତୀକୁ ହରଣ କରିଥିଲା। ଏବେ ବି କେତେ ନର ରାକ୍ଷସ ସୀତା ସଦୃଶା ନିରୀହା ସ୍ତ୍ରୀଙ୍କୁ ହରଣ କରୁଛନ୍ତି। ଦ୍ରୌପଦୀ ପରି ଅନେକ ଭାର୍ଯ୍ୟା ଲାଞ୍ଛିତା ହେଉଛନ୍ତି। ତେବେ କେଉଁ ନୂତନତ୍ୱକୁ ନେଇ ଲେଖକ ଲେଖିବ? ସବୁତ ପୁରାତନର ପୁନରାବୃତ୍ତି।

ମନ୍ମଥ ପଣ୍ଡା କେମିତି ଭୁଲିଗଲେ ଯେ ଲେଖକର ଗୋଟାଏ ତୃତୀୟ ନୟନ ଥାଏ। ଏଇ ଚିରାଚରିତ ଘଟଣାରାଜି ଭିତରେ ସେଇ ଚକ୍ଷୁ ଦେଖିପାରେ ନୂତନତ୍ୱ। ଲେଖକର ଚିତ୍ତବୃତ୍ତିକୁ ଚହଲାଇ ଦେଇପାରେ ସେଇ ପୁରାତନ ଘଟଣାର ଖୋଳ ଭିତରେ ଲୁଚିଥିବା ଏକ ନୂତନତ୍ୱ ଭାବ। ଲେଖକ ତହିଁରେ ଉଦ୍‌ବୁଦ୍ଧ ହୁଏ। ଲେଖେ।

ସେ ଯଦି ମୋତେ ପଚାରିଥାନ୍ତେ: ଆପଣଙ୍କର ଭାବସତ୍ତାକୁ ନୂତନତ୍ୱ ଆସୁନି କି? କିମ୍ବା ଆପଣଙ୍କର ତିନି ନମ୍ବର ଆଖିଟା ଅକାମୀ କି? ତେବେ ପ୍ରଶ୍ନଟା ତାଙ୍କର ଠିକ ହୋଇଥାନ୍ତା।

■

ପାକ୍ଷିକ ପତ୍ରିକା 'ସଇତାନ'ର ଡିସେମ୍ବର ୧୫/୧୨/୯୬ ସଂଖ୍ୟାରେ ପ୍ରକାଶିତ।

ଚାବି ହଜିଛି

ଶ୍ୟାମଳ ଫେରୁଥିଲା ଭୁବନେଶ୍ୱରରୁ । ଗାଡି ଚାଲିଥିଲା ବଲାଙ୍ଗୀର ଅଭିମୁଖେ । ଗାଡି ଚକର ଘୂର୍ଣ୍ଣନ ସହିତ ତା ମନର ସେଇ ପୁରୁଣା ଚିନ୍ତା, ବିରକ୍ତିଗୁଡିକ ଘୂରି ବୁଲୁଥିଲେ । ସବୁଜ ଆଶ୍ୱାସନା ଦେଇ ଡାକି ଆଣିଥିବା ଏହି ନଗରୀ ଯେପରି ପୂର୍ବ ପରି କହୁଥିଲା: ଯା'ରେ, ତୋ ପାଇଁ ଏଇଠି ଟିକିଏ ବି ସବୁଜିମା ନାହିଁ ।

ଶ୍ୟାମଳ ଆସିଥିଲା ଏଥର ଗୋଟିଏ ଇଟରଭ୍ୟୁ ଏଟେଣ୍ଡ କରି । ଇଣ୍ଟରଭ୍ୟୁର ସମାପ୍ତି ପରେ ଫେରୁଛି ଘରକୁ । ଫଳାଫଳ ଘୋଷଣା ହେବ ପରେ । ସେ ହୁଏତ ଏଥର ସଫଳତା ଅର୍ଜନ କରି ନ ପାରେ । କରି ବି ପାରେ । କାରଣ, ସେ ହୁଏତ ଇଣ୍ଟରଭ୍ୟୁରେ ଭଲ କରିଛି । ହେଲେ ଇଣ୍ଟରଭ୍ୟୁର ଭଲ ଖରାପ ଉପରେ କ'ଣ ଚାକିରି ମିଳେ ଯେ । ଯିଏ ନମ୍ବର ଲଗାଇଲା ସେ ପାଇଲା ।

ଶ୍ୟାମଳର ନା ଅଛି ପଲିଟିକାଲ ବେକିଙ୍ଗ ନା ମନି ବେକିଙ୍ଗ ? ତେବେ ଏଥରବି କଣ ଶ୍ୟାମଳ ଚାକିରୀଟେ ପାଇବନି ? ତାହେଲେ ତା'ର ଏତିକି ଶ୍ରମ ସାଧନାର ମୂଲ୍ୟ କିଛି ନାହିଁ ? ଏଥର କଣ ତାର ବାପା ବୋଉ ଏବଂ ଛୋଟ ଭଉଣୀର ମୁହଁରେ ହସର ଫୁଲ ଫୁଟି ଉଠିବନି ?

ଅନେକ ବିରକ୍ତିକର ଭାବାବେଗ ଉପରେ ଶ୍ୟାମଳ ନିଜକୁ ସାମିଲ କରି ନେଉଥିଲା । ହେଲେ ତା ମନରେ ଗୋଟିଏ ଚିନ୍ତା ଯେତେବେଳେ ତା ଘରେ ପାଦ ଦେବ ତା' ବାପାଙ୍କ ଉତ୍କଣ୍ଠାପୂର୍ଣ୍ଣ ପ୍ରଶ୍ନର କଣ ଉତ୍ତର ଦେବ ସେ ? 'ଭଲ ହୋଇଛି', 'ମିଳି ଯାଇପାରେ' କଥାଗୁଡିକର ଚର୍ବିତ ଚର୍ବଣ ସେ କେତେ ଦିନ କରି ଚାଲିଥିବ ? କେତେଦିନ ସେ ନିଃଶେଷମାନ ଭବିଷ୍ୟତକୁ ଏକ ମିଛ ପ୍ରତିଶ୍ରୁତିରେ ବାନ୍ଧି ଦେଉଥିବ ?

ଶ୍ୟାମଳର ବାପା ଶ୍ୟାମଳ ଉପରେ ଅନେକ ଭରସା ରଖିଥିଲେ । ସେ ନିଶ୍ଚୟ ମଣିଷ ପରି ମଣିଷଟିଏ ହେବ । ଏପରି ଦୃଢ଼ାଶା ତାଙ୍କର ଆସି ଯାଇଥିଲା । ଶ୍ୟାମଳର

ପରିଣତ ବୟସରେ ଅପ୍ରତ୍ୟାଶିତ ପରିବର୍ତ୍ତନକୁ ଦେଖି। ଶ୍ୟାମଳ କେତେ ଚଗଲା ନ ଥିଲା ସତେ ପିଲାବେଳେ ! ବହୁତ ଡଲ୍ ବି ଥିଲା। ମାତ୍ର, ମାଟ୍ରିକ ପରୀକ୍ଷାର ଆଗମନୀ ଘଣ୍ଟି ଶବ୍ଦ ସେ ଯେତେବେଳେ ଶୁଣିଥିଲା, ପ୍ରସ୍ତୁତ କରି ନେଇଥିଲା ନିଜକୁ ଏକ ସଚ୍ଚୋଟ ସଂଗ୍ରାମୀ ଭାବରେ। ମାଟ୍ରିକରେ ଫାଷ୍ଟ କ୍ଲାସ। ତା'ପରେ ଶ୍ୟାମଳକୁ କଲେଜ ପଢ଼ାଇବାକୁ ସହର ପଠାଇଲେ ଶ୍ୟାମଳର ବାପା। ଶ୍ୟାମଳ କଲେଜର ପ୍ରତ୍ୟେକ ପଦକ୍ଷେପରେ କୃତିତ୍ୱ ହାସଲ କରିଛି। ଆଇ.ଏ., ବି.ଏ.ରେ ବି ଫାଷ୍ଟ କ୍ଲାସ। ପୁଣି ବି.ଏ. ପରୀକ୍ଷା ପରେ ପରେ ଶ୍ୟାମଳ ପାଇ ଯାଇଥିଲା ଗୋଟିଏ ଶିକ୍ଷକ ଚାକିରି। ଛୋଟ ବେଳର ଚଗଲା ଓ ପାଠଅମନଯୋଗୀ ପିଲାଟେ ଯେ ଏପରି ସଫଳତାର ପାହାଚ ପରେ ପରେ ପାହାଚ ଉପରକୁ ଉଠି ପାରୁଛି ଏଥିରେ କେବଳ ଶ୍ୟାମଳର ବାପା କାହିଁକି ଅନ୍ୟମାନେ ବି ଆଶ୍ଚର୍ଯ୍ୟ ହୋଇଥିଲେ। ଶ୍ୟାମଳକୁ ଆହୁରି ଆଗକୁ ଯିବାକୁ ଦେଉଥିଲେ ଅଫୁରନ୍ତ ପ୍ରେରଣା।

ଶ୍ୟାମଳ ଯେଉଁ ଦିନ ତା' ଶିକ୍ଷକ ଚାକିରି କଥା ଜଣାଇଥିଲା ଶ୍ୟାମଳର ବାପାଙ୍କ ମନ ଖଟା ପଡି ଯାଇଥିଲା। ତା ବାପା ଚାହୁଁ ଥିଲେ ଯେ ଶିକ୍ଷକର ପୁଅଟେ ପୁଣି ଶିକ୍ଷକ ନ ହେଉ। ଅନ୍ୟ ଲାଇନରେ ଯାଉ। ହେଲେ ବି ହାତ ପାହାନ୍ତାରେ ମିଳିଥିବା ଚାକିରିଟାକୁ ହାତଛଡା କରିବାକୁ ଶ୍ୟାମଳକୁ କହିବେ କିପରି ? ତେଣୁ, ଶ୍ୟାମଳ ଶିକ୍ଷକ ଚାକିରୀରେ ଯୋଗ ଦେଇଥିଲା। ସେଇ ମ୍ୟାଲେରିଆ ଅଞ୍ଚଳରେ ଶ୍ୟାମଳର ଦେହ ବିଗିଡି ଯାଇଥିଲା। ଏପରି ରୋଗାକ୍ରାନ୍ତ ହେବାରୁ ଶ୍ୟାମଳ ସେଇଠୁ ବଦଳି ହେବା ପାଇଁ ଅନେକ ଚେଷ୍ଟା କରିଥିଲା। ବିଫଳ ହୋଇଥିଲା ବାରମ୍ବାର। ଶେଷକୁ ଇସ୍ତାଫା ଦେଇଥିଲା। ପସ୍ତୁତ କରୁଥିଲା ନିଜକୁ ଏକ ଭଲ ଚାକିରିଟେ ପାଇଁ।

ଶ୍ୟାମଳ ଭୁବନେଶ୍ୱରରୁ ଫେରି ଘରେ ପାଦ ଦେଲା। ପୂର୍ବପରି ତାର ବାପା ଉତ୍କଣ୍ଠିତ କଣ୍ଠରେ ପଚାରିଲେ ଇଣ୍ଟରଭ୍ୟୁ ଉପରେ। ଆଶା ପ୍ରତ୍ୟାଶା ବିଷୟରେ। ଶ୍ୟାମଳର ବାପା ଏଥର ବି ଦେଖୁଥିଲେ ନୈରାଶ୍ୟର ଛାଇ।

ଶ୍ୟାମଳର ବାପାକୁ ଦେଖା ଯାଉଥିଲା ଏକ ତାଲାବନ୍ଦ ଘର। ଏବଂ ତା ପାଖରେ ଠିଆ ହୋଇଥିଲା ଶ୍ୟାମଳ ନିହାତି ଅସହାୟ ଭାବେ। ଶ୍ୟାମଳର ବାପା କହିଲେ ତୁ ଚାବି ହଜାଇ ଦେଇଛୁ ଶ୍ୟାମଳ ?

ଶ୍ୟାମଳର କହିବାକୁ ଇଚ୍ଛା ହେଉଥିଲା: ମୁଁ ଚାବି ହଜାଇ ନାହିଁ ବାପା। ମୁଁ ଏପର୍ଯ୍ୟନ୍ତ ଯେଉଁ ଚାବିରେ ସଫଳତା ହାସଲ କରି ଆସିଛି ତାହା ମୋଠି ଅଛି। କିନ୍ତୁ, ଚାକିରି ପାଇଁ ଦରକାର ଏକ ଭିନ୍ନ ଚାବି। ଏକ ଭିନ୍ନ କମ୍ପାନୀର। ଯା'ର ଦାମ କି

ହୋଇପାରେ ଅତି କମରେ ଦଶହଜାର/ପନ୍ଦର ହଜାର। ପୁଣି ଦୋକାନ ଆଗରେ ଆପ୍ରାଣ ଚେଷ୍ଟା କରିବାକୁ ହୁଏ ଭିଡ ଭିତରେ ଚାବିଟେ କିଣିବାକୁ।

ଶ୍ୟାମଳ ନୀରବ ରହିଥିଲା। ତା' ଛୋଟ ଭଉଣୀଟା ବାପାଙ୍କ କଥା ଶୁଣି ଘର ଭିତରକୁ ଧାଇଁ ଯାଇ ବୋଉକୁ କହିଲା ... ବୋଉ, ବୋଉଲୋ, ବଡଭାଇ ଚାବି ହଜାଇ ଦେଇଛନ୍ତି।

ଦୈନିକ ସମ୍ବାଦ ପତ୍ରିକା 'ପ୍ରଗତିବାଦୀ'ର 'ଚୟନିକା ରବିବାସରୀୟ ସାହିତ୍ୟ ପ୍ରସ୍ଥ'ର ଏକ ସଂଖ୍ୟାରେ ପ୍ରକାଶିତ। ସମ୍ଭବତଃ ୧୯୮୬ ମସିହାର। ପ୍ରଜାତନ୍ତ୍ର ରବିବାର ସାପ୍ତାହିକୀ ତା: ୨୩. ୨/୮୬ରେ ମଧ୍ୟ ପ୍ରକାଶିତ।

ପ୍ରାଚୀର

ପ୍ରେମୁ ଦାସ ଗଭୀର ଭାବେ ଭଲ ପାଉଛି ପୁଷ୍ପା ପୂଜାରୀକୁ। ଜଣେ ଦାସ ଜଣେ ପୂଜାରୀ। ଉଭୟଙ୍କ ମଧ୍ୟରେ ସଂପର୍କ ନିବିଡ। ପ୍ରଥମେ ଯାଙ୍କର ହୋଇଥିଲା ଚକ୍ଷୁ ବିନିମୟ। ତା'ପରେ ଭାଷାର ବିନିମୟ। ତା'ପରେ ଦେହର, ତାପରେ ଆତ୍ମାର। ତା'ପରେ ଅର୍ଥାତ୍ ଶେଷରେ ହୁଏତ ଝଡ ଆସିବ। ସବୁ ଗ୍ରାସି ଯିବ। ନିଶ୍ଚିହ୍ନ କରିଦେବ ପ୍ରେମୁ ଦାସକୁ, ପୁଷ୍ପା ପୂଜାରୀକୁ। ଏମିତି ହେବା କିଛି ଅସମ୍ଭବ ନୁହେଁ। କାରଣ ସମାଜର ଆଇନ ବହିରେ ଏମାନଙ୍କର ପ୍ରେମ ଅବୈଧ।

ମାତ୍ର, ସେମିତ ହୋଇ ନ ପାରେ। ହୋଇପାରେ ଏମିତି: ଅନ୍ଧାର ରାତିରେ ଦୌଡି ଯିବାବେଳେ ଏକ ଶକ୍ତ ଧକ୍କା ଖାଇ ପଛଘୁଞ୍ଚା ଦେବା ପରି ପୁଷ୍ପା ପୂଜାରୀ ପ୍ରେମୁ-ବୈରାଗୀ ହୋଇଯିବ। କିମ୍ବା ପ୍ରେମୁ ଦାସ ତଦ୍ରୂପ ଧକ୍କାରେ ପୁଷ୍ପା-ବୈରାଗୀ ହୋଇଯିବ। ଏମିତି ବି ହୋଇପାରେ: ପ୍ରେମୁଦାସ ଠିଆ ହୋଇଥିବ ପୁଷ୍ପା ପୂଜରୀ ଆଡକୁ ଚାହିଁ। ପୁଷ୍ପା ପୂଜାରୀ ପ୍ରେମୁଦାସ ଆଡକୁ ଚାହିଁ ଉଭୟଙ୍କ ମଧ୍ୟରେ ମାତ୍ର ଛୁଞ୍ଚିଟିଏର ବ୍ୟବଧାନ। ଅଥଚ ମଝିରେ ଏକ ଦୁଲଂଘ୍ୟ ପାଚେରୀ। ପାଚେରୀକୁ ଭାଙ୍ଗି ଦେବାକୁ ଶକ୍ତି ନାହିଁ କାହାର। ଅଶ୍ରୁରେ ଅଶ୍ରୁରେ କଟିଯିବ ସାରା ଜୀବନ। ଏମିତି ପାଚେରୀଟିଏ ଥାଏ ସବୁଦିନ। କେହି ଭାଙ୍ଗିବାକୁ ସାହସ କରନ୍ତିନି। ଯେ ଭାଙ୍ଗିଦିଏ ସେ ନିଜେ ଭାଙ୍ଗିଯାଏ।

ରେ ପ୍ରେମ ! ତୁ ଟିକେ ସଦୟ ହୁଅନ୍ତୁନି। ତୁ ନିର୍ଦ୍ଦୟ ସଦାବେଳେ ବୋଲି ଚୌକସ ପ୍ରେମରେ ବୁଡିଥିବା ଦୁଇଟି ସମାନ୍ତରାଳ ରେଖାର ମିଳନ ହୋଇ ପାରେନା। ତୁ ଟିକେ ସଦୟ ହେଲେ ରାଜରାସ୍ତାର କାର ଚଢ଼ା ବାବୁଙ୍କ ପାଦ ବଢ଼ନ୍ତା ଝାର ଜଙ୍ଗଲକୁ। ଝୁପୁଡି ଘର ସାମ୍ନାର ବଗିଚାରେ ଫୁଲ ଚାରାଟେ ସ୍ୱପ୍ନ ଦେଖନ୍ତା ରାଜୋଦ୍ୟାନରେ ସ୍ଥାନ ପାଇବାକୁ।

ମୋର ନିବେଦନ ପ୍ରେମ !
ଦେ ଭାଙ୍ଗି ଦେ ଏ ପ୍ରାଚୀର ।
ଭାଙ୍ଗି ଦେ ଚୂନା ଚୂନା କରି ।

ଦୈନିକ ସମ୍ବାଦ ପତ୍ରିକା 'ସମ୍ବାଦ'ର 'ସାହିତ୍ୟ' ପୃଷ୍ଠାର ୩୧/୦୫/୧୯୮୬ ସଂଖ୍ୟାରେ ପ୍ରକାଶିତ

ମୋର ଭୁଲ

ବସଷ୍ଟାଣ୍ଡରେ ଭିଡ ହାଉ ଜାଉ । ବସ୍‌ଟେ ଭିତରକୁ ଚାଲି ଆସିଲେ ଅପେକ୍ଷାରତ ଯାତ୍ରୀଙ୍କ ଧାଁ ଦଉଡ ।

ମୁଁ ବି ଜଣେ ଯାତ୍ରୀ । ଆଗକୁ ଯିବାର ଥିଲା ପ୍ରାୟ ଚାଳିଶ କିଲୋମିଟର ।

ମୁଁ ଅପେକ୍ଷା କରିଥିବା ବସ୍‌ଟି ଆସିଲା । ଯା ହେଉ ଜାଗା ଖଣ୍ଡେ ମିଳିଗଲା । ଅନ୍ୟ ବସ ଅପେକ୍ଷା ଏଇଠି ଅପେକ୍ଷାକୃତ କମ ଭିଡ ।

ବସ ଛାଡିବା ଛାଡିବା ପ୍ରାୟ ହେଉଥାଏ । ଗୋଟିଏ କମ ବୟସର ଝିଅକୁ ଧରି ଚଢ଼ି ଆସିଲେ ଜଣେ ଭଦ୍ରଲୋକ । ଝିଅକୁ ଦୁଇ ଟଙ୍କା ଦେଲେ । ଟିକଟ କରାଇ ନେବାକୁ କହିଲେ । ଝିଅଟି ସମ୍ମତିରେ ମୁଣ୍ଡ ହଲାଇଲା । ପୁଣି ସେ ଦୁଇଜଣ ଭଦ୍ର ମହିଳା ବସିଥିବା ସିଟ ଆଡକୁ ହାତ ଠାରିଲେ । ସେଇଠି ବସି ଯିବାକୁ ଝିଅକୁ ନିର୍ଦ୍ଦେଶ ଦେଲେ । ଚାଲି ଯିବାକୁ ଉଦ୍ୟତ ହେଉଥିଲା ବସ । ଓହ୍ଲାଇ ପଡିଲେ ସେ । ବସ ଚାଲିଲା ।

ଲେଡିଜ ସିଟର ପଛ ସିଟରେ ମୁଁ ବସିଛି । ମୁଁ ଲକ୍ଷ୍ୟ କରୁଥିଲି ଝଅଟିକୁ । ଆଶା କରୁଥିଲି, ଦୁଇ ଭଦ୍ରମହିଳା ଭିତରୁ ଜଣେ ହେଲେ ଝିଅଟିକୁ ଡାକିବେ । ଜାଗା ଟିକିଏ ଦେବେ । ଝିଅଟି ବସିବ । ମାତ୍ର, ସେପରି ହେଲା ନାହିଁ । ଝିଅଟି ଭଦ୍ରମହଳାମାନଙ୍କୁ ଦେଖିଲା । ସେମାନଙ୍କ ନୀରବତା ଯୋଗୁଁ ସେଆଡେ ଗଲା ନାହିଁ । ଅନ୍ୟ ସିଟର ଯାତ୍ରୀମାନଙ୍କୁ ଚାହିଁଲା । ମୋ ଆଡକୁ ବି ।

ଝିଅଟି ଗୋରା ତକ୍ ତକ୍ । ଗୋଲ ମୁହଁ । ଏକ ନିଷ୍ପାପ କଳିକା । ଆକର୍ଷଣୀୟ । ସରଳତାର ଆଖି ଦୁଇଟି ନିରୀହ ।

ସେଇ ଆଖି ଦୁଇଟିରେ ବୋଧହୁଏ ସିଟ ନ ପାଇବାର ଅସହାୟତା ସ୍ଥାନ ଜମାଇ ନେଇଥିଲା । ଏପରି ଏକ ଝିଅକୁ ଡାକିବାକୁ ଯାହାକୁ ବି ଇଚ୍ଛା ହେବ । ଭଦ୍ରମହିଳା ଦିଜଣ କାହିଁକି ଯେ ଡାକିଲେନି, କେଜାଣି !

ମୁଁ ତାକୁ ପାଖକୁ ଡାକିଲି । ଜାଗା ଟିକିଏ ଦେଲି । ସେ ବସିଲା । ତାକୁ କିଛି ପଚାରିବି ପଚାରିବି ହେଉ ହେଉ ମୋତେ ଦିଟଙ୍କା ବଢ଼ାଇ ଦେଲା । ଟିକଟଟିଏ କରାଇ ଦେବାକୁ କହିଲା । ମୁଁ ପଚାରିଲି ତାର ଗନ୍ତବ୍ୟ ସ୍ଥଳ । ଟିକେଟଟିଏ କଟାଇ ଦେଲି ।

ଝିଅଟିର କଥା ଭାରି ସୁଆଦିଆ । ଝିଅଟି ସ୍ମାଟ୍ । ଭଦ୍ରଲୋକଙ୍କ ସହିତ କିପରି ବ୍ୟବହାର କରାଯାଏ ତାକୁ ବେଶ୍ ଜଣା । ମୁଁ ତାକୁ ପଚାରିଲି, ତୁ ପାଠ ପଢୁଛୁ ବୁଇ ?

: ହଁ ।

: କେଉଁ ଶ୍ରେଣୀ ?

: ପଞ୍ଚମ ।

ପଞ୍ଚମ ଶ୍ରେଣୀର ପାଠ୍ୟକ୍ରମରୁ କିଛି ପଚାରିବାକୁ ଇଚ୍ଛା ହେଲା । ମାତ୍ର ସେଥିରୁ ନିବୃତ୍ତ ହେଲି । କାରଣ, ଝିଅଟି ଧରିଥିବା ଔଷଧ ବୋତଲକୁ ମୋ ଦୃଷ୍ଟି ପଡିଲା । ତେଣୁ ତାକୁ ଅନ୍ୟ କଥା ପଚାରିବାକୁ ପ୍ରଶ୍ନ ମୋ ପାଟିରେ ନ ଥିଲା ।

ମୁଁ ପ୍ରଶ୍ନ କଲି: କା ପାଇଁ ଏ ଔଷଧ । ସେ କହିଲା: ମୋ ଭାଇ ପାଇଁ ।

ଔଷଧ ବୋତଲକୁ ତା ହାତରୁ ଆଣୁ ଆଣୁ ପ୍ରଶ୍ନ କଲି, କଣ ହୋଇଛି ତାକୁ ?

ସେ ଉତ୍ତର ଦେଲା, ଝାଡା ଆଉ ବାନ୍ତି ।

ଔଷଧ ବୋତଲ ଉପର ଖୋଳରେ ଲେଖା ହୋଇଥିଲା ଏକ ଚିଠି । ଚିଠିଟି ମୋର ଦୃଷ୍ଟି ଆକର୍ଷଣ କଲା । ଚିଠିଟିକୁ ପଢ଼ିଲି । ସେଇଠି ଲେଖାଥିଲା: 'ଏଇ ଔଷଧ ଦିନକୁ ଦୁଇଥର ଖୁଆଇବ । ବ୍ୟସ୍ତ ହେବାର କିଛି ନାହିଁ । ମୁଁ ଉପର ବେଳା ଘରକୁ ଯାଇ ଦେଖି ଆସିବି ।'

ଡାକ୍ତରବାବୁ ନିଜେ ଲେଖିଛନ୍ତି ଏ ଚିଠି । ଚିଠିକୁ ଚଉତା କରି ଭିତରେ ରଖିଦେବାକୁ ଯାଉଥିଲି । ଝିଅଟି ପଢ଼ିବାକୁ ମାଗିଲା । ପଢ଼ିଲା । ଉତ୍କଣ୍ଠାପୂର୍ଣ୍ଣ ଦୃଷ୍ଟିରେ ମୋତେ ପଚାରିଲା: ମୋ ଭାଇ ଭଲ ହୋଇଯିବ ତ ଆଜ୍ଞା ?

ମୁଁ ତାକୁ ହଁ ହଁ କହିଲି । ଡାକ୍ତର ଜଣକ ଦକ୍ଷ ବୋଲି ସୂଚନା ଦେଲି । ଭାଙ୍ଗି ନ ପଡିବାକୁ ଉତ୍ସାହିତ କଲି ।

ମୋର ଅନୁମାନ ହେଲା, ଝିଅଟିର ଭାଇର ଅବସ୍ଥା ଉଦବେଗଜନକ ।

ଏପରି ପରିସ୍ଥିତିରେ ମୋର ଜାଣିବାକୁ ଇଚ୍ଛା ହେଉଥାଏ ଝିଅଟିର ବାପା ସଂପର୍କରେ । ଯେଉଁ ଭଦ୍ରଲୋକ ବସ୍‌ରେ ଉଠାଇ ଦେଇଥିଲେ ଏଇ ଝିଅକୁ ସେ ହୋଇଥାଇ ପାରନ୍ତି ଯା'ର ବାପା । ପୁଅଟି ସଙ୍କଟାପନ୍ନ ଅଥଚ ସେ ଝିଅ ହାତରେ ଔଷଧ ପଠାଇ ନିଶ୍ଚିନ୍ତ । କ'ଣ ବା ଜରୁରୀ କାମ ତାଙ୍କର ଥାଇପାରେ ? ଆଃ ! କି ନିଷ୍ଠୁର ବାପା ସେ ।

ଝିଅଟିର ଓହ୍ଲାଇବା ଜାଗା ପାଖେଇ ଆସୁଥାଏ। ଝିଅଟି ସହିତ କଥାବାର୍ତ୍ତା ହେବା ସମୟରେ ମୋତେ ଭାରି ଆନନ୍ଦ ଲାଗୁଥାଏ। ଝିଅଟିର ସରଳତା ଓ ଶିଶୁ ସୁଲଭତା ମୋତେ ମୁଗ୍ଧ କରୁଥାଏ। ସେଥିପାଇଁ ଝିଅ ଯେ ଏଇ ଆସନ୍ତା ଷ୍ଟେସନରେ ଓହ୍ଲାଇ ପଡିବ ମୋତେ ସେଥିପାଇଁ ଭଲ ଲାଗୁନ ଥାଏ। ତାର ବସ୍ ଯାତ୍ରା ଆହୁରି ଲମ୍ବା ହୋଇଥାନ୍ତା କି ?

ହୁଇସିଲ ମାରିବାର ଉପକ୍ରମ କରୁଛି ହେଲପର। ଝିଅଟିକୁ ଏଇ ମୁହୂର୍ତ୍ତରେ ଶେଷ ପ୍ରଶ୍ନ କଲି। ତୋ ବାପା କଣ କରନ୍ତିରେ ବୁଇ ?

ସେ ଉତ୍ତର ଦେଲା: ମୋ ବାପା ନାହାନ୍ତି। ମରିଗଲେଣି।

ଦୁନିଆଁର ସମସ୍ତ କାରୁଣ୍ୟ ମୋଠି ସତେ ଯେମିତି ଜମା ହୋଇଗଲା। ସେଇ ନିଷ୍କ୍ରିୟ କାରୁଣ୍ୟରେ ମୁଁ ହତବାକ ହୋଇ ପଡିଲି। ଝିଅଟିର ମିଠା କଥାରେ କେତେ ଆମୋଦପୂର୍ଣ୍ଣ ଥିଲା ବସ ଯାତ୍ରା। କ୍ଷଣିକରେ ସବୁଠି ଭରିଗଲା ବିରକ୍ତି।

ମୁଁ ଅନୁତାପ କରୁଥିଲି ମୋ ଭୁଲ ପାଇଁ। ଝିଅଟିକୁ ଶେଷ ପ୍ରଶ୍ନଟି ନ ପଚାରିଥିଲେ ଖୁବ ଭଲ ହୋଇଥାନ୍ତା।

ଧରିତ୍ରୀ ସାପ୍ତାହିକୀର ୨୦/୭/୮୬ରେ ପ୍ରକାଶିତ।

କ୍ୱାର୍ଟର

ସ୍ୱପ୍ନ ଓ ସରକାରୀ କ୍ୱାର୍ଟର ମୋ ପାଇଁ ଏକା। ଏଠାରେ କର୍ମଚାରୀ ତୁଳନାରେ କ୍ୱାର୍ଟର ସଂଖ୍ୟା ଖୁବ କମ୍। ସେଥିପାଇଁ ଏ ସମସ୍ୟା। ଆଗରୁ ଯେଉଁମାନେ କ୍ୱାର୍ଟର ପାଇ ଯାଇଛନ୍ତି ସେମାନଙ୍କୁ ବଦଳି ନ ହେଲେ କ୍ୱାର୍ଟର ଛାଡିବାର ତ ପ୍ରଶ୍ନ ଉଠେନି। କେବେ କେମିତ ପ୍ରଶାସନରେ ଏଠାରୁ ଅନ୍ୟ ହେଡ୍‌କ୍ୱାର୍ଟରକୁ ବଦଳି ଆଦେଶ ହେଲେ ଧରାଧରି କରି ଏଇ ହେଡ୍‌କ୍ୱାର୍ଟରର ଅନ୍ୟ ଅଫିସରେ ରହିଯାନ୍ତି। ଫଳରେ କ୍ୱାର୍ଟର ଛାଡିବାର ପ୍ରଶ୍ନ ଉଠେନି।

ମୁଁ ମୋ ସ୍ତ୍ରୀ ଏବଂ ଛୋଟ ଝିଅଟିକୁ ନେଇ ଭଡାଘରେ ରହେ। ମାସିକ ଦେଢ଼ ଶହ ଘରଭଡା। ମୋର ନିଅଣ୍ଟ ବଜେଟରୁ ଏତେ ଟଙ୍କା ଘରଭଡା ଦେବାକୁ ମୋତେ ଭାରି କଷ୍ଟ ହୁଏ। ବେତନ ଟଙ୍କାରୁ ମୋତେ ସବୁ କିଛି କରିବାକୁ ହୁଏ। ବୃଦ୍ଧ ମାଁବାପାଙ୍କ ପାଇଁ ଗାଁକୁ କିଛି ଟଙ୍କା ପ୍ରତି ମାସ ରୀତିମତ ପଠାଇବାକୁ ବି ପଡେ। ତଥାପି ଘର ପାଇଁ ଦେଢ଼ ଶହ ପ୍ରତିମାସ ଖର୍ଚ୍ଚ କରିବା ବ୍ୟତୀତ ଅନ୍ୟ ପନ୍ଥା ନାହିଁ। କାରଣ ଗୋଟିଏ ଛୋଟ ଫାମିଲି ଚଳିବା ପାଇଁ ସର୍ବନିମ୍ନ ସୁବିଧା ବିଶିଷ୍ଟ ଘରର ଏହା ଏ ସହରରେ ସର୍ବନିମ୍ନ ଦର।

କାହାକୁ କେଉଁଠିକି ବଦଳି ହେଲା, କିଏ କେବେ ଭେକେନ୍‌ସି ରିପୋଟ ଦେଉଛି, କ୍ୱାର୍ଟର ପାଇଁ ପ୍ରାର୍ଥୀ କେତେଜଣ ଧାଡି ବାନ୍ଧିଛନ୍ତି, ଏସବୁ ବିଷୟରେ ମୋର ସତର୍କ ଦୃଷ୍ଟି ଥାଏ। କ୍ୱାର୍ଟରଟେ ଖାଲି ହେବାର ସୂଚନା ମିଳିଲେ ମୁଁ ମୋ ଉପରିସ୍ଥ ଅଫିସରଙ୍କୁ ଆବେଦନ କରି ଆସୁଥାଏ। ଦୁଇଥର ଏପରି କରିଥିଲି। କିନ୍ତୁ କୌଣସି ଥର ସମ୍ଭାବନା ନ ଥିଲା। ମାତ୍ର ଏଥର ସମ୍ଭାବନା ଉଜ୍ଜ୍ୱଳ।

କ୍ୱାର୍ଟର ମିଳିବାର ସମ୍ଭାବନାରେ ଖୁସି ହୋଇ ମୋ ସ୍ତ୍ରୀଙ୍କୁ ମୁଁ ଏକଥା କହିଥିଲି। ତାଙ୍କୁ ଜଣାଇ ଦେଇଥିଲି ଯେ ସମସ୍ତ ପ୍ରାର୍ଥୀଙ୍କ ମଧ୍ୟରେ ମୋର ସିନିୟରିଟି ସବା

ଉପରେ। ସମ୍ଭାବନା ଉଜ୍ଜ୍ୱଳ। ମୋ ସ୍ତ୍ରୀ ଆନନ୍ଦରେ କୁରୁଳି ଉଠୁଥିଲେ। ତଥାପି ସେ ତାଙ୍କ ଇଷ୍ଟ ଦେବତୀଙ୍କ ନିକଟରେ ସର୍ତ୍ତ ରଖି ଭୋଗ ଯାଚି ଦେଇଥିଲେ। ସେ ମୋତେ କହିଥିଲେ ସରାଗବୋଲା କଣ୍ଠରେ ଏତିକି ଟଙ୍କା ବଞ୍ଚିଲା। ଝୁନୁ ପାଇଁ ଗୋଟାଏ ପାସବୁକ ଖୋଲିଦେବ। ପ୍ରତିମାସରେ ତା ନାଁରେ ଦେଢ଼ଶହ ଟଙ୍କା ରଖିଦେଉଥିବ। ସ୍ତ୍ରୀଙ୍କ କଥାକୁ ମୁଁ କାଟି ନ ପାରି ହଁ ଭରିଲି। ଛୋଟ ଝିଅ ଝୁନୁର ବାହାଘର ପାଇଁ ଏବେଠୁ ଯେ ପ୍ରସ୍ତୁତି ପର୍ବ ଆରମ୍ଭ ନ କଲେ ଏହି ଛୋଟିଆ ଚାକିରି ଜୀବନରେ ପଛକେ ଭୀଷଣ ସମସ୍ୟା ହେବ ଏକଥା ପ୍ରତି ସତର୍କ ହୋଇଯାଇଥିଲି।

ଓଡିଆ ଫିଲିମ୍ ପଡିଥିଲା ସେଦିନ ରଞ୍ଜିତା ଟକିଜରେ। ଝୁନୁ ଓ ସ୍ତ୍ରୀଙ୍କୁ ଧରି ମୁଁ ଚାଲିଥାଏ ସିନେମା ହଲ ଆଡକୁ। ବାଟରେ ଆମର କଲୋନୀ। ଯେଉଁ କ୍ୱାର୍ଟର ଖାଲି ହେବାର ଥିଲା, ସେଇ ବାଟ ଦେଇ ଆମେ ପାସ କଲୁ। ମୋ ସ୍ତ୍ରୀଙ୍କୁ ସେଇ କ୍ୱାର୍ଟର ଆଡକୁ ହାତଠାରି ଦେଖାଇ ଦେଲି। ସେ ଆନନ୍ଦିତ ହୋଇ ପଡିଲେ। ପୁଣି ଥରେ ଇଷ୍ଟ ଦେବୀଙ୍କୁ ସୁମରଣା କରି ଗୁହାରିଲେ ଯେ ଏଥର କ୍ୱାର୍ଟରଟା ଯେପରି ହାତଛଡା ନ ହୁଏ। ସିନେମା ଦେଖି ଘରକୁ ଫେରିଲା ପରେ ସେ ମୋତେ କହୁଥିଲେ ସେହି କ୍ୱାର୍ଟର ବାହାର ବରଣ୍ଡାକୁ ନିଜ ଖର୍ଚ୍ଚରେ ଜାଫ୍ରି ଫିଟାଇ ଦେବା। ବାହାର ବାଡାରେ ଗେଟ ନାହିଁ। ସେଠି ଗେଟଟେ ଲଗାଇଦେଲେ ଭିତରେ ସୁନ୍ଦରଭାବେ ଫୁଲଗଛ ଲଗାଇ ହେବ। ମୁଁ ସ୍ତ୍ରୀଙ୍କୁ କହିଲି ଖୁସିରେ, କ୍ୱାର୍ଟରଟା ମିଳିଯାଉନା ,ତୁମ ମନଇଚ୍ଛା ତୁମେ ସଜାଇବ ଯେ ।

ଉପର ହାକିମଙ୍କଠୁ କ୍ୱାର୍ଟର ଏଲଟମେଣ୍ଟ ଅଡର ଆସିଯାଇ ଥିଲା। କ୍ୱାର୍ଟର ମିଳିଥିଲା ସାମଲ ବାବୁଙ୍କୁ, ଯେ କି ସିନିୟରିଟି ଲିଷ୍ଟରେ ମୋଠୁ ବହୁ ପଛରେ ଥିଲେ। ଏଇ ହେଡକ୍ୱାର୍ଟରକୁ ସେ ମୋଠୁ ବହୁ ପଛରେ ଆସିଛନ୍ତି।

ମୁଁ ଆଶ୍ଚର୍ଯ୍ୟ ହେଲି। କ୍ୱାର୍ଟର ମିଳିବାର ଯୋଗ୍ୟତା ତା'ହେଲେ ସିନିୟରିଟି ନୁହେ, ଅନ୍ୟ କିଛି ନିଶ୍ଚୟ। ଏକଥା ହୃଦୟଙ୍ଗମ କଲି। ତା'ହେଲେ କଣ ହୋଇପାରେ ? ଚାକିରିରେ ମୁଁ ନବାଗତ ହେତୁ ସେପରି କିଛି ଅଭିଜ୍ଞତା କିମ୍ବା ଜ୍ଞାନ ନ ଥିଲା ମୋର। ଏ କଥା ଜାଣିଲେ ହୁଏ ତ ଭବିଷ୍ୟରେ କ୍ୱାର୍ଟର ଖଣ୍ଡେ ପାଇବାର ଆଶା ବାନ୍ଧିବି- ଏଇ ଲକ୍ଷ୍ୟରେ କେତେ ଜଣ ସହକର୍ମୀଙ୍କୁ ପଚାରିଲି, ସାମଲବାବୁଙ୍କୁ କେଉଁ ଯୋଗ୍ୟତା ବଳରେ କ୍ୱାର୍ଟର ଏଲଟ କରାଗଲା।

ନାନା ଲୋକ ନାନା କଥା କହିଲେ। କିଏ କହିଲା ସାମଲବାବୁ ଅନେକ ଦିନ ସାହେବଙ୍କ ଘରକୁ ଇଲିଶି ମାଛ ପଠାଇଛନ୍ତି। କିଏ କହିଲା ସାମଲବାବୁଙ୍କ କ୍ଲାସମେଟ ଜଣେ ସାହେବ। ସେହି ସାହେବ ଓ ଆମ ସାହେବଙ୍କ ଭଲ ଦୋସ୍ତି ଅଛି।

ସେଥିପାଇଁ ସାମଲ ବାବୁ ପାଇଲେ। ଏପରି ଅନେକ କଥା ଭିତରେ କେଉଁ କଥା ସତ ମୁଁ ଜାଣି ପାରିଲି ନାହିଁ। ଭାବିଲି ସାମଲବାବୁଙ୍କୁ ପଚାରିଲେ ପ୍ରକୃତ କଥା ଜଣାପଡିପାରେ। ପଚାରିଲି ବି। ସେ କହିଲେ, ମୁଁ ନିଡି ପରସନ। ଆଉ ବେଶୀ କିଛି କହିଲେନି।

ମୁଁ ମନେ ମନେ ଭାବିଲି, ମୁଁ କଣ ନିଡି ପରସନ ନୁହେଁ? ଯଦି ନୁହେଁ ତା'ହେଲେ କେବେ ହେବି? କେଉଁ ଉପାୟ ଅବଲମ୍ବନରେ?

■

ଦୈନିକ ପ୍ରଜାତନ୍ତ୍ରର ରବିବାର ସାପ୍ତାହିକୀ ତା:୧୭.୦୮.୧୯୮୬ରେ ପ୍ରକାଶିତ

ସଂଦୀପ୍ତା

ଶ୍ରୀକାନ୍ତ ଛଡା ଅନ୍ୟ କାହାକୁ ମୁଁ ବାହା ହେବିନି । ଆମେ ଦୁହେଁ ଶପଥ କରିଛୁ ଠାକୁରଙ୍କ ନାମରେ। ଦୃଢ଼ କଣ୍ଠରେ ମିତା ସାମ୍ନାରେ ସେଦିନ ଘୋଷଣା କରିଥିଲା ମାନସୀ। ମାନସୀର ଦୃଢ଼ ଆତ୍ମପ୍ରତ୍ୟୟ ଓ ଶ୍ରୀକାନ୍ତ ସହିତ ତାର ପ୍ରେମର ଗଭୀରତା ପ୍ରତି ମିତା ଆଶ୍ଚର୍ଯ୍ୟ ହୋଇଥିଲା। ଏହାଛଡା ପ୍ରେମର ପ୍ରଥମ ପାହାଚରେ ପାଦ ଦେଇଥିବା ପ୍ରେମାନଭିଜ୍ଞା ମାନସୀ ପ୍ରତି ସମ୍ବେଦନଶୀଳା ହୋଇ ପଡିଲା। ମିତା ମନରେ ସନ୍ଦେହର ଝଡ ଉଠିଲା। ଶ୍ରୀକାନ୍ତ ପଥଚ୍ୟୁତ ନ ହୋଇ ମିତା ପାଖକୁ ଆସିବ ତ ? ଅନ୍ୟ କୌଣସି ପ୍ରଲୋଭନର ବଶବର୍ତ୍ତୀ ନ ହୋଇ ଶ୍ରୀକାନ୍ତ ପ୍ରତିଜ୍ଞାକୁ ପାଳନ କରିବ ତ? ଏଥିରେ ଶ୍ରୀକାନ୍ତର ବାପା ମାଆ କିମ୍ବା ଅନ୍ୟ କେହି ଅନ୍ତରାୟ ହେବେ ନାହିଁ ତ? ଏମିତି ଅନେକ କିଛି ଭାବନାର ସୁଅରେ ଭାସି ଯାଇଥିଲା ମିତା।

ଶ୍ରୀକାନ୍ତ ଓ ମାନସୀ ମଧ୍ୟରୁ ଗୋଟିଏ ସଜଫୁଟା ଫୁଲ ତ ଅନ୍ୟଟି ନବମୁକୁଳିତ ସବୁଜପତ୍ର। ଏ ଦ୍ୱୟର ସମ୍ମେଳନ ପ୍ରକୃତରେ ଶୋଭନୀୟ। ଦୁହେଁ ସମଜାତୀୟ ବି। ଶ୍ରୀକାନ୍ତ ଏବେ ଇଞ୍ଜିନିୟରିଂ ଶିକ୍ଷା ସମାପ୍ତ କରିଛି। କର୍ମନିଯୁକ୍ତି ପାଇଯିବ ନିଶ୍ଚୟ। ମାନସୀ ଇତିହାସରେ ପୋଷ୍ଟ ଗ୍ରାଜୁଏଟ।

ଅଭିଭାବିକାର ଭୂମିକାରେ ଠିଆ ହୋଇ ମିତା ତ ମାନସୀକୁ ଅସମ୍ମତି ଦେବାର କିଛି ନ ଥିଲା। ବରଂ, ମିତା ଖୁସି ହେଉଥିଲା ଯେ ମାନସୀ ନିଜେ ଗୋଟାଏ ସୁଯୋଗ୍ୟ ପାତ୍ରକୁ ବାଛି ନେଇଛି। ମାନସୀର ବୋଝ ମିତା ନିଜେ ମୁଣ୍ଡେଇବା ବେଳେ ବୋଝକୁ ନିଜେ ବୋହି ନେଇଛି ମାନସୀ। ମାତ୍ର, ମିତା ଆଶ୍ଚର୍ଯ୍ୟ ହେଉଥିଲା ଶ୍ରୀକାନ୍ତ ଓ ମାନସୀର ପ୍ରେମର ପ୍ରତିଶ୍ରୁତିବଦ୍ଧତାକୁ ଦେଖି। ପ୍ରେମର ପ୍ରତ୍ୟୟ ନ ଆସିଲେ ତ ଏତାଦୃଶ ପ୍ରତିଶ୍ରୁତି ଦେଇ ହୁଏନା ଏବଂ ପ୍ରତ୍ୟୟ ଆସିବାକୁ କାଳ ବିଳମ୍ବ ଘଟିଥାଏ। ତେବେ ମାନସୀ ଶ୍ରୀକାନ୍ତକୁ ଭଲ ପାଇବାର ଆରମ୍ଭ କରିଛି, କେବେଠୁ ମାନସୀ ମନରେ କଦମ୍ବ ଫୁଟିଛି ?

ତା'ର କର୍ଣ୍ଣଗହ୍ୱରରେ ବଂଶୀ ସ୍ୱନର ମୂର୍ଚ୍ଛନା ବାଜିଛି ? କେବେଠୁ ତାର ମନ ସରୋବର ଶ୍ରୀକାନ୍ତ ଉଦ୍ଦେଶ୍ୟରେ ଉଜ୍ଜ୍ୱଳ ହୋଇ ଉଠିଛି ? ମିତା ମନରେ ମାନସୀ ଓ ଶ୍ରୀକାନ୍ତର ପ୍ରତିଜ୍ଞାର ସଫଳତା ପ୍ରତି ସନ୍ଦେହ ହୁଏ। ଫଳଫୁଲଭରା ଉଦ୍ୟାନକୁ ଝଞ୍ଜାପବନ ଆସି ଦୋହଲାଇ ଦେଇ ପୁଣି ଚାଲିଯାଏ। ତଟନୀ ତଟସ୍ଥିତ ଏମିତି କେତେ ଯେ ପ୍ରତିଜ୍ଞା ତରୁକୁ ସମୟ ସ୍ରୋତ ଭସାଇ ନିଏ, ତା'ର ହିସାବ କିଏ ରଖେ ?

ଏମିତି ମିତା ମନରେ ଦିନେ ବଂଶୀ ବାଜିଥିଲା। କଦମ୍ୱ ଫୁଟିଥିଲା। ଗୋଟିଏ ବିଭୋର ସ୍ୱପ୍ନ ଜାଗିଥିଲା। ମାତ୍ର ମିତାର କିଛି ହୋଇ ପାରି ନ ଥିଲା। ପ୍ରତିଶୃତିର ଟଳମଳ ଡଙ୍ଗା ଉପରୁ ସେ ଖସି ପଡିଥିଲା ଅନ୍ଧକାର ଭବିଷ୍ୟତର ସ୍ରୋତ ଭିତରକୁ। ତା'ର କଦମ୍ୱ ଅକାଳରେ ମଉଳି ଯାଇଥିଲା। ବଂଶୀର ସ୍ୱନ ହୋଇଥିଲା ନୀରବ ନିସ୍ପନ୍ଦ। ସେ ଚାହିଁଥିଲେ ହୁଏ ତ ଅନ୍ଧକାର ଭିତରୁ ଆଲୋକକୁ ଆସି ପାରିଥାନ୍ତା। କିନ୍ତୁ ଆସିଲାନି। ଅନ୍ଧକାରକୁ ନିଜର ଚିରସାଥୀ କରି ମାନସୀ, ସମର, ଅରୁଣକୁ ଆଲୋକ ଦେଖାଇବାରେ ବ୍ରତ ଆଚରି ନେଇଥିଲା।

ମିତା ଯେତେବେଳେ ପଞ୍ଚମ ଶ୍ରେଣୀର ଛାତ୍ରୀ ମିତାର ବାପା ଗୋଟିଏ ଦୂରାରୋଗ୍ୟରେ ପଡି ସମସ୍ତଙ୍କୁ ଛାଡି ଚାଲି ଯାଇଥିଲେ ଆରପାରିକୁ। ମାଆ ଶିକ୍ଷୟତ୍ରୀଭାବେ ମିତା, ମାନସୀ, ସୁଧୀର ଓ ଅରୁଣକୁ ନେଇ ଦୁଃଖ ସୁଖରେ କାଳ କାଟୁଥିଲେ। ମାତ୍ର, ବିଧିର କ୍ରୁର ନିର୍ଦ୍ଦେଶରେ ମାଆ ବି ଚିରଦିନ ପାଇଁ ହଜିଗଲେ ଦିନେ ବୁର୍ଲା ହାସପାତାଲର ବେଡରୁ। ତା ଆଗରୁ ସେ ମିତାକୁ ସମର୍ପି ଦେଇଥିଲେ ବସନ୍ତ ହାତରେ। ଲୁହ ଛଳ ଛଳ ଆଖିରେ କହିଥିଲେ, ଦେଖରେ ପୁଅ, ମୀତାକୁ ତୁ ପାଇଲୁ। ତାଛଡା ସମୀର ଅରୁଣ ଆଉ ମାନସୀକୁ ଭାଇ ଭଉଣୀ ଭାବରେ ମଣିଷ କରିବୁ। ବସନ୍ତ ସେଦିନ ମୁମୁର୍ଷୁ ମାଉସୀକୁ ପ୍ରତିଶୃତି ଦେଇଥିଲା ସେ ମିତାକୁ ନିଶ୍ଚୟ ତା ଜୀବନର ସାଥି କରିବ। ବସନ୍ତ ହେଉଛି ମିତାର ଜଣେ ସଂପର୍କୀୟ ବଡଭାଇ। ସମ୍ପର୍କର ଦୋହି ଦେଇ ହୁଏ ତ ପ୍ରତିଶୃତିକୁ ନ ଭାଙ୍ଗିବାର କଥା ଅଲଗା। ମାତ୍ର ମିତା ଓ ବସନ୍ତ ମଧ୍ୟରେ ପ୍ରେମ ବି ଥିଲା ଗଭୀର। ମାନସୀ ଓ ଶ୍ରୀକାନ୍ତ ଏବେ ଯେପରି ପ୍ରତିଜ୍ଞାରେ ଆବଦ୍ଧ ସେପରି ଦିନେ ଥିଲେ ମିତା ଓ ବସନ୍ତ। କିନ୍ତୁ ବସନ୍ତ ଭୁଲିଗଲା ମିତାକୁ। ମିତାର ଭାଇ ଭଉଣୀଙ୍କ ଦାୟିତ୍ୱ ବହନ କରି ମିତାକୁ ଜୀବନ ସଙ୍ଗିନୀ କରିବାକୁ ପସନ୍ଦ କଲାନି ସେ। ସେ ଅନ୍ୟତ୍ର ବିବାହ କରି ସୁଖରେ ରହିଲା। ମିତା କିନ୍ତୁ ଭୁଲି ପାରିଲାନି ବସନ୍ତକୁ। ବସନ୍ତର ପୋଡା ସ୍ମୃତିକୁ ନେଇ ପିତୃମାତୃହୀନ ଭାଇ ଭଉଣୀର ଦାୟିତ୍ୱ ନେଲା। ସେମାନଙ୍କର ମାଆ ଭୂମିକାରେ ଠିଆହେଲା। ପ୍ରତିଜ୍ଞା କଲା ଆଉ ବିବାହ ନ କରିବାକୁ। ଶପଥ ନେଲା ଯେଉଁ ଭାଇ ଭଉଣୀକୁ ମଣିଷ କରିବାର

ଗୁରୁଦାୟୀତ୍ୱ ନେବାକୁ ପଛଘୁଞ୍ଚା ଦେଇ ବସନ୍ତ ନିଜେ ଘୁଞ୍ଚିଗଲା ମିତାର ଜୀବନ ପରିଧିରୁ, ସେ ଭାଉ ଭଉଣୀକୁ ସେ ନିଜେ ମଣିଷ କରିବ ନିଜ ଆଗରେ ପଛେ ସୃଷ୍ଟି ହେବ ପୋଡାଭୂମି କିନ୍ତୁ ଅରୁଣ, ସୁଧୀର ଓ ମାନସୀର ସାମ୍ନାରେ ତିଆରି କରିବ ଏକ ଏକ ସବୁଜ ପ୍ରାନ୍ତର। ମିତା ମାଆର ମୃତ୍ୟୁ ପରେ ତାଙ୍କ ପଦବୀରେ ଅବସ୍ଥାପିତ ହୋଇ ପରିବାର ପ୍ରତିପୋଷଣ କରୁଛି।

ଭାଇ ସୁଧୀର, ସମୀର ଓ ଭଉଣୀ ମାନସୀର ଅଧ୍ୟୟନଠୁ ମଣିଷ କରି ଗଢ଼ି ତୋଳିବାକୁ ସବୁ ଦାୟୀତ୍ୱ ନିଜେ ନେଲା ମିତା। ସେମାନଙ୍କୁ ଦିନକୁ ଦୁଇବେଳା ନିଜେ ପଢ଼ାଇଲା । ଆର୍ଥିକ ଅଭାବ ଅସୁବିଧା ବେଳେ ନିଜେ ଶାଢ଼ୀ କିଣା ସ୍ଥଗିତ କରି ସେ କେତେଥର ଭାଇ ଦୁଇଟି ପାଖକୁ ଟଙ୍କା ପଠାଇଛି। ମାଆ ତାର ଯେତେବେଳେ ସମସ୍ତଙ୍କୁ ଛାଡି ଚାଲିଗଲେ ସେତେବେଳେ ସୁଧୀର, ସମୀର ହାଇସ୍କୁଲର ଛାତ୍ର। ମାଆର ମୃତ୍ୟୁରେ ସେମାନେ କେତେ ଅଧୀର ହୋଇଛନ୍ତି, ଖୋଜି ଖୋଜି କେତେ ଲୁହ ଢ଼ାଳିଛନ୍ତି। କେତେ ଅବୁଝା ଅମାନିଆ ହୋଇଛନ୍ତି। ମିତା ଏକା ଦମ୍ଭ ଧରି ସେମାନଙ୍କୁ ବୁଝାଇଛି। ଠିକ ବାଟକୁ ଆଣିଛି। ଭଲ ପଢ଼ିବା ପାଇଁ ପ୍ରବର୍ତ୍ତାଇଛି।

ପ୍ରତିଦିନ ପାହାନ୍ତା ପ୍ରହରରୁ ଉଠିବ ସେ। ଚୁଲି ଲଗାଇ ଜଳଖିଆ ପ୍ରସ୍ତୁତ କରିବ। ଭାଇ ଦୁଇଟାକୁ ଓ ଭଉଣୀକୁ ନିତ୍ୟକର୍ମ ସାରିବାକୁ କହିବ। ଜଳଖିଆ ଦେବ। ତାପରେ ସେମାନଙ୍କୁ ପଢ଼ାଇବା ବେଳେ ତରତର ହୋଇ ରୋଷେଇ କାମ କରିବ। ଗଣିତ ଦୁଇ ନମ୍ବର ଦେଇ ପଶିଯିବ ରୋଷେଇ ଘର ଭିତରକୁ। ତରକାରୀ ଟିକେ ପ୍ରସ୍ତୁତ କରିଦେବ। ଫେରିଆସି ସଂଶୋଧନ କରିବ ଗଣିତ। କେତେବେଳେ ଖାଦ୍ୟ ପଦାର୍ଥ ପୋଡି ଯାଉଥିବ ତ କେବେକେମିତି ଦରସିଝା ଖାଇବାକୁ ପଡୁଥିବ। ସ୍କୁଲରୁ ମିତା ଫେରିବ ତରତର ହୋଇ। ତାପରେ ରାତ୍ରିଭୋଜନ ପ୍ରସ୍ତୁତିରେ ଲାଗି ପଡିବ। ପୁଣି ପଢ଼ାଇବ ସେମାନଙ୍କୁ। ରାତିରେ ସବୁ କାମ ସାରି ଶୋଉ ଶୋଉ ରାତି ଦଶଟା। ଏପରି କର୍ମମୟ ଜୀବନରେ ମିତାର ମୁହୂର୍ତ୍ତେ ବି ଫୁରସତ ନ ଥିବ। ମାତ୍ର, ଏବେ ସମୀର ଓ ସୁଧିର ବାହାରେ ରହି ପଢୁଥିବାରୁ ଗୃହ କର୍ମ ଟିକିଏ କମିଛି। ମାନସୀ ବି ଗୃହ କର୍ମରେ ଟିକିଏ ସାହାଯ୍ୟ କରୁଛି।

ଆଜି ମିତାର ମନ ନାଚି ଉଠୁଛି।

ଆଜି ମାନସୀର ବାହାଘର ଶ୍ରୀକାନ୍ତ ସହିତ। ଶ୍ରୀକାନ୍ତ ବରାନୁଗମନରେ ମୁକୁଟ ପିନ୍ଧି ଆସିଲା। ମାନସୀ ସହିତ ତାର ବିବାହ ଖୁବ୍ ଜାକଜମକରେ ମିତା ସମାପନ କଲା। ମାନସୀ ହାତରେ ଶଙ୍ଖା ଓ ମଥାରେ ସିନ୍ଦୁର ଦେଖି ମିତାର ମନ ଆନନ୍ଦରେ ବିଭୋର ହୋଇ ଉଠିଲା।

କିଛି ଦିନ ପରେ ସୁଧୀର ଦୌଡି ଆସି ହସି ହସି କହିଲା, ମିତା ଅପା, ଆଜି ମୁଁ ଚାକିରି ପାଇଛି। ମିତା ସୁଧୀରକୁ କୁଣ୍ଢାଇ ଧରିଲା ଆନନ୍ଦର ଆତିଶଯ୍ୟରେ।

ଏତେ ଦିନେ ମୀତାର ବିକଳ୍ପ ସ୍ୱପ୍ନ ସାର୍ଥକ ହେଲା। ମାନସୀ ପାଇଲା ତା ମନର ମଣିଷ। ସୁଧୀର ଆଜି ଇଂଜିନିୟର। ସମୀର ଏବେ ଡାକ୍ତରୀ ଛାତ୍ର। ଆଉ ଦି ବର୍ଷ ପରେ ଡାକ୍ତର ହୋଇ ବାହାରିବ। ତା ପରେ ସମୀର ଓ ସୁଧୀର ପାଇଁ ଭାଇବୋହୂ ଦୁଇଟି ଆଣିଲେ ତ ମିତାର କର୍ତ୍ତବ୍ୟ ଶେଷ। ଆଜୀବନ କଷ୍ଟ କରି, ନିଜକୁ ନିଃଶେଷ କରି ମୀତା ଯେଉଁ କେତୋଟି ଜୀବନକୁ ଆଲୋକିତ କଲା ସେଥିରେ ତା ଜୀବନର ସାର୍ଥକତା।

■

୨୪/୧୦/୮୭ରେ 'ପ୍ରଜାତନ୍ତ୍ର' ସାହିତ୍ୟ ବିଭାଗରେ ପ୍ରକାଶିତ

ପଣ୍ଡାସାର

ମୁଁ ଥିଲି ସେତେବେଳେ ସପ୍ତମ ଶ୍ରେଣୀର ଛାତ୍ର। ଭଉଣୀ ମୋର ଥିଲା ପଞ୍ଚମ ଶ୍ରେଣୀର ଛାତ୍ରୀ। ଆମ ଦିଜଣଙ୍କ ଟିଉସନ ଆମ ଘରେ କରିବାକୁ ବାପା ସେ ବର୍ଷ ଠିକ କଲେ ପଣ୍ଡା ସାରଙ୍କୁ। ସେ ଥିଲେ ଆମ ପରିବାର ପାଇଁ ସମ୍ପୁର୍ଣ୍ଣ ଅପରିଚିତ। କିଛି ଦିନ ପୁର୍ବରୁ ସେ କୁଆଡେ ଚାକିରିରୁ ଅବସର ନେଇଥିଲେ।

ପ୍ରତିଦିନ ସେ ଠିକ ସମୟରେ ଆସୁଥିଲେ ଆମ ଘରକୁ। କେବେ ଅଧିକା ସମୟ ପଢ଼ାଉଥିଲେ ପଛକେ, ଆଗରୁ କେବେ ଛୁଟି କରୁ ନ ଥିଲେ। ଟାକ୍ସ କରୁନ ଥିଲେ ମାଡ ଦେଉଥିଲେ। ଗୋଟିଏ ବିଷୟକୁ ବାରମ୍ବାର ବୁଝାଇବାକୁ ବିରକ୍ତି ଆସୁନ ଥିଲା ତାଙ୍କର।

ଟିଉସନ ପରେ ବାପାଙ୍କ ସଙ୍ଗେ ପଣ୍ଡା ସାର କେବେ କେମିତ କଥାବାର୍ତ୍ତା ହେଉଥିଲେ। ସେଥିରୁ ମୁଁ ସାର୍‌ଙ୍କ ବିଷୟରେ କିଛି ଜାଣି ନ ଥିଲି। ଜାଣିଥିଲି ଯେ ପଣ୍ଡା ସାର୍‌ଙ୍କ ପୁଅ ନାହାନ୍ତି ଗୋଟିଏ ବି। କେବଳ ଝିଅ ଚାରୋଟି। ତିନୋଟି ଝିଅକୁ ବାହା କରି ଦେଇ ପାରିଥିଲେ ଚାକିରିର କାର୍ଯ୍ୟକାଳ ଭିତରେ, ସେତିକିହିଁ ତାଙ୍କ ଜୀବନର ବଡ କାମ। ତା ବ୍ୟତୀତ ସେ ନା କରି ପାରିଥିଲେ କିଛି ଜମିବାଡି ନା କିଛି ଘରଦ୍ୱାର। ନ ଥିଲା ବି କିଛି ବ୍ୟାଙ୍କ ବ୍ୟାଲେନ୍ସ। ସେ ଥିଲେ ଜଣେ ଆଦର୍ଶ ଶିକ୍ଷକ।

ପ୍ରତିଦିନ ଠିକ୍ ସମୟରେ ଆସୁଥିବା ପଣ୍ଡା ସାର ଆଉ ଟିଉସନକୁ ଆସିଲେନି। ତାଙ୍କ ଅନୁପସ୍ଥିତ ରହିବାର ସୂଚନା ପୂର୍ବରୁ ବି ଦେଇ ନ ଥିଲେ। ଦୁଇଦିନ ପରେ ବୋଉଙ୍କୁ ମୁଁ ପଚାରିଲି: ସାର୍ ଆସୁ ନାହାନ୍ତି କାହିଁକି ? ବୋଉ କହିଥିଲା, ତାଙ୍କର ମନ ଖରାପ ଅଛି ତ ସେଥିପାଇଁ ଆସୁନ ଥିବେ। ଆଉ ଦି ଚାରି ଦିନ ପରେ ଆସିଯିବେ ଯେ। ନିଜେ ନିଜେ ପଢ଼ା ପଢ଼ି କରୁଥାଅ ସାର୍ ଆସିବା ଯାକେ। ସାରଙ୍କର ମନ ଖରାପ ହେବାର କାରଣ ବୋଉଙ୍କୁ ପଚାରିବାରୁ ସେ କହିବାକୁ ନାରାଜ ଥିଲା। ଅତି

ବାଧ୍ୟ କଲାରୁ କହିଥିଲା: ତାଙ୍କ ସାନ ଝିଅ ଗୋଟାଏ ଖରାପ କାମ କରି ପକାଇଛି ତ ଏଥି ପାଇଁ। କି ଖରାପ କାମ କରିଛି ବୋଲି ଆଉ ପଚାରିନି। କାରଣ ଭୟ ହେଲା, ପୁଣି ପଚାରିଲେ ବୋଉ ରାଗିପାରେ ମୋ ଉପରେ। କିନ୍ତୁ ବାହାରେ ଲୋକଙ୍କ ଫୁସୁର ଫାସୁର ଓ ସାଙ୍ଗ ସାଥିଙ୍କଠାରୁ ଜାଣିଲି ଯେ ତାଙ୍କର ସାନ ଝିଅ ଗୋଟିଏ ବାଜେ ପୁଅ ସାଙ୍ଗରେ କୁଆଡେ ପଳାଇ ଯାଇଥିଲା।

ସାରଙ୍କ ଟିଉସନ ଫି ଆମର ଦେବାର ଥିଲା। ବାପା ମୋତେ ଓ ଭଉଣୀକୁ ଗୋଟିଏ ମାସର ପୁରା ଟଙ୍କା ଦେଇ ଆର ସାହିରେ ଥିବା ସାରଙ୍କ ଘରର ଅବସ୍ଥିତି ବତାଇ ଦେଲେ। ତାଙ୍କୁ ଦେଇ ଆସିବାକୁ କହିଲେ।

ଆମେ ଦୁହେଁ ଗଲୁ। ସାରଙ୍କୁ ଭେଟିଲୁ। ତାଙ୍କର ମୁହଁ ଶୁଖି ଯାଇଥିଲା। ଟଙ୍କା ଦେଲୁ। ସାର କିନ୍ତୁ ଅଧା ଟଙ୍କା ଫେରାଇ ଦେଇ କହିଲେ, ମୁଁ ଯେତିକି ଦିନର ପଢ଼ାଇଛି ସେତିକି ନେବି ସିନା, ଅଧିକା କାହିଁକି ନେବି ?

ଶୁଣିବାକୁ ମିଳିଲା ତା ପରଦିନ ତାଙ୍କ ଝିଅ ଫେରି ଆସିଥିଲା ପଣ୍ଡା ସାରଙ୍କ ଘରେ ରହିବାକୁ। ସାର ତାକୁ ଘରକୁ ପଶିବାକୁ ଦେଲେନି।

ତା ପରେ ପଣ୍ଡା ସାରଙ୍କୁ ଆଉ ଦେଖିବାକୁ ପାଇଲୁନି। ହେକରେ ଦଉଡି ଲଗେଇ ସେ ଅଧା ଜୀବନରୁ ହିଁ ଫେରି ଯାଇଥିଲେ ସେଇଦିନ ରାତିରେ।

■

'ସମ୍ବାଦ'ର ରବିବାର ସାହିତ୍ୟ ମାର୍ଚ୍ଚ ୩, ୧୯୯୬ରେ ପ୍ରକାଶିତ।

ବାଘମୁଖା

ଗୋଟାଏ ଦେଶ ଥିଲା। ନାମ ତାର ବିଚିତ୍ର ଭୂମି। ସେ ଦେଶରେ ରାଜା ନ ଥିଲେ। ମନ୍ତ୍ରୀମାନେ ଶାସନ କରୁଥିଲେ।

ସେ ଦେଶର ଏକ ଛୋଟ ସହର। ନାମ ତାର ଅଥୟଗଡ। ଥରେ ସେଠାରେ ଘଟିଥିଲା ଏକ ଅଭୂତପୂର୍ବ ଘଟଣା।

ମୁଖ୍ୟ ରାସ୍ତାର ପାର୍ଶ୍ୱରେ ତିଆରି ଚାଲିଥିଲା ଏକ କୋଠରୀ। ରାତିର ଜହ୍ନ ଆଲୁଅରେ ଏହି କାମ ଚାଲିଥିଲା। ଏଥିପାଇଁ ଲାଗିଥିଲେ ତିରିଶ ଜଣ ମଜୁରିଆ।

ରାସ୍ତାରେ ଜାତାୟତ କରୁଥିବା ଲୋକେ ଚକିତ। ଏଇ କିଛି ଦିନ ତଳେ ରାସ୍ତାର ଦୁଇ କଡରେ ଥିବା ଜବର ଦଖଲ ଦୋକାନ ସବୁକୁ ସରକାର ଭାଙ୍ଗି ଦେଇଥିଲେ। ଅଥଚ ରାସ୍ତା କଡରେ ଏ ଘର ତିଆରି କରୁଛି କିଏ ? ମଜୁରିଆମାନଙ୍କୁ ପଚାରିଲେ ଉତ୍ତର ମିଳୁଥିଲା- ଭୂତ ଦାଦା।

ଏଇ ଖବର ଥାନାକୁ ଗଲା। ସେଠାରୁ ପୋଲିସ ଦି ଜଣ ଆସିଲେ। କାର୍ଯ୍ୟରତ ମଜୁରିଆମାନଙ୍କୁ ଉଦ୍ଧତ ଗଳାରେ ପଚାରିଲେ, କିଏ କରୁଛି ଏ ଘର ? ମଜୁରିଆମାନେ କହିଲେ, ଭୂତ ଦାଦା। ସେ ଏଇ ସାମ୍ନା ଫୋନ ବୁଥରେ ଅଛନ୍ତି।।

ସାମ୍ନାରେ ଏକ ଏସ୍.ଟି.ଡି.ଫୋନ ବୁଥ।। ତାହା ପ୍ରାୟ ରାତି ଏଗାରଟା ଯାଏ ଖୋଲା ରହେ। ଭୂତଦାଦା ସେଠାରେ ଥିବାର ଶୁଣି ପୋଲିସ ଦିଜଣ ଛୁଟିଲେ ସେଠାକୁ। ଦେଖିଲେ ଭୂତଦାଦା ଆଖିରେ କଳା ଚଷମା, ମୁଣ୍ଡରେ ଟୋପି, ପାଦରେ ବୁଟ। ଦେହରେ କୋଟ। ଜଣେ ଅଜବ କାଏଦାର ଭଦ୍ରଲୋକ ପରି ଦିଶୁଥାନ୍ତି।

ଭୂତଦାଦା କହିଲେ- କଣ କହୁଛ ?

ପୋଲିସ ଦି ଜଣ ପଚାରିଲେ- ଆପଣ ଏ ଘର କରୁଛନ୍ତି ?

ଭୂତଦାଦା କହିଲେ- କ'ଣ ହେଲା ସେଇଠୁ ?

ପୋଲିସ ଦି ଜଣ କହିଲେ- ବନ୍ଦ କରନ୍ତୁ ଏ ଘର ତୋଳା ।

ହସିଦେଇ ଭୂତଦାଦା କହିଲେ- ଚାକିରିକୁ ଡର ଅଛି ଯଦି ପଳାଅ । ମୁଁ କିଏ କଣ ଜାଣିନ ? ଶହେ ଟଙ୍କିଆ ନୋଟ ଦିଟା ବାହାର କରି । ପୋଲିସ ଆଡକୁ ବଢ଼ାଇ ଦେଇ କହିଲେ- ନିଅ, ମଦ ପିଇ ଶୋଇ ପଡିବ ଯାଅ ।

ପୋଲିସ ଦିଜଣ ଦୁହେଁ ଦିଜଣଙ୍କୁ ଚାହିଁଲେ । ଟଙ୍କା ଧରି ଚାଲିଗଲେ । ଘର କାମ ଚାଲିଲା ଝକାଝକ୍ ।

କିଛି ସମୟ ପରେ ସେଠାକୁ ଥାନା ମୁଖ୍ୟ ଆସି ପହଞ୍ଚିଲେ । ଭୂତଦାଦା ତାଙ୍କୁ ପାଖକୁ ଡାକି ଜାଗା ଦେଇ ବସାଇଲେ । କହିଲେ- ଆପଣ କଣ କହିବେ ମୁଁ ଜାଣେ । ଘର ଗଢ଼ା ବନ୍ଦ କରିବାକୁ କହିବେ ତ । ମୁଁ କିଏ ଜାଣିଛନ୍ତି ? ମୁଖ୍ୟମନ୍ତ୍ରୀଙ୍କ ଶଳା ପୁଅର ସାଙ୍ଗ, ଫୋନ ଉଠାଇଲେ ଆପଣଙ୍କ ବଦଳି, ସସପେଣ୍ଡ ଯାହା କିଛି ହୋଇପାରେ । ମୁଁ କିଛି ବର୍ଷ ଥିଲି ଅଭୟପୁରରେ । ସେଠାକାର ଥାନାବାବୁ ମୋ କଥା ମାନିଲାନି । ତାକୁ ବଦଳି କରାଇଦେଲି ରାତାରାତି । ସେ ପୁଣି କହିଲେ, ମୁଁ ଏସା କରିଦେବି ତେସା କରିପାରେ ବୋଲି ।

ଥାନା ମୁଖ୍ୟ ଛତ୍ରଭଙ୍ଗ ଦେଲେ ।

ତାପରେ ସାମ୍ବାଦିକମାନେ ଆସି ପହଞ୍ଚିଲେ । ଭୂତଦାଦା ସେମାନଙ୍କୁ କହିଲେ- ଆପଣମାନେ କଣ ଚାହାନ୍ତି ? ଅନ୍ୟ ଖବର ସବୁ ଯେପରି ଟଙ୍କା ନେଇ ଚାପି ଦିଅନ୍ତି ଚାପନ୍ତୁ ମୋ ଘର ତୋଳା ଖବର । ନିଅନ୍ତୁ ଟଙ୍କା । ବିଡାଏ ବଢ଼ାଇ ଦେଲେ ।

ସାମ୍ବାଦିକମାନେ ଟଙ୍କା ନେଲେନି । ଭୁତଦାଦା କହିଲେ-ଟଙ୍କା ନ ନେଲେ ତ ନାହିଁ ମାତ୍ର ଜାଣି ରଖନ୍ତୁ, ଯଦି ଏହା ପ୍ରକାଶ ପାଇଲା ଖବର କାଗଜରେ, ଆପଣଙ୍କର ଦାନାପାଣି ଗଲା । ଆପଣଙ୍କର ସାମ୍ବାଦିକତା ମୁଁ ଫୋନ ଉଠାଇଲେ କଟିଯିବ । ମୁଁ କିଏ ଜାଣିଛନ୍ତି ଟି ? ମୁଖ୍ୟମନ୍ତ୍ରୀଙ୍କ. . . . ।

ସାମ୍ବାଦିକମାନେ ଫେରାର ହେଲେ ।

ସକାଳକୁ ଘର ତିଆରି ସରିଗଲା ।

ସେ ଦିନ ଦଳେ ଲୋକ ସ୍ଲୋଗାନ ଦେଇ ଦେଇ ସହରର ମୁଖ୍ୟ ରାସ୍ତାରେ ଯାଉଥିଲେ । ସେମାନେ କହୁଥିଲେ-ଭୂତଦାଦା ମୁର୍ଦ୍ଦାବାଦ । ପ୍ଲାକାର୍ଡରେ ଲେଖାଥିଲା- ପୋଲିସ ଓ ପ୍ରଶାସନର ଏ ଘଣ୍ଟଘୋଡା କାହିଁକି ?

କିଛି ସମୟ ପରେ ଆଉ ଏକ ଦଳ ସ୍ଲୋଗାନ ଦେଇ ଚାଲୁଥିଲେ । କହୁଥିଲେ ଭୂତଦାଦା, ତୁମେ ଯାହା କରିଛ ଠିକ କରିଛ । ଭୂତଦାଦା ଜିନ୍ଦାବାଦ ।

ସାରା ସହର ସରଗରମ । ଶାସନ କଳ ବ୍ୟସ୍ତ ବିବ୍ରତ । ସମସ୍ତଙ୍କ ମନରେ

ପ୍ରଶ୍ନବାଚୀ। ଭୂତଦାଦା କିଏ ? କେଉଁ ସହରର ସେ ବାସିନ୍ଦା ? ଏଠାକୁ ଆସି ରାତାରାତି ଘର ତିଆରିଲା କାହିଁକ ? ତାକୁ ଦେଖିବାକୁ ସମସ୍ତେ ବ୍ୟାକୁଳ। ଏଣେ ସହରର ଆଇନଶୃଙ୍ଖଳା ବିପଦ୍‌ଜନକ। ଭୂତଦାଦାଙ୍କ ସପକ୍ଷ ଓ ବିପକ୍ଷ ଗୋଷ୍ଠୀ ଭିତରେ କେତେବେଳେ ଲଢ଼େଇ ହୋଇପାରେ କିଏ କହି ପାରିବ ? ଶସସ୍ତ୍ର ପୋଲିସ ବାହାରୁ ମଗାଯାଇ ସହରରେ ମୁତୟନ ହୋଇଥିଲେ। ଜିଲ୍ଲା ମୁଖ୍ୟ ଆସି ପରିସ୍ଥିତି ଅଧ୍ୟୟନ ପାଇଁ ସେଠାରେ ଡେରା ପକାଇଥିଲେ। ଭୂତଦାଦାଙ୍କୁ ଆପୋଷ ଆଲୋଚନା ପାଇଁ ଡକାଗଲା। ତାଙ୍କର ଘରଦ୍ୱାର ପିତାମାତାଙ୍କର କିଛି ପରିଚୟ ଜଣା ନ ଥିବାରୁ ଡାକବାଜି ଯନ୍ତ୍ର ସହରସାରା କହି ବୁଲୁଥିଲା- ଭୂତଦାଦା, କେଉଁଠି ଅଛ ବାହାରି ଆସ। ତୁମ ପାଇଁ ସରକାରଙ୍କ ଦ୍ୱାରା ଆଲୋଚନା ପାଇଁ ଜିଲ୍ଲାମୁଖ୍ୟ ତୁମକୁ ଅପେକ୍ଷା କରିଛନ୍ତି।

ମାତ୍ର, ଭୂତଦାଦାଙ୍କ ଦେଖା ନାହିଁ। ଦିଦିନ ପରେ ଏକ ଅଜ୍ଞାତ ଜାଗାରୁ ଫୋନ ପାଇଲେ ଜିଲ୍ଲା ମୁଖ୍ୟ। ଭୂତଦାଦା ଫୋନରେ କହିଲେ- ସେ ନିଜେ ଧରାଦେବେ। ସହରର ବଡ ଖେଳ ପଡିଆରେ ଜିଲ୍ଲାମୁଖ୍ୟ ତାଙ୍କ ଅପେକ୍ଷାରେ ରହିବେ ଆସନ୍ତାକାଲି। ତାଙ୍କ ଆଗରେ ଥିବ ମାଇକ। ଭୂତଦାଦା ସଦଳେବଳେ ଯାଇ ଦୁଇଶହ ମିଟର ଦୂରରେ ଥିବା ଅନ୍ୟ ଏକ ଷ୍ଟେଜରେ ପହଞ୍ଚିବେ। ସେଠାରୁ ସେ କେତୋଟି ପ୍ରଶ୍ନ ପଚାରିବେ ଜିଲ୍ଲାମୁଖ୍ୟଙ୍କୁ। ଉତ୍ତର ଶୁଣି ଯଦି ଉଚିତ ମନେ କରନ୍ତି ତେବେ ଭୂତଦାଦା ଆତ୍ମ ସମର୍ପଣ କରିବେ। ସେ ସତର୍କବାଣୀ ଶୁଣାଇ କହିଲେ- ଯଦି ମିଛ ଉତ୍ତର ଦିଅନ୍ତି ଜିଲ୍ଲାମୁଖ୍ୟ, ତେବେ ରିମୋଟ କଣ୍ଟ୍ରୋଲରେ ଉଡାଇ ଦିଆଯିବ ତାଙ୍କୁ।

ତଦନୁସାରେ ଶାସନ କଳ ପ୍ରସ୍ତୁତ ହେଲା। ପଡିଆରେ ଲୋକାରଣ୍ୟ। ସମସ୍ତଙ୍କ ଅପେକ୍ଷା ଭୂତଦାଦାଙ୍କୁ। ଠିକ ସମୟରେ ଭୂତଦାଦା ଦଶଜଣ ଅନୁଚର ସହିତ ପ୍ରବେଶ କଲେ ତାଙ୍କ ଷ୍ଟେଜକୁ। ହଠାତ କୋଳାହଳ ସ୍ତବ୍ଧ ହୋଇଗଲା। ପ୍ରଶ୍ନୋତ୍ତର ଶୁଣିବାକୁ ସମସ୍ତେ ଉତ୍କଣ୍ଠ ହୋଇ ଉଠିଲେ। ଭୂତଦାଦା କହିଲେ- ଜିଲ୍ଲାମୁଖ୍ୟ ଏବେ କୁହନ୍ତୁ, ଯାହା କହିବି ସତ କହିବି।

ଜିଲ୍ଲାମୁଖ୍ୟ କହିଲେ- ସତ କହିବି।

ଭୂତଦାଦା- କାହିଁକି ଏ ରାସ୍ତାକଡର ଦୋକାନ ବଜାର ଭଙ୍ଗାଗଲା ?

ଜିଲ୍ଲାମୁଖ୍ୟ- ଉପରୁ ଅଡର ଆସିଲା।

ଭୂତଦାଦା- କ୍ଷମତାଶାଳୀ, ଧନୀ ଲୋକଙ୍କ ଦବର ଦଖଲ, ଦୋକାନ ବଜାର ଭଙ୍ଗା ଗଲାନି କାହିଁକି ?

ଜିଲ୍ଲାମୁଖ୍ୟ-କାରଣ ମୁଁ ଚାକିରି କରୁଛି।

ଭୂତଦାଦା- ତା ହେଲେ ଗରିବ, ଅସହାୟ ପ୍ରତି ଏହା ଅନ୍ୟାୟ ଅବିଚାର ନୁହେଁ କି ?

ଜିଲ୍ଲାମୁଖ୍ୟ- ଘୋର ଅନ୍ୟାୟ ।

ଭୂତଦାଦା- କେତେ ଦିନ ଚାଲିଥିବ ଏ ଅନ୍ୟାୟ ?

ଜିଲ୍ଲାମୁଖ୍ୟ- ମୁଁ ଭାବୁଛି ପୃଥିବୀ ଥିବା ଯାକେ ।

ଭୂତଦାଦା କହିଲେ- ସାବାସ, ଠିକ ଉତ୍ତର ଦେଇଛନ୍ତି । ତେବେ ଏବେ କୁହନ୍ତୁ ଭୂତଦାଦା ତିଆରି କରିଥିବା ଘର ଭଙ୍ଗା ହେବ ନା ରହିବ ।

ଜିଲ୍ଲା ମୁଖ୍ୟ କିଛି ସମୟ ନୀରବ ରହି କହିଲେ- ଭୂତଦାଦାଙ୍କ ପରିଚୟ ଏଯାଏ ଆମେ ପାଇନୁ, ତେଣୁ କହିବା କଠିଣ ହେଉଛି ।

କିଛି ସମୟ ନୀରବ ରହି ଭୂତଦାଦା ଘୋଷଣା କଲେ ଏବେ ମୋର ପରିଚୟ ଦେଇ ଆତ୍ମସମର୍ପଣ କରୁଛି ।

ସାମାନ୍ୟ କୋଳାହଳରୁ ପୁଣି ସ୍ତବ୍ଧ ହୋଇଗଲା ବାତାବରଣ ।

ଭୂତଦାଦା ତାଙ୍କ ଆଖିରୁ କଳା ଚଷମା କାଢ଼ି ଦେଲେ । ମୁଣ୍ଡରୁ ଟୋପି । କହିଲେ- ମୋତେ ଏବେ ସମସ୍ତେ ଚିହ୍ନି ପାରୁଥିବେ । ମୁଁ ରଘୁ ମହାନ୍ତି । ମେ ଦୋକାନ ଥିଲା ରାସ୍ତା କଡରେ, ଭାଙ୍ଗି ଦିଆଗଲା ।

ଆଉ କିଛି ଶୁଣାଯାଉ ନ ଥିଲା । ଲୋକଙ୍କ ହୋହାଲ୍ଲାରେ ପୋଲିସ ଦଳ ଛୁଟି ଆସିଲେ ଭୂତଦାଦାଙ୍କୁ ଗିରଫ କରିବାକୁ । ଭୂତଦାଦା ଓରଫ ରଘୁ ମହାନ୍ତି ହାତ ବଢ଼ାଇ ଦେଇ ଅସ୍ପଷ୍ଟ ସ୍ୱରରେ କହୁଥିଲେ- ଗିରଫ ପାଇଁ ଚିନ୍ତା ନାହିଁ । ଜିଲ୍ଲା ମୁଖ୍ୟଙ୍କୁ କେହିଜଣେ ବି ଯେଉଁ ପ୍ରଶ୍ନ ପଚାରି ପାରୁନ ଥିଲେ ମୁଁ ତ ପଚାରି ପାରିଲି । ସେଥିରେ ମୋର ଖୁସି ।

■

ପାକ୍ଷିକ ପତ୍ରିକା 'ସଇତାନ'ର ୧.୧୨.୯୭ ସଂଖ୍ୟାରେ ପ୍ରକାଶିତ ।

ଈଶ୍ୱର

ପ୍ରାଣନାଥ ବାବୁଙ୍କ ଦ୍ୱିତୀୟ କନ୍ୟା ରୁନୁର ବାହାଘର ପ୍ରସ୍ତାବ ଗୋଟିଏ ଡାକ୍ତରଙ୍କ ସହିତ ସ୍ଥିରୀକୃତ । ଏଥିପାଇଁ ପ୍ରାଣନାଥ ବାବୁ କାହିଁକି ତାଙ୍କ ପରିବାରର ସମସ୍ତ ସଦସ୍ୟ ଆନନ୍ଦିତ ।

ଆଉ ଅଳ୍ପ ଦିନ ପରେ ହେବ ବାହାଘର ।

ପ୍ରସ୍ତାବଟିକୁ ପ୍ରଥମେ ବିଶ୍ୱାସ କରି ପାରୁ ନ ଥିଲେ ପ୍ରାଣନାଥ ବାବୁ । ସେ ଆଶା କରୁଥିଲେ, ତାଙ୍କ ରୁନୁ ପାଇଁ ପ୍ରଥମ ଜୋଇଁ ପରି ଜଣେ ମାଷ୍ଟର କିମ୍ୱା କିରାନୀଟେ । ମାତ୍ର, ଅଚାନକ ଯେତେବେଳେ ଡାକ୍ତର ଜ୍ୱୋଇଁଟେ ଯୁଟିଛନ୍ତି ହାତଛଡା କରିବେ କେମିତି ?

ରୁନୁ ବିଏ ପଢ଼ି ସାରିବା ପରେ ବସିଛି ଦଶବର୍ଷ । କେବେ ବି ତା ପାଇଁ ଜୋଗାଡ ହୋଇ ପାରୁ ନ ଥିଲା ବରପାତ୍ରଟେ । ପ୍ରଥମେ ପ୍ରଥମେ ବରପାତ୍ର ପକ୍ଷଲୋକେ ଆସୁଥିଲେ । ପସନ୍ଦ କରି ଯାଉଥିଲେ । ମାତ୍ର, କୌଣସି ନା କୌଣସି କାରଣରୁ ଭାଙ୍ଗି ଯାଉଥିଲା ପ୍ରସ୍ତାବମାନ । ରୁନୁ ପରି ସୁଶ୍ରୀ ସୁନ୍ଦରୀ ଏକ ବିବାହ ପ୍ରତୀକ୍ଷିତା ଝିଅର ବୟସ ଗଡି ଯିବାରେ ଭାଙ୍ଗି ପଡିଥିଲେ ପ୍ରାଣନାଥ ବାବୁ ।

ସେଦିନ ପୂର୍ବରୁ ଖବର ନ ଦେଇ ମଧ୍ୟସ୍ଥି ଜଣକ ସହିତ ଅଚାନକ ପହଞ୍ଚିଥିଲେ ଡାକ୍ତର ବାବୁ । ରୁନୁକୁ ଦେଖିଲେ । ସଙ୍ଗେ ସଙ୍ଗେ ଘୋଷଣା କଲେ ଯେ ରୁନୁକୁ ସେ ପସନ୍ଦ କରନ୍ତି । ତାଙ୍କ ତରଫରୁ ଆଉ କେହି ପସନ୍ଦ କରିବାର ନାହିଁ, ଦେଖି ଆସିବାର ନାହିଁ । ତାଙ୍କ ଘରର ସମସ୍ତେ ତାଙ୍କ ଉପରେ ଏ ଭାର ନ୍ୟସ୍ତ କରିଛନ୍ତି । ଯଦି କନ୍ୟା ଘର ତରଫରୁ ବିବାହ ପାଇଁ ରାଜି, ତେବେ ଦଶଦିନ ପରେ ବିବାହ ହେବ ।

ପ୍ରାଣନାଥ ବାବୁ ଘାବରେଇ ଗଲେ । ବହୁ ପ୍ରତୀକ୍ଷିତ ବସ୍ତୁଟେ ଅଚାନକ ହାତ ପାହାନ୍ତାକୁ ଆସିଗଲେ ଘାବରେଇ ଯିବା ସ୍ୱାଭାବିକ । ପ୍ରାଣନାଥ ବାବୁ ଆନନ୍ଦ ବିହ୍ୱଳିତ

କଣ୍ଠରେ ନିଜର ସମ୍ମତି ଜଣାଇଲେ। ତଥାପି ନିଜର ଅକ୍ଷମତା ପ୍ରକାଶ କରି କହିଲେ, ଏତେ ଶୀଘ୍ର ମୁଁ ପାରିବିନି ବାବୁ। ଝିଅ ବାହାଘର ତ। ଯୋଗାଡ ଯନ୍ତ୍ର କରିବାକୁ ହେବ। ବନ୍ଧୁ ବାନ୍ଧବଙ୍କୁ ଡାକିବାକୁ ହେବ।

ଡାକ୍ତରଙ୍କ ମଧ୍ୟସ୍ଥି ଲୋକ ଜଣକ କହିଲେ, ଯୋଗାଡଯନ୍ତ୍ର ବିଶେଷ କରିବାର ନାହିଁ। ଯୌତୁକ ପାଇଁ ଆମେ ମୋଟେ କିଛି କହିବୁନି। ଆପଣ କିଛି ନ ଦେଲେ ବି ଆମେ ଖୁସି। ଯଦି ଯାହା କିଛି ଦେବାକୁ ଆପଣ ଚାହାନ୍ତି, ବିବାହ ବେଳେ ନ ଦେଇ ବିବାହ ପରେ ଦେଇ ପାରନ୍ତି। ଆଉ ଡେରି କଲେ ଲଗ୍ନ ନାହିଁ ପରେ। ବର୍ଷାଋତୁ ଆସିଯିବ।

ପ୍ରସ୍ତୁତି ପାଇଁ ପନ୍ଦର ଦିନ ସମୟ ମାଗିଲେ ପ୍ରାଣନାଥ ବାବୁ। ଜ୍ୟୋତିଷ ଦେଖାଇ ବିବାହ ଲଗ୍ନ ଠିକ ହେଲା।

ବିବାହ ସିନା ଠିକ ହୋଇଗଲା, ପ୍ରାଣନାଥ ବାବୁଙ୍କ ମନରେ ସନ୍ଦେହର କୁହୁଡି ଜମା ହେଉଥାଏ। ଆଜି କାଲିକାର ଏ ଯୌତୁକଲୋଭୀ ସମାଜରେ ବିନା ଯୌତୁକ ଦାବିରେ ପୁଣି ଏତେ ହଠାତ ପୁଣି ଏତେ ଅଳ୍ପ ଦିନରେ ବିବାହ ତାରିଖ ଠିକ କରିବା ପଛରେ ତାଙ୍କୁ ସନ୍ଦେହ ଲାଗୁଥାଏ। ପାତ୍ର ଜଣକ ଡାକ୍ତର ନୁହନ୍ତି କି? ଏମିତି ତ ଦୃଷ୍ଟାନ୍ତ ରହିଛି କିରାନୀ ଥାଇ ଅଫିସର କହି ବିବାହ ହେବାର। କଲେଜରେ ପିଅନ ଥାଇ ଲେକଚରର୍ ବୋଲି କହି ବିବାହ ହେବାର। ଜଣେ ଧପ୍‌ପାବାଜ ନୁହନ୍ତି ତ ପାତ୍ର ଜଣକ?

ୟା ଭିତରେ ଥରେ ସେ ଡାକ୍ତର ବାବୁଙ୍କ ଗାଁକୁ ଯାଇ ନିଶ୍ଚିତ ହେଲେ ଯେ ସେ ଜଣେ ଡାକ୍ତର ପ୍ରକୃତରେ।

ପାଖ ପଡିଶା, ଚିହ୍ନା ପରିଚିତ ସମସ୍ତଙ୍କ ମୁଖରେ ରୁନୁର ଭାଗ୍ୟ ପ୍ରତି ପ୍ରଶଂସା। ଡାକ୍ତର ବର ପାଇଲା ସେ। ସମସ୍ତେ କହନ୍ତି ଯାହାର ଭାଗ୍ୟ ଯା ସହିତ ଯୋଡା ଥାଏ ତାହାର ବିବାହ ସେଇଠି ଏବଂ ସେତେବେଳେ ଏକା ହୁଏ। ବିଧି ନିର୍ଦ୍ଧାରିତ ସେହି ବ୍ୟକ୍ତି ଓ ସମୟ ବ୍ୟତୀତ ଅନ୍ୟ ଚେଷ୍ଟା ବ୍ୟର୍ଥ, ଅସଫଳ।

ବିବାହ ପ୍ରସ୍ତୁତି ଚାଲିଛି ପୁରା ଦମରେ। ପ୍ରାଣନାଥ ବାବୁ ଅଫିସରୁ ଛୁଟି ନେଇ ବିବାହ କାର୍ଯ୍ୟରେ ଲାଗିଛନ୍ତି।

ଅଫିସ ପିଅନ ଆସି କହିଗଲା ଯେ ଅଫିସ ଫୋନରେ କେହି ଜଣେ ପ୍ରାଣନାଥ ବାବୁଙ୍କୁ ଡାକୁଛନ୍ତି କିଛି ଜରୁରୀ କଥା ହେବା ପାଇଁ। ସେ ଆଉ ଦଶମିନିଟ ପରେ ପୁଣି ଫୋନ କରିବେ। ସେତେବେଳକୁ ପ୍ରାଣନାଥ ବାବୁ ଉପସ୍ଥିତ ରହିବା ଆବଶ୍ୟକ।

ପ୍ରାଣନାଥ ବାବୁ ଅଫିସ ଗଲେ। ଅଜଣା ଆବେଗ ଓ କୌତୁହଳ ନେଇ ଜଗି ବସିଲେ କେତେବେଳେ ଫୋନଟା ଗର୍ଜିବ କ୍ରିଂ କ୍ରିଂ କ୍ରିଂ କରି।

ନିର୍ଦ୍ଧାରିତ ସମୟରେ ଫୋନ ଗର୍ଜି ଉଠିଲା। ରିସିଭର ଧରିଲେ ପ୍ରାଣନାଥ ବାବୁ।

ସେପଟୁ ଭାସି ଆସିଲା ସ୍ୱର।: ଆପଣ ପ୍ରାଣ ବାବୁ ନା ?

ହଁ କଲେ ପ୍ରାଣନାଥ ବାବୁ।

ସେପଟୁ ଶୁଭିଲା : ଆପଣଙ୍କ ଝିଅକୁ ଡାକ୍ତର ପ୍ରତାପ ପଟ୍ଟନାୟକଙ୍କ ସହିତ ବାହା ଦେଉଛନ୍ତି ନା ?

ପ୍ରାଣନାଥ ବାବୁ ଏକ ଅଜଣା ଭୟରେ ଶିହରି ଉଠି କହିଲେ, ହଁ ସାର୍ ।

ସେ ପଟୁ ଭାସି ଆସିଲା ପୁନଶ୍ଚ: ଜାଣନ୍ତି କି ଆପଣ ? ପ୍ରତାପ ଗୋଟିଏ ନର୍ସ ସହିତ ସଂପର୍କ ରଖିଛି। ତା ତରଫରୁ ତାର ଏକ ସନ୍ତାନ ବି ଅଛି।

ଅବିଶ୍ୱାସ, ଏହି ଖବରରେ ଭୀଷଣଭାବେ ମର୍ମାହତ ହେଲେ ପ୍ରାଣନାଥ ବାବୁ। ଦମ୍ଭର ସହିତ ପଚାରିଲେ, ଏହା କଣ ସତ୍ୟ ?

ସେ ପଟୁ ଆସିଲା ସ୍ୱର: ଆପଣ ଅନୁସନ୍ଧାନ କରନ୍ତୁ। ଝିଅର ଜୀବନକୁ ବରବାଦ କରନ୍ତୁନି।

ପ୍ରାଣନାଥ ବାବୁ ପଚାରିଲେ: ଆପଣ କିଏ କହୁଥିଲେ କି ? ସେପଟୁ ଅତି ସ୍ୱଭାବିକ ଭାବରେ ଭାସି ଆସିଲା ସ୍ୱରଟେ: ମୁଁ ଆପଣଙ୍କର ଶୁଭେଚ୍ଛୁ ।

ତାପରେ ସେ ପଟୁ ଫୋନ ରଖିବାର ଶବ୍ଦ।

କ୍ରମଶଃ ବର୍ଦ୍ଧିତ ହେଉଥିବା ବାହାଘର ବ୍ୟସ୍ତତା ଓ କୋଳାହଳ ହଠାତ ଗୋଟାଏ ଆକ୍ସିଡେଣ୍ଟ ପରି ସ୍ତବ୍ଧ ହୋଇଗଲା।

ପ୍ରାଣନାଥ ବାବୁ ଲୋକ ପଠାଇଲେ ଫୋନରେ କହିଥିବା ଅଜଣା ଲୋକଟିର କଥାର ସତ୍ୟାସତ୍ୟ ଅନୁସନ୍ଧାନ ପାଇଁ।

ଅନୁସନ୍ଧାନରୁ ଜଣା ପଡିଲା ଯେ କଥାଟା ନିହାତି ସତ। ସମସ୍ତଙ୍କ ମନରେ ଦୁଃଖମିଶା ଚିନ୍ତା। ଏକ ଦୁର୍ଘଟଣାରୁ ବର୍ତ୍ତି ଯାଇଥିବାର ଆନନ୍ଦ। ଅଭିଆଡୀ ରହିଯାଉ ରୁନୁ, ଚିନ୍ତା ନାହିଁ। ମାତ୍ର, ହା ହୁତାଶମୟ ଗୋଟିଏ ଅନ୍ଧାରୀ କୂପକୁ ଫିଙ୍ଗି ଦେଇ ପାରିବେନି ଝିଅକୁ।

ପ୍ରାଣନାଥବାବୁ କୃତକୃତ୍ୟ ହେଉଥିଲେ ସେଇ ଅପରିଚିତ, ଅନାମଧେୟ ଫୋନ କରୁଥିବା ବ୍ୟକ୍ତି ପ୍ରତି। କିଏ ସେ ଜଣକ ? ତାକୁ ହୁଏତ ପାଖରେ ପାଇଲେ କୁଣ୍ଢାଇ ପକାନ୍ତେ ପ୍ରାଣନାଥବାବୁ।

ସେଇ ଫୋନ କରିଥିବା ଲୋକଟି କିଏ ହୋଇପାରନ୍ତି ? ଈଶ୍ୱର ନୁହନ୍ତି ତ !

■

'ସମ୍ବାଦ' ରବିବାର ସାହିତ୍ୟ ତା: ଫେବୃଆରୀ ୪,୧୯୯୬ରେ ପ୍ରକାଶିତ।

ଘର ବଦଳି

ପ୍ରଭାକର ବାବୁ ଆଜି ଅଫିସରୁ କ୍ୱାର୍ଟରକୁ ଫେରିବା ବେଳେ କ୍ଳାନ୍ତ ଓ ଦୁଃଖିତ ଜଣାପଡୁଥିଲେ। ତାଙ୍କ ଅବସ୍ଥା ଦେଖି ପତ୍ନୀ ବିରଜା ପଚାରିଲେ: କ'ଣ ହୋଇଛି କି ଆଜି ତୁମର ? ଚିନ୍ତିତ ଜଣା ପଡୁଛ ଯେ !

ପ୍ରଭାକର ବାବୁ କହିଲେ- ଏ କ୍ୱାର୍ଟର ଛାଡିବାକୁ ହେବ ଆମକୁ। କ୍ୱାର୍ଟର ଛାଡିବା କଥା ଶୁଣି ବିରଜା ଦେବୀ ଆଶ୍ଚର୍ଯ୍ୟ ହେଲେ। କେତେ କଷ୍ଟ ଓ ଅପେକ୍ଷାରେ ମିଳିଛି ସେମାନଙ୍କୁ ଏ ସରକାରୀ କ୍ୱାର୍ଟର। ଛାଡିବେ କାହିଁକି ? ସେ ମନେ ମନେ ଆଶଙ୍କା କଲେ। ଅବେଳରେ ବଦଳି ହୋଇ ଯାଇଛି କି ତାଙ୍କ ସ୍ୱାମୀଙ୍କୁ ଅନ୍ୟ କେଉଁଠିକି। ସେ ପଚାରିଲେ -ବଦଳି ଫଦଳି ହେଲାକି ?

ପ୍ରଭାକର ବାବୁ ନାସ୍ତିସୂଚକ ଭାବେ ମୁଣ୍ଡ ହଲାଇ କହିଲେ- ବଦଳି ହୋଇନି, ତଥାପି ଛାଡି ଦେବା ଏ କ୍ୱାର୍ଟର। ବାହାରେ ଭଡା ଘରେ ରହିବା। ଟିକିଏ ଅଟକି ଯାଇ ପୁଣି କହିଲେ- ଜାଣିଛ ନା, ଗତ ଅପ୍ରେଲ(ଅଠାନବେ)ରୁ ଘରଭଡା ଚାରିଗୁଣ ଦେବାକୁ ପଡିବ ସମସ୍ତ ସରକାରୀ ଘରେ ଥିବା କର୍ମଚାରୀମାନଙ୍କୁ।

ପତ୍ନୀ ବିରଜା ଆଶ୍ଚର୍ଯ୍ୟ ହୋଇ କହିଲେ- କଣ ହେଲା ? ଗୁଣେ ଗଲା, ଦୁଇଗୁଣ ଗଲା, ଏକା ଥରକେ ଚାରିଗୁଣ ବଢ଼ିଗଲା ! ! କାହିଁକି ବା ଏ ଅନୀତି ! !

ନୀତି ଅନୀତି କଥା ଅଲଗା। ଏଥର ସରକାର ନୂଆ ପେ ଫିକ୍ସେସନ ଅନୁସାରେ ଦରମା ବଢ଼ାଇଛନ୍ତି,ଏଣୁ ବଢ଼ାଇଛନ୍ତି ବି ସରକାରୀ କ୍ୱାର୍ଟରର ଭଡା।

ବିରଜା ଦେବୀ ପଚାରିଲେ- ଆଚ୍ଛା, କହିଲ, ଏ କ୍ୱାର୍ଟର ଭଡା ଆମକୁ କେତେ ଦେବାକୁ ପଡିବ ?

ପ୍ରଭାକର ବାବୁ ପତ୍ନୀଙ୍କୁ ହିସାବ ବୁଝାଇ ଦେଇ କହିଲେ- ଦେଖ, ଏବେ ଦରମାରୁ କଟୁଛି ନବେ ଟଙ୍କା । ନବେ ଗୁଣନ ଚାରି ସମାନ ତିନିଶହ ଷାଠିଏ। ପୁଣି

ସରକାରୀ କ୍ୱାର୍ଟରରେ ରହୁନ ଥିଲେ ଫାଇପ ପରସେଣ୍ଟ ହିସାବରେ ମିଳିଥାନ୍ତା ଅତି କମରେ ଦେଢ଼ ଶହ। ମାନେ, ଏହି କ୍ୱାର୍ଟର ପଡିବ ଆମକୁ ତିନି ଶହ ଷାଠିଏ ପ୍ଲସ ଦେଢ଼ଶହ ସମାନ ପାଞ୍ଚ ଶହ ଦଶ।

ବିରଜା ଦେବୀ କହିଲେ-ଆମ ଏଇ ସହରରେ ତ ପାଞ୍ଚଶହ ଟଙ୍କାରେ ଭଲ ଘର ମିଳୁଛି। ସେଥିରେ ପୁଣି ଲାଇନ୍ ଖର୍ଚ୍ଚ ଘର ମାଲିକଙ୍କର। ତେବେ ଲାଇନ ଖର୍ଚ୍ଚ ଅନ୍ୟୁନ ଶହେ ଟଙ୍କା ହେଲେ ଆମକୁ ଘର ପଡୁଛି ଛଅ ଶହ ଦଶ ଟଙ୍କା।

ପ୍ରଭାକର ବାବୁ କହିଲେ - ଏଥିପାଇଁ ଘର ଛାଡି ଦେବାକୁ କହୁଛି ପରା। ଛାଡିଲେ ଲାଭରେ ରହିବା ଆମେ।

ବିରଜା ଦେବୀ ପଚାରିଲେ- ଆଚ୍ଛା, ତୁମେ ଖାଲି କହୁଛ ଛାଡିବା ବୋଲି ନା କଲୋନୀର ଅନ୍ୟମାନେ ବି।

ପ୍ରଭାକର ବାବୁ କହିଲେ - ଦେଖିବ, ଆଉ କିଛି ଦିନ ପରେ ଖାଲି ହୋଇଯିବ ଏ କଲୋନୀ। ଭୋଇ ବାବୁ, ନନ୍ଦବାବୁ, ପଧାନ ବାବୁ, ମିଶ୍ର ବାବୁ, ମାଝୀ ବାବୁ ସମସ୍ତେ ଛାଡିବେ ବୋଲି କହୁଛନ୍ତି। କାହିଁକି ଏଠାରେ ରହିବେ କହିଲ ? ଏକ୍‌ରେ ତ ଉଠା ପାଇଖାନା। ତା ସାଙ୍ଗକୁ ପାଣିର କିଛି ସୁବିଧା ନାହିଁ। ପୁଣି ଏନୁଏଲ ରିପେଆର କାମ କିଛି ହେଉନି। ଚାରିଗୁଣ ଦାମରେ କିଏ କାହିଁକି ରହିବ ?

- ଠିକ ଅଛି, ଭଲ ଘର ଖଣ୍ଡେ ଦେଖ ।

ତା ପର ଦିନଠୁ ପ୍ରଭାକର ବାବୁ ସହରରେ ଘର ଖୋଜିବା କାମ ଆରମ୍ଭ କରିଦେଲେ। ତିହ୍ନା ପରିଚିତ ଯାହାକୁ ଭେଟିଲେ ଭଲ ଭଡା ଘରଟିଏର ଠିକଣା ପଚାରୁଥିଲେ। ଏଇ ମଇ ମାସ ଶେଷ ସୁଦ୍ଧା କ୍ୱାର୍ଟର ଛାଡି ଦେବାକୁ ମନସ୍ଥ କରିଥିଲେ।

ଯେତୋଟି ଭଡା ଘରର ସନ୍ଧାନ ମିଳିଥିଲା କେତେବେଳେ ନିଜେ ଯାଇ ଦେଖି ଆସିଲେ ପ୍ରଭାକର ବାବୁ ତ କେତେବେଳେ ସଙ୍ଗରେ ପତ୍ନୀଙ୍କୁ ନେଇ ଦେଖି ଆସିଲେ ।

ସେଦିନ ପ୍ରଭାକର ବାବୁଙ୍କ ସହିତ ଦୀନବନ୍ଧୁ ବାବୁଙ୍କ ଦେଖା ହୋଇଗଲା। ଖୁବ୍ ପୂର୍ବରୁ ଚିହ୍ନା ପରିଚିତ ତାଙ୍କ ସହିତ। ଭଡା ଘର ଖାଲି ଅଛି କି ବୋଲି ପଚାରିଲେ ପ୍ରଭାକର। ଦୀନବନ୍ଧୁ ତାଙ୍କ ସାହିରେ ଖାଲିଥିବା ଦୁଇଟି ଘର ପ୍ରଭାକରଙ୍କୁ ଦେଖାଇଥିଲେ ତା'ପର ଦିନ।

ଯେତେଘର ଦେଖିଲେ ପ୍ରଭାକର ବାବୁ ସେଥି ମଧ୍ୟରୁ ତିନୋଟି ପସନ୍ଦକୁ ଆସିଲା। ପ୍ରଥମଟିରେ ଦୁଇଟି ବେଡରୁମ୍, କିଚେନ, ଗୋଟିଏ ବରଣ୍ଡା ବାହାର ପଟେ। ଅନ୍ୟଟି ଭିତରେ ପଟେ। ବାଡିପଟ ସ୍ୱତନ୍ତ୍ର ପାଇଖାନା। ବାଡିରେ କୂଅ। ହାତରେ

ପାଣି ଟାଣିବାକୁ ହେବ। ଘରବାଲା ଏ ଘର ଦେଖାଇବା ବେଳେ କହୁଥିଲେ- ଯଦି ରହିବେ ଆଜ୍ଞା ଦି ମାସର ବଏନା ଦେବେ। କାନ୍ଥରେ ଗୋଟାଏ ବି କଣ୍ଟା ବାଡେଇବେନି। ପ୍ରଭାକର ବାବୁ ଘରଭଡା କେତେ ବୋଲି ପଚାରିବାରୁ ଉତ୍ତର ପାଇଲେ ଛ'ଶହ।

ଦୁଇ ନମ୍ବର ପସନ୍ଦର ଘରର ମାସିକ ଭଡା ପାଞ୍ଚଶହ ପଚାଶ। ପ୍ରଭାକର ବାବୁଙ୍କ ପରିବାର ଚଳିବା ପାଇଁ କୋଠରୀ ସବୁ ଯଥେଷ୍ଟ ହେବ। ଘର ଭିତରେ ପାଇଖାନା। ମାତ୍ର, ଅସୁବିଧା ହେଉଛି ଏତିକି ଯେ ବାହାରେ ଲୁଗା ସୁଖାଇବା ପାଇଁ କି ଖୋଲା ପବନରେ ଟିକିଏ ବସିବା ପାଇଁ ଜାଗା ଟିକେ ବି ନାହିଁ।

ତିନି ନମ୍ବର ପସନ୍ଦର ଘରଟି ସବୁଠୁ ପସନ୍ଦର ଘର। ସବୁ ସବୁଧା ରହିଛି ସେଠି। ସେପଟିକ୍ ଲେଟ୍ରିନ। ପ୍ରଶସ୍ତ ବଖରାଗୁଡିକ। ଜିନିଷପତ୍ର ରଖିବା ପାଇଁ ଥାକମାନ ଅଛି ସବୁ କୋଠରୀରେ। କାନ୍ଥରେ ଆଲମାରୀ ଓ ଥାକମାନ ଅଛି। ମାତ୍ର, ଅସୁବିଧା ହେଉଛି ଭଡା ମାସିକ ସାତଶହ। ସାତଶହ ଭଡା ଦେଲେ ପ୍ରଭାକର ବାବୁ ପରି କିରାନୀଟେ ଚଳିବା କଷ୍ଟକର ହୋଇଯିବ।

ପ୍ରଭାକର ବାବୁ ପତ୍ନୀ ସହିତ ବିଚାର ଆଲୋଚନା କରୁଥିଲେ। କେଉଁ ଘରକୁ ଯିବାକୁ ଶେଷ ସିଦ୍ଧାନ୍ତ ନେବେ? ଯଦି ପ୍ରଥମ ଘରବାଲା ସେହି ଛଅଶହ ଭଡାରେ କୂଅରେ ମୋଟର ଫିଟିଙ୍ଗ କରି ଦିଅନ୍ତି, ତାହାହେଲେ ସେଠିକୁ ଯିବାକୁ ଶହେ ପ୍ରତିଶତ ଇଚ୍ଛା ହୁଅନ୍ତା। ଯଦି ଦ୍ୱିତୀୟ ପସନ୍ଦର ଘରବାଲା ବାହାରେ ଖାଲିଥିବା ଆଠ ଦଶ ଫୁଟର ଜାଗାକୁ ବାଡ ଦେଇ ଦିଅନ୍ତେ ଲୁଗାପଟା ଶୁଖାଇବା ଓ ବସାଉଠା ପାଇଁ ସୁବିଧା ହୁଅନ୍ତା। ଯଦି ତୃତୀୟ ନମ୍ବର ଘରବାଲା ଘରଭଡା ଶହେ ଟଙ୍କା ଖସାଇ ଦିଅନ୍ତେ ତେବେ ସେଠାରେ ରହିବାକୁ ନିଶ୍ଚେ ପସନ୍ଦ କରନ୍ତେ।

ତାପରଦିନ ପ୍ରଭାକର ବାବୁ ଏହି ତିନି ଘରବାଲାମାନଙ୍କୁ ପ୍ରସ୍ତାବ ଦେଲେ ସମ୍ଭାବ୍ୟ ସୁବିଧା ପାଇଁ। ତୃତୀୟ ଘର ବାଲା ଶହେ ପରିବର୍ତ୍ତେ ପଚାଶ ଟଙ୍କା କମାଇ ଦେବାକୁ ରାଜି ହେଲେ। ଦ୍ୱିତୀୟ ଘରବାଲା ଘର ସାମ୍ନାରେ ବାଡ ଦେବାକୁ ମନା କଲେ। ପ୍ରଥମ ଘରବାଲା ପ୍ରସ୍ତାବ ହେଲେ ଯେ ପ୍ରଭାକର ବାବୁ କିଣିବେ ମୋଟର ଓ ପ୍ରତ୍ୟେକ ମାସ ଦୁଇଶହ କଟିବ ଭଡାରୁ ମୋଟର ଦାମ ପୂରିବା ପର୍ଯ୍ୟନ୍ତ।

ପ୍ରଭାକର ବାବୁ ପ୍ରଥମ ଘରକୁ ଯିବାକୁ ଦିନ ଧାର୍ଯ୍ୟ କରି ଦେଲେ। ସେଦିନ ଦୀନବନ୍ଧୁ ବାବୁ ପ୍ରଭାକର ବାବୁଙ୍କଠୁ ତାଙ୍କ ଘର ପରିବର୍ତ୍ତନ କଥା ଶୁଣି ଖୁସି ହୋଇଗଲେ।

ମାସକ ପରେ ପ୍ରଭାକର ବାବୁ ଓ ଦୀନବନ୍ଧୁବାବୁଙ୍କ ମଧ୍ୟରେ ଦେଖା ହେଲା। ଦୀନବନ୍ଧୁ ବାବୁ ପଚାରିଲେ- କେମିତି ଲାଗୁଛି ନୂଆ ଭଡାଘର? ନୂଆ ସାଇ ପଡିଶା।

ପ୍ରଭାକର ବାବୁ କଣ ଉତ୍ତର ଦେବେ ଠିକ କରି ପାରିଲେନି। ତଥାପି ନିଃସଙ୍କୋଚରେ ପ୍ରକାଶ କଲେ- ଆମେ କଣ ଯାଇଛୁ କି ଭଡା ଘରକୁ !

ଦୀନବନ୍ଧୁ ବାବୁ ଆଶ୍ଚର୍ଯ୍ୟ ହୋଇ ପଚାରିଲେ- ଯାଇନ ? କାହିଁକି ! ! ଚାରିଗୁଣ ଭଡା ମିଳିଲା ନା କ'ଣ ?

ପ୍ରଭାକର ବାବୁ ବୁଝାଇବା ସ୍ୱରରେ କହିଲେ-କମିନି ଯେ, ଦେବାକୁ ପଡିବ। ମାତ୍ର, ଗୋଟିଏ କଥା ଭାଇ, ଭଡାଘର ଓ ସରକାରୀ କ୍ୱାର୍ଟର ମଧ୍ୟରେ ଅନେକ ତଫାତ୍। ସରକାରୀ ଘରେ ଯାହା କଲେ ବି, ମାନେ ଯେତେ ଯାହା କଣ୍ଟା ପିଟ, ଯାହା ଅଳିଆ କର, ନିଜ ଇଚ୍ଛାରେ ହିଟର ଲଗାଅ, କହିବାକୁ କେହି ନାହିଁ । ଆଉ ଭଡା ଘର କଥା ଛାଡ। କଣ୍ଟା ବାଡେଇବା ମନା, ହିଟର ଜାଳିବା ମନା। ଦି ଚାରିମାସ ରହିଥିବ କି ନାହିଁ ଭଡା ବଢ଼ିବ। ବଢ଼ିବା ଭଡା ନ ଦେବ ତ ଘର ଛାଡ। କେତେ କଥା।

ଦୀନବନ୍ଧୁ ବାବୁ ଆଉ କିଛି ଉତ୍ତର ଦେଇ ପାରିଲେନି। ମନେ ମନେ ଭାବୁଥିଲେ- ଏସବୁ କଥା କ'ଣ ପ୍ରଭାକର ବାବୁ ଭଡାଘର ଖୋଜିବା ପୂର୍ବରୁ ଜାଣି ନ ଥିଲେ।

■

'ସମ୍ବାଦ ରବିବାର', ଅଗଷ୍ଟ ୨୩ ରୁ ଅଗଷ୍ଟ ୨୯'୧୯୯୮ ସଂଖ୍ୟାରେ ପ୍ରକାଶିତ।

ନିଖୋଜ କବିର ଠିକଣା

ଅନେକ ପ୍ରାଚୁର୍ଯ୍ୟ ଓ ସମ୍ଭାବନା ନେଇ ସେଥର ତୁମ ଭିତରେ ପଦାର୍ପଣ କରିଥିଲା ଫଗୁଣ। ତୁମ ଭିତରେ ପ୍ରସ୍ଫୁଟିତ ହୋଇଥିଲା ଅନେକ ରଙ୍ଗର ଅନେକ ପ୍ରକାରର ଫୁଲ। ସେଇ ଫୁଲମାନଙ୍କର ଅନ୍ତସ୍ଥଳୀରୁ ନିଃସୃତ ହେଉଥିଲା ସୁବାସିତ ଗନ୍ଧ। ମନ୍ଦ ମନ୍ଦ ପବନ ଥିଲା ତାର ପ୍ରଚାରକ। ସେଇ ସୁବାସିତ ଗନ୍ଧ ମୋ ନାସା ରନ୍ଧ୍ରରେ ସ୍ପର୍ଶ ଦେଇ ମୋତେ କରିଥିଲା ଉଲ୍ଲସିତ ପୁଲକିତ। ସେଇ ମତୁଆଲା ଗନ୍ଧରେ ମୁଁ ହୋଇ ଉଠିଥିଲି ଆତ୍ମ ବିଭୋର। ତୁମକୁ ଅମାପ ଖୁସିର ନୀରବ ଧନ୍ୟବାଦଟିଏ ଦେଇଥିଲି। ଏହା ସଙ୍ଗେ ସଙ୍ଗେ ମୁଁ ନିଜକୁ ମଣିଥିଲି ହତଭାଗ୍ୟ। କାରଣ ମୋ ଫଗୁଣ ଉପେକ୍ଷିତ ପୃଥିବୀ ପଡିଥିଲା ରୁକ୍ଷ ନୀରସ ହୋଇ। ଫଗୁଣର ଶୁଭ ପଦପାତ ମୋ ପାଇଁ ଥିଲା ବିଡମ୍ବନା। ମୋ ମନରେ ଅନେକ ପ୍ରଶ୍ନର ସମାହାର। ତୁମକୁ ପଚାରିବାକୁ ଇଚ୍ଛା ହେଉଥିଲା- କେଉଁ ମନ୍ତ୍ର, କେଉଁ କୌଶଳ, କେଉଁ ସାଧନା ବଳରେ ନିଜ ଭିତରକୁ ଆମନ୍ତ୍ରିତ କରିହୁଏ ଫଗୁଣକୁ ?

ତୁମେ ଥିଲ ମୋ ସହଧ୍ୟାୟୀ। ଆମେ ଥିଲେ କଲେଜର ପ୍ରଥମ ବର୍ଷର ଛାତ୍ର। ତୁମ ସହିତ ମୋର ହୋଇ ନ ଥିଲା ପରିଚୟ, ବାର୍ତ୍ତାଳାପ। ତୁମ ପାଇଁ ମୁଁ ଥିଲି ନିଶ୍ଚୟ ଏକ ନାଁ ନ ଜଣା ପରିଚୟହୀନ ସାଧାରଣ ଛାତ୍ର। ମାତ୍ର, ତୁମ ସହିତ ବିନା ବାର୍ତ୍ତାଳାପ, ବିନା ପରିଚୟ ଆଦାନ ପ୍ରଦାନ, ବିନା ସାକ୍ଷାତରେ ତୁମକୁ ଆମେ କେତେ ଜଣ ଚିହ୍ନି ଯାଇଥିଲୁ। ତୁମର ପରିଚୟ ହୁଏତ ପବନରେ ବୁଲୁଥିଲା। ଏ କାନରୁ ସେ କାନକୁ ପବନ କହୁଥିଲା- ସେ ପିଲାଟିର ନାଁ ରଜତ ମହାନ୍ତି। ସୁନ୍ଦର କବିତା ଲେଖେ। ପତ୍ର ପତ୍ରିକାରେ ଛପା ଅକ୍ଷରରେ ତାହା ଶୋଭାପାଏ।

ତୁମ ସହିତ ସାକ୍ଷାତ ହେବାକୁ ମୁଁ ଆବେଗ ସଞ୍ଚରିତ ହେଲି। ମାତ୍ର ଆଦ୍ୟ ଯୌବନରେ ପ୍ରଥମ ପ୍ରେମର ପରିଭାଷା ପ୍ରେମିକା ପ୍ରତି ଅନିର୍ଧାର୍ଯ୍ୟ ଅସ୍ଥିର ଥିବା ପରି ମୋର ପରିଭାଷା କଣ ହେବ ତୁମକୁ, ସ୍ଥିର କରି ପାରିଲିନି। ତୁମ ସହିତ ଏକାନ୍ତରେ

ମିଳିତ ହୋଇ ତୁମକୁ କହିବାକୁ ଇଚ୍ଛା ହେଉଥିଲା- ଏତେ ଅଳ୍ପ ବୟସରେ ତୁମେ ଖୁବ୍ ଊର୍ଦ୍ଧ୍ୱକୁ ଛୁଇଁ ପାରିଛ ରଜତ ! ଧନ୍ୟବାଦ ତୁମକୁ, ଅଶେଷ ଧନ୍ୟବାଦ। ପଚାରିବାକୁ ମନରେ ଆନ୍ଦୋଳିତ ହେଉଥିଲା ଏକ ପ୍ରଶ୍ନ- ତୁମ ଭିତରେ ଫଗୁଣ କିମିତି ବସା ବାନ୍ଧିଲା ? କେମିତି ଫୁଟିଲା ତୁମ ଭିତରେ ଅନେକ କବିତାର ଫୁଲ ? ପୁନଶ୍ଚ ଅନୁନୟ ହୋଇ କହିବାକୁ ଇଚ୍ଛା ହେଉଥିଲା- ଦେଖ ରଜତ, ମୁଁ ବି ଚାହେଁ ତୁମ ପରି ସୁଉଚ୍ଚକୁ ଛୁଇଁବାକୁ। ମୋତେ କଣ ଟିକେ ସାହାଯ୍ୟ କରିବନି ସହାନୁଭୂତି ଦେଖାଇ ?

ଏ ସବୁ କିନ୍ତୁ କହି ପାରିଲିନି ତୁମକୁ କେବେ। ପୂର୍ବ ନର୍ଦ୍ଧାରିତ ସମସ୍ତ ବାର୍ତ୍ତାଳାପ/ ପ୍ରଶ୍ନ କେଉଁଠି ହଜିଗଲା ମନର ଅତଳ ଗହ୍ୱରରେ। ତୁମକୁ ସାକ୍ଷାତ କରି କମ୍ପିତ ଓ ସଂଶୟାଚ୍ଛନ୍ନ ମନରେ ତୁମ ଆଡକୁ କେବଳ ବଢ଼ାଇ ଦେଇ ପାରିଥିଲି ସ୍ୱରଚିତ ଏକ କବିତା। ଅନୁନୟ ଭଙ୍ଗୀରେ କହିଥିଲି କବିତାଟିକୁ ସଂଶୋଧନ କରି ଦେବାକୁ। ମୋ କବିତା ରଚନାର ସଫଳତା / ବିଫଳତା ଉପରେ ଟୀପ୍ପଣୀ ଦେବାକୁ। ସେଇ କଲେଜ କ୍ଲାସରୁମରୁ କବିତାଟିକୁ ଧରି ତୁମେ ସିଧା ତୁମ ବସା ଆଡକୁ ଅଗ୍ରସର ହେଲ। ମୋତେ ବି ସଙ୍ଗରେ ଯିବାକୁ କହିଲ। ମୁଁ ତୁମକୁ ଅନୁସରଣ କଲି। ମୋର ଧାରଣା ଥିଲା ଯେ ତୁମର ରହଣୀ କଲେଜର ହଷ୍ଟେଲର ଏକ କୋଠରୀ ଭିତରେ। ମାତ୍ର, ତୁମ ହଷ୍ଟେଲରେ ହେଉଥିବା ମେସ ପାଇଁ ଉଦ୍ଦିଷ୍ଟ ଗୋଦାମ ଘରେ ରହୁଥିଲ। ଗୋଦମ ଘରର ଚାଉଳ ବସ୍ତା, ଅବ୍ୟବସ୍ଥିତ ରନ୍ଧନ ସାମଗ୍ରୀ, ମୂଷାମାନଙ୍କ ଗୁହମୁତର ଗନ୍ଧ ଭିତରେ ତୁମେ ରହୁଥିଲ, ଶୋଉଥିଲ, ପଢ଼ାପଢ଼ି କରୁଥିଲ। ପୁଣି ଏତାଦୃଶ ଅପିରିଛନ୍ନ ପରିବେଶରୁ ତୁମ ଭିତରୁ ଜନ୍ମ ନେଉଥିଲା ରସୋତ୍ତୀର୍ଣ୍ଣ କବିତା। ହଷ୍ଟେଲରେ ସମ୍ଭାବିତ ଶୂନ୍ୟସ୍ଥାନ ପ୍ରତି ଆଶାୟୀ ହୋଇ ତୁମେ ଏହିଠାରେ ଅପେକ୍ଷାରେ ରହିଯାଇଥିଲ ନିର୍ବିକାର ଭାବେ।

ସେଇ ଗୋଦାମ ବସାର ତୁମ ବେଡ ଉପରେ ତୁମେ ବସିଲ। ମୁଁ ବି। ତୁମେ କବିତାଟିକୁ ପଢ଼ିଲ ଆମୂଳଚୁଳ। ବିଭିନ୍ନ ସ୍ଥାନରେ ନାଲି ସାହିରେ ରେଖାଙ୍କିତ କଲ। କେତୋଟି ଶବ୍ଦ କାଟି ତୁମର ମନ ପସନ୍ଦର ନିଜସ୍ୱ ଶବ୍ଦ ବସାଇଲ। କବିତାଟିର ଶିରୋନାମା ବି ପରିବର୍ତ୍ତନ କରିଦେଲ। ତାପରେ ମୋ ଆଡକୁ ବଢ଼ାଇ ଦେଲ କବିତାଟିକୁ। ସଂଶୋଧିତ ଓ ପରିବର୍ତ୍ତିତ କବିତାଟିକୁ ପଢ଼ି ମୁଁ ଖୁସି ହେଲି। ପୂର୍ବାପେକ୍ଷା ମୋତେ ଏ କବିତା ଭଲ ଲାଗିଲା। ତୁମ ପ୍ରତି କୃତକୃତ୍ୟ ଭାବ ମୋ ମନରେ ଜାଗି ଉଠିଥିଲା। ତୁମେ ମୋତେ କବିତା ଲେଖା ଅବ୍ୟାହତ ରଖିବାକୁ ପରାମର୍ଶ ଦେଇଥିଲ। ତୁମ ପ୍ରେରଣାପୁଷ୍ଟ ହୋଇ ମୁଁ ଯେ ଜଣେ ସଫଳ କବି ହୋଇ ପାରିବି, ଏହି ଆଶାଟି ମୋ ଭିତରେ ଦିକି ଦିକି ଜଳି ଉଠିଥିଲା।

ତା'ପରେ ତୁମକୁ ଅନେକ ଥର ଭେଟିଛି। ତୁମ ପ୍ରକାଶିତ କବିତାମାନ ବିଭିନ୍ନ ପତ୍ର ପତ୍ରିକାରୁ ପଢ଼ିଛି। ତୁମଠୁ ମୋ ରଚିତ କବିତାମାନ ସଂଶୋଧିତ କରାଇଛି। ତୁମ

ଭିତରେ ମୁଁ ଲକ୍ଷ୍ୟ କରିଥିଲି ଏକ ଅନନ୍ୟ ଜୀବନଧାରା। ତୁମ ଓଠରୁ ଝରୁଥିଲା ସୁମିଷ୍ଟ ଶବ୍ଦ ସମ୍ଭାର। ତୁମ ଚାଲିରେ ବି ରହିଛି ଏକ ଅସାଧାରଣ ଛନ୍ଦ। ତୁମେ ମୋ ପାଇଁ ଥିଲ ଏକ ଆକର୍ଷଣ, ଏକ ଅପହଞ୍ଚ ଆଦର୍ଶ।

ମାତ୍ର ତୁମେ କେଉଁଠି ହଜିଗଲ ମୁଁ ଖୋଜି ଖୋଜି ପାଇଲିନି। କଲେଜର ପରବର୍ତ୍ତୀ କ୍ଲାସରେ ତୁମେ ଆଉ ଛାତ୍ର ହୋଇ ରହିଲନି। ଉପାନ୍ତ ଅଞ୍ଚଳର ଠିକଣାହୀନ କେଉଁ ଗୋଟେ ଗାଁକୁ ଚାଲିଗଲ ଯେ ଆଉ ଦିନଟେ ବି ଆସିଲନି ମୋ ମନରେ ଏଥିପାଇଁ ଅନେକ ପଶ୍ଚାତ୍ତାପ, କାହିଁକି ତୁମର ଠିକଣା ରଖିଲିନି। ତୁମେ କେବେ ଏଇ ସହର, କଲେଜ, ତୁମର ଗୋଦାମ ବସାଘର, ଶୁଭେଚ୍ଛୁ ସହପାଠୀ, ଅଧ୍ୟାପକ ଇତ୍ୟାଦିଙ୍କ ମମତା ତୁଟାଇ ଏଠୁ ବିଦାୟ ନେଲ, ମୁଁ ଜାଣିନି। ଯିବା ଆଗରୁ ତୁମର ଠିକଣାଟା ହେଲେ ଦେଇ ଯାଇଥାନ୍ତ । ତୁମ ସହିତ ପତ୍ର ସଂପର୍କ ରଖିଥାନ୍ତି। ପତ୍ର ମାଧ୍ୟମରେ ତୁମ ସହିତ କଥା ହୋଇଥାନ୍ତି। ହେଲେ ତୁମର ଠିକଣା ଯେ ମୋତେ ଅନାୟସେ ଓ ଅଚିରେ ମିଳି ଯିବ, ଏଇ ଆଶା ମୋର ଦୃଢ଼ ଥିଲା। କୌଣସି ପତ୍ରିକାରେ ପ୍ରକାଶିତ ତୁମର କବିତା ତଳେ ତୁମର ପରିବର୍ତ୍ତିତ ଠିକଣା ନିଶ୍ଚୟ ଥିବ। ମାତ୍ର, ଦୁଃଖର କଥା, ତମର କବିତା କୌଣସି ପତ୍ରିକାରେ ଖୋଜି ଖୋଜି ପାଇଲିନି।

ତୁମେ ଯାହା ଭାବ ରଜତ, ମୋ ମୁଣ୍ଡରେ ଅଶୁଭ ଚିନ୍ତାର ଅନୁପ୍ରବେଶ ଘଟିଲା। ଭାବିଲି-ତୁମେ ମରି ଯାଇନ ତ ! କୌଣସିଠାରେ ହଜି ଯାଇନ ତ!! ତୁମ ସହିତ ପୂର୍ବ ସଂପର୍କକୁ ଝୁରି ହେଉଛି। ମୋ ଝୁରି ହେବାର ଗଭୀରତା ଗୋପାଙ୍ଗନାମାନେ ମଥୁରା ଯାଇଥିବା କୃଷ୍ଣଙ୍କୁ ଝୁରି ହେବା ପରି ହୋଇପାରେ। ତୁମର ସେହି ହସ ହସ ମୁହଁ, ତରଙ୍ଗାୟିତ ଚାଲି, ସୁମିଷ୍ଟ କଥା ଏବେ ବି ମୋ ଆଖି ଆଗରେ ଝୁଲୁଛି ଦୀର୍ଘ ଦଶ ବର୍ଷ ପରେ।

ସେଦିନ କିନ୍ତୁ ଅନ୍ଧଟିଏ ଚକ୍ଷୁଷ୍ମାନ ହେଲା ପରି / ରଙ୍କଟିଏ ଧନବାନ ହେବା ପରି ଅନୁଭବଟିଏ ମୋ ଭିତରେ ହଠାତ ଜାଗି ଉଠିଲା।, ଯେଉଁଦିନ ଅନ୍ୟ ଏକ ସହପାଠୀଙ୍କ ଠାରୁ ତୁମର ଜୀବିତ ଥିବା କଥା ଶୁଣିଲି। ତୁମର ଠିକଣା ବି ତାଙ୍କଠୁ ପାଇଲି। ଅବିଳମ୍ବେ ତୁମ ପାଖକୁ ସେଇ ଠିକଣାରେ ପତ୍ର ଲେଖିଲି। ଚାତକିତ ତୃଷ୍ଣାରେ ତୁମର ପ୍ରତ୍ୟୁତ୍ତରକୁ ଅପେକ୍ଷା କରି ରହିଲି।

ତୁମର ପ୍ରତ୍ୟୁତ୍ତର କିନ୍ତୁ ଆସିଲାନି। ଆକାଂକ୍ଷିତ ତୁମର ପତ୍ର ମୋର ହସ୍ତଗତ ହେବା ଆଶା ବ୍ୟର୍ଥ ହେଲା। ପୁନଶ୍ଚ ଚିଠି ଦେଲି। ମାତ୍ର କିଛି ଫଳପ୍ରଦ ଆଶା ମିଳିଲାନି। ତୁମର ଠିକଣା ଦେଇଥିବା ସହପାଠୀ ପ୍ରତି ରାଗ ଓ ସନ୍ଦେହରେ ଭରିଗଲି।

ତୁମେ ହଜି ଯିବାର / ମରିଯିବାର ଦୁଃଖଟେ ମୋ ଭିତରେ ଗୁମ୍ ସୁମ୍ ହୋଇ

ରହିଗଲା। ସ୍ମୃତିସଜଳ ସେଇ ତୁମ ସମ୍ପର୍କିତ ମୁହୂର୍ତ୍ତମାନଙ୍କର ଫଟୋ ଝୁଲି ରହିଲା ମୋ ମନର କାନ୍ଥମାନଙ୍କରେ।

କାଳକ୍ରମେ ଏକଦା ତୁମ ଉପାନ୍ତ ଅଞ୍ଚଳର ସେଇ ଗାଁ ସମୀପବର୍ତ୍ତୀ ସହରକୁ ମୋତେ ଏକ କାର୍ଯ୍ୟ ଉପଲକ୍ଷେ ଯିବାକୁ ପଡିଲା। ତୁମର ଖବର ନେବାକୁ ତୁମକୁ ସାକ୍ଷାତ କରିବାକୁ ତୁମ ଗାଁକୁ ମୁଁ ଧାଇଁ ନ ଯାଇ ରହି ପାରିଲି ନି। ଗାଁ ମୁଣ୍ଡରେ ଜଣେ ଅଚିହ୍ନା ଲୋକକୁ ପଚାରିଲି- ତୁମ ଗାଁରେ ରଜତ ମହାନ୍ତି ବୋଲି କେହି ଜଣେ ଅଛି କି? ସେ ଆସ୍ତିସୂଚକ ମୁଣ୍ଡ ହଲାଇ ତୁମର ଘରର ଅବସ୍ଥିତି ସଂପର୍କରେ କହିଦେଲା। ମୁଁ ତଦନୁସାରେ ପରମ ଆଗ୍ରହୀ ଓ କୌତୁହଳୀ ହୋଇ ଚାଲିଲି। ତୁମକୁ ଦେଖିଲି। ସେଇ ପୁରଣା ଦିନର ଛାତ୍ରାବସ୍ଥା ସମୟର ସ୍ୱାସ୍ଥ୍ୟରେ। ଚେହେରାରେ ଅନେକ ପରିବର୍ତ୍ତନ ହୋଇଥିଲେ ବି ତୁମକୁ ଚିହ୍ନିବାରେ ଅସୁବିଧା ହେଲାନି। ତୁମକୁ ଆନନ୍ଦରେ କୋଳଗ୍ରତ କରି ପକାଇଲି। ଫେରିବାବେଳେ ନିଜକୁ ନିଜେ ପ୍ରଶ୍ନ କଲି, ଯାହାଙ୍କ ଘରେ ଆତିଥ୍ୟ ନେଲି, ସେ କଣ ସେଇ ପୁରୁଣା ଦିନର ରଜତ ମହାନ୍ତି? ତାଙ୍କୁ ବି ପଚାରିଲି-ଲେଖାଲେଖି କେମିତି ଚାଲିଛି? ସେ ନାସିକା କୁଞ୍ଚନ କରି କହିଥିଲେ ଯେ ସେ ଲେଖାଲେଖି ଛାଡି ଦେଇଛନ୍ତି। କଲେଜରେ ପଢ଼ିବାବେଳେ କେବଳ ଲେଖାଲେଖିରେ ଅତ୍ୟଧିକ ସମୟ ନଷ୍ଟ କରି କେରିଅର ଖରାପ କରିଥିବାରୁ ତାଙ୍କ ବାପା ଗାଁକୁ ଡକାଇ ଆଣିଥିଲେ। ଏବେ ଅନେକ ଭାବ, ଅନେକ ଘଟଣା ପ୍ରବାହ ତାଙ୍କୁ ଲେଖିବାକୁ ପ୍ରବର୍ତ୍ତାଉଥିଲେ ବି ସେ ଲେଖି ପାରୁନାହାନ୍ତି। ଅଭ୍ୟାସ ନାହିଁ। କୌଳିକ ବ୍ୟବସାୟ, ଘର ଜଞ୍ଜାଳ ଭିତରେ ଘାଣ୍ଟି ହୋଇ ସମୟ ଓ ମାନସିକ ପ୍ରସ୍ତୁତି ନାହିଁ ତାଙ୍କର। ସେ କେବଳ ବସ୍ତୁବାଦୀ ମଣିଷଟେ ଆଜି। ତେବେ ମୁଁ ସେଇ ଆଦ୍ୟ କଲେଜ ଜୀବନର ରଜତ ମହାନ୍ତିକୁ ଖୋଜି ଖୋଜି ପାଇଲି କେଉଁଠି? ସେ ତ କେଉଁଠି କେବେଠୁଁ ମରିଗଲେଣି ବା ହଜି ଯାଇଛନ୍ତି। ଏଇ ସଂସାରୀ ବସ୍ତୁବାଦୀ ରଜତ ମହାନ୍ତି ଭିତରେ ସେ ଦିନର ଫୁଲଭରା ଫଗଣ କାହିଁ???

ରଜତକୁ ଅଭିମାନରେ ଅଭିଯୋଗ କରି ପଚାରି ଥିଲି- ମୋର ଚିଠି ଦି ଖଣ୍ଡ ପାଇଥିଲ କି ନାହିଁ?

ସେ ପାଇଥିଲି ବୋଲି କହିଥିଲେ ନିର୍ବିକାର ଭାବେ।

ମୁଁ ଆଶ୍ଚର୍ଯ୍ୟରେ ପଚାରିଥିଲି- ଉତ୍ତର ଦେଲନି କାହିଁକି?

ରଜତ ମହାନ୍ତି କହିଥିଲେ- ମୋ ଭିତରେ ତୁମେ ଦେଖି ପାରୁଛ କି ସେହି ରଜତ ମହାନ୍ତିକୁ ଯାହାକୁ ତୁମେ ପତ୍ର ଲେଖିଥିଲ???

■

'ଶରଧାବାଲି' ତ୍ରୈମାସିକ ଗଳ୍ପ ପତ୍ରିକା, ୧୯୯୭ ପ୍ରଥମ ସଂଖ୍ୟାରେ ପ୍ରକାଶିତ

ସନ୍ଦେହ

ଏଇ କେତେଦିନ ହେବ ସ୍ୱାମୀଙ୍କର ଅଫିସ ଯିବା ଆସିବାରେ ବ୍ୟତିକ୍ରମ ପରିଲକ୍ଷତ କରୁଛନ୍ତି ନଳିନୀଦେବୀ। ୟା ପୂର୍ବରୁ ସ୍ୱାମୀ ତାଙ୍କର ପ୍ରତିଦିନ ୧୦ଟାରୁ ଅଫିସ ଯାଇ ପ୍ରାୟ ପାଞ୍ଚଟା ପରେ ଘରକୁ ଫେରୁଥିଲେ। କେବେ କେମିତି ରିକ୍ରେସନ ସମୟକୁ ଆସୁଥିଲେ ତ କେବେ ବାହାରେ ଜଳଖିଆ କରିନେଉଥିଲେ। ଏବେ କିନ୍ତୁ ତାଙ୍କ ଯିବା ଆସିବାରେ କିଛି ଅନିୟମିତତା ନାହିଁ। ନିର୍ଦ୍ଦିଷ୍ଟତା ନାହିଁ। ଦିନ ଦଶଟାରେ ଅଫିସ ଯିବା ସ୍ଥଳେ ସେ ଯାଆନ୍ତି ଏଗାରଟା ବାରଟା ବେଳକୁ। ପୁଣି ଫେରନ୍ତି ତିନିଟା ଆଡକୁ। ତାପରେ ଆଉ ଯିବାର ପ୍ରଶ୍ନ ଉଠେନି। ଘରେ ଆସି ଶୁଅନ୍ତି ଖାଲି। ସ୍ୱାମୀ ବିକ୍ରମଙ୍କର ଏତାଦୃଶ ଆଚରଣରେ ନଳିନୀ ଦେବୀ ବିସ୍ମିତ ହେବା ସଙ୍ଗେ ସଙ୍ଗେ ଶଙ୍କିତ ହୋଇ ପଡନ୍ତି। ସନ୍ଦେହର କୁହୁଡି ତାଙ୍କ ମନ ଭିତରେ ଦିନକୁ ଦିନ ଜମାଟ ବାନ୍ଧି ବସୁଥାଏ। ସେ ସ୍ୱାମୀ ବିକ୍ରମଙ୍କୁ ତାଙ୍କର ଏତାଦୃଶ ବ୍ୟତିକ୍ରମର କାରଣ ଯେ ପଚାରି ବୁଝିନାହାନ୍ତି ଏ କଥା ନୁହେଁ। ତାଙ୍କଠାରୁ ସେ ସନ୍ତୋଷଜନକ ଉତ୍ତର ପାଇ ପାରିନାହାନ୍ତି। ବିକ୍ରମ ବାବୁ ଯାହା ଉତ୍ତର ଦିଅନ୍ତି ତାଙ୍କୁ ଲାଗେ ଯେ ବିକ୍ରମ ବାବୁ ତାଙ୍କୁ ଠକି ଚାଲିଛନ୍ତି। ଅସଲ କଥାଟା ଲୁଚାଇ ଦେଉଛନ୍ତି। ଏକ ଭୟଙ୍କର ସନ୍ଦେହରେ ଦ୍ରବୀଭୂତ ହୋଇ ପଡନ୍ତି - ବିକ୍ରମ ବାବୁ ପୁଣି ଥରେ ସସ୍‌ପେଣ୍ଡ ହୋଇ ନାହାନ୍ତି ତ? ଠିକ ଏପରି ବିଲକ୍ଷଣଗୁଡିକ ତ ପୂର୍ବଥର ପରିଲକ୍ଷିତ ହୋଇଥିଲା।

ୟା ପୂର୍ବରୁ ଏକ ସାମାନ୍ୟ ଭୁଲ ପାଇଁ ସସ୍‌ପେଣ୍ଡ ହୋଇଥିଲେ ବିକ୍ରମବାବୁ। ବର୍ଷାଧିକ କାଳ ଆର୍ଥିକ ଅନାଟନ ଭିତରେ କିପରି ଘର ଚଳାଇଛନ୍ତି ନଳିନୀଦେବୀ ନିଜେ ଏକା ଜାଣନ୍ତି। ସେତେବେଳେ ଛୁଆପିଲା ଛୋଟ ଛୋଟ ଥିଲେ। ସ୍କୁଲ କଲେଜ ଯାଇ ନ ଥିଲେ। ପୂର୍ବାପେକ୍ଷା ଏବେକାର ମାସିକ ବ୍ୟୟ ଅନେକାଂଶରେ ବଢ଼ି ଯାଇଛି। ଏବେ ପୁଣି ଥରେ ଯଦି ସସ୍‌ପେଣ୍ଡ ହୋଇଥାନ୍ତି ଅବସ୍ଥା ଅସମ୍ଭାଳ ହୋଇ ପଡିବ

ନିଶ୍ଚୟ। ହେଲେ ସେ ସତରେ ସସ୍‌ପେଣ୍ଡ ହୋଇଛନ୍ତି, ନା ଅନ୍ୟ କୌଣସି କାରଣରୁ ସେ ଭଲଭାବେ ଅଫିସ ଯାଇ ନାହାନ୍ତି ବୁଝି ପାରନ୍ତିନି ନଳିନୀ ଦେବୀ।

ପ୍ରଥମଥର ନଳିନୀ ଦେବୀ ବିକ୍ରମବାବୁଙ୍କୁ ପଚାରିଥିଲେ ଯେ ସେ କାହିଁକି ରିକ୍ରେସନ ପାଇଁ ଘରକୁ ଆସି ଆଉ ଅଫିସ ଯାଉ ନ ଥିଲେ। ବିକ୍ରମବାବୁ ଉତ୍ତରରେ କହିଥିଲେ- ଫୁରସତ ଅଛି ମ। ଟିକେ ଆରାମରେ ଶୋଇବି।

ସେଦିନ ଏଗାରଟା ଆଡକୁ ଅଫିସ ଯାଇ ବାରଟାରେ ଫେରିଲେ ବିକ୍ରମ ବାବୁ। ଆଉ ଗଲେନି ଅଫିସ। ଦ୍ୱିତୀୟ ଥର ପାଇଁ ଆଉ ପ୍ରଶ୍ନ କଲେନି ନଳିନୀଦେବୀ ସେଦିନ। ଉତ୍ତରରେ ବିକ୍ରମ ବାବୁ କହିଥିଲେ -ଆଜି ଅଫିସର ଟୁରରେ ଗଲେଣି। ହେଡ କ୍ଲାକ ସି.ଏଲ.ରେ ଯାଇଛି। କିଏ ରହୁଛି ଆଉ ଅଫିସରେ ?

ବିକ୍ରମ ବାବୁଙ୍କ ଏପରି ଉତ୍ତର ଶୁଣି ତୃପ୍ତ ହୋଇ ପାରନ୍ତିନି ନଳିନୀ ଦେବୀ। ଅଫିସର ଟୁରରେ ଆଉ ହେଡକ୍ଲାର୍କ ଛୁଟିରେ ଗଲେ କର୍ମଚାରୀମାନେ କଣ ଘରେ ଆସି ଶୁଅନ୍ତି। ଅଫିସରେ ଆଉ କଣ କିଛି କାମ ନାହିଁ ନା ଚାକିରି ପ୍ରତି ଯାଙ୍କର ଲୋଭ ନାହିଁ। କାଳେ କେଉଁ ଉପର ଅଫିସର ଦେଖିଦେବ ଯେ ଅଫିସଟି ଖାଲି,ତେଣିକି କଣ ହେବ ଅବସ୍ଥା ? ନଳିନୀ ଦେବୀ ସେଥିପାଇଁ ବିଶ୍ୱାସ କରନ୍ତିନି ସ୍ୱାମୀଙ୍କର କୈଫିୟତକୁ। ହେଲେ କେବେ ସେ ସିଧାସଳଖ ତାଙ୍କର ସନ୍ଦେହକୁ ଖୋଲି କରି ସ୍ୱାମୀଙ୍କୁ କହି ନାହାନ୍ତି। ସେ ତାଙ୍କ କଥା ଶୁଣି କାଳେ ତାଙ୍କୁ ରାଗିବେ। ତା ଛଡା ସେ କଣ ସତ କଥା କହିବେ ! ସ୍ୱାମୀ କହିବାନୁସାରେ ସବୁ କଥାରେ ଅଯଥା ସନ୍ଦେହ କରିବା ନଳିନୀ ଦେବୀଙ୍କର ଗୋଟାଏ ଜନ୍ମଗତ ବଦଗୁଣ।

ଯା ଭିତରେ ନୂତନ ବର୍ଷ ଆସି ଯାଇଛି। ନଳିନୀ ଦେବୀ ମନରେ ଭାବୁଥିଲେ ଯେ ନୂତନ ବର୍ଷରେ ହୁଏତ ସ୍ୱାମୀଙ୍କର ପୂର୍ବ ସ୍ୱାଭାବିକତା ଫେରି ଆସିବ। ମାତ୍ର, ସେ ଲକ୍ଷ୍ୟ କରୁଥିଲେ ଯେ ନୂତନ ବର୍ଷରେ ତାଙ୍କର ବ୍ୟତିକ୍ରମ ବଢିଛି ବରଂ। ତାଙ୍କର ଡେରି ହେଉଛି ଅଫିସ ଯିବାରେ। ଫେରୁଛନ୍ତି ଆହୁରି ସଅଳ।

ଏଥର ନ ପଚାରି ରହି ପାରିଲେନି ନଳିନି ଦେବୀ। ପଚାରିଲେ ସିଧା ସଳଖ- ତୁମେ ଅଫିସ ଯାଉଛ ନା ଟାଉନ ଆଡେ ବୁଲା ବୁଲି କରି ଫେରି ଆସୁଛ ? ପୁଣି ଥରେ ସସପେଣ୍ଡ ହୋଇ ନାହିଁ ତ ?

ବିକ୍ରମ ବାବୁ ସାମାନ୍ୟ ରାଗି କରି କହିଲେ-ପାଗଳ ପରି କ'ଣ ପ୍ରଶ୍ନ କରୁଛ। ଅଫିସରେ ରାମରାଜ୍ୟ ଚାଲିଛି। ବୁଝିଲ ? ମୁଁ କହୁଛି ପରା ଅଯଥାରେ ପୁରୁଷକୁ ସନ୍ଦେହ କରିବା ତୁମର ମାଇକିନା ଜାତିର ଦୁର୍ବଳତା। ପୁନଶ୍ଚ କହିଲେ, ଅଫିସରେ କଣ କାଗଜପତ୍ର ଅଛି ଯେ କାମ କରିବି ?

ନଳିନୀ ଦେବୀ ଜାଣନ୍ତି ଯେ ଯେତେ ନିଖାରି ନିଖାରି ପଚାରିଲେ ବି କେବେ ସତ କଥା କହିବେନି ବିକ୍ରମବାବୁ। ସତ୍ୟାସତ୍ୟ ଅନୁସନ୍ଧାନ ପାଇଁ ନଳିନୀଦେବୀ ଠିକ କଲେ ଗୋଟିଏ ଉପାୟ। ସେ ତାଙ୍କର ବଡ ପୁଅ ଯେ କି ଏ ବର୍ଷ କଲେଜରେ ପଢୁଛି ତା ସହ ତା ସାଙ୍ଗ ଘରକୁ ଯିବେ। ତା' ସାଙ୍ଗର ବାପା ରଥବାବୁ ବିକ୍ରମ ବାବୁଙ୍କ ସହକର୍ମୀ। ତା ଛଡା ରଥ ବାବୁଙ୍କ ସ୍ତ୍ରୀ ସହିତ ତାଙ୍କର ପରିଚୟ ଅଛି। ଘର ଆଡକୁ ବୁଲି ଯିବାକୁ ସେ ଅନେକ ଥର କହିଥିଲେ।

ରଥବାବୁଙ୍କ ଘରକୁ ସନ୍ଧ୍ୟାରେ ନଳିନୀ ଦେବୀ ବୁଲି ଗଲେ। ରଥବାବୁ ସସ୍ତ୍ରୀକ ଘରେ ଥିଲେ। ଉଭୟଙ୍କ ଆଗେ ସେ ପ୍ରକାଶ କଲେ ବିକ୍ରମବାବୁଙ୍କ ଅଫିସ ଯିବାରେ ସ୍ପୃହା ନ ଥିବା କଥା। ନିୟମିତତା ନ ଥିବା କଥା। ସେ ପୁନଶ୍ଚ ତାଙ୍କର ଆଶଙ୍କିତ ସନ୍ଦେହକୁ ଖୋଲି ଦେଲେ। ପଚାରିଲେ ଯେ ବିକ୍ରମ ବାବୁ ସସପେଣ୍ଡ ହୋଇ ନାହାନ୍ତି ତ?

ନଳିନୀ ଦେବୀଙ୍କ କଥାକୁ ରଥ ବାବୁ ଶୁଣି ହସିଲେ। ଏସବୁ ଅବ୍ୟବସ୍ଥା, ଅସ୍ୱାଭାବିକତାର ମୂଳ କାରଣ ହେଉଛି ଜଣେ ଇନଚାର୍ଜ ଅଫିସର। ମୂଳ ଅଫିସର ବଦଳି ଯିବା ପରେ ଜଣେ ତାଙ୍କ ଦାୟିତ୍ୱରେ କାମଚଳା ହିସାବରେ ଦେଉଛନ୍ତି। ତାଙ୍କର ଷ୍ଟାଫ ପ୍ରତି କଣ୍ଟ୍ରୋଲ ନାହିଁ। ତା ଛଡା ଏଇ ନୂଆ ବର୍ଷ ପାଇଁ ସରକାରୀ ଛାପାଖାନାରୁ ଫ୍ଲାଇଲିଭ ଇତ୍ୟାଦି କାଗଜପତ୍ର ଆସି ପାରିନି। ପୂର୍ବ ଷ୍ଟକ ବି ନାହିଁ। ଇନଡେଣ୍ଟ ଅର୍ଥାତ ଅଫିସର ବାର୍ଷିକ ଚାହିଦା ଛାପାଖାନାକୁ ପଠାଯାଇ ପାରିନି ଠିକ ସମୟରେ। ସେଥିପାଇଁ ଖୋଲା ଯାଇ ପାରୁନି ନୂଆ ବର୍ଷର ଫାଇଲ।

ନଳିନୀ ଦେବୀ ଯେତେଟା ଖୁସି ହେଲେ ନିଜର ଭିତ୍ତିହୀନ ସନ୍ଦେହର ଅପସାରଣ ପରେ ସେତେଟା ଆଶ୍ଚର୍ଯ୍ୟ ହେଉଥିଲେ ଯେ ଗୋଟାଏ ଅଫିସରେ ଏତାଦୃଶ ଅବସ୍ଥା ବି ହୋଇପାରେ।

■

'ବ୍ରତତୀ' ୧ମ ବର୍ଷ ୩ୟ ସଂଖ୍ୟା ଜାନୁୟାରୀ-ଫେବୃୟାରୀ ୧୯୯୪ରେ ପ୍ରକାଶିତ

ଅଯୋଗ୍ୟ ସ୍ୱପ୍ନ

ବିପିନ ମହାପାତ୍ରଙ୍କର ଆଉ ଚିନ୍ତା କ'ଣ ? ସେ ସୁଖୀଲୋକ। ଏକଥା କହନ୍ତି ତାଙ୍କ ସାଙ୍ଗସାଥିମାନେ। ଏକଥା ବି କହନ୍ତି ତାଙ୍କର ଧର୍ମପତ୍ନୀ ବିମଳାଙ୍କୁ ପାଖ ପଡିଶା ମହିଳାମାନେ। ସେମାନେ ସମସ୍ତେ ଗୋଟିଏ କଥାକୁ ଦୋହରାନ୍ତି ଏଥିପାଇଁ ଯେ ମହାପାତ୍ର ବାବୁ ସରକାରୀ ଚାକିରିରୁ ଅବସର ନେବାବେଳକୁ ତାଙ୍କ ମୁଣ୍ଡରେ ଜଂଜାଳ ବୋଲି ଆଉ କିଛି ନ ଥିବ। ତିନି ତିନିଟି ଝିଅକୁ ସତ୍‌ପାତ୍ରରେ ବିଦା କରି ଦେଇ ସାରିଛନ୍ତି। ଗୋଟିଏ ପୁଅ ଅଛି ଯେ, ତାର ବା କି ଜଂଜାଳ ? ଏମ.ବି.ଏ. ପଢୁଛି। ଆସନ୍ତା ବର୍ଷ ଶେଷ ହେବ ପଢ଼ା। ଇନ୍‌ଷ୍ଟିଚ୍ୟୁଟରୁ ବାହାରିବା ମାତ୍ରେ ଜଏନ କରିବ ହାଇଦ୍ରାବାଦର ଏକ ନାମୀ କମ୍ପାନୀରେ। ଏକଥା ସିଦ୍ଧାନ୍ତ ହୋଇ ଯାଇଛି କେମ୍ପସ ସିଲେକସନରେ । ତାପରେ ତା ପାଇଁ ଏକ ମନ ପସନ୍ଦର ବୋହୂଟିଏ ଆଣି ଘରେ ଥୋଇ ଦେଲେ ସରିଲା ତାଙ୍କର କର୍ତ୍ତବ୍ୟ। ତାପରେ ବୋହୂର ହାତ ପରଶା ଖାଇ ମହାପାତ୍ରେ ଓ ତାଙ୍କର ସ୍ତ୍ରୀ ରହିବେ ଆରାମରେ।

ବିମଳା ଦେବୀ ମହାପାତ୍ରବାବୁଙ୍କୁ କହୁଥିଲେ, ବୁଝିଲ, ଏମିତି ବୋହୂଟେ ଆଣିବା ଯେ ଆମ କଥା ଉପରେ ଜବାବ ଦେଉ ନ ଥିବ। ଆମର ସବୁ ବୋଲ ହାକ କରୁଥିବ। ପୁଅର ଚେହେରାକୁ ତାର ଚେହେରା ମେଚିଂ କରୁଥିବ ପୁରା। ମହାପାତ୍ର ବାବୁ ପ୍ରତ୍ୟୁତ୍ତରରେ କହୁଥିଲେ, ସେଇଟା ତୁମର ଦାୟିତ୍ୱ। ବୋହୂ ବାଛିବା ହେଉଛି ମହିଳାଙ୍କ କାମ। ବିମଳାଦେବୀ 'ଠିକ ଅଛି' କହି ମନେ ମନେ ଖୋଜି ବୁଲୁଥିଲେ କାହା କାହା ଘରେ ତାଙ୍କ ମନ ପସନ୍ଦର ଝିଅମାନେ ଅଛନ୍ତି। ଭାବିବା ବେଳେ ଯେଉଁ ଝିଅ କେତୋଟି ତାଙ୍କ ଦୃଷ୍ଟି ସାମ୍ନାକୁ ଆସନ୍ତି, ପସନ୍ଦ ହୁଅନ୍ତିନି ସେମାନେ। ନିଜର ଆତ୍ମୀୟ ସ୍ୱଜନ, ବନ୍ଧୁବାନ୍ଧବଙ୍କୁ ଖବର କରନ୍ତି ଝିଅଟିଏର ସନ୍ଧାନ ନେବାକୁ। ନିଜ ପାଖ ପଡିଶା ମହିଳାମାନଙ୍କୁ ବି ବୁଝାସୁଝା କରନ୍ତି। କେହି କେହି କହନ୍ତି, ଏତେ

ବ୍ୟସ୍ତ କାହିଁକି ମ ? ପିଲା ତ ଚାକିରି କରିନି ଏ ଯାଏ, ପଢୁଛି । ବିମଳା ଦେବୀ ପ୍ରତିବାଦ ସ୍ୱରରେ କହନ୍ତି, ଚାକିରୀ କରିନି କଣ ମ ? ଚାକିରୀ ପରା ହେଇଯାଇଛି ହାଇଦ୍ରାବାଦରେ, ବଡ ନାମୀ କଂପାନୀରେ । ଦରମା ମାସକୁ ଚାଳିଶ ହଜାର । କେହି କେହି ପଡୋଶିନୀ ପଚାରି ଦିଅନ୍ତି, ବାହା ପରେ ବୋହୂକୁ ଗାଁରେ ରଖିବେ ନା ହାଇଦ୍ରାବାଦରେ ? ବିମଳାଦେବୀ ହଠାତ କିଛି ଉତ୍ତର ଦେଇ ପାରନ୍ତିନି । ମନେ ମନେ ଭାବନ୍ତି, ସତେ ତ, ସେ କଥା ସେ ତ ଏ ଯାଏ ଚିନ୍ତା କରିନି । ସେ ପ୍ରଶ୍ନକର୍ତ୍ତାଙ୍କୁ ସନ୍ତୋଷ କରିବାକୁ କହନ୍ତି, ଦେଖିବା ତେଣିକି । ଆଗ ବିବାହଟା ତ ଶେଷ ହେଉ ।

ଏତେବେଳକୁ ବିମଳା ଦେବୀଙ୍କ ମନେ ପଡେ ବହୁଦିନରୁ ଦେଖି ଆସୁଥିବା ତାଙ୍କର ଏକ ସ୍ୱପ୍ନ । ସ୍ୱାମୀଙ୍କର ଅବସର ପରେ ସେମାନେ ସରକାରୀ କ୍ୱାର୍ଟର ଛାଡି ଗାଁକୁ ଫେରିବେ । ଘରକୁ ଗୋଟିଏ ସୁନାନାକୀ ବୋହୂ ଆଣିବେ । ଗାଁର ପରିତ୍ୟକ୍ତ ଘର ତେଣିକି ଉଜ୍ଜ୍ୱଳି ଉଠିବ । ବୋହୂଟି ତାଙ୍କ ପାଖେ ପାଖେ ଥାଇ ଶାଶୁ ଶ୍ୱଶୁରଙ୍କ ସେବା ଯତ୍ନ କରୁଥିବ । ପୁଅଟା ବାହାରେ ଚାକିରି କଲେ ବି ସାତ ଦିନରେ ୧ରେ ଗାଁକୁ ଆସି ଫେରି ଯାଉଥିବ ତା କର୍ମସ୍ଥଳୀକୁ ।

ସେଇ ପୁରୁଣା ସ୍ୱପ୍ନର ରୂପରେଖ କିନ୍ତୁ ବଦଳି ଯାଇଛି ଏବେ ବିମଳାଙ୍କ ମନରେ । ସେ ଆଉ ଦୃଢ଼ ଭାବେ କହି ପାରିବେନି ଯେ ବୋହୂକୁ ତାଙ୍କ ସହିତ ବାନ୍ଧି ରଖି ପାରିବେ ଗାଁରେ । କାରଣ, ଦୁନିଆଁ ବଦଳି ଯାଇଛି ଏବେ । ଏବକାର ବୋହୂମାନେ ଆଉ ତାଙ୍କ ପରିକା ନୁହନ୍ତି । ସେ ନିଜେ ମହାପାତ୍ର ବାବୁଙ୍କ ପତ୍ନୀ ହୋଇ ଆସିବା ପରେ ଗାଁରେ କଟାଇଲେ ବର୍ଷ ପରେ ବର୍ଷ ଶାଶୁ ଶ୍ୱଶୁରଙ୍କ ଗହଣରେ । ମହାପାତ୍ର ବାବୁ ଘରକୁ ଆସୁଥିଲେ ପ୍ରତ୍ୟେକ ଶନିବାର ସଂଧ୍ୟାରେ ତ ଫେରି ଯାଉଥିଲେ ସୋମବାର ସକାଳୁ ସକାଳୁ । ଗାଁରେ ସେ ଶାଶୁ ଶ୍ୱଶୁରଙ୍କ ସେବା ଯତ୍ନ ନେବା ସହିତ ଗାଈଗୁହାଳ, ଜମିବାଡିର ସବୁ କଥା ବୁଝୁଥିଲେ । ପରେ ସିନା ପୁଅ ଝିଅଙ୍କର ପାଠପଢ଼ା ପାଇଁ ସହରକୁ ଆସିବାର ଦରକାର ପଡିଲା । ଏବେ କିନ୍ତୁ ସେ ଦେଖି ଆସୁଛନ୍ତି ଯେ ବାହା ସରିବାର ମାସଟିଏ କି ଦିମାସ ପରେ ବୋହୂମାନେ ଚାଲି ଯାଉଛନ୍ତି ସ୍ୱାମୀଙ୍କର ଚାକିରି କ୍ଷେତ୍ରକୁ । ଗାଁଟା ସତେ ଯେପରି ସେମାନଙ୍କ ପାଇଁ ଏକ ଅନୁପଯୁକ୍ତ ବାସସ୍ଥାନ । ସେଥିପାଇଁ ସେ ସନ୍ଦିହାନ ହୋଇ ପଡନ୍ତି, କେମିତି ପଡିବ ତାଙ୍କର ବୋହୂ ଯେ ! ସେ ପୁଣି ଆସ୍ଥାବାନ ହୋଇ ପଡନ୍ତି । ଭାବନ୍ତି, ବୋହୂର କଣ ବା ନିଜସ୍ୱ ଅଛି, ପୁଅ ଯଦି ତାଙ୍କୁ ଆୟତ୍ତରେ ରଖିପାରିବ । ତାଙ୍କ ପୁଅ କୁନାଳ ତାଙ୍କୁ କେତେ ସମ୍ମାନ ଦେଖାଏ । କେତେ ନମ୍ର ସ୍ୱଭାବର ସେ । ସେ କ'ଣ ପିତାମାତାଙ୍କୁ ଛାଡି ସ୍ତ୍ରୀର ପାଲରେ ପଡିଯିବ ? ନା, ନା, କେବେ ନୁହେଁ ।

କୁନାଳର ପରୀକ୍ଷା ସରିଲା। ଠିକ ସମୟରେ ସେ ଯୋଗଦାନ କଲା ପୂର୍ବ ନିର୍ଦ୍ଧାରିତ କଂପାନୀ ଚାକିରିରେ । ମାସକ ପରେ ଦି ଦିନ ପାଇଁ ଫେରିଥିଲା ଘରକୁ। ବିମଳା ଦେବୀ ପୁଅକୁ କହିଥିଲେ ଯେ ତା ବାପାଙ୍କ ଚାକିରି ତ ଆଉ ଛ'ମାସ ବାକି। ଝିଅଟିଏ ଦେଖି ତାର ବିବାହ କରିଦେବେ ଯା ଭିତରେ। କୁନାଳ କିନ୍ତୁ ମନା କଲା। ଏତେ ଶୀଘ୍ର ସେ କ'ଣ ବାହା ହେବାର ଦରକାର ଯେ! ତା ସାଙ୍ଗସାଥିମାନେ ବାହା ହେବାର କଥା ତେଣିକି ଥାଉ, ଚାକିରି ପାଇ ନାହାନ୍ତି ଏଯାଏ। ଏତେ ତରତର କାହିଁକି ?

ମାତ୍ର, ବୋଉ ବିମଳାଙ୍କ ମନ ମାନି ନ ଥିଲା। ହଁ, ଯେମିତି ହେଉ ସ୍ୱାମୀ ଚାକିରିରୁ ଅବସର ନେବା ପୂର୍ବରୁ ବିବାହ କାମଟା ସାରିଦେବେ।

କୁନାଳର ଅରାଜି କଥା ସେ ଜଣାଇ ଦେଇଥିଲେ ସ୍ୱାମୀଙ୍କୁ। ମହାପାତ୍ର ବାବୁ ପୁଅକୁ ବୁଝାଇବାକୁ ଚେଷ୍ଟା କଲେ। ବାପାବୋଉଙ୍କ ଜିଦି ଦେଖି କୁନାଳ କହିଲା, ହଉ, ତୁମ କଥା ହେଉ। ମହାପାତ୍ର ବାବୁ ପୁଅକୁ ପଚାରିଲେ, କେମିତି ଝିଅ ତୋ ପସନ୍ଦ ? ସେହି ଅନୁସାରେ ଆମେ ଝିଅଟିଏର ସନ୍ଧାନ କରିବୁ। କୁନାଳ କହିଲା, ସୁଗଠିତା ହୋଇଥିବ, ଗୋରା ହୋଇଥିବ ଓ ଭଲ ଚିରିତ୍ରର ହୋଇଥିବ। ଚାକିରିଆ ହେଲେ ଆହୁରି ଭଲ।

ପୁଅର ଚାହିଦା ଅନୁସାରେ ମହାପାତ୍ର ବାବୁ ଖୋଜିଲେ ଝିଅ। ବନ୍ଧୁପରିଜନ, ସାଙ୍ଗ ସାଥୀ ଓ ଅଫିସର ସହକର୍ମୀମାନଙ୍କ ଆଗରେ ପକାଇଲେ କଥାଟିକୁ। ଅନୁରୋଧ କଲେ ତାଙ୍କ ପୁଅ ପାଇଁ ସେମିତିକା ଝିଅଟିଏ ସନ୍ଧାନ କରିବାକୁ।

କୁନାଳ ପ୍ରସ୍ତାବିତ କ୍ରାଇଟିଆ ଅନୁଯାୟୀ ଦିଚାରି ଜାଗାରୁ ଝିଅମାନଙ୍କର ସନ୍ଧାନ ମିଳିଲା। ସେହି ଝିଅମାନଙ୍କୁ କୁନାଳ ଦେଖି ଯିବାର ଦିନ ଧାର୍ଯ୍ୟ କଲେ। କୁନାଳ ସେମାନଙ୍କୁ ଦେଖିଗଲା ଓ ଶେଷକୁ କହିଲା, କେହି ଜଣେ ବି ତାର ପସନ୍ଦର ନୁହନ୍ତି।

ବିମଳାଦେବୀ ଭାଙ୍ଗି ପଡିଥିଲେ। ତାଙ୍କର ପସନ୍ଦ ଅନୁସାରେ ଝିଅମାନଙ୍କ ଖବର ମିଳୁଥିଲେ ବି ଦେଖିବା ପରେ ତାଙ୍କର ପସନ୍ଦ ହେଉ ନ ଥିଲା। କାହାର ଗଠନ ଠିକ ନାହିଁ ତ କାହାର ରଙ୍ଗ ମଳିଚିଆ। କଣ କରିବେ ? ସୁନ୍ଦର ଆଉ ଗୋରୀ ସାଙ୍ଗକୁ ଚାକିରିଆ କଥାଟା ଅସୁବିଧା କରୁଛି ନିଶ୍ଚୟ। କୁନାଳ ଯଦି ବିନା ଚାକିରିଆ ଝିଅ କୁହନ୍ତା, ସେ ଏକ ସୁନ୍ଦରୀ ଆଉ ଗୋରୀ ଝିଅ ଖୋଜି ଆଣି ଦିଅନ୍ତେ। କମଳା ଦେବୀ ମନେ ମନେ ଠିକ କଲେ ଏଥର କୁନାଳକୁ କହିବେ, କିଛି ଗୋଟାଏ କମ୍ପ୍ରୋମାଇଜ କରୁ ସେ। ଧୈର୍ଯ୍ୟ ଧରି ପାରିଲେନି । ଫୋନ ଲଗାଇଲେ। କୁନାଳ କହିଲା, ମୁଁ ଏହି ସପ୍ତାହର ଶେଷ ଆଡକୁ ଯିବି। ଘରେ କଥା ହେବା।

କୁନାଳ ଆସିଥିଲା। ବୋଉ ବିମଳା ଦେବୀ ନିଜର ଅସହାୟତା ଦୋହରାଇ ଥିଲେ ତା ଆଗରେ। କିଛି କମ୍ପ୍ରୋମାଇଜ କରୁ ବୋଲି କହିଥିଲେ କୁନାଳକୁ।

କୁନାଳ ଆଶ୍ଚର୍ଯ୍ୟ ହେବା ପରି କହିଥିଲା, ତୁମକୁ କେମିତି ମିଳୁନି ଝିଅମାନଙ୍କର ସନ୍ଧାନ ଯେ ! ମୁଁ ତ ଜାଣିଛି ଅନେକ ଚାକିରିକରା ସୁନ୍ଦରୀ ଝିଅ ଅଛନ୍ତି। ତାହା ପୁଣି ଆମ କଂପାନୀରେ। ତୁମେ ଯଦି କହିବ, ମୁଁ ସେମାନଙ୍କ ଠିକଣା ଦେବି।

ବିମଳା ଦେବୀଙ୍କ ମନରେ ଝଟକା ଲାଗିଲା। ପୁଅ କୁନାନ କେଉଁ ଝିଅର ପ୍ରେମରେ ପଡିନି ତ ? ଝିଅଟି ଅଜାତିଆ ହୋଇଥିଲେ କଥା ସରିଲା। ବୋଧହୁଏ ସେ ଲଭ କରୁଛି କେଉଁ ଝିଅକୁ। ନଚେତ, ସେ ପସନ୍ଦ କରିଥିବା ଏତେ ସୁନ୍ଦରୀ ସୁନ୍ଦରୀ ଚାକିରିଆ ଝିଅମାନଙ୍କୁ ନାକଚ କଲା କାହିଁକି ?

ମନର ସନ୍ଦେହକୁ ଚାପି ରଖି ବିମଳା ଦେବୀ ପଚାରିଲେ, ସତରେ ! ଆମ ଜାତିର ଝିଅମାନେ କଣ ତୋ କଂପାନୀରେ ଅଛନ୍ତି ?

କୁନାଳ ସେଦିନ ଗାଁରୁ ତା କାର୍ଯ୍ୟସ୍ଥଳୀକୁ ଫେରିଯିବାବେଳେ ବୋଉଙ୍କୁ ଦେଇ ଯାଇଥିଲା ଏକ ଠିକଣା ସହିତ ଝିଅବାପାଙ୍କ ଫୋନ ନମ୍ବର। ତଦନୁସାରେ ବିପିନ ବାବୁ ଓ ବିମଳା ଦେବୀ ଝିଅ ଦେଖି ଫେରିଥିଲେ। ସେମାନଙ୍କର ପସନ୍ଦ ହୋଇଥିଲା ଅବଶ୍ୟ।

ବିବାହ ତାରିଖ ନିଧାର୍ଯ୍ୟ ହେଲା। ଧୁମଧାମରେ ବିବାହ କାର୍ଯ୍ୟ ଚାଲିଲା। ଭୋଜି ଦିନର ଲୋକାରଣ୍ୟ ଭିତରେ ବିମଳା ଦେବୀଙ୍କ ମନ କୁଣ୍ଢେମୋଟ ହୋଇଯାଉଥିଲା ତାଙ୍କ ଘରେ ଆଜି ତିନି ତିନିଟି ଝିଅ ଓ ଜୋଇଁ ଉପସ୍ଥିତ। ଜ୍ଞାତି କୁଟୁମ୍ବ, ବନ୍ଧୁ ପରିଜନ, ଅଫିସ ଷ୍ଟାଫ, ଅଫିସର ସମସ୍ତେ ଉପସ୍ଥିତ। କାହାକୁ କିଛି ଅସମ୍ମାନ ତଥା ଅସୁବିଧା ଯେପରି ନ ହୁଏ, ସବୁ ବ୍ୟବସ୍ଥା କରାଇଛନ୍ତି ବିମଳା ଦେବୀ। କାରଣ, ଏଇ ଉତ୍ସବ ହେଉଛି ତାଙ୍କ ଜୀବନର ଶେଷ ଉତ୍ସବ। ଆଉ କେହି ପୁଅ ଝିଅ ନାହିଁ ଯେ ତାହାର ବାହାଘର କରିବେ।

ଭୋଜି ଉତ୍ସବର ଭିଡ ଭିତରେ ମହିଳାମାନଙ୍କ ଗହଣରେ ବୁଲି ବୁଲି ତଦାରଖ କରୁଥିଲେ ବିମଳା ଦେବୀ। କଲୋନୀର ଜଣେ ମହିଳା ଅନ୍ୟ ଜଣକୁ କହୁଥିଲେ, ଦେଖିଲ, କୁନାଳବୋଉ କେମିତି ଗର୍ବରେ କେତେ କଣ କହୁଥିଲା। ଏମିତି ବୋହୂ କରିବି, ସେମିତି ବୋହୂ କରିବି। ଶେଷକୁ ଆଣିଲା ଗୋଟାଏ ପୁଚୁକିଗାଳିକୁ। ଜାଣିଛ ନା, ପୁଅର ଆଗରୁ ଲଭ ଥିଲା ଯା ସାଙ୍ଗେ। ଅନ୍ୟ ଜଣକ କହୁଥିଲେ, ସେ କଥା ମୁଁ ବି ଶୁଣିଛି ପରା।

ବିମଳା ଦେବୀଙ୍କ ମନ ବିଷର୍ଣ୍ଣ ହୋଇ ଉଠିଲା। କଣ ବା ପ୍ରତିବାଦ କରିବେ ?

ସେ ମହିଳା ଦି ଜଣ ତାଙ୍କର ଉପସ୍ଥିତି ସେଠାରେ ଅନୁଭବ ନ କରି କଟୁକ୍ତି କରୁଥିଲେ। ବାଟ ଭାଙ୍ଗି ଅନ୍ୟ ଆଡକୁ ଚାଲିଗଲେ ସେ। ମନେ ମନେ ଭାବିଲେ, କଣ ବା କରିବେ ସେ। ପୁଅ ବୋହୂ ଦିହେଁ ମନମାନି ଚଳିଲେ ହେଲା। ସେମାନେ ବାପାମାଙ୍କୁ ମାନିଲେ ହେଲା। ଅନ୍ୟମାନଙ୍କ ମନ୍ତବ୍ୟରୁ ସେ କ'ଣଟା ଲାଭକ୍ଷତି ହିସାବ କରିବେ ଯେ !

ଇତ୍ୟବସରେ ବିପିନ ମହାପାତ୍ର ଚାକିରିରୁ ଗ୍ରହଣ କଲେ ଅବସର। ସରକାରୀ କ୍ୱାର୍ଟର ଛାଡି ଦଶ କିଲୋମିଟର ଦୂରରେ ଥିବା ନିଜ ଗାଁକୁ ଚାଲିଗଲେ ସସ୍ତ୍ରୀକ। ପୁଅ ବୋହୂକୁ ଖବର ଦେଇଦେଲେ ଯେ ଏଣିକି ସେମାନେ ଆସିଲେ ଆସିବେ ଗାଁକୁ।

ଦୁଇଦିନ ପାଇଁ ସେଦିନ ପ୍ରଥମଥର ପାଇଁ ଗାଁକୁ ଯାଇ ପହଂଚିଥିଲେ କୁନାଲ ଓ ତା ସ୍ତ୍ରୀ ଲିଜା। ପ୍ରଥମ ଦିନ ବିମଳା ପ୍ରୋଗ୍ରାମ କରିଦେଲେ କାହା କାହା ଘରକୁ ତାଙ୍କ ନୂଆବୋହୂକୁ ନେଇ ବୁଲାଇ ଆଣିବେ। ସେହି ଅନୁସାରେ ବୋହୂକୁ ନେଇଗଲେ ଗାଁର ମାନ୍ୟଗଣ୍ୟ ଲୋକଙ୍କ ଘରକୁ। ସେମାନଙ୍କ ଘର ପାଖକୁ ଯିବା ପୂର୍ବରୁ ବିମଳାଦେବୀ ଲିଜାର କାନରେ ଫିସ ଫିସ କହି ଦେଉଥିଲେ, ଏଇହେବେ ତୋ ଲେଖାଜୋଖାରେ ମାମୁଁ। ଦେଢ଼ଶୁର, କାକା ଇତ୍ୟାଦି। ପୁଣି କହୁଥିଲେ, ଏଠି ମୁଣ୍ଡିଆ ମାରିବୁ, ସେଇଠି ତାଙ୍କର ପାଦକୁ ଛୁଇଁବୁ। ମାତ୍ର, ବିମଳା ଦେବୀଙ୍କ କଥାନୁସାରେ ଲିଜା କିଛି କରି ନ ଥିଲା। ସମସ୍ତଙ୍କୁ କେବଳ ମୁଣ୍ଡରେ ଓଢ଼ଣା ଟାଣି ମୁଣ୍ଡ ନଇଁ ନମସ୍କାର ଜଣାଇଥିଲା। ବିମଳା ଦେବୀ ମନରେ କ୍ଷତ ବିକ୍ଷତ ହୋଇ ପଡୁଥିଲେ। ଏଇ ସାମାନ୍ୟ କଥାକୁ ବୋହୂଟା ତାଙ୍କୁ ମାନୁନି କାହିଁକି ଯେ କେଜାଣି ।

ତା ପରଦିନ କୁନାଲ ବୋଉକୁ କହିଲା, ବୋଉ, ଆମ ପାଇଁ ଉପରବେଳା ଜଳଖିଆ ପ୍ରସ୍ତୁତ କରିବୁନି। ମୁଁ ଟିକେ ଲିଜାକୁ ନେଇ ସହର ଆଡୁ ବୁଲାଇ ଆଣିବି। ଆମେ ଜଳଖିଆ ଖାଇ ଆସିବୁ ବାହାରେ। ବୋଉ ବିମଳା କହିଲେ, ଠିକ ଅଛି। ରାତିଯାକେ ରହିବୁନି ବାବୁ। ସନ୍ଧ୍ୟା ବେଳକୁ ଫେରି ଆସିବ।

ଘର କାମରେ ବ୍ୟସ୍ତ ଥିଲେ ବିମଳା। ସଜବାଜ ହୋଇ ସେପଟେ ତା କୋଠରୀ ଭିତରେ ଲିଜା ପ୍ରସ୍ତୁତ ହେଉଛି ସହର ଯିବାକୁ। କିଛି ସମୟ ପରେ ମୋଟର ସାଇକେଲର କିକ୍ ମାରିବାର ଶବ୍ଦ ଶୁଣି ଭାବିଲେ, କୁନାଲ ବାହାରି ଯାଇଛି ବୋଧହୁଏ ଲିଜା ସଙ୍ଗରେ। ସେ ଭାବିଥିଲେ ଯିବା ଆଗରୁ ବୋଉକୁ କହିକରି ଯିବ, ବୋଉ, ଆମେ ଆସୁଛୁ। ଉଦ୍‌ବେଗ ସହିତ ବିମଳା ଝରକାରର ସ୍କ୍ରିନ ଟେକି ଦେଖିଲେ କୁନାଲ ବସିଛି ମୋଟର ସାଇକେଲର ଆଗରେ। ପଛରେ କିଏ ସେ ? ସେ ଚିହ୍ନି ପାରିଲେନି। ମୁଣ୍ଡରେ ମୁକ୍ତକେଶ। ହାତରେ ଶଂଖା। ଦେହରେ ଜିନ୍ସ ପେଣ୍ଟ, ସାର୍ଟ। ସ୍ତ୍ରୀ କି ପୁରୁଷ ବା ?

ସଙ୍ଗେ ସଙ୍ଗେ ବାହାରିଗଲେ ବାହାରକୁ। ସେତେବେଳକୁ ଆଉ କୁନାଳ ନ ଥିଲା ସେଠି। ଚାଲିଯାଇଥିଲେ ସେମାନେ। ବିପିନ ବାବୁଙ୍କୁ ପଚାରିଲେ ବିମଳା, କୁନାଳ ସଙ୍ଗରେ କିଏ ଜଣେ ଗଲା ମ? ବିପିନବାବୁ କହିଲେ, ଦେଖିପାରିଲ ନି? ଲିଜା ପରା। ଆମ ବୋହୂ।

ଲିଜା ! ବିମଳାଙ୍କୁ ସ୍ୱର୍ଗରୁ ତଳକୁ ଖସିବା ପରି ଲାଗିଲା। ଲିଜା ଜିନ୍ସ ପେଣ୍ଟ ସାର୍ଟ ପିନ୍ଧି ଏଇ ଗାଁରୁ ବାହାରିଲା ? ରହିବଟି ଆମ ସମ୍ମାନ ? ଏଇ ମହାପାତ୍ର ପରିବାରର ଇଜ୍ଜତ ? କେଉଁ ସାହସରେ ମୁଁ ମୁହଁ ଦେଖାଇବି ସାଇପଡିଶାରେ ? ପୁଣି କହିଲେ ଦୋଷାରୋପ କରି ସ୍ୱାମୀ ବିପିନଙ୍କୁ, ତୁମେ କଣ କରୁଥିଲ ମ। ? ମନା କରିପାରିଲନି ଲିଜାକୁ ? ପ୍ରତ୍ୟୁତ୍ତରରେ ବିପିନବାବୁ କହିଥିଲେ, ମୁଁ କଣ ମନା କରିବି ଯେ ! କୁନାଳ ତ ନିଜେ ମନା କରି ପାରିଥାନ୍ତା ଲିଜାକୁ। ତା ସ୍ୱାମୀର ଯେଉଁଠି ସହମତି ଅଛି, ଆମ କଥାକୁ କ'ଣ ସିଏ ମାନିଥାନ୍ତା ?

ବିମଳା ଦେବୀ ସତରେ ଭାବି ପାରିଲେନି ଏତେ ଶାନ୍ତ ସୁଧାର, ବାଧ୍ୟ ସନ୍ତାନ କୁନାଳ କିପରି ଏତେ ବଦଳି ଯାଇଛି ଆଜି। ସବୁ କଥାରେ ବୋଉକୁ ନ ପଚାରିଲେ କିଛି କରେନି। ଆଉ, ଆଜି ଏ ଘରର ବୋହୂକୁ ଶାଢ଼ୀ ପିନ୍ଧାଇ ଓଢ଼ଣା ଟାଣି ଘରୁ ବାହାର କରିବା ପରିବର୍ତ୍ତେ ଅଲକ୍ଷ୍ମୀଆ କାମ କରିଛି ସେ। ତାଙ୍କ ପାଟିରୁ ବାହାରିଲା, ଫେରୁ ସେ, ତାକୁ ଦେବି ପାନେ ଆଜି। ରାଗରେ ଜଳି ଯାଉଥିଲେ ବିମଳା ଦେବୀ।

ଦୃଢ଼ ପ୍ରତିବାଦ କରି ବିପିନ ବାବୁ କହିଲେ, ଭୁଲରେ ସେ କଥା କରିବନି ବିମଳା। ଜାଣିଛନା, ସେ ଏଣିକି ଆମର ଆଉ ପୁଅ ନୁହେଁ। ସେ ଜଣେ ସ୍ତ୍ରୀଲୋକର ସ୍ୱାମୀ। ଆଉ, ସେ ଦୁହେଁ ତାଙ୍କର ନିଜ ଇଚ୍ଛାନୁସାରେ ଚଳିବାର ଅଧିକାର ଅଛି।

ପ୍ରତିବାଦ କରି ବିମଳା ଦେବୀ କହିଲେ: କଣ କହୁଛ ମ ! କୁନାଳ ଆମର ପୁଅ ନୁହେଁ? କାହାର ପୁଅ ତାହେଲେ ?

ମହାପାତ୍ର ବାବୁ ବୁଝାଇ କହିଲେ, ସେ ତ ଆମର ପୁଅ। କିନ୍ତୁ, ଜାଣିଛନା, ଜଣେ ବଡ ଲୋକ କହିଛନ୍ତି, ସନ ଇଜ ନଟ ସନ ହ୍ୱେନ ହି ଗେଟସ୍ ଏ ୱାଇଫ।

ବିମଳା ଦେବୀ ସେହି ବଡଲୋକଟିଏ କହିଥିବା କଥାକୁ ବୁଝିବାକୁ ଚେଷ୍ଟା କରୁଥିଲେ।

■

'କଥକ' ଏପ୍ରିଲ-ମେ-ଜୁନ ୨୦୧୩ ସଂଖ୍ୟାରେ ପ୍ରକାଶିତ

ଅନ୍ଧୁଣୀ ଝିଅ

ମଣିଷର ପ୍ରତ୍ୟେକ କାମନାକୁ ଚରିତାର୍ଥ କରିବାକୁ ଆବଶ୍ୟକ ହୁଏ ଆନ୍ତରିକ ଚେଷ୍ଟା ଓ କଠିଣ ପରିଶ୍ରମ। ଏହା ସତ୍ତ୍ୱେବି ବେଳେ ବେଳେ କାମନା ପୂରଣ ହେବା ସମ୍ଭବ ହୋଇ ପାରେନାହିଁ। ଏଥି ପାଇଁ ମଣିଷ ବିଶ୍ୱାସ କରେ ଭଗବାନଙ୍କ ଉପରେ। ତାଙ୍କର ଆଶୀର୍ବାଦ ନ ଥିଲେ କାମନା ଫଳବତୀ ହୁଏ ନାହିଁ। ଏଥି ପାଇଁ ଭଗବାନଙ୍କର ଶରଣାପନ୍ନ ହେବାକୁ ହୁଏ। କରିବାକୁ ହୁଏ ବ୍ରତ ଉପବାସ।

ମୋ ମିସେସଙ୍କର ସେମିତି ଗୋଟାଏ ମାନସିକ ଥିଲା । ଏକୋଇଶୀଟି ସୋମବାର ଉପବାସ କରିବାକୁ ସେ ମନସ୍ଥ କରିଥିଲେ। ସ୍ନାନ ଶୌଚ ସାରି ଫୁଲ, ଧୂପ ନଡିଆ ଇତ୍ୟାଦି ପୂଜା ସାମଗ୍ରୀ ନେଇ ଯାଆନ୍ତି ଶିବ ମନ୍ଦିର। ପୂଜାର୍ଚ୍ଚନା କରିନ୍ତି ସେଠାରେ।

ଶିବ ମନ୍ଦିର ଆମ ଘରଠୁ ବେଶୀ ବାଟ ନୁହେଁ। ପଦବ୍ରଜରେ ଯାଇ ଶିବ ଦର୍ଶନ କରି ଫେରି ଆସିବାକୁ ବିଶେଷ କଷ୍ଟ କରିବାକୁ ପଡେନି। ମାତ୍ର, ସମୟ ସାପେକ୍ଷ। ଶୀଘ୍ର ନ ଫେରିଲେ ଘର କାମକୁ ସମୟ ନିଅଣ୍ଟ ହେବ । ଏଥିପାଇଁ ତାଙ୍କୁ ବାଇକରେ ବସାଇ ଶିବ ମନ୍ଦିର ନେବା ଆଣିବାକୁ ମୋତେ ମିସେସ କହନ୍ତି। ମୁଁ ରାଜି ହୋଇଯାଏ। କାରଣ ମୋ ହାତରେ ପର୍ଯ୍ୟାପ୍ତ ସମୟ ଥାଏ ସେତେବେଳକୁ। ତାଛଡା ତାଙ୍କର ମାନସିକ ପୂରଣରେ ମୋର ବି ତ ମଙ୍ଗଳ ହେବ। ତାଙ୍କୁ ମନ୍ଦିର ବେଢ଼ାରେ ଛାଡି ଦେଇ ସେ ଫେରିବା ପର୍ଯ୍ୟନ୍ତ ମନ୍ଦିର ବାହାରେ ଅପେକ୍ଷା କରି ପୁଣି ତାଙ୍କୁ ଘରକୁ ଆଣିଲେ ମଧ୍ୟ ହୋଇଥାନ୍ତା, ମାତ୍ର ସେପରି ମୁଁ କରିନି। ମୁଁ ବି ମୋର ସ୍ନାନ ଶୌଚ ସାରି, ସଫା ଜାମା ପିନ୍ଧି ଶୁଦ୍ଧପୂତ ମନରେ ବାହାରି ପଡେ ଶିବ ମନ୍ଦିରକୁ। ଯାଇଛି ତ ମନୋରମାଙ୍କୁ ଛାଡିବାକୁ, ଏହା ସହିତ ମୁଁ କାହିଁକି ମନ୍ଦିର ଭିତରକୁ ଯାଇ ଶିବଙ୍କୁ ଦର୍ଶନ ନ କରି ଫେରି ଆସିବି ?

ଶିବ ମନ୍ଦିରକୁ ଗଲେ ଯେ କେବଳ ଶିବଙ୍କର ଦର୍ଶନ ହୁଏ ତାହା ନୁହେଁ, ଅନେକ ଚିହ୍ନା ଅଚିହ୍ନା ଲୋକଙ୍କ ସହିତ ସାକ୍ଷାତ ହୁଏ। କାହା କାହା ସହିତ ପରିଚୟ ବି ହୋଇଯାଏ ବିଭିନ୍ନ ସୂତ୍ରରୁ।

ସେଦିନ ସେମିତି ପରିଚିତ ହୋଇଥିଲା ସୁରଭି କାକୀଙ୍କ ସହିତ। ଶ୍ୱେତ ବସ୍ତ୍ର ପରିହିତା ଅପରାହ୍ନ ବୟସର ନାରୀଟିଏଙ୍କୁ ପାର୍ଶ୍ୱଦେବତାଙ୍କ ଗହଣରେ ଭେଟ ପାଇଥିଲେ ମନୋରମା ପ୍ରଥମେ ସେଦିନ। ଓଢ଼ଣା ଟାଣି ତାଙ୍କୁ ନମସ୍କାର ଜଣାଇଥିଲେ। ମୋତେ ତାଙ୍କ ଆଡକୁ ନିର୍ଦ୍ଦେଶ କରି କହିଥିଲେ- ନମସ୍କାର କର, ଏଇ ଆମର କାକୀ ହେବେ ମାନ୍ୟରେ। ମୁଁ ନମସ୍କାର ଜଣାଇଥିଲି। ତାପରେ ଆମେ ଯେ ଯାହାର ବାଟରେ ତିରୋହିତ ହୋଇଗଲୁ।

ସୁରଭି କାକୀ ସହିତ ମନୋରମା ମୋତେ ପରିଚିତ କରାଇ ଦେବାର ପ୍ରଥମ ଦିନରେ ମୁଁ ତାଙ୍କ ବିଷୟରେ କିଛି ପଚାରି ନ ଥିଲି ମନୋରମାଙ୍କୁ। କାରଣ ଏମିତି ଅନେକ ଲୋକଙ୍କୁ ସେ ପରିଚୟ କରାଇ ଦିଅନ୍ତି, ଯାହାର କିଛି ବୈଶିଷ୍ଟ୍ୟ ନ ଥାଏ। ମାତ୍ର, ସେ ମନ୍ଦିର ବେଢ଼ାରେ ଦ୍ୱିତୀୟ ଥର ମୁଁ ସୁରଭି କାକୀଙ୍କୁ ମନ୍ଦିର ବେଢ଼ାରେ ଭେଟିବା ପରେ ମୋର ମନରେ ଜିଜ୍ଞାସା ହେଲା ତାଙ୍କ ବିଷୟରେ ଜାଣିବାକୁ। ପଚାରିଥିଲି ମନୋରମାଙ୍କୁ ତାଙ୍କ ବିଷୟରେ।

ସୁରଭି କାକୀ ହେଉଛନ୍ତି ଶୀତାଂଶୁ କାକାଙ୍କର ପତ୍ନୀ। ଅକାଳରେ ବିଧବା ହେଇ ଯାଇଥିଲେ ସେ। ସେତେବେଳକୁ ତାଙ୍କର ଛୋଟ ଛୋଟ ଝିଅ ଚାରୋଟି କେବଳ। ପୁଅଟିଏ ପାଇବାର ଆଶାରେ ଏହି ଚାରୋଟି ଝିଅକୁ ଧରା ପୃଷ୍ଠକୁ ଆଣିବାକୁ ପଡିଥିଲା ସେମାନଙ୍କୁ। ମାତ୍ର, ତାଙ୍କର ଆଶା ବିଫଳ ହୋଇ ଯାଇଥିଲା ଶେଷକୁ। ଶୀତାଂଶୁ କାକାଙ୍କର କିଛି ଅସୁବିଧା ନ ଥିଲା ଏତେ ସଂଖ୍ୟକ ଝିଅମାନଙ୍କୁ ପାଳି ପୋଷି ଶ୍ୱଶୁରାଳୟକୁ ପଠାଇବାକୁ। ସେ ଥିଲେ ଏ ଅଂଚଳର ଜଣେ ନାମୀ କଂଟ୍ରାକ୍ଟର। ବଡ ବଡ ଠିକା ନେଇ ପ୍ରଚୁର ଅର୍ଥ ଉପାର୍ଜନ କରୁଥିଲେ। ଝିଅମାନଙ୍କ ନାମରେ ଖଣ୍ଡେ ଖଣ୍ଡେ ପାସବୁକ ଖୋଲି ପ୍ରତିମାସ କିଛି କିଛି ଟଙ୍କା ରଖି ଦେଉଥିଲେ। ସେ ଓ କାକୀ ମାନିନେଇଥିଲେ ଯେ ତାଙ୍କ ଭାଗ୍ୟରେ ପୁତ୍ର ସନ୍ତାନ ପ୍ରାପ୍ତିର ଯୋଗ ନାହିଁ। ଶୁଭେଚ୍ଛୁମାନେ କହୁଥିବା କଥା ଏଇଆ ଯେ କନ୍ୟା ସନ୍ତାନମାନେ ଆଜିକାଲି ପୁତ୍ର ସନ୍ତାନଠୁ ବେଶ ଭଲ। ଏ କଥାକୁ ସେ ଗ୍ରହଣ କରି ନେଇଥିଲେ। ସେ ବି କହୁଥିଲେ, ଜୋଇଁମାନେ କଣ ପୁତ୍ରର ବିକଳ୍ପ ନୁହନ୍ତି କି ?

ଦିନେ କିନ୍ତୁ ସୁରଭି କାକୀଙ୍କ ଭାଗ୍ୟ ଆକାଶରେ ଘୋଟି ଆସିଥିଲା କଳାହାଣ୍ଡିଆ ମେଘ। ଶିତାଂଶୁ କାକା ଅସୁସ୍ଥ ହୋଇ ପଡିଲେ ହଠାତ। ଦେହତ କଳାକାଠ ପଡି

ଆସୁଥିଲା ଆଗରୁ। ଅଚାନକ ଅସୁସ୍ଥ ହେବାପରେ ତାଙ୍କୁ ଚିକିତ୍ସା ପାଇଁ ନିଆଗଲା ଗୋଟାଏ ବଡ ହାସପାତାଳକୁ। ସେଠାରେ ଜଣା ପଡିଲା ତାଙ୍କର ହୋଇଚି ଲିଭର ସିରୋସିସ ରୋଗ। ଡାକ୍ତର ଔଷଧପତ୍ର ଦେଇ ପରାମର୍ଶ ଦେଲେ ସଂଯମତାର ସହିତ ରହିବାକୁ। ମଦ ପିଇବାର ଅଭ୍ୟାସକୁ ପରିତ୍ୟାଗ କରିବାକୁ।

ଡାକ୍ତରଖାନାରୁ ଫେରିବା ପରେ ସୁରଭି କାକୀ ଗୋଡେ ଗୋଡେ ଜଗିଲେ ଶୀତାଂଶୁ କାକାଙ୍କୁ। ଆଖିରେ ଆଖିରେ ରଖିଲେ। ବହୁତ ବୁଝାଇଲେ। କହୁଥିଲେ, ଦେଖ, ଚାରି ଚାରିଟି ଝିଅ ଆମର। ତୁମର ଯଦି କିଛି ହୋଇଯାଏ, କଣ ହେବ ଏମାନଙ୍କର ଅବସ୍ଥା ? ତୁମର ଦାଦା ଓ ଭାଇମାନେ କିଛିଟା ସାହାଯ୍ୟ କରିବେ ସତ, ମାତ୍ର ତାଙ୍କର ବି ତ ଝିଅମାନେ ଅଛନ୍ତି। ସେମାନେ କଣ ପାରିବେ ଆମର ଚାରି ଚାରିଟି ଝିଅର ଶିକ୍ଷା ଦୀକ୍ଷା, ବାହାଘର ? ଆଜିକାଲି ମହଙ୍ଗା ଯୁଗରେ ତ ଗୋଟିଏ ବାହାଘରକୁ ସମ୍ଭାଳିବା କଷ୍ଟ ହୋଇପଡୁଛି।

ଶୀତାଂଶୁ କାକା ସୁରଭି କାକୀଙ୍କୁ ଅଭୟବାଣୀ ଶୁଣାଇ କହିଥିଲେ, ମୁଁ ଆଉ ପିଇବିନି। ତୁମେ ଅଚିନ୍ତାରେ ରୁହ। ମୋ ଝିଅମାନଙ୍କର ଓ ପତ୍ନୀଙ୍କର ମୁଁ କେବେ ଅମଙ୍ଗଳ ଚାହିଁବି ?

ଆଶ୍ୱସ୍ତ ହୁଅନ୍ତି ସୁରଭି କାକୀ। କାକାଙ୍କର ସେବାଯତ୍ନ କରନ୍ତି ମନପ୍ରାଣ ଦେଇ। ଡାକ୍ତରଙ୍କ ପରାମର୍ଶ ଅନୁସାରେ ଔଷଧାଦି ଦିଅନ୍ତି ଠିକ ଠିକ ସମୟରେ। ତଥାପି, ଅସୁସ୍ଥ ହୋଇ ପଡନ୍ତି ମଝିରେ ମଝିରେ। ଏକଦା ଡାକ୍ତରଖାନାରେ ଚିକିତ୍ସାଧିନ ଥିବାବେଳେ ତାଙ୍କର ପ୍ରାଣବାୟୁ ଉଡିଗଲା। ସେତେବେଳକୁ ତାଙ୍କର ଦୁଇଟି ଝିଅର ବୟଃପ୍ରାପ୍ତି ହୋଇ ସାରିଥିଲା। ବଡଝିଅ ଗ୍ରାଜୁଏସନ ସାରିଥିଲା। ଅନ୍ୟମାନେ ଥିଲେ ସ୍କୁଲ କଲେଜର ଛାତ୍ରୀ।

ଶୀତାଂଶୁ କାକାଙ୍କ ଅକାଳ ବିୟୋଗ ପରେ ତାଙ୍କର ଶୁଦ୍ଧିକ୍ରିୟା ପାଇଁ କାକୀଙ୍କୁ କଉଡିଟିଏ ବି ଦେବାକୁ ପଡି ନଥିଲା। ତାଙ୍କର ଦେବର ଓ ଦେଢ଼ଶୁରମାନେ ସବୁ ଖର୍ଚ୍ଚ ତୁଲାଇ ନେଇଥିଲେ। ସେମାନେ ଆଶ୍ୱାସନା ଦେଇଥିଲେ ବି ତାଙ୍କର ଝିଅମାନଙ୍କର ବାହସାହା କଥା ବୁଝିବାକୁ । ସୁରଭି କାକୀ ସେତେବେଳକୁ ତଦାରଖ କରି ଦେଖିଥିଲେ ଝିଅମାନଙ୍କ ନାମରେ ରଖା ଯାଉଥିବା ଟଙ୍କାର ପରିମାଣ କେତେ ହୋଇଛି ପାସବୁକମାନଙ୍କରେ। ଦେଖି ଆଶ୍ଚର୍ଯ୍ୟ ହେଲେ ଓ ବିଶ୍ୱାସ କରି ପାରିଲେନି। କିଛି ବି ଟଙ୍କା ନ ଥିଲା କୌଣସି ପାସବୁକରେ। ସମସ୍ତ ଟଙ୍କା ଉଠାଇ ନେଇ ସେ ବୋଧହୁଏ ଲୁଚି ଛପି ମଦ୍ୟପାନ କରୁଥିଲେ। ସୁରଭି କାକୀ ସିନା କାକାଙ୍କର ରୋଗ ବାହାରିବା ପରଠୁ ତାଙ୍କୁ ଆକଟ କରିବାକୁ ଟଙ୍କା ପାଇସାର ହିସାବକିତାବ କଥା ନିଜ ହାତକୁ

ନେଇଥିଲେ, କାକାଙ୍କ ମଦ୍ୟପାନ କରିବାକୁ ପ୍ରଚୁର ପଇସା ଥିଲା ଝିଅମାନଙ୍କ ପାସବୁକମାନଙ୍କରେ। ଶୀତାଂଶୁ କାକା ଯେ ତାଙ୍କ ପରିବାର ପ୍ରତି ଏତେ ନିର୍ଦ୍ଦୟ ଓ ବେପରବାୟ ହେବେ ଏହା ସୁରଭି କାକୀ କାହିଁକି ଅନ୍ୟ କେହି କେବେ ବି ଆଶା କରି ନ ଥିଲେ। ଅବଶ୍ୟ କେବେ କେବେ ରାତିରେ ସୁରଭି କାକୀଙ୍କ ଆଗରେ କାକା ମଦ ପିଇଥିବାର ଧରାପଡି ଯାଉଥିଲେ। ସେତେବେଳେ ଶୀତାଂଶୁ କାକା କୈଫିୟତ ଦେଇ କହୁଥିଲେ, ଜଣେ ପୁରୁଣା ସାଙ୍ଗ ସହିତ ଅଚାନକ ଭେଟ ହୋଇଗଲା ତ, ସେ ଡାକିଲାରୁ ମନା କରି ପାରିଲି ନି। ନଚେତ, ମୁଁ ପଇସା ପାଇବି କେଉଁଠୁ ଯେ ପିଇବି?

ନିଜ ପତ୍ନୀ ଓ ପିଲାଛୁଆଙ୍କ ଭବିଷ୍ୟତ ପ୍ରତି ଜଣେ ବାପା ଆଖି ବୁଜି ଏପରି ଅନ୍ୟାୟ ଭାବରେ ଅବିଚାର କରେ, ତେବେ କାକୀ ବା କହିବେ କାହାକୁ? ନିଜର ଭାଗ୍ୟକୁ ଆଦରି ରହିବା ଛଡା ଅନ୍ୟ ପନ୍ଥା କିଛି ନ ଥିଲା।

ଯା ପରେ ସୁରଭି କାକୀଙ୍କ ପ୍ରଥମ ଝିଅକୁ ଦେବର ଓ ଦେଢ଼ଶୁରମାନେ ବାହା କରାଇ ଦେଇଛନ୍ତି ଏକ ସତ୍‌ପାତ୍ରରେ। ଏକଦା ସେମାନଙ୍କର ଉନ୍ନତିରେ ସହାୟକ ହୋଇଥିଲେ ଶୀତାଂଶୁ ଭାଇ। ଏବେ ତାଙ୍କ ଦେହାନ୍ତ ପରେ ସେମାନେ ସେହି ଭାଇଙ୍କ ପରିବାର ପ୍ରତି ଉଦାସୀନ ହେବେ ବା କିପରି? ଉଚ୍ଛନ୍ନ ହେବାକୁ ଦେବେ ବା କିପରି?

ମନୋରମାଠାରୁ ସୁରଭି କାକୀଙ୍କର ଦୁଃଖ କାହାଣୀ ଶୁଣି ଦୁଃଖିତ ହେଲି। ତାଙ୍କ ପ୍ରତି ସମବେଦନା ଜାତ ହେଲା ମୋ ମନରେ। ତାଙ୍କୁ ତ ଅନ୍ୟତ୍ର ଭେଟିବାର ସମ୍ଭାବନା ନାହିଁ, ମନ୍ଦିର ବେଢ଼ାରେ ଭେଟିବା ବେଳେ ସଂଭ୍ରମତା ଓ ସମ୍ମାନରେ ମୋ ମୁଣ୍ଡ ନଇଁ ଯାଏ ତାଙ୍କ ଆଡକୁ।

ଦିନେ ମନ୍ଦିର ବେଢ଼ାରେ ପାର୍ଶ୍ୱଦେବତାଙ୍କ ନିକଟରେ ମୁଁ ପହଂଚିବା ବେଳକୁ ସୁରଭି କାକୀ ପଦ୍ମାସନରେ ଥାଇ ମାଗୁଣୀ କରୁଥିଲେ ନିମ୍ନ ସ୍ୱରରେ- ପ୍ରଭୁ ମୋ ନିରୁକୁ ଦୃଷ୍ଟି ଦେ। ଠିକ ଭାବେ ଦେଖି ପାରୁ ସେ ଅନ୍ଧୁଣୀ। ମୁଁ ସେଠି ଅପେକ୍ଷା କରିଥିଲି କାକୀଙ୍କୁ ନମସ୍କାର ଜଣାଇବାକୁ। କାକୀ ତାଙ୍କ ମାଗୁଣୀ ସାରି ଉଠିବା ବେଳକୁ ମନୋରମା ବି ପୂଜା ସାରି ଆମ ପାଖକୁ ପହଂଚି ସାରିଥିଲେ। ଦୁହେଁ ନତ ମସ୍ତକରେ ନମସ୍କାର ଜଣାଇଲୁ କାକୀଙ୍କୁ। ସ୍ୱଭାବ ସୁଲଭ ସ୍ମିତ ହସ ଖେଳାଇ ଆଶୀର୍ବାଦ ଦେବା ପରେ ପଚାରିଲେ ଆମର ଭଲମନ୍ଦ।

ସୁରଭି କାକୀଙ୍କ କଣ୍ଠରୁ ଗୁଣୁ ଗୁଣୁ ସ୍ୱରର ମାଗୁଣୀ ଶୁଣି ମୁଁ ବିଶେଷ ଭାବେ ଦୁଃଖିତ ହୋଇ ପଡିଥିଲି ଯେ ତାଙ୍କର ଏକ ଅନ୍ଧୁଣୀ ଝିଅ ଅଛି। ଏ କଥା ତ ମନୋରମା ମୋତେ କହିନି ଏ ଯାଏ। ମନୋରମାଙ୍କୁ ପଚାରିଲି କଥାଟିକୁ ମନ୍ଦିରରୁ ଘରକୁ ଫେରିବା ବାଟରେ। ସେ କହିଥିଲେ, ନା ତ, ମୁଁ ବି ଜାଣିନି ଠିକ ଭାବେ। ଏମିତି ହୋଇଥାଇ

ପାରେ ମଧ୍ୟ ଯେ ଜନ୍ମବେଳକୁ ଭଲ ଥିବା ଝିଅଟିଏ ପରେ କୌଣସି କାରଣରୁ ଦୃଷ୍ଟି ଶକ୍ତି ହରାଇ ବସିଥାଇପାରେ। ମନୋରମା ବି କହିଲେ ଯେ ତାଙ୍କ ପରିବାର ସହିତ ଆମର ବଂଶଗତ ସଂପର୍କ ଥିଲେ ବି ସେ ପୁରାଭାବେ ସେମାନଙ୍କ ପରିବାର ବିଷୟରେ ଜାଣନ୍ତି ନାହିଁ। ଅନ୍ୟ କାହାକୁ ପଚାରିଲେ ହୁଏତ ସତ୍ୟାସତ୍ୟ ଜଣାପଡିବ।

ମୁଁ ପଚରା ଉଚୁରା କଲି ମୋର ଚିହ୍ନା ପରିଚିତ ତଥା ଅନ୍ତରଙ୍ଗ ବ୍ୟକ୍ତିଙ୍କୁ ଶୀତାଂଶୁ କାକାଙ୍କ ପରିବାର ବିଷୟରେ। ବିଶେଷଭାବେ ପଚାରିଲି ତାଙ୍କର ଅନ୍ଧୁଣୀ ଝିଅ ବିଷୟରେ। ଶେଷକୁ ମୋତେ ସତ୍ୟ ଓ ଦୃଢ଼ତାର ସନ୍ଦେଶ ପ୍ରାପ୍ତ ହେଲା ଯେ ସୁରଭି କାକୀଙ୍କର କୌଣସି ଅନ୍ଧୁଣୀ ଝିଅ ନାହାନ୍ତି। ସମସ୍ତେ ଚକ୍ଷୁଷ୍ମାନ। ତେବେ କଣ ମୁଁ ଭୁଲ ଶୁଣିଲି ସୁରଭି କାକୀଙ୍କ କଣ୍ଠରୁ ତାଙ୍କର ନିରୁ ନାମକ ଝିଅଟି ପାଇଁ ଦୃଷ୍ଟି ଶକ୍ତି ଯାଚନା କରିବାର ? ରହସ୍ୟ ହୋଇ ରହିଗଲା ମୋ ପାଇଁ ସେଇ କଥାଟି। ଏହି ପଚରା ଉଚୁରା ବିଷୟରେ ଅନ୍ୟ ଏକ ଅନାଲୋଚିତ ଓ ହୃଦୟ ବିଚଳିତ ଘଟଣା ଜାଣି ମୋ ମନ ଆନ୍ଦୋଳିତ ହୋଇ ଉଠିଥିଲା।

ଘଟଣାଟି ହେଉଛି ଏହିପରି। ସୁରଭି କାକୀଙ୍କର ଝିଅଟିଏ ଅଛି ସ୍ଥାନୀୟ ପବ୍ଲିକ ସ୍କୁଲରେ ଶିକ୍ଷୟତ୍ରୀ। ସେ କୁଆଡେ ଗୋଟିଏ ନୀଚ ଜାତିର ପୁଅକୁ ଭଲ ପାଉଛି। ପିଲାଟିର ଶିକ୍ଷା ଦୀକ୍ଷା ସେମିତି ନାହିଁ। ଆୟ ପନ୍ଥା ବି ନାହିଁ। ତାର ପୁଣି ବଦଗୁଣ ହେଲା ସେ ମଦ ପିଏ ପ୍ରଚୁର। ଏ କଥା ସୁରଭି କାକୀଙ୍କର ପୁତୁରାମାନେ ଜାଣିବା ପରେ ସେହି ପିଲାକୁ ତାଗିଦ କଲେଣି ଅନେକଥର। କଥାଟାକୁ ଆହୁରି ଆଗକୁ ବଢ଼ିବାକୁ ନ ଦେବାକୁ ସେମାନେ ବହୁଚେଷ୍ଟା କରୁଛନ୍ତି ଝିଅ ପାଇଁ ପାତ୍ରଟିଏ ଠିକ କରି ବାହା କରିଦେବାକୁ ଯେତେ ଶୀଘ୍ର।

ଅନ୍ୟ ଏକ ସୋମବାର ଦିନ ମନ୍ଦିରରୁ ଫେରିବା ବେଳେ ମନୋରମା କହିଲେ ମୋତେ, ବୁଝିଲ, ସୁରଭି କାକୀଙ୍କୁ ଭେଟିଥିଲି ଆଜି ମନ୍ଦିର ବେଢ଼ାରେ। ତୁମେ ସେତେବେଳେ ଥିଲ ଅନ୍ୟତ୍ର। କାକୀ ଖୁସିରେ କହୁଥିଲେ, ନିରୁର ବାହାଘର ପାଇଁ ଠିକ ହୋଇ ଯାଇଛି, ଇଂଜିନିୟର ପୁଅଟେ। ବେଦାନ୍ତରେ ଚାକିରି କରେ ସେ।

ମୋତେ ବି ଖୁସି ଲାଗିଲା। ଗୋଟାଏ ଅନ୍ଧକାର ଗୃହ ଭିତରେ କିଛି ସମୟ ଧରି ଦପ୍ କରି ଆଲୁଅଟିଏ ଜଳି ଉଠିଲେ ପରିବେଶ ଉଜ୍ଜ୍ୱଳମୟ ହୋଇଉଠେ। ପ୍ରଭାବନ୍ତ ହୋଇଉଠେ କାନ୍ଥବାଡ। ସେହିପରି ଖୁସିରେ ଉଜ୍ଜ୍ୱଳି ଉଠିଲା ମୋ ମନ। ନିରୁର ପ୍ରତିଛବି ମୋ ମନରେ ଝଲସି ଉଠିଲା। ଏଇ କିଛି ଦିନ ହେବ ନିରୁକୁ ଦେଖିଥିଲି ଅନିଧାର୍ଯ୍ୟ ଓ ଅଚାନକ ଭାବେ। ସେ ଘର ଘର ବୁଲି ସେନସସ ଏନୁମେରେସନ କରିବାବେଳେ ଆସି ପହଂଚିଥିଲା ଆମ ଘରେ। ମନୋରମା ଚିହ୍ନାଇ ଦେଇ ମୋତେ କହିଲେ, ଏଇ ସେ ନିରୁ,

ସୁରଭି କାକୀଙ୍କ ଝିଅ। ସେତେବେଳକୁ ମନେ ପଡିଲା ସେଇ ନିରୁ କଥା, ଯାହାକୁ ମୁଁ ଭାବି ନେଇଥିଲି ଅନ୍ଧୁଣୀ ବୋଲି। ଏଥର ନିଶ୍ଚିତ ହେଲି ଯେ ସେ ଅନ୍ଧୁଣୀ ନୁହେଁ। ବରଂ ତାର ଆଖି ଡୋଳା ଦୁଇଟିର ଔଜଲ୍ୟରେ ରହିଛି କିଛି ଯାଦୁକାରୀ ଶକ୍ତି। ଅଛି ବି କିଛି ମୋହିନୀ ଶକ୍ତି, ଯାହାର ଜାଲ ଭିତରେ ପଡି ଯାଇଛି ବୋଧହୁଏ ତଥାକଥିତ ସେଇ ନୀଚ ଜାତିର ପୁଅଟି। ବେଦାନ୍ତ ପରି ଭଲ ଦରମା ଦେଉଥିବା କଂପାନୀରେ ଇଂଜିନିୟର ଥିବା ପୁଅଟେ ଠିକ ହେବା ନିରୁ ପାଇଁ ନିଶ୍ଚିତ ଭାବେ ଖୁସିର କଥା। ଏଥର ନିହାତି ନିରୁ ସ୍ୱପ୍ନ ଦେଖୁଥିବ ସୁନ୍ଦର ସୁନ୍ଦର। ଭୁଲି ଯିବ ସେ ନୀଚ ଜାତିର ମଦୁଆ ପିଲାକୁ। ମୋତେ ଇଚ୍ଛା ହେଲା, ଏଥର ମନ୍ଦିର ବେଢ଼ାରେ ସୁରଭି କାକୀଙ୍କୁ ଭେଟିଲେ ମୋ ଖୁସି ଜଣାଇବି ନିଶ୍ଚୟ ତାଙ୍କୁ। କହିବି,କାକୀ, ନିରୁ ବାହାଘରକୁ କାର୍ଡ ଦେବାକୁ ଭୁଲିବନି ଯେମିତି।

ପରବର୍ତ୍ତୀ ସୋମବାର ଦିନ ସୁରଭି କାକୀଙ୍କୁ ମନ୍ଦିରଠାରେ ଭେଟିବା ବେଳେ ପ୍ରସ୍ତାବିତ ମୋର ଖୁସି ତାଙ୍କଠାରେ ଜାହିର କରିବା ପୂର୍ବରୁ ସେ ଖୁସିରେ କହିଲେ ଆମକୁ, ସବୁ ଶିବବାବାଙ୍କ କୃପା ବାବୁ। ଏଇ ଆସନ୍ତା ଗୁରୁବାର ଦିନ ନିରୁର ପିନ୍ଧାଣୀ ଅଛି। ଦୁହେଁ ଆସିବ ଘରକୁ।

ମାତ୍ର, ମଙ୍ଗଳବାର ଦିନ ଏକ ଚାଂଚଲ୍ୟକର ତାଜା ଖବର ସହରସାରା ଭ ସି ବୁଲୁଥିଲା, ଯାହାକୁ ଶୁଣି ମୁଁ ସ୍ତମ୍ଭୀଭୂତ ହୋଇ ପଡିଥିଲି। ନିରୁ ସେଇ ନୀଚ ଜାତିର ମଦୁଆ ପିଲା ସହିତ ପୂର୍ବ ରାତିରେ କୁଆଡେ ଫେରାର ହୋଇ ଯାଇଥିଲା।

ମନୋରମାଙ୍କ ଏକୋଇଶିଟି ସୋମବାର ପୁରିବାକୁ ଆହୁରି ପାଂଚଟି ବାର ବାକି। ଆମେ ସୁରଭି କାକୀଙ୍କୁ ଆଉ ମନ୍ଦିର ବେଢ଼ାରେ ଭେଟିଲୁନି। ସେ ଆଉ ଆସୁ ନାହାନ୍ତି ନା କଣ ?

ଶେଷ ସୋମବାର ଦିନ ଶିବ ଦର୍ଶନ ସାରି ମନ୍ଦିରରୁ ଫେରିବା ବେଳକୁ ସୁରଭି କାକୀଙ୍କ ସହିତ ଦେଖା ହେଲା ଅଚାନକ। ମୁଁ ସୁରଭି କାକୀ ପରି ଜଣେ ଦୁଃଖିନୀ ମାଆଙ୍କୁ କଣ ବା କହିଥାନ୍ତି, କହିଲି, କାକୀ ଅନେକ ଦିନ ହେଲା ଭେଟି ନ ଥିଲୁ ତୁମକୁ।

ସୁରଭି କାକୀ କହିଲେ, ଠିକ କହୁଛ ବାବୁ। ମୁଁ ଆସୁ ନ ଥିଲି ଏଠାକୁ। ଅଭିମାନ କରିଥିଲି ଭୋଲାନାଥ ଉପରେ। କେତେ କରି ମାଗିଥିଲି ମୋ ଅନ୍ଧୁଣୀ ନିରୁକୁ ଦୃଷ୍ଟି ଦେ ବୋଲି। ଦେଲାନି। ଭାବିଲି, କେତେ ଦିନ ବା ଅଭିମାନ କରିବି ଭୋଲାବାବା ଉପରେ। ଅନ୍ୟ ଝିଅମାନଙ୍କ ପାଇଁ ତ କିଛି ମାଗିବି ?

'କଥା' ଅଗଷ୍ଟ ୨୦୧୨ ର ସଂଖ୍ୟାରେ ପ୍ରକାଶିତ

ଅସ୍ପୃଶ୍ୟ ପ୍ରତିଦ୍ୱନ୍ଦୀ

ମର୍ଦ୍ଧରାଜ ସିଂ ଏଇ ଅଞ୍ଚଳର ଲୋକ ପ୍ରତିନିଧି । କେବଳ ଲୋକ ପ୍ରତିନିଧି ନୁହନ୍ତି ରାଜ୍ୟର ଜଣେ ଦକ୍ଷ ମନ୍ତ୍ରୀ । ରାଜ୍ୟ ବିଧାନସଭାକୁ ତିନି ତିନି ଥର ନିର୍ବାଚିତ ହୋଇ ଯାଉଛନ୍ତି ଏବଂ ଗୁରୁତ୍ୱପୂର୍ଣ୍ଣ ବିଭାଗରେ ମନ୍ତ୍ରୀତ୍ୱ ପଦରେ ଅଭିଶିକ୍ତ ହୋଇ ରହି ଆସୁଛନ୍ତି । ତାଙ୍କୁ ପରାସ୍ତ କରି କେହି ଏଯାଏ ଜୟଯୁକ୍ତ ହୋଇ ପାରିନାହାନ୍ତି । ଏଇ ଅଞ୍ଚଳର ଜନସାଧାରଣ ତାଙ୍କୁ ବିପୁଳ ଭୋଟରେ ବିଜୟ କରାଇ ଆସୁଛନ୍ତି । ତଥାପି ଏଥର କାହିଁକି କେଜାଣି ତାଙ୍କ ଛାତିରେ ଛନକା ପଶିଲା । ତାଙ୍କୁ ଲାଗୁଥିଲା କେହି ଜଣେ ପ୍ରତିଦ୍ୱନ୍ଦୀ ତାଙ୍କୁ ଆଗାମୀ ନିର୍ବାଚନରେ ହରାଇବାକୁ ସମର୍ଥ ହେବେ । ତାଙ୍କର ଅପ୍ରତିହତ ବିଜୟ ରେକର୍ଡ ଉପରେ କଳାକନା ବୁଲାଇବେ । କାରଣ ରାଜନୀତିର କିଛି ସ୍ଥିରତା ନଥାଏ । ସବୁ କିଛି ଠିକ ଥିଲେ ମଧ୍ୟ ଜନସାଧାରଣ ଅନେକ ଦିନର ଗୋଟାଏ ସାଶନ ପ୍ରତି ଆସ୍ଥା ନ ରଖି ନୂତନ ସରକାରକୁ ଚାହିଁବା ନଜିର ରହିଛି ଇତିହାସ ପୃଷ୍ଠାରେ । ତଥାପି ତାଙ୍କର ମନ ଭିତରେ ପ୍ରତ୍ୟୟ ସୃଷ୍ଟି ହେଉଥିଲା, ନା, ନା, ଏପରି ପରିବର୍ତ୍ତନର ସମ୍ଭାବନା ହେବ ବା କାହିଁକି ? ସେ ତ ତାଙ୍କ ନିର୍ବାଚନ ମଣ୍ଡଳୀର ଜନସାଧାରଣଙ୍କର ମଙ୍ଗଳ ପାଇଁ କାର୍ଯ୍ୟ କରି ଆସୁଛନ୍ତି । ରାସ୍ତାଘାଟ ନିର୍ମାଣ କରାଇଛନ୍ତି, ଗାଁକୁ ଗାଁ ଜଳ ଯୋଗାଣ ପାଇଁ ନଳକୂପମାନ ଖୋଲାଇଛନ୍ତି । ରିହାତି ମୂଲ୍ୟରେ ଗରୀବମାନଙ୍କ ପାଇଁ ଚାଉଳ ଯୋଗାଇ ଦେଇଛନ୍ତି, ପ୍ରତ୍ୟେକ ଗାଁରେ ବୃଦ୍ଧ ବୃଦ୍ଧାମାନଙ୍କୁ ବାର୍ଦ୍ଧକ୍ୟ ଭତ୍ତା ଓ ବିଧବା, ଅକର୍ମର୍ଣ୍ୟମାନଙ୍କ ପାଇଁ ମଧ୍ୟ ଭତ୍ତା ମଞ୍ଜୁର କରାଇଛନ୍ତି । ଜନସାଧାରଣଙ୍କର ଆନୁଗତ୍ୟ ଏବେ ତାଙ୍କ ପ୍ରତି ଅତୁଟ ରହିଛି । ତଥାପି ତାଙ୍କର ମନ ମାନିଲାନି । ଆଗାମୀ ନିର୍ବାଚନରେ ଯେ ତାଙ୍କର କଣ ହେବ ତାଙ୍କର ସନ୍ଦେହ ଘନୀଭୂତ ହେଲା ।

ମର୍ଦ୍ଧାରାଜ ସିଂ ତାଙ୍କର ଗୃହ ଜ୍ୟୋତିଷୀଙ୍କୁ ଡକାଇଲେ । ପଚାରିଲେ, କିପରି ଅଛି ତାଙ୍କର ଏଥରର ଗ୍ରହସ୍ଥିତି । ଆଗାମୀ ନିର୍ବାଚନରେ ସେ ବିଜୟ ପ୍ରାପ୍ତ ହେବେ କି

ନାହିଁ ? ଯଦି କିଛି ଅସୁବିଧା ଅଛି ସେଥିରେ କି ପ୍ରତିକାର କରାଯାଇ ପ ରେ ? ଗ୍ରହଶାନ୍ତି ଦ୍ୱାରା ତାକୁ ଦୂରିଭୂତ କରାଯାଇପାରେ କି ?

ଗୃହ ଜ୍ୟୋତିଷୀ ସବୁବେଳେ ମର୍ଦ୍ଧରାଜ ସିଂଙ୍କର ଶୁଭାଶୁଭ ବିଚାର କରନ୍ତି ନିର୍ଭୁଲ ଭାବେ। ଏଥିରେ ସେ ନିଜର ସମସ୍ତ ଜ୍ଞାନକୁ ବିନିଯୋଗ କରନ୍ତି। କାରଣ, ଧୋବା, ବାରିକ, ବ୍ରାହ୍ମଣଙ୍କ ପରି ସେ ମଧ୍ୟ ମର୍ଦ୍ଦରାଜ ସିଂଙ୍କ ପୂର୍ବପୁରୁଷ ଦ୍ୱାରା ଜମିଭୂମି ପ୍ରାପ୍ତ ହୋଇଛନ୍ତି ଏହିକର୍ମ ପାଇଁ। ନିଜର ପ୍ରଭୁଙ୍କ କାର୍ଯ୍ୟକୁ ବା କିପରି ଠିକଭାବେ ନ ତୁଲାଇବେ ? ସେ ମର୍ଦ୍ଧରାଜ ସିଂଙ୍କର ଜାତକ ବାହାର କଲେ। ମନକୁ ମନ ଗଣନା କଲେ। କାଗଜରେ କୋଷ୍ଠୀ ଚିତ୍ରଣ କରି ହିସାବପତ୍ର କଲେ। ମାତ୍ର, କହିଲେ, ସାର ମୋତେ ଆଜି ଦିନଟେ ସମୟ ଦିଅନ୍ତୁ, ଆସନ୍ତାକାଲି ମୁଁ ନିର୍ଭୁଲ ଭାବେ ଗଣନା କରି ଆପଣଙ୍କୁ ଜଣାଇବି। ମର୍ଦ୍ଧରାଜ ସିଂ ନାହିଁ କରି ପାରିଲେ ନାହିଁ । କାରଣ ଏପରି କାର୍ଯ୍ୟରେ ତରବର ହେବା ଠିକ ନୁହେଁ। ଧୀର ମନ, ସୁସ୍ଥ ଶରୀରରେ ଏବଂ ପୁରା ଧ୍ୟାନ ଲଗାଇ ସେ ଦେଖନ୍ତୁ।

ଆସନ୍ତା ଦିନ ଜ୍ୟୋତିଷୀ ଆସି କହିଲେ ଏକାନ୍ତରେ ମର୍ଦ୍ଦରାଜ ସିଂଙ୍କୁ- ସାର, ଆସନ୍ତା ନିର୍ବାଚନରେ ଆପଣଙ୍କର ଗ୍ରହଶୂଳ ରହିଛି। ପୂର୍ବ ନିର୍ବାଚନମାନଙ୍କ ପରି ଏଥରର ଗ୍ରହସ୍ଥିତି ସେତେଟା ଅନୁକୂଳ ନୁହେଁ। ଏଥର ଜଣେ ଅସ୍ପୃଶ୍ୟ ପ୍ରତିଦ୍ୱନ୍ଦୀ ଆପଣଙ୍କ ବିରୁଦ୍ଧରେ ପ୍ରତିଦ୍ୱନ୍ଦିତା କରିବ।

ମର୍ଦ୍ଧରାଜ ସିଂଙ୍କର ପାଟିରୁ ବାହାରି ପଡିଲା- ଅସ୍ପୃଶ୍ୟ ପ୍ରତିଦ୍ୱନ୍ଦୀ ?

ଜ୍ୟୋତିଷୀ କହିଲେ- ହଁ, ସାର। ଜଣେ ଅସ୍ପୃଶ୍ୟ ପ୍ରତିଦ୍ୱନ୍ଦୀ।

ଶଙ୍କାକୁଳ ମର୍ଦ୍ଧରାଜ ସିଂ ପଚାରିଲେ-ତା ହେଲେ କଣ ସେହି ପ୍ରତିଦ୍ୱନ୍ଦୀଙ୍କ ଦ୍ୱାରା ସେ ପରାଜିତ ହେବେ ?

-ଅସ୍ପଷ୍ଟ ସେହି ଫଳାଫଳ ସାର। ସେହି ପ୍ରତିଦ୍ୱନ୍ଦୀଟି ବହୁବଳଶାଳୀ ହୋଇ ଉଠିବ। ଲୋକ ସମର୍ଥନ ତାର ରହିବ ପ୍ରଚୁର। ତଥାପି ଆପଣଙ୍କର ବିଜୟ ଆଶା କରାଯାଇ ପାରେ, ସାର। ମାତ୍ର, ବହୁତ ସଂଘର୍ଷମୟ।

-ତେବେ ପ୍ରତିକାର କଣ ?

-ଯଜ୍ଞ, ଗ୍ରହଶାନ୍ତି।

ମର୍ଦ୍ଧରାଜ ସିଂ ପ୍ରମାଦ ଗଣିଲେ। ଯଜ୍ଞ, ଗ୍ରହଶାନ୍ତି ଆଦି ତ କରିବେ ନିଶ୍ଚୟ। ତେବେ ତାଙ୍କ ମନରେ ଗୋଟାଏ ପ୍ରଶ୍ନ ସବୁବେଳେ ଉଙ୍କି ମାରିଲା-ତାଙ୍କର ଅଲକ୍ଷ୍ୟରେ କେଉଁ ପ୍ରତିଦ୍ୱନ୍ଦୀଟି ରହିଛି ? ସେ ପୁଣି ଅସ୍ପୃଶ୍ୟ। କିଏ ହୋଇପାରେ ସେ ବ୍ୟକ୍ତି ଜଣକ। ତାକୁ କଣ ପ୍ରଚୁର ଲୋଭାନ୍ୱିତ କରି ନିର୍ବାଚନରୁ କ୍ଷାନ୍ତ କରି ହେବ ନି ? ସେ ଚିନ୍ତା

କଲେ ତାଙ୍କର ନିର୍ବାଚନ ମଣ୍ଡଳୀ ଭିତରେ ପାଣ, ମୋଚି ପରି ନୀଚ ଜାତିର ଲୋକେ କେଉଁ କେଉଁ ଗାଁରେ ଅଛନ୍ତି, ଏବେ ବି ଯେଉଁମାନଙ୍କୁ ଲୋକେ ଅଛୁଆଁ ମନେ କରନ୍ତି। ସେମାନଙ୍କ ଭିତରୁ କେହି କେହି କୁଜିନେତା, ସରପଞ୍ଚ, ପଞ୍ଚାୟତ ଚେୟାରମେନ, ଜିଲ୍ଲାପରିଷଦ ମେମ୍ବର ଆଦି ହୁଏତ ଥାଇ ପାରନ୍ତି। ସେପରି ଅନେକଙ୍କ ମୁଖ ମନ୍ତ୍ରୀ ମହାଶୟଙ୍କ ଆଖି ଆଗରେ ଝୁଲିଗଲେ। ମାତ୍ର କେହି ତ ସେପରି ପ୍ରତିଦ୍ୱନ୍ଦୀ ପରି ମନେ ହେଲେନି। ତେବେ ସେ ଚିନ୍ତା କଲେ ଦୁଇଟି କଥା। ପ୍ରଥମତଃ, ଅନେକ ବର୍ଷ ଧରି ବାହାରେ ରହୁଥିବା କେହି ଜଣେ ଅସ୍ପୃଶ୍ୟ ବ୍ୟକ୍ତି ଏବେ ଆସି ନିର୍ବାଚନରେ ପ୍ରତିଯୋଗିତା କରିପାରେ, ଯାହାକୁ କି ସେ ଜାଣନ୍ତି ନାହିଁ। ଦ୍ୱିତୀୟତଃ, ତାଙ୍କର ନିର୍ବାଚନ ମଣ୍ଡଳୀଟି ଏଥର ଆଦିବାସୀ କିମ୍ବା ହରିଜନ ପ୍ରାର୍ଥୀଙ୍କ ପାଇଁ ହୁଏ ତ ସଂରକ୍ଷିତ ହୋଇ ପାରେ। ପ୍ରଥମ ସନ୍ଦେହକୁ ଦୂର କରିବାକୁ ସେ ତଳ ସ୍ତରରେ ସମୀକ୍ଷା କରିବାକୁ ତଥା ଏତାଦୃଶ ଲୋକଟିଏର ଖବର ନେବାକୁ ଲୋକ ଲଗାଇଲେ। ଦ୍ୱିତୀୟ ସନ୍ଦେହକୁ ଦୂର କରିବାକୁ ସେ ଖବର ଲଗାଇଲେ ଦିଲ୍ଲୀ ପର୍ଯ୍ୟନ୍ତ, ତାଙ୍କ ନିର୍ବାଚନ ମଣ୍ଡଳୀଟି ଏଥର ସଂରକ୍ଷିତ ହେଉଛି କି ନା।

ତୃଣମୂଳ ସ୍ତରରୁ ତଦନ୍ତ କରି ଜଣା ପଡିଲା ଯେ ସେପରି କେହି ଅସ୍ପୃଶ୍ୟ ବ୍ୟକ୍ତି ଆସି ରାଜନୀତିକୁ ପଶିବାର ନାହିଁ। ଏହା ମଧ୍ୟ ନିଶ୍ଚିତ ଖବର ମିଳିଲା ଯେ ମର୍ଦ୍ଦରାଜ ସିଂଙ୍କର ନିର୍ବାଚନ ମଣ୍ଡଳୀଟି ସଂରକ୍ଷିତ ହେବାର ନାହିଁ।

ମର୍ଦ୍ଦରାଜ ସିଂ ପୁଣି ଡକାଇଲେ ସେହି ଜ୍ୟୋତିଷୀଙ୍କୁ। କହିଲେ- ଆପଣ କହିବା ଅନୁସାରେ ସେମିତି କିଛି ସମ୍ଭାବନା ତ ଦିଶୁନି। ଗଣନା ନିର୍ଭୁଲ ଅଛି ତ?

ଜ୍ୟୋତିଷେ କହିଲେ- ଆଜି ପର୍ଯ୍ୟନ୍ତ ଯେତିକି ଥର ଆପଣଙ୍କର ଫଳାଫଳ ଘୋଷଣା କରିଛି କେବେ କଣ ଭୁଲ ହୋଇଛି ?

ମନ୍ତ୍ରୀ ମର୍ଦ୍ଦରାଜ ସିଂ ମାନି ନେଇ କହିଲେ- ଭୁଲ ତ ହୋଇନି, ସତ କଥା। ଆପଣଙ୍କ ପ୍ରତି ମୋର ଆସ୍ଥା ବି ଅଛି। ମାତ୍ର, ଦେଖୁଛି, ସେମିତି କେହି ଅସ୍ପୃଶ୍ୟ...।

ଜ୍ୟୋତିଷେ କହିଲେ- ଆଗାମୀ ନିର୍ବାଚନକୁ ଆହୁରି ତଥାପି ବର୍ଷଟିଏ ବାକି। ଅପେକ୍ଷା କରାଯାଉ, ସାର।

ଅନ୍ୟ ଉପାୟ ନ ପାଇ ମର୍ଦ୍ଦରାଜ ସିଂ ନିରବ ରହିଲେ ଅନାଗତର ଉନ୍ମୋଚନ ଅପେକ୍ଷାରେ।

ମନ୍ତ୍ରୀମଣ୍ଡଳର କାର୍ଯ୍ୟକାଳ ପୁରିବାର ଆହୁରିଥାଏ ଆଠମାସ। ପ୍ରବଳ ଗ୍ରୀଷ୍ମ ପ୍ରବାହରେ ଲୋକେ ପ୍ରାଣ ହରାଉଥାନ୍ତି। ଜଳସ୍ତର ଏତେ ତଳକୁ ଚାଲି ଯାଇଛି ଯେ ଗଭୀର କୂପରୁ ମଧ୍ୟ ଜଳ ମିଳୁନି। ଜଳାଭାବର ଚିତ୍କାର ସାରା ରାଜ୍ୟରେ- ମର୍ଦ୍ଦରାଜ

ସିଂଙ୍କର ନିର୍ବାଚନ ମଣ୍ଡଳୀରେ ପ୍ରବଳତର। ମର୍ଦ୍ଦରାଜ ସିଂ ତତ୍ପର ହୋଇ ଉଠିଲେ। ଏଥର ଚାଲିଥିବା ବିଧାନସଭାର ଅଧିବେଶନ ଶେଷ ହେଲେ ସେ ନିଶ୍ଚୟ ଯିବେ ଲୋକମାନଙ୍କ ପାଖକୁ। ସେମାନଙ୍କ କଥା ବୁଝିବେ। କିପରି ଜଳ ସଙ୍କଟ ଦୂର ହେବ ଚେଷ୍ଟା କରିବେ। ତଥାପି ସେ ରାଜଧାନୀରେ ଥାଇ ନିଜ ଅଞ୍ଚଳର ଜଳକଷ୍ଟ ଦୂର କରିବାକୁ ପ୍ରଶାସନକୁ ନିର୍ଦ୍ଦେଶ ଦେଲେ। ସମସ୍ତ ଅଚଳ ନଳକୂପ ସଜାଡିଲେ। ଉକ୍ତ ଜଳାଭାବ ଥିବା ଗାଁରେ ନୂତନ କୂପ ଖୋଳାଇଲେ।

ହଠାତ ଦିନେ ସମ୍ବାଦପତ୍ର ଦେଖି ଚମକି ପଡିଲେ ମର୍ଦ୍ଦରାଜ ସିଂ। ତାଙ୍କ ନିର୍ବାଚନ ମଣ୍ଡଳୀର ଜଳାଭାବ ଦୂର କରିବାକୁ ସୁଦୂର ଆଗ୍ରା ନଗରୀରୁ ବାହାରି ଆସିଛନ୍ତି ଜଣେ ମହିଳା। ଟ୍ୟାଙ୍କର ସାହାଯ୍ୟରେ ବିଭିନ୍ନ ଗ୍ରାମକୁ ଜଳ ଯୋଗାଉଛନ୍ତି। ସେହି ଖବରକାଗଜରେ ସୂଚନା ଦିଆଯାଇଛି ଯେ ସେ ଲୋକଙ୍କ ସେବା କରିବେ ଏଥର ରାଜନୀତି ମାଧ୍ୟମରେ। ଫଟୋ ବି ବାହାରିଛି ତାଙ୍କର।

ଭଲଭାବେ ଜାଣନ୍ତି ସେହି ମହିଳାଙ୍କୁ ମର୍ଦ୍ଦରାଜ ସିଂ।

ଏକଦା ଏହି ଅଞ୍ଚଳଟି ଥିଲା ମର୍ଦ୍ଦରାଜ ସିଂଙ୍କ ପୂର୍ବପୁରୁଷଙ୍କ ଶାସନାଧୀନ। ରାଜତନ୍ତ୍ର ଥିବା ବେଳେ ସେମାନେ ଏଠାରେ ରାଜା ରୂପେ ଶାସନ କରୁଥିଲେ। ରାଜତନ୍ତ୍ର ଲୋପ ପାଇ ଦେଶ ସ୍ୱାଧୀନ ହେବା ପରେ ତାଙ୍କର ପିତା ଓ ଅନ୍ୟଭାଇମାନେ କିଏ କୁଆଡେ ଯାଇ ରହିଲେ ବିଭିନ୍ନ ବ୍ୟବସାୟ ଆଦି କରି। ସେମାନଙ୍କ ଅଚଳାଚଳ ଧନ ସମ୍ପତ୍ତିର ଭାଗ ବଣ୍ଟୁରା ପାଇଁ ସେମାନଙ୍କ ମଧ୍ୟରେ ଲାଗିଲା କଳହ। ଏକଦା ମର୍ଦ୍ଦରାଜ ସିଂ ଓ ତାଙ୍କ ଦୁଇ ଭାଇଙ୍କ ମଧ୍ୟରେ ସେହି ପୈତୃକ ସମ୍ପତ୍ତି ତଥା ଜମିଜମାର ଭାଗବଣ୍ଟୁରା ନିଷ୍ପତ୍ତି ହୋଇ ପାରି ନ ଥିଲା । ତାଙ୍କର ଭାଇ ଗୁମାନ ସିଂ ଅଭିମାନରେ ଚାଲି ଯାଇଥିଲେ ସୁଦୂର ଆଗ୍ରା ନଗରୀକୁ, ଯେଉଁଠି ତାଙ୍କର ଶ୍ୱଶୁରଙ୍କର କଳକାରଖାନା ରହିଛି। ତାଙ୍କ ସ୍ତ୍ରୀ ହିଁ ତାଙ୍କ ଶ୍ୱଶୁରଙ୍କ ଏକମାତ୍ର ଦାୟାଦ। ସେ ଆଜି ତାହାଲେ ଫେରିଛନ୍ତି ନିଜ ଦେଶକୁ ନିଜ ବଡଭାଇ ପ୍ରତି ଶତ୍ରୁତା ଆଚରଣ କରି। ସେ ନିଜେ ରାଜନୀତିରେ ପ୍ରତ୍ୟକ୍ଷ ଭାବେ ପ୍ରବେଶ ନ କରି ନିଜର ସ୍ତ୍ରୀକୁ ପ୍ରବେଶ କରାଉଛନ୍ତି। ଅବଶ୍ୟ ଏଇ ଗଣତନ୍ତ୍ରରେ ସମସ୍ତଙ୍କ ଅଧିକାର ଅଛି ସମାନ। କେଉଁଠି ବାପା ବିରୁଦ୍ଧରେ ପୁଅ ବି ପ୍ରତିଦ୍ୱନ୍ଦୀ ହୋଇ ନିର୍ବାଚନ ପ୍ରାଙ୍ଗଣରେ ଉତ୍ତୀର୍ଣ୍ଣ ହେଉଛି ତ କେଉଁଠି ସ୍ୱାମୀ ବିରୁଦ୍ଧରେ ସ୍ତ୍ରୀ। ଆଉ ଆଜି ତାଙ୍କ ବିରୁଦ୍ଧରେ ଯିଏ ବାହାରିଛନ୍ତି ପ୍ରତିଦ୍ୱନ୍ଦୀ ହୋଇ ସେ ଆଉ କେହି ନୁହନ୍ତି, ତାଙ୍କର ଭାଇବୋହୂ। ସେ ହିଁ ଅସ୍ପୃଶ୍ୟ ପ୍ରତିଦ୍ୱନ୍ଦୀ ତାଙ୍କ ପାଇଁ।

■

'ସମାଜ' ରବିବାର ଜୁନ ୧୪-୨୦,୨୦୦୯ ସଂଖ୍ୟାରେ ପ୍ରକାଶିତ

ବଟ ବୃକ୍ଷ

ରମା ବୋଉ ଆଜି ଆସି ସହରରେ ଥିଲେ ନିଜ ପୁତ୍ର ବିମଳଙ୍କ ଘରେ। ବିମଳ ଗତକାଲି ଯାଇଥିଲେ ଗାଁକୁ ବୋଉ ପାଖକୁ। ବୋଉକୁ ଆଣି ଘରେ କିଛି ଦିନ ରଖିବାର ତାଙ୍କର ନିହାତି ଆବଶ୍ୟକ। ବୋହୂ ସୁନନ୍ଦାର ପ୍ରସୂତୀ ସମୟ ପାଖାପାଖି ହେଲାଣି। ଡାକ୍ତର ଦେଇଥିବା ସମ୍ଭାବିତ ଦିବସ ଆଉ ଆଗକୁ ମାତ୍ର ଦଶଦିନ ବାକି। କେଉଁ ମୁହୂର୍ତ୍ତରେ ସୁନନ୍ଦାର କଷ୍ଟ ଆରମ୍ଭ ହେବ କେଜାଣି। ସଙ୍ଗେ ସଙ୍ଗେ ହାସପାତାଲରେ ଭର୍ତ୍ତି କରିବାକୁ ପଡିବ। ସୁନନ୍ଦା ପାଖେ ପାଖେ ରହିବାକୁ ଜଣେ ମହିଳା ନିହାତି ଆବଶ୍ୟକ। ସେଥିପାଇଁ ବିମଳ ଗାଁରୁ ମାଙ୍କୁ ଆଣିଥିଲେ।

ରମା ବୋଉ ବିମଳର ଏଇ ଘରକୁ ଥରେ ଆସିଥିଲେ ଏହି ଗୃହର ପ୍ରତିଷ୍ଠା ହେବାବେଳେ। ବିମଳ ଏଇ ସହରରେ ଚାକିରି କରେ। କିଛି ବର୍ଷ ଭଡା ଘରେ କଟାଇବା ପରେ ତା ପତ୍ନୀ ସୁନନ୍ଦା ସହିତ ରହୁଛି ଏଇ ନୂତନ ଘରେ। ବିମଳ ବୋଉକୁ କୁହେ ଗାଁ ଛାଡି ଏଠାରେ ରହି ଯିବାକୁ। କିନ୍ତୁ ବୋଉଙ୍କ ପସନ୍ଦ ନାହିଁ ସହରୀ ରହଣୀକୁ। ଗାଁରେ ତାଙ୍କର ଜନ୍ମ ହୋଇଥିଲା ଦିନେ। ସେ ବୋହୂ ହୋଇ ବି ଆସିଥିଲେ ଏକ ଗାଁକୁ। ଗାଁରେ ସେ ଦୁଇଟି ସନ୍ତାନର ମା ହେଲେ । ଝିଅ ରମାକୁ ସେ ବିବାହ ଦେଲେ ଏକ ସହରୀ ପୁଅକୁ ଯିଏ ଏବେ ତାଙ୍କଠୁ ଅନେକ ଦୂରରେ ରହେ। ପୁଅ ବିମଳ ବି ଶେଷକୁ ସହରରେ ଘର କରି ରହିଲାଣି। ରମା ବୋଉ ଏକା ରହନ୍ତି ଏତେ ବଡ ଘରେ ଗାଁରେ। ଦି ବର୍ଷ ହେଲା ସ୍ୱାମୀ ତାଙ୍କର ତାଙ୍କୁ ଛାଡି ଚାଲି ଯାଇଛନ୍ତି ଆରପାରିକୁ। ବାପାଙ୍କ ଦେହାନ୍ତ ପରେ ଝିଅ ରମା ଓ ଜୋଇଁ ଶାନ୍ତନୁ ତାଙ୍କୁ ଡାକିଛନ୍ତି ତାଙ୍କ ଘରେ ରହିବାକୁ। ବିମଳ ବି ଡାକୁଛି ତାଙ୍କୁ ତା ପାଖେ ଆସି ରହିବାକୁ। ହେଲେ ରମାବୋଉ ସମସ୍ତଙ୍କୁ ନାହିଁ କରି ଦିଅନ୍ତି। କାରଣ ଗାଁ ଜୀବନ ତାଙ୍କୁ ଭଲ ଲାଗେ। ଗାଁର ଯେଉଁ ଆତ୍ମୀୟ ପରିବେଶ ତାହା ସହରରେ ମିଳେ ନାହିଁ। ତାଙ୍କୁ ଲାଗେ, ସହରରେ ସମସ୍ତେ

ସ୍ୱାର୍ଥପର। ନିଜେ ନିଜେ ନିଜ ଘରର ନିବୁଜ କୋଠରୀ ଭିତରେ ରହିବା ପରି ରହିଥାନ୍ତି। ପାଖ ପଡୋଶୀଙ୍କୁ ବି ଚିହ୍ନନ୍ତି ନାହିଁ। ରମା ବୋଉ ଏପରି ପରିବେଶରେ ଚଳି ପାରିବେନି ସବୁଦିନ। ଏବେ ଗାଁ ଛାଡି ଆସିଛନ୍ତି କିଛି ଦିନ ରହିବା ପାଇଁ ଅଗତ୍ୟା। ବୋହୂ ସୁନନ୍ଦାର ପ୍ରସୂତୀ ପରେ କିଛି ଦିନ ରହି ପୁଣି ଫେରି ଯିବେ ତାଙ୍କ ଗାଁକୁ। ସେପଟେ ଗାଁର ଘର ଦ୍ୱାରର ଦାୟିତ୍ୱ ପାଖ ପଡୋଶୀଙ୍କୁ ଦେଇ ଚାଲି ଆସିଛନ୍ତି। ବେଶୀ ଦିନ ସେମାନେ ବି ଦାୟିତ୍ୱ ନେଇ ରହି ପାରିବେନି। ଶୀଘ୍ର ତାଙ୍କୁ ଫେରି ଯିବାକୁ ହେବ।

ରାତିରେ ଭଲ ନିଦ ହେଲାନି ରମାବୋଉଙ୍କୁ। ଗାଁରୁ ଆସୁ ଆସୁ ରାତି ହେଇ ଯାଇଥିଲା। ସେ ପାଖ ପଡିଶା ବୁଲି ନିଜର ସାଙ୍ଗ ଖୋଜିବାର ଥିଲା। ସାଙ୍ଗ ମାନେ ସଧବା ମହିଳା ହୁଅନ୍ତୁ କିମ୍ବା ବିଧବା ମହିଳା, ଯିଏକି ଏଇ ପବିତ୍ର କାର୍ତ୍ତିକ ମାସରେ ବୁଡ ପକାନ୍ତି। ସେମାନଙ୍କ ସହିତ ସେ ଯିବେ ପାହାନ୍ତା ପ୍ରହରକୁ ପୋଖରୀକୁ। ସ୍ନାନ ଶୌଚାଦି ସାରି ଫେରିବେ ଓ ପୂଜାପାଠ ସାରିବେ ସକାଳ ହେବା ବେଳକୁ। ଗାଁରେ ସେ ରାଧାବୋଉ, ମିନି ବୋଉ, ଶ୍ୟାମା ବୋଉମାନଙ୍କ ସହିତ ସ୍ୱତଃସ୍ଫୁର୍ତ୍ତ ଭାବେ ଏହି ସମସ୍ତ କାର୍ଯ୍ୟ କରୁଥିଲେ। ଛାପି ଛାପିକିଆ ଅନ୍ଧାର ଥାଉ ଥାଉ ଶଯ୍ୟାରୁ ଉଠି ପୋଖରୀକୁ ଯାଉଥିଲେ। ସ୍ନାନ ଶୌଚାଦି କର୍ମ ସାରି ଫେରିବା ବାଟରେ ବଟବୃକ୍ଷ ପୂଜା କରୁଥିଲେ। ତାପରେ ମନ୍ଦିରକୁ ଯାଇ ଦେବ ଦର୍ଶନ ସାରି ଘରକୁ ଫେରିବା ବେଳକୁ ପୂର୍ବାକାଶରେ ସିନ୍ଦୁରା ଫାଟୁଥିଲା। ଏଇ ସହରରେ ଏବେ ସେ କରିବେ କଣ? କୌଣସି କାର୍ତ୍ତିକ ହବିଷିଆଲିଙ୍କ ସହିତ ତାଙ୍କର ପରିଚୟ ହୋଇ ନଥିଲା। ଆସନ୍ତାକାଲି ସେ ପଚାରି ବୁଝିବେ ନିଶ୍ଚୟ ପାଖ ପଡିଶାରେ। ମାତ୍ର ଆଜି ସକାଳରେ ସେ ଏକା। କିପରି ସକାଳୁଆ କାର୍ଯ୍ୟକୁ ସମାପନ କରିବେ? ପଚାରିଥିଲେ ବୋହୂ ସୁନନ୍ଦାକୁ- ସହରର ଶେଷ ମୁଣ୍ଡରେ ଥିବା ହୀରାସାଗରର ପାଣି କେମିତି ଅଛି? ଏଇ ପାଖ ପଡିଶାର ମହିଳାମାନେ ପାହାନ୍ତା ପ୍ରହରକୁ କାର୍ତ୍ତିକ ବୁଡ ଦେଇ ଯାଆନ୍ତି କି? ବୋହୂ ସୁନନ୍ଦା ପରାମର୍ଶ ଦେଇଥିଲା ଶାଶୁଙ୍କୁ ଆଜି ଦିନଟା ସେ ଘର ବାଥରୁମରେ କାମ ସାରିଥାନ୍ତୁ। ଆସନ୍ତାକାଲି ବୁଝିବେ ପାଖ ପଡିଶା ମହିଳାମାନଙ୍କୁ।

ବୋହୂ ସୁନନ୍ଦାର କଥାନୁସାରେ ପାହାନ୍ତା ପ୍ରହରରୁ ଉଠି ରମା ବୋଉ ସ୍ନାନାଗାରରେ ନିଜର ସ୍ନାନ ଶୌଚାଦି କାର୍ଯ୍ୟ ସାରି ଦେଲେ। ସେ ଜାଣନ୍ତି ଆଗକୁ ଅଧ କିଲୋମିଟର ରାସ୍ତାରେ ଏକ ମନ୍ଦିର ଅଛି। କାଳିଆକାହ୍ନୁ ମନ୍ଦିର। ସେ ସେଥର ଏଠାକୁ ଆସିଥିବା ବେଳେ ଥରେ ଯାଇଥିଲେ ଦର୍ଶନ କରି। ତାଙ୍କର ମନେ ବି ଅଛି ଯେ ମନ୍ଦିର ଯିବା ବାଟରେ କଡ଼େକଡ଼େ ପଡେ ଗହୀରି ବିଲ। ସେଠାରୁ ଆଗକୁ କିଛି ବାଟ ଘରଦ୍ୱାର ନ ଥିଲା। ନିଛାଟିଆ ରାସ୍ତା। ବିଲ ପାରି ହେଲେ ସେ ପଟେ ମନ୍ଦିର।

ସେପଟେ ପୁଣି ଏକ ଜନ ବସତି। ମନ୍ଦିରର ଏପଟେ ଏକ ବଟବୃକ୍ଷ। ସେ ପାଣି ଗଡାଏ ସହିତ ପୂଜା ସାମଗ୍ରୀ ଧରି ବାହରି ଆସିଲେ ଘରୁ। ଶଯ୍ୟା ତ୍ୟାଗ କରି ନ ଥିବା ପୁଅବୋହୂଙ୍କୁ ସେ ସୂଚନା ଦେଇଥିଲେ ଯେ ବଟପୂଜା ଓ ଠାକୁର ଦର୍ଶନ କରିବାକୁ ସେ ଯାଉଛନ୍ତି ।

ଘରୁ ରାସ୍ତାକୁ ବାହାରି ଦେଖିଲେ ରାସ୍ତାଟି ଆଲୋକିତ ଦିଶୁଛି ଧାଡି ଧାଡିକିଆ ଲାଇଟ ପୋଷ୍ଟମାନଙ୍କ ହେତୁ। ଯା' ପୂର୍ବରୁ ସେ ଆଶଙ୍କା କରୁଥିଲେ ରାସ୍ତା ଅନ୍ଧାର ଥାଇପାରେ ବୋଲି। ଏବେ କିଛି ଅସୁବିଧା ହେବନି ମନ୍ଦିର ଯିବାକୁ। ଚାଲିଲେ।

ରମା ବୋଉ ଦେଖିଲେ, ଯେଉଁଠି ଖୋଲାମେଲା ପଡିଆ ଥିଲା ଏବେ ସେଇଠି ଦିତାଲା ପ୍ରସାଦୋପମ ଗୃହ ନିର୍ମାଣ ହୋଇ ସାରିଛି। ସେଥର ସେ ଆସିଥିବା ବେଳେ ବିମଳର ଘର ଥିଲା ଏଇ ସାହିର ଶେଷତମ ଘର। ଏବେ ଯେ ଗହୀରି ବିଲରେ ବି ଘରମାନ ମୁଣ୍ଡ ଟେକି ଠିଆ ହେଲେଣି।

ରାସ୍ତାରେ ଯାଉ ଯାଉ ହଠାତ ଅଟକି ଗଲେ ରମାବୋଉ। ଆରେ! ସେ ବଟବୃକ୍ଷଟା କୁଆଡେ ? ସେ ପଛରେ ଛାଡି ଆସି ନାହାନ୍ତି ତ! କିଛି ପଛକୁ ଫେରିଲେ। ନାଇଁ ତ, ପଛରେ ନାହିଁ କୌଣସି ବଟବୃକ୍ଷ। ଏଇ ଆଖ ପାଖରେ ଥିବା କଥା। ତେବେ ସେ କଣ ଅନ୍ୟ ରାସ୍ତାକୁ ଭୁଲରେ ଆସି ଯାଇଛନ୍ତି କି ? ପୁଣି ଦୃଢ଼ ହେଲେ ଯେ ସେ ଠିକ ରାସ୍ତାରେ ଅଛନ୍ତି, କାରଣ ତାଙ୍କ ଆଗକୁ ମର୍କୁରୀ ଆଲୁଅରେ ସେ ସ୍ପଷ୍ଟ ଦେଖିପାରୁଥିଲେ କାଳିଆକାହ୍ନୁ ମନ୍ଦିର।

ହଠାତ ଏକ ରିକ୍ସା ଆସିଲା ଗଡାଣିଆ ଆଡୁ। ସକାଳୁ ସକାଳୁ କେଉଁ ଦ୍ରୁତଗାମୀ ବସ ଲାଗେ ବୋଧହୁଏ ବସଷ୍ଟାଣ୍ଡରେ। ଯାତ୍ରୀ ଓହ୍ଲାନ୍ତି ସେଠି। ସେଥିପାଇଁ ଏତେ ଭୋଅର ବେଳୁ ଯାଉଛି ରିକ୍‌ସା। ରମାବୋଉ ହାତ ମାରିଲେ ରିକ୍ସାବାଲାକୁ। ରିକ୍ସାବାଲା ରିକ୍ସାର ବ୍ରେକ କଷି ପଚାରିଲା କୁଆଡେ ଯିବ ?

ରମାବୋଉ କହିଲେ- ଯିବାର ତ ନାଇଁ କୁଆଡେ ଯେ, ଆଚ୍ଛା କହିଲ, ଏଠିକାର ବରଗଛଟା କୁଆଡେ ? ରିକ୍ସାବାଲା କହିଲା- ବରଗଛଟା କଣ ଆଉ ଅଛି ? କଟା ହେଲାଣି ପରା ଘର ତିଆରି ହେବ ବୋଲି। ଏଇଟା ତା ଗଣ୍ଡିଟା ଦିଶୁଛି ପରା କହି ସେ ତା ଆଙ୍ଗୁଳି ନିର୍ଦ୍ଦେଶ କଲା।

ହତାଶ ହୋଇ ପଡିଲେ ରମାବୋଉ। ଆଶ୍ଚର୍ଯ୍ୟ ବି ହେଲେ। ଘର ତୋଳିବାକୁ ବଟବୃକ୍ଷକୁ ହଣାହୁଏ ଏଠାରେ ? ତାଙ୍କ ଗାଁ ଆଡେ ପରା ବିଶ୍ୱାସ ଅଛି ବଟବୃକ୍ଷ ରୋପଣ କଲେ ପୂଣ୍ୟ ଅର୍ଜନ ହୁଏ। ସେ ନିଜେ ଗାଁ ପୋଖରୀ ହୁଡାରେ ଲଗାଇଛନ୍ତି ବରପିପ୍ପଳୀ ଗଛ। ବରଗଛ ହେଉଛି ହରହର ମହାଦେବଙ୍କ ପ୍ରତୀକ ଓ ପିପ୍ପଳୀ ଗଛ ହରିଙ୍କର

ପ୍ରତୀକ। ବରଗଛ ମନୋବାଞ୍ଛା ପୂରଣ କରିଥାଏ ବୋଲି ତାହାକୁ ଲୋକେ ପୂଜା କରନ୍ତି। ତାହାର ଶ୍ରେଷ୍ଠ ନାମ ହେଉଛି କଳ୍ପବଟ। ଏହାର ଛାୟା କେତେ ଶୀତଳ। ପଥକ୍ଲାନ୍ତ ପଥିକ ଏହାର ଛାଇରେ ବସି ବିଶ୍ରାମ ନେଇ ଆରାମ ପାଇଥାଏ। ଏହାର ଡାଳରେ କେତେ ପକ୍ଷୀ ବାସ କରନ୍ତି। ଅନ୍ଧକାର ରାତିରେ ଏହାର ଡାଳସାରା ଜୁଳୁଜୁଳିଆ ପୋକମାନେ ବସି ଆଲୋକିତ କରୁଥାନ୍ତି।

କଣ କରିବେ ଏବେ ରମାବୋଉ ? ଅନ୍ୟ କେଉଁଠି ଆଖ ପାଖରେ ତ ବଟବୃକ୍ଷ ଥିବା ସେ ଜାଣନ୍ତି ନାହିଁ। ତେବେ କାର୍ତ୍ତିକ ମାସର ପ୍ରତ୍ୟେକ ଦିନ ତାଙ୍କ ହାତରୁ କିଛି ଜଳ ଓ ପୂଜା ପାଇ ଆସୁଥିବା ବଟମହାଦେବ ଆଜି କଣ ବଞ୍ଚିତ ହେବେ ? ଅପୂଜ୍ୟ ହୋଇ ରହିଯିବେ ? ତାଙ୍କ ପାଦ ଦି'ଟି ମାଡି ଚାଲିଲା ସେଇ କଟା ଗଣ୍ଡି ଆଡକୁ। ଅଦୂରରୁ ପଡୁଥିବା ବିଜୁଳି ଆଲୁଅରେ ସ୍ପଷ୍ଟ ଦେଖି ପାରୁଥିଲେ ରମାବୋଉ ବଟବୃକ୍ଷର ବିଶାଳ ଗଣ୍ଡିକୁ କଟା ହୋଇଛି। ଗଣ୍ଡିଟି ମାଟିରୁ ଦୁଇ ଫୁଟ ପ୍ରାୟ ଉଚ୍ଚରେ ଅଛି, କିନ୍ତୁ ତହିଁରୁ ବି କିଛି କାଠ ଉତାରି ନିଆ ଗଲାଣି। ଦୁଃଖ ପ୍ରକାଶ କଲେ ରମାବୋଉ। ନମସ୍କାର କଲେ ଗଛକୁ। ଅନ୍ୟନ୍ୟୋପାୟ ହୋଇ ସିଦ୍ଧାନ୍ତ କଲେ ସେଇଠି ଏକା ସେ ଆଜିର ପୂଜାକାର୍ଯ୍ୟ ସମାପନ କରିବେ। କାରଣ ତାଙ୍କୁ ଲାଗିଲା ବଟବୃକ୍ଷ ଜୀବିତ ଅଛନ୍ତି। ମାଟିରେ ତାଙ୍କର ଅଜସ୍ର ଜୀବିତ ଚେର ରହିଛି। ସେ ଏଥର ତାଙ୍କର ପୂଜା କାର୍ଯ୍ୟ ଆରମ୍ଭ କରିଦେଲେ। ବଟବୃକ୍ଷ ପୂଜାର ଗୀତ ଗାଇ ବଟବୃକ୍ଷର ଗଣ୍ଡିକୁ ପ୍ରଦକ୍ଷିଣ କଲେ ସାତ ବାର।

ହଠାତ ଏକ 'ଧଡାସ' ଶବ୍ଦରେ ଚମକି ପଡିଲେ ରମାବୋଉ। ଦେଖିଲେ ରାସ୍ତାର ଆରପଟେ ନୂଆ ହୋଇ ତିଆରି ହୋଇଥିବା ଘରର ଏକ ଝର୍କା ଖୋଲିଗଲା। ଝର୍କାର ସେପଟେ ଏକ ଝିଅ ବଡ ପାଟିରେ ଡାକୁଛି - ବୋଉ ଲୋ, ବୋଉ। ଦେଖିବୁ ଆ। ଗୋଟିଏ ପାଗେଳୀ ଆସି କଣ କଣ ଗୀତ ଗାଇ ବୁଲୁଛି କଟା ବରଗଛର ଚାରିଆଡେ।

ରମାବୋଉଙ୍କ ଇଚ୍ଛା ହେଲା ପ୍ରତିବାଦ କରିବାକୁ। ସେ ପାଗେଳୀ ନୁହନ୍ତି। ବଟବୃକ୍ଷକୁ ପୂଜା କରୁଛନ୍ତି ଅନ୍ୟ ଉପାୟ ନ ପାଇ। ମାଟି ଭିତରେ ତ ବଟ ବୃକ୍ଷର ଜୀବନ ଅଛି। କିନ୍ତୁ କିଛି କହିଲେନି। ଭାବିଲେ, କହୁଥାନ୍ତୁ ଯାହା କହୁଛନ୍ତି ସେମାନେ। କ'ଣ ବୁଝିପାରିବେ ଏଇ ଧର୍ମଛଡା ଆଧୁନିକ ଯୁଗର ଲୋକମାନେ ପୂଜାପାର୍ବଣର ମହତ୍ତ୍ୱ। ବଟପୂଜାର ଉପାଦେୟତା। ଏମାନଙ୍କ ସହିତ ଯୁକ୍ତି କରିବା ମୂର୍ଖାମୀ। ନିଜ କାର୍ଯ୍ୟ ସାରିଲେ ହେଲା। ପୁଣି ପୂର୍ବବତ ପ୍ରଦକ୍ଷିଣ କଲେ ବଟ ଗଣ୍ଡିକୁ। ଶେଷକୁ ମୁଣ୍ଡିଆ ମାରି ମନ୍ଦିର ଆଡକୁ ବାହାରିଲେ। ଦେଖି ଆଶ୍ଚର୍ଯ୍ୟ ହେଲେ ଯେ ଅଦୂରରେ

ଏକ କାଠୁରିଆ ହାତରେ ଟାଙ୍ଗିଆ ଓ ଡଳାଖଣ୍ଡେ ଧରି ଠିଆ ହୋଇଛି। ତାଙ୍କୁ ଅପେକ୍ଷା କରିଛି। ସେ ପୂଜା କାର୍ଯ୍ୟ ସାରିଲେ ଗଣ୍ଡିର ଅବଶିଷ୍ଟାଂଶକୁ ପୁରା ସଫା କରିଦେବ ଯେପରି। ସତକୁ ସତ ସେ ମନ୍ଦିରରୁ ଘରକୁ ଫେରିବା ବେଳକୁ ଦେଖିଲେ ଯେ ଜଣେ ସ୍ତ୍ରୀଲୋକ ଡଳା ଭର୍ତ୍ତି କାଠ ମୁଣ୍ଡରେ ବୋହି ଯାଉଛି । ବରଗଛର ଗଣ୍ଡିଟା ଆଉ ନାହିଁ। ଲୋକଟା ଗଣ୍ଡିର ଚାରିପଟେ ମାଟି ଖୋଳୁଛି। ବୋଧହୁଏ ଚେରଗୁଡିକୁ ବି ଉପାଡି ନେବ ଏହି କାଠ ରାକ୍ଷସ।

ତାଙ୍କ ପାଟିରୁ ବାହାରି ପଡିଲା- ହେ ବଟ ମହାଦେବ ! ଏମାନଙ୍କୁ କ୍ଷମା କର। କାରଣ. . . . . .।

■

'ସମାଜ' ରବିବାର ଏପ୍ରିଲ ୨୬-ମେ ୨,୨୦୦୯ ସଂଖ୍ୟାରେ ପ୍ରକାଶିତ।

ଚକ୍କା

ଶୀତ ଦିନର ସନ୍ଧ୍ୟା। ସ୍କୁଲ ଓ ଅଫିସ ଫେରିବା ପରେ ପରେ ସେ ମାଡିଆସେ। ଚାହୁଁ ଚାହୁଁ ରାତି ଆସି ତାର ସ୍ଥାନ ଅଧିକାର କରି ନିଏ ଏକ ଲମ୍ବା ସମୟର ରାଜୁତି ପାଇଁ।

ସଞ୍ଜ ହେବା ପରେ ବିରୂପାଙ୍କ ଧୈର୍ଯ୍ୟ ଆଉ ରହିଲାନି। ମନ ଅଶାନ୍ତ, ଉଦ୍‌ବେଗ ଆଡକୁ ଗଡି ଚାଲିଲା। ନାନା ଦୁଶ୍ଚିନ୍ତା ମନ ଭିତରକୁ ପଶି ତାଙ୍କୁ ଦୁର୍ବଳ କରି ଦେଲା।

ବିରୂପା ନିଜ ଘରର ଅଗଣାକୁ ବାହାରି ଠିଆ ହୋଇ ଦେଖୁଥିଲେ ସାମ୍ନା ରାସ୍ତାଆଡକୁ। ସଞ୍ଜ ଗଡି ଯାଉଛ। ପକ୍ଷୀମାନେ ଆକାଶରେ କଳରବ କରି ନିଜ ନିଜର ନୀଡାଭିମୁଖେ ବାହୁଡି ଯାଉଛନ୍ତି। ଗାଈଗୋରୁ ପଲ ଫେରିବାର ଅନେକ ସମୟ ଗଡିଗଲାଣି। ପ୍ରତିଦିନ ଏଇ ସାହିକୁ ବିକ୍ରି ପାଇଁ ଆସୁଥିବା ବରାଘୁଗୁନିବାଲା ତାର ବିକ୍ରିବଟା ସାରି ଠେଲା ନେଇ ଚାଲିଗଲାଣି। ଅଥଚ, ଏଯାଏ ଛବିର ଦେଖା ନାହିଁ।

ସକାଳ ଦଶଟାରୁ ଅନ୍ୟ ଦିନମାନଙ୍କ ପରି ଆଜି ତର ତର ହେଇ ଗରମ ଭାତ ଗଣ୍ଡେ ଖାଇ ବାହାରି ଯାଇଥିଲା ଛବି କଲେକଟୋରିଏଟକୁ, ଯେଉଁଠି ସେ ଡାଟା ଏଣ୍ଟ୍ରି ଅପରେଟର ଭାବେ କାମ କରେ। କାମ ମାନେ ଚାକିରି ନୁହେଁ। କାରଣ ଦରମା ମିଳେନି ତାକୁ। ମଜୁରୀ ମିଳେ। ଏମସିଏ କରି ଏତେ ପାଠ ପଢ଼ିଲା କମ୍ପୁଟର ଉପରେ, ଅଥଚ ଭଲ ଚାକିରିଟିଏ ମିଳିନି ତାକୁ ଏଯାଏ। ମିଳି ପାରନ୍ତା ବାଙ୍ଗାଲୋର କିମ୍ବା ହାଇଦ୍ରାବାଦ ପରି ବଡ ଆଇଟି ସହରରେ। ମାତ୍ର, ତାକୁ ଏତେ ଦୂରକୁ ବାପାମା' ଛାଡିବାକୁ ଚାହିଁ ନାହାନ୍ତି ଏଯାଏ। କାରଣ, ସେ ଜଣେ ଝିଅ ପିଲା। ତେବେ ବସିବା ଅପେକ୍ଷା କାଶିବା ନ୍ୟାୟରେ ସେ କିଛି ଡାଟା ଏଣ୍ଟ୍ରି କାମରେ ଲାଗିଛି। ତଦ୍ୱାରା ପ୍ରଥମତଃ ହାତକୁ ଦି' ପଇସା ଆସି ଯାଉଛି, ଦ୍ୱିତୀୟତଃ ବେକାର ଓ ବିରକ୍ତିକର ସମୟ କଟି ଯାଉଛି ସୁରୁଖୁରୁରେ।

ହାତରେ କୌଣସି ଭିଡ କାମ ନଥିଲେ ଛବି ପ୍ରତିଦିନ ରିଫ୍ରେସନ ବେଳାରେ

ଘରକୁ ଆସି ଫ୍ରେସ ହୋଇ ପୁଣି ଚାଲିଯାଏ। ସେତେବେଳେ ଲାଇଟ ଖାଦ୍ୟଟିକିଏ ଖାଇଦେଇ ଯାଏ। ଆଜି କିନ୍ତୁ ସେ ଘରକୁ ଆସିବାର ଜଣାପଡୁନି। ଖାଇବା ପରେ ସଫା ହେବାକୁ ରଖା ହୋଇଥିବା ଅଇଁଠା ବାସନ ଜାଗାରେ ତାର ବାସନ ନାହିଁ। ତାଲାଖୋଲି ଘର ଭିତରକୁ ପଶି ଡାଇନିଂ ସ୍ପେସକୁ ଦେଖିବା ମାତ୍ରେ ବିରୂପା ଜାଣି ପାରନ୍ତି କିଏ ଆସି ଖାଇଛି କି ନାହିଁ। ଖାଇବାର ଥାଳି ଗଣିଦେଇ ବିରୂପା ସହଜରେ ତାହା ଜାଣି ପାରନ୍ତି।

ବିରୂପା ଘରକୁ ଫେରିବା ବେଳକୁ ଘରର ଅନ୍ୟ କେହି ଫେରି ନ ଥାନ୍ତି ନିଜ ନିଜ ସ୍କୁଲ ଓ କର୍ମ କ୍ଷେତ୍ରରୁ। ସାନଝିଅ ରୁନି ଓ ପୁଅ ମିକୁ ଫେରନ୍ତି ସେ ଫେରିବାର ପରେ ପରେ। ଏ ଦୁହେଁ ଅବଶ୍ୟ ମାତା ବିରୂପାଙ୍କ ଅପେକ୍ଷା ନିକଟତମ ସ୍କୁଲରେ ଅଧ୍ୟୟନ କରନ୍ତି। କିନ୍ତୁ ବିରୂପା ସ୍କୁଲ ଛାଡନ୍ତି ସ୍କୁଲଛୁଟି ସମୟର ଅନେକ ସମୟ ପୂର୍ବରୁ। ସହରର ପାଞ୍ଚକିଲୋମିଟର ଦୂରବର୍ତ୍ତୀ ଏକ ଗ୍ରାମାଞ୍ଚଳରେ ବିରୂପା ଶିକ୍ଷୟତ୍ରୀ। ସେଠାକୁ ପ୍ରତିଦିନ ଯିବାକୁ ଆଶ୍ରୟ ନିଅନ୍ତି ଏକ ବସ୍‌ର। ଯଦି ଦୈବାତ କୌଣସି କାରଣରୁ ବସ ନ ଯାଏ, ତେବେ ରାଜୁ ତାଙ୍କ ମୋଟର ସାଇକେଲରେ ଛାଡି ଦେଇ ଆସନ୍ତି। ମାତ୍ର ଫେରିବାବେଳେ ରାଜୁଙ୍କୁ ସେପରି କରିବାର ଦରକାର ପଡିନି ଏଯାଏ। ବସ ନ ପାଇଲେ ସେପଟୁ ଫେରୁଥିବା କୌଣସି ଏକ ଚିହ୍ନା ପରିଚିତ ଶିକ୍ଷକଙ୍କ ଟୁହ୍ୱିଲରରେ ଫେରିଆସନ୍ତି ପଛ ପଟେ ବସି। ବିରୂପା ଫେରିବା ବେଳେ ଗୋଟାଏ ବସଥାଏ ତିନିଟା ବେଳକୁ। ଯଦି ଓ ସ୍କୁଲ ଛୁଟିର ନିର୍ଦ୍ଧାରିତ ସମୟ ଆହୁରି ଘଣ୍ଟାଏ ବାକି ଥାଏ, ତଥାପି ସେ ତାଙ୍କ ସ୍କୁଲର ଅନ୍ୟ ଶିକ୍ଷକମାନଙ୍କ ସମ୍ମତି ଓ ଦୟାରୁ ବାହରି ଆସି ପାରନ୍ତି। ଘରକୁ ଫେରିବାବେଳକୁ ଚାରିଟା ପାଖାପାଖି। ବସରେ ସହର ଭିତରକୁ ଆସି ବସଷ୍ଟାଣ୍ଡରେ ପହଞ୍ଚିବା ଯେତିକି ସମୟ ଲାଗେ ବସଷ୍ଟାଣ୍ଡରୁ ଘରକୁ ଚାଲି ଚାଲି ଆସିଲେ ଠିକ ସେତିକି ସମୟ ଲାଗେ। ଆଉ ବିରୂପା ରାତ୍ରି ଭୋଜନ ପ୍ରସ୍ତୁତ ପାଇଁ ଉଦ୍ୟତ ହେବାବେଳକୁ ଛବି ପହଞ୍ଚେ ଘରେ। ସେ ପହଞ୍ଚିବାର ସମୟ ହେଉଛି ପାଞ୍ଚଟା ପନ୍ଦରରୁ ସାଢ଼େ ପାଞ୍ଚଟା। ଆଉ, ସବା ଶେଷକୁ ଫେରନ୍ତି ରାଜୁ, ଯିଏକି ସହରର ଏକ ବ୍ୟବସାୟ ବହୁଳ ଅଞ୍ଚଳରେ ଏକ ଫ୍ୟାନ୍ସି ଦୋକାନ ଖୋଲିଛନ୍ତି।

ଛବି ଫେରିବାର ସମୟ ଅତିକ୍ରାନ୍ତ ହୋଇ ଗଲାଣି। ବିରୂପା ଉଦ୍‌ବିଗ୍ନ ହୋଇ ପଡିଲେ। ଏ ଖବରଟା ରାଜୁଙ୍କୁ ଦେବା ନିହାତି ଦରକାର। ସେ ମୋବାଇଲ ଆଣିଲେ ନିଜ ପର୍ସ ଭିତରୁ , ଯାହାକି ସ୍କୁଲରୁ ଫେରିବା ପରେ ଟେବୁଲ ଉପରେ ରଖି ଦେଇଥିଲେ। ତାଙ୍କର ମନେ ପଡିଲା ଏଇ ଦୁଇ ତିନି ଦିନ ତଳେ ରାଜୁ ଛବି ପାଇଁ ଏକ ମୋବାଇଲ କିଣିଦେଇଥିଲେ। ମାତ୍ର ତାର ନମ୍ବରଟା ବିରୂପା ତାଙ୍କ ଫୋନରେ ସେଭ କରିପାରି

ନାହାନ୍ତି । ରାଜୁ ରଖିଛନ୍ତି ତାଙ୍କ ଫୋନରେ । ରାଜୁଙ୍କୁ ଖବରଟା ଦେଲେ ସେ ସିଧା ସଳଖ କଥା ହେବେ ଛବି ସହିତ ।

ମାଆ ଫୋନ ଲଗାଇବା ବେଳକୁ ତାଙ୍କ ନିକଟକୁ ଝିଅ ରୁନି ଆସି କହିଲା- କାହାକୁ ଫୋନ ଲଗାଉଛ ବୋଉ ? ଛବି ନାନୀକୁ ତ ? ସେ ଆସିନି ଏ ଯାଏ ବୋଲି ତ । ବିରୂପା ସ୍ୱୀକୃତି ଦେଇ କହିଲେ- ହଁ, ହଁ, ଛବି ତ ଆସିଲାନି ଏ ଯାଏ । ତା ଫୋନ ନମ୍ବରଟା ଭଲାଥା'ନ୍ତା ମୋ ପାଖେ । ରୁନି ଏଥର ପଚାରିଲା- ତୁମଠାରେ ନାହିଁ କି ନାନୀର ନମ୍ବର ? ମୁଁ ଦେଉଛି, ରୁହ ।ଏତକ କହି ସେ ତା ଖାତା ପତ୍ର ଭିତରକୁ ଦରାଣ୍ଡିବାକୁ ଗଲା । କେଉଁଠି ଗୋଟାଏ ଟିପି ରଖିଛି ନିଶ୍ଚୟ ନାନୀର ଫୋନ ନମ୍ବରଟା । ବିରୂପା ଭାବୁଥିଲେ କେତେ ବେପରବାୟ ନିଜେ ସତେ ! ଛବିର ନମ୍ବର ଏକ୍ଟିଭେଟ ହେବାର ହେଲାଣି ତିନିଚାରି ଦିନ, ଅଥଚ ତା ନମ୍ବରଟା ସେ ସେଭ କରିପାରି ନାହାନ୍ତି ତାଙ୍କ ଫୋନରେ । କ'ଣ ପାଇଁ ତାହେଲେ ଛବିକୁ ଫୋନ ଦିଆଯାଇଛି । ଆବଶ୍ୟକବେଳେ ତା ଅବସ୍ଥିତି, ହାଲ ହସାବ ବୁଝିବାକୁ ତ । ସେ ଫୋନରେ ତା ନମ୍ବରକୁ ସେଭ କରି ନ ପାରିଲେ ନାଇଁ କୌଣସି ଜାଗାରେ ତାକୁ ଟିପି ରଖିବାର ଦରକାର ଥିଲା ନିଶ୍ଚୟ । ଯା ହେଉ, ରୁନି କେଉଁଠି ରଖିଛି ଦେଖାଯାଉ । ତା'ର କଣ ଦରକାର ଯେ କେଜାଣି ! ସେ ଟିପି ରଖିଛି ବୋଲି କହୁଛି ଯେ !

ରୁନି ଗୋଟିଏ ଛୋଟ ଖାତା ଆଣି ବୋଉ ପାଖକୁ ଆସି କହିଲା- ବୋଉ ! ଏଇ ନିଅ ଛବିନାନୀର ନମ୍ବର । ବୋଉ ଦେଖିଲେ ସେହି ଖାତାଟେ ଲିପିବଦ୍ଧ କରି ରଖାଯାଇଛି କେବଳ ଛବିର ନମ୍ବର ନୁହେଁ ଆଉ ଅନେକଙ୍କ ନମ୍ବର ଯଥା ବାପା, ମାଆ, ସାଙ୍ଗ ସାଥି । ବିରୂପା ରୁନିକୁ ସାବାସି ଦେଇ କହିଲେ- ଠିକ କରିଛୁ ଖାତାଟେ ତିଆରି । ତାଙ୍କର ହୃଦୟଙ୍ଗମ ହେଲା ପ୍ରତ୍ୟେକ ଫୋନ ଗ୍ରାହକ ଏମିତି ଗୋଟାଏ ଗୋଟାଏ ପକେଟ ଖାତା ମେନଟେନ କରିବା ଉଚିତ । କାରଣ, ଯଦି ଫୋନଟା ହଜି ଯାଏ ଆଉ ତ ସେହି ଫୋନରେ ସେଭ କରିଥିବା ନମ୍ବରମାନ ମିଳିବିନି । ଯେମିତି ତାଙ୍କ ସ୍କୁଲର ହେମନ୍ତ ସାରଙ୍କ ନମ୍ବରଗୁଡିକ ପାଇଁ ହଇରାଣ ହୋଇଯାଇଥିଲେ ସେ ଥରେ ପର୍ଯ୍ୟଟନରେ ଯାଇଥିବାବେଳେ । ଟ୍ରେନ ଚଢ଼ିଲାବେଳେ ତାଙ୍କ ମୋବାଇଲ ସାର୍ଟ ପକେଟରୁ ଖସି ପଡିଥିଲା । ତାକୁ ଆଉ ଉଠାଇବାର ମଉକା ନ ଥିଲା । ଟ୍ରେନ ଚାଲିବା ଆରମ୍ଭ କରିଥିଲା ସେତେବେଳେକୁ । କେବଳ ତାଙ୍କର ଘରର ଲ୍ୟାଣ୍ଡ ଲାଇନର ଫୋନ ନମ୍ବରଟି ମନେ ଥିଲା ବୋଲି ସେ ବର୍ତ୍ତିଗଲେ । ନ ହେଲେ ବାହାର ଦୁନିଆଁ ସହିତ ସେ ବିଚ୍ଛିନ୍ନ ହୋଇ ଯାଇଥାନ୍ତେ । ସେଇ ଦିନଠୁ ସେ ଫୋନ ସଙ୍ଗରେ ଏକ ଟିପାଖାତା ବି ରଖିଥାନ୍ତି ସାଥିରେ ।

ରୁନି ଡାକି ଦେଲା ବୋଉଙ୍କୁ ଛବିର ନମ୍ବରଟା। ବିରୂପା ଟିପି ନେଲେ ଆଙ୍ଗୁଠି ଟିପରେ, କଲ କଲେ। ସେ ପଟୁ ଉତ୍ତର ଆସିଲା ଯେ କଷ୍ଟମର ମୋବାଇଲ ଫୋନକୁ ଅଫ କରିଛନ୍ତି।

କଣ କରିବେ ବିରୂପା ? ଛବିର ଖବର କାହାଠୁ ନେବେ ? ପ୍ରଥମେ ତ ରାଜୁଙ୍କୁ ଜଣାଇବା ତାଙ୍କର ଦରକାର। ସେ ହୁଏ ତ ଦୋକାନର ବଏକୁ ପଠାଇବେ କିମ୍ବା ନିଜେ ଯିବେ ଟିକେ କଲେକଟୋରିଏଟକୁ। ସେଠାରେ ଓଭରଟାଇମ ପର୍ଯ୍ୟନ୍ତ କାମ ଚାଲିଛି କି ଦେଖିବେ। ଛବି ଅଛି କି ନାହିଁ ନିଜେ ତଦନ୍ତ କରି ଆସବେ। ରାଜୁକୁ ଫୋନ କଲେ ବିରୂପା। ରାଜୁ ଫୋନ ଉଠାଇଲେ। ବରୂପା କହିଲେ- ଛବି ଫେରିନି ଏଯାଏ। ତାକୁ ଫୋନ ଲଗାଇଥିଲି। ସୁଇଚ ଅଫ କରିଛି ବୋଲି ଉତ୍ତର ଆସୁଚି।

- ଆଚ୍ଛା, ମୁଁ ଦେଖୁଛି। ରାଜୁ ଛବିକୁ ଯୋଗାଯୋଗ କରିବାର ପ୍ରତିଶ୍ରୁତ କଣ୍ଠରେ କହିଲେ।

-ଦେଖ, ତୁମର ଫୋନରୁ ବି ଯଦି ସୁଇଚ ଅଫ ବୋଲି ସୂଚନା ମିଳେ, ତୁମେ ତା ଅଫିସକୁ ଯାଇ ଦେଖି ଆସିବ, ସେଠି ସେ ଅଛି କି ନାହିଁ।

- ଠିକ ଅଛି। ରହୁଛି। ରାଜୁ ଆଶ୍ୱସନା ଦେବା କଣ୍ଠରେ କହିଲେ।

ବିରୂପା ମନକୁ ମନ ଆଶ୍ୱାସିତ ହେଲେ। ଦେଖାଯାଉ ସ୍ୱାମୀ ରାଜୁ କି ଖବର ନେଉଛନ୍ତି ଛବିର। ତଥାପି ଥୟ ନ ଥିଲା ତାଙ୍କର ମନଟା। ଯଦି କଲେକଟୋରିଏଟରେ ତାର ଅନୁପସ୍ଥିତି ଦେଖାଯାଏ, କଣ କରାଯିବ ତେବେ ? ସେ ମନେ ମନେ ବିରକ୍ତ ହେଉଥିଲେ ଛବିକୁ। ସେ ଫୋନଟାକୁ ସୁଇଚ୍ ଅଫ କରିଛି କାହିଁକି ଯେ'। ଫୋନକୁ ଲୋକେ କାହିଁକ ସୁଇଚ ଅଫ କରନ୍ତି ବିରୂପା କିଛି ବୁଝି ପାରେନା। ଫୋନ ତ ରଖାଯାଇଥାଏ କଲ ରିସିଭ କରିବାକୁ। କଥା ହେବାକୁ। ତାକୁ ସୁଇଚ୍ ଅଫ କରିବାର ଆବଶ୍ୟକତା କ'ଣ ? ହଁ, ନିଜେ ସୁସ୍ଥରେ ଟିକେ ଶୋଇବାର ଅଛି, ଡିଷ୍ଟର୍ବ ନ ହେବାର ଅଛି ରାତିରେ, ସେ ଭିନ୍ନ କଥା। ଦିନ ଦିପହରେ ଲୋକେ ସୁଇଚ ଅଫ କରିନ୍ତି। ସେ ଜାଣନ୍ତି ନି କ'ଣ ଦରକାର ସେପରି କରିବାର। କଣ ଦରକାର ଛବିର ଏତେବେଳକୁ ଅଫ କରିବାର।ଏତେ ଦୁଷ୍ଟ ଝିଅଟା ଯେ ନ ଫେରିଲା ଏଯାଏ ତ ନାହିଁ, କେଉଁଠି ଅଛି,ଅଧିକ କାମ ପଡିଲା ତ ରହିଯାଇଛି, ଅଧିକ କାମ ଥିବାରୁ ଆଜି ଏତିକି ସମୟ ପର୍ଯ୍ୟନ୍ତ ସାରିବାକୁ ହେବ କିମ୍ବା ଆଜି ସେ ଡେରିରେ ପହଞ୍ଚିବ, ଏପରି କିଛି ଜଣାଇ ଦେବା କଥା। ରାତି ହେଲାଣି। ସେ ସନ୍ଧ୍ୟା ପୂର୍ବରୁ ଘରକୁ ପ୍ରତ୍ୟାବର୍ତ୍ତନ କରିବା କଥା, ଆସିଲାନି ଏ ଯାଏ । ଫୋନରେ ଜଣାଇ ଦେବାକୁ ସମୟ ବି ଯଦି ପାଇନି, ଫୋନଟା ଭଲା

ଖୋଲା ରଖିଥାନ୍ତା। ସୁଇଚ ଅଫ କରିଛି କାହିଁକି ? ଏମିତି କଣ ସୁଇଚ ଅଫ କରିବାକୁ ତାକୁ ଫୋନ କିଣି ଦିଆଯାଇଛି ?

ବିରୂପାଙ୍କ ଫୋନ ଗର୍ଜି ଉଠିଲା। ଏ ଫୋନ କଲ କାହାର ? ରାଜୁଙ୍କ ନା ଛବିର ? ଛବିର ଭଲା ହୋଇଥାନ୍ତା। ସେ ପଟୁ ସେ କହି ଦିଅନ୍ତା -ବୋଉ ! ଆଜି ଅଫିସରେ ବହୁତ କାମ, ବ୍ୟସ୍ତ ହେବନି, ଆଉ ଅଧ ଘଣ୍ଟା ପରେ ମୁଁ ଫେରିବି ଘରକୁ। କିମ୍ବା କହି ଦିଅନ୍ତା, ବୋଉ ! ଆଜି ମୋ ସାଙ୍ଗ ସୁପ୍ରଭା ଘରକୁ ଯାଉଛି। ତାର ଜନ୍ମ ଦିନ ମନାଉଛି। ମୋତେ ବାଧ୍ୟ କରିଛି ଯିବାକୁ।

କିନ୍ତୁ କଲଟି ଛବିର ନଥିଲା। ଫୋନର ଡେଷ୍ଟପ ଡିସପ୍ଲେରୁ ଜଣା ପଡିଲା ଯେ କଲଟି ରାଜୁଙ୍କ। କଣ ଖବର ପାଇଲେ ରାଜୁ ? ବହୁ ଆଗ୍ରହ ଓ ଉଦ୍‌ବେଗ ସହିତ ରିସିଭ ବଟମକୁ ଚିପି ହାଲୋ କଲେ ବିରୂପା। ସେ ପଟୁ ରାଜୁ କହିଲେ- ହଁ ତ, ଛବିର ଫୋନ ସୁଇଚ ଅଫ ବତାଉଛି। କଲେକଟୋରିଏଟକୁ ଯାଇ ବୁଲି ଆସିଲି। କେହି ନାହାନ୍ତି।

-ହେ ଭଗବାନ ! ବିରୂପାଙ୍କ କଣ୍ଠରୁ ବାହାରି ପଡିଲା ଅସହାୟତାର ସ୍ୱର। ତା ପରେ କିଛି ସମୟ ନୀରବତା। ବିରୂପା କହିଲେ- ହାଲୋ, ଶୁଣୁଛ ? ଖବର ନିଅ। ତୁମର ସାଙ୍ଗଫାଙ୍ଗ କିଏ କଲେକଟୋରିଏଟରେ କାମ କରିନ୍ତି ଯେ'। ଦୋକନ ବନ୍ଦ କରି ଚାଲି ଆସ ଘରକୁ। କଣକିଛି ଗୋଟାଏ ଉପାୟ କରିବା।

ବିରୂପାଙ୍କ କଥାକୁ ସମ୍ମତ ହୋଇ ରାଜୁ ଫୋନ କାଟି ଦେଲେ। ଅସମୟରେ ଦୋକାନ ବନ୍ଦ କରିବାକୁ ବାଧ୍ୟ ହୋଇଥିଲେ ରାଜୁ। ଉପସ୍ଥିତ ଥିବା କିଛି ନିୟମିତ ଗ୍ରାହକ ରାଜୁଙ୍କୁ ପଚାରୁଥିଲେ କାହିଁକି ଏତେ ସଅଳ ବନ୍ଦ କରୁଛନ୍ତି ଦୋକାନ। ସେମାନଙ୍କ ପ୍ରଶ୍ନର ଉତ୍ତରରେ ରାଜୁ କହିଥିଲେ ଯେ ଘରେ ଜରୁରୀ କାମ ଅଛି। ନ ଗଲେ ନ ଚଳେ। ରାଜୁ ପୁଣି ମନକୁ ମନ ଭାବୁଥିଲେ ଘରକୁ ଯାଇ କଣ କରିବେ ? ତଥାପି ମାନସିକ ଅସ୍ଥିରତା ଭିତରେ ସେ ତ ଦୋକାନ ଖୋଲି ବସି ପାରିବେନି। ଗ୍ରାହକଙ୍କ ପସନ୍ଦ ଅନୁସାରେ ଜିନିଷ ଯୋଗାଇ ଦେଇ ପାରିବେନି। ଠିକ ଠିକ ହିସାବ କରି ପଇସା ରଖିବା ତାଙ୍କ ପାଇଁ ବି କଷ୍ଟକର ହୋଇ ପଡିବ। ବରଂ ଦୋକାନ ବନ୍ଦ କରି ଘରେ ବସିବା ଭଲ।

ରାଜୁ ଘରକୁ ପହଞ୍ଚିବା ବେଳକୁ ରବିବାବୁ ବାହାରର ଲାଇଟ ପୋଷ୍ଟ ତଳେ ଠିଆ ହୋଇଥିଲେ। ସେ ହେଉଛନ୍ତି ତାଙ୍କର ଘର ମାଲିକ। ତାଙ୍କ ରହୁଥିବା ଘରକୁ ଲାଗିକରି କରିଛନ୍ତି ଖଣ୍ଡେ ଭଡା ଘର। ସେଇ ଘରେ ରାଜୁ ତାଙ୍କ ପରିବାର ସହିତ ରହି ଆସୁଛନ୍ତି ଗତ ପାଞ୍ଚ ବର୍ଷ। ଭାରି ଅମାୟିକ ଲୋକ ସେ। ଯେ କୌଣସି ଅସୁବିଧା

ଅଭିଯୋଗ କଲେ ସଙ୍ଗେ ସଙ୍ଗେ ତାର ସମାଧାନର ବ୍ୟବସ୍ଥା କରନ୍ତି। ତାଙ୍କ ପୁଅ ଝିଅଙ୍କ ସହିତ ନିଜର ଆତ୍ମୀୟ ପରି ବ୍ୟବହାର କରନ୍ତି। ସେ ରାଜୁଙ୍କୁ ଦେଖି ଚମକିବା ପରି କହିଲେ- ରାଜୁବାବୁ! ଆଜି ଏତେ ଶୀଘ୍ର ଫେରିଲେ ଯେ'! କଣ ଆପଣଙ୍କ ଦେହ ପା'ଠିକ ଅଛି ତ?

ରାଜୁବାବୁ ଏ ପରିସ୍ଥିତିରେ ଅନ୍ୟ କାହାକୁ ଏହାର ଉତ୍ତର ଦେଇଥିଲେ ନିଶ୍ଚିତ ଭାବେ କଥାଟାକୁ ବାଆଁରେଇ ଦେଇଥାନ୍ତେ। ମୂଳ ସମସ୍ୟାକୁ ଲୁଚାଇଥାନ୍ତେ। ସେ କିନ୍ତୁ ରବିବାବୁଙ୍କ ପାଖରେ ଲୁଚାଇବେ କିପରି? ବରଂ ସମସ୍ୟାଟାକୁ ତାଙ୍କ ପାଖରେ ଉପସ୍ଥାପନ କଲେ ସେ ହୁଏତ ସମାଧାନର ରାସ୍ତାଟେ ଦେଖାଇ ଦେଇ ପାରନ୍ତି। ରାଜୁ ରବିବାବୁଙ୍କ କୌତୁହଳୀ ପ୍ରଶ୍ନର ଉତ୍ତର ଦେଇ କହିଲେ- ଗୋଟାଏ ପ୍ରୋବ୍ଲେମରେ ପଡି ଯାଉଛୁ ଆମେ। ଛବି ଏ ଯାଏ ଫେରିନି। ତା ମୋବାଇଲ ସୁଇଚ ଅଫ ବତାଉଛି।

ସ୍ତବ୍ଧ ହୋଇ ପଡିଲେ ରବିବାବୁ। ଦୁଇ ମିନିଟ ଯାଏ ଭାବିଲେ। ଗୋଟାଏ ବଢ଼ନ୍ତା ଝିଅ ଚାକିରି ପାଇଁ ବାହାରକୁ ଗୋଡ କାଢ଼ିଛି ଘରୁ। ପ୍ରତିଦିନ ଯାଉଛି ଆସୁଛି। ନ ଫେରିଲେ କଣ କରାଯାଇ ପାରେ? କାହାକୁ ଅଭିଯୋଗ କରାଯିବ? କିଏ ଫେରାଇ ଆଣିବ? ସେ ସୁରକ୍ଷିତ ଅବସ୍ଥାରେ ଅଛି ନା ଅସୁରକ୍ଷିତ ଅବସ୍ଥାରେ? ତା ମୋବାଇଲକୁ ନିଜେ ସୁଇଚ୍ ଅଫ କରିଛି ନା କେଉଁ ବଦମାସମାନଙ୍କ ହାବୁଡରେ ପଡିଥିବାରୁ ସେମାନେ ଜବରଦସ୍ତ ମୋବାଇଲକୁ ସୁଇଚ ଅଫ କରି ଦେଇଛନ୍ତି। ସେ କହଲେ- ଆଚ୍ଛା, ତା ସାଙ୍ଗ ସାଥିମାନଙ୍କୁ ପଚାରି ବୁଝିଲେଣି?

ରାଜୁ କହିଲେ- ଯାହା ନମ୍ବର ଥିଲା ଆମ ପାଖରେ ବୁଝି ସାରିଲୁଣି। କେହି କିଛି କହି ପାରୁ ନାହାନ୍ତି। ମୁଁ ନିଜେ କଲେକଟୋରିଏଟ ଯାଇ ଦେଖି ଆସି ସାରିଲିଣି, କାଳେ କିଛି ଜରୁରୀ କାମ ଚାଲିଛି ରାତିରେ। କିନ୍ତୁ ସେମିତି କିଛି ନାହିଁ।

ରବିବାବୁ ପ୍ରସ୍ତାବ ଦେଇ କହିଲେ- ତାହେଲେ ପୁଲିସ ରିପୋଟ କରିବାକୁ ହେବ। ବାହାରନ୍ତୁ ଯିବା ଥାନାକୁ।

ରାଜୁ ଯେ ଘରକୁ ଯାଇ ବିରୂପା ସହିତ ଭେଟ ହୋଇ ନାହାନ୍ତି । ସେ କହିଲେ- ହଉ, ଦେଖିବା। ମୁଁ ଘରୁ ଟିକେ ଆସେ କଥାବର୍ତ୍ତା ହେଇ।

ରାଜୁବାବୁଙ୍କ ପ୍ରତୀକ୍ଷାରେ ଥିଲେ ଉଦ୍‌ଗ୍ରୀବ ହୋଇ ବିରୂପା। ଭୟାତୁର ହୋଇ ପଡିଥିଲେ ବି ସାନ ଝିଅ ରୁନି ଓ ପୁଅ ମିକୁ।

ଅପେକ୍ଷାମାଣା ବୁରୂପା ରାଜୁଙ୍କୁ ଦେଖିବାମାତ୍ରେ ପଚାରିଲେ- କ'ଣ କିଛି ଖବର ପାଇଲ? ନିରସ୍ୱାହଜନକ ଭାବେ ରାଜୁ ମୁଣ୍ଡ ହଲାଇଲେ। କହିଲେ- ଆଚ୍ଛା, ଛବିର ଅନ୍ୟ ସାଙ୍ଗମାନଙ୍କ ନମ୍ବର କାହାଠୁ ମିଳିବ?

ରୁନି ସେଇଠୁ କହିଲା- ମୋ ଖାତାଟା ଦେଖୁଛି ବାପା। ନାନୀର କ୍ଲୋଜ ସାଙ୍ଗ ହେଉଛି ସୁପ୍ରଭା ନାନୀ ଯିଏକି ଆମ ଘରକୁ ଛବିନାନୀ ସହିତ ଦି'ଚାରି ଥର ଆସିଛନ୍ତି। ତାଙ୍କ ନମ୍ବର ବି ମୋ ଖାତାରେ ମିଳି ଯାଇପାରେ।

ରୁନି କିଛି ସମୟ ତା ଖାତାରେ ନମ୍ବର ଖୋଜିବା ପରେ ଖୁସିରେ ରଡି ଛାଡ଼ିଲା ପରି କହିଲା- ଏଇ, ଏଇ ଅଛି ସୁପ୍ରଭା ନାନୀଙ୍କ ନମ୍ବର। କିଛି ଗୋଟାଏ ଦୁର୍ଲଭ ପଦାର୍ଥ ପାଇବା ପରି ଆନନ୍ଦିତ ହୋଇ ରାଜୁ ଓ ବିରୂପା ରୁନିପାଖକୁ ଚାଲିଗଲେ। ରୁନି ନମ୍ବର ଡାକିଲା- ମୋବାଇଲରେ ଲଗାଇବାକୁ। ରିଙ୍ଗ ହେବାରୁ ରାଜୁ ସୁପ୍ରଭାକୁ ଧରାଇ ଦେଲେ ଫୋନ। ସେ ପଟୁ ଶୁଭିଲା-ହେଲୋ, କିଏ କହୁଛ ?

- ମୁଁ କହୁଛି ରେ ଝିଅ। ତୋ ବିରୂପା ମାଉସୀ। ମାନେ ଛବିର ବୋଉ।

- ମାଉସୀ ନମସ୍କାର। କୁହ ମାଉସୀ। କେମିତି ଆଜି ମନେ କଲ ଯେ ମୋତେ !

-ବଡ ସମସ୍ୟାରେ ପଡି ଯାଇଛୁ,ଝିଅ। ଛବି ଏଯାଏ ଫେରିନି ଘରକୁ ତା ଅଫିସରୁ। ଦଶଟାରୁ ଯାଇଛି ଯେ ଦ୍ୱିପହର ବେଳା ବି ଘରକୁ ଖାଇବାକୁ ଆସିନି। ତା ମୋବାଇଲ ସୁଇଚ ଅଫ ବତାଉଛି।

-ଆଚ୍ଛା, ହଁ ,ହଁ, ତା ନମ୍ବରଟା ତ ମୋତେ ଦେଇଥିଲା। ମୁଁ ଦେଖୁଛି ତାକୁ ଲଗାଇ।

- ନା ଝିଅ। ତାର ନମ୍ବର ତ ସୁଇଚ ଅଫ ଅଛି। ବାଜିବନି। ଆଚ୍ଛା, ଟିକେ ପତା ଲଗା ତ । କେଉଁଠି ଥାଇପାରେ ସେ। ତୋର ଅନ୍ୟ ସାଙ୍ଗ ସାଥି କେହି ଜାଣିଛନ୍ତି କି ତା ବିଷୟରେ ?

- ହଁ, ହଁ, ମୁଁ ଦେଖୁଛି। ତୁମେ ବ୍ୟସ୍ତ ହୁଅନି। ମୁଁ କିଛି ସମୟ ପରେ ତୁମକୁ କଲ କରୁଛି। ରୁହ।

ଏତେ ବେଳକୁ ରବିବାବୁ ଥାନାକୁ ଯିବାକୁ ବାହାରି ଆସିଲେଣି। ସେ ରାଜୁଘରକୁ ଆସି ପୁଣି ପଚାରିଲେ- କଣ ଆଉ ଖବର ? କିଛି ଜଣା ପଡିଲା ?

ସେ ରାଜୁଙ୍କ ନାସ୍ତିକତାର ମୁଣ୍ଡହଲା ଦେଖି କହିଲେ-ଚାଲନ୍ତୁ ଯିବା ଥାନା।

ଥାନା ଯିବା କଥା ଶୁଣି ପୁଅ ମିକୁ ପଚାରିଲା- ଥାନାକୁ ଗଲେ କଣ ପୁଲିସ ସଙ୍ଗେ ସଙ୍ଗେ ଖୋଜି ଆଣିଦେବ ନାନୀକୁ ?

ରାଜୁ ମନକୁ ମନ ସେଇ ପ୍ରଶ୍ନ ପଚାରିଲେ- ସତରେ ଥାନାରେ ରିପୋଟ କଲେ ଲାଭ କଣ ? ପୁଲିସ ଖୋଜି ଆଣି ଦେବ ? ନା ଏହା କେବଳ ଆତ୍ମସୁରକ୍ଷାମୂଳକ ପଦକ୍ଷେପଟିଏ ।

ରାଜୁ ଦୋ ଦୋ ପାଞ୍ଚହୋଇ ରବିବାବୁଙ୍କୁ ପଚାରିଲେ- ଆମେ ପୁଲିସକୁ

ରିପୋଟ କରିବା ପୂର୍ବରୁ ଭଲଭାବେ ଚିନ୍ତା କରିବା କଥା ଯେ' କରିବା ଉଚିତ କି ଅନୁଚିତ।

ରାଜୁଙ୍କ କଥା ଶୁଣି ଆଶ୍ଚର୍ଯ୍ୟରେ ରବିବାବୁ ଚାହିଁଲେ ରାଜୁଙ୍କ ମୁଖକୁ। କହିଲେ- କଣ ଚିନ୍ତା କରିବା ?

ରାଜୁ କହିଲେ- ଆଜି ରିପୋଟ କରିଦେବା। ଆସନ୍ତାକାଲି ଖବର କାଗଜରେ ବାହାରିବ ଛବିର ଲାପତା ଖବର। ନିଜର ଇଜ୍ଜତ, ମାନ ସମ୍ମାନ ଟିକକ. . . . . ।

ନାରାଜ ହୋଇ ରବିବାବୁ କହିଲେ- ଦେଖନ୍ତୁ , ଏଥିରେ ଇଜ୍ଜତ ହାନିର ସବାଲ ଏକା ନାହିଁ। ବରଂ ପେପରରେ ପ୍ରକାଶ ହେଲେ ଲୋକେ ଜାଣିବେ। କୌଣସି ଲୋକ ଖବର ଦେଇପାରେ ଛବିର ସନ୍ଧାନ। ତାଛଡା, ଯଦି ଆପଣ ପୁଲିସ ରିପୋଟ ନ କରିଛନ୍ତି, ଆପଣ ପୁଲିସର ସନ୍ଦେହ ଜାଲରେ ପଡି ଯାଇପାରନ୍ତି, ଯଦି କିଛି ଅଘଟଣ ଘଟିଯାଏ। ଭଗବାନ କରନ୍ତୁ ସେପରି ନ ଘଟୁ। ଆପଣ ଦେଖୁ ନାହାନ୍ତି ଟିଭି ସିରିଏଲ କିମ୍ବା ସିନେମାରେ କେମିତି କ୍ରାଇମ ଘଟୁଛି ଆଜିକାଲି।

ରବିବାବୁଙ୍କର କଥାର ବିରୋଧ କରି ପାରିଲେନି ରାଜୁ। ବାହାରିଲେ ପୁଲିସ ଷ୍ଟେସନକୁ। ଠିକ ଏତିକି ବେଳେ ସୁପ୍ରଭାର ଫୋନ ଆସିଲା ବିରୂପାଙ୍କ ଫୋନକୁ। ବିରୂପା ସେପଟୁ କହିଲା ଯେ କିଛି ଖବର ମିଳିନି ଏଯାଏ। ସେ ତାଙ୍କ ସାଙ୍ଗମାନଙ୍କୁ ଖବର କରିଛି। ଯାହା ଯେତେବେଳେ ଖବର ପାଇବ ସେ ଜଣାଇବ ନିଶ୍ଚୟ। ଧୈର୍ଯ୍ୟ ଓ ନିର୍ଭୟରେ ରହିବାକୁ ସେ ପରାମର୍ଶ ଦେଇଥିଲା।

ସୁପ୍ରଭାଠାରୁ ହତୋତ୍ସାହଜନକ ଉତ୍ତର ପାଇବା ପରେ ରାଜୁ ପାଖରେ ଆଉ କିଛି ବିକଳ୍ପ ନ ଥିଲା ପୁଲିସ ପାଖକୁ ଯିବା ବ୍ୟତୀତ।

ଯିବାବେଳେ ରବିବାବୁ ଛବିର ଗୋଟାଏ ଫଟୋ ସଙ୍ଗରେ ଧରିବାକୁ କହିଲେ।

ଥାନାରେ ପହଞ୍ଚିଲେ ଦୁହେଁ। ଥାନାବାବୁଙ୍କୁ ନମସ୍କାର ଜଣାଇ କହିଲେ-ସାର, ଆପଣଙ୍କ ସାହାଯ୍ୟ ପାଇଁ ଆସିଛେ ଆମେ।

ଥାନା ବାବୁ କହିଲେ- କୁହନ୍ତୁ , କଣ ହେଇଛି ?

ରାଜୁ ଜଣାଇଦେଲେ ସମସ୍ୟାଟା। ଥାନାବାବୁ ପଚାରିଲେ ସବିଶେଷ ବିବରଣୀ। କେତେବେଳୁ ଘରୁ ଯାଇଛି, କେଉଁଠିକି ଯାଇଛି, ଛବିର ପୁଅ ସାଙ୍ଗ କିଏ କିଏ, ଝିଅ ସାଙ୍ଗ କିଏ କିଏ। କାହାକୁ ସେ ଭଲ ପାଏ କି, ମାନେ ପ୍ରେମ କରେ କି ?

ଥାନାବାବୁଙ୍କ ଏଇ ଶେଷ ପ୍ରଶ୍ନର ଉତ୍ତର ଦେବାକୁ ଯାଇ ଅଡୁଆରେ ପଡିଥିଲେ ରାଜୁ। କାରଣ ସେ ଜାଣି ନ ଥିଲେ ଛବି କାହାକୁ ଭଲ ପାଉଛି ନା ନାହିଁ। ସେ କାହାକୁ ଭଲ ପାଏନା ବୋଲି କହିଦେଲେ।

ପୁଣି ଥାନାବାବୁଙ୍କ ପ୍ରଶ୍ନ- କାହା ସହିତ କେବେ ଝଗଡାଝାଟି ହୋଇଛି ?

- ନା,ସିଧା ସଳଖ ଉତ୍ତର ଦେଲେ ରାଜୁ। ରବିବାବୁ ଯୋଡିଲେ- ଏତେ ସରଳ ଓ ନିରୀହ ଝିଅ ଆଜ୍ଞା, ସେ କା'ସାଥିରେ ବା ଝଗଡା କରିବ ? ମାଛିକୁ ମ ବୋଲି କୁହେନି ପରା।

ଶେଷକୁ ଥାନା ବାବୁ ପଚାରିଲେ- ଆପଣ କଣ ସନ୍ଦେହ କରୁଛନ୍ତି ?

ରାଜୁ କହିଲେ- କିଛି ସନ୍ଦେହ କରୁନି ଆଜ୍ଞା। କାହାକୁ ସନ୍ଦେହ ନାହିଁ।

ଥାନାବାବୁ ବୁଝାଇବା ସ୍ୱରରେ କହିଲେ- ଦେଖନ୍ତୁ ଆଜ୍ଞା, ଆପଣ ଯଦି କିଛି ବି କ୍ଲୁ ନ ଦେବେ, ଆମେ ତଦନ୍ତ କରିବୁ କିପରି ?

ରାଜୁ ଥାନା ବାବୁଙ୍କୁ କହିଲେ- ସେମିତି କିଛି ତ ଜାଣିନି ସାର। ଜାଣିଥିଲେ କହନ୍ତି ନିଶ୍ଚୟ। କେବଳ ଏତିକି ଜାଣେ, ଦଶଟାରେ ସେ ଯାଇଛି ଅଫିସକୁ। ମଧ୍ୟାହ୍ନରେ ଅନ୍ୟଦିନମାନଙ୍କ ପରି ଘରକୁ ଆସିନି ଖାଇବାକୁ।

ଥାନାବାବୁ ନିରାଶ ହୋଇ କହିଲେ- ଠିକ ଅଛି, ଆମ ଦ୍ୱାରା ଯାହା କିଛି ହେବ ଚେଷ୍ଟା କରିବା। ଆପଣ ଗୋଟିଏ ଅର୍ଜି ଲେଖି ଯାଆନ୍ତୁ। ସେଥିରେ ପୁଅ ସାଙ୍ଗ ଓ ଝିଅ ସାଙ୍ଗମାନଙ୍କ ନାମ ଓ ଠିକଣା ଲେଖିବାକୁ ଭୁଲିବେନି। ଫଟୋଟାତ ଦେବେ ନିଶ୍ଚୟ। ପୁଣି ଦେବେ ଆପଣଙ୍କ ମୋବାଇଲ ନମ୍ବର ଓ ଝିଅର ବି।

ଥାନାବାବୁଙ୍କ ପରାମର୍ଶାନୁସାରେ ଅର୍ଜି, ବିବରଣୀ ଆଦି ଥାନାରେ ଦେଇ ଫେରି ଆସିଲେ ରାଜୁ ଓ ଘରମାଲିକ ରବିବାବୁ ।

ଘରକୁ ପହଞ୍ଚି ରବିବାବୁ କହିଲେ ରାଜୁବାବୁଙ୍କୁ ଆଶ୍ୱାସନା ଦେଇ- କିଛି ହେବନି ମ। ଭଗବାନଙ୍କୁ ଭରସା କରନ୍ତୁ। ମୁଁ ଭାବୁଛି ସେ ଠିକରେ ଥିବ। ବେଶି ଦୁଶ୍ଚିନ୍ତା କରନ୍ତୁ ନି। ରାତିରେ ଶୁଅନ୍ତୁ ଆରାମରେ। ସକାଳକୁ ପୁଣି ଦେଖିବା କଣ କରାଯାଇପାରେ। ଯାଆନ୍ତୁ ଘରେ ପୁଣି ବ୍ୟସ୍ତଥିବେ ଅନ୍ୟମାନେ। ହଁ, ଯଦି ଆବଶ୍ୟକ ପଡେ ମୋତେ ଡାକିବେ ରାତିରେ। ମୋ ନମ୍ବରକୁ କଲ କରିବେ।

ରାଜୁଙ୍କ ବିରସ ମନରେ ଟିକିଏ ସରସତା ଆସିଲା ରବିବାଙ୍କ କଥାରେ। ରବିବାବୁ ଏମିତି ଅମାୟିକ, ବିପଦ ବେଳେ ଆସି ଠିଆ ହୁଅନ୍ତି , ସାହସ ଦିଅନ୍ତି ବୋଲି ସେ ତାଙ୍କ ପୂର୍ବରୁ ଏହି ଭଡା ଘରେ ରହୁଥିବା ଲୋକଙ୍କଠାରୁ ଶୁଣିଥିଲେ। ଆଜି ସେ ଅଙ୍ଗେ ନିଭେଇଲେ।

ଘରେ ପହଞ୍ଚିବା ପରେ ପ୍ରତୀକ୍ଷାରତା ବିରୂପା ପଚାରିଲେ- କଣ କହିଲା ପୁଲିସ ?

ରାଜୁ କହିଲେ- କଣ ଆଉ କହିବ। କହିଲା - ଚେଷ୍ଟା କରିବା। ଆମେ ତ ଟା

ଆଉ ଫଟୋ ଦେଇ ଆସିଛୁ। ଆଚ୍ଛା, ଏବେ ଦେଖ ତ ଛବିକୁ ରିଂ କରି। କାଲେ ସେ ସୁଇଚ ଅନ କରିଥିବ।

ବିରୂପା ଚେଷ୍ଟା କଲେ। ଶେଷକୁ ନିରାଶ ହେଲେ।

ରାତିରେ ରନ୍ଧାରନ୍ଧି ହୋଇନି। କା' ପେଟରେ ଭୋକ ଅଛି ଯେ ବିରୂପା ରାନ୍ଧିବେ। ପୁଅକୁ କହିଥିଲେ ଦୋକାନରୁ ପାଉରୁଟି ଧରି ଆଣିବାକୁ। ଆବଶ୍ୟକ ସ୍ଥଳେ ତାକୁ ଖାଇ ରାତି କଟାଇ ହେବ।

ଏତେବେଳକୁ ରାତି ନଅଟା। ଅନ୍ୟଦିନ ବିରୂପାଙ୍କ ଆଖିକୁ ଆସିଯାଉଥାଏ ନିଦର ଭାର। ଆଜି ତାର ନାଁ ଗନ୍ଧ ନାହିଁ।

ହଠାତ ରାଜୁଙ୍କ ଫୋନଟା ଗର୍ଜି ଉଠିଲା। ପ୍ରବଳ ଆଗ୍ରହରେ ରାଜୁ ଫୋନଟାକୁ ଦେଖିଲେ। ଅଜଣା କିମ୍ବା ସେଭ ହୋଇ ନ ଥିବା ନମ୍ବର। ହାଲୋ କହି ରିସିଭ କଲେ କଲ।

ସେପଟୁ ଭାସି ଆସିଲା ସ୍ୱର -ମୁଁ ଅଭୟ କହୁଛି, ମାନେ ଅଭୟ ପଟ୍ଟନାୟକ।

-ହଁ, ହଁ, ଅଭୟ, ଭଲ ଅଛ ତ ? କଣ୍ଠରେ ସ୍ୱାଭାବିକତା ବଜାୟ ରଖି ରାଜୁ ଔପଚାରିକତା ରକ୍ଷା କଲେ।

-ହଁ, ସବୁଠିକ। ଆପଣ ଯେଉଁ କଥା କହିଥିଲେ ନା, ସେ ବିଷୟରେ କହୁଛି। ଭଲ ପାତ୍ରଟିଏର ସନ୍ଧାନ ମିଳିଛି।

ରାଜୁଙ୍କ ମନେ ପଡିଲା- ଅଭୟଙ୍କ ସହିତ ଦିନେ ସାକ୍ଷାତ ହୋଇଥିଲା କଟକ ବସଷ୍ଟାଣ୍ଡରେ। ସେ ବି କୌଣସି କାର୍ଯ୍ୟ ଉପଲକ୍ଷ୍ୟେ କଟକ ଯାଇଥିଲେ। ଅଭୟ ତାଙ୍କ ଗାଁ ପାଖର ଚିହ୍ନା ପରିଚିତ ବ୍ୟକ୍ତି ଜଣେ। କଥା ବାର୍ତ୍ତା ଛଳରେ ଛବି ପାଇଁ ବରପାତ୍ରଟିଏର ସନ୍ଧାନ କରିବାକୁ ତାଙ୍କୁ ସେଦିନ ଅନୁରୋଧ କରିଥିଲେ। ମନକୁ ମନ ଭାବିଲେ , ଏତେ ଦିନ ଗୋଟିଏ ବି ପ୍ରସ୍ତାବ ତାଙ୍କ ନିକଟକୁ ଆସି ନଥିଲା। ସେଥି ପାଇଁ ସେ ନିଜର ଆଳୁ ଦୋଷକୁ ଦାୟୀ ବୋଲି ଭାବି ନିଜକୁ ଦୋଷୀ ମନେ କରି ଆସିଛନ୍ତି। ଆଉ ଆଜି ଯେତେବେଳେ ଗୋଟିଏ ଭଲ ପ୍ରସ୍ତାବ ଆସୁଛି ଝିଅଟି ନିଖୋଜ। ସେ ଛବିର ନିଖୋଜ କଥାକୁ ଗୁପ୍ତ ରଖି କହିଲେ- କଣ କରନ୍ତି ସେ ପୁଅ ?

-ଆଜ୍ଞା, ଏମ ସି ଏ କରି ବାଙ୍ଗାଲୋରରେ ଚାକିରି କରୁଛି। ଦରମା ମାସକୁ ପଚିଶ ହଜାର ଟଙ୍କା।

- ଠିକ ଅଛି ଆଜ୍ଞା ସୁବିଧା ଦେଖି ଆସନ୍ତୁ ଘରକୁ। ଆସିବା ଦିନେ ଦିଦିନ ପୂର୍ବରୁ ଦୟାକରି ଫୋନରେ ଜଣାଇଦେବେ।

- ଆସନ୍ତାକାଲି ଯିବୁ ବୋଲି ଦିନବାର ଠିକ କରିଛୁ ଆଜ୍ଞା। ପୁଅଟା ବାଙ୍ଗାଲୋରରୁ ଆସିଛି ଏଥର ଓ ଚାରିଦିନ ପରେ ଫେରିଯିବ ତ।

କଣ ବା କହିବେ? କହିଲେ ମିଛ କଥା- ସରି ସାର, ଝିଅ ଏବେ ତା ମାମୁଁ ଘରେ ଅଛି।

-ଫେରିବ କେବେ?

-ଫେରିବାକୁ ପ୍ରାୟ ଦଶଦିନ ଲାଗିଯିବ।

-ଟିକିଏ କଲ କରନ୍ତୁ ନା, ଚାଲି ଆସିବ। ଆମେ ଦେଖି ଦିଅନ୍ତୁ। ତେଣିକି ପଛ କଥା।

-ଦେଖୁଛି ସାର, ଏଇ ଆମେ କଥା ହେଉଥିବା ନମ୍ବର ଆପଣଙ୍କର ତ? ଯଦି ହୁଏ ତ ତାକୁ ଡକାଇ ଆପଣଙ୍କୁ ଫୋନ କରିବି।

- ହଁ ସାର, ଦେଖିବେ ଟିକେ। ଏଇ ରବିବାର ପର୍ଯ୍ୟନ୍ତ ପୁଅଟା ରହୁଛି। ସୋମବାର ଦିନ ଯିବାକୁ ତା ଟିକଟ ବୁକିଂହୋଇ ସାରିଲାଣି। ଯା' ଭିତରେ ଯଦି ଦେଖିବା କାର୍ଯ୍ୟ ହୋଇ ଯା'ନ୍ତା।

-ଠିକ ଅଛି। ରହନ୍ତୁ। ମୁଁ ଖବର କରିବି ଆପଣଙ୍କୁ। ଅନିଶ୍ଚିତ ପ୍ରତିଶ୍ରୁତି ଦେଇ ରାଜୁ ଫୋନ ବନ୍ଦ କଲେ। ବିରୂପାଙ୍କ ମୁଖକୁ ଚାହିଁ କହିଲେ- ପ୍ରପୋଜାଲଟା ମନ୍ଦ ନୁହେଁ। ଏମସିଏ ପିଲା। ବାଙ୍ଗାଲୋରରେ ଚାକିରି। ପଚିଶ ହଜାର ଟଙ୍କା। ଆମ ଛବିକୁ ବି ସେଠି କେଉଁ କମ୍ପାନୀରେ ଲଗାଇ ଦେଇ ପାରନ୍ତେ। ଦୁହେଁ ଗୋଟିଏ କମ୍ପାନୀରେ ରହି ପାରିଲେ ତ ଆହୁରି ଭଲ ହୁଅନ୍ତା।

ବିରୂପା ଆଖିରୁ ଝରି ପଡିଲା ଦି ଧାର ଲୁହ। ସେ କହିଲେ- ହେଲେ କେଉଁ ଝିଅଟା ତୁମର ଅଛି ଯେ'।

ଝିଅ ରୁନି ଓ ପୁଅ ମିକୁ ପା'ରୁଟି ଖାଇ ଶୋଇ ପଡିଲେଣି। ସ୍ୱାମୀ ରାଜୁ ବିରୂପାଙ୍କୁ ପଚାରିଲେ- ଆଚ୍ଛା ଛବିର କଣ ହୋଇଥାଇ ପାରେ ବୋଲି ତୁମେ ଭାବୁଛ? କହିଲ।

ନିରବ ରହିଲେ ବିରୂପା। ସ୍ୱଗତୋକ୍ତି କଲେ କେବଳ- କଣ ହୋଇପାରେ ସତରେ? ମୁଁ ତ କିଛି ବୁଝି ପାରୁନି। ଖାଲି ଖରାପ କଥା ମନକୁ ଆସୁଛି।

ଆଜିକାଲି ଯାହା ଦୁନିଆଁରେ ଘଟୁଛି ସବୁ କିଛି ଅଭୁତପୂର୍ବ। କେଉଁଠି ବୋହୂଟିଏକୁ ଭରପୁର ଯାତ୍ରୀଥିବା ବସ ଭିତରୁ ଟାଣି ନେଉଛନ୍ତି ଧର୍ଷଣକାରୀ ଦଳ। କେହି ପ୍ରତିବାଦ କରି ପାରୁ ନାହାନ୍ତି। କେଉଁଠି ଗଣ ଧର୍ଷଣ ପରେ ମହିଳାଙ୍କୁ ମରି ଫିଙ୍ଗି ଦିଆଯାଉଛି ଯେ ତାର ପତ୍ତା ମିଳୁନି। କେଉଁଠି ପ୍ରେମିକ ପ୍ରେମିକା ଘରୁ ପଳାୟନ

କରି ନିର୍ଜନ ସ୍ଥଳରେ ବିଷପାନ କରି ମରି ପଡୁଛନ୍ତି। ସତରେ କଣ ହୋଇପାରେ ଛବିର ଅବସ୍ଥା ?

ଛବି ତ ସିଧା ରାସ୍ତାରେ କଲେକଟୋରିଏଟ ଯାଇ ସିଧା ରାସ୍ତାରେ ଫେରି ଆସିବାର କଥା। ସହର ସାରା ଜନାକୀର୍ଣ୍ଣ। ଯଦି ବି ସେମିତ କିଛି ବଳତ୍କାର କିମ୍ବା ଟେକି ନେବା ପରି ଘଟଣା ଘଟିଥାନ୍ତା ତେବେ ଘଟଣାଟି ପ୍ରଘଟ ହୋଇ ସାରନ୍ତାଣି ଏତେବେଳକୁ ସର୍ବତ୍ର। ବିରୂପା ଭାବିଲେ- ଛି, ଏତେ ପାପ କଥା ମନକୁ କାହିଁକି ଆସୁଛି ଯେ'। ଛାଡ ସେ କଥା। ତେବେ ଛବି କଣ କାହାକୁ ଭଲ ପାଉଥିଲା କି ? ବିରୂପା ସ୍ୱାମୀଙ୍କୁ ପଚାରିଲେ- ମୁଁ ତ କିଛି ଭାବି ପାରୁନି ସେ କେଉଁ ପିଲାକୁ ଭଲ ପାଇବା କଥା। ଯଦି ବା ସେ ଭଲ ପାଇଲା ସେ ପଳାଇ ଯିବ କାହିଁକି ? ମୁଁ ତ ତାକୁ ପରୋକ୍ଷରେ ସୂଚନା ଦେଇଥିଲି ଯେ ପୁଅଝିଅଙ୍କ ଭଲ ପାଇବାଟକୁ ମା'ବାପା ସ୍ୱୀକୃତି ଦେଇ ଦେବା ଉଚିତ। କହିଥିଲି, ନଚେତ ଆତ୍ମହତ୍ୟା ପରି ଶେଷ ପରିଣତିକୁ ସମ୍ଭାଳିବା ମୁସ୍କିଲ। ପୁଣି କହିଥିଲି-ଦୁର୍ଲଭ ମଣିଷ ଜୀବନ ଅକାରଣରେ ନଷ୍ଟ ହେବା କଣ କମ ପରିତାପର ବିଷୟ।

ଛବି ସେଦିନ ବିରୂପାଙ୍କୁ ପଚାରିଥିଲା- ମୁଁ ଯଦି ପ୍ରେମ ବିବାହ କରେ ତୁମେ କଣ ରାଜି ହେବ ?

ବିରୂପା କହିଥିଲେ- ହଁ, ନିଶ୍ଚୟ। ପୁଣି କହିଥିଲେ- କିନ୍ତୁ ପ୍ରେମ ଅନ୍ଧ। ଅନ୍ଧ ପ୍ରେମ ଭଲ ନୁହେଁ। ପୁଅଟା ଭଲ କି ନୁହେଁ, ଜାଣିବା ଦରକାର। ଅନ୍ଧଭାବେ ତାକୁ ଗ୍ରହଣ କରିନେଲେ ତା ଜୀବନ ବରବାଦ ହୋଇଯାଏ।

ରାଜୁ ଟିକିଏ ହସିଲେ ଓ କହିଲେ- ତୁମେ ତତ୍ତ୍ୱ, ଆଦର୍ଶ କଥା ଆଛା କହି ପାରିଲ ତ ! ନିଜେ ତ ଭ୍ରଷ୍ଟ। ତୁମେ ତ ପ୍ରେମ ବିବାହ କଲ ଅନ୍ଧ ଭାବେ। ଯାହାକୁ ବିବାହ କଲ ତ ତାର ନ ଥିଲା ରୋଜଗାରର ମାଧ୍ୟମ। ତୁମେ ଜାଣିଥିଲ ବି ଯେ ସେ ନିୟମିତ ମଦ୍ୟପାନ କରେ। ତଥାପି ତୁମର ଝିଅକୁ ଆଦର୍ଶ ପ୍ରେମର ସ୍ଲୋଗାନ ଶୁଣାଇ ପାରିଲ ?

- ହଇହେ, ଆମର ସେପରି ହୋଇଛି ବୋଲି କଣ ସେମାନେ ଜାଣିଛନ୍ତି ? ତାଛଡା ତୁମକୁ ବାଟକୁ ଆଣି ପାରିବି ବୋଲି ମୋ ଭିତରେ ଏକ ଆତ୍ମ ବିଶ୍ୱାସ ଥିଲା, ଜାଣିଛ ?

ରାଜୁ କହିଲେ- ଆଛା ହେଉ।

ବିରୂପା କହିଲେ- ଛବି ବୋଧହୁଏ ଜାଣିଛି ଆମ ବିଷୟରେ। କେହି ଜଣେ ଆମ ପ୍ରେମ କାହାଣୀର ଆମୁଳଚୂଳ ତାକୁ ବଖାଣିଛି ବୋଧହୁଏ।

ଅନୁସନ୍ଧିତ୍ସୁ ହୋଇ ରାଜୁ ପଚାରିଲେ- କଣ କହୁଥିଲା କି ଛବି ?

-ହଁ, ଦିନେ ମୋତେ ପଚାରୁଥିଲା- ତୁମେ ପରା ପାଇକମାଲରେ ରହୁଥିଲ କୋଡିଏ ପଚିଶ ବର୍ଷ ତଳେ ? ସେଠାରେ ଗୋଟିଏ ଘଟଣା ଘଟିଥିଲା । ଜାଣ କି ?

ବିରୂପା କହିଲେ - ମୁଁ ଆଶଙ୍କିତ ହୋଇ ପଡିଲି ତା'ଠୁ ଏପରି କଥାର ଅବତାରଣା ଶୁଣି । କଣ ଆଉ କହନ୍ତି ? ଘଟଣାଟା କହିବାକୁ ତାକୁ ଅନୁମତି ଦେଲି । ସେ କହିଲା- ଗୋଟାଏ ବେକାର ପିଲାର ପ୍ରେମରେ ଜଣେ ଶିକ୍ଷୟିତ୍ରୀ ପଡିଗଲେ । ପିଲାଟି ଦିନେ ତାକୁ ନୃସିଂହନାଥ ମନ୍ଦିରକୁ ନେଇ ତା ହାତରେ ଚୂଡି ଓ ମଥାରେ ସିନ୍ଦୁର ଲଗାଇ ଘରକୁ ଧରି ଆସିଲା । ଘରେ ବୋଉ ଆଶ୍ଚର୍ଯ୍ୟରେ ପୁଅକୁ ପଚାରିଲେ- ଏ ତୋ ସଙ୍ଗରେ କିଏ ? ପୁଅଟି କହିଲା- ଏ ମୋ ୱାଇଫ । ଆଜି ଆମେ ବିବାହ କରିଛୁ ମନ୍ଦିରରେ । ମାଆ ତ ପୁଅ କଥା ଶୁଣି ଅଗ୍ନିଶର୍ମା । ବାପାଙ୍କ ଏପଟେ ହାର୍ଟ ଆଟେକ ହୋଇଗଲା । ମାଆ ହେଲେ ବିଧବା । ଅବାଧ୍ୟ ପୁଅ ଓ ଅଲାଜୁକ ବୋହୂଙ୍କ ଆଉ ମୁଖ ଦେଖିବିନି ବୋଲି ସେ ଚାଲିଗଲେ ନିଜ ଭାଇବୋହୂ ଘରକୁ । କାହାଣୀ ଶେଷରେ ଛବି ପଚାରିଥିଲା ବିରୂପାଙ୍କୁ ଯେ ସେଇ ପୁଅ ଓ ଝିଅକୁ ଜାଣିଛନ୍ତି କି ସେ ।

ବିରୂପା ରାଜୁଙ୍କୁ ପୁଣି କହିଲେ- ଜାଣିଛ ନା, ନିର୍ଭୁଲ ଭାବେ ବଖାଣୁଥିଲା ଛବି ଆମର ପ୍ରେମ କାହାଣୀକୁ । ମୋତେ ପ୍ରଚଣ୍ଡ ରାଗ ଲାଗୁଥିଲା ଯେ ତାକୁ କିଏ କହିଛି ଏ ସବୁ କଥା । ତାକୁ ପଚାରିବାକୁ ଇଚ୍ଛା ହେଉଥିଲା- କିଏ କହିଛି ତୋତେ ଏ କଥା ସବୁ ? ପୁଣି କାହାଣୀ ଶେଷରେ ପଚାରିଥିବା ପ୍ରଶ୍ନର ଉତ୍ତରରେ କହିବାକୁ ଇଚ୍ଛା ହେଉଥିଲା- ସେ ବେକାର ପୁଅ ଓ ସେ ଶିକ୍ଷୟିତ୍ରୀ ଆଉ କେହି ନୁହନ୍ତିରେ ଛବି ତୋ ବାପା ଓ ମାଆ ଛଡା । ଆମେ ତ ଆମ ଜୀବନରେ ଭୁଲଟିଏ କରି ଦେଇଛୁ, ତୁମେମାନେ ଯେପରି ଭୁଲ ନ କରିବ ସତର୍କ ରୁହ । କାହାର ପ୍ରେମରେ ଅନ୍ଧ ଭାବେ ପଡନି ।

ବିରୂପା ରାଜୁଙ୍କ ଆଖି ଦିଟାରେ ନିଜରଦୃଷ୍ଟି ନିବଦ୍ଧ କରି ପୁଣି କହିଲେ-ମୁଁ କିନ୍ତୁ ଛବିକୁ ସେପରି କହିଲିନି । ସ୍ୱୀକାର କରିନି ତା ଆଗରେ ଆମର ପୁରୁଣା ପ୍ରେମ କାହାଣୀକୁ । ଭାବିଲି, ହୁଏ ତ ଏହା ତା ଉପରେ ତଥା ତା ଭାଇ ଭଉଣୀ ଉପରେ ଖରାପ ପ୍ରଭାବ ପକାଇବ । ମାଆବାପାଙ୍କ ପ୍ରତି ଥିବା ସେଇ ପବିତ୍ର ଭାବ ଓ ସମ୍ମାନବୋଧ ରହିବନି । ସେଥିପାଇଁ ତାକୁ ମନା କରି କହିଲି- ନା ତ । ଆମେ ସେଇ ପାଇକମାଲରେ ଥିବା ବେଳେ ଘଟି ନ ଥିଲା ସେମିତି ଘଟଣା ।

ରାତିଟା ସେମିତି କଟି ଯାଇଥିଲା ସେମିତି ଅନିଦ୍ରା ଓ ଅର୍ଦ୍ଧନିଦ୍ରାରେ ।

ବିରୂପା ଆଖିରେ ଅନେକ ଦୁଃସ୍ୱପ୍ନ । ରାଜୁ ବି ରାତିରେ ଦେଖିଥିଲେ ଅନେକ ଭୟଙ୍କର ସ୍ୱପ୍ନ ।

ସକାଳ ତାର ଆଲୋକର ବର୍ଣ୍ଣବିଭା ନେଇ ଫୁଟି ଆସୁଥିଲା ପୂର୍ବାକାଶ ଆଡୁ।

ସହୃଦୟ ଘର ମାଲିକ ରବିବାବୁ ଆସି ପହଞ୍ଚି ଯାଇଥିଲେ ରାଜୁ ଘରେ। ପଚାରିଥିଲେ ସତୃଷ୍ଣରେ-ଖବର କିଛି ମିଳିଲା ? ପଚାରିଲେ ରାଜୁଙ୍କୁ। ରାଜୁ ମୁଣ୍ଡ ହଲାଇ ନାହିଁ କଲା ବେଳକୁ ତାଙ୍କର ଫୋନଟା ଗର୍ଜି ଉଠିଲା। ଦେଖିଲେ ସେଇଟି ସୁପ୍ରଭାର ଫୋନ। ଖୁସି ଲାଗିଲା। ଆଶାୟୀ ହୋଇ ପଡିଲେ, ନିଶ୍ଚୟ କିଛି ଖବର ମିଳିବ । ବିରୂପାଙ୍କୁ ସୁପ୍ରଭାର ଫୋନ ଆସିଥିବାର ଖବର ଖୁସିରେ ଜଣାଇ ଫୋନ ଉଠାଇ କହିଲେ- ହେଲୋ ସୁପ୍ରଭା ଝିଅ।

ସେ ପଟୁ ଭାସି ଆସିଲା- ମଉସା ନମସ୍କାର। ଛବି ଭଲରେ ଅଛି। ବ୍ୟସ୍ତ ହୁଅନ୍ତୁ ନି।

ଗଭୀର ଉତ୍କଣ୍ଠାରେ ପଚାରିଲେ ରାଜୁ- କେଉଁଠି ଅଛି ?

- ମଉସା ! ଏବେ ତା ଫୋନ ଅନ ଅଛି । ତା ସହିତ କଥା ହୁଅନ୍ତୁ, ସବୁ କିଛି ଜାଣି ପାରିବେ।

ରାଜୁ ସୁପ୍ରଭାକୁ ଧନ୍ୟବାଦ ଜଣାଇ ଫୋନ କାଟି ଦେଲେ। ବ୍ୟସ୍ତ ବିବ୍ରତ ହୋଇ ଛବିର ନମ୍ବରକୁ ଖୋଜିଲେ। କଲ କଲେ। ସୁପ୍ରଭାଠାରୁ ଛବିର ଫୋନ ଅନ ଅଛି ବୋଲି ଜାଣିବା ପରେ ବିରୂପାଙ୍କୁ ମନେ ହେଉଥିଲା ସତେ ଯେପରି ନୂତନ ସୂର୍ଯ୍ୟ ସହିତ ତାଙ୍କର ନୂତନ ଜୀବନ କଅଁଳି ଉଠିଛି। ତାଙ୍କ ମନରେ ତଥାପି ଜାଣିବାକୁ ତତ୍‌କ୍ଷଣାତ ଇଚ୍ଛା ହେଉଥିଲା- କେଉଁଠି ଅଛି ଛବି ? ଫେରିବ କେବେ ? ସେ ସୁରକ୍ଷିତ ଭାବେ ଅଛି ତ ?

କଲ ରିସିଭ କଲା ଛବି। କହିଲା- ବାପା ନମସ୍କାର। ରାଜୁ ବାବୁ ଫୋନର ଲାଓଡସ୍ପିକର ଅନ କରିଦେଲେ। ଏତେ ଖୁସିର ଖବର ପାଇଛନ୍ତି ଯେତେବେଳେ ତାକୁ ଶୁଣନ୍ତୁ ବି ବିରୂପା ଓ ସମବେତ ରବିବାବୁ। ଯେଉଁ ଝିଅକୁ କାଲିଠୁ ଖୋଜି ଖୋଜି ନୟାନ୍ତ, ତା ସହିତ କଥା ହେଉଛନ୍ତି ଯେତେବେଳେ ସେ କାହିଁକି କାନରେ ଲଗାଇ ସ୍ୱାର୍ଥପର ଭାବେ କେବଳ ନିଜେ ଶୁଣିବେ ଛବିର ସ୍ୱର।

ରାଜୁ ପଚାରିଲେ-ଆରେ ଛବି, ତୁ କେଉଁଠି ଅଛୁ ?

ସେ ପଟୁ ନିର୍ବିକାର ଓ ନିର୍ଭୟର ସ୍ୱର ଭାସି ଆସିଲା- ମୋ ଶ୍ୱଶୁର ଘରେ।

- ଶ୍ୱଶୁର ଘରେ ! ଆଶ୍ଚର୍ଯ୍ୟ ଓ ହତବାକ ହୋଇ ପଡିଲେ ରାଜୁ।

ପାଖରେ ଠିଆ ହୋଇଥିବା ବିରୂପା କହିଲେ- ଆରେ, ପଚାର, ତା ଶ୍ୱଶୁର କିଏ। ସେ ପୁଅଟା କିଏ ? କେଉଁ ଗାଁର ?

ରାଜୁ ପଚାରିଲେ ଶ୍ୱଶୁର ଓ ତାଙ୍କ ପୁଅଙ୍କ ନାମ ଗ୍ରାମ। ଛବି କହିଲା- କେମିତି

ଧରିବି ସେମାନଙ୍କ ନାମ ? ଘର ତାଙ୍କର ସୋନପୁର। ବୋଉ ଦେଖିଛି ତାଙ୍କୁ। ସେ ସୁପ୍ରଭା ସହିତ ଆମ ଘରକୁ ଯାଇଥିଲେ।

-ଦଉଛି ତୋ ବୋଉକୁ। ରାଜୁ ବିରୂପାଙ୍କୁ ଫୋନ ଦେଲେ।

ବିରୂପା ଅତିଶୟ ଆବେଗରେ ପଚାରିଥିଲେ- ତୋ ସାଙ୍ଗ ବୋଲି ଯାହା ସହିତ ମୋତେ ପରିଚିତ କରାଇ ଦେଇଥିଲୁ ସେଇ ପିଲା ତ ? ଡେଙ୍ଗା ହୋଇ ପତଳା, ଗୋରା।

-ହଁ ହଁ, ଠିକ ଚିହ୍ନିଛ ତ।

-ଆରେ, ସେ ପରା ଅନ୍ୟ ଜାତିର ? ସେପଟୁ ଛବି ତାର ସ୍ୱୀକାରୋକ୍ତି ଦେଇ କହିଥିଲା- କଣ ହେଲା ସେଇଠୁ ? ଭାରି ଭଲ ପିଲାଟା।

ରବିବାବୁ ସେଠାରେ ଠିଆହୋଇ ଆଉ ରହିବାକୁ ପସନ୍ଦ କରି ନ ଥିଲେ। ଅବନତ ମୁଖରେ ଫେରି ଆସିଥିଲେ ନିଜ ଘରକୁ।

■

'ଝଙ୍କାର' ଜୁଲାଇ ୨୦୦୯ରେ ପ୍ରକାଶିତ।

ଚିହ୍ନା ଅଚିହ୍ନା

ମୋ ସ୍ୱାମୀ ଯେ ମୋତେ ମିଛ କହୁଛନ୍ତି, ଏହି ଧାରଣା ମୋ ଭିତରେ ଦିନକୁ ଦିନ ବଳବତ୍ତର ହେଇ ଆସୁଥିଲା। ମୋ ମନରେ ପ୍ରଶ୍ନ ଉଠୁଥିଲା- ସେ କାହିଁକି ମିଛ କହୁଛନ୍ତି ? ଏଥିରୁ ବା ତାଙ୍କର ଲାଭ କଣ ? ମୁଁ କିଛି ବୁଝି ପାରୁ ନ ଥିଲି।

ଅନେକ ଦିନ ତଳେ ବଡି ସକାଳୁ ଆମ କଲିଂ ବେଲ ବାଜି ଉଠିଥିଲା। ମୁଁ ଯାଇ ଦେଖେ ତ ଜଣେ ସୁନ୍ଦର ସୁଠାମ ଯୁବକ ଠିଆ ହୋଇଛନ୍ତି ଘର ଆଗରେ। ମୋତେ ଦେଖି ନମସ୍କାର ଜଣାଇ ସେ ସଙ୍ଗେ ସଙ୍ଗେ ପଚାରିଲେ- ଆଜ୍ଞା ଘରେ ଅଛନ୍ତି ? ମୁଁ ଅସ୍ତିସୂଚକ ସୂଚନା ଦେଇ ତାଙ୍କୁ କହିଥିଲି- ଆସନ୍ତୁ, ତାଙ୍କୁ ଡାକି ଦେଉଛି। ସେ ମୋ ନିର୍ଦ୍ଦେଶ ଅନୁସାରେ ଆମ ଡ୍ରଇଂରୁମରେ ଆସି ବସିଥିଲେ। ମୋ ସ୍ୱାମୀଙ୍କୁ ଆଗନ୍ତୁକ ଯୁବକ ବିଷୟରେ ସୂଚନା ଦେଇଥିଲି। ସେ ଆସି ସେଇ ଯୁବକଙ୍କ ସହିତ କିଛି କଥା ବାର୍ତ୍ତା କରିଥିଲେ ଓ ପରେ ଚାଲଯାଇଥିଲେ। ସ୍ୱାମୀଙ୍କୁ ଆଗନ୍ତୁକଙ୍କ ପରିଚୟ ପଚାରିବା ପୂର୍ବରୁ ମୋତେ ସେ କହିଥିଲେ- ଇଏ ସେ ମିଶ୍ର ବାବୁ ମ, ଯାହାଙ୍କ କଥା ତୁମକୁ କହୁଥିଲି। ସ୍ୱାମୀଙ୍କ କଥା ଶୁଣି ମନେ ପଡିଲା ଯେ ଏଇ ଯୁବକ ଜଣକ ନୂଆ ହୋଇ ସ୍ୱାମୀ କାମ କରୁଥିବା ଅଫିସରେ ଜଏନ କରିଛନ୍ତି। ପୁଣି ମନେ ପଡିଲା ଯେ ସେ କହିଥିଲେ- ହଁ, ଏଇ ମିଶ୍ର ବାବୁଙ୍କୁ ଏବର୍ଷ ବାହା କରିବା ଯୋଜନା ରଖିଛନ୍ତି ତାଙ୍କ ବାପା। ତାଙ୍କ ବାପା ଆଗରୁ ମୋ ଚିହ୍ନା ପରିଚିତ। ସ୍ୱାମୀ ମୋତେ ଦାୟିତ୍ୱ ଦେଇ କହିଥିଲେ- ତୁମେ ୟା'ଙ୍କ ପାଇଁ ଗୋଟାଏ ଝିଅ ଦେଖୁନ। ମୁଁ ସେଦିନ ଆମ ଜ୍ଞାତି କୁଟୁମ୍ବ ଚିହ୍ନା ପରିଚିତ ଲୋକଙ୍କ ଭିତରେ ମିଶ୍ର ବାବୁଙ୍କୁ ଠିକ ଯୋଡି ହେବା ପରି ଝିଅଟିଏ ସନ୍ଧାନ କରିବାକୁ ମନ ପହଁରାଇ ଆଣିଥିଲି।

କିନ୍ତୁ, ୟା ଭିତରେ ମିଶ୍ରବାବୁଙ୍କ ବିବାହ ସମ୍ପନ୍ନ ହୋଇ ସାରିଥିଲା ଓ ମୋତେ

ଏଥିପାଇଁ କନ୍ୟାପାତ୍ରୀର ଖବର ଦେବାକୁ ପଡି ନ ଥିଲା ବୋଲି ଏବେ ମୋର ସ୍ମରଣ ହେଲା। ଏହା ବି ମୋର ସ୍ମୃତି ଉଜ୍ଜିବୀତ ହେଲା ଯେ ମିଶ୍ରବାବୁଙ୍କ ବାହା ଘରକୁ ଯିବାକୁ ମୋତେ ମୋ ସ୍ୱାମୀ ଡାକୁଥିଲେ ବି ମୁଁ କୌଣସି କାରଣ ବଶତଃ ଯାଇପାରି ନ ଥିଲି । ସ୍ୱାମୀ ମୋ ଏକା ଯାଇଥିଲେ। ମିଶ୍ରବାବୁଙ୍କୁ ଥରେ ଦେଖିଛି ସତକଥା। ମାତ୍ର, ମୁଁ ତାଙ୍କୁ ଚିହ୍ନି ପାରି ନାହିଁ ଭାବି ସ୍ୱାମୀ ମୋତେ ସେହି ଯୁବକ ଜଣଙ୍କୁ ମିଶ୍ରବାବୁ ନୁହନ୍ତି ବୋଲି କାହିଁକି କୁହନ୍ତି, ଜାଣି ପାରେନା। ମିଶ୍ରବାବୁଙ୍କ ସହିତ ସଂପୃକ୍ତ କେତେଗୋଟି ଘଟଣା ମୋତେ ବିବ୍ରତ କରି ଦେଇଥିଲା।

ପ୍ରଥମ ଘଟଣାଟି ହେଉଛି, ସେ ଦିନ ଅପେକ୍ଷମାଣ ଦର୍ଶନାର୍ଥୀମାନଙ୍କ ଲମ୍ବା ଲାଇନରେ ଠିଆ ହୋଇଥିଲି ଶିବ ମନ୍ଦିରରେ। ମୋ ପଛକୁ ମୋ ସ୍ୱାମୀ। ମନ୍ଦିର ଭିତରୁ ପୂଜା କାର୍ଯ୍ୟ ସାରି ଜଣେ ବୋହୂ ଆମ ପାଖରେ ଅଟକି ଗଲେ। ଅତି ସ୍ମାଟ, ସୁନ୍ଦରୀ ଓ ମିଷ୍ଟଭାଷିଣୀ। ମୋ ସ୍ୱାମୀଙ୍କୁ ନମସ୍କାର ଜଣାଇ ମୋ ଆଡକୁ ଚାହିଁ ସ୍ୱାମୀଙ୍କୁ ପଚାରିଲେ- ଇଏ ବୋଧହୁଏ ମାଡାମ। ସ୍ୱାମୀ ସମ୍ମତିସୂଚକ ମୁଣ୍ଡ ହଲାଇବା ପରେ ସେ ମୋତେ ନମସ୍କାର ଜଣାଇଲେ। ସ୍ୱାମୀ ମୋତେ ସେଇ ବୋହୂ ଜଣକ ସହିତ ପରିଚିତ କରାଇ ଦେଇ କହିଲେ- ଏଇ ମ ଆମ ମିଶ୍ରବାବୁଙ୍କ......। ତାଙ୍କ ବାହା ଭୋଜିକୁ ଯାଇନ ତୁମେ ଜାଣିବ କେମିତି ?

ଏକା ଆସିଲେ ଯେ ! ମିଶ୍ରବାବୁ ଆସିଲେ ନାହିଁ ଯେ ? ମିଶ୍ରାଣୀଙ୍କୁ ମୁଁ ପ୍ରଶ୍ନ କଲି। ସେ କହିଥିଲେ- ସେ ଅଛନ୍ତି ବାହାରେ। କଣ ଜରୁରୀ କାମଥିଲା ତ ତାଙ୍କର। ମୋତେ ମନ୍ଦିରରେ ଛାଡି ଦେଇ ସେ ଯାଇଛନ୍ତି। ମିଶ୍ରାଣୀ ମୋତେ ତାଙ୍କ ଘରକୁ ବୁଲି ଯିବାକୁ ଅନୁରୋଧ ଜଣାଇ ଫେରିଗଲେ ନିଜ ବାଟରେ। ମୁଁ ଲକ୍ଷ୍ୟ କଲି ମିଶ୍ରାଣୀ ମନ୍ଦିର ସାମ୍ନାକୁ ଯାଇଛନ୍ତି କି ନାଇଁ ମିଶ୍ର ବାବୁ ଆସି ତାଙ୍କୁ ତାଙ୍କ ବାଇକରେ ବସାଇ ନେଇଗଲେ। ସେଦିନ ମନ୍ଦିରରେ ମିଶ୍ରବାବୁଙ୍କ ଅନୁପସ୍ଥିତିକୁ ସ୍ୱାଭାବିକ ଭାବେ ଗ୍ରହଣ କରିନେଇଥିଲି କିନ୍ତୁ ପରେ ଅନ୍ୟ ଘଟଣା ସହିତ ସଂପୃକ୍ତି କରି ଜାଣିଲି ଯେ ମିଶ୍ରବାବୁଙ୍କ ଅନୁପସ୍ଥିତି ଥିଲା ଏକ ବାହାନା।

ଦ୍ୱିତୀୟ ଘଟଣାଟି ମଧ୍ୟ ଘଟିଥିଲା ସେଇ ଶିବ ମନ୍ଦିରରେ। ଆଉ ଦିନେ ପହଞ୍ଚିଥିଲି ମୋ ସ୍ୱାମୀଙ୍କ ସହିତ ଶିବ ମନ୍ଦିରରେ। ଗାଡି ଷ୍ଟାଣ୍ଡ ମାରି ସ୍ୱାମୀ ମନ୍ଦିର ଭିତରକୁ ଆସୁ ଆସୁ ମୁଁ ପଶି ଆସିଥିଲି ଅପେକ୍ଷମାଣ ଦର୍ଶନାର୍ଥୀଙ୍କ ଲାଇନରେ ନିଜକୁ ସାମିଲ କରିବାକୁ। ଠିକ ସେତିକିବେଳକୁ ମିଶ୍ରବାବୁ ମୋତେ ଅତିକ୍ରମ କରିଗଲେ। ଲାଇନରେ ଠିଆହୋଇ ଦେଖିବାକୁ ପାଇଲି ମିଶ୍ରାଣୀ ପାର୍ଶ୍ୱ ଦେବତାଙ୍କ ନିକଟରେ ଧୂପ ଜାଳୁଛନ୍ତି। କିଛି ସମୟ ପରେ ମିଶ୍ରବାବୁ ଗମ୍ଭୀରା ଭିତରୁ ବାହାରି ସିଧା ସିଧା

ବାହାରିଗଲେ ମନ୍ଦିର ବାହାରକୁ। ଆମ ଠିଆ ହୋଇଥିବା ଲାଇନ ପାର୍ଶ୍ୱ ଦେଇ ସେ ଚାଲିଗଲେ ଅଥଚ ମୁଖଟେକି ଆମ ଆଡକୁ ଚାହିଁଲେ ନି, ଆମ ଦିହିଁଙ୍କି ନମସ୍କାର ଗୋଟାଏ ଲେଖାଏଁ ଜଣାଇ ନ ଥାନ୍ତେ ନାଇଁ, ଚିହ୍ନା ମଣିଷଙ୍କୁ ସାକ୍ଷାତରେ ଦିଆଯାଉଥିବା ଆତ୍ମୀୟତାର ହସଟିକିଏ ଫିଙ୍ଗି ଦେଇଥାନ୍ତେ ଭଲା। ମିଶ୍ରବାବୁଙ୍କ ଏତାଦୃଶ ଆଚରଣରେ ମୁଁ ବିସ୍ମିତ ହୋଇ ସ୍ୱାମୀଙ୍କୁ ପଚାରିଲି- ତୁମର ମିଶ୍ରବାବୁ ଏଇ ଆମ ପାଖ ଦେଇ ଚାଲି ଗଲେ, ଅଥଚ ଆମକୁ ଅଣଦେଖା କଲେ କେମିତି ? ମୋ ସ୍ୱାମୀ କହିଲେ- ନାଁ ତ। ମିଶ୍ରବାବୁ ଯାଇ ନାହାନ୍ତି ଏ ବାଟେ। ତାଙ୍କ ଚେହେରାର ଅନ୍ୟ କାହାକୁ ତୁମେ ଦେଖଥିବ। ସ୍ୱାମୀଙ୍କ କଥାରେ ମୁଁ ରାଜି ନ ଥିଲି। ମୁଁ ସ୍ପଷ୍ଟଭାବେ ଚିହ୍ନିଛି ମିଶ୍ରବାବୁଙ୍କୁ। ମାତ୍ର, କିଛି ପ୍ରତିବାଦ କଲିନି। କାରଣ, ଗମ୍ଭୀରା ଭିତରକୁ ପଶିବାକୁ ଆମର ସମୟ ହେଇ ଯାଇଥିଲା। ସେତେବେଳକୁ ମୋତେ ଶିବମନସ୍କ ହେବାର ଆବଶ୍ୟକତା ଥିଲା। ଶିବ ସ୍ତୋତ୍ରର ପଂକ୍ତିଗୁଡିକୁ ମୁଁ ଗୁଣୁ ଗୁଣେଇଲି।

ତୃତୀୟ ଘଟଣାଟି ଆଉ ଦିନକର କଥା। ସ୍ୱାମୀ ସହିତ ସହର ଭିତରକୁ ସପିଂ କରି ଯାଇଥିବା ବେଳେ ଏକ ହୋଟେଲ ସାମ୍ନାରେ ଅଟକିଲୁ ଆମେ। ସ୍ୱାମୀ ମୋତେ ହୋଟେଲ ପାର୍ଶ୍ୱରେ ଆମ ଟୁହ୍ୱିଲର ପାଖରେ ଠିଆ ରହିବାକୁ କହି ମିଠା କିଣିବାକୁ ହୋଟେଲ ଭିତରକୁ ଗଲେ। ମୁଁ ସେଇଠି ଥାଇ ଲକ୍ଷ୍ୟ କଲି ଠିକ ହୋଟେଲର ଶେଷମୁଣ୍ଡରେ ପାଞ୍ଚଜଣ ଯୁବକ ଆଳାପରତ ଅଛନ୍ତି। ସେମାନଙ୍କ ଭିତରେ ଅଛନ୍ତି ମିଶ୍ରବାବୁ। ଗୋଟିଏ ଚାରିଚକିଆ ଗାଡି ହୋଟେଲ ସାମ୍ନାରେ ଆସି କିଛି ସମୟ ଠିଆ ହେବାବେଳକୁ ସ୍ୱାମୀ ମିଠାନେଇ ମୋ ନିକଟକୁ ଆସିବା ବାଟରେ ସେଇ ଆଳାପରତ ଯୁବକମାନଙ୍କ ପାର୍ଶ୍ୱ ଦେଇ ଆସିବାକୁ ପଡିଥିଲା। ମୁଁ ଦେଖିଲି- ସ୍ୱାମୀଙ୍କୁ ଦି ଜଣ ନମସ୍କାର ଜଣାଇଲେ। ଅଥଚ ମିଶ୍ରବାବୁ ସେତିକିବେଳକୁ ସ୍ୱାମୀଙ୍କୁ ନ ଦେଖିବା ପରି ପାଟିର ପାନ ଛେପ ଫିଙ୍ଗିବାକୁ ପଛକୁ ଘୁଞ୍ଚି ଯାଇଥିଲେ। ସ୍ୱାମୀଙ୍କୁ ପଚାରିଲି- ହଇହେ, ମିଶ୍ରବାବୁଙ୍କ ସହିତ ତୁମର ଏଥର ପଡୁନି କି ? ଅନ୍ୟମାନେ ତୁମକୁ ନମସ୍କାର କଲେ, ଅଥଚ ମିଶ୍ରବାବୁ ତୁମକୁ ଏଡାଇଗଲେ। ସ୍ୱାମୀ କହିଲେ- ମିଶ୍ରବାବୁ ! କେଉଁ ମିଶ୍ରବାବୁଙ୍କ କଥା କହୁଛ ? ଯିଏ ଆମ ଘରକୁ ଥରେ ଆସିଥିଲେ ଓ ଯାହାଙ୍କ ପାଇଁ ଝିଅଟିଏ ଠିକ କରିବାକୁ ତୁମକୁ କହିଥିଲି ତ। ମୁଁ ତାଙ୍କ କଥାରେ ସମର୍ଥନ କଲି। ସେ କହିଲେ - ନାଁ ତ । ସେଠି ମିଶ୍ରବାବୁ ନ ଥିଲେ। ସ୍ୱାମୀ ଏପରି ରୋକଠୋକ ଭାବେ ମନା କରିବାରୁ ମୋତେ ଖରାପ ଲାଗିଲା। ମୋର ଇଚ୍ଛା ହେଉଥିଲା କହିବାକୁ, ଚାଲ ଟିକିଏ ପଛକୁ। ଦେଖିବ ମିଶ୍ର ବାବୁ ସେଠି ଅଛନ୍ତି ନା ନାହିଁ। ସେପରି କହିଲିନି। କାହିଁକି ନା, ଘରକୁ ଫେରିଲେ ମୋର ଅନେକ ଗୃହକାର୍ଯ୍ୟ

କରିବାର ବାକି ରହିଥିଲା। ତାଛଡା ଗୋଟିଏ ଛୋଟ କଥାକୁ କାହିଁକି ବା ଯୁକ୍ତି କରିବି ? ଲାଭ ବା କଣ ଅଛି ସେଥିରେ। କେବଳ କହିଲି- ତୁମେ କେମିତି ଦେଖିଲନି ଯେ ! ଅନ୍ୟ ଦିଜଣ ତୁମକୁ ନମସ୍କାର ଜଣାଇବାବେଳେ ସେ ପରା ପଛପଟକୁ ପାନଛେପ ପକାଇବାକୁ ଟ୍ରେନଆଡକୁ ଗଲେ। ସ୍ୱାମୀ କହିଲେ- ଛାଡ, ଛାଡ ସେ କଥା। କିଏ ନମସ୍କାର କଲା ନ କଲା ସେଥିରୁ ବା କଣ ମିଳିବ ଯେ ! ମୁଁ ସ୍ୱାମୀଙ୍କୁ ବୁଝାଇବାକୁ ଯାଇ କହିଲି- ସେ କଥା ନୁହେଁ ମ। ମୁଁ କଣ ଜାଣିନି ଯେ କିଏ କାହାକୁ ନମସ୍କାର କଲେ ବଡ ଲୋକ ହେଇ ଯାଏନି କି ନ କଲେ ଛୋଟ ହୋଇ ଯାଏନି। କଥା ହେଉଛି ମିଶ୍ରବାବୁ ତୁମକୁ ଅଣଦେଖା କଲେ କେମିତି। ସ୍ୱାମୀ ମୋତେ ହାଲୁକା ସ୍ୱରରେ କହିଲେ- ତୁମେ ଭଲଭାବେ ଚିହ୍ନିନ ମିଶ୍ରବାବୁଙ୍କୁ। ତାଙ୍କ ପରି ଚେହେରାର ଅନ୍ୟ କେହି ଜଣେ ଅଛି ନିଶ୍ଚୟ। ତାହାକୁ ଦେଖି ତୁମେ ମିଶ୍ରବାବୁ ବୋଲି ଭାବୁଛ। ମୁଁ କିନ୍ତୁ ସ୍ୱାମୀଙ୍କ କଥାରେ ସନ୍ତୁଷ୍ଟ ନ ଥିଲି। ଦୃଢ଼ ନିଶ୍ଚିତ ଥିଲି ଯେ ମିଶ୍ରବାବୁଙ୍କୁ ଠିକ ଚିହ୍ନିଛି ମୁଁ। ଏକଦା ସ୍ୱାମୀଙ୍କ ସହକର୍ମୀ ଥିବା ମିଶ୍ରବାବୁ ଅର୍ଥାତ ଦିନେଶ ମିଶ୍ରଙ୍କୁ। ଗୋରା ତକ ତକ ଚେହେରା। ନାକ ତଳକୁ ପରଜାପତିଆ ନିଶ। ପ୍ରାୟ ସେ ଟି ସାର୍ଟ ଓ ଜିନ ପ୍ୟାଣ୍ଟ ପିନ୍ଧନ୍ତି।

ଚତୁର୍ଥ ଘଟଣାରେ କିନ୍ତୁ ସ୍ୱାମୀ ମୋତେ ଠକି ପାରି ନ ଥିଲେ। ସେଦିନ ସ୍ୱାମୀଙ୍କ ସହିତ ମୁଁ ଫେରୁଥିଲି ଭୁବନେଶ୍ୱରରୁ। ସକାଳୁ ସକାଳୁ ବସଟି ଲାଗିଲା ଆମ ସହରର ବସ ଷ୍ଟାଣ୍ଡରେ। ଆମେ ଦୁହେଁ ଅନ୍ୟ ଯାତ୍ରୀମାନଙ୍କ ପରି ସେଇଠି ଓହ୍ଲେଇବାକୁ ତତ୍ପର ହୋଇ ଉଠିଲୁ। ମୁଁ ଦେଖିଲି ବସର ଝରକା ଆଡକୁ ମାଡି ଆସୁଛନ୍ତି ଲୋକମାନେ ସିଟ ଖଣ୍ଡେ ଖଣ୍ଡେ ରଖାଇବାକୁ। ଦେଖିଲି ମିଶ୍ରବାବୁ ବି ତାଙ୍କର ରୁମାଲଟିକୁ ହାତରେ ଧରି ଭିଡ ଭିତରେ ନିଜକୁ ସାମିଲ କରିଛନ୍ତି। ସକାଳୁଆ ଅଫିସ ହେତୁ ତାଙ୍କର କର୍ମକ୍ଷେତ୍ରକୁ ଯିବାକୁ ସେ ବାହାରିଛନ୍ତି ନିଶ୍ଚୟ। ମୁଁ ମୋ ସ୍ୱାମୀଙ୍କୁ ଦେହରେ ଟିପ ଦେଇ କହିଲି- ହେଇ ଦେଖ, ମିଶ୍ର ବାବୁଙ୍କୁ । ତାଙ୍କ ପାଇଁ ତୁମ ସିଟଟା ରଖିଦିଅ। ସେ ଯିବେ କୁଆଡେ ବୋଧେ। ସ୍ୱାମୀ ବିରକ୍ତି ପ୍ରକାଶ କରି କହିଲେ- ଛାଡ, ଛାଡ ତା କଥା। ମୁଁ ତାଙ୍କ ବିରକ୍ତିକୁ ବୁଝି ପାରିଲିନି। ବୁଝିବାକୁ ଚେଷ୍ଟା କରିବାକୁ ସେଇ ମୁହୂର୍ତ୍ତରେ ଚାହିଁଲିନି। କାରଣ, ନିଜର ଲଗେଜ ଧରି ତୁରନ୍ତ ବସରୁ ଓହ୍ଲାଇ ନ ଆସିଲେ ପରେ ଧସି ପଶିବେ ନୂତନ ଯାତ୍ରୀମାନେ ବସ ଭିତରକୁ ଯେ ଓହ୍ଲାଇବା କଷ୍ଟ ହୋଇପଡିବ।

ଗେଟ ବାହାରେ ଅପେକ୍ଷମାଣ ଯାତ୍ରୀମାନଙ୍କ ଭିଡ ଭିତରୁ ମୁକୁଳି ଆସିଲୁ ଦୁହେଁ। ରିକ୍ସାବାଲାର 'ରିକ୍ସା ହେବ ଆଜ୍ଞା , ରିକ୍ସା' ଡାକର ପ୍ରତ୍ୟୁତ୍ତର ଦେଇ 'ହେବ' ବୋଲି କହିଲି ମୁଁ। ଏତେ ବେଳକୁ ସ୍ୱାମୀ ମୋତେ ହରାଇ ଦେବା ଢଙ୍ଗରେ କହିଲେ-

କୁଆଡେ ତୁମର ମିଶ୍ରବାବୁ ଅଛନ୍ତି ଦେଖାଇଲ ? ମୁ ଦେଖୁଛି, ତୁମକୁ ମିଶ୍ରବାବୁଙ୍କ ଭୁତ ଲାଗିଛି ।

ମୁଁ ଚାରିଆଡେ ନିରେଖିଲି । ସ୍ୱାମୀଙ୍କ ଚାଲେଞ୍ଜକୁ ମୁକାବିଲା କରିବାକୁ ହେବ । ପ୍ରକୃତରେ ମିଶ୍ରବାବୁ ନ ଥିଲେ କାହିଁ କୁଆଡେ ସେତେବେଳେ । ମୁଁ ସ୍ୱାମୀଙ୍କୁ ଉତ୍ତର ଦେଇ ନ ପାରି ଗୁଣୁଗୁଣେଇ ହେଲି- ଏଇଠି ପରା ଥିଲେ । ମୁଁ ନିଜ ଆଖିରେ ଦେଖିଛି । ବାପରେ ! କୁଆଡେ ଉଭେଇ ଗଲେ ଯେ କେଜାଣି । ସ୍ୱାମୀ କହିଲେ, ଚାଲ, ଚାଲ ରିକ୍ସା ପାଖକୁ । ଅନତିଦୂରରେ ରିକ୍ସାବାଲା ରିକ୍ସା ଧରି ଠିଆ ହୋଇଥିଲା ଆମରି ଅପେକ୍ଷାରେ । ମୁଁ ପରାସ୍ତ ହେବାର ଦୁଃଖରେ ଭାଙ୍ଗି ପଡିଥିଲି । ସବୁଆଡେ ନଜର ବୁଲାଇଥିଲି । କାହିଁ କେଉଁଠି ହେଲେ ଥିବେ ମିଶ୍ରବାବୁ ନିଶ୍ଚୟ । ବସରେ ସିଟଟିଏ ରଖିବାକୁ ଏତେ ବ୍ୟସ୍ତ ଓ ତତ୍ପର ହୋଇ ଉଠିଥିବା ଯୁବକଟିଏ ହଠାତ ଉଭାନ ହୋଇଯିବା ବିଚିତ୍ର କଥା ନିଶ୍ଚୟ । ଏହା ଭିତରେ କିଛି ରହସ୍ୟ ଅଛି ନିଶ୍ଚୟ । ମୋତେ ଲାଗିଲା- ମିଶ୍ରବାବୁ ଓ ୟା'ଙ୍କ ଭିତରେ କିଛି ଗୋଟାଏ ଘଟିଛି, ସେଥିପାଇଁ ଇଏ ମୋ ନିକଟରେ ମିଶ୍ରବାବୁଙ୍କୁ ଏଭଏଡ କରୁଛନ୍ତି । ଆଉ ମିଶ୍ରବାବୁ ବି ୟା'ଙ୍କଠୁ ଦୂରେଇ ଯାଉଛନ୍ତି । ସେଦିନ ଶିବ ମନ୍ଦିରରେ ଆମ ପାଖ ଦେଇ ମିଶ୍ରବାବୁ ଚାଲିଗଲେ, ଅଥଚ ଆମକୁ ନ ଦେଖିବା ପରି ଚାଲିଗଲେ । ହୋଟେଲ ସାମ୍ନାରେ ପୁଣି ସ୍ୱାମୀଙ୍କୁ ଏଭଏଡ କରିବାକୁ ପାନଛେପ ଫିଙ୍ଗିବାର ବାହାନା କରିଥିଲେ । ଆଉ ଏବେ ସେ ଆମକୁ ଦେଖିବା ମାତ୍ରେ କୁଆଡେ ଛୁ ମାରିଛନ୍ତି । ବୋଧହୁଏ ଆମେ ରିକ୍ସା ଚଢ଼ି ଯିବା ପରେ ବସକୁ ଫେରିବେ ।

ପ୍ରକୃତରେ, ରିକ୍ସାର ହୁଡ-ଝରକାର ପରଦା ଟେକି ଚାହିଁବା ବେଳକୁ ମିଶ୍ରବାବୁଙ୍କୁ ଦେଖିପାରି ମୁଁ ଚିତ୍କାର କରିବା ସ୍ୱରରେ ସ୍ୱାମୀଙ୍କ ଉଦ୍ଦେଶ୍ୟରେ କହିଲି- ହେଇ, ଦେଖ, ଦେଖ, ହେଇଟି ମିଶ୍ରବାବୁ । ଗଡିବାକୁ ଆରମ୍ଭ କରୁଥିବା ଆମର ରିକ୍ସା ମୁହୂର୍ତ୍ତେ ବନ୍ଦ ହୋଇଗଲା । ସ୍ୱାମୀ ପଛକୁ ଚାହିଁ ଦେଖିଲେ । ଅନ୍ୟ କିଛି ନ କହି କହିଲେ- ହଁ ତ । କଣ ହୋଇଗଲା ସେଇଠୁ ?

ସ୍ୱାମୀ ସିନା କଥାଟାକୁ ହାଲୁକା ଭାବେ ନେଇ ଗଲେ, ମୁଁ କିନ୍ତୁ ସିରିଏସ ହୋଇ ଯାଇଥିଲି । ମୁଁ ଛାଡିଲିନି । ସ୍ୱାମୀଙ୍କୁ କହିଲି ତୁମ ଓ ମିଶ୍ରବାବୁଙ୍କ ଭିତରେ କିଛି ଗୋଟାଏ ଘଟିଛି ନିଶ୍ଚୟ । ସେ କହିଲେ- ଚାଲ ଘରକୁ । ସୁସ୍ଥରେ ଘରେ ବସି କହିବି ।

ଘରେ ପହଞ୍ଚିବା ପରେ ସେ କଥା ଆରମ୍ଭ କଲେ ।

ସେଥର ଅଫିସ କାମରେ ମୋତେ ହଠାତ କଟକ ଯିବାକୁ ପଡିଲା । ତୁମର

ମନେ ଥିବ, ମୁଁ ଦିନେଶ ମିଶ୍ରଙ୍କୁ ତାଙ୍କ ବାଇକରେ ମୋତେ ପ୍ଲାଟଫର୍ମରେ ଛାଡି ଦେବାକୁ ଅନୁରୋଧ କରିଥିଲି। ସେ ଆସିଥିଲେ ଓ ଆମେ ଷ୍ଟେସନରେ ପହଞ୍ଚିବା ପୂର୍ବରୁ ଟ୍ରେନ ଛାଡିବା ଛାଡିବା ଅବସ୍ଥାରେ ଥିଲା। ଏଇ ଆମ ଘରଠୁ ଷ୍ଟେସନ ଯିବା ବାଟରେ ଯେଉଁ ଘଟଣାଟି ଘଟିଥିଲା, ତୁମକୁ କହିନି ଏଯାଏ।

ସାମାନ୍ୟ ଅଟକି ଯାଇ ସେ ପୁଣି କହିଲେ- ଦିନେଶ ମିଶ୍ରଙ୍କ ବାଇକ ମୁଁ ଚଳାଉଥିଲି। ଟ୍ରେନର ଟାଇମ ଅତିକ୍ରମ କରି ଯାଇଥିବାରୁ ମୁଁ ବ୍ୟସ୍ତ ଥିଲି କେମିତି ଟ୍ରେନ କ୍ୟାଚ କରିବି। ଷ୍ଟେସନକୁ ଅଳ୍ପ ବାଟ ବାକି ଅଛି, ହଠାତ ମୁଁ ବ୍ରେକ ଦେଲି। କାରଣ ରାସ୍ତାରେ ଏକ ପର୍ସ ପଡିଥିବାର ଦେଖିଲି। ପର୍ସରୁ ବାହାଟଙ୍କୁ କିଛି ନୋଟ ବାହାରି ଆସିଥିଲା ମଧ୍ୟ। ମୋ ପରି ତର ତର ହୋଇ ଟ୍ରେନ କ୍ୟାଚ କରିବକୁ ଯାଇଥିବା କେଉଁ ଅଭାଗାର ପକେଟରୁ ଗଳି ପଡିଥିଲା ବୋଧହୁଏ ଅସାବଧାନତାରୁ। ମୋ ବ୍ରେକ ମାରିବାର ଅର୍ଥ ପଛପଟେ ବସିଥିବା ଦିନେଶ ମିଶ୍ର କିଛି ବୁଝି ନ ପାରି ପଚାରିଲେ- କଣ ହେଲା ସାର? ମୁଁ ନିର୍ଦ୍ଦେଶ ଦେଇ କହିଲି- ଉଠାଅ ସେହି ପର୍ସକୁ। ସେ ତତ୍‌କ୍ଷଣାତ ବାଇକରୁ ଓହ୍ଲାଇ ପର୍ସକୁ ଝାମ୍ପିନେଲେ ଓ ପକେଟସ୍ଥ କଲେ। ମୁଁ ଗାଡି ଚଳାଇ ଷ୍ଟେସନରେ ପହଞ୍ଚି ଟିକେଟ ଖଣ୍ଡେ କଟି ଦୌଡି ଦୌଡି ଅପେକ୍ଷମାଣ ଟ୍ରେନକୁ ପଶୁ ପଶୁ ଟ୍ରେନଟି ଛାଡିଲା। ଯା ଭିତରେ ସେଇ ପର୍ସ ବିଷୟରେ ଦିନେଶ ମିଶ୍ରଙ୍କ ସହିତ କଥା ହେବାର ସମୟ ଓ ସୁଯୋଗ ନ ଥିଲା। ଟ୍ରେନ ଛାଡିବାବେଳେ ହାତ ହଲାଇ ହଲାଇ କହିଲି- ସେଇଟା କାହାର ଦେଖିବ। କିଛି ଆଡ୍ରେସ ଯଦି ଅଛି ?

କିଛି ସମୟ ପରେ ମୋ ମୋବାଇଲ ଗର୍ଜିଲା। ଦେଖିଲି, ତାହା ହେଉଛି ଦିନେଶ ମିଶ୍ରଙ୍କ ଫୋନ। ସେ ଜଣାଇଲେ ଯେ ସେଥିରେ କାହାର ଆଡ୍ରେସ ଫାଡ୍ରେସ ନାହିଁ ଓ ସେଥିରେ ପାଞ୍ଚହଜାର ଦଶଟଙ୍କା ଅଛି। ସେ ସମାନ ଦି ଭାଗ କରିବାକୁ କହିଲେ। ମୁଁ ରାଜି ହୋଇ ଯାଇଥିଲି। କିନ୍ତୁ, ଦିବର୍ଷ ବିତି ଯାଇଥିଲେ ବି ଏଯାଏ ଟଙ୍କା ଦେବାର ନାଁ ଧରିଲେନି ଦିନେଶ ମିଶ୍ର। ମୋର ଦରକାରବେଳେ ତାଙ୍କୁ ମାଗିଛି ଅନେକ ଥର। ସେ କେବେ ବି ମନା କରିନ୍ତନି। ମାତ୍ର, କେବେ ଦିଅନ୍ତି ନି। କହିବେ- ଖର୍ଚ୍ଚ ହୋଇ ଯାଇଛି ଆଜ୍ଞା। ଆଉ ଦଶ ଦିନ ପରେ ଦେବି, ପନ୍ଦର ଦିନ ପରେ ଦେବି। ଯା ଭିତରେ ଆମ ଅଫିସରୁ ସେ ବଦଳି ହୋଇ ଗଲେ। ମୁଁ ଯେତେବେଳେ ତାଙ୍କ ନମ୍ବରରେ ଫୋନ କରିବି ସେ ଉଠେଇବେନି। ଭୁଲରେ ଉଠାଇ ଦେଲେ ବି କାଟି ଦିଅନ୍ତି। ତାଙ୍କର ଏତାଦୃଶ ବ୍ୟବହାରରେ ମୁଁ କ୍ଷୁବ୍ଧ ହୋଇ ପଡିଥିଲି । ମୁଁ ଦିନେ ହଠାତ ତାଙ୍କୁ ରାସ୍ତାରେ ଏକାକୀ ଡାକି କହିଥିଲି- ମିଶ୍ରବାବୁ, ଆପଣ ଗୋଟିଏ କଥା ସତ ସତ

କୁହନ୍ତୁ। ମୋର ପ୍ରାପ୍ୟ ଅଢ଼େଇ ହଜାର ଟଙ୍କା ଦେବେ ନା ନାହିଁ। ନ ଦେବେ ତ ନାହିଁ କହିଦିଅନ୍ତୁ।

ମୋ ମୁଖକୁ ସ୍ୱାମୀ ଚାହିଁଲେ। କହିଲେ: ଦିନେଶ ମିଶ୍ର ସେଠୁ କଣ କହିଲେ ଜାଣିଛ ?

ମୁଁ ନିରବ ରହିଲି। ସେ କହିଲେ: ସେ କହିଲେ ସେଇ ପାଇବା ଟଙ୍କାରେ ଆପଣଙ୍କର ହକ ନାହିଁ। ମୁଁ ଆଶ୍ଚର୍ଯ୍ୟ ହୋଇ ପଚାରିଲି- କେମିତି ? ମୁଁ ଆଶ୍ଚର୍ଯ୍ୟ ହେଇଥିଲି, ଏତେ ବଶମ୍ବଦ ପରି ଦିଶୁଥିବା ଓ ବ୍ୟବହାର ମଧ୍ୟ ସେପରି କରିଆସୁଥିବା ଗୋଟାଏ ଜୁନିୟର ପିଲାର ବହପ ଏପରି ହେଲା କିପରି ? ସେ କହିଲେ: ଦେଖନ୍ତୁ, ଯିଏ ରାସ୍ତାରୁ ଟଙ୍କା ଉଠାଇଛି ତାର ସେଥିରେ ପୁରା ହକ ଅଛି। ଅନ୍ୟ କାହାର ନାହିଁ। ସେଇଟା ଯଦି ଗୋଟାଏ ବୋମା ହୋଇଥାନ୍ତା ?

ମୁଁ ଯୁକ୍ତି କରି କହିଲି: ମୁଁ ଦେଖାଇ ଦେବାରୁ ସିନା ଆପଣ ଉଠାଇଲେ। ମୁଁ କଣ ଉଠାଇ ପାରି ନ ଥାନ୍ତି ?

ସେ ପୁଣି ଯୁକ୍ତି କରି କହିଲେ: ଦେଖନ୍ତୁ, ମୋ ଗାଡିରେ ଆପଣ ଯାଇ ନ ଥିଲେ ପଡିଥିବା ଟଙ୍କା ଆପଣ ଦେଖି ନ ଥାନ୍ତେ। ଏଣୁ ଟଙ୍କାଟି ମୋର।

ମୁଁ ତାଜୁବ ହୋଇ ପଡିଥିଲି ଦିନେଶ ମିଶ୍ରଙ୍କ ଯୁକ୍ତିରେ। ମୁଁ ହଠାତ ଏପରି ଯୁକ୍ତି ଶୁଣିବି ବୋଲି କେବେ ବି ଭାବି ନ ଥିଲି। ତଥାପି କହିଲି: ଗୋଟିଏ କଥା ଦିନେଶ। ମୁଁ ଆପଣଙ୍କୁ ପ୍ଲାଟଫର୍ମ ଯିବାକୁ ଡାକି ନ ଥିଲେ ଆପଣ କଣ ପାଇଥାନ୍ତ ସେ ଟଙ୍କା ?

ସେ ସଙ୍ଗେ ସଙ୍ଗେ କହିଲେ: ଆପଣ ଡାକିଲେ କାହିଁକି ମୋତେ ? ତାଙ୍କ ସହିତ ଯୁକ୍ତି କରିବାର ମୋର ଧୈର୍ଯ୍ୟ ନ ଥିଲା। ମୁଁ ରାଗରେ ଲାଲ ହୋଇ ପଡିଥିଲି। କାନ ମୁଣ୍ଡା ଭାଁ ଭାଁ ହେଲା। ମୁଁ କ୍ରୋଧ ସମ୍ବରଣ କରିବାକୁ ଚେଷ୍ଟା କରି କହିଲି: ଠିକ ଅଛି, ସେଇ ପାଇଥିବା ଟଙ୍କାରୁ ମୁଁ ଭାଗ ନେବିନି। ମୋର ଦରକାର ନାହିଁ। ମୁଁ ପୁଣି ମନକୁ ମନ ଭାବିଲି- ମୋତେ କଣ ପାଇଛି କି ଦିନେଶ ମିଶ୍ର ? ମୁଁ କଣ ତା ପରି ଅଲାଜୁକ ହୋଇଛି ଯେ ଅନ୍ୟର ଭାଗଟଙ୍କାକୁ ବି ଲୋଭ କରିବି। ରାଗରେ କହିଲି: ଆପଣଙ୍କର ମନେ ଅଛି ନା ଦିନେଶ ମିଶ୍ର, ଆପଣଙ୍କର ଅସୁବିଧାବେଳେ ମୋଠୁ ପାଞ୍ଚ ଶହ ଟଙ୍କା ଧାର ନେଇଛନ୍ତି, ଆଉ ଏଯାଏ ତାହା ଫେରାଇ ନାହାନ୍ତି।

ସେ ମାନିଲେ: ମୁଁ କହିଲି: ସେଇ ଟଙ୍କା ବି ଫେରାଇବନି। ସେଇଟା ମୋର ତୁମ ପରି ଭିକାରୀକୁ ଦାନ।

ସେଇଠୁ ସେ ନିରବରେ ଖସିଗଲେ ମୋ ସାମ୍ନାରୁ । ଆଉ ଏପର୍ଯ୍ୟନ୍ତ ସେ କୌଣସି ଟଙ୍କା ଦେଇ ନାହାନ୍ତି।

ମୋ ସ୍ୱାମୀ ମୋତେ ବୁଝାଇ କହିଲେ: ବୁଝିଲ ରୁନି, ଏପରି ଧପ୍‌ପାବାଜ ଲୋକଙ୍କୁ ନ ଚିହ୍ନିବା ଭଲ। ତାକୁ ମୁଁ ଯେତେଥର ଦେଖିବି ସେତେଥର ମନ ମୋ ଖରାପ ହେଉଥିବ। ମୋ ମନ ତ ଖରାପ ହେଉଛି, କାହିଁକି ତା ବିଷୟରେ ତୁମକୁ ଜଣାଇ ତା ପ୍ରତି ତୁମର ମନକୁ ବିଷାକ୍ତ କରିବି ବୋଲି ଭାବି ତୁମକୁ ମୁଁ ଏଡାଇ ଦେଇ ଆସୁଥିଲି। ମାତ୍ର, ତୁମକୁ ସବୁ ବୃତ୍ତାନ୍ତ ଆଜି କହିବାକୁ ହେଲା।

■

'ଯୁଗଶ୍ରୀ ଯୁଗନାରୀ' ପତ୍ରିକାର କୌଣସି ଏକ ସଂଖ୍ୟାରେ ପ୍ରକାଶିତ

ଦୀପ ଓ ପତଙ୍ଗ

ମାଖନୁକୁ ଆଜି କିଛି ଭଲ ଲାଗୁ ନ ଥିଲା। ଆଜି ସନ୍ଧ୍ୟାରେ ତାକୁ ଛାଡି ଯିବେ ତା ପିଲା ଦିଟା, ଦୁଇ ବୋହୂ ଓ ତା ସ୍ତ୍ରୀ ହାଇଦ୍ରାବାଦ ଇଟାଗଡ଼ି।

ମାଖନୁ ଘରେ ଏକା ରହିବ। ତାକୁ ଯେ ଏକା କରି ସମସ୍ତେ ଚାଲି ଯାଉଛନ୍ତି, ତାହା ନୁହେଁ। ସେମାନେ ଚାହାନ୍ତି ମାଖନୁ ବି ସେମାନଙ୍କ ସଙ୍ଗରେ ଯାଉ। ସେମାନଙ୍କ ସଙ୍ଗରେ କାମ କରି ଲାଗୁ। ମାତ୍ର, ମାଖନୁ ମନା କରି ଦେଇଥିଲା ନିଜେ ଯିବାକୁ। କେବଳ ନିଜେ ନୁହେଁ ଅନ୍ୟ ସମସ୍ତଙ୍କୁ ବି ମନା କରୁଥିଲା ନ ଯିବାକୁ ଇଟା ଗଡ଼ି। ମାତ୍ର, ତା କଥାକୁ କେହି ମାନିଲେନି। ସେମାନେ କେମିତି ମୁହଁ ଦେଖାଇବେ ରୁତୁ କୁମ୍ଭାରଠାରେ। ସେ ତ ରଖି ଦେବନି ସେମାନଙ୍କୁ ଗାଁରେ। ବାଧ୍ୟ କରି ପଠାଇଦେବ ତାର ମାଲିକ ପାଖକୁ ହାଇଦ୍ରାବଦ। ମୋଟା ଆକାରରେ ବଏନା ଟଙ୍କା ସେମାନେ ଛିନିଛନ୍ତି ଯେତେବେଳେ ରୁତୁ କୁମ୍ଭାରଠାରୁ, ହାଇଦ୍ରାବାଦ ନ ଯାଇ ଯିବେ କୁଆଡେ ?

ମାଖନୁର ପୁଅ, ବୋହୂ, ସ୍ତ୍ରୀ ସମସ୍ତେ ଜିଦ୍ ଧରି ବସିଥିଲେ ଜାଣିବାକୁ କାହିଁକି ମନା କରୁଛି ସେ ସେମାନଙ୍କୁ। ଗାଁରୁ ତାଙ୍କ ପରିବାର ତ କେବଳ ଯାଉ ନାହାନ୍ତି। ଲେକରୁ, ଅଙ୍ଗଦ, ଅନ୍ତ, ଉଦ୍ଧବ ଆହୁରି କେତେ ଜଣ ନିଜେ ନିଜ ପରିବାର ନେଇ ଯାଉଛନ୍ତି ଇଟାଗଡ଼ି। ତାଙ୍କର ଛୋଟ ଛୋଟ ପିଲାମାନେ ବାଦ୍ ପଡୁନାହାନ୍ତି ସେଥିରୁ। ସେମାନଙ୍କ ଆନନ୍ଦ କହିଲେ ନ ସରେ। ନୂଆ ଜାଗାକୁ ଯିବେ। ବସ, ରେଲଗାଡି ଚଢ଼ିବେ। କେବଳ ଗାଁରେ ଛାଡି ଯାଉଛନ୍ତି ବୃଦ୍ଧବୃଦ୍ଧା ଅକର୍ମା ଲୋକମାନଙ୍କୁ ।

ମାଖନୁ ସେମାନଙ୍କୁ ମନା କରିବାର କାରଣ ହେଉଛି, ଏଠାରେ ଯଥେଷ୍ଟ କାମ ମିଳିବ ଏଥର। ଏନ.ଆର.ଇ.ଜି.ଏସ.ରେ ସରକାର ଗୁଡାଏ ରାସ୍ତାବନ୍ଧ କାମ ସବୁ କରାଇବେ। ନିଜ ଘରେ ଥାଇ କାମ ନ କରି ବିଦେଶ ଯିବେ କାହିଁକି ? ସେମାନଙ୍କୁ ସେ ମନା କରୁଥିଲା ଦଲାଲଠାରୁ ତିରିଶ ହଜାର ଟଙ୍କା ବଏନା ଆଣିବାବେଳେ।

ଜୋର କରି କହିଥିଲା ପୁଅ ସନ୍ତୋଷକୁ- ଯା ଟଙ୍କା ଫେରାଇ ଦେ। ପୁଣି ତାକୁ ପ୍ରଶ୍ନ କରିଥିଲା- ତୁ ଏବର୍ଷ ଯିବୁ ହାଇଦ୍ରାବଦ? ଏ ବର୍ଷ ବାହା ହେଲୁ। ନୂଆ ହୋଇ ଆସିଛି ବୋହୂ ଘରକୁ। ତାକୁ ନେଇ ଇଟା ଭାଟିରେ ଖଟାଇବୁ?

କିଛି ଶୁଣି ନଥିଲା ସନ୍ତୋଷ। ବିଡା ବିଡା ଟଙ୍କା ନେଇ ବାକ୍ସ ଭିତରେ ରଖିଥିଲା। ଖଟି ଖିଆ ଘରର ବୋହୂ ବଞ୍ଚିଥିଲା ଯାଏ ଖଟିବ। ବିବାହ ହୋଇଛି ବୋଲି କଣ କାମ କରିବନି? ବସି ଖାଇବ? ତାକୁ କିଏ ଦେବ? ସନ୍ତୋଷ କହିଥିଲା-ତାକୁ କଣ ମାଟି କାମ କରାଇବି? ରନ୍ଧା ରନ୍ଧି କରିବାକୁ ନେବି ସଙ୍ଗରେ। ସେ ତ ରାଜି ଅଛି ମୋ ସଙ୍ଗରେ ଯିବାକୁ। ସନ୍ତୋଷକୁ ଆଉ କିଛି କହି ନ ଥିଲା ମାଖନୁ। କିନ୍ତୁ ପ୍ରତିବାଦ କରି କହିଥିଲା-ହେଲେ ସନ୍ତୋଷ! ତୋ ମାଆକୁ ନେବୁନି ସଙ୍ଗରେ। ଏଠି ରହିବ ସେ ମୋ ସଙ୍ଗରେ। ସନ୍ତୋଷ ମନା କଲାନି। ତଥାପି କହିଲା- ତିରିଶ ହଜାର ଟଙ୍କା ଆଣିଛି। ତୁମେ ଆଉ ମାଆ ବି ଯିବ କାମକୁ ବୋଲି। ମୁଁ ଆଉ ଦାମ କଣ ତିରିଶ ହଜାର ଟଙ୍କାର କାମ କରି ଆଉ କିଛି ଟଙ୍କା ଫେରିବାବେଳେ ଆଣି ପାରିବୁ?

ଦାମ ସନ୍ତୋଷର ଭାଇ। ମାଖନୁ ସହିତ ପୂର୍ବରୁ କିଛି ବର୍ଷ ଦୁହେଁ ଯାଇଥିଲେ ଇଟାଗଡ଼ି ହାଇଦ୍ରାବାଦ। ବଏନା ଟଙ୍କା ପରିଶୋଧ କରି ଆହୁରି ମୋଟା ଅଙ୍କର ଟଙ୍କା ଆଣି ଗାଁକୁ ଫେରିଥିଲେ ସେମାନେ।

ମାଖନୁ ତ ଏକାଧିକ ଥର ଯାଇଛି ହାଇଦ୍ରାବାଦ ଇଟାଗଡ଼ି, ଯାହାକୁ ଅନ୍ୟମାନେ କହନ୍ତି ଦାଦନ ଖଟି। ତେବେ ମାଖନୁ କାହିଁକି ମନା କରୁଛି ତା ପରିବାର ବର୍ଗକୁ? ତା ସ୍ତ୍ରୀ ପଚାରିଲା- ତୁମେ କାହିଁକି ମନା କରୁଛ ଏଥର, କହିଲ? ମାଖନୁ କହିଲା- ଦେଖ, ପ୍ରଥମ କଥା ହେଲା, ଏଠାରେ କାମ ମିଳିବ ବହୁତ। ସରକାର ପ୍ରଚାର କରୁଛନ୍ତି ସେ କାମ ଦେବେ। କାମ ଦେଇ ନ ପାରିଲେ ଭତ୍ତା ଦେବେ। ଯିବ କାହିଁକି ବିଦେଶକୁ? ଦ୍ୱିତୀୟ କଥା, ସନ୍ତୋଷ ବା' ହୋଇଛି ଏଥର। କେତେ ସୁନ୍ଦର ବୋହୂଟା। ତୋ ମନେ ନାହିଁକି, ତୋତେ ସେଥର କେମିତି ମାଲିକର ପୋଷା ଗୁଣ୍ଡାମାନେ ଫସାଇବାକୁ ଲାଗି ପଡିଥିଲେ। ମୁଁ ଠିକ ସମୟରେ ପହଞ୍ଚି ହସ୍ତକ୍ଷେପ କଲି ବୋଲି ସିନା ବଞ୍ଚିଲୁ। ଆଉ ଏଇ କଞ୍ଚା ବୟସର ବୋହୂଟା ଉପରେ ଯଦି ସେମାନଙ୍କର ନଜର ପଡିଯାଏ?

ମାଖନୁ ତା ସ୍ତ୍ରୀକୁ କହିଲା- ମୁଁ ତ ତାକୁ ଗୋଡେ ଗୋଡେ ଜଗିବାକୁ ଯାଉଛି। ନହେଲେ ତୁମକୁ ଛାଡି ମୁଁ କୁଆଡେ ଯାଆନ୍ତି କି? ସେ ପୁଣି ମାଖନୁକୁ ପ୍ରବର୍ତ୍ତାଇ କହିଲା- ତୁମେ ଏକା ଏକା ଏଠି ରହିବ କାହିଁକି ଯେ! ଚାଲୁନ ଆମ ସଙ୍ଗରେ। ମାଖନୁ ମନା କରି କହିଲା- ତୁ ତ ଜାଣୁ, ମୁଁ ଆଉ ପାରୁନି କଡା କାମ ଗୋଡ ଭାଙ୍ଗିବା

ପରଠୁ। ଏଠି ମୁଁ ସହଜିଆ କାମ କରି ଚଳିଯିବି। ଆମ ଗାଁର ତ୍ରିପାଠୀ ଘର ବାରିରେ କେତେବେଳେ ତ ମହନର ଫଳ ବଗିଚାରେ କାମ କରିବି।

ସମସ୍ତେ ଚାଲିଗଲେ ବସ୍‌ରେ ବସି ବଲାଙ୍ଗିର ପର୍ଯ୍ୟନ୍ତ। ସେଠୁ ଗଲେ ଟ୍ରେନରେ। ହାଇଦ୍ରାବାଦରେ ପହଞ୍ଚି ନିଜର ମାଲିକର ଇଟା ଭାଟି ଅଞ୍ଚଳରେ ପହଞ୍ଚିଲେ। ତାଙ୍କ ପାଇଁ ଉଦ୍ଦିଷ୍ଟ ଛୋଟ ଛୋଟ ଝୁପୁଡି ଘରେ ରହିଲେ। ସନ୍ତୋଷ ଆଉ ଦାମ ଇଟା ଗଢ଼ାରେ ଲାଗି ପଡିଲେ। ସେମାନଙ୍କୁ ସାହାଯ୍ୟ କରୁଥିଲେ ମାଇପି ତିନୋଟି- ଦୁଇ ଜଣ ବୋହୂ ଓ ମାଆ। ଦାମର ପାଞ୍ଚ ବର୍ଷର ଛୁଆଟି ଖେଳୁଥିଲା ଇଟାଭାଟି ଅଞ୍ଚଳରେ ଅନ୍ୟ ପିଲାମାନଙ୍କ ସାଥିରେ।

ଗାଁର ଅନ୍ୟ ଜଣେ ପିଲା ବିଶିକେଶନ। ସେହି ନିକଟରେ ସେ କାମ କରେ। ତା ପାଖରେ ଅଛି ମୋବାଇଲ ଫୋନ। ମାଖନୁ କେବେ କେମିତି ତାଙ୍କ ଗାଁ ଏସ୍.ଟି.ଡି. ବୁଥରୁ ଖବରଡବର ନିଏ ବିଶିକେଶନକୁ ଫୋନ କରି। ସେ ଜାଣିପାରେ କେମିତି ଅଛନ୍ତି ତାର ପୁଅବୋହୂ ଓ ସ୍ତ୍ରୀ। କେତେ ଇଟା ଗଢ଼ିଲେଣି ସେମାନେ। ମୂଳ ଭରଣା କରିଲେଣି କି ନାହିଁ। ଇତ୍ୟାଦି ଅନେକ କଥା।

ମାଖନୁ ବିପିଏଲ ଲିଷ୍ଟର ଜଣେ ଶ୍ରମିକ। ସେ ପାଇଛି ଜବ କାର୍ଡ। ପ୍ରତି ମାସ ଅନ୍ତତଃ କୋଡିଏ ଦିନ କାମ ଦେବେ ସରକାର। ମାଖନୁ ଏକ ରୋଡ କାମକୁ ଯାଏ। ଗାଁରେ ବାହା ହୋଇଥିବା ଓ ଦାଦନକୁ ଯାଇ ନଥିବା ତା ଭଉଣୀ ଘରକୁ ଯାଇ ଖାଇ ଆସେ ମାଖନୁ। ଖାଇବା ଖର୍ଚ୍ଚ ବାବଦକୁ ମାସ ଶେଷକୁ କିଛି ଟଙ୍କା ଦେଇ ଆସେ। ଭଉଣୀ ଘରେ ସେ କଣ ମାଗଣା ଖାଇବ? ସେମାନେ ବି ତ କଣି ଖାଆନ୍ତି। ତାକୁ ଦି ପଇସା ନ ଦେଲେ ଚଳିବ କିପରି?

ଗୋଟିଏ ରାସ୍ତା କାମ ସରିବା ପରେ କାମ ବନ୍ଦ ହୋଇଛି। କଣ୍ଟ୍ରାକ୍‌ଟର କହିଛି ଅନ୍ୟ କାମ ଆରମ୍ଭ ହେଲେ ତାକୁ ଡକାଇ ପଠାଇବ। ମାଖନୁ ଚାକି ବସିଛି। ତା ନିକଟକୁ ଖବର ଆସିବ । ସେ ଯିବ କାମକୁ। ମାତ୍ର କାହିଁ? କାମର ନାଁ ନାହିଁ।

ସେ ଦିନ ବିଶିକେଶନର ମୋବାଇଲ ନମ୍ବରରେ ମାଖନୁ ବୁଥରୁ କଥା ହୋଇଥିଲା। ସେ ପଚାରିଥିଲା ତା ପରିବାର ବର୍ଗଙ୍କ କଥା। ଦେହପା କଥା। ସେ ପଟୁ ବିଶିକେଶନ କହିଥିଲା ଦାମ ପରା ଯାଇଛି ଗାଁକୁ? ମାଖନୁ ଶୁଣି ଆଶ୍ଚର୍ଯ୍ୟ ହେଲା। ପଚାରିଲା- କେବେ ଆସିଛି? ନା ତ, ଏ ଯାଏ ପହଞ୍ଚି ନାହିଁ। ସେ ପଟୁ ବିଶିକେଶନ କହିଥିଲା-ଆଜକୁ ପାଞ୍ଚଦିନ ହେବ।

ମାଖନୁ ଆଶଙ୍କା କଲା। ଭୟଭୀତ ହେଲା। ଗୋଟାଏ ବଡ ଅଘଟଣ ଘଟିଛି ତାର ଅଜାଣତରେ। ପାଞ୍ଚଦିନ ହେଲା ଘରକୁ ବାହାରିଛି ଅଥଚ ପହଞ୍ଚିନି ଦାମ ଏଯାଏ।

ତା ମାଲିକ ତାକୁ ଛାଡିଲା କାହିଁକି ? ସେମାନେ କେବେ କୌଣସି ଲେବରକୁ ତ ଛାଡନ୍ତିନି । ପଳାଇ ନ ଯିବେ ବୋଲି କଡା ପ୍ରହରା ଭିତରେ କାମ କରାନ୍ତି ।

ମାଖନୁ ପଚରିଲା- କାହିଁକି ଗାଁକୁ ଆସିଲା ଦାମ ? ମାଲିକ ଛାଡି ଦେଲା ଦାମକୁ ?

ବିଶିକେଶନ କହିଲା- ହଁ ମଉସା, ଛାଡି ଦେଇଛି ସାତଦିନ ପାଇଁ । ସାତ ଦିନ ପରେ ଫେରି ଆସିବାକୁ କହିଛି । ତୁମେ ପରା ବେମାର ପଡିଛ ମଉସା ? ତମକୁ ଦେଖିବାକୁ ତ ସେ ଯାଇଛି ।

ଆହୁରି ଆଶ୍ଚର୍ଯ୍ୟ ହେଲା ମାଖନୁ । କହିଲା- ନା ତ । ମୋର ଦେହପା' ଠିକ ଅଛି । କିଏ କହିଲା ମୁଁ ବେମାର ଅଛି ବୋଲି ?

ସେଦିନ ବିଶିକେଶନ କହିଲା- ସେଦିନ ମାଲିକ ଡକାଇ ଥିଲା ଦାମକୁ । ଦାମ ଯାଇଥିଲା ତା ପାଖକୁ । ତାପରେ ଫେରିଲାନି । ସନ୍ତୋଷ ବୁଝିଯିବାରୁ ମାଲିକ କହିଲା- ସେ ତ ଗାଁକୁ ଯିବାକୁ କହିଲା । ମୁଁ ଯା କହିଲି । ସାତ ଦିନରେ ଫେରି ଆସିବୁ ବୋଲି ବି କହିଛି । ପାଞ୍ଚ ଶ' ଟଙ୍କା ନେଇଛି ମୋଠୁ ।

ମାଖନୁ କହିଲା- ମୋତେ ସନ୍ତୋଷ ସଙ୍ଗେ କଥା କରାଇ ପାରିବୁ ? ବିଶିକେଶନ କହିଲା- ହଁ ମଉସା । ଆସନ୍ତାକାଲି ଠିକ ଏତିକିବେଳକୁ ତା ପାଖେ ମୁଁ ଥିବି । ତୁମେ ମୋତେ ଫୋନ କରିବ । ଆଜି ବେଶୀ ଡେରି ହେଲାଣି ।

ମାଖନୁ ଅନୁମାନ କରି ପାରୁଥିଲା କଣ ହୋଇଥାଇ ପାରେ ପୁଅ ଦାମ କୁଆଡେ ହଜି ଯିବାର କାରଣ । ମାଖନୁ ବି ଅନେକ ବର୍ଷ ଆସିଛି ଇଟାଗଡ଼ି । ତାର ବି କିଛି ଅଛି ଅଭିଜ୍ଞତା ।

ସେଥର ମାଖନୁ ଯେଉଁଠି ଇଟା ଗଢୁଥିଲା ସେଇଠି ଅନ୍ୟ ଗାଁର ଏକ ପରିବାର ଇଟାଗଢୁ ଥିଲେ । ମାଲିକ ଖାଇବାକୁ ଦେଉଥିବା ଚାଉଳ ପୋକରା ହୋଇଥିବାରୁ ସେ ପରିବାରର ଯୁବକ ପିଲାଟି ଫେରାଇ ଦେଇଥିଲା ଚାଉଳ । ଦାବୀ କରିଥିଲା ଭଲ ଚାଉଳ ଦେବାକୁ । ଅନ୍ୟ ଲେବରମାନଙ୍କୁ ପ୍ରବର୍ତ୍ତାଇଥିଲା ସେହି ଚାଉଳ ଗ୍ରହଣ ନ କରିବାକୁ । ବୈପ୍ଳବିକ କଣ୍ଠରେ କହିଥିଲା- ଆମେ ମଣିଷ ନା ପଶୁ । ମଣିଷ ଖାଇବା ପରି ଚାଉଳ ଦିଅ । ପଇସା ତ କାଟିବ ଆମଠୁ । କଣ ମାଗଣା ଦେଉଛ କି ? ତାର ଯାଟି ତୁଣ୍ଡରେ ଗୋଟାଏ ହୋ ହାଲ୍ଲା ମଚିଯାଇଥିଲା ଇଟାଭାଟି ଅଞ୍ଚଳରେ । ଦିଦିନ ପରେ ଦେଖାଗଲା ଯେ ସେ ଯୁଆନ ପିଲାଟା ଆଉ ନାହିଁ । ଅଦମପତା । ତା ପରିବାର ବର୍ଗ କାନ୍ଦି କାନ୍ଦି ଅଥା । କିଏ କହିଲା- ସେ ଏମିତି ଚାଉଳ ଖାଇବି ନାହଁ ବୋଲି ତା ମନକୁ ଅନ୍ୟତ୍ର ଚାଲିଗଲା । ଘର ଲୋକକୁ ସଙ୍ଗରେ ନେଲାନି କାରଣ ସେମାନେ ତା ମତ

ସହିତ ଏକ ହେଲେ ନାହିଁ। ଅନ୍ୟ କେହି କେହି କହିଲେ- ତାକୁ ଭାଟିମାଲିକର ଗୁଣ୍ଡାମାନେ କତଲ କରି କୁଆଡେ ଫିଙ୍ଗି ଦେଇଛନ୍ତି।

ମାଖନୁର ମନେ ପଡିଲା ତା ଜୀବନରେ ଭେଟିଥିବା କେତୋଟି ଘଟଣା ଦୁର୍ଘଟଣା। ସେ ଯେତେବେଳେ ଯୁଆନ ଥିଲା ଓ ଇଟା ଭାଟିରେ କାମ କରୁଥିଲା ତାକୁ ଆକୃଷ୍ଟ କରିବାକୁ ଚେଷ୍ଟା କରୁଥିଲା ଏକ ମାଇକିନା। ତା ସହିତ ହସି ହସି କଥା ହେଉଥିଲା କିଛିଦିନ। ତାପରେ ତାକୁ ଆମନ୍ତ୍ରଣ କରିଥିଲା ତା ସହିତ ମିଶିବାକୁ ନିଭୃତରେ। ତା ଦେହର ସ୍ୱାଦ ଚାଖିବାକୁ। ମାଖନୁ ସେଇ ଆହ୍ୱାନକୁ ନିଜ ପରିବାର ବର୍ଗଙ୍କ ଅଜାଣତରେ ସାକାର କରିବା ପୂର୍ବରୁ ସେ ମାଇକିନାଟି ପଳାଇଯାଇଥିଲା ଅନ୍ୟ ଏକ ଯୁବକ ସହିତ କୁଆଡେ ଯେ ତାର ପତା ମିଳିଲାନି। ମାଇକିନାଟି ଇଟାଭାଟିରେ ଛାଡି ଯାଇଥିଲା ତା ନିରୀହ ସ୍ୱାମୀ ଓ ଅସହାୟ ଶିଶୁକୁ।

ମାଖନୁ ଭାବିଲା, ତା ପୁଅ ତ ଆଉ ସେପରି ଖରାପ ପିଲା ନୁହେଁ ଯେ କୌଣସି ଖରାପ ସ୍ତ୍ରୀର ପାଲରେ ପଡିବ। ତାହେଲେ ଦାମ କଣ ମାଲିକର ପୋଷା ଗୁଣ୍ଡାମାନଙ୍କ ଦ୍ୱାରା.........। ଭାବି ପାରୁନ ଥିଲା ମାଖନୁ ସେହି ସମ୍ଭାବିତ ଭୀଷଣ ପରିଣତିକୁ। କୁଆଡେ ଗଲା ସେ। ସେ କେବେ ଝଗଡାଝାଟି କରିଥିଲା କି କା' ସଙ୍ଗେ ? କେମିତି ଜାଣିବ ମାଖନୁ ଏତେ ଦୂରରେ ଥାଇ। ବିଶିକେଶନର ନମ୍ବରରେ ଯେତେ ଫୋନ ଲଗାଇଲେ ବି ଆଉ ଲାଗୁନି ଫୋନ। ଥରେ ଯଦି ବି ଫୋନ ଲାଗନ୍ତା ସେ ସେମାନଙ୍କୁ କହନ୍ତା- ଫେରି ଆସ। ଫେରି ଆସ। ତିରିଶ ହଜାର ଟଙ୍କାର ଇଟା ଗଣି ଦେଇ ଫେରିଆସ। ଦରକାର ନାହିଁ ଆମର ଲାଭ।

କାହାକୁ କହିବ ମାଖନୁ ତା ପୁଅ ଦାମ ହଜି ଯାଇଛି ବୋଲି ? ପୁଲିସକୁ ? ପ୍ରଶାସନକୁ ? ସେମାନେ କଣ ଫେରାଇ ଆଣିବେ ଦାମକୁ ? ମୁକୁଳାଇ ଆଣିବେ ତା ପରିବାରକୁ ?

ସରପଞ୍ଚ ପାଖକୁ ଯାଇ ବର୍ଣ୍ଣନା କରିଥିଲା ତାର ଦୁଃଖ। ସେ ପରାମର୍ଶ ଦେଇଥିଲେ କଲେକ୍ଟରଙ୍କୁ ଭେଟିବାକୁ। ପୁଲିସରେ ରିପୋଟ ଦେବାକୁ।

ସେ ଥାନାକୁ ଗଲା। କଲେକ୍ଟରଙ୍କ ପାଖକୁ ଗଲା। ସମସ୍ତେ ପ୍ରଶ୍ନ କଲେ ତା ପୁଅ ଦାମର ରେଜିଷ୍ଟେସନ ନମ୍ବର କେତେ ? କେଉଁଠାକୁ ଯାଇଛି ? ତା ମାଲିକର ନାମ ଗ୍ରାମ ଜିଲ୍ଲା କଣ ? ଲେବର ଦଲାଲର ନାମ କଣ ?ମାଖନୁ କିଛି ବୁଝିପାରିଲାନି। ସେମାନେ କହିଲେ ଦାମ କଣ ଯିବା ପୂର୍ବରୁ ଲେବର ଅଫିସରେ ତାର ନାମ ରେଜିଷ୍ଟି କରି ଯାଇଥିଲା ? ସେ କଥା ବି ସେ କହି ପାରିଲାନି। କେବଳ ଲେବର ଦଲାଲର ନାମ ରୁତୁ କୁମ୍ଭାର ବୋଲି କହି ପାରିଲା। ମାଖନୁକୁ ଲାଗିଲା, କେହି ଶୁଣିଲେନି ତା

କଥାକୁ ଗୁରୁତ୍ୱ ଦେଇ। ତାର ଯୁଆନ ପିଲାଟେ ଅଦମପତା ହୋଇ ଯାଇଛି, ମାଖନୁର ଆତ୍ମା କେତେ ଯେ କାନ୍ଦୁଛି ଭିତରେ ଭିତରେ, ଅଥଚ ବେପରବାୟ ଭାବେ କେବଳ ପ୍ରଶ୍ନ ପରେ ପ୍ରଶ୍ନ ପଚାରି ଚାଲିଛନ୍ତି ଅଯଥାରେ। ଟିକେ ବି ଆନ୍ତରିକତ ନାହିଁ କାହାରି। ସତେ ଯେପରି ଦାମ ମଣିଷ ନୁହେ। ପୋକମାଛି।

ଦାଦନ ପୋକ ମାଛି ନୁହେ ତ ଆଉ କଣ? ସହର ବଢୁଛି ଦିନକୁ ଦିନ। ତୋଳା ହେଉଛି ଘରମାନ ଏଇ ଲେବରମାନଙ୍କ ତିଆରି ଇଟାକୁ ନେଇ। ଦିନରାତି ତିଆରି ଚାଲିଛି ଘର ଏଇ ଦାଦନ ତିଆରି ଇଟାରେ।

ଲେବରମାନେ ପିମ୍ପୁଡି ଧାର ପରି ଲମ୍ବି ଯାଉଥିବେ ସେଇ ସହର ତଳି ଆଡକୁ ପେଟ ବିକଳରେ, ମୁଠା ମୁଠା ଟଙ୍କାର ଲୋଭରେ। 'ବଏନା' ଟଙ୍କାର ଦୀପ ଜଳୁଛି ଆଉ ସେହି ଦୀପର ଚାରିପଟେ ପତଙ୍ଗ ପରି ଘୁରି ବୁଲୁଛନ୍ତି ଦାଦନଗୁଡା ସାଲୁବାଲୁ ହୋଇ। କିଏ ପୋଡି ଯାଇ ଛଟପଟ ହେଉଛି ତ କିଏ ମରି ପଡୁଛି। 'ବଏନା' ଟଙ୍କାର ଦୀପକୁ ଲିଭାଇ ପାରିବେନି କି ପତଙ୍ଗକୁ ବାରଣ କରୁନି ସେ ନିଆଁ ପାଖକୁ ଯିବା ପାଇଁ।

■

'ସମାଜ' ରବିବାର ସେପ୍ଟେମ୍ବର ୨୦-୨୬.୨୦୦୯ ସଂଖ୍ୟାରେ ପ୍ରକାଶିତ

ଗୁମର

ଆଜି ନୀଳିମା ବୁଢ଼ୀର ନିଜର ବୋଲି କେହି ନାହାନ୍ତି । ଅନେକ ଦିନରୁ ସେମାନେ ତାକୁ ଏକାକରି ଚାଲିଗଲେଣି । ଏତେ ବଡ ଦୁନିଆଁରେ ସେ ଏକା । ଏକା ଏକା ରହେ ତାର ସ୍ୱାମୀଙ୍କ ଘରଡିହରେ । ବାର ଘର ବୁଲି ପାଇଟି କରି ଯାହା ମିଳେ ସେଥିରେ ଚଳେ । ତାର ଗୋଟିଏ ପେଟକୁ କିଛି ବି ନିଅଣ୍ଟ ହୋଇନି ଏଯାଏ । ସେ ପାଉଥିବା ସରକାରୀ ସାହାଯ୍ୟ ତାକୁ ଅନେକଟା ସହାୟ ହେଉଛି । ମାସକୁ ମାସ ବିଧବା ଭତ୍ତା ଓ ଏବେ କେଇ ମାସ ହେବ ଚାଉଳ ପାଉଛି ।

ଦିନେ ଭରପୁର ଥିଲା ନୀଳିମାର ସଂସାର । ସ୍ୱାମୀ ତାର ଛୋଟିଆ ମୋଟର ସାଇକେଲ ମରାମତି ଦୋକାନ କରି ଯଥେଷ୍ଟ ଟଙ୍କା ରୋଜଗାର କରୁଥିଲେ । ସେ ତାକୁ ଭଲ ପାଉଥିଲେ । ତା କୋଳରେ ଦେଇଥିଲେ ତା ଗେଲ୍ହାପୁଅ ସୁଦାମକୁ । ମାତ୍ର , ହଠାତ ଦିନେ ଡାଇରିଆ ରୋଗରେ ସେ ଚାଲିଗଲେ ତାଠୁ ଦୂର ହୋଇ ସବୁଦିନ ପାଇଁ । ନୀଳିମାର ସେବା ଶୁଶ୍ରୁଷା ଓ ଡାକ୍ତରଙ୍କ ଦାମୀ ଦାମୀ ଔଷଧାଦି କିଛି ଫଳ ଦେଇ ନ ଥିଲା । ତା ପରେ ପରେ ପାଞ୍ଚ ବର୍ଷର ପୁଅକୁ ଧରି ନୀଳିମା ରହିଲା ଛାତିକୁ ପଥର କରି । କୁଆଡେ ବା ଯାଆନ୍ତା ଯେ ? ତାର ନିଜର ବାପା ମା ତ ସେତେବେଳକୁ ଆଉ ନ ଥିଲେ ଏଇ ଧରାଧାମରେ । ଗୋଟିଏ ବୋଲି ଭାଇ ଯେ ସେ ତ ତା ନିଜ କୁଟୁମ୍ବ ଚଳାଇବାକୁ ଅପାରଗ, ନୀଳିମା କାହିଁକି ବା ତା ଘରକୁ ଯାଇ ବୋଝ ହୋଇ ରହନ୍ତା । ବରଂ ସ୍ୱାମୀଙ୍କର ଏଇ ଖପୁରିଲ ଘରକୁ ଅବୋରି ରହିବା ଶ୍ରେୟସ୍କର । ସେ ନ ରହିଲେ ପାଖ ପଡିଶାଏ ଦଖଲ କରିନେବେ ସେ ଡିହକୁ ନିଶ୍ଚୟ ତାର ନିରୀହତା ଓ ନିସ୍ୱତାର ସୁଯୋଗ ନେଇ । ସେ ଦୃଢ଼ କରିଥିଲା ମନକୁ, ସୁଦାମକୁ ପାଠ ପଢ଼ାଇବ, ମଣିଷ କରିବ । ସୁଦାମ ଆସ୍ତେ ଆସ୍ତେ ବଡ ହେଲା । ହେଲେ ଭଲ ପାଠ ପଢ଼ିଲା ନାହିଁ । ସେ ପୁଣି ଭାବିଥିଲା, ଭେଣ୍ଡିଆ ବୟସ ହେବାବେଳକୁ ସେ କିଛି ରୋଜଗାର କରୁ । ତାକୁ

ହାତେରୁ ଦି ହାତ କରି ଦେବ ନୀଳିମା। ତାପରେ ପରେ ତାର ଘର ପୂର୍ବପରି ପୁଣି ପୂରି ଉଠିବ। ମାତ୍ର, ବିଧାତା ତା ବି କରାଇ ଦେଲାନି।

ଦିନେ ସୁଦାମ ଆସି ତାକୁ କହିଲା, ବୋଉ ! ଆମ ଗାଁରୁ ରାମ, ଯଶୋବନ୍ତ ହେରିକା ସୁରତ ଯାଉଛନ୍ତି। ମୁଁ ବି ଯାଉଛି ସେମାନଙ୍କ ସହିତ। ଦୁଇ ଚାରି ମାସ ପରେ ଫେରିବି ମୁଠାଏ ଟଙ୍କା ଧରି। ଆମର ଆଉ କିଛି ଅସୁବିଧା ରହିବନି। ନୀଳିମା ମନା କରି ପାରିଲାନି। ମଝିରେ ମଝିରେ ସୁଦାମ ଫେରେ ସୁରତରୁ ଯଥେଷ୍ଟ ଟଙ୍କା ଧରି। ବୋଉ ନୀଳିମାକୁ ତାହା ଧରାଇ ଦିଏ। ନୀଳିମା ତାକୁ ଗୋଟିଏ ବାକ୍‌ସରେ ଭର୍ତ୍ତି କରି ରଖେ। ସେ ପଇସାରେ ସେ ତା ବୋହୂର ପାଟଶାଢ଼ୀ କିଣିବ। ସାଇପଡିଶାର ଲୋକଙ୍କୁ ଭୋଜି ଭାତ ଦେବ। ମାତ୍ର, ତାର ଆଶା ଭରସା ସବୁ ଭାଙ୍ଗି ଯାଇଥିଲା ଚୁରମାର ହୋଇ। ଦିନେ ଅତି ଦୟନୀୟ ଅବସ୍ଥାରେ ସୁରତରୁ ଫେରିଥିଲା ସୁଦାମ ଯେ ଆଉ ବଞ୍ଚିଲାନି। ତାକୁ କୁଆଡେ ଏଡ୍‌ସ୍ ରୋଗ ହୋଇଥିଲା ବୋଲି ସମସ୍ତେ କହିଲେ। ଖବର କାଗଜରେ କୁଆଡେ ବି ସେ କଥା ପ୍ରକାଶ ପାଇଥିଲା ଲୋକଙ୍କୁ ଏହି ରୋଗରୁ ସତର୍କ କରାଇବାକୁ।

ସୁଦାମ ଚାଲିଯିବା ପରେ ନୀଳିମାର ମାନସିକ ସ୍ଥିତି ଠିକ ରହିଲାନି। ତାକୁ ଲୋକେ ଡାକିଲେ ପାଗେଲୀ ବୁଢ଼ୀ ବୋଲି। ତା ମନ ମାନିଛି ତ ଅନ୍ୟ ଘରକୁ ଯିବ ପାଇଟି କରି। ନହେଲେ ଘର ଅଗଣାରେ ବସିଥିବ ଯେ ବସିଥିବ। କେବେ ଗାଁର ବନ୍ଧ ହିଡରେ ବରଗଛର ଚାରା ଲଗାଇବ। ସେମାନଙ୍କର ଯତ୍ନ ନେଉଥିବ। ପୋଖରୀରୁ ପାଣି ଆଣି ସେମାନଙ୍କ ମୂଳରେ ଅଜାଡି ଦେଉଥିବ। ଗାଈଗୋରୁ, ଛେଳି ମେଣ୍ଢାଙ୍କ କବଳରୁ ରକ୍ଷା କରିବାକୁ ଗଛମାନଙ୍କୁ ବାଡ ଦେଉଥିବ। ଦରକାର ପଡିଲେ ଅନ୍ୟ ଲୋକଙ୍କ ପାରିଶ୍ରମିକ ଦେଇ ସେହି କାର୍ଯ୍ୟରେ ନିୟୋଜିତ କରିବ।

ଗାଁଲୋକେ ନୀଳିମାକୁ ଦେଖି କହିଲେ ପାଗେଲୀ। ଗାଁ ପୋଖରୀ ହୁଡାରେ ଏତେ ଗୁଡାଏ ବରଗଛ ଲଗାଇବାର କଣ ଦରକାର ? ଗୋଟିଏ ପୁରୁଣା ଗଛ ତ ଅଛି। ଲୋକେ ସ୍ନାନଶୌଚ ସାରି ଘରକୁ ଫେରିବା ବେଳେ ତା ମୂଳରେ ଲୋଟାଏ ପାଣି ଢ଼ାଳି ଦେଇ ଯାନ୍ତି।

ନିଳୀମାର ଦେହରେ ଆଉ ପୂର୍ବ ପରି ବଳ ନାହିଁ କାମ କରିବାକୁ। ଦିନକୁ ଦିନ ଯେତିକି ସେ ଦୁର୍ବଳ ହେଇ ଯାଉଛି ତା ହାତରେ ରୋପିତ ଓ ବର୍ଦ୍ଧିତ ହୋଇଥିବା ବରଗଛମାନ ଆହୁରି ଆହୁରି ଶାଖା ପ୍ରଶାଖାମାନ ମେଳି ଦ୍ରୁମାୟିତ ହେଉଛନ୍ତି। ପୋଖରୀ ହୁଡା ଆଉ ଆଗପରି ପଡିଆ ନାହିଁ। ତା ଚାରିପଟେ ଆଜି ବରବଣ।

ଗାଁଲୋକେ ଭାବନ୍ତି, ନିଜର ନାଁ ରଖିବାକୁ ପାଗେଲୀ ବୁଢ଼ୀ ବୋଧହୁଏ ଏହି

ଗଛ ଲଗା କାମ କରୁଛି । ତା ମୃତ୍ୟୁ ପରେ ଲୋକେ କହୁଥିବେ ଏଇ ବରବଣର
ସ୍ରଷ୍ଟିକର୍ତ୍ତ୍ରୀ ହେଉଛି ପାଗେଲୀ ବୁଢ଼ୀ । ଆଉ କେହି କେହି କହନ୍ତି, ଧର୍ମ ଅର୍ଜନ କରିବାକୁ
ସେ ଲାଗାଇଛି ଏତେ ବଟବୃକ୍ଷ । ଏହି ଗଛଟି କୁଆଡେ ମହାଦେବଙ୍କର ଆସ୍ଥାନ ।
ଏହି ଗଛ ରୋପଣ କଲେ, ପାଳନ କଲେ ମହାଦେବ ସନ୍ତୁଷ୍ଟ ହୁଅନ୍ତି । ଆଉ କେହି
କେହି କହନ୍ତି, ସେମିତି କିଛି ଅଭିପ୍ରାୟ ନାହିଁ ନୀଲିମା ବୁଢ଼ୀର । ତା ମୁଣ୍ଡକୁ ଯାହା
ଗୋଟାଏ ଛୁଇଁଛି ତ ସେ କରିଛି । ପାଗେଲୀ ଲୋକର ପୁଣି କି ଅଭିପ୍ରାୟ ?

ନୀଲିମାକୁ ଯେ ଏତେ ଗଛ ଲଗାଇବାର କାରଣ କେହି ପଚାରି ନାହାନ୍ତି ସେ
କଥା ନୁହେଁ । ଯେତେ ଜଣ ବି ପଚାରିଛନ୍ତି କାହାକୁ ଉତ୍ତର ଦେଇନି ନୀଲିମା । ଫିକ୍‌କିନା
ହସି ଦେଇ ଦୂର ହୋଇଯାଏ ସେଇଠୁ । ଗୁମରଟି ସେମିତି ରହିଯାଏ ଅଫୁଟା ହୋଇ ।

ପୋଖରୀକୁ ସ୍ନାନଶୌଚାଦି ପାଇଁ ଯାଉଥିବା ଲୋକେ ହଠାତ ବିସ୍ମିତ
ହୋଇଥିଲେ ଦିନେ । ଠକ୍‌ ଠକ୍‌ କରି କାଟୁଛି ବରଗଛର ଶାଖା ପ୍ରଶାଖାକୁ କେହି
ଜଣେ । ସେମାନେ ଭାବିଲେ ପାଗେଲୀ ବୁଢ଼ୀର ଏତେ ପରିଶ୍ରମରେ ବଢ଼ିଥିବା
ଗଛକୁ କିଏ ବା କାହିଁକି କାଟିବ ? ବଟବୃକ୍ଷକୁ ଛେଦନ କରିବା ତ ପୁଣି ଅଧର୍ମ
କାର୍ଯ୍ୟ । ଯା ବି ହେଉ, ଏଇ ଗଛ କଟା କଥା ପାଗେଲୀ ବୁଢ଼ୀର ଜ୍ଞାତ ହେଲାଣି କି
ନାହିଁ ? ସେ ଆସିଲେ ନିଶ୍ଚୟ ଏଇ ଗଛ କାଟୁଥିବା ଲୋକକୁ ସମ୍ପର୍କଟା କରି ଦୂର
କରିଦେବ ।

ଗଛକଟାଳୀ ନିକଟକୁ ଯାଇ ପଚାରିଲେ କେତେ ଜଣ । କିଏ ବାବୁ ତୁମେ ?
କାହିଁକି କାଟୁଛ ଗଛ ? ପାଗେଲୀ ବୁଢ଼ୀର ଅନୁମତି ନେଇଛ ତ ? ଜାଣିଛ ନା ଏଇ
ବରବଣଟା ପାଗେଲୀ ବୁଢ଼ୀର ?

ଗଛ କଟାଳୀ କିନ୍ତୁ ନିର୍ବିକାର ଭାବେ ଉତ୍ତର ଦେଇଥିଲା ଯେ ଏଇ ପାଖ ଗାଁର
ସିଏ । ଏଇ ଗଛ କାଟିବାକୁ ପାଗେଲୀ ବୁଢ଼ୀହିଁ ତାକୁ ନିୟୋଜିତ କରିଛି । ଲୋକଙ୍କ
ବିଶ୍ୱାସ ହେଲାନି । କାହିଁକି ବା ନିଜେ ରୋପିଥିବା, କଷ୍ଟରେ ବଢ଼ାଇଥିବା ଗଛକୁ
ହାଣିବାକୁ ପାଗେଲୀ ବୁଢ଼ୀ ଲୋକ ପଠାଇବ ? ସେମାନେ ପାଗେଲୀ ବୁଢ଼ୀ ପାଖକୁ
ଯାଇ ପଚାରିଲେ ବି ନାହିଁ । ସେଇ ବଟବଣ ରହୁ ବା ନ ରହୁ ସୋମନଙ୍କର ଯାଏ
କେତେ ଆସେ କେତେ ଯେ ! ତା କଥା ସେ ଜାଣେ ପାଗେଲୀ ବୁଢ଼ୀ । ପୁଣି ତାକୁ
ପଚାରିଲେ ସେ କଣ ଉତ୍ତର ଦିଏ ଯେ ତାକୁ କିଏ ପଚାରିବ । ଫିକ୍‌ କିନା ହସି ଦେବ
ତ ସେଇଠି ସରିଲା ।

କିଛି ଦିନ ପରେ ପାଗେଲୀ ବୁଢ଼ୀର ବାଡ଼ିପଟେ ବଟ ବୃକ୍ଷର ଗଣ୍ଠିମାନ ଗଦା
ହୋଇ ଯାଇଥିଲା । କେହି କେହି ନିଜ ମୁଣ୍ଡକୁ ନେଲେନି ସେଇ କଥାକୁ । କଣ

କରିବ ଏ ଗଛ ଗଣ୍ଡିକୁ ନେଇ ପାଗେଳୀ ବୁଢ଼ୀ ? କେହି କେହି ଭାବିଲେ ପାଗେଳ଼ର କଥାକୁ ମୁଣ୍ଡରେ ପୁରାଇ ନିଜେ କାହିଁକି ବା ପାଗଳ ହେବେ ?

ଗାଁରେ ଥିଲା ଏକ ପୁରାତନ କ୍ଲବ । ପାଗେଳୀ ବୁଢ଼ୀ ଆଉ ଚଳପ୍ରଚଳ କରିବାର ଶକ୍ତି ପାଉ ନଥିଲା । ସେଇ କ୍ଲବର ପିଲାମାନଙ୍କୁ ଡାକାଇଥିଲା କିଛି ଅନୁରୋଧ କରିବାକୁ ।

କ୍ଲବର ସଭ୍ୟମାନେ ଆସି ତା ଅଗଣାରେ ଠିଆ ହୋଇଥିଲେ । ଛିଣ୍ଡା ଦଉଡିଆ ଖଟରେ ବସି ପାଗେଳୀ ବୁଢ଼ୀ କହୁଥିଲା ଅଶ୍ରୁଳ ହୋଇ- ତୁମେମାନେ ତ ଜାଣ, ମୋ ସ୍ୱାମୀ ମରିଗଲେ ଅକାଳରେ । ପୁଅ ବି ଗଲା ଅକାଳରେ । ମୋର ଭାଗ୍ୟ ଖରାପ, କାହାକୁ ନିନ୍ଦିବି ? ମୋ ସ୍ୱାମୀଙ୍କ ଶବକୁ ଗାଁ ଲୋକେ ବୋହି ନେଲେ ମଶାଣୀକୁ । ସମସ୍ତେ କାଠ ସଂଗ୍ରହ କରି ଚିତା ଜାଳିଲେ । ହେଲେ ଦୁଃଖ ଲାଗିଲା ମୋତେ, ମୋ ପୁଅ ପାଇଁ । ତାକୁ ଏଡ୍‌ସ୍ ହୋଇଛି ବୋଲି କି କଣ କେହି ବୋଲି କେହି ଆସିଲେ ନାହିଁ । କାଠ ଖଣ୍ଡେ ଖଣ୍ଡେ ଦେବେ କଣ, ପାଖ ପଶିଲେ ନାହିଁ । ଶେଷକୁ ବାଧ୍ୟ ହୋଇ ଗାଁ ସରପଞ୍ଚ ମୋ ପୁଅର ଶବକୁ ନେଇ ନଈ ପଠାରେ ପୋତାଇ ଦେଲେ । ଆମେ ହିନ୍ଦୁ , ବାବୁମାନେ ! ଆମର ଚିତା ଜଳିବ । ଆମେ କଣ ଖିରସ୍ତାନୀ କି ପଠାଣ ଯେ ଆମର ଶବ ମାଟିରେ ପୋତାଯିବ ? ମୋର ଅନୁରୋଧ ତୁମମାନଙ୍କୁ, ମୋର ପ୍ରାଣ ଚାଲିଗଲେ ମୋର ଜୁଇ ଜାଳିବ । ଯଥେଷ୍ଟ କାଠ ମୋ ବାଡିପଟେ ଜମା କରି ରଖିଛି । ସେଇ ପବିତ୍ର ବରକାଠରେ ମୋର ଶବ ସତ୍କାର ହେଉ ବୋଲି ମୁଁ ବଟବଣ ଲଗାଇଥିଲି । ଅନ୍ୟ ଗଛ କେଉଁ ଜମିରେ ବା ଲଗାଇଥାନ୍ତି ? ଲଗାଇଥିଲେ ରହିଥାନ୍ତା ବା କେମିତି ? ହଁ, ନିଅ ଏଇ କିଛି ଟଙ୍କା । ସଞ୍ଚୟ କରି ରଖିଥିଲି ଟାଲ ଭାଇମାନଙ୍କ ପାଇଁ ।

‘ରବିବାର ସମାଜ’ ଜୁଲାଇ ୧୯-୨୫,୨୦୦୯ରେ ପ୍ରକାଶିତ

ଲୁଚିଥାଉ ସେ ସତ

"ମୁଁ ତୁମକୁ ଡାଇଭର୍ସ କରିବି"। ଦୃଢ଼ ଓ ସ୍ଥିର ନିଶ୍ଚିତ ସ୍ୱରରେ କହିଥିଲା କୁନା ନିଜର ସଦ୍ୟ ବିବାହିତା ପତ୍ନୀ ଡଲିକୁ। ଏହା କହିବାବେଳେ ତା ମନରେ ଡଲି ପ୍ରତି ତିଳାର୍ଦ୍ଧ ମଧ୍ୟ ଅନୁକମ୍ପା ନ ଥିଲା କି ଏହି କାର୍ଯ୍ୟ ଦ୍ୱାରା ସେ କେବେ ବି ଲୋକାପବାଦ ଦ୍ୱାରା ଶରବିଦ୍ଧ ହେବ ବୋଲି ଚିନ୍ତା କରି ନ ଥିଲା।

ମାସକ ତଳେ ବହୁ ଧୁମଧାମରେ ବାହା ହୋଇଥିବା ସ୍ୱାମୀଙ୍କର ଏତାଦୃଶ ନିଷ୍ପତ୍ତି ପ୍ରତି ଡଲି ହଠାତ କିଛି ମନ୍ତବ୍ୟ ଦେଇ ପାରି ନ ଥିଲା। ପ୍ରତିବାଦ କରି ପାରି ନ ଥିଲା। ପ୍ରତିବାଦ କରିବାର ନୈତିକ ବଳ ତା ପାଖରେ ବିଲୁପ୍ତ ହୋଇ ସାରିଥିଲା। ତା କଣ୍ଠରେ କେବଳ ଭରି ରହିଥିଲା ଶୂନ୍ୟତା ଆଉ ଶୂନ୍ୟତା। ସେ ବାଷ୍ପାକୁଳ ମୁଦ୍ରିତ କଣ୍ଠକୁ ଖୋଲିବାର ଅପଚେଷ୍ଟା ନ କରି ଲୁହଭିଜା ନୟନରେ ସ୍ୱାମୀ କୁନା ଆଡକୁ ଚାହିଁ ସ୍ୱୀକୃତିର ମୁଣ୍ଡ ଟୁଙ୍ଗାରି ଥିଲା।

କୁନା ତାପରେ ପଚାରିଥିଲା- ତା ହେଲେ ଡାଇଭର୍ସ ପେପରରେ ତୁମେ ବିନା ଦ୍ୱିଧା ଓ ପ୍ରତିବାଦରେ ସାଇନ କରି ଦେବ ତ ?

ଡଲି ପୂର୍ବରୁ ନିଜର ନିରବ ସ୍ୱୀକୃତି ଦେଇ ସାରିଥିବା ବେଳେ ସ୍ୱାମୀ କୁନାର ଏହି ଦୋହରା ପ୍ରଶ୍ନର ଉତ୍ତର ନକାରାତ୍ମକ ହେବାର ପ୍ରଶ୍ନ ହିଁ ନ ଥିଲା। ଡଲି ଭାବିଲା ଡାଇଭର୍ସ ପରେ ସେ କଣ କରିବ ? ସେ ଫେରିଯିବ ନିଜ ବାପ ମା' ପାଖକୁ ଯେଉଁଠି ସେ ଜନ୍ମରୁ ବଢ଼ି ବଢ଼ି ଆସି ଯୌବନକୁ ଭେଟିଥିଲା। ଶିକ୍ଷା ସମାପ୍ତ କରିଥିଲା। ଚାକିରି କରିଥିଲା। କେତେ ଦୁଃଖରେ ଭାଙ୍ଗି ନ ପଡିବେ ତା ବାପା ମା'ସତରେ । କେତେ କଷ୍ଟରେ ଏକ ଶାନ୍ତ ସୁଧାର ପିଲା ହାତରେ ସେମାନେ ସମର୍ପଣ କରିଛନ୍ତି ତାଙ୍କର ଏକମାତ୍ର ଅଲିଅଳ କନ୍ୟାକୁ ଅନେକ ପ୍ରସ୍ତାବ ଭାଙ୍ଗିଯିବା ପରେ। ସେ ଯଦି ଫେରିଯିବ ବିଚ୍ଛେଦ ପ୍ରସ୍ତାବ ଚୂଡାନ୍ତ କରି ପିତ୍ରାଳୟକୁ, ସହି ପାରିବେ ତ ତା ବାପା

ବୋଉ ତାର ଦୁଃଖକୁ ? ତା ଛଡା ବିବାହ ବିଚ୍ଛେଦର କାରଣ ପଚାରିଲେ କ'ଣ କହିବ ଡଲି ? ସାଙ୍ଗସାଥି ଆତ୍ମୀୟ ପରିଜନମାନଙ୍କୁ କି ଉତ୍ତର ଦେବ ସେ । ସେ କଣ ସେମାନଙ୍କୁ କହି ପାରିବ ସେ ପୁରୁଣା କଳଙ୍କିତ କଥା ? ନା, ସେ ପାରିବନି । ଜଉମୁଦ ଦିଆ ଗୁପ୍ତ ପଞ୍ଜିକାକୁ ଖୋଲି ପାରିବ ନି ଅନ୍ୟମାନଙ୍କ ସାମ୍ନାରେ ।

କୁନାର ପ୍ରଶ୍ନର ଉତ୍ତର ଦେଇ ଡଲି କହିଲା- ନିଶ୍ଚୟ । ମାତ୍ର, ମୁଁ ସୁଇସାଇଡ କରିଦେବି ।

ଡଲି ମୁଖରୁ 'ସୁଇସାଇଡ' ଶବ୍ଦ ଶୁଣି ଭୟଭୀତ ହୋଇ ପଡିଥିଲା କୁନା । ସଙ୍ଗେ ସଙ୍ଗେ କହିଥିଲା- ସୁଇସାଇଡ କରିବ ? ପୁଲିସ ଆସି ମୋତେ ବାନ୍ଧି ନେବ ଯେ ! ମୁଁ ଜେଲରେ ରହିବି ?

ଡଲି ସ୍ପଷ୍ଟଭାବେ କହିଲା- ତୁମର କିଛି ଦୋଷ ହେବନି । ମୁଁ ମୋର ସୁଇସାଇଡାଲ ନୋଟରେ ଲେଖିଦେବି ଯେ ମୋ ନିଜ ଇଚ୍ଛାରେ ମୁଁ ଏଇ ଆତ୍ମହତ୍ୟା କରୁଛି । ଏଥିପାଇଁ ମୋ ସ୍ୱାମୀ, ଶାଶୁ ଶ୍ୱଶୁର କିମ୍ବା ବାପା ମାଆ କେହି ଦାୟୀ ନୁହନ୍ତି ।

କୁନା ଚିନ୍ତା କଲା-ଡଲି ନିଜର ଦୋଷକୁ ମାନି ନେଇ ଆତ୍ମହତ୍ୟାର ଯେଉଁ ପ୍ରାୟଶ୍ଚିତ କରିବାକୁ ଯାଉଛି ସେଥିରେ ଅନ୍ୟ କାହାକୁ ଜଡିତ କରିବାକୁ ଚାହୁଁନି ଯଦି ଠିକ ଅଛି । ମାତ୍ର, ସେ ଜାଣେ ଡଲିର ଆତ୍ମହତ୍ୟା ପରେ ପରେ ପୁଲିସ ତାକୁ ହିଁ ପ୍ରଥମେ ଏରେଷ୍ଟ କରିବ । ପ୍ରଥମରୁ ତ ସେ ବିଚାରାଧୀନ କଏଦି ଭାବେ ଜେଲଖାନାରେ ରହିବ, ପରେ କେସର ଚୂଡାନ୍ତ ଶୁଣାଣୀରେ ସେ ହୁଏତ ଦୋଷମୁକ୍ତ ହୋଇପାରେ । ତାହା ଭିନ୍ନ କଥା । ଜେଲରେ ଅଠଚାଳିଶ ଘଣ୍ଟା ରହିବାପରେ ତାର ଚାକିରିରୁ ତାକୁ ନିଲମ୍ବିତ କରି ଦିଆଯିବ । ତା ଛଡା ଲୋକେ ହସିବେ ତାକୁ । ଦେଖିବେ ତାକୁ ଏକ ଭିନ୍ନ ଦୃଷ୍ଟିରେ, ନାରୀହନ୍ତା ଭାବେ ।

କୁନା କଣ ଉତ୍ତର ଦେବ ହଠାତ କରି ଚିନ୍ତା କରି ପାରି ନ ଥିଲା । ସେ ବାରଣ କରି କହିଲା- ନା, ନା, ତୁମେ ସେ ରାସ୍ତା ଛାଡ ।

ବିବାହ ପରେ ପରେ ଏତେ ବଡ ସମସ୍ୟାର ପାଚେରୀ ଯେ ତା ସାମ୍ନାରେ ଠିଆ ହେବ କେବେ ବି ଭାବି ପାରି ନ ଥିଲା କୁନା । ସେ ସ୍ୱପ୍ନ ଦେଖିଥିଲା ଅନ୍ୟମାନଙ୍କ ପରି କେତେ । ଭାବିଥିଲା ମଉଜ ମଜଲିସରେ କଟିବ ତା ବିବାହୋତ୍ତର ଜୀବନ । ମାତ୍ର, ହେଲାନି । ଡଲି ଛପାଇ ରଖିଥିବା କଳଙ୍କର କାଳିମାରେ ଜୀବନ ତାର ବିପର୍ଯ୍ୟସ୍ତ, ବିକ୍ଷୁବ୍ଧ ଓ ଅଶାନ୍ତମୟ ହୋଇ ଯାଇଥିଲା ।

ଡଲି ପାଇଁ ଭଲ ଚାକିରିଆ ଝିଅଟେ ମିଳି ଥିବାରୁ ପରିବାରର ସମସ୍ତେ ଖୁସି ଥିଲେ । ବଡ ଧୁମଧାମରେ ବିବାହ ଉତ୍ସବ ସମାପନ କରିଥିଲେ । କୁନାକୁ କେମିତି

ଏକ ଅନୁଭବ ହେଲା ଯେ ଜଣେ ଅବିବାହିତ କୁଆଁରୀ କନ୍ୟାର ଭିର୍ଜିନିଟି ବୋଲି ଯାହା ରହିବା କଥା ତାହା ଡଲି ପାଖରେ ନ ଥିଲା। ଅବଶ୍ୟ କୁନା ଏଥିରେ ଶତ ପ୍ରତିଶତ ନିଶ୍ଚିତ ନ ଥିଲା। କାରଣ, କୁନାର ପୂର୍ବାନୁଭୂତି ଏ ଦିଗରେ କିଛି ନ ଥିଲା। ସେ ବିବାହ ପୂର୍ବରୁ କୌଣସି ନାରୀର ଅଙ୍ଗ ସ୍ପର୍ଶ କରି ନ ଥିଲା। ତାର ଜୀବନ ଓ ଯୌବନ ଥିଲା ସଂଯତ। ସେ ଯେପରି ଏକ ରକ୍ଷଣଶୀଳ ଓ ସଂସ୍କାରସମ୍ପନ୍ନ ପରିବାରରେ ଜନ୍ମ ନେଇଥିଲା ସେଠାରେ ଯୌବନର ଉତ୍‌ଶୃଙ୍ଖଳତା ଚାପି ହୋଇ ରହି ଯାଇଥିଲା। କୁନା ଉପରେ ଜଣେ ବଡ ଭାଇ ଓ ଆଉ ତିନି ଜଣ ବଡ ଭଉଣୀ। ସମସ୍ତେ ସଂଯତ ଓ ଶୃଙ୍ଖଳିତ ଜୀବନ ଯାପନ କରନ୍ତି। ଯୌବନର ଆବେଗରେ କୁନା କୌଣସି କାର୍ଯ୍ୟ କ୍ଷଣିକ ଉତ୍ତେଜନାରେ କରି ଲଜ୍ଜିତ ହେବାକୁ ଚାହୁଁ ନ ଥିଲା। ତେବେ ଜଣେ ନିକଟତମ ସାଙ୍ଗଙ୍କ ଠାରୁ ଏକ ଯୌନ ପୁସ୍ତକ ଆଣି ତାକୁ ପଠନ କରିଥିଲା ଏବଂ ଏହି ପଠନାନୁସାରେ ସେ ଡଲି ଦେହରେ ଖୋଜିଥିଲା ଭିର୍ଜିନିଟି ବା କୁମାରୀତ୍ୱ। ମାତ୍ର ଡଲି ପାଖରେ ତାହା ନ ଥିବାର ଅନୁଭବ ହେବାରୁ ଡଲିକୁ ସେ ବାରମ୍ବାର ପଚାରିଥିଲା: ବିବାହ ପୂର୍ବରୁ ତୁମେ.....।

ପ୍ରତ୍ୟେକ ନାରୀ ନିଜର ବିବାହପୂର୍ବ ଜୀବନର କଳଙ୍କକୁ ନିଜର ବିବାହିତ ପୁରୁଷ ଆଗରେ ଲୁଚାଇ ରଖନ୍ତି। ସେଥିପାଇଁ କୁନା ଯେତେଥର ପଚାରିଛି ତାର ସନ୍ଦେହ ଦୂର କରିବାକୁ ସେ ସବୁଥର ନା ନା କହି ଦେଇଥିଲା। କିଛି ଦିନର ବ୍ୟବଧାନରେ ଆଉ ଦୁଇ ଚାରି ଥର କୁନା ସେହି ପ୍ରଶ୍ନର ପ୍ରକୃତ ଉତ୍ତର ଡଲିଠାରୁ ଚାହିଁଥିଲା। ଡଲି ଅନୁଭବ କରିଥିଲା ଯେ କୁନା ବୋଧହୁଏ ସେ ଯତ୍ନରେ ଲୁଚାଇ ରଖିଥିବା ଜିନିଷର ଚାବି ପାଇ ଯାଇଛନ୍ତି। ଚୋର ମନ ଗଣ୍ଠିରେ ପରି ସେ ଖୋଲି ଦେଇଥିଲା କୁନା ଆଗରେ ତାର କଳଙ୍କିତ ଅଧ୍ୟାୟର ପୃଷ୍ଠାଗୁଡିକ। ସେ ଖୋଲାଖୋଲି ଭାବେ ବର୍ଣ୍ଣନା କରିଦେଇଥିଲା ଯେ ତାକୁ କିପରି ଯୁବ ଅଧ୍ୟାପକ ମିହିର ମହାନ୍ତି ପ୍ରଲୁବ୍ଧ କରିଥିଲେ ନିଜ ଆଡକୁ ଟାଣିବାକୁ ଆଉ ଶେଷକୁ ତାର ଅଙ୍ଗସଙ୍ଗ ଲାଭ କରିପାରିଥିଲେ। ବର୍ଣ୍ଣନାର ଶେଷରେ ଡଲି କୁନା ନିକଟରେ ଅପରାଧୀ ପରି କ୍ଷମା ଭିକ୍ଷା କରିଥିଲା- ମୋର ଭୁଲ ହୋଇଛି, ସତ । ମୁଁ ପ୍ରତିବାଦ କରି ପାରିନି ମିହିରକୁ। ବିଶ୍ୱାସ କର, ମୋତେ ସେ ଏପରି କରି ଦେଲେ ଯେ ମୋ ଆୟତ୍ତରେ ମୁଁ ରହି ପାରିଲିନି।

କୁନା କିନ୍ତୁ କ୍ଷମା ଦେଇ ପାରୁ ନ ଥିଲା ଡଲିକୁ। ନବବିବାହିତ ପତ୍ନୀ ଡଲି ପ୍ରତି ତାର ଯାହା କିଛି ଆକର୍ଷଣ ଆଉ ଭଲ ପାଇବାର ଅୟମାରମ୍ଭ ହେବା କଥା ତାହା ଧ୍ୱଂସ ହୋଇ ଯାଇଥିଲା ଓ ସେ ଜାଗାରେ ଭରି ଉଠିଥିଲା ହଳାହଳ। ସେ ଅନୁଭବ କରୁଥିଲା ତା ଜୀବନଟା ମୂଲ୍ୟହୀନ ହୋଇ ପଡିଛି ଡଲି ପରି ଏକ କଳଙ୍କିତ ଝିଅକୁ

ବାହା ହୋଇ। ଡଲି ପ୍ରତି ତା ମନରେ ଜାତ ହେଉଥିଲା କୁଢ଼ କୁଢ଼ ଘୃଣା। ଦୁହେଁ ବେଡରୁମରେ ଏକାନ୍ତରେ ଥିବାବେଳେ କୁନା କଥା ହେଉ ନ ଥିଲା ଡଲି ସହିତ । ମାତ୍ର, ବାପା ମା', ଭାଇ ଭାଉଜଙ୍କ ପରିବାର ଭିତରେ ଚଳପ୍ରଚଳ ହେବାବେଳେ ସ୍ୱାଭାବିକତା ରକ୍ଷା କରିବାକୁ ଚେଷ୍ଟା କରୁଥିଲେ ଦୁହେଁ। ଡଲି ଓ କୁନା ଭିତରେ ଜଳୁଥିବା ଅସନ୍ତୋଷକୁ କେହି ଜାଣି ପାରି ନ ଥିଲେ। କୁନା ବି ଚାହୁଁ ନ ଥିଲା ନିଜର ସ୍ତ୍ରୀର ପୂର୍ବ କଳଙ୍କକୁ ନିଜ ପରିବାରର ଅନ୍ୟ ସଦସ୍ୟମାନଙ୍କ ନିକଟରେ ପ୍ରକାଶ କରିବାକୁ।

କୁନା ଓ ଡଲି ଯନ୍ତ୍ରବତ୍ ଯା'ଆସ କରୁଥିଲେ। ଡଲି ଯେ ତା ଜୀବନରେ ଏକ ମସ୍ତବଡ ଭୁଲ କରିଛି ଏହା ସେ ପୂର୍ବରୁ ଯେତିକି ଅନୁଭବ କରିଥିଲା ଏବେ କରୁଛି ତା'ଠୁ ସହସ୍ର ଗୁଣ ଅଧିକ। ସେ ନେହୁରା ହୋଇ କୁନାକୁ କହୁଥିଲା– ମୋର ଭୁଲକୁ କ୍ଷମା କରିଦିଅ। ଆଉ ସେପରି ଭୁଲ ଜୀବନରେ କେବେ କରିବିନି। ମୁଁ ଶପଥ କରିଛି ଭଗବାନଙ୍କ ନାମରେ । କୁନା କିନ୍ତୁ କ୍ଷମା କରି ପାରୁ ନଥିଲା ଡଲିକୁ। କେବଳ ଚୁପ ରହୁଥିଲା। ଏପରି ଚୁପଚାପ ଭାବେ ଦୁଇଟି ନିସ୍ତରଙ୍ଗ ଜୀବନ ଗୋଟିଏ ବେଡରୁମ ଭିତରେ ନିଃସଙ୍ଗ ଭାବେ କିଛି ଦିନ ଦୁଃସହ ପରିସ୍ଥିତିରେ କଟିଯିବା ପରେ ଡଲି ଦିନେ କୁନାକୁ କହିବାକୁ ବାଧ୍ୟ ହେଲା– ତୁମେ ମୋତେ କ୍ଷମା କରିବନି ଯଦି ମୁଁ ବଞ୍ଚିପାରିବିନି। ଆତ୍ମହତ୍ୟା କରିଦେବି।

କୁନାର ସନ୍ଦେହ ହେଲା, ଡଲି ତା'ଠୁ କ୍ଷମାକୁ ଜବରଦସ୍ତ କୌଶଳକ୍ରମେ ହାସଲ କରିବାକୁ ତାକୁ ଭୟଭୀତ କରୁନି ତ ? ସେ ସାମାନ୍ୟ ଶଙ୍କିତ ହେଲା, ତଥାପି ସେ କହିଲା– ତୁମେ କରିପାର। ମୋର ଆପତ୍ତି ନାହିଁ । ମାତ୍ର ଆମ ଏ ଘରେ ନୁହେଁ।

ଡଲି କହିଥିଲା–ଠିକ ଅଛି। ମୋତେ ଛାଡି ଦିଅ ମୋର ବାପାମା' ଘରେ। କୁନା ରାଜି ହୋଇ ଯାଇଥିଲା ସେ ଦିନ। କୋଡିଏ କିଲୋମିଟର ଦୂରବର୍ତ୍ତୀ ଶ୍ୱଶୁର ଘରେ ସେ ନିଜର ପତ୍ନୀକୁ ଛାଡି ଆସିଥିଲା ।

ଡଲିକୁ ଶ୍ୱଶୁର ଘରେ ଛାଡି ଦେଇ ନିଶ୍ଚିନ୍ତରେ ଶୋଇ ପାରିଲାନି କୁନା। ସବୁବେଳେ ଭୟଭୀତ ହୋଇ ଉଠୁଥିଲା– ସତରେ ନିରୋଳା ଦେଖି ଡଲି ଝୁଲି ପଡିବକି ଫେନରୁ ତଳକୁ ଦଉଡି କିମ୍ବା ଶାଢ଼ି ସାହାଯ୍ୟରେ। ଶଙ୍କିତ ହୋଇ ପଡୁଥିଲା କାଳ୍ପନିକ ପୁଲିସ ଆଗମନର ବୁଟ ଆଓ୍ୱାଜରେ।

କୁନା ଛୁଟିଗଲା ଶ୍ୱଶୁରାଳୟକୁ। ଡଲିକୁ ଦେଖିଲା, କେଡେ ଶୁଷ୍କ, ନୀରସ ଚେହେରା ତା'ର। ଘରେ ବାପା ବୋଉ କିଛି ନ ଜାଣିବା ପରି ସ୍ୱଭାବିକ ଭାବେ କୁନାକୁ ସ୍ୱାଗତ ଜଣାଇଲା। କୁନା ଡଲିର ରିଡିଂରୁମରେ ଯାଇ ବସିଲା। ଡଲି ସହିତ କିଛି କଥାବାର୍ତ୍ତା ହେଲା ଅଗତ୍ୟା । କଥା ହେବା ବେଳେ ଅଭ୍ୟାସବଶତଃ ଟେବୁଲ

ଲ୍ୟାମ୍ପକୁ ଏପଟ ସେପଟ କରିବାବେଳେ କୁନା ଦେଖିଲା ଏକ ଚାରି ଚଉତା କାଗଜ ଖଣ୍ଡେ ଟେବୁଲ ଲ୍ୟାମ୍ପ ତଳେ। ପରମ ଆଗ୍ରହ ଓ ଉଦ୍‌ବେଗ ସହିତ ତାକୁ ଆଣି ଖୋଲିଲା କୁନା। ସେଥିରେ ଲେଖା ଥିଲା- "ମୋର ଆତ୍ମହତ୍ୟା ପାଇଁ କେହି ଦାୟୀ ନୁହନ୍ତି। ମୋ ଭୁଲର ପ୍ରାୟଶ୍ଚିତ ପାଇଁ ମୁଁ ଆଜି ଏ ଆତ୍ମହତ୍ୟା କରୁଛି।"

କାଗଜଖଣ୍ଡକୁ ପକେଟରେ ପୁରାଇଲା କୁନା। କଣ କରିବ, କିଛି ଠିକ କରି ପାରିଲାନି। ଏତେ ବଡ କାଣ୍ଡଟିଏ ହୁଏତ ଆଉ କିଛି ଘଣ୍ଟା କିମ୍ବା ମିନିଟ ପଟେ ଘଟିଥାନ୍ତା। ଚିନ୍ତା କଲା କୁନା, ଶାଶୁଶ୍ୱଶୁରଙ୍କ ଆଗରେ ସମସ୍ୟାଟା ପ୍ରକାଶ କରିଦେବ। କିନ୍ତୁ ସେହି ଅକୁହା କଥାକୁ କେଉଁ ଭାଷାରେ ପ୍ରକାଶ କରିବ ସେମାନଙ୍କ ଆଗରେ ? ଲାଭ ବା କଣ ହେବ ଯେ !

କୁନା ଭୟଭୀତ ହୋଇ ପଡିଲା। ଡଲି ତା ମା'ଘରେ ଥିଲେ ହୁଏତ କେତେବେଳେ ଆତ୍ମହତ୍ୟା କରି ଦେଇପାରେ। କାରଣ ସେଠି ତାକୁ ନିଛାଟିଆ ସମୟ ବେଶୀ ମିଳେ। ସେ ତାଙ୍କ ଘରକୁ ଫୋନ କଲା। ବୋଉ ତା ଫୋନ ଉଠାଇଲେ। ମିଛରେ ବୋଉକୁ କହିଲା-ମୋ ଶାଶୁ ଶ୍ୱଶୁର ଯିବେ ପୁରୀ ଆସନ୍ତାକାଲି। ଘରେ ଡଲି ଏକା ରହିବ କିପରି ? ଆଜି ମୋ ସଙ୍ଗରେ ତାକୁ ନେଇ ଯାଉଛି।

ଦିନ ଗଡି ଚାଲିଥିଲା। ଡଲି ଜାଣିଥିଲା, ତା'ର ପୋଡା ଅତୀତ ପାଇଁ ସ୍ୱାମୀ ତାର ଦୁଃଖିତ । ସେଥିପାଇଁ ସ୍ୱାମୀଠାରେ ସ୍ତ୍ରୀ ସୁଲଭ ଅନୁରକ୍ତି, ବଶମ୍ୱଦତା, ସେବା ପ୍ରଦାନ କରି ପୋଡା ଅଂଶରେ ସୁଶୀତଳ ମଲମ ଲଗାଇ ଦେବାକୁ ଚେଷ୍ଟା କରୁଥିଲା। ଲିଭାଇ ଦେବାକୁ ଚେଷ୍ଟା କରୁଥିଲା ପୁରୁଣା ଦିନର ଦୁଃଖ। ପୁରୁଣା କ୍ଷତର ଚିହ୍ନ କେବେ ବି ଲିଭିବନି, ସେ ଜାଣେ। ତଥାପି, ନୂତନ କ୍ଷତ କେବେ କେଉଁଠି ବି ସୃଷ୍ଟି ନ ହେଉ- ଏଇଆ ହିଁ ସେ ଅନ୍ତର ସହିତ କାମନା କରୁଥିଲା। ହେଲେ, ତା ମନର ବେଳାଭୂମିରେ ଗୋଟିଏ ପ୍ରଶ୍ନର ଅଶାନ୍ତ ଢେଉ ସବୁବେଳେ ମୁଣ୍ଡ ପିଟୁଥିଲା-ତା ବିବାହ ପରବର୍ତ୍ତୀ ଜୀବନରେ ଯେଉଁ ଝଡ ବହିଗଲା ସେପରି ଝଡ କ'ଣ ଅନ୍ୟମାନଙ୍କ ଜୀବନରେ ଆସେ ?

ବିରେନ ସାହୁ ସେଦିନ କୁନାକୁ ଫୋନ କରିଥିଲା ନାରଣ ପ୍ରଧାନର ପୁଅର ଅନ୍ନପ୍ରାସନ ଉତ୍ସବକୁ ସେ ନିମନ୍ତ୍ରିତ ହୋଇଛି କି ନାହିଁ ଜାଣିବାକୁ। କୁନା ଜଣାଇ ଦେଇଥିଲା ଯେ ସେ ବି ନିମନ୍ତ୍ରିତ।

ବିରେନ ଓ ନାରାଣ ଦୁହେଁ କୁନାର କଲେଜ ମେଟ। ବିରେନ ରହେ କୁନା ଘରଠୁ ପଚିଶ କିଲୋମିଟର ଦୂର ଏକ ମଫସଲରେ। ନାରାଣ ରହେ କୁନା ଘରଠୁ ଦୁଇ କିଲୋମିଟର ଦୂର ଏକ ବିପରୀତ ଦିଗରେ ଅବସ୍ଥିତ ଏକ ଗାଁରେ। ବିରେନ

ପ୍ରସ୍ତାବ ଦେଇଥିଲା ସେ ପହଞ୍ଚିବ ତା ସ୍ତ୍ରୀ ଓ ଦୁଇବର୍ଷିଆ ପୁଅକୁ ନେଇ ଆସନ୍ତାକାଲି ଦିନ ଦଶଠାରେ କୁନା ଘରେ। ତାପରେ ଦୁଇ ପରିବାର ବାହାରିବେ ଏକ ସଙ୍ଗେ ନାରାଣ ଘରକୁ। ସେଠି ହେବ ପ୍ରସାଦ ସେବନ ବନାମ ମଧ୍ୟାହ୍ନ ଭୋଜନ।

ତା ପରଦିନ ବିରେନ ସାହୁ କୁନା ଘରକୁ ଆସି ପହଞ୍ଚିଲା। ସଙ୍ଗରେ ତାର ପତ୍ନୀ ଓ ଚୁଲବୁଲିଆ ଛୁଆ। ମୁଣ୍ଡରେ ଅର୍ଦ୍ଧ ଓଢ଼ଣା ଦେଇ ପତ୍ନୀ ତାର କୁନାକୁ ନମସ୍କାର ଜଣାଇଲା। ପିଲାଟି କୁନାର ପାଦ ଛୁଇଁ ନମସ୍କାର କଲା।

ବିରେନ-ପତ୍ନୀଙ୍କୁ ଦେଖିବା ମାତ୍ରେ କୁନାକୁ ଚିହ୍ନା ଚିହ୍ନା ଲାଗିଲା। ସେ ନିଃସଙ୍କୋଚରେ କହିଦେଲା- ତୁମକୁ ଚିହ୍ନିବା ପରି ଲାଗୁଛି । କେଉଁଠି ଦେଖିଛି ଯେପରି।

ବିରେନ କହିଲା- କେଉଁଠି ଆଉ ଦେଖିଥିବୁ? ମୋର ବାହା ଘରକୁ ଗଲୁ ନି। ପରେ ପଚାରିଲାରୁ କହିଲୁ ଯେ ଭୁବନେଶ୍ୱରଠାରେ ତୁ କମ୍ପୁଟର ଟ୍ରେନିଂରେ ଥିଲୁ। ଆଉ ତ କେବେ ଘରକୁ ବୁଲି ଗଲୁନି ଏଯାଏ।

କୁନା ପୁଣି ଜାଣିବାକୁ ପଚାରିଲା- ଆଚ୍ଛା, ତୋ ଶ୍ୱଶୁର ଘର କେଉଁ ଗାଁ କି?

ବିରେନ କହିଲା- ଚନ୍ଦନଭାଟି।

କୁନା ଗାଁର ନାମ ଶୁଣି ପୁରାପୁରି ଚିହ୍ନି ପାରିଲା ବିରେନ-ପତ୍ନୀଙ୍କୁ। ଚିହ୍ନିପାରି ଚମକି ପଡିଲା। ଚମକିବାର କାରଣ ମନରେ ଚାପି ରଖି ପ୍ରକାଶ୍ୟରେ କହିଲା- ଓଃ ! ସେଥିପାଇଁ ଚିହ୍ନା ଚିହ୍ନା ଲାଗୁଛି। ଚନ୍ଦନଭାଟି ମୋ ମାମୁଁ ଗାଁ। ପ୍ରଶାନ୍ତ ପୁରୋହିତଙ୍କ ଝିଅ ତ ଇଏ । ତାଙ୍କ ଘର ଓ ମୋ ମାମୁଁ ଘର ପରା ଗୋଟିଏ ସାହି। ବିରେନ-ପତ୍ନୀ ଉଦ୍ଦେଶ୍ୟରେ କୁନା କହିଲା- ତୁମ ନାମ ପୁଷ୍ପାଟି?

ବିରେନ-ପତ୍ନୀ କହିଲେ- ଠିକ ଜାଣିଛନ୍ତି ଆପଣ। ବିରେନ-ପତ୍ନୀ ଶଙ୍କିତ ହୋଇ ପଡିବା ପରି ଅନୁଭବ ହେଲା କୁନାକୁ। ମନେ ପଡିଲା ବିରେନ-ପତ୍ନୀ ପୁଷ୍ପଙ୍କ ଅତୀତ ଇତିହାସ। ସେ ପ୍ଲସଟୁ ପଢ଼ିବା ବେଳେ ଏକ ପିଲା ସହିତ କୁଆଡେ ଫେରାର ହୋଇ ଯାଇଥିଲେ । ପୁଷ୍ପାର ଭାଇମାନେ ତାକୁ ତୃତୀୟ ଦିନ ଖୋଜି ଆଣିଥିଲେ ଘରକୁ। କଥାଟା ସେତେବେଳେ ଚାରିଆଡେ ପ୍ରଘଟ ହୋଇଥିଲା । କେମିତି ବିରେନ ଜାଣି ପାରିଲାନି ଯେ! ଜାଣି ଜାଣି ବି ବିବାହ ହୋଇ ଥାଇପାରେ କଡା ଯୌତୁକ ଗ୍ରହଣ କରି, କେଜାଣେ? ଏମିତି ହୋଇ ଥାଇ ପାରେ ଯେ ବିରେନ ଜାଣି ପାରି ନ ଥିବ ଓ ତାକୁ ପୁଷ୍ପାର କଳଙ୍କିତ ଇତିହାସକୁ ଅବଗତ କରାଇବାକୁ କେହି ନ ଥିବେ। କୁନା ପୁଣି ଭାବିଲା- ଦୁନିଆରେ କେଉଁଠି କେତେବେଳେ କେତେ ଯେ ଅଘଟଣ ଘଟୁଛି କିଏ ତାର ହିସାବ ରଖୁଛି ଅବା।

କୁନା ଓ ଡଲି ବାହାରିଲେ ନିଜର ବାଇକରେ ନାରାଣ ଘର ଅଭିମୁଖେ । ୯କା

ସାଥେ ବିରେନ ଓ ପତ୍ନୀ ପୁଷ୍ପା ବି ବାହାରିଲେ ନିଜର ଛୋଟ ପୁଅକୁ ତାଙ୍କ ବାଇକରେ ଧରି । ନାରାଣ ଘରେ ପହଞ୍ଚିବା ବେଳକୁ ସେଠାରେ ଚାଲିଥିଲା ସତ୍ୟ ନାରାୟଣ ପୂଜା । ସରିବାକୁ ଆହୁରି ଡେରି ଅଛି । କୁନା ଓ ବିରେନ ନିଜ ନିଜ ପତ୍ନୀ ଓ ପିଲାଙ୍କୁ ସମବେତ ନାରୀ ଗହଣରେ ଛାଡି ଦେଇ ପ୍ରାଙ୍ଗଣରେ ଖାଲିଥିବା ଚୌକି ଆଡକୁ ଆସି ବସିଲେ । ପାଖାପାଖି ଚୌକି ଉପରେ ଦୁହେଁ ବସିଥିବାବେଳେ କୁନାର ମନ ଖୁଜବୁଜ୍ ହେଉଥାଏ - ସେ ପଚାରନ୍ତା କି ବିରେନକୁ ଯେ ତା ପତ୍ନୀର କଳଙ୍କିତ ଇତିହାସ ପ୍ରତି ସେ ଅବଗତ କି ନା । ପୁଣି ଭାବୁଥିଲା, ବିରେନ ଯଦି ଜାଣିଛି ତ ଭଲ କଥା । ଯଦି ଜାଣିନି ଓ ତାକୁ ଅବଗତ କରାଇଦେବ ନିଜେ, ତେବେ ତାର ଖୁସିବାସିଆ ଦାମ୍ପତ୍ୟ ଜୀବନରେ ଯେଉଁ ଅଶାନ୍ତ ଝଡ ଉଠି ତାର ବର୍ତ୍ତମାନ ଓ ଭବିଷ୍ୟତକୁ ଧ୍ୱଂସ ବିଧ୍ୱଂସ କରି ତାର ଦାୟୀ ସେ ହେବ ସିନା । ଅଜଣା ଭୟରେ ଶିହରିତ ହୋଇ ଉଠୁଥିଲେ ବି ମନର ପ୍ରବଳ ଉତ୍ସୁକତାକୁ ଅବଦମିତ କରି ପାରୁ ନ ଥିଲା କୁନା । କୌଣସି ନା କୌଣସି ପ୍ରକାରେ ପଚାରିବାର ଇଚ୍ଛା ଥିଲେ ବି ପଚାରିବାର ରାସ୍ତା ପାଇ ପାରୁନ ଥିଲା କୁନା । ନିକଟରେ ଖବର କାଗଜ ପଢୁଥିବା ବିରେନ ଆଡକୁ ଅନ୍ୟମନସ୍କ ଭାବେ ଚାହିଁଲା । ସେଠାରୁ ଗୋଟାଏ ଫର୍ଦ୍ଦ ଖବର କାଗଜ ଆଣି ପଢ଼ିବାରେ ଲାଗିଲା । ସୌଭାଗ୍ୟକୁ ଗୋଟିଏ ଶିରୋନାମା ଉପରେ ତାର ଦୃଷ୍ଟି ପଡିଲା- "ବିବାହ ଦିନ ପ୍ରେମିକା ପ୍ରେମିକ ସହିତ ଫେରାର" । ଆନନ୍ଦରେ ବିରେନ ପାଖକୁ ଯାଇ କୁନା କହିଲା- ଏଇ ଦେଖ, କେମିତିଆ ମୋଟେ ପ୍ରେମ କାହାଣୀ ।

ବିରେନ ଖବରକାଗଜ ଉପରେ ଆଖି ପକାଇବା ପରେ କୁନା କହିଲା-ଏମାନେ ତ ପାଇଗଲେ ନିଜର ଚାହିଁବା ମୁତାବକ ଜଣେ ଅନ୍ୟକୁ । ଯେଉଁ ଝିଅମାନେ ଗୋଟିଏ ପୁଅ ସହିତ ସଂପର୍କ ରଖି ଅନ୍ୟତ୍ର ବିବାହ କରନ୍ତି ସେମାନେ କଣ ସୁଖରେ ରହିପାରନ୍ତି ? ବିବାହିତ ସ୍ୱାମୀ ଆଗରେ କ'ଣ ପ୍ରକାଶ କରନ୍ତି ପୁରୁଣା ପ୍ରେମ କଥାକୁ? ତୁ କଣ କେବେ ପଚାରିଛୁ ତୋ ପତ୍ନୀର କଥା ?

ପ୍ରଶ୍ନାକୁଳ ଖୁଜବୁଜ ମନର ବୋଝ ଉତାରିବାକୁ କୁନା ଏକାଥରକେ କହି ଦେଲା ସିନା ବିରେନକୁ ଏତେ କଥା, ପରେ ପରେ ସେ ଶଙ୍କିତ ହୋଇ ପଡିଲା । କଣ ଭାବିବ ସେ ତା ଦାମ୍ପତ୍ୟ ଜୀବନର ବ୍ୟକ୍ତିଗତ ବିଷୟରେ ପ୍ରବେଶ କରିଥିବାରୁ ? ବିରେନ କିନ୍ତୁ ଅତି ସ୍ୱାଭାବିକ କଣ୍ଠରେ କହିଲା- କାହିଁକି କହିବେ ସେମାନେ? ଜାଣିନୁ କି ତୁ, ନାରୀମାନେ ବିବାହ ପୂର୍ବର କଳଙ୍କିତ କଥାକୁ କେବେ ବି ପ୍ରକାଶ କରନ୍ତି ନି । ଆଉ, ମୋ କଥା ତୁ ଜାଣିବାକୁ ଚାହୁଁ ନା ? ହଁ, ମୁଁ ପଚାରିଛି, ଔପଚାରିକତା ଦୃଷ୍ଟିରୁ । ଗୁରୁତ୍ୱ ଦେଇ ନୁହେଁ । କାରଣ, ସେମାନେ କେବେ ପ୍ରକାଶ କରନ୍ତିନି ସତ କଥା ।

ବାଧା ଦେଇ କୁନା ପଚାରିଲା- ତୁ କେମିତି ଜାଣିଛୁ ଯେ ସେମାନେ କହନ୍ତିନି ସତ କଥା ?

ବିରେନ କହିଲା- ଆରେ, ଜାଣିଛୁ ନା ଲେଡିଜ୍ ସାଇକୋଲୋଜି ଉପରେ କେତେ ଖଣ୍ଡ ବହି ମୁଁ ପଢ଼ିଛି । ତାଛଡା ତୁ କଏନ ର ଗୋଟିଏ ପାର୍ଶ୍ୱ କଥା ଚିନ୍ତା କରୁଛୁ କାହିଁକି ? ଅନ୍ୟ ପାର୍ଶ୍ୱର କଥା ଭୁଲି ଯାଉଛୁ କାହିଁକି ? ହୁଏତ ନାରୀ ବି ପଚାରି ପାରେ ବିବାହ ପୂର୍ବରୁ ପୁରୁଷର ଅନ୍ୟ କାହା ସହିତ ସଂପର୍କ ଥିଲା କିନା । କେଉଁ ପୁରୁଷ କଣ ସହଜରେ ସ୍ୱୀକାର କରି ଦେବ ସତ କଥା ?

ବିରେନର ଯୁକ୍ତିରେ ନିରବ ରହିଲା କୁନା । ବିରେନ ତ ଠିକ କହୁଛି, ତାର ହୃଦୟଙ୍ଗମ ହେଲା । ସେ ତା ହେଲେ ଡଲିକୁ ବାରମ୍ବାର ନ ପଚାରିବାର ଆବଶ୍ୟକ ଥିଲା କି ବୋଲି ମନକୁ ମନ ପଚାରିଲା । ସେ କଣ ବାରମ୍ବାର ରାଣଦେଇ ପଚାରିବାରେ ଭୁଲ କରିଛି ? ପୁଣି ଡଲି କଣ କୁନାକୁ ସତ କଥା କହି ଭୁଲ କରିଛି ?

ପ୍ରସାଦ ସେବନ ତଥା ମଧ୍ୟାହ୍ନ ଭୋଜନ ସମାପ୍ତ ହେଲା । ବିଦାୟ ନେଇ ବିରେନ ପିଲା କବିଲା ଧରି ଚାଲିଗଲା ନିଜ ଗ୍ରାମାଭିମୁଖେ ।

ଡଲି କୁନାର କାନ ପାଖକୁ ଆସି ଫିସ୍ ଫିସ୍ ସ୍ୱରରେ କହିଲା- ଜାଣିଛ ନା, ପୁଷ୍ପା ତୁମ ମାମୁଁ ଗାଁର ଝିଅ ବୋଲି ଡରି ଯାଇଛି ? ବିଚାରୀ ଗୋଟିଏ ଅନୁରୋଧ କରିଛି ତୁମକୁ, ରଖିବ ତ ?

କୁନା କହିଲା- କଣ ? କହୁନା ।

ଅନୁନୟ ସ୍ୱରରେ ଡଲି କହିଲା-ତାର ବିବାହ ପୂର୍ବର ଘଟଣାକୁ କେବେ ବି ପ୍ରକାଶ କରିବନି ତୁମ ବନ୍ଧୁ ବିରେନ ଆଗରେ ।

■

ଏକ 'ପ୍ରଜାତନ୍ତ୍ର ସାପ୍ତାହିକୀ'ରେ ପ୍ରକାଶିତ ।

ପଣ୍ଡା ଦାଦା

ପଣ୍ଡା ଦାଦାଙ୍କ ଗାଁ ଗଡଶଙ୍କର ଡୁଙ୍ଗୁରିପାଲି। ତାଙ୍କ ଗାଁ ପାର୍ଶ୍ୱରେ ବହି ଯାଇଛି ସୁକତେଲ ନଦୀ। ସେଇ ନଦୀର ଗାଧୁଆ ତୁଠର ତଳକୁ ଦୁଇ ପଟେ ଠିଆ ଉଠିଛନ୍ତି ଦୁଇଟି ପାହାଡ ଉତ୍ତର ଦକ୍ଷିଣ ହୋଇ। ଉତ୍ତର ପଟର ପାହାଡ କଡେ କଡେ ଏକ ଅଣ ଓସାରିଆ ଚଲା ରାସ୍ତା, ଯେଉଁ ରାସ୍ତାରେ ମୁଁ ଛୋଟ ଥିବାବେଳେ ଚାଲି ଚାଲି ଆମ ଗାଁରୁ ପଣ୍ଡା ଦାଦାଙ୍କ ଗାଁକୁ ଆସୁଥିଲି ମୋ ଜେଜେମାଙ୍କ ସହିତ। ସେଇ ପାହାଡ କଡେ କଡେ ଲମ୍ବିଥିବା ରାସ୍ତା ଉପରୁ ତଳକୁ ଦେଖିଲେ ଡରୁଆ ପିଲାର ହଲକା ଶୁଖି ଯାଉଥିଲା। ଏବେ ସେଇ ଅଣ ଓସାରିଆ ଚଲାରାସ୍ତାଟି ଆଉ ନାହିଁ। ପାହାଡ ଫଟାଇ ଓସାରିଆ ରାସ୍ତା ହେଲାଣି। ତେବେ, ସେଇ ପାହାଡ ଦୁଇଟିକୁ ସଂଯୋଗ କରି ଏକ ନଦୀବନ୍ଧ ତିଆରି ହେବା କଥା ମୋ ହେତୁ ହେବା ଦିନଠୁ ଶୁଣି ଆସୁଛି ସିନା ଏଯାଏ ହୋଇ ପାରିନି।

ଏଇ ନଦୀବନ୍ଧ ତିଆରି ହେବା କଥା ପ୍ରଥମେ ମୁଁ ଶୁଣିଥିଲି ଛୋଟ ଥିବାବେଳେ। ସେତେବେଳେ ମୋ ମନରେ କାହିଁକି ମୋ ପରି ଛୋଟ ଛୋଟ ପିଲାଙ୍କ ମନରେ ଆନନ୍ଦ ଭରି ଦେଇଥିଲା। ଆମେମାନେ ଜାଣିଲୁ ଯେ ଆମ ଗାଁର କିଛି ବାଟ ପଶ୍ଚିମକୁ ଗଲେ ହୀରାକୁଦ ପରି ଏକ ନଦୀବନ୍ଧ ହେବ। ହୀରାକୁଦ ତ ଦେଖି ନ ଥିଲୁ। ସେଠି ଗାନ୍ଧୀ ମିନାର ଓ ନେହେରୁ ମିନାର ଥିବା କଥା ଶୁଣିଥିଲୁ। ଆଖି ପାଇ ପାରୁନ ଥିବା ପରି ବିସ୍ତୃତ ଇଲାକାରେ ପାଣି ଜମି ରହିଥାଏ- ଠିକ ସମୁଦ୍ର ପରି। ଏବେ ଆମ ଗାଁ ପାଖରେ ସେପରି ଗୋଟାଏ ଜିନିଷ ହେବ ଭାବି ସମସ୍ତେ ଆନନ୍ଦିତ ହେଉଥିଲୁ। ପୁଣି କେତୋଟି ଅଜଣା କଥା ଆମକୁ ଆନ୍ଦୋଳିତ କରୁଥିଲା। ସେଗୁଡିକ ହେଲା- ଯେଉଁ ଗାଁମାନ ଜଳମଗ୍ନ ହେବ ସେମାନେ ଯିବେ କେଉଠିକି ? ଗାଁମାନଙ୍କର ଘରଦ୍ୱାର ତଥା ମନ୍ଦିର ଚୂଡାମାନ ଜଳ ଉପରକୁ ଦିଶିବ ନା ବୁଡିଯିବ ? ଲୋକେ ଛାଡି ଯାଇଥିବା

ଘରଦ୍ୱାରମାନଙ୍କରେ ଜଳଜୀବମାନେ ରହିବେ ନା ଜଳ ଭର୍ତ୍ତି ହେବା ଆଗରୁ ସେଗୁଡିକୁ ଭାଙ୍ଗି ନଷ୍ଟ କରି ଦିଆଯିବ ? ଏତେ ବିସ୍ତୃତ ଅଞ୍ଚଳର ଜଙ୍ଗଲରେ ରହୁଥିବା ଜୀବମାନେ ପାଣି ମାଡି ଆସିଲେ ଯିବେ କୁଆଡେ ? ଏମାନେ ଭାସି ମରିଯିବେ ନା କଣ ?

ଆମେ ପିଲା ମାନେ ସିନା ଖୁସି ଥିଲୁ, କିନ୍ତୁ ମୋ ଜେଜେମା ଯେଉଁ ଦିନ ଖବର ପାଇଲେ ଏକଥା ସେଦିନ କାନ୍ଦିଥିଲେ। କାନ୍ଦି କାନ୍ଦି କହୁଥିଲେ ଯେ ତାଙ୍କର ଝିଅଘର ଗାଁ ଜଳମଗ୍ନ ହେବ। ସେମାନେ ଯିବେ କେଉଁଠିକି ?

ଆଜିକୁ ଅର୍ଦ୍ଧ ଶତାବ୍ଦୀ ବିତି ଯାଇଥିଲେ ବି ସେଇ ଶୁଣାକଥାଟି ସତରେ ପରିଣତ ହୋଇ ପାରି ନାହିଁ। ଏ ବର୍ଷ କାମ ଆରମ୍ଭ ହେବ, ଆସନ୍ତା ବର୍ଷ ଆରମ୍ଭ ହେବ ବୋଲି ବିତି ଗଲାଣି ବର୍ଷ ପରେ ବର୍ଷ। ଯେଉଁ ସରକାର ଯୋଜନା କରିଥିଲେ ତାକୁ କାର୍ଯ୍ୟକାରୀ କରିବାକୁ ତାଙ୍କର ସମୟ ସରିଗଲା। ସେମିତି ସରକାରଙ୍କ କାର୍ଯ୍ୟକାଳ ସରିଯାଏ। ନୂଆ ସରକାର ଗଢ଼ାହୁଏ। ସେହି ସରକାର ନିରବ ନିଷ୍କ୍ରିୟ ରହନ୍ତି। ପୁଣି କେତେବେଳେ କୁହାଯାଏ ନଦୀବନ୍ଧ ହେବ ଅଲବତ। ଏହା ସମୃଦ୍ଧିର ପ୍ରତୀକ। ଲୋକେ ଦି ଫସଲ ଚାଷ କରିପାରିବେ। ଜଳବିଦ୍ୟୁତ ଉତ୍ପାଦନ ହେବ। ପ୍ରାୟ ପ୍ରତି ବର୍ଷ ହେଉଥିବା ମରୁଡିକୁ ଏହା ଦ୍ୱାରା ପ୍ରତିକାର କରାଯାଇ ପାରିବ।

ସରକାରଙ୍କ ପ୍ରସ୍ତାବିତ ନଦୀବନ୍ଧ କାର୍ଯ୍ୟକାରୀ ହେବ ବୋଲି ଅନ୍ତତଃ ମନରେ ପ୍ରତ୍ୟୟ ଆସିଥିଲା ସେହି ବର୍ଷ, ଯେଉଁ ବର୍ଷ ପ୍ରସ୍ତାବିତ ବୁଡି ଅଞ୍ଚଳର ଗାଁମାନଙ୍କୁ ସର୍ଭେ କାମ ଆରମ୍ଭ ହେଲା। ସରକାରଙ୍କ ଦ୍ୱାରା ପ୍ରେରିତ ହୋଇ ଅନେକ ଅମିନ ଆସି ପ୍ରତ୍ୟେକ ଘରଦ୍ୱାର, ଗଛ, ଜମିଜମାର ହିସାବ ନେଲେ। ସେତିକି ବେଳକୁ ଗାଁ ମାନଙ୍କରେ ହୋ ହାଲ୍ଲା ହେଲା। ଲୋକେ ମନ ଦୁଃଖ କଲେ। କେମିତି ଛାଡିବେ ନିଜ ନିଜର ଭିଟାମାଟି ? କିଛି ଲୋକ ଆନ୍ଦୋଳନ କରିବାକୁ ଅଣ୍ଟାଭିଡିଲେ। ସ୍ଲୋଗାନ ଦେଲେ - ମରିବୁ ପଛେ, ଭିଟାମାଟି ଛାଡିବୁ ନାହିଁ। ଏମିତି ସମୟକୁ ନିର୍ବାଚନ ପାଖେଇ ଆସେ। ବୁଡି ଅଞ୍ଚଳକୁ ନେଇ ରାଜନୀତି ଚାଲେ। ଗୋଟିଏ ଦଳର ନେତା ଆସି କହନ୍ତି - ଆମେ ନଦୀବନ୍ଧ କରିବାକୁ ଦେବୁନି। ଏଥିପାଇଁ ଜୀବନ ଦେବାକୁ ପଡିଲେ ଜୀବନ ପଛେ ଦେବୁ। ଅନ୍ୟ ଏକ ଦଳର ନେତା ଆସି କହିନ୍ତି- ନଦୀବନ୍ଧ ଯୋଜନା ଏକ ଜନ ହିତକର କାମ। ଏହାଦ୍ୱାରା ଆମେ ସମସ୍ତେ ଉପକୃତ ହେବା। ବାସତ୍ୟୁତମାନଙ୍କୁ ସରକାର ଜମି ଯୋଗାଇ ଦେବେ। ବାସଗୃହ ଯୋଗାଇ ଦେବେ। ଜମି, ଘରଦ୍ୱାର, ଗଛଲତା, ପାଣି ପଥର ସବୁର ଉପଯୁକ୍ତ କ୍ଷତିପୂରଣ ଦେବେ। ଏମିତି ଟଣାଓଟରାରେ ସରିଯାଏ ନିର୍ବାଚନ। ଜିଣିବା ଦଳ ଜିଣେ ନିର୍ବାଚନ। ନୂତନ ସରକାର ଗଠନ ହୁଏ। ଭୁଲି ଯାଆନ୍ତି ସରକାର ପ୍ରସ୍ତାବିତ ନଦୀବନ୍ଧକୁ। ନିଜର ଦଳୀୟ ସଂଗଠନ

ଓ ବିଭିନ୍ନ ଚଳନ୍ତି ସମସ୍ୟା ଉପରେ ମନୋନିବେଶ କରୁ କରୁ ବିତିଯାଏ କିଛି ବର୍ଷ। ସରି ଯାଏ ସେହି ଦଳୀୟ ସରକାରଙ୍କ ପାଞ୍ଚବର୍ଷ।

ଏଇ ନଦୀବନ୍ଧ ହେବା ନ ହେବାକୁ କିନ୍ତୁ ଖାତିର ନ ଥାଏ ପଣ୍ଡା ଦାଦାଙ୍କର। ସେ ତାଙ୍କ ପୁରୁଣା ଘର ସାମ୍ନାରେ ବିରାଟ ଦିମହଲା ଘର ତିଆରି କରି ଚାଲିଥିଲେ। ସତେ ଯେପରି ସେ ଚାଲେଞ୍ଜ କରୁଥିଲେ ଯେ ନଦୀବନ୍ଧ ହେବ ନାହିଁ। ତାଙ୍କ ଘର ତିଆରି କରିବା କଥା ଯେଉଁଦିନ ଆମ ଘରଲୋକେ ଜାଣିଲେ ତାହା ଥିଲା ଆମ ପାଇଁ ଏକ ଚର୍ଚ୍ଚାର ବିଷୟ। ଜେଜେମା କହୁଥିଲେ – କାହିଁକି ଘର ତିଆରୁଛନ୍ତି ଯେ କେଜାଣି ? ସବୁତ ପାଣିରେ ବୁଡିବ। ବରଂ ତାହା ନ କରି ଆମ ଗାଁର ନାହାକ ଘର ବିକ୍ରି କରୁଥିବା ଜମିରୁ କିଛି ନେଇ ଏଠାରେ ଘର କରନ୍ତେ। ମୋ ବାପା କହୁଥିଲେ – ସେ ତ ପାଗଳଟାଏ। ତାଙ୍କୁ କିଏ ବତାଇବ ? ସେ କଣ କାହାର କଥା ମାନନ୍ତି ? ସେ ତ ଯାହା ବୁଝିଥିବେ ସେଇଆ। ସମସ୍ତଙ୍କ କଥା ଶୁଣି ସେତେବେଳେ ମୋ ମନରେ ଏକ ଧାରଣା ଆସିଥିଲା ଯେ ପଣ୍ଡା ଦାଦା ଜଣେ ନିର୍ବୁଦ୍ଧିଆ ଲୋକ। ତାଙ୍କୁ ପଚାରିବାକୁ ମୋର ଇଚ୍ଛା ହେଉଥିଲା – ଦାଦା, ତୁମେ ଜାଣିଛ ଯେ ଏଇ ଗାଁଗଣ୍ଡା ବୁଡିବ, ଅଥଚ ଜାଣି ଜାଣି କାହିଁକି ଘର ତିଆରୁଛ ? ମୁଁ ବା କେମିତି ପଚାରିବି ? ତାଙ୍କ ନିକଟରେ ମୁଁ କେତେ ଛୋଟ। ଏତେ ବଡ ବଡ ଲୋକ ଥାଉ ଥାଉ ତାଙ୍କୁ ପଚାରୁ ନାହାନ୍ତି, ଅଥଚ ମୁଁ ପଚାରିବି କିପରି ?

ମୋ ପ୍ରତି କିନ୍ତୁ ପଣ୍ଡା ଦାଦାଙ୍କ ଥାଏ ଭିନ୍ନ ସରାଗ। ଥରେ ସପ୍ତମ ଶ୍ରେଣୀ ପରୀକ୍ଷା ପରେ ତାଙ୍କ ଗାଁକୁ ଯାଇଥିବା ବେଳେ ମୋତେ ଏକାନ୍ତରେ ଡାକି ନେଲେ ତାଙ୍କ ଗାଁ ପଞ୍ଚାୟତ ଅଫିସ ପାଖରେ ନୂଆକରି ଆରମ୍ଭ କରିଥିବା ବରାପକୁଡି ଦୋକାନକୁ। ଦୋକାନବାଲାକୁ ଅଦେଶ ଦେଇ କହିଲେ- ମୋ ହୋତା ଭାଇ ଯାହା ଖାଇବ ଦେ। ମୁଁ ବହୁତ ଖୁସିରେ ସେଦିନ ଖାଇଥିଲି ପେଟଭରି। କାରଣ, ଏକେ ତ ମୋପ୍ରତି ପଣ୍ଡା ଦାଦାଙ୍କ ସ୍ନେହ ସରାଗ ଥିଲା ଦ୍ୱିତୀୟରେ ସେପରି ବରା ପକୁଡି ଦୋକାନ ଆମ ଗାଁରେ ନ ଥିଲା। ସେପରି ଅପୂର୍ବ ସୁଯୋଗକୁ ହାତଛଡା ନ କରି ଖାଇବା ପରେ ଭାବିଥିଲି ପଣ୍ଡା ଦାଦା ମୋ ଅନ୍ୟ ଭାଇମାନଙ୍କଠୁ ମୋତେ ବେଶୀ ଭଲ ପାଆନ୍ତି। ତେଣୁ କେବେ ଦରକାର ପଡିଲେ ତାଙ୍କ ଗାଁକୁ ଗଲେ ସେହି ପ୍ରଶ୍ନଟିକୁ ପଚାରିବାକୁ ମୋର ଇଚ୍ଛା ହେଉଥିଲା।

ସେତେବେଳକୁ ମୁଁ ଦଶମ ଶ୍ରେଣୀର ଛାତ୍ର। ଏକ କାର୍ଯ୍ୟ ଉପଲକ୍ଷ୍ୟେ ପଣ୍ଡା ଦାଦାଙ୍କ ଗାଁକୁ ଯାଇଥିଲି। ତାଙ୍କୁ ମୋର ସେଇ ଅଭିଳସିତ ପ୍ରଶ୍ନଟିକୁ ପଚାରି ମୋର ସନ୍ଦେହ ମୋଚନ କରିବାକୁ ଚାହିଁଲି। କହିଲି- ନୂଆ ଘର କାହିଁକି ତୁମେ ତିଆରି

କରୁଛ ? ସବୁ ତ ପାଣିରେ ବୁଡିବ। ସେ ହସ ହସ ବଦନରେ କହିଲେ- ହୋତା ଭାଇ, ତୁମେ ପିଲା ଲୋକ। ତୁମେ କଣ ବୁଝିବ ? ମତେ କେବଳ ତୁମେ ନୁହେଁ ଅନ୍ୟମାନେ ବି ଏହି ପ୍ରଶ୍ନ ପଚାରନ୍ତି। ଦାଦା ପୁଣି ଟିକିଏ ରହି କହିଲେ, ଦେଖ ଭାଇ, ଆମର ଏଇ ଅଜା ଅମଳର ପୁରୁଣା ମାଟି ଘରେ ଆଉ ରହି ହେଉନି। ମୂଷାଗାତ ହେତୁ କାନ୍ଥମାନ ଦୁର୍ବଳ ହେଲାଣି। ମୋ ଟଙ୍କାରେ ଘର ଖଣ୍ଡିଏ କରି ଦେଇଥିଲେ ପିଲା ଦିଟା ଭୋଗ କରିବେ। ସେମାନେ କଣ ତାଙ୍କ ଜୀବନରେ ଘର ଖଣ୍ଡେ ଖଣ୍ଡେ କରି ପାରିବେ ? ସମସ୍ତେ କହୁଛନ୍ତି ପାଣିରେ ଘର ବୁଡିବ । ବୁଡୁ। ସରକାର କ୍ଷତିପୂରଣ ତ ଦେବ। ତାହା ତ କମ ଟଙ୍କା ଦେବନି। ଜାଣିଛ ଭାଇ ତାହା ଆମ ଗାଁ ଦରଠୁ ଢ଼େର ବେଶୀ, ପ୍ରାୟ ତିନି ଚାରିଗୁଣ। ତେବେ ଘର ତୋଳିବାର କଣ କ୍ଷତି ଅଛି, କହିଲ ଦେଖି ?

ପଣ୍ଡା ଦାଦାଙ୍କ କଥାର ସତ୍ୟତାକୁ ମୁଁ ସେଦିନ ଉପଲବ୍ଧି କରିଥିଲି। ସେ ଯେ ଜଣେ ନିର୍ବୁଦ୍ଧିଆ ଓ ବେହିସାବି ଲୋକ ବୋଲି ମୋର ଯେଉଁ ଧାରଣା ଥିଲା ତାହା ପଲକରେ ଦୂରୀଭୂତ ହୋଇ ଯାଇଥିଲା। ବରଂ ସେ ଥିଲେ ଜଣେ ବୁଦ୍ଧିମାନ ଓ ଦୂରଦର୍ଶୀ ବ୍ୟକ୍ତି ବୋଲି ମୋର ହୃଦବୋଧ ହୋଇଥିଲା।

ଅନେକ ବର୍ଷ ପୁଣି ବିତିଗଲା। ମୁଁ ପାଠପଢ଼ା ସାରି ଚାକିରିରେ ଯୋଗ ଦେଇ ପରେ ବାହାସାହା ହୋଇ ପିଲାଛୁଆଙ୍କ ବାପା ହୋଇ ସାରିଲିଣି। ଶୁଣିଲି ଯେ ଯା ଭିତରେ ପଣ୍ଡା ଦାଦା ତାଙ୍କ ଶିକ୍ଷକ ଚାକିରିରୁ ଅବସର ଗ୍ରହଣ କରିସାରିଛନ୍ତି। ଅବସରକାଳୀନ ମୋଟା ଅଙ୍କରେ ସେ ପୁଣି ଘର ତୋଳିଛନ୍ତି ବାଡିପଟେ ଥିବା ମେଳା ଯାଗାରେ। ମୁଁ ଆଉ ତାଙ୍କୁ ପଚାରିନି। ଭାବିନେଲି କିଛି ଖରାପ କାମ କରି ନାହାନ୍ତି ସେ। ପୂର୍ବ ନିର୍ମିତ ଘର ତାଙ୍କର ଦୁଇଟି ପିଲାଙ୍କ କୁଟୁମ୍ବ ପାଇଁ ଉପଯୁକ୍ତ ହେବ ନାହିଁ। ଗୋଟିଏ ପୁଅ ପୂର୍ବ ନିର୍ମିତ ଘରେ ରହିଲେ ପରବର୍ତ୍ତୀ ସମୟରେ ନିର୍ମିତ ହୋଇଥିବା ଘରେ ରହିବ ଅନ୍ୟ ପୁଅଟି। ପୁଅ ଦିଟା ତ ମଣିଷ ହୋଇ ପାରିଲେନି। ବଡ ପୁଅଟି ମନ୍ଦିର ପୂଜକ। ଦ୍ୱିତୀୟ ପୁଅଟି ବେକାରୀ। କାମ ଧନ୍ଦା କିଛି ନାହିଁ। କିଏ ଯଦି ଡାକିବ ସତ୍ୟ ନାରାୟଣ ପୂଜା କିମ୍ବା ଶନିଶ୍ଚରମେଳା କରିବାକୁ ସେ ଯାଇ କରି ଦେଇ ଆସିବ। ବାସ୍ ସେତିକି।

ତେବେ କ୍ଷତି ପୂରଣ ଟଙ୍କା ଧରି କଣ କରିବେ ପଣ୍ଡା ଦାଦା ? କେଉଁଠିକୁ ଯିବେ ? କଣ କରିବେ ? ଥରେ ତାଙ୍କୁ ପଚାରିଥିଲି। ସେ କହିଥିଲେ - ମୁଁ ସରକାର ଉପରେ ନିର୍ଭର କରିବିନି ଭାଇ। ମୋର ଜଣେ ଶିଷ୍ୟ ଅଛି ବିନିକା ବ୍ଲକର ଗଣେଶପୁର ଗାଁରେ। ସେ ଡାକୁଛି ସେଠାରେ ଯାଇ ରହିବାକୁ। ବଡ ପିଲାଟି ଗାଁ ମନ୍ଦିରରେ ପୂଜକ

ହୋଇ ପାରିବ। ସେଇଠି ପୂଜକ ଜଣକର ଆବଶ୍ୟକତା ଅଛି। ଆଉ କ୍ଷତିପୂରଣ ଟଙ୍କାରେ ସେଇ ଗାଁରେ ଗୋଟିଏ କିରାନା ଦୋକାନ ଖୋଲିଲେ ଠିକ ଚଳିବ। ଏହି କାମରେ ଲଗାଇବି ସାନ ପିଲାକୁ।

ନଦୀବନ୍ଧ କାମ ଆରମ୍ଭ ହେବାକୁ କେତେ ଦିନ, ମାସ, ବର୍ଷ ବାକି ଥିଲା କେଜାଣି, ଆରମ୍ଭ ହୋଇଯାଇଥିଲା କ୍ଷତିପୂରଣ ବଣ୍ଟନ। ସେତିକିବେଳେ କିଛି ଗାଁଲୋକେ କ୍ଷତିପୂରଣର ମୋଟା ଅଙ୍କକୁ ଲୋଭ କରି ଟଙ୍କା ଆଣିବାକୁ ଦୌଡିଲେ ଜିଲ୍ଲା ଅଫିସକୁ ତ କିଛି ଲୋକ ପୂର୍ବ ଆନ୍ଦୋଳନକୁ ତେଜିଲେ। ଲୋକେ ବିଚଳିତ ହେଲେ। ବିଭ୍ରାନ୍ତ ହେଲେ ବିଭିନ୍ନ ନେତାମାନଙ୍କ ଦ୍ୱାରା। ଗାଁମାନଙ୍କରେ ସଭାମାନ ହେଲା। ବନ୍ଧ ବିରୋଧି ସମିତିମାନ ଗଢ଼ି ଉଠିଲା। ସେଇ ପୁରୁଣା ସ୍ଲୋଗାନ, 'ମରିବୁ ପଛେ ଛାଡିବୁ ନାହିଁ' ପୁଣି ପ୍ରକମ୍ପିତ ହେଲା ଗଗନ ପବନରେ। ଲୋକଙ୍କ ବିରୋଧ ଦେଖି ସରକାର ବନ୍ଦ କରିଦେଲେ କିଛି ଦିନ କ୍ଷତିପୂରଣ ଦେବା କାମ। ପରେ ପରେ ବିତିଗଲା ପୁଣି ପାଞ୍ଚବର୍ଷ। ଏହା ଭିତରେ କଳିଙ୍ଗ ନଗରର ଗୁଳି କାଣ୍ଡ ଏମାନଙ୍କୁ ପ୍ରୋତ୍ସାହିତ କଲା। ସେଠାରେ ପୋଲିସ ଓ ଆଦିବାସୀଙ୍କ ମଧ୍ୟରେ ଲଢ଼େଇରେ ମରିଯାଇଥିଲେ ତେର ଜଣ ଆଦିବାସୀ ଓ ଜଣେ ପୁଲିସ। ବର୍ଷ ବର୍ଷ ଧରି ତିନି ବର୍ଷ ଯାକେ ରାସ୍ତା ଅବରୋଧ ହୋଇଥିଲା। ରାଜ୍ୟଟି ପଡିଲା ଉଠିଲା ସେଇ ଘଟଣାରେ। ରାଜନୈତିକ ଦଳମାନେ ସେଇ ଘଟଣାକୁ ନେଇ ରାଜନୀତି କଲେ। ସରକାର ହାରି ଯାଇଥିଲେ କଳିଙ୍ଗ ନଗରବାସୀଙ୍କୁ ବୁଝାଇବାକୁ। ବିସ୍ଥାପନ ପାଇଁ ସରକାର ନୂତନ ଭାବେ ଚିନ୍ତାକଲେ ନୀତି ନିୟମ।

ଶେଷକୁ ନଦୀବନ୍ଧ ନିର୍ମାଣ ହେବାକୁ ଶୁଭ ଦିଆଗଲା। ପଣ୍ଡାଦାଦା ଅପେକ୍ଷା କରିଥିଲେ କେବେ ତାଙ୍କ ଗାଁର ଲୋକେ ମଙ୍ଗିବେ କ୍ଷତିପୂରଣ ଟଙ୍କା ଆଣିବାକୁ। ଅନ୍ୟ ସମସ୍ତ ଗାଁଲୋକେ ନେଇ ସାରିଲେଣି ଟଙ୍କା । କେବଳ ତାଙ୍କ ଗାଁର ଟାଣୁଆ ବନ୍ଧବିରୋଧୀ ନେତାମାନେ ଟଙ୍କା ଗ୍ରହଣ କରିବାକୁ ଲୋକଙ୍କୁ ଦେବେ କଣ, ସର୍ଭେ କରିବାକୁ ଆସୁଥିବା ସରକାରୀ ଲୋକଙ୍କୁ ଘଉଡାଇ ଦେଉଛନ୍ତି। ଶୁଭ ଦିଆଯିବା ଦିନ ଗଣ୍ଡଗୋଳ ଉପୁଜାଇଥିଲେ କଳା ପତାକା ପ୍ରଦର୍ଶନ କରି।

ମୁଁ ଦିନେ ପଣ୍ଡା ଦାଦାଙ୍କୁ ପଚାରିଥିଲି ତାଙ୍କର କ୍ଷତିପୂରଣ ଟଙ୍କା ବାବଦରେ। ସେ କହିଥିଲେ ଆମ ଗାଁର ସର୍ଭେ ନ ହେଲେ ବି ମୁ ଜାଣୁଛି ଯେ ମୋର ହେବ ପଚିଶ ଲକ୍ଷ ଟଙ୍କା, କାରଣ ଆମ ପାଖ ଗାଁର ମଧୁ ପଧାନର ଘର ମୋ ପରି । ତାକୁ ମିଳିଛି ସେତିକି ଟଙ୍କା। ଆମ ଗାଁର ନେତାମାନେ ତ ବିରୋଧ କରୁଛନ୍ତି। କରନ୍ତୁ। କେତେ ଦିନ କରିବେ? ଆଜି ନ ହେଲେ କାଲି ସେମାନେ ରାଜି ହେବେ। ଏଇ ଗୋଟିଏ ଗାଁ

ପାଇଁ କଣ ବନ୍ଧ କାମ ବନ୍ଦ ହୋଇଯିବ ? ମୁଁ କିନ୍ତୁ ଲକ୍ଷ୍ୟ କରୁଥିଲି ଗୋଟିଏ କଥା, ଦିନକୁ ଦିନ ପଣ୍ଡା ଦାଦାଙ୍କର ଆୟୁଷ ସରି ଆସୁଛି। ଦିନକୁ ଦିନ ଦୁର୍ବଳ ହୋଇ ଯାଉଛନ୍ତି । ତାଙ୍କ ଜୀବଦ୍ଦଶାରେ ସେ କ୍ଷତିପୂରଣ ପାଇ ତାଙ୍କର ପ୍ରସ୍ତାବିତ ଦୂର ଗାଁକୁ ଯାଇ ସେଠି ବସତି ସ୍ଥାପନ କରି ପାରିବେ ତ ? ସେଇ କଥାକୁ ଲକ୍ଷ୍ୟ ରଖି ତାଙ୍କୁ ପଚାରିଥିଲି- ଦାଦା, ତୁମର ବୟସ କେତେ ଚାଲିଛି। ସେ ବୋଧେ ମୋ ପ୍ରଶ୍ନର ଗୁମର ଜାଣି ପାରି କହିଲେ- ଯେତେ ହେଲେ ବି ମୋର କିଛି ହେବନି ଆଉ ପାଞ୍ଚ ବର୍ଷ, ବୁଝିଲ ଭାଇ। ମୁଁ ବଡ ଜ୍ୟୋତିଷ ଗୁରୁବାବୁଙ୍କ ନିକଟକୁ ଯାଇ ଜାତକ ଦେଖାଇଛି।

ମୁଁ ଭାବିନେଲି ଯେ ଯା ବି ହେଉ, ତାଙ୍କ ବହୁ କଷ୍ଟ ଲବ୍ଧ ଟଙ୍କାରୁ ତିଆରିଥିବା ଗୃହର ଲୋଭନୀୟ କ୍ଷତିପୂରଣ ଗ୍ରହଣ କରିବାର ସୌଭାଗ୍ୟ ଅଛି ତାଙ୍କର। ସେ ଚାଲି ଯିବେ ସେଇ ତାଙ୍କର ଶିଷ୍ୟଙ୍କ ଗାଁକୁ ଓ ସେଠି ନିଜର ପିଲା ଦିଟାକୁ ଥଇଥାନ କରିବେ ପୂର୍ବ ଯୋଜାନାନୁସାରେ।

ମାତ୍ର, ଦିମାସ ପରେ ଖବର ପାଇ ଦୁଃଖିତ ହେଲି ଯେ ନିମୋନିଆ ରୋଗରେ ପୀଡିତ ହୋଇ ପଣ୍ଡା ଦାଦା ଚାଲି ଗଲେ।

■

'ସମାଜ' ରବିବାର ଏପ୍ରିଲ ୨୫-ମେ ୧,୨୦୧୦ ସଂଖ୍ୟାରେ ପ୍ରକାଶିତ।

ପତ୍ରିକା ପ୍ରୀତି

ମନ ଭିତରେ ଅନେକ ଫାଙ୍କ ଜାଗା ଥାଏ। ସେହି ଫାଙ୍କମାନଙ୍କରେ ପାରିପାର୍ଶ୍ୱିକ ପରିବେଶରୁ ହେଉ କିମ୍ବା କାହାର ଶୁଣା କଥାର ଘଟଣା ପ୍ରବାହରୁ ହେଉ, ଚିନ୍ତାଧାରାମାନେ ପଶି ଯାଇ କିଛି ଦିନ ପାଇଁ ଆସ୍ଥାନ ଜମାଇ ନିଅନ୍ତି। ପ୍ରାଣୀକୁ ଉବୁଟୁବୁ କରନ୍ତି। ସେହି ଚିନ୍ତାଧାରାର ପରିପ୍ରକାଶ ଘଟେ ବିଭିନ୍ନ ମାଧ୍ୟମରେ। ଜଣେ ଲେଖକ ତାକୁ ତା କାଗଜ କଲମରେ ଉନ୍ମୁକ୍ତ କରେ। ଜଣେ ଗାୟକ ତାକୁ ଗୀତ ମାଧ୍ୟମରେ ଅନୁରଣିତ କରେ । ଜଣେ ଚିତ୍ରଶିଳ୍ପୀ ତାକୁ ଚିତ୍ର ମାଧ୍ୟମରେ ଧରି ରଖେ। ମାତ୍ର, ସବୁ ଘଟଣା ପ୍ରବାହ, ସମସ୍ତ ଚିନ୍ତାଧାରାର କଢ଼ରେ ଫଳ ଧରି ପାରେ ନାହିଁ। କିଛି ସୁସ୍ଥ, ଚାଂଚଲ୍ୟକର, ବଳବାନ ଘଟଣାର କଢ଼ କେବଳ ଫଳ ଧାରଣର କ୍ଷମତା ରଖିଥାଏ। ଏହି ଗଳ୍ପମୟ ଦୁନିଆଁର ସମସ୍ତ ଘଟଣାକୁ ନେଇ ଗପ ଲେଖା ଯାଇ ପାରେନି। ଯଦି ବି ଲେଖାଯାଏ ତାହା ନୀରସ, ଆବେଦନହୀନ ହୋଇପଡେ। ସେଥିପାଇଁ ଗାଳ୍ପିକଟିଏ ଖୋଜିଥାଏ ଅନବରତ ପ୍ଲଟଟିଏ, କବିଟିଏ ଖୋଜିଥାଏ ଭାବଟିଏ। ଖୋଜି ଖୋଜି ପାଏନି କେତେବେଳେ ତ କେତେବେଳେ ଅଚାନକ ତା ମନର ସେଇ ଫାଙ୍କ ଜାଗାକୁ ପଶି ଆସେ। ସେଇ ଚିନ୍ତାଧାରା ବା ଭାବକୁ ହୃଷ୍ଟପୃଷ୍ଟ କରିବାପାଇଁ ଲାଳନ ପାଳନ କରି ରଖିବାକୁ ହୁଏ ସଂଗୁପ୍ତ ଭାବରେ ମନ ଭିତରେ । ତାପରେ ସେ ଭୂମିଷ୍ଠ ହୁଏ କବିତାରେ, ଗୀତରେ, ଚିତ୍ରରେ। ତେବେ, ଏଇ ସବୁ ଚିନ୍ତାଧାରାଗୁଡିକର ଅନୁପ୍ରବେଶ ପାଇଁ ଲୋଡା ପଡିଥାଏ ଅନୁକୂଳ ବାତାବରଣଟିଏ ମନରେ। ଆଉ ସେହି ବାତାବରଣକୁ ପରବର୍ଦ୍ଧିତ, ପରିପୁଷ୍ଟ କରିଥାଏ ପଠନ ପ୍ରବୃତ୍ତି।

ପଠନ ପ୍ରବୃତ୍ତିକୁ ଅଭ୍ୟାସରେ ପରିଣତ କରିପାରିଲେ ଜ୍ଞାନର ସୀମା ପ୍ରସାରିତ ହୁଏ। ଲେଖନୀର ସ୍ରୋତ ଅବାରିତ ହୋଇଥାଏ। ମାତ୍ର ମୋର ନା ଥିଲା କ୍ରମାଗତ ପଠନ ଅଭ୍ୟାସ ନା ଥିଲା ଅବିଚ୍ଛିନ୍ନ ଲେଖନୀ ଚାଳନା। ଏକଦା ମୋର ଲେଖନୀ

ପ୍ରଖର ଥିବାବେଳେ ଅନେକ ପ୍ରତିଷ୍ଠିତ ପତ୍ରପତ୍ରିକାରେ ଲେଖାମାନ ପ୍ରକାଶିତ ହୋଇଥିଲା । ମାତ୍ର, ପରେ ମୁଁ ବିମୁଖ ହୋଇ ପଡିଲି ଲେଖାଲେଖିରୁ । ଏଥିପାଇଁ ତ ମୋର ପାରିବାରିକ କର୍ମ ଜଞ୍ଜାଳ ବାଧକ ସାଜିଥିଲା ସତ, ମାତ୍ର ଅନ୍ୟାନ୍ୟ ଆନୁସଙ୍ଗିକ କାରଣମାନେ ବି ଥିଲେ ମୁଖ୍ୟାଂଶରେ । ସେମାନଙ୍କ ମଧ୍ୟରୁ ପ୍ରଥମ ହେଲା ସମାଜରେ ଲେଖକଟିଏର ସମ୍ମାନବୋଧ ଦୃଷ୍ଟିରୁ ସ୍ଥାନଟିଏ ସଂରକ୍ଷିତ ଥାଏନି । ତୁମେ ଯେତେ ସ୍ୱନାମଧନ୍ୟ, ପ୍ରତିଷ୍ଠିତ ହୁଅ, ତୁମର ଯେତିକି ଖଣ୍ଡ ବହି ବି ପ୍ରକାଶିତ ହେଉ ଲୋକେ ତୁମକୁ ଚିହ୍ନିବେନି । ମାତ୍ର, ଆଇ.ଏ.ଏସଟିଏ ପାଅ କିମ୍ବା ଓ.ଏ.ଏସ ପାଅ ତୁମକୁ ସମସ୍ତେ ଚିହ୍ନିବେ । ବାହାବା ଦେବେ । ସମ୍ମାନ ଦେବେ । ସମାଜର ହବୁ ସ୍ତରରେ ତୁମ ପାଇଁ ସ୍ଥାନ ସଂରକ୍ଷିତ । ଦ୍ୱିତୀୟ କଥାହେଲା ତୁମର ଲେଖା ପ୍ରକାଶିତ ହେଲେ ତୁମକୁ ଫ୍ରି କପିଟିଏ ସଂପାଦକ ପଠାନ୍ତିନି । ଲେଖାଟିଏ ପଠାଇବା ପରେ ତୁମର ଦାୟିତ୍ୱ ହେଲା ସେହି ପତ୍ରିକାର ପ୍ରତ୍ୟେକ ସଂଖ୍ୟାକୁ ପତ୍ରିକା/ ବହିଷ୍ଟଲକୁ ଯାଇ ଖୋଜୁଥିବ । ଯଦି ବାହାରିଲା ଭଲ କଥା । ନ ବାହାରିଲା ସଂପାଦକ ମହାଶୟଙ୍କୁ ଲେଖା ବିଷୟରେ ପଚାରିଲେ ଉତ୍ତର ପାଇବନି । ଯଦି ଗୋଟିଏ ଲେଖା ଗୋଟିଏ ପତ୍ରିକାରେ ପ୍ରକାଶିତ ହେବାର ବହୁ ବିଳମ୍ବ ହେଲା ଓ ତାକୁ ଅନ୍ୟ ପତ୍ରିକାକୁ ପଠାଇଲ ଓ ସେଠାରେ ତାହା ପ୍ରକାଶିତ ହେଲା ଭଲ କଥା, ଯଦି ଦୁଇଟିରେ ପ୍ରକାଶିତ ହେଲା ତେବେ ସଂପାଦକ ଦ୍ୱୟ କହିବେ ଯେ ତୁମେ ଗୋଟିଏ ଲେଖାକୁ ଦୁଇଟି ପତ୍ରିକାକୁ ପଠାଇ ଆମ ପତ୍ରିକାର ସମ୍ମାନ ନଷ୍ଟ କଲ । ତେବେ ବଡ ସମସ୍ୟା ହେଲା ପତ୍ରିକାରେ ବାହାରିଲା କି ନାହିଁ ଜାଣିବା । ତୁମେ ଓଡିଶାର ଏପରି ଅଂଚଳରେ ବାସ କରୁଥିବ ଯେ ସେଠାରେ ପତ୍ରପତ୍ରିକା ଖଣ୍ଡିଏ ମିଳୁନ ଥିବ । ଜାଣିବ କେମିତି ? ଯଦି କେହି ଶ୍ରଦ୍ଧାଳୁ ପାଠକ ପ୍ରକାଶିତ ଲେଖାକୁ ପଢ଼ି ପାଠକୀୟ ମତାମତ ପ୍ରକାଶକରି ଚିଠିଟିଏ ତୁମକୁ ଲେଖିବ, ତେବେ ଜାଣିବ ଯେ ତୁମର ଲେଖାଟି ଅମୁକ ପତ୍ରିକାରେ ପ୍ରକାଶିତ ହୋଇଛି । ଏହି ସମସ୍ୟାର ସମାଧାନ ପାଇଁ ପୁଣି କେତେକେ କହନ୍ତି ତୁମେ ଯେଉଁ ପତ୍ରିକାକୁ ଲେଖା ପଠାଇଛ ତାର ବାର୍ଷିକ ଗ୍ରାହକ ହୋଇ ପଡ । ମାତ୍ର, କେତେ ଖଣ୍ଡ ପତ୍ରିକାର ବାର୍ଷିକ ଗ୍ରାହକ ହୋଇ ପାରିବ ? ତୁମର ଆର୍ଥିକ ଅବସ୍ଥା ଏଥିପାଇଁ ଅନୁମତି ଦେବ ତ ? ତୃତୀୟ କଥା ହେଲା କେତେକ ସମ୍ପାଦକଙ୍କୁ ଲେଖା ପଠାଇଲେ ସେ ପଟୁ ଉତ୍ତର ଆସିବ, ଆପଣଙ୍କ ଲେଖା ଭଲ ହୋଇଛି । ଆମର ବାର୍ଷିକ ଗ୍ରାହକ ହୁଅନ୍ତୁ, ଆପଣଙ୍କର ଲେଖାକୁ ଅଗ୍ରାଧିକାର ଦିଆଯିବ । କହିଲେ, ଯଦି ଟଙ୍କା ପଠାଇ ବାର୍ଷିକ ଗ୍ରାହକ ହେବା ପରେ ଆପଣଙ୍କ ଲେଖା ପ୍ରକାଶିତ ହେବାର ମର୍ଯ୍ୟାଦା ହାସଲ କଲା ଆପଣଙ୍କ ଲେଖାର ଓଜନ ରହିଲା କେମିତି ? ଆପଣଙ୍କ ଲେଖା ପ୍ରକାଶିତ ହେବାର ଖବର ପାଇବାରେ

ଯେଉଁ ଶୁଦ୍ଧ, ନିରୁତା ଆନନ୍ଦ ମିଳିଥାଏ ତାହା କଣ ପାଇବେ ? କପି ସେଣ୍ଟରରେ କପି ଉତାରି କୌଣସି ମତେ ଆପଣଙ୍କ ପିଲାଟି ପାସ କରିବା ପରି ଅନୁଭବଟିଏ ହେବନି କି ? ଏହା ବାଦେ, କେତେକ ଚାଲିକି ସଂପାଦକ ଲେଖାଟିଏ ପ୍ରକାଶିତ କରି ମେଂଚାଏ ପତ୍ରିକା ପଠାଇ ଦିଅନ୍ତି ଓ ଚିଠିଟିଏ ଲେଖି ଅନୁରୋଧ କରି କହିଥାନ୍ତି, ବିକ୍ରିକରି ବିକ୍ରିଲବ୍ଧ ଟଙ୍କା ପଠାଇ ପତ୍ରିକା ପ୍ରକାଶନରେ ସହାୟ ହୁଅନ୍ତୁ । ଠିକକଥା, ମାତ୍ର, ତୁମେ କେଉଁଠିକୁ ଯିବ ହୋ ପତ୍ରିକା ବିକ୍ରୟ କରି। ତୁମେ ଜଣେ ଲେଖକ ନା ପତ୍ରିକା ବିକ୍ରେତା ? ଯାହାକୁ ବା ଦିଅ ମୁହଁ ମୋଡିବେ। କହିବେ ସମୟ ନାହିଁ ପଢ଼ିବାକୁ। ଆଉ କିଏ କହିବେ ମୁଁ ସାହିତ୍ୟ ଫାହିତ୍ୟ କିଛି ବୁଝେନି। ଯଦି ସେହି ମେଂଚାଏ ପତ୍ରିକାକୁ ତୁମ ସହରର ପୁସ୍ତକ ଦୋକାନ କିମ୍ବା ପତ୍ରିକା ଷ୍ଟଲରେ ଦିଅ ବିକ୍ରି କରି ପଇସା ଦେବାକୁ, ସେମାନେ ବିକୃତ ବଦନରେ ଗ୍ରହଣ କରି ପ୍ରଶ୍ନ କରିବେ, ଏଇଟା ଚଳିବ ? ହଉ, ଦେଖିବା କହି ରଖିବେ। ମାସେ ଦିମାସ ପରେ ଯଦି ତାଙ୍କ ପାଖକୁ ଯିବ ବିକ୍ରି ହୋଇଥିଲେ ବି ପଇସା ପାଇବନି। ବିକ୍ରି ନ ହେଇଥିଲେ ବି ଆପଣ ଆଉ ସେଗୁଡିକୁ ଫେରାଇ ଆଣିପାରିବନି। ବାଧ୍ୟ ହେଇ ସମ୍ପାଦକଙ୍କୁ ନିଧାର୍ଯ୍ୟ କମିସନ କାଟି ନିଜ ପକେଟରୁ ପଇସା ଏମ. ଓ. କରିଦେବ।

ଏତାଦୃଶ ଅନେକ କାରଣ ଯୋଗୁ ମନରେ ମୋର ଲେଖାଲେଖି ପ୍ରତି ବିତୃଷ୍ଣା ଆସି ଯାଇଥିଲା। ଦଶବର୍ଷ କାଳ ଆଉ ମୁଁ କିଛି ବି ଲେଖିନି। ସେତେବେଳକୁ ମୋର ବଦଳି ହୋଇ ଯାଇଥିଲା ଏକ ଗ୍ରାମାଂଚଳକୁ ଯେଉଁଠି ମୋର ନୀରବତାକୁ ଭାଙ୍ଗି ପୁଣି କଲମ ଧରିବାକୁ ପ୍ରେରଣା ଦେବାକୁ କୌଣସି ପ୍ରତିକାଟିଏ ମିଳୁ ନ ଥିଲା କିମ୍ବା କୌଣସି ଲେଖକ ବନ୍ଧୁଟିଏଙ୍କର ସାକ୍ଷାତ ସମ୍ଭାଷଣରୁ ଉଦ୍‌ବୁଦ୍ଧ ହେବାର ସମ୍ଭାବନା ହିଁ ନ ଥିଲା। ଏବେ କିନ୍ତୁ ମୋର ମନ ହେଉଛି କିଛି ଲେଖିବାକୁ। ମନ ଭିତରେ ଏପରି ଭାବ ଓ ଘଟଣା ପ୍ରବାହ ମୋତେ ଉଦ୍‌ବୁଦ୍ଧ କରେ ବେଳେବେଳେ ଯେ ସେତେ ଯେପରି ତଳେ ପୋତି ହୋଇପଡିଥିବା ବଳିଷ୍ଠ ବିହଙ୍ଗମାନେ ସିମେଣ୍ଟର ଚଟାଣ ଫୋଡି ବାହାରି ପଡିବେ। ମୁଁ ବି ପସ୍ତେଇ ହେଉଛି ଯେ ଏତେ ବର୍ଷ ମୁଁ ନୀରବ ରହି ଭୁଲ କରିଛି। ମୋ ସଙ୍ଗରେ ନୂଆ ହୋଇ ଲେଖାଲେଖି କରୁଥିବା ସେତେବେଳର ନୂତନ ଲେଖକମାନେ ସାହିତ୍ୟ ଜଗତରେ ପରିଚିତ ହୋଇ ସାରିଲେଣି, କିଏ କିଏ ସ୍ଥାନ ଜମାଇ ବସିଲେଣି ଦୃଢ଼ ଭାବେ। ସେଥିପାଇଁ ମୋତେ ଫେରି ଯିବାକୁ ହେବ ପୂର୍ବର ସେଇ ଦଶ/ପନ୍ଦର ବର୍ଷର ଲେଖକୀୟ ଜୀବନକୁ। ସେଥିପାଇଁ ମୋତେ ପଢ଼ିବାକୁ ହେବ ନିୟମିତ କିଛି ପୁସ୍ତକ, କିଛି ପତ୍ରିକା।

ପତ୍ରିକା କହିଲେ ସର୍ବ ପୁରାତନ ମାସିକ ପତ୍ରିକା 'ଭାବନା'କୁ ମୋର ମନେ

ପଡେ। ସଂଭ୍ରାନ୍ତ ଓ ଉଚ୍ଚମାନର ନିୟମିତ ପତ୍ରିକା ଏହା। ପ୍ରତ୍ୟେକ ମାସର ଦଶ ତାରିଖ ଭିତରେ ଷ୍ଟଲମାନଙ୍କରେ ପହଂଚି ଯାଇଥାଏ। ସମସ୍ତ ପାଠକ ଓ ଲେଖକଙ୍କର ମୁଖ୍ୟ ଆକର୍ଷଣ ଏହି 'ଭାବନା' ପତ୍ରିକା। ସମସ୍ତ ପ୍ରତିଷ୍ଠିତ ଲେଖକମାନଙ୍କର ଭିଡ ଏଠାରେ। ତରୁଣମାନଙ୍କ ଭିତରେ ଏକ ପ୍ରତିଯୋଗିତା ଚାଲିଥାଏ ସେହି ପତ୍ରିକାରେ କେମିତି ତାଙ୍କର ଲେଖା ପ୍ରକାଶ ପାଇବ। ଆଉ ପ୍ରତ୍ୟେକ ଲେଖକ ଶିଖରକୁ ପହଂଚିବାର ପ୍ରମାଣ ହେଉଛି ସେହି ପତ୍ରିକାରେ ଲେଖା ପ୍ରକାଶିତ ହେବାର। ପ୍ରିୟାପ୍ରୀତି ତୋଷଣରେ ଊର୍ଦ୍ଧ୍ୱରେ ଥାନ୍ତି ସେହି ସମ୍ପାଦକ ମହାଶୟ। ବଳିଷ୍ଠ ସମ୍ପାଦନାରେ ପତ୍ରିକାର ସମସ୍ତ ବିଭାଗ ଥାଏ ଋଦ୍ଧିମନ୍ତ ଓ ରୁଚିଶୀଳ। ସେହି ପତ୍ରିକାରେ ଲେଖାଲେଖିରେ ମୋର ପ୍ରଖରତା ଥିବାବେଳେ ଗୋଟିଏ ଗଳ୍ପ ପ୍ରକାଶିତ ହୋଇଥିଲା। ସେତେବେଳକୁ ଆମ ତରୁଣ ଲେଖକଙ୍କ ମଧ୍ୟରେ ଚହଳ ପଡିଯାଇଥିଲା ମୋର ଏଇ ସଫଳତାରେ। ମୋତେ ବାହାବା ଦେଇଥିଲେ ପତ୍ରମାଧ୍ୟମରେ। କେତେ ଜଣ ଈର୍ଷାଳୁ ହୋଇ ଉଠିଥିଲେ ମୋର ସଫଳତାକୁ ନେଇ, କାରଣ ସେମାନେ ଶତ ଚେଷ୍ଟା କରି ମଧ୍ୟ ସେହି ପତ୍ରିକାରେ ନିଜର ସ୍ଥାନଟିଏ ସେ ପର୍ଯ୍ୟନ୍ତ ରଖି ପାରି ନ ଥିଲେ। ସେହି 'ଭାବନା' ପତ୍ରିକାକୁ ନିୟମିତ ପାଇବାକୁ ମୋର ମନ ବ୍ୟାକୁଳ ହୋଇ ଉଠିଲା। ମୁଁ ଦୌଡିଲି ଆମ ସହରର ପତ୍ରିକା ଷ୍ଟଲମାନଙ୍କୁ। ମାତ୍ର, ନିରାଶ ହେଲି। କେହି କେହି କହିଲେ ପତ୍ରିକା ବନ୍ଦ ହେଇ ଗଲାଣି। କିଏ କହିଲା, ପ୍ରକାଶିତ ହେଉଛି, ମାତ୍ର ଏଠାକୁ ଆସୁନି। ମନ ଖରାପ ହୋଇ ପଡିଲା ମୋର। ସତରେ କଣ ଏତେ ଭଲ ଓ ପୁରାତନ ପତ୍ରିକାଟେ ବନ୍ଦ ହୋଇ ଯାଇଛି କି ଯା' ଭିତରେ? ତେବେ ଲେଖକମାନେ କାହା ଉପରେ ଆସ୍ଥା ରଖି ଲେଖିବେ? କେବେ କେବେ କାଁ ଭାଁ ପ୍ରକାଶିତ ହେଉଥିବା ଅନ୍ୟାନ୍ୟ ଅନିୟମିତ ପତ୍ରିକାକୁ କି ଭରସା କରାଯାଇପାରେ? ତେବେ ସତ୍ୟାସତ୍ୟ କେମିତି ଜଣା ପଡିବ? ସେହି ପତ୍ରିକାର ସମ୍ପାଦକଙ୍କୁ କଣ ପତ୍ର ଲେଖାଯିବ? ସେହି ପତ୍ରିକାର ଆଲୁଦୋଷ ହେଉଛି ଯେ ସେହି ପତ୍ରିକାରେ ପତ୍ର ବିଭାଗ ପ୍ରକାଏ ପାଏନି, ପାଠକୀୟ ମତାମତକୁ ସ୍ଥାନ ଦିଆ ଯାଏନି। ପତ୍ରିକାରେ ଅନୁଷ୍ଠାନର ଫୋନ ନମ୍ବର ଦିଆଯାଏନି। ଗ୍ରାହକ ହେବାର ନିୟମ ପତ୍ରିକାରେ ଛପା ଯାଏନି। ତେବେ 'ଭାବନା'ପତ୍ରିକାର ବର୍ତ୍ତମାନର ସ୍ଥିତାବସ୍ଥା ଜାଣିବାକୁ ଜିଲ୍ଲା ମହକୁମାର ବଡ ବଡ ପତ୍ରିକା ଷ୍ଟଲମାନଙ୍କୁ ପଚାରିଲି। ସେମାନେ କହିଲେ ଯେ ପତ୍ରିକା ପ୍ରକାଶିତ ହେଉଛି ମାତ୍ର ଆସୁନି ଆମ ଜିଲ୍ଲାକୁ।

ବଡ ବ୍ୟସ୍ତ ଲାଗିଲା। ଇଚ୍ଛା ହେଲା, 'ଭାବନା' ପ୍ରକାଶିତ ହେଉଥିବା ସହରକୁ ଯାଇ ସେହି ଅଫିସ ସହିତ ଯୋଗାଯୋଗ କରିବାକୁ। ମାତ୍ର, ସମୟ ଓ ସୁବିଧା ନ

ଥିଲା ତତ୍‌କ୍ଷଣାତ ମୋପାଇଁ। ପୁଣି ତାହା ହେବ ମୋ ପାଇଁ ଛ'ଟଙ୍କାକୁ ନ'ଟଙ୍କା ଦାନା। ତଥାପି ମୋ ମନରେ ଉପାୟ ଚିନ୍ତା କରୁଥିଲି କେମିତି ଯାଇ ହେବ ସେହି ସହରକୁ ଅନ୍ୟ କାମରେ। ଏହି ପତ୍ରିକା ସହିତ ସମ୍ପର୍କ କେମିତି କରି ହୁଅନ୍ତା।

ଅତି ଅଳ୍ପ ଦିନରେ ଗୋଟିଏ ସୁଯୋଗ ମିଳିଲା। ମୋର ବାସସ୍ଥାନଠୁ ପ୍ରାୟ ପାଞ୍ଚଶହ କିଲୋମିଟର ଏହି ପତ୍ରିକା ପ୍ରକାଶିତ ହେଉଥିବା ସହରର ନିକଟତମ ସହରକୁ ଯିବାକୁ ହେଲା ଏକ ମେଡିକାଲ କାମରେ ସହାୟକ ଭାବେ ମୋତେ। ସମୟ ବାହାର କରି ମୁଁ ପହଞ୍ଚିଲି 'ଭାବନା' ଅଫିସକୁ ଖୋଜି ଖୋଜି। ଗଳି ପରେ ଗଳି। ଏକ ଉପଗଳିରେ ସେହି ଅଫିସଟି ଅବସ୍ଥିତି। ଭିତରକୁ ପଶିଲି। ଦେଖିଲି ସବୁଆଡେ ଜନମାନବଶୂନ୍ୟ। କେବଳ ଗୋଟିଏ ଟେବୁଲ ପାଖରେ ଜଣେ ବ୍ୟସ୍ତମଣିଷ ବସି କାମ କରୁଛନ୍ତି। ତାଙ୍କ ଆଡକୁ ମୁଁ ଅତି ଭଦ୍ରମୀ ସହିତ ପାଦ ଚାପି ଚାପି ଗଲି। ଆଶଙ୍କା ଥିଲା କାଳେ ତାଙ୍କର କାର୍ଯ୍ୟରେ କିଛି ବ୍ୟାଘାତ ହୋଇପାରେ? ପୁଣି ଏହି ନିରୋଳା ଅଫିସ ଭିତରକୁ ମୁଁ ବିନା କାହାରି ଅନୁମତିରେ ପ୍ରବେଶ କରୁଛି ବୋଲି ମୋ ଭିତରେ ଏକ ଭୟ ଥାଏ ଯେ, କେହି କଣ କହିପାରନ୍ତି କି? ପୁଣି ଭାବିଲି କିଏ ବା ଅଛି ଯେ କାହାଠୁ ଅନୁମତି ନେବି।

ସେହି ବ୍ୟସ୍ତ କର୍ମଚାରୀଙ୍କ ଟେବୁଲ ପାଖକୁ ଯାଇ ଠିଆ ହେଲି। ନମସ୍କାର ଜଣାଇଲି। କହିଲି, ସାର, ମୁଁ ଆସିଥିଲି ଅମୁକ ଜାଗାରୁ। 'ଭାବନା' ପତ୍ରିକାର ବାର୍ଷିକ ଗ୍ରାହକ ହେବାକୁ ଆମ ସହରରେ ଅନେକ ଆଗ୍ରହୀ ଲୋକ ଅଛନ୍ତି। ଦୟା କରି କହିବେ କି ଆମକୁ କଣ କରିବାକୁ ହେବ।

'ଭାବନା' ଅଫିସକୁ ଆସିବା ପୂର୍ବରୁ ଚିନ୍ତା କରି ନ ଥିଲି ମୁଁ ଯଦି ବାର୍ଷିକ ଗ୍ରାହକଟିଏ ହୋଇଯାଏ, ତେବେ ମୋତେ ପତ୍ରିକା ପଠାଇବ 'ଭାବନା' ଅଫିସ। ମାତ୍ର ପ୍ରତି ମାସ ଏହା ଯେ ମୋର ପ୍ରାପ୍ୟ ହେବ ସେ ବିଶ୍ୱାସ ମୋର ହେଉନ ଥିଲା। ଡାକ ବିଭାଗର ବିଶ୍ୱାସନୀୟତା ଉପରେ ମୋ ମନରେ ପ୍ରଶ୍ନବାଚୀ ଚିହ୍ନ ଆଙ୍କି ହୋଇଥିଲା। ମୁଁ ଚିନ୍ତା କରିଥିଲି ମୋତେ ଆମ ସହରର କେତେଜଣ ସାହିତ୍ୟ ପ୍ରେମୀଙ୍କୁ ପ୍ରବର୍ତ୍ତାଇବାକୁ ହେବ 'ଭାବନା' ପତ୍ରିକା ନିୟମିତ ପଢ଼ିବାକୁ। ଅନ୍ୟୁନ୍ୟ ପାଞ୍ଚଜଣଙ୍କ ବାର୍ଷିକ ମୂଲ୍ୟ ଦାଖଲ ଦେଲେ ପତ୍ରିକା ଷ୍ଟଲମାନଙ୍କୁ ପଠାଯାଉଥିବା ସୂତ୍ରରେ ମୋ ନିକଟକୁ ପତ୍ରିକା ଆସନ୍ତା। ମୁଁ ଅନ୍ୟମାନଙ୍କୁ ବାଣ୍ଟି ଦିଅନ୍ତି।

ଭଦ୍ରବ୍ୟକ୍ତି ମୋର କଥା ଶୁଣି ତରତର ହୋଇ କହିଲେ- ଆଜି ଅଫିସ ଛୁଟି। ଖୋଲାଥିବା ଦିନ ଆସି ଟଙ୍କା ବାନ୍ଧି ଦେଇ ରସିଦ ନେଇଯିବେ। ପତ୍ରିକା ଆପଣଙ୍କ ଠିକଣାରେ ଚାଲିଯିବ। ମୁଁ ବଡ ଅଡୁଆରେ ପଡିଲି। ତାହେଲେ ପୁଣି ଥରେ ମୋତେ

'ଭାବନା' ଅଫିସକୁ ଆସିବାକୁ ହେବ? ମୁଁ କହିଲି ବିନମ୍ରତାର ସହିତ। ସାର, ପୁଣି ଥରେ ଏଠାକୁ ଆସି ହେବ ନ ହେବ, କେଉଁ ଠିକଣାରେ ମନିଅର୍ଡର ପଠାଇବାକୁ ଜଣାଇଲେ ଉପକୃତ ହୁଅନ୍ତି। ସେ ଭଦ୍ର ବ୍ୟକ୍ତି ନିଜ କାର୍ଯ୍ୟରେ ବ୍ୟସ୍ତ ଥାଇ କହିଲେ- ଆପଣ ଏଠାକୁ ଆସିବାକୁ ହେବ। ମୁଁ ବ୍ୟସ୍ତ ଅଛି ଏବେ, ଦୟା କରି ଆଉ କିଛି ପଚାରନ୍ତୁ ନାହିଁ । ଦିଅନ୍ତୁ କାଗଜ ଖଣ୍ଡେ, ଯଦି ଅଛି ପାଖରେ। ମୁଁ ଫୋନ ନମ୍ବର ଓ ଫେକ୍ସ ନମ୍ବର ଲେଖି ଦେଉଛି। ଆପଣ ଯୋଗାଯୋଗ କରିବେ ଏହି ନମ୍ବରରେ। ମୁଁ ଅନେକ କଥା ଭାବୁଥିଲି କହିବାକୁ ମାତ୍ର କହି ପାରି ନ ଥିଲି। ମୁଖ୍ୟତଃ ଭାବୁଥିଲି, ଜଣେ ପତ୍ରିକା ନେବାକୁ ସ୍ୱତଃପ୍ରବୃତ୍ତ ହୋଇ ଆସିଛି ଅଫିସକୁ, ତାଙ୍କୁ ଆଉଥରେ ଆସିବାକୁ କହିବା, ବ୍ୟବସାୟିକ ଦୃଷ୍ଟିରୁ ନିହାତି ଠିକ ନୁହେଁ। ମୋ ସାର୍ଟ ପକେଟରୁ ଖଣ୍ଡେ ଅବ୍ୟବହୃତ କାଗଜ ବାହାର କରି ମେଲା ଥିବା ଜାଗାକୁ ଦର୍ଶାଇ ବଢ଼ାଇଦେଲି ସେହି ଭଦ୍ର ବ୍ୟକ୍ତିଙ୍କ ଆଡକୁ। ସେହି କାଗଜରେ ସେ ଦ୍ରୁତ ଗତିରେ ଫୋନ ନମ୍ବର ଓ ଫେକ୍ସ ନମ୍ବର ଲେଖି ମୋତେ ଅନୁରୋଧ କରିକହିଲେ, ଯାଆନ୍ତୁ, ଏହି ନମ୍ବରରେ ଯୋଗାଯୋଗ କରିବେ। ମୋତେ ଆଉ ଡିସ୍‌ଟର୍ବ କରନ୍ତୁ ନାହିଁ।

ଅଗତ୍ୟା ମୁଁ ସେଇଠୁ ପ୍ରସ୍ଥାନ କଲି। ଆମ ସହରକୁ ଫେରି ଆସିଥିଲି। ଏବେ ପତ୍ରିକା ମଗାଇବାର ଚାବିକାଠି ମୋ ହାତରେ। ମୁଁ ଓଡିଆ ଅଧ୍ୟାପକ ପ୍ରଦ୍ୟୁମ୍ନଙ୍କୁ ସାକ୍ଷାତ କରି କହିଲି 'ଭାବନା' ପତ୍ରିକା ମଗାଇବା କଥା। ସେ ରାଜି ହେଲେ। କହିଲେ ପାଞ୍ଚଖଣ୍ଡ କାହିଁକି କୋଡିଏ ଖଣ୍ଡ ନେବା ପାଇଁ ବି ଗ୍ରାହକ ବାହାରିବେ। ଆମେ ଦୁହେଁ ସିଦ୍ଧାନ୍ତ କଲୁ ଦଶଖଣ୍ଡ ପତ୍ରିକା ମଗାଇବୁ ବର୍ଷଟିଏ ପାଇଁ। ସେହି ଅନୁସାରେ କଥାବାର୍ତ୍ତା କଲୁ । ସେହି ଅନୁସାରେ କଥାବାର୍ତ୍ତା କରିବାକୁ ହେବ 'ଭାବନା'ଅଫିସ ସହିତ ସେହି ଭଦ୍ରବ୍ୟକ୍ତି ଦେଇଥିବା ଫୋନ ନମ୍ବରରେ।

ଫୋନ ଲଗାଇଲି ଅଫିସ ନମ୍ବରରେ। ସେପଟୁ ଉଠାଇଲେ କେହି ଜଣେ ଭଦ୍ରବ୍ୟକ୍ତି। ମୁଁ କହିଲି ମୋର ଉଦ୍ଦେଶ୍ୟ। ମୁଁ କହିଲି ଯେ ଆମେ ଦଶଜଣ ଗ୍ରାହକ ପ୍ରତିମାସ ଦଶଖଣ୍ଡ ପତ୍ରିକା ଚାହୁଁ। ଦୟାକରି ଆମକୁ ପଠାଇବାର ବ୍ୟବସ୍ଥା କରାଇବେ କି? କଣ କରିବାକୁ ହେବ ଆମକୁ? ସେ ପଟୁ ଭଦ୍ରବ୍ୟକ୍ତି କହିଲେ, ଆପଣ ଆମ ଅଫିସକୁ ଆସି ଟଙ୍କା ଦାଖଲ ଦେଇ ରସିଦ ନେଇ ଯିବାକୁ ହେବ। ମୁଁ ଜଣାଇଲି- ମୁଁ ଯାଇଥିଲି ଥରେ ଅନ୍ୟ କାମରେ ଆପଣଙ୍କ ସହରକୁ। ଯାଇଥିଲି ଆପଣଙ୍କ ଅଫିସକୁ। ଛୁଟିଦିନ ଥିଲା ସେଦିନ। ଜଣେ ଭଦ୍ରବ୍ୟକ୍ତି କେବଳ ଏକୁଟିଆ ଥିଲେ ଆପଣଙ୍କ ଅଫିସରେ। ସିଏ ଏଇ ଫୋନ ନମ୍ବର ଦେବାରୁ କଥା ହେଉଛି ଏବେ। ପୁଣି ଥରେ କଣ ଯାଇ ହେବ ସାର ଏତେ ବାଟ କେବଳ ଟଙ୍କା ଦାଖଲ କରିବାକୁ? ଆପଣଙ୍କ

ଠିକଣାରେ ଏମ.ଓ. କରିଦେଲେ ଟଙ୍କାତକ କଣ ହେବନି? ସେ ପଟୁ ରୋକଠୋକ ଉତ୍ତର ଆସିଲା- ନାଇଁ ସାର, ହେବନି, ଅଫିସକୁ ଆସି ଟଙ୍କା ଦାଖଲ ଦେବାକୁ ହେବ।

ବଡ ଅଡୁଆରେ ପଡିଲି। ଚିନ୍ତା କଲି, ପତ୍ରିକାର ପ୍ରଚାର ପ୍ରସାର ପାଇଁ ଏମାନଙ୍କର କଣ ଟିକିଏ ବି ଚିନ୍ତା ନାହିଁ। ପତ୍ରିକା ଆଣିବାକୁ କଣ କିଏ ବାରମ୍ବାର ଦୌଡୁଥିବ ଏତେ ବାଟ? ଅନୁନୟ ହୋଇ କହିଲି, ସାର ! ପୁଣି ଥରେ ଯାଇହେବନି। ଏବେ ଏଟିଏମ, ମନି ଟ୍ରାନ୍ସଫର, କୋର ବ୍ୟାକିଂପରି କେତେ ବ୍ୟବସ୍ଥା ହେଲାଣି, ଅଥଚ ଆପଣଙ୍କ ଅଫିସକୁ ପୁଣି କଣ ଦୌଡିବାକୁ ହେବ? ସେପଟୁ ସେହି ଭଦ୍ରବ୍ୟକ୍ତି କହିଲେ- ତେବେ ଗୋଟିଏ ଫୋନ ନମ୍ବର ରଖନ୍ତୁ, ଯୋଗାଯୋଗ କରିବେ। ସେ କିଛି ବ୍ୟବସ୍ଥା କରାଇଦେବେ। ମୁଁ ଖୁସିରେ ହଁ ସାର ଦିଅନ୍ତୁ କହି ସାଟ ପକେଟରୁ କାଗଜ ଖଣ୍ଡେ ବାହାର କରି ଟିପିଲି ସେ ଡାକି ଦେଇଥିବା ନମ୍ବରକୁ। ପରେ ସେହି ନମ୍ବରକୁ ଲଗାଇ କଥା ହେଲି। ଯେଉଁ ଭଦ୍ରବ୍ୟକ୍ତି ସେହି ଫୋନରେ କଥା ହେଉଥିଲେ ସେ ହେଉଛନ୍ତି ମହେଶ ବେହେରା। ସେ 'ଭାବନା' ଅଫିସରେ କାମ କରନ୍ତି। ଆମକୁ ପ୍ରତିମାସ ପତ୍ରିକା ପଠାଇବାକୁ ରାଜି ହେଲେ। ମୁଁ ଟଙ୍କା ପଠାଇବା ମାଧ୍ୟମକୁ ନିର୍ଦ୍ଧାରଣ କଲେ। ସେ ତାଙ୍କ ସାଙ୍ଗ ଗାଳମାଧବ ପାଣିଗ୍ରାହୀଙ୍କ ପାସବୁକ ନମ୍ବର ଦେଲେ, କାରଣ ତାଙ୍କର ପାସବୁକ ଷ୍ଟେଟ ବ୍ୟାଙ୍କରେ ନ ଥିଲା। ସେହି ପାସବୁକରେ ଟଙ୍କା ଡିପୋଜିଟ ଦେଇଦେଲେ ପାଣିଗ୍ରାହୀ ବାବୁ ଟଙ୍କା କାଢ଼ି ମହେଶ ବେହେରାଙ୍କୁ ଦେବେ ଓ ମହେଶ ବାବୁ ତାଙ୍କୁ ନେଇ 'ଭାବନା' ଅଫିସରେ ଡିପୋଜିଟ ଦେଇ ରସିଦ ହାସଲ କରିବେ। ସୁବିଧା ଦେଖି କେବେ ମୁଁ ସେଇ ଅଫିସକୁ ଗଲେ ସେ ରସିଦଟି ଆଣି ଆସିବି ମହେଶ ବେହେରାଙ୍କଠାରୁ।

କେତେ ଟଙ୍କା ପଠାଇବାକୁ ପଡିବ ବୋଲି ପଚାରିବାରୁ ମହେଶ ବେହେରା ହିସାବ କରି କହିଲେ ସାଧାରଣ ଖଣ୍ଡକୁ ପଚିଶ ଟଙ୍କା ଓ ସ୍ୱତନ୍ତ୍ର ଖଣ୍ଡର ମୂଲ୍ୟ ସାଠିଏ ଟଙ୍କା। ସାଧାରଣ ସଂଖ୍ୟା ବର୍ଷକୁ ଆଠଖଣ୍ଡ ଓ ସ୍ୱତନ୍ତ୍ର ସଂଖ୍ୟା ଚାରିଖଣ୍ଡ ପ୍ରକାଶ ପାଏ। ଏପରି ହିସାବରେ ହେଲା ଦଶଖଣ୍ଡକୁ ବର୍ଷକୁ ଚାରିହଜାର ଚାରିଶହ ଟଙ୍କା। ସେତିକି ଟଙ୍କା ପଠାଇବାକୁ ସେ କହିବାରୁ ମୁଁ କହିଲି, ସାର, କିଛି କନସେସନ କିମ୍ବା କମିସନ ଦେବେନି କି? ଆପଣ ଯଦି ପତ୍ରିକା ଷ୍ଟଲକୁ ଦିଅନ୍ତେ ତେବେ ତ କିଛି କମିସନ ଦିଅନ୍ତେ। ସେ କହିଲେ ଠିକ ଅଛି ଚାରି ହଜାର ଟଙ୍କା ପଠାନ୍ତୁ। କମିସନ ବାବଦକୁ ଚାରିଶହ ଟଙ୍କା ଛାଡ କରାଗଲା। ପରବର୍ତ୍ତୀ ବିଷୟ ହେଲା ପତ୍ରିକା ଆସିବ କିପରି ମୋ ନିକଟକୁ। ଡାକ ମାଧ୍ୟମରେ ପତ୍ରିକା ଆସିଲେ ଡାକ ଖର୍ଚ୍ଚ ତ ବହୁତ ବେଶି

ପଡିଯିବ। ଡାକ ବିଭାଗକୁ ଛାଡି ଆମ ହାତରେ ଆହୁରି ଦୁଇଟି ବିକଳ୍ପ ଥିଲା। ସେହି ପତ୍ରିକା ପ୍ରକାଶିତ ସହରରୁ ଆମ ସହର ଦେଇ ଯାତାୟତ କରୁଥିବା ବସରେ ମହେଶ ବାବୁ ପତ୍ରିକା ପଠାଇବେ କିମ୍ବା କୋରିଅର ସର୍ଭିସ ମାଧ୍ୟମରେ ପଠାଇବେ ବୋଲି ପ୍ରତିଶୃତି ଦେଲେ।

କଥାନୁସାରେ ଟଙ୍କା ସଂଗ୍ରହ ହେଲା ଦଶ ଜଣଙ୍କଠାରୁ । ଆହୁରି ପାଞ୍ଚଜଣ ମଧ୍ୟ ରାଜି ହୋଇଥାନ୍ତେ ଯଦି ସେମାନଙ୍କୁ କୁହାଯାଇଥାନ୍ତା। ମାତ୍ର, ମୁଁ ଭାବିଲି ପତ୍ରିକା ଆସିଲେ ହକର ପରି ଘର ଘର ବୁଲି ପତ୍ରିକା ବାଣ୍ଟିବାକୁ ପଡିବ । ସେଥିପାଇଁ ଗ୍ରାହକ ସଂଖ୍ୟାକୁ ଦଶରେ ସୀମିତ ରଖିଲି। ପ୍ରଦ୍ୟୁମ୍ନ ବାବୁଙ୍କ ପାଞ୍ଚ ଜଣ ଓ ମୋ ପାଞ୍ଚ ଜଣ। କଥା ଅନୁସାରେ ଟଙ୍କା ଡିପୋଜିଟ କରିଦେଲି ମହେଶବାବୁଙ୍କ ପ୍ରଦତ୍ତ ଏକାଉଣ୍ଟରେ। ମହେଶ ବାବୁ ସେପଟୁ ଅର୍ଥପ୍ରାପ୍ତି ସ୍ୱୀକାର ମଧ୍ୟ କଲେ।

କିଛିଦିନ ପରେ ପତ୍ରିକା କେବେ ଆସୁଛି ବୋଲି ପଚାରିବାରୁ ମହେଶ ବାବୁ କହିଲେ ମୁଁ ଫ୍ଲାଏକିଂ କୋରିଅର ସର୍ଭିସରେ ପଠାଇ ଦେବି ଆସନ୍ତାକାଲି। ମୁଁ ଜାଣି ନ ଥିଲି ଆମ ସହରରେ ଅଛି କି ନା ଏହି ସର୍ଭିସ କାଉଣ୍ଟର। ସନ୍ଦେହ ପ୍ରକଟ କରି ପଚାରିଲି, ଆମ ସହରରେ ଅଛି କିନା ଏ କାଉଣ୍ଟର ବୁଝିବାକୁ ହେବ। ମହେଶ ବାବୁ କହିଲେ, ଅଛି, ଆପଣଙ୍କ ସହରରେ। ଏଠାକାର ଫ୍ଲାଏକିଂବାଲା କହୁଥିଲା। ମୁଁ ରାଜି ହେଲି ଓ କହିଲି, ତାହେଲେ ପଠାନ୍ତୁ। ତାପରେ ମୁଁ ଖୋଜ ଖବର କଲି କୁଆଡେ ଅଛି ଫ୍ଲାଏକିଂ କାଉଣ୍ଟର। ଡଲଫିନ ଓ ଅନ୍ୟାନ୍ୟ କାଉଣ୍ଟରକୁ ଜାଣିଛି, ମାତ୍ର ଫ୍ଲାଇକିଂ କୁ ଜାଣିନ ଥିଲି। ପରେ ଏହାକୁ ଖୋଜି ପାଇଲି। ସେହି କାଉଣ୍ଟର ବାଲା ଜଣେ ଚିହ୍ନା ପରିଚିତ ଲୋକ। ପତ୍ରିକା ପାଇବାକୁ ମନରେ ପ୍ରବଳ ଆଗ୍ରହ। ହାତକୁ ଆସିବ ସେହି ପୁରୁଣା ଦିନର ସଂଭ୍ରାନ୍ତ ପତ୍ରିକାର ନୂତନ ସଂଖ୍ୟାମାନ। ଅନ୍ୟ ଆଗ୍ରହୀ ସାହିତ୍ୟପ୍ରେମୀମାନଙ୍କୁ ପତ୍ରିକା ଯୋଗାଇ ଦେବାର ବ୍ୟବସ୍ଥା କରିପିବାରୁ ମୋତେ ଖୁସି ବି ଲାଗୁଥିଲା। ମନଟା କୁରୁଳି ଉଠୁଥିଲା ଏମିତି ଅନେକ କଥ ଭାବି।

କିଛି ଦିନ ବିତିଗଲା ମୁଁ ଫୋନରେ ମହେଶ ବେହେରାଙ୍କୁ ପଚାରିଲି, ପତ୍ରିକା କେବେ ପଠାଉଛନ୍ତି ? ସେ କହିଲେ- ଆଉ ଦିଦିନ ପରେ ବାହାରିବ ପ୍ରେସରୁ ପତ୍ରିକା। ତାପରେ ପଠାଇଦେବି ଓ ସଙ୍ଗେ ସଙ୍ଗେ ଆପଣଙ୍କୁ ଫୋନ କରିବି।

ଦିଦିନ ଗଲା। କିଛି ଖବର ଆସିଲା ନାହିଁ। ପାଞ୍ଚଦିନ ବିତିଗଲା। ମୁଁ ଆଉ ଅପେକ୍ଷା କରି ନ ପାରି ବେହେରା ବାବୁଙ୍କୁ ଫୋନ କଲି। ସେ କହିଲେ, ଫ୍ଲାଇକିଂ ସର୍ଭିସରେ ପଠାଇଛି ନଭେମ୍ବର ମାସର ଦଶଖଣ୍ଡ। ଦିନେ ଦିଦିନ ପରେ ପହଂଚିଯିବ ଆପଣଙ୍କ ପାଖକୁ। ଦିଦିନ ପରେ ତୃତୀୟ ଦିନରେ ମୁଁ ଟାଣି ହୋଇଗଲି କାଉଣ୍ଟର

ପାଖକୁ। ଏତେ ଦିନର ଆକାଂକ୍ଷିତ ଇଚ୍ଛା ପୂରଣ ହେବ। ସେହି ପୁରୁଣା ଦିନର ପ୍ରିୟ ପତ୍ରିକା ହେବ ମୋର ହସ୍ତଗତ। ପଚାରିଲି କାଉଣ୍ଟରବାଲାକୁ। ସେ ମୁଣ୍ଡ ହଲାଇ ନାହିଁ କଲେ। ପଚାରିଲେ, କେବେ ପଠାଇଛନ୍ତି ବୋଲି। ମୁଁ କହିଲି ପାଂଚଦିନ ପୂର୍ବରୁ। ସେ କହିଲେ ବେଶୀରୁ ବେଶୀ ତିନିଦିନ ଲାଗିବା କଥା। ଆଜକୁ ପାଂଚଦିନ ହେଲାଣି ମାନେ ନିଶ୍ଚିତଭାବେ ପହଞ୍ଚିବା କଥା। ସେ ମୋତେ ପଠାଯାଇଥିବା କାଉଣ୍ଟରରେ ଯୋଗାଯୋଗ କରିବାକୁ ଉପଦେଶ ଦେଲେ। ମୁଁ ମହେଶ ବାବୁଙ୍କୁ ଫୋନ କଲି-କହିଲି, ସାର, ପତ୍ରିକା ପହଞ୍ଚିଲାନି ଏଯାଏ। ଟିକିଏ ବୁଝନ୍ତୁ ତ, କଣ ଅସୁବିଧା ହେଇଛି ଯେ। ସେ କହିଲେ, ନିଶ୍ଚିତ ଭାବେ ପହଞ୍ଚିବ । ବ୍ୟସ୍ତ ହୁଅନ୍ତୁନି। ବିଭିନ୍ନ କାଉଣ୍ଟର ଦେଇ ଗତି କରେ ତ, ଟିକିଏ ଡେରି ହୋଇ ଯାଇଥିବ। ଏମିତି ବାରମ୍ବାର ପଚରା ଉଚୁରାରେ ବିତିଗଲା ଦଶଦିନ।

ପ୍ରମାଦ ଗଣିଲି। ଠକରେ ପଡିଯାଇଛୁ ଆମେ ବୋଲି ନଶ୍ଚିତ ହେଲି। କଣ କରାଯାଇପାରେ ? ସେହି ସହରରେ ଅନେକ ଠକ ପ୍ରତାରକମାନ ଥାଆନ୍ତି। ଲୋକଙ୍କୁ ଠକି ଜୀବିକା ନିର୍ବାହ କରନ୍ତି ବୋଲି ଶୁଣିଥିଲି। ମୁଁ ଭାବି ନ ଥିଲି ଯେ ମୁଁ ବି ଦିନେ ସେହି ଠକମାନଙ୍କ ହାବୁଡରେ ପଡିବି। ଜଣେ ସାହିତ୍ୟ ପତ୍ରିକାର କାର୍ଯ୍ୟରତ କର୍ମଚାରୀ କଣ ଏପରି ଠକାମୀ କରିପାରେ,ଏହି ସନ୍ଦେହ କଣ ମୂଳରୁ ମୋର କରିବାର ଥିଲା ? ମୁଁ ପ୍ରଦ୍ୟୁମ୍ନବାବୁଙ୍କୁ କହିଲି ବେହେରା ବାବୁଙ୍କ ଠକାମୀ କଥା। ସେ କହିଲେ ଏମିତି କେମିତି ହେବ। ଆପଣଙ୍କ ପାଖରେ ଟଙ୍କା ପଠାହୋଇଥିବା ରସିଦଟା ଅଛି ତ ? ମୁଁ କଥା ହେଉଛି ବେହେରାବାବୁଙ୍କ ସହିତ। ସେ ଯଦି ନ ପଠାନ୍ତି ସମ୍ପାଦକଙ୍କ ସହିତ କଥାହେବା। କେମିତି ରହିବ ତା ଚାକିରିଟା ଦେଖିବା। ପ୍ରଦ୍ୟୁମ୍ନବାବୁ ବେହେରାବାବୁଙ୍କୁ ଶେଷ ସତର୍କ ଜଣାଇ ଦେଇ କହିଲେ,ଦେବହରି ବାବୁ ଏହି ପତ୍ରିକାର ସଂପାଦକ ତ। ତାଙ୍କର ସାଙ୍ଗ ମୋ ଭାଇଙ୍କ ଶ୍ୱଶୁର। ସମ୍ପାଦକଙ୍କ ସହିତ ସିଧାସଳଖ ଫୋନରେ କଥା ହେବା ପାଇଁ ମୋର କିଛି ଅସୁବିଧା ନାହିଁ। ଆପଣଙ୍କ ପତ୍ରିକା ଯଦି ତିନିଦିନ ମଧ୍ୟରେ ଆମଠାରେ ନ ପହଂଚେ ତେବେ ସବୁକଥା ଦେବହରି ବାବୁଙ୍କୁ କହିବୁ। ଆପଣ ପରେ ମୋତେ ଦୋଷ ଦେବେନି। ଏତକ କହି ପ୍ରଦ୍ୟୁମ୍ନ ବାବୁ ଫୋନ କାଟିଦେଲେ।

ତାପର ଦିନ ମହେଶ ବେହେରାଙ୍କ ଫୋନ ଆସିଲା। ସେ କହିଲେ, ସାର ଫ୍ଲାଏକିଂରେ ସର୍ଭିସରେ ଯେଉଁ ପତ୍ରିକା ପଠାଇଥିଲି ତାହା ହକରମାନେ ବିକ୍ରି କରି ଦେଇଛନ୍ତି ଅନ୍ୟତ୍ର। ସେ କଥା କଣ ହେବ ମୁଁ ବୁଝୁଛି। ଏଥର ବସରେ ପଠାଇବି। ଯଦି ଆଜି ପତ୍ରିକା ପଠାଯାଏ, ତାହେଲେ ଆସନ୍ତାକାଲି ପାଇପାରିବେ ଆପଣ ପତ୍ରିକା।

ମୁଁ ଆଜି ଯାଇ ପଚାରୁଛି ଆମ ଏଠାକାର ବସଷ୍ଟାଣ୍ଡକୁ, କେଉଁ କେଉଁ ଗାଡ଼ି ଯାଉଛି ଆପଣଙ୍କ ସହରକୁ ଓ କେତେ କେତେ ବେଳେ।

ମୁଁ ଭବିଲି ପ୍ରଦ୍ୟୁମ୍ନବାବୁଙ୍କ ଧମକ ଔଷଧ ମହେଶବାବୁଙ୍କ ଠକାମୀ ରୋଗକୁ ଠିକ ଭାବେ କାବୁ କରିଛି। ତାପର ଦିନ ମହେଶ ବାବୁ ଫୋନ କରି କହିଲେ, ଅଜି ପଠାଇଛି ପତ୍ରିକା । ଗାଡ଼ି ଡ୍ରାଇଭରକୁ ଦେଇଛି ଟଙ୍କା, ଆପଣ ଆଉ ଦେବେନି। ଭୋର ଭୋର ଏହି 'ପ୍ରତୀକ୍ଷା' ବସଟି ପହଂଚିବ ଆପଣଙ୍କ ସହରକୁ। ଯଦି ଆପଣ ଠିକ ସମୟରେ ପହଂଚିବାର ବିଳମ୍ବ ହୋଇଯାଏ ବସ ଡ୍ରାଇଭର ଆପଣଙ୍କୁ ଡାକି ଦେବ କଲ୍ କରି। ଆପଣଙ୍କ ଫୋନ ନମ୍ବର ଦେଇଛି ସେ ଡ୍ରାଇଭରକୁ। ପତ୍ରିକା ପ୍ୟାକେଟରେ ଆପଣଙ୍କ ନାମ ସହିତ ଫୋନ ନମ୍ବର ଟିପି ଦେଇଛି।

'ପ୍ରତୀକ୍ଷା'ବସ୍‌ଟି କେତେବେଳେ ଆମ ବସଷ୍ଟାଣ୍ଡରେ ପହଂଚେ, ବୁଝି ଦେଇଥିଲି ବସ୍‌ଷ୍ଟାଣ୍ଡର ଏକ ପାନ ଦୋକାନୀକୁ ପୂର୍ବଦିନ। ସକାଳ ପାହିବାକୁ ଅଳ୍ପ ସମୟ ଅଛି, ଆଉ ନିଦ ଲାଗିଲାନି। ଆଜି ଆସିବ ପତ୍ରିକା। ମୋତେ ଯିବାକୁ ହେବ ଭୋରର ଭୋରରୁ ମର୍ଣ୍ଣି ଓ୍ୱାକରେ ଯିବା ପରି। ପ୍ରତୀକ୍ଷା କରିବାକୁ ହେବ 'ପ୍ରତୀକ୍ଷା' ବସକୁ । କାଳେ ବସଟା ଆସି ଚାଲିଯିବ ଓ ମୁଁ ସେଇଠୁ ପତ୍ରିକା ସଂଗ୍ରହ କରି ପାରିବିନି, ଏଇ ଆଶଙ୍କା ମନରେ ବେଳେବେଳେ ଆସୁଥାଏ। ବସଷ୍ଟାଣ୍ଡରେ ବହୁ ସମୟ ପୂର୍ବରୁ ପହଂଚି ଅପେକ୍ଷା କଲି 'ପ୍ରତୀକ୍ଷା'କୁ। ବିଳମ୍ବରେ ଆସିଲା। ବସଷ୍ଟାଣ୍ଡରେ ବସ ଲାଗିବା ମାତ୍ରେ ଡ୍ରାଇଭର ପାଖକୁ ଗଲି। ପଚାରିଲି। ଡ୍ରାଇଭର ପତ୍ରିକା ପ୍ୟାକେଟ୍‌ଟା ମୋ ହାତକୁ ବଢ଼ାଇ ଦେଲା। ବହୁତ ଖୁସିରେ ତାକୁ ଧରି ଚାଲି ଆସିଲି ପ୍ରଦ୍ୟୁମ୍ନବାବୁଙ୍କ ଘରକୁ। ମତେ ଲାଗୁଥାଏ ମୁଁ ଗୋଟିଏ ଛୋଟ ମୋଟ୍‌ର ଯୁଦ୍ଧଟିଏ ଜିଣିଛି ଯେପରି। ପୁଣି ଭାବିଲି, ଜିଣିଛି ବୋଲି ଗର୍ବ କରିବା ଭଲ ନୁହେଁ। ଏହି ଯୁଦ୍ଧର ଅବଧି ସରିନାହିଁ। ଆହୁରି ଅଛି ଏଗାର ମାସ।

ପ୍ରଦ୍ୟୁମ୍ନ ବାବୁଙ୍କ ଘରେ ପହଂଚିବା ବେଳକୁ ସେ ସ୍ୱାଗତ କଲେ ମୋତେ। ତାଙ୍କର ଡ୍ରଇଂରୁମରେ ବସି ପତ୍ରିକା ପ୍ୟାକେଟ୍‌ଟାକୁ ଖୋଲିଲୁ। ଆମର ଆନନ୍ଦରେ ସାମାନ୍ୟ ଫିକା ପଡିଗଲା। ପ୍ରଥମତଃ ଦଶଟି ପତ୍ରିକା ବଦଳରେ ଆସିଛି ନଅ ଖଣ୍ଡ ପତ୍ରିକା। ଦ୍ୱିତୀୟରେ ହେଉଛି ପତ୍ରିକାର ସାଧାରଣ ସଂଖ୍ୟାର ମୂଲ୍ୟ ପଚିଶ ଟଙ୍କା ହିସାବରେ ବେହେରାବାବୁ ଆମଠୁ ପଇସା ନେଇଥିବା ବେଳେ, ପତ୍ରିକାର ଦାମ ଅଛି ମାତ୍ର ଦଶ ଟଙ୍କା। ପୁଣି ଠକି ଯାଇଥିବା ଦୁଃଖରେ ବୁଡିଗଲୁ ଆମେ ଦୁହେଁ। ମୁଁ ସଙ୍ଗେ ସଙ୍ଗେ ଫୋନ କଲି ବେହେରାବାବୁଙ୍କୁ। ଫୋନଟି ବାଜିଲା, କିନ୍ତୁ ଉଠାଇଲେ ନାହିଁ କେହି। ଏତେ ସକାଳୁ ସକାଳୁ କେହି ଉଠନ୍ତି ନାହିଁ ବୋଧହୁଏ। ପରେ ଦିନବେଳା ପୁଣି

ଥରେ ଫୋନ କଲାରୁ ଉଠାଇଲେ। କହିଲି। ସେ ମାନିଲେ ଯେ ଦଶଟି ପତ୍ରିକା ଜାଗାରେ ଦେଇଛନ୍ତି ନଅଖଣ୍ଡ ଓ ଆସନ୍ତା ମାସ ସେହି ଅଭାବକୁ ପୂରଣ କରିବେ। କିନ୍ତୁ ଦ୍ୱିତୀୟ କଥାକୁ ସେ ନ ମାନି କହିଲେ, ଭୁଲରେ ଦଶଟଙ୍କା ପ୍ରିଣ୍ଟ ହୋଇ ଯାଉଛି। ଆମେ ଆଶ୍ଚର୍ଯ୍ୟ ହେଲୁ ଦୁହେଁ। ସେମିତି କେମିତି ହେବ? କୋଡିଏ ଟଙ୍କିଆ ଜିନିଷକୁ ଦଶଟଙ୍କା ପ୍ରିଣ୍ଟ କଲେ କୋଡିଏ ଦେଇ କିଣିବ କିଏ? ବିକ୍ରେତା ବିକିବ କିପରି? ଲାଭ ହେବ କେତେ? ମହେଶ ବାବୁ ଯେ ନିଶ୍ଚିତ ଭାବେ ଆମକୁ ଠକି ଚାଲିଛନ୍ତି ଏକଥା ସ୍ପଷ୍ଟ ହୋଇ ଯାଇଥିଲା। ପରେ ଅନ୍ୟମାସମାନଙ୍କର ପତ୍ରିକାରେ ମଧ୍ୟ ଛପା ମୂଲ୍ୟ ଥିଲା ଦଶଟଙ୍କା।

ପ୍ରଦ୍ୟୁମ୍ନ ବାବୁ ଓ ମୁଁ ଆଶ୍ୱସ୍ତ ଥିଲୁ ନଅ ମାସ ପର୍ଯ୍ୟନ୍ତ । ମହେଶ ବାବୁଙ୍କ ଛୋଟ ଛୋଟ ମିଛମାନଙ୍କୁ ମନରୁ ଭୁଲି ଯାଇଥିଲୁ। ନବମ ମାସର ପତ୍ରିକା ପଠାଇବା ପରେ ମହେଶ ବାବୁ ପଚାରିଲେ- ଆପଣମାନେ ଆସନ୍ତା ବର୍ଷ ପାଇଁ ଯଦି ପତ୍ରିକା ନେବେ ଏବଠାରୁ ଟଙ୍କା ପଠାଇବାକୁ ହେବ ଓ ତାହା ପୁଣି ସାତ ଦିନ ମଧ୍ୟରେ ସିଦ୍ଧାନ୍ତ କରି ପଠାଇବେ। ଆମେ ଆସନ୍ତାବର୍ଷ ପାଇଁ ପତ୍ରିକା ଆଣିବାର ହିଁ ନ ଥିଲା। ଏତେ ଟେନସନ ନେବାର କି ଦରକାର? ଦଶ ଦଶ ଜଣଙ୍କର ମାନସିକତାର ଶୀକାର ହବ କିଏ? ପତ୍ରିକା ଆସିବାର ଡେରି ହେଲେ କେହି କେହି କଡା କଥା କହୁଥିଲେ। ପଚିଶ ଟଙ୍କା ପ୍ରତି ଖଣ୍ଡ ବୋଲି ନେଲେ କିନ୍ତୁ ପ୍ରତି ଖଣ୍ଡର ଦାମ ଅଛି ଦଶଟଙ୍କା,ଏଥିପାଇଁ ସେମାନଙ୍କ ଆଗରେ ଆମେ ଦୁହେଁ ମିଛୁଆ ବୋଲି ପ୍ରମାଣିତ ହୋଇସାରିଲୁଣି। ତଥାପି ଆମେ ମହେଶ ବାବୁଙ୍କୁ କହିଲୁ-ପତ୍ରିକା ଅଣାଯିବ ଆସନ୍ତା ବର୍ଷ ପାଇଁ । ମାତ୍ର ଦଶ ଖଣ୍ଡ ନୁହେଁ, କୋଡିଏ ଖଣ୍ଡ। ଅନ୍ୟ ସାଙ୍ଗ ସାଥି ମଧ୍ୟ ମାଗୁଛନ୍ତି ଆମକୁ ଖଣ୍ଡେ କାହିଁକି ଦେଉନ ବୋଲି। ଆମେ ମହେଶ ବାବୁଙ୍କୁ ମିଛ ପ୍ରତିଶ୍ରୁତି ଦେବାର ମାନେ ହେଲା ଆମେ ଯଦି ନାହିଁ କରିଦେବୁ ସେ ଆଉ ଅବଶିଷ୍ଟ ପତ୍ରିକା ପଠାଇବେ ନାହିଁ। ଆମେ ଅନ୍ୟମାନଙ୍କଠାରେ ଅପ୍ରିୟ ହେବୁ ଓ ଅବଶିଷ୍ଟ ଟଙ୍କା ହାତରୁ ଫେରସ୍ତ ଦେବାକୁ ହେବ ସେମାନଙ୍କୁ। ଏମିତି ମିଛ ଆଶ୍ୱାସନା ଦେଇ ମହେଶବାବୁଙ୍କୁ ରଖାଯାଉ ବର୍ଷଟିଏ ସରିବା ପର୍ଯ୍ୟନ୍ତ। ବାରଖଣ୍ଡ ପତ୍ରିକା ଆସିଲେ ଆମେ ଶାନ୍ତିରେ ନିଶ୍ୱାସ ମାରିବୁ ଓ ବାକି ପଇସା କେତେ ରହିଲା କେହି ହିସାବ କରିବେନି। ପ୍ରଦ୍ୟୁମ୍ନ ବାବୁ ଓ ମୁଁ ସିନା ଏପରି ଚିନ୍ତା କରି ମିଛ ପ୍ରତିଶୃତି ଦେଲୁ। ମହେଶ ବାବୁ କିନ୍ତୁ ଆମଠୁ ବହୁତ ଚାଲାଖ ଓ ଚତୁର। ସେ ଆମକୁ ପ୍ରତିଶ୍ରୁତି ଦେଇଥିଲେ ଆପଣ ଦୁହିଁଙ୍କର ସାକ୍ଷାତକାର ଆମ ସାପ୍ତାହିକ ପତ୍ରିକାରେ ଛାପିବା ବୋଲି। ସେ ଫୋନରେ ପ୍ରଶ୍ନ ଡାକିବେ ଓ ସେହି ପ୍ରଶ୍ନର ଉତ୍ତର ଡାକ ମାଧ୍ୟମରେ ଆମର ତିନୋଟି ବିଭିନ୍ନ ଭଙ୍ଗୀର ଫଟୋ ସହିତ ପଠାଇଲେ

ସାପ୍ତାହିକୀରେ ଛାପିବେ ସାକ୍ଷାତକାର। ଆମେ ଜାଣିଲୁ ଯେ ମହେଶବାବୁ ଆମକୁ ମିଛ ପ୍ରତିଶୃତିରେ ବାନ୍ଧି ରଖି ଆସନ୍ତା ବର୍ଷର ଗ୍ରାହକ ମୂଲ୍ୟ ଠକି ନେବାକୁ ଚାଲ କରୁଛନ୍ତି। କାରଣ ସାକ୍ଷାତକାର ଛାପିବା ଭଳିଆ ଲେଖକ ଆମେ ନ ଥିଲୁ କିମ୍ବା କୌଣସି ହଟଚମଟ ସୃଷ୍ଟି ହେବା ଭଳିଆ କାର୍ଯ୍ୟ ସାହିତ୍ୟ ଜଗତରେ ଆମେ କିଛି କରି ପାରି ନାହୁ।

ମହେଶ ବାବୁ ବାରମ୍ବାର ଫୋନ କରୁଥିଲେ। ପଚାରୁଥିଲେ ଆଗାମୀ ବର୍ଷ ପାଇଁ ପତ୍ରିକା ନେବେ ନା ନାହିଁ। ଆମେ କହୁଥିଲୁ ରହନ୍ତୁ, ବ୍ୟସ୍ତ ହୁଅନ୍ତୁ ନି। ଅତି କମ୍‌ରେ କୋଡିଏ ଲୋକଙ୍କୁ ଭେଟି ସିଦ୍ଧାନ୍ତ ନେବାକୁ ହେବ। ଏହି କଥା ଚାଲିବାବେଳେ ପଚାରି ଦେଉଥିଲୁ ତାଙ୍କ ପାଖରେ ଆମର ଗଚ୍ଛିତ ଟଙ୍କା କେଉଁ ମସ ପର୍ଯ୍ୟନ୍ତ ଅଂଟିବ। ପ୍ରେରିତ ପତ୍ରିକାର ମୂଲ୍ୟ ଓ ବସବାଲାକୁ ଦେଇଥିବା ଟଙ୍କାର ହିସାବ ସେ ନିଜେ ଦେଲେ। ବର୍ଷଟି ପୁରିବା ପରେ ତଥାପି ତାଙ୍କ ପାଖରେ ଯାହା ବଳକା ଟଙ୍କା ରହିଛି ସେହି ଟଙ୍କାରେ ଆହୁରି ଚାରି ମାସର ପତ୍ରିକା ଆମେ ପାଇ ପାରିବୁ। ଅଥଚ ସେ ଆସନ୍ତା ବର୍ଷ ପାଇଁ ଏବଠୁଁ କାହିଁକି ଟଙ୍କା ପଠାଇବାକୁ ଶେଷ ତାରିଖ ଦେଉଛନ୍ତି ?

ଦଶମ ମାସର ପତ୍ରିକା ପଠାଇବାର ସମୟ ବିତି ଯାଇଥିଲା। ମହେଶ ବାବୁଙ୍କୁ ପତ୍ରିକା ପଠାଇବାକୁ ଅନୁରୋଧ କଲୁ। ଆସନ୍ତାକାଲି ପଠାଇବାକୁ ପ୍ରତିଶୃତି ଦେଲେ। ମୁଁ ପ୍ରତ୍ୟେକ ଥର ପରି ତାଙ୍କୁ ସଂଧ୍ୟାରେ ପଚାରିଲି- ଆଜି ବସରେ ଆମ ପତ୍ରିକା ଦେଲେ କି ? ସେ କହିଲେ, ହଁ ଦେଇଛି।

ଆସନ୍ତାକାଲି ସକାଳକୁ ବସ ପହଂଚିବ ଆମ ସହରର ବସଷ୍ଟାଣ୍ଡ ପାଖରେ। ପାଂଚ ମିନିଟ ରହେ କି ନ ରହେ ଚାଲିଯାଏ। ଭୋର ଭୋରରୁ ସୁଖନିଦ୍ରା ତ୍ୟାଗ କରି ମୋତେ ପୂର୍ବଥରମାନଙ୍କ ପରି ଯିବାକୁ ହେବ ବସଷ୍ଟାଣ୍ଡ।

ଠିକ ସମୟର ପୂର୍ବରୁ ସେ ଷ୍ଟାଣ୍ଡରେ ଟହଲ ମାରିଲି। ଠିକ ସମୟରେ ବସ ଆସିଲା ସେ ଅଟକିବା ମାତ୍ରେ ଡ୍ରାଇଭର ପାଖକୁ ଯାଇ ପଚାରିଲି ମୋ ନାଁରେ ପତ୍ରିକା ପ୍ୟାକେଟ ଆସିଛି କି ? ସେ ମୁଣ୍ଡ ହଲାଇ ନାହିଁ କଲା। ସଙ୍ଗେ ସଙ୍ଗେ ମହେଶ ବାବୁଙ୍କୁ ଫୋନ କଲି । ଫୋନ ବାଜିଲା କିନ୍ତୁ ଉଠାଇଲେ ନାହିଁ। ମୁଁ ଭାବିଲି ଶୋଇଥିବେ ବୋଧହୁଏ। କିମ୍ବା ଲାଟ୍ରିନ ଯାଇଥିବେ। ପରେ ଚେଷ୍ଟା କରିବି। ଫେରି ଆସିଲି ଘରକୁ।

ଖାଲି ହାତରେ ଘରକୁ ଫେରି ଆସିବାବେଳକୁ ସ୍ତ୍ରୀ ମୋତେ ତାଚ୍ଛଲ୍ୟ ଭରା କଣ୍ଠରେ ପଚାରିଲେ- ଆସିଲା ତୁମର ପ୍ରିୟ ପତ୍ରିକା ? ମୁଁ ରାଗକୁ ସମ୍ଭାଳି କରି କହିଲି, ଆସିନି। ଅନ୍ୟଦିନ ଆସିପାରେ।

ମୁଁ ଗୋଟିଏ ସାହିତ୍ୟ ପତ୍ରିକା ମଗାଉଛି ଓ ସେଥିପ୍ରତି ଅତିରିକ୍ତ ମୋହ ରହିଛି ବୋଲି ମୋ ପିଲାମାନେ ଓ ଘରଣୀ ଜାଣିଛନ୍ତି । ସେମାନେ ଜାଣିଛନ୍ତି ଯେ ଏହି ପତ୍ରିକା ମଗାଇବାରେ ମୁଁ କେତେ ହନ୍ତସନ୍ତ ହେଉଛି । ଅନ୍ୟ ଆଠ ଜଣଙ୍କ ପାଖରେ ମୁଁ କେତେ ହୀନସ୍ତା ହେଉଛି ସେ କଥା ବି ସେମାନେ ଜାଣନ୍ତି । ମୁଁ ସେମାନଙ୍କୁ କୁହେନି, ମାତ୍ର ମୁଁ ଏହି ପତ୍ରିକା ସମ୍ବନ୍ଧରେ ଫୋନରେ ପ୍ରଦ୍ୟୁମ୍ନ ବାବୁଙ୍କ ସହିତ କଥାବାର୍ତ୍ତା ହେବାବେଳେ ସେମାନେ ଟିକିନିକି କଥା ବୁଝିନେଇ ପାରନ୍ତି । ଦିନେ ଘରଣୀ ସମ୍ଭାଳି ନ ପାରି କହିଥିଲେ, କଣ ସେ ପତ୍ରିକାଟି ନ ମଗାଇଲେ ହୁଅନ୍ତା ନାହିଁ । ଆଉ କଣ ପତ୍ରିକା ନାହିଁ ବଜାରରେ ? ମୁଁ କିଛି ଉତ୍ତର ଦେଇ ନ ଥିଲି ତାଙ୍କୁ ହଠାତ । ଭାବିଲି, ସତରେ ଠିକ କହୁଛନ୍ତି ସେ । ଗୋଟିଏ ପତ୍ରିକାର ଆସକ୍ତି ମୋତେ କେତେ ଦହଗଞ୍ଜ ନ କରୁଛି ସତେ । ମୁଁ ଜଣେ ସାଧାରଣ ପାଠକ । ଜଣେ ପତ୍ରିକା ପାଇଁ ଏତେ ଘିଚିଟାଣି ହେବାବେଳକୁ ପତ୍ରିକା ପ୍ରକାଶନ ସଂସ୍ଥାର ଟିକିଏ ବି ଚିନ୍ତା ନାହିଁ କେମିତି ପ୍ରସାର ଘଟିବ ପତ୍ରିକାର । ପୁଣି ସେହି ସଂସ୍ଥାରେ ମହେଶ ପରି ଠକ ଲୋକ ରଖିଛନ୍ତି ଯିଏକି ପାଠକଙ୍କୁ ଠକିବାରେ ଓସ୍ତାଦ ।

ମହେଶବାବୁ ତା ପରଦିନ ପତ୍ରିକା ଆସିବାର ପ୍ରତିଶୃତି ଦେଇଥିବାରୁ ପୂର୍ବଥରମାନଙ୍କ ପରି ମୁଁ ଭୋର୍‌ରୁ ଭୋର୍‌ରୁ ପୁଣି ବସଷ୍ଟାଣ୍ଡ ବାହାରିଲି । ମୁଁ ବାହାରିବାବେଳକୁ ଘରଣୀ ଓ ମୋ ଝିଅ ଚେଇଁ ଶୋଇଥିଲେ । ଏତେ ଭୋର୍‌ରୁ ମୁଁ କେବେ ଶଯ୍ୟା ତ୍ୟାଗ କରେନା । କେବଳ ପତ୍ରିକା ଆଣିବା ନିଶାଟା ମୋ ନିଦକୁ ଛଡାଇ ଦିଏ, ଏକଥା ଏମାନେ ଜାଣନ୍ତି । ମୁଁ ଉଠି ପ୍ୟାଣ୍ଟସର୍ଟ ପିନ୍ଧି ବାହାରକୁ ଯିବାକୁ ପ୍ରସ୍ତୁତ ହେବା ବେଳକୁ ସେମାନେ ମୋତେ କଣେଇ କଣେଇ ଦେଖୁଥିଲେ । ମୋତେ ଲାଗୁଥିଲା ସେମାନେ ମୋତେ ହସୁଛନ୍ତି । ଏତେ ଭୋର୍‌ରୁ ବାହାର ପଟର ଗେଟ ଖୋଲିବା ନିରାପଦ ନୁହେଁ ବୋଲି ମୁଁ ଯିବାବେଳେ ମୋ ଯିବାଟା ଜଣାଇ ଦେଇ ଯିବାକୁ ହୁଏ । ଘରଣୀକୁ କହିଲି, ମୁଁ ଆସୁଛି । ସେ ତାଚ୍ଛଲ୍ୟରେ କହିଲେ, କଣ ପତ୍ରିକା ପାଇଁ? ଆଜି କଣ ଆସିବ ? ମୋର ଇଚ୍ଛା ହେଉଥିଲା ଶୋଧିବାକୁ, ତୁମେ କଣ ଅମଙ୍ଗଳ ଚିନ୍ତା କରି କହୁଛ ଯେ ଆସିବନି ବୋଲି ? ତୁମକୁ କଣ ମହେଶ ବେହେରା କହିଛି ଫୋନରେ ଯେ ମୁଁ ପଠାଇନି, ଖାଲି ମଜା ଦେଖିବା ପାଇଁ ଦୌଡାଉଛି ଆପଣଙ୍କ ସ୍ୱାମୀଙ୍କୁ । ମୁଁ କିଛି କହିଲିନି । କାରଣ ସକାଳୁ ସକାଳୁ କାହିଁକି ଗୋଟାଏ ବାଦାନୁବାଦ, ପାଟିତୁଣ୍ଡ ହେବି । ମୁଁ କହିଲି, ଜାଣିଛ, ଆଜିଠୁ ମୋର ମର୍ଣିଂ ୱାକ ଆରମ୍ଭ ହେଲା ।

ବସଷ୍ଟାଣ୍ଡ ଯାଇ ବସ କଥା ବୁଝିଲି । ସେତେବେଳକୁ ବସ ଆସି ଥିଲା । ମାତ୍ର ଆସି ନ ଥିଲା ପତ୍ରିକା ପ୍ୟାକେଟ । ସଙ୍ଗେ ସଙ୍ଗେ ଫୋନ କଲି ମହେଶବାବୁଙ୍କୁ । ସେ

କାହିଁକି ମିଛ କହୁଛନ୍ତି ?ମଣିଷଟା ନିତି ଦୌଡୁଛି ବସଷ୍ଟାଣ୍ଡକୁ। ତାଙ୍କଠ କଣ ଦୟାମାୟା ବୋଲି କିଛି ନାହିଁ? ଫୋନ ଗର୍ଜିଲା। ସେ ପଟୁ ଉତ୍ତର ଆସିଲା-ବାପା ନାହାନ୍ତି। ଯାଇଛନ୍ତି ବସଷ୍ଟାଣ୍ଡକୁ। କାହାକୁ ପତ୍ରିକା ପଠାଇବାକୁ। ମୁଁ ଭାବିଲି, ଯା ହେଉ, ଆଜି ସେ ପତ୍ରିକା ପଠାଉଛନ୍ତି ଯାହା ଆସନ୍ତାକାଲି ପହଂଚିବ। ଖୁସି ଲାଗିଲା। ଆସନ୍ତାକାଲି ପୁଣି ଆସିବି ଇଚ୍ଛା ନ ଥିଲେ ବି। ଅନ୍ୟ ନଅ ଜଣଙ୍କଠୁ ଟଙ୍କା ଆଣି ପତ୍ରିକା ଦେବାର ବୋଝ ବୋହିଛି ଯେତେବେଳେ, ପଛଘୁଂଚା ଦେବି ବା କିପରି ? ମାତ୍ର, ମହେଶବାବୁଙ୍କ ପୁଅର ସ୍ୱରଟା ମୋତେ ସନ୍ଦେହ ଲାଗୁଥିଲା। ଲାଗୁଥିଲା ନିଜେ ମହେଶବାବୁ ତାଙ୍କ ସ୍ୱରକୁ ଟିକିଏ ବାଗେଇ କରି ନିଜ ପୁଅ ବୋଲି କହିଲେ।

ପରଦିନ ପୁଣି ବାହାରିଲି ସେହି ବସ ଆସିବାର ନିର୍ଦ୍ଦିଷ୍ଟ ସମୟରେ। ପତ୍ରିକା ଆସି ନ ଥିଲା। ମହେଶବାବୁଙ୍କୁ ଫୋନ ଲଗାଇଲି। ଫୋନ ଲାଗିଲାନି। ଯାନ୍ତ୍ରିକ ଉତ୍ତର ମିଳିଲା, ଫୋନ ସୁଇଚ ଅଫ ଅଛି। ମନେ ମନେ ଚିନ୍ତା କଲି, ମହେଶବାବୁଙ୍କୁ ଶୋଧିବି। ପୁଣି ଭାବିଲି , ଶୋଧି କି ଲାଭ ? ତାଙ୍କୁ ବିନୟ ଭରା କଣ୍ଠରେ କହିବି,ଦେଖନ୍ତୁ ସାର, ନଅଜଣଙ୍କର ହଟହଟା ସହି ପାରୁନି। ଜଣେ ଦି ଜଣ ଉତ୍ୟକ୍ତ ହେଲେଣି। ଗାଳି କରି କହିଲେଣି ମୁଁ ମିଛରେ ପତ୍ରିକା ନାଁରେ ସେମାନଙ୍କଠୁ ପଇସା ଠକି ଖାଉଛି। ସେମାନେ ମୋତେ ବାଡେଇ ବି ପାରନ୍ତି। ମୋତେ ରକ୍ଷା କରନ୍ତୁ ସାର। ଆଉ ଚାରି ମାସର ପତ୍ରିକା ଦୟାକରି ପଠାଇ ଦିଅନ୍ତୁ। ଆପଣ ନ ପଠାଇଲେ ଆପଣଙ୍କ ନାମକରା ଅନୁଷ୍ଠାନର ବଦନାମ ହେବ ନି କି ?

ମୁଁ ଜାଣେ, ଅନ୍ୟମାନେ ବି ଜାଣନ୍ତି, ମହେଶ ବାବୁ ଠକନ୍ତି। ପତ୍ରିକା ପଠାଇବାର ବିଳମ୍ବର ଅଯାଚିତ କୈଫିୟତ ଦେବାକୁ ଯାଇ ଥରେ ସେ କହିଥିଲେ, ତାଙ୍କର ସଂସ୍ଥାର ଜଣେ କାର୍ଯ୍ୟରତ କର୍ମଚାରୀଙ୍କ ହଠାତ ବିୟୋଗ ଘଟିଲା। ଆଉ ଥରକର ଆଳ ଥିଲା, ତାଙ୍କର କାକୀ ଜଣେ କ୍ୟାନସର ରୋଗରେ ମରିଗଲେ। ପୁଣି ଥରେ ଦି'ଥର ପତ୍ରିକା ପଠାଇ ପହଂଚି ନ ଥିବାର କୈଫିୟତ ଦେଇ କହିଥିଲେ ଯେ ହକରମାନେ ପତ୍ରିକା ବିକ୍ରି କରି ଦେଉଛନ୍ତି ସାର।

ମହେଶବାବୁଙ୍କ ମିଛର ଘନଘୋର ଅନ୍ଧାର ଭିତରେ କେଉଁଠି ଆଜିଯାଏ ବୋଧହୁଏ ଲୁଚିଥିଲା ଆଲୋକର କଣିକାଟିଏ। ସେଇ କଣିକାଟି ଏବେ ଲିଭି ଯାଇଥିଲା। ତାଙ୍କର ମୋବାଇଲ ଆଉ ବାଜୁନି। ପତ୍ରିକା ଆସିବାର ଆଉ କୌଣସି ସମ୍ଭାବନା ନାହିଁ। ମୁଁ ଆଉ ପ୍ରଦ୍ୟୁମ୍ନ ବାବୁ ବଡ ଅଡୁଆରେ ପଡିଲୁ। ପତ୍ରିକା ନେଉଥିବା ଅନ୍ୟମାନଙ୍କୁ କି ଉତ୍ତର ଦେବୁ ? ଟଙ୍କା ତ ନିଜ ହାତରୁ ଫେରାଇ ହେବ। ମାତ୍ର, ପତ୍ରିକା ସେମାନଙ୍କର ଦରକାର। କଣ କହି ସେମାନଙ୍କୁ ସନ୍ତୋଷ କରିହେବ ? ଭୁଲ ତ ହୋଇଛି ମୋର।

ଏବେ ବି ପାଖରେ ସେହି ଟଙ୍କା ପଠାଇଥିବା ରସିଦ ମହଜୁଦ ଅଛି। ତିନି/ଛଅ ଖଣ୍ଡ ପତ୍ରିକା ପାଇଁ କଣ କୋଟ କଚେରୀକୁ ଯିବି ? ଏଥିପାଇଁ କାହିଁକି ବା ମହେଶ ବାବୁ ପରି ଦରିଦ୍ର ଲୋକଟା ବିରୁଦ୍ଧରେ ତାଙ୍କ ମାଲିକଠାରେ ଅଭିଯୋଗ କରି ତାଙ୍କ ଦାନାପାଣି ଉପରେ ବାଧା ଦେବି ? ତେବେ କେମିତି ହେବ ଏହି ସମସ୍ୟାର ସମାଧାନ ?

ବହୁତ ଚିନ୍ତାକଲି। ଗୋଟିଏ ସରଳ ସମାଧାନ ବାହାର କଲି। ଇଚ୍ଛା ନ ଥିଲେ ବି ସେଇ ଅଶୁଭ କଥାଟି ମୋତେ ଅନ୍ୟମାନଙ୍କୁ କହିବାକୁ ହେଲା। ସମସ୍ତଙ୍କୁ କହିଲି, ମହେଶ ବାବୁ ମରିଗଲେ ହଠାତ। ଏଥର ପତ୍ରିକା ପାଇଁ ତାଙ୍କୁ ଫୋନ କରିବାରୁ ତାଙ୍କ ପୁଅ କହିଲା ଏକଥା।

■

'ଝଙ୍କାର' ଅଗଷ୍ଟ ୨୦୧୨ ସଂଖ୍ୟାରେ ପ୍ରକାଶିତ।

ଟଙ୍କା ଖସୁଛି

ଚଳନ୍ତା ଅଟୋର ଗର୍ଜନ ଭିତରେ ଝିମା ଗୋଟିଏ କଥା ଭାବୁଥିଲା, ଦୁନିଆଁ କେତେ ପରିବର୍ତ୍ତନଶୀଳ ସତେ। ଗୋଟିଏ ବର୍ଷ ପୂର୍ବେ ସେ ରହୁଥିଲା ଭୁବନେଶ୍ୱରରେ। ସେତେବେଳେ ଯାହା ଦେଖିଥିଲା ରାସ୍ତା ଘାଟର ସୁବ୍ୟବସ୍ଥା, ରାସ୍ତା ପାର୍ଶ୍ୱର ସୌନ୍ଦର୍ଯ୍ୟ କରଣ କାର୍ଯ୍ୟମାନ, ଆଜିକୁ ସେସବୁ ନାହିଁ। ସବୁ କିଛି ବଦଳି ଯାଇଛି । ସବୁ କିଛି ଲାଗୁଛି ନୁଆଁ ନୁଆଁ। ଆଜି ତାକୁ ଲାଗୁଛି, ସେ କେଉଁ ଭିନ୍ନ ସହରରେ ବିଚରଣ କରୁଛି। ବଡ ଏକ ସହରରେ। ସହରରେ ତ ନୁହେଁ ଭିନ୍ନ ଏକ ନଗରୀରେ। ତାହା ସେଦିନରେ ଭୁବନେଶ୍ୱର ନୁହେଁ ନିଶ୍ଚୟ। ଅନ୍ୟ ଏକ ସମୃଦ୍ଧିଶାଳୀ, ବଡଲୋକମାନଙ୍କ ପରଷ୍କାର ପରିଛନ୍ନ ଚକମକ ଏକ ସହର।

ଅଟୋଟି ସେଇ ନିର୍ଦ୍ଦିଷ୍ଟ ଗଳି ପାଖକୁ ପହଞ୍ଚିବା କ୍ଷଣି ଝିମା ମନରେ ଉଜ୍ଜିବୀତ ହେଲା ପୁରୁଣା ସ୍ମୃତି। କୌଣସି ପ୍ରକାରେ ଆଞ୍ଚୁଡି ହୋଇଗଲେ ପୁରୁଣା କ୍ଷତଟି ତାହା ଯେପରି ବେଦନାର ଦ୍ୱାରକୁ ଉନ୍ମୁକ୍ତ କରି ପକାଏ, ଠିକ ସେପରି। ସେହି ସ୍ମୃତି ତାକୁ ଟାଣି ନେଲା ବେଦନାର ସନ୍ତାପିତ ଦିଗକୁ।

ଯାକିଯୁକି ହୋଇ ଅନ୍ୟ ଯାତ୍ରୀମାନଙ୍କ ସହିତ ତା ପାର୍ଶ୍ୱରେ ବସିଥିବା ବାପାଙ୍କୁ ଝିମା କହିବାକୁ ଇଚ୍ଛା ହେଉଥିଲା - ଏଇ ଗଳି ଭିତରକୁ କିଛିବାଟ ଗଲେ ପଡିବ ସେଇ ଠକ ମହିଳାଙ୍କ ସଂସ୍ଥା, ବାପା।

ଝିମାର ମାଟ୍ରିକ ପରୀକ୍ଷା ପରେ ତାକୁ ସାଧାରଣ ସ୍କୁଲରେ ପଢ଼ାଇବାର ବାପାଙ୍କ ଇଚ୍ଛା ହୋଉ ନଥିଲା। ସାଧାରଣ ସ୍କୁଲରେ ଯେତେ ନମ୍ବର ରଖ, ଗୋଲ୍ଡ ମେଡାଲ ବି ହୁଅ, ଚାକିରି ଖଣ୍ଡେ ମିଳିବା କଷ୍ଟକର ହେଇ ପଡୁଛି। ମାତ୍ର, ଟେକ୍ନିକାଲ ଲାଇନରେ ପିଲାଙ୍କୁ ଛାଡିଲେ କୌଣସି ମତେ ଚାକିରିଟିଏ ମିଳି ଯାଉଛି- ତାହା ସରକାରୀ ହେଉ କି ବେସରକାରୀ। ସେଥିପାଇଁ ଝିମାକୁ ବାପା ଛାଡି ଦେଇଥିଲେ ଇଲୋକ୍ଟ୍ରୋନିକ୍ସ ଏଣ୍ଡ

ଟେଲିକମ୍ୟୁନିକେସନରେ ଡିପ୍ଲୋମା କରିବାକୁ। ଡିପ୍ଲୋମା ପାଠର ସମାପ୍ତି ପରେ ସେ ନେଟୱାର୍କି ଉପରେ ଏକ ବର୍ଷିକିଆ କୋର୍ସ କରିବାକୁ ଭୁବନେଶ୍ୱର ଗଲା। ତାକୁ ଆଉ ଡିଗ୍ରୀ କରାଇବାର ଯୋଜନା ନ ଥିଲା ବାପାଙ୍କର। କାରଣ ଦୁଇଟି ଜିନିଷ ଏଥିପ୍ରତି ପ୍ରତିବନ୍ଧକ ସୃଷ୍ଟି କରିଥିଲା। ଏକେତ ଆର୍ଥିକ ଦୂରବସ୍ଥା, ଦ୍ୱିତୀୟରେ ଝିମାର ବି ଇଚ୍ଛା ନ ଥିଲା ଡିଗ୍ରୀ କରିବାକୁ ଆଉ ଚାରିବର୍ଷ। ଅବଶ୍ୟ ଅର୍ଥର ଅଭାବ ହୋଇ ନ ଥାନ୍ତା, ଯଦି ଏଜୁକେସନ ଲୋନ ମିଳି ପାରିଥାନ୍ତା। ସେ ଯାହା ହେଉ, ଝିମା ଡିପ୍ଲୋମା ପରେ ଗୋଟାଏ ଦିଟା କମ୍ପୁଟର କୋର୍ସ କରି ଚାକିରିଟିଏ, ଛୋଟ ହେଉ କି ବଡ, ପାଇବାକୁ ଚାହିଁଥିଲା।

ଭୁବନେଶ୍ୱରରେ ରହୁଥିବା ଲେଡିଜ ହଷ୍ଟେଲକୁ ତା ପାଇଁ ଏକ ଦୈନିକ ସମ୍ବାଦପତ୍ର ମଗାଇଲା। ଉଦ୍ଦେଶ୍ୟ କେବଳ ଦେଶ ବିଦେଶର ସମ୍ବାଦ ଜାଣିବାର ନୁହେଁ, ବରଂ ସେଥିରୁ ବିଭିନ୍ନ ଅଫିସ କିମ୍ବା କମ୍ପାନୀରେ ଖାଲିଥିବା ଚାକିରିଗୁଡିକ ବିଷୟରେ ଜାଣିବାର। ସମ୍ବାଦପତ୍ରକୁ ତନ୍ନ ତନ୍ନ କରି ଦେଖେ ଝିମା। କୁଆଡେ ତା ଫେକଲ୍ଟିର ଡିପ୍ଲୋମାଧାରୀଙ୍କ ପାଇଁ ଚାକିରି ବାହାରିଛି କି ? ସେ ଖୋଜେ। ହତାଶ ହୁଏ। କାରଣ, ସେ ପଢ଼ିଥିବା ଇଟିସି ପାଇଁ ବାହାରିଥିବା ବିଜ୍ଞାପନ ଦେଖିବା ବେଳକୁ ସେଥିରେ ଆହ୍ୱାନ କରାଯାଇଥାଏ ଡିଗ୍ରୀ ପିଲାଙ୍କୁ। ମନେ ମନେ ଭାବେ ଡିପ୍ଲୋମା ପିଲାଙ୍କର କଣ କିଛି ମୂଲ୍ୟ ନାହିଁ? ସେ ଭଲା ପଢ଼ିଥାନ୍ତା ଆଗକୁ। ନ ପଢ଼ି ଭୁଲ କରିଛି କି ବୋଲି ଭାବି ହୁଏ ବେଳେବେଳେ। ପସ୍ତାଇ ହୁଏ ବି କେତେବେଳେ କେମିତି।

ଅକସ୍ମାତ ଦିନେ ପେପର ଦେଖୁଦେଖୁ ଝିମା କୁରୁଳି ଉଠିଥିଲା ଆନନ୍ଦରେ। 'ପ୍ରାରମ୍ଭ' ନାମକ ଏକ କନସଲ୍ଟେନ୍ସି ମାଗିଛି ଉଭୟ ଡିପ୍ଲୋମା ଓ ଡିଗ୍ରୀ ପିଲାଙ୍କୁ ବାୟୋଡାଟା। ସାତଦିନ ଭିତରେ ଦେବାକୁ ଧାର୍ଯ୍ୟ କରିଛି ସମୟ ସୀମା। ଝିମା ଭାବିନେଲା, ବୋଧହୁଏ ଇଣ୍ଟରଭ୍ୟୁ କିମ୍ବା ଲିଖିତ ପରୀକ୍ଷାର ଆବଶ୍ୟକତା ନାହିଁ। 'ପ୍ରାରମ୍ଭ'ର ବିଜ୍ଞାପନରେ ଦିଆଯାଇଥିବା ଫୋନ ନମ୍ବରରେ ଫୋନ କଲା ଝିମା। ନାରୀ କଣ୍ଠଟିଏ ଭାସି ଆସିଲା ସେପଟୁ- ମୁଁ ପ୍ରାରମ୍ଭରୁ କହୁଛି। କୁହନ୍ତୁ, କଣ ଚାହାନ୍ତି ? ଝିମା ଖୁସିରେ କହିଲା- ମାଡାମ, ନମସ୍କାର ! ଆଜିର ଏଡ୍ ଆପଣଙ୍କର ଦେଖିଲି। ମୁଁ ଜଣେ ପ୍ରାର୍ଥିନୀ, ଇଟିସି (ଇଲୋକ୍ଟ୍ରୋନିକ୍ସ ଏଣ୍ଡ ଟେଲି କମ୍ୟୁନିକେସନ) ଶିକ୍ଷାଗତ ଯୋଗ୍ୟତାର ଚାକିରି ପାଇଁ। ସେ ପଟୁ ମପାଚୁପା କଣ୍ଠରେ ଉତ୍ତର ଆସିଥିଲା, ଠିକ ଅଛି। ତୁମେ ନିଜର ବାୟୋଡାଟା ଦେଇଯାଅ ମୋ ଅଫିସରେ। ତୁମକୁ ଜଣାଇ ଦିଆଯିବ, କମ୍ପାନୀମାନେ ଯେତେବେଳେ ପିଲା ମାଗିବେ।

ଝିମା 'ଇଏସ ମାଡାମ' କହି ଫୋନ ରଖିଲା।

ଯଦିଓ ସାତଦିନ ଭିତରେ ବାୟୋଡାଟା ଦେବାକୁ ସମୟ ଥିଲା ପର୍ଯ୍ୟାପ୍ତ, ତଥାପି 'ଶୁଭସ୍ୟ ଶୀଘ୍ରଂ' ନ୍ୟାୟରେ ଝିମା ବାହାରିଥିଲା 'ପ୍ରାରମ୍ଭ'କୁ ତା ପରଦିନ। ବିଜ୍ଞାପନରେ ପ୍ରଦତ୍ତ ପ୍ଲଟ ନମ୍ବର ଅନୁସାରେ ଝିମା ଖୋଜି ବୁଲିଲା କେଉଁଠି ସେ 'ପ୍ରାରମ୍ଭ' ଅଛି ସହୀଦ ନଗରରେ। ବହୁତ ଆୟସରେ ସେ ଶେଷକୁ ପାଇଲା। ଅପଷ୍ଟେଆରରେ ଥିଲା ଏସିରୁମ। ବେଶ ସଫା ସୁତୁରା। ନିରାଡମ୍ବର। ବାହାର କୋଠରୀରେ ରିସିପସୋନିଷ୍ଟ। ତା ଭିତରକୁ ମାଡାମ, ସଂସ୍ଥାର ହେଡ। ଝିମା ପହଞ୍ଚିଥିଲା ମାଡାମଙ୍କ ପାଖରେ। ଝିମାକୁ ସାମ୍ନା ଚୌକିରେ ବସିବାକୁ ମାଡାମ କହିଲେ। ଝିମା ବସିଲା ଓ କହିଲା- ମାଡାମ, ଆଗରୁ ମୁଁ ଫୋନ କରିଥିଲି ଆପଣଙ୍କୁ। ମୋତେ ଆପଣ କହିଥଲେ ରିଜୁମଟା ଅଫିସରେ ଦେବାକୁ। ସେଥିପାଇଁ ଆସିଛି। ମାଡାମ ପଚାରିଲେ- ଆଣିଛ ? ଝିମା ପୂର୍ବରୁ କମ୍ପୁଟରରେ ପ୍ରସ୍ତୁତ କରିଥିବା ତା'ର ବାୟୋଡାଟାକୁ ମାଡାମଙ୍କୁ ବଢ଼ାଇ ଦେଇ କହିଲା, ଦେଖିବେ ମାଡାମ ଯେତିକି ଶୀଘ୍ର ଚାକିରିଟି ମିଳିଯାଏ। ମାଡାମ କହିଲେ, ଠିକ ଅଛି। ତୁମ ଫେକଲ୍ଟିର ପୋଷ୍ଟ ପାଇଁ ଯେତେବେଳେ କମ୍ପାନୀ ପିଲା ମାଗିବ, ପ୍ରଥମେ ତୁମକୁ କଲ କରିବି। ହଁ, ତୁମର ସେଲ ନମ୍ବରଟା ଦେଇ ଯାଇଛ ତ ? ଝିମା କହିଲା- ହଁ ମାଡାମ ଲେଖି ଦେଇଛି ରିଜୁମରେ।

ଫେରି ଆସିଥିଲା ଝିମା ଅନେକ ଆଶା ଆକାଂକ୍ଷା ମନରେ ବାନ୍ଧି। ସେ ଚାକିରିଟିଏ ପାଇବ। ବାପା ମା ତାର କେତେ ଖୁସି ହେବେ ସତରେ। ସାଙ୍ଗମାନେ ଖୁସିରେ କହିବେ, ମିଠା ଦେ। ବୋଉର ପାଦ ଆଉ ତଳେ ଲାଗିବିନି। ପାଖ ପଡିଶା ମହିଳାମାନଙ୍କୁ ସେ କହି ବୁଲିବେ ମୋ ଝିଅ ଚାକିରି କଲାଣି। ତା ପାଇଁ ଆଉ ଚିନ୍ତା ନାହିଁ। ବରପାତ୍ରମାନେ ଧାଡି ଲଗାଇବେ ତା ପଛରେ। ତା ଭାଇ ବି ଜଣ କହିବେ, ନାନୀ! ତୋ ଦରମାରୁ ଏଥର ଆମ ପାଇଁ ଡ୍ରେସ କିଣି ଦେବୁ। ପ୍ରଥମ ଦରମା ପାଇବା ଦିନ ରେଷ୍ଟୁରାଣ୍ଟକୁ ଯିବା। ଏପରି ଅନେକ ଭାବନାରେ ଖୁସି ହୋଇପଡୁଥିଲା ଝିମା।

କିଛି ଦିନ ପରେ କଲ ଆସିଥିଲା 'ପ୍ରାରମ୍ଭ'ର ମାଡାମ ପାଖରୁ। ସେ ସୂଚନା ଦେଇଥିଲେ ଯେ ଭାଗ୍ୟ ଇଲୋକ୍ଟ୍ରୋନିକ୍ସଙ୍କର ଆବଶ୍ୟକ ଅଛି ଜଣେ କର୍ମଚାରୀ। ଝିମା ଯାଇ ଦେଖାକରୁ ଭାଗ୍ୟ ଇଲୋକ୍ଟ୍ରୋନିକ୍ସର କର୍ମ କର୍ତ୍ତାଙ୍କୁ। ଯଦି ଇଣ୍ଟରଭ୍ୟୁରେ ସଫଳ ହୁଏ ସେ ପାଇଯିବ ଚାକିରି ସେଠାରେ। ଦିଦିନ ପରେ ଦଶଟା ସମୟରେ ସେଠାରେ ପହଞ୍ଚିବାକୁ କହିଲେ ମାଡାମ । ସେଇ ସଂସ୍ଥାର ଟେଲିଫୋନ ନମ୍ବରଟା ବି ଦେଲେ।

ଦିଦିନ ସାରା ଝିମା ଆଉ ଅନ୍ୟ କିଛି ପଢ଼ିଲାନି। କେବଳ ପୁରୁଣା ପାଠ

ଇଟିସିକୁ ଅଭ୍ୟାସ କଲା। କାରଣ, ଏହି ପୁରୁଣା ପାଠରୁ ହିଁ ଆସିବ ତା ପାଇଁ ପ୍ରଶ୍ନ। କାହିଁକି ନା ସେଠାରେ ଯେଉଁ ପୋଷ୍ଟଟିଏ ଖାଲି ଅଛି ତାହାର ସର୍ବନିମ୍ନ ଶିକ୍ଷାଗତ ଯୋଗ୍ୟତା ହେଉଛି ଇଟିସିରେ ଡିପ୍ଲୋମା । ସେ ଯଦି ମୌଖିକ ପ୍ରଶ୍ନର ସଠିକ ଉତ୍ତର ଦେଇ ପାରିବ ତେବେ ସେଇଠି ସେ ପୋଷ୍ଟି ପାଇଯାଇପାରେ। ଲିଖିତ ପରୀକ୍ଷାର ବ୍ୟବସ୍ଥା ନ ଥିଲା।

ସେଦିନ ବାହାରିଥିଲା ଝିମା ନିର୍ଦ୍ଦିଷ୍ଟ ସମୟର ଯଥେଷ୍ଟ ପୂର୍ବରୁ। ଠିକଣାଟାକୁ ପୁଣି ମନେ ପକାଇଲା। ମନେ ପକାଇଲା ବି ରାସ୍ତାଘାଟ ସଂର୍ପକରେ ସାଙ୍ଗ ସାଥିଙ୍କୁ ବୁଝିଥିବା କଥାକୁ। ଜୟଦେବ ବିହାର ଛକଠୁ ସେ ଯିବ ଦକ୍ଷିଣକୁ। ସେଇଠୁ କିଛି ପଥ ଅତିକ୍ରାନ୍ତ ହେବା ପରେ ପଡିବ ପଶ୍ଚିମକୁ ଏକ ରାସ୍ତା। ସେହି ରାସ୍ତାରେ ଗଲେ ଆଗକୁ ଗୋଟିଏ ହୋଟେଲ, ଯେଉଁଠି ଆସି ବେଶୀ ସଂଖ୍ୟାରେ ରହନ୍ତି ବିଦେଶୀ ପର୍ଯ୍ୟଟକ। ସେଇଠୁ ଦକ୍ଷିଣ ପଶ୍ଚିମ ଆଡକୁ ଲମ୍ବିଯାଇଛି ଏକ ସରୁ ଗଳି। ଗଳି ଭିତରକୁ ଟେମ୍ପୁ ଯିବନି। ଚାଲିଯିବା ଛଡା ଅନ୍ୟ ଗତି ନାହିଁ। ଝିମା ଚିନ୍ତା କଲା ସେହି ଗଳି ପର୍ଯ୍ୟନ୍ତ ଗୋଟାଏ ଟେମ୍ପୁ ରିଜର୍ଭ କରିବ କି? ପୁଣି ଭାବିଲା, ନା, ରିଜର୍ଭରେ ସେ ଯିବ ନି। କାରଣ ସେଠାକୁ ରିଜର୍ଭରେ ଗଲେ ନିହାତି ପକ୍ଷେ ଶହେ ଟଙ୍କା ନେବ। ବାଧିବ ତାକୁ ନିଶ୍ଚୟ ଯଦି ଚାକିରିଟା ନ ମିଳେ। ତେଣୁ, ସେ ଠିକ କଲା ସେୟାର ଟେମ୍ପୁରେ ମୁଖ୍ୟରାସ୍ତାରେ ଯେତେ ଦୂର ପର୍ଯ୍ୟନ୍ତ ଯାଇହେବ ଯିବ। ତାପରେ ଚାଲିଯିବ ପାଦରେ। ସେଇଟା ବା ସେଠୁ କେତେ ବାଟ ଯେ? କଥିତ ହୋଟେଲ ପାଖକୁ ଯଦି ସେୟାର ଟେମ୍ପୁ ମିଳେ ତ ଆହୁରି ଭଲ କଥା।

ମାତ୍ର, ହୋଟେଲ ପାଖକୁ ସେୟାର ଟେମ୍ପୁ ମିଳୁ ନ ଥିଲା। ମୁଖ୍ୟ ରାସ୍ତାରେ ଟେମ୍ପୁରୁ ଓହ୍ଲାଇ ଚାଲିଲା ଝିମା ପାଦରେ ଏକାଏକା ଭାଗ୍ୟ ଇଲୋକ୍ଟ୍ରୋନିକ୍ସ ସନ୍ଧାନରେ। ଚାଲି ଚାଲି ହାଲିଆ ହୋଇ ପଡିଲା। ଭଗବାନ ଉଦ୍ଦେଶ୍ୟରେ ମନେ ମନେ କହୁଥାଏ, ଚାକିରିଟା ମିଳିଯାନ୍ତା କି ଆଜି।

ହୋଟେଲର ଦକ୍ଷିଣ ପଶ୍ଚିମ କୋଣକୁ ଲମ୍ବି ଯାଇଛି କାହିଁ କେତେ ଦୂର ଗଳିଟିଏ। ଅଣ ଓସାରିଆ ଗଳି ଭିତରେ ଲୋକଙ୍କର କାଁ ଭାଁ ଦର୍ଶନ ମିଳୁଛି। ସେଠାରେ ଚଳପ୍ରଚଳ କରୁଥିବା ଲୋକଙ୍କୁ ସେ ପଚାରୁଛି ଭାଗ୍ୟ ଇଲୋକ୍ଟ୍ରୋନିକ୍ସ କୁଆଡେ ବୋଲି। ସେମାନେ କହୁଛନ୍ତି ଆଗକୁ ଅଛି। ଝିମା ଆଗକୁ ପାଦ ପଢ଼ାଉଛି। ଶେଷକୁ ଆଉ ପାରିଲାନି। ସେଲ ଫୋନ କାଢ଼ିଲା ଓ ଭାଗ୍ୟ ଇଲୋକ୍ଟ୍ରୋନିକ୍ସର ଫୋନ ନମ୍ବରକୁ ଡାଏଲ କଲା। କଲ ରିସିଭ କରିବା ମାତ୍ରେ ଝିମା ପଚାରିଲା– କୁଆଡେ ଅଛି ଆପଣଙ୍କର ଅଫିସ? ମୁଁ ଏଇ ଗଳିଭିତରକୁ ବହୁତ ଦୂର ଚାଲି ଆସିଲିଣି। ସେ ପଟୁ ଉତ୍ତର ଆସିଲା– ଏଇ, ମୁଁ

ତୁମକୁ ଦେଖି ପାରୁଛି। ତୁମ ଡାହାଣ ପଟର ଉପର ମହଲାକୁ ଦେଖ। ମୋତେ ଦେଖି ପାରିବ। ଝିମା ଦେଖିଲା ଜଣେ ପୌଢ଼ ବ୍ୟକ୍ତି ବାଲକୋନିରେ ତା ସହିତ କଥା ହେଉଛନ୍ତି। ତାକୁ ଦେଖିବାମାତ୍ରେ ସେ କହିଲେ- ଏଇଟି ଆମ ଅଫିସ। ତଳେ ଦେଖ ଲୁହା ଗ୍ରୀଲ ଅଛି, ସେଇଠି ଅଛି ଉପରୁ ରାସ୍ତା। ସେ ବାଟ ଦେଇ ଆସ। ଝିମା ଉପରକୁ ଉଠିଲା ନିର୍ଦ୍ଦେଶମତେ ଏକା ନିଶ୍ୱାସରେ। ସେଇପୌଢ଼ ବ୍ୟକ୍ତି ତାକୁ ଡାକିଲେ ଭିତରକୁ। ପ୍ରଥମ କୋଠରୀରେ ଗୋଟିଏ ଟେବୁଲ। ଟେବୁଲ ଦି ପଟେ ଦି'ଟି ଚୌକି ବିପରୀତ ଦିଗରେ। ଗୋଟିଏ ପଟେ ସେ ନିଜେ ବସି ଝିମାକୁ ଅନ୍ୟପଟେ ବସିବାକୁ କହିଲେ। ଝିମା ବସିଲା । କହିଲା ଯେ 'ପ୍ରାରମ୍ଭ' ତାକୁ ଏଠାକୁ ପଠାଇଛି। ପୌଢ଼ ଜଣକ ପଚାରିଲେ- ତୁମର ଘର କେଉଁଠି? ଝିମା କହିଲା- ବଲାଙ୍ଗୀର। ପୌଢ଼ କହିଲେ- ବଲାଙ୍ଗୀର ମୁଁ ଦେଖିଛି। ସେଠି ଥିଲି ମୁଁ ଦି ବର୍ଷ। ଭଲ ସୁନ୍ଦର ସହର। ସେଠୁ ମୁଁ ଯାଇଛି ବି ହରିଶଙ୍କର। ହରିଶଙ୍କର ଭାରି ଭଲ ଦର୍ଶନୀୟ ସ୍ଥାନ। ଆଚ୍ଛା, ତୁମ ବଲାଙ୍ଗୀରରେ ବହୁତ ଖରାପ ଲୋକ ଅଛନ୍ତି ନା? ପଇସା ଧାର ନେଇ ଆଉ ଫେରାନ୍ତି ନାହିଁ। ଝିମା ପ୍ରତିବାଦ କରି କହିଲା, ନା ତ । ସେପରି ଲୋକଙ୍କ କଥା ମୁଁ ଜାଣିନି। ତାଛଡା ସେପରି ଲୋକ ଅନ୍ୟତ୍ର ଯେ ନ ଥିବେ ଏହାର କଣମାନେ ଅଛି? କଥାର ଗତି ବଦଳାଇ ଦେଇ ପୌଢ଼ ଜଣକ ପଚାରିଲେ, ତୁମେ କେତେ ଭାଇ ଭଉଣୀ? ବାପା କଣ କରନ୍ତି? ଭାଉ ଭଉଣୀମାନେ କେଉଁ କେଉଁ କ୍ଲାସରେ ପଢ଼ନ୍ତି? ସବୁଥିର ଉତ୍ତର ଦେଇଥିଲା ଠିକ ଠିକ। ମନରେ ବିରକ୍ତ ହେଉଥିଲା ଏଇ ଆଜେ ବାଜେ ପ୍ରଶ୍ନରୁ କଣ ମିଳିବ ଯାଙ୍କୁ? ବିଷୟଗତ ପ୍ରଶ୍ନ ପଚାରନ୍ତେ ସିନା। ସେ ପରା ଦି ଦିନ ସାରା ଖାଲି ପଢ଼ିଛି ଯେ ପଢ଼ିଚି। ଶେଷରେ ପୌଢ଼ ଜଣକ କହିଲେ- ଯାଅ। ଝିମା ଆଶ୍ଚର୍ଯ୍ୟ ହୋଇ ପଚାରିଲା- ଇଣ୍ଟରଭ୍ୟୁ? ପୌଢ଼ ଜଣକ ହସ ହସ ହୋଇ କହିଲେ- ଏଇ ପରା ସରିଲା ଇନ୍‌ଟରଭ୍ୟୁ। ଦିଦିନ ପରେ ତୁମକୁ ଜଣାଇ ଯିଆଯିବ ଫଳାଫଳ। ଫୋନ ନମ୍ବରଟା ତୁମର ଦେଇ ଯାଅ। ଆଶ୍ଚର୍ଯ୍ୟ, ଆବେଗ ଓ ଉଦ୍‌ବିଗ୍ନର ଏକ ଫେଣ୍ଟା ଫେଣ୍ଟି ଭାବରେ ଗୋଳେଇ ହୋଇ ଝିମା ନମ୍ବରଟା ଦେଇ ଓହ୍ଲାଇ ଆସିଲା ସିଡିର ପାହାଚ ପରେ ପାହାଚ ହେଇ ସବା ତଳକୁ । ଗଳିର ଶେଷକୁ ଆସି ହୋଟେଲ ଛକରେ ପହଞ୍ଚିଲା । ପଛକୁ ଥରେ ଚାହିଁଲା ସେ ଛାଡି ଆସିଥିବା ରାସ୍ତାକୁ ଓ ଭୟଭୀତ ହୋଇପଡିଲା। ଭାବିଲା, ସତରେ ଏଇ ପ୍ରାୟ ଜନମାନବଶୂନ୍ୟ ଲମ୍ବା ଗଳି ଭିତରକୁ ଜଣେ ଝିଅପିଲା ଏକା ଏକା ଯିବା ନିରାପଦ? ସେ ସିନା ଚାକିରି ପାଇବାର ପ୍ରଲୋଭନରେ ଛୁଟି ଯାଇଥିଲା।

ଝିମା ମନକୁ ମନ ଭାବୁଥିଲା, ସେଇ ଭାଗ୍ୟ ଇଲୋକ୍ଟ୍ରୋନିକ୍ସରେ ଚାକରି ପାଇବାର ତାର ଭାଗ୍ୟ ବୋଧହୁଏ ନଥଲା। କାରଣ ସେ ଭାବୁଥିଲା, ସେଦିନ ତାହା

ତା ପାଇଁ ଇନଟରଭ୍ୟୁ ନ ଥିଲା । ସେହି ଅଫିସର ବୋଧହୁଏ ଦରକାର ବି ନ ଥିଲା ଜଣେ ଅତିରିକ୍ତ କର୍ମଚାରୀ। ଜଣେ ଚାକିରି ଆଶାୟୀ ଝିଅର ମଜାକ ଉଠାଇବାକୁ ଓ ତାକୁ ହନ୍ତସନ୍ତ କରିବାକୁ 'ପ୍ରାରମ୍ଭ'ର ମାଡାମ ଏଇ ବ୍ୟବସ୍ଥା କରିଥିଲେ ବୋଧହୁଏ। ନହେଲେ, ଦିଦିନ ପରେ କାହିଁକି କେବେ ବି ସେହି ଭାଗ୍ୟ ଇଲୋକ୍ଟ୍ରୋନିକ୍ସରୁ ତା ନମ୍ବରକୁ ତାର ସଫଳତାର ହେଉ କି ବିଫଳତାର ସୂଚନା ଦେଇ କଲଟିଏ ଆସି ନ ଥିଲା।

ହାଡୱେର ଓ ନେଟୱାର୍କରେ ଝିମାର କୋର୍ସ ଶେଷ ହୋଇ ଆସୁଥିଲା। ଆଉ, ଅନ୍ତଃତ ପନ୍ଦର ଦିନ ପରେ ଉନସ୍ଟିଚ୍ୟୁଟ ଛାଡିବ ସେ। ତାପରେ କଣ କରିବ ଭୁବନେଶ୍ୱରରେ । ବାପା କହୁଥିଲେ ଅନ୍ୟ କିଛି କୋର୍ସ ଯଦି ପଢ଼ିବାର ଅଛି ପଢ଼ିପକାଉ। କିଛ ଯଦି କରିବାର ନାହିଁ ଫେରିଯାଉ ଘରକୁ ? ଘରକୁ ଫେରିଗଲେ ବୋର ହୋଇଯିବ ଝିମା। ମା'ଙ୍କୁ ରୋଷେଇରେ ସାହାଯ୍ୟ କରିବା ବ୍ୟତୀତ ଅନ୍ୟ କି କାମ ଅଛି ତାର ଗାଁରେ ଯେ ! ଯା ଭିତରେ ଏଇ ଭୁବନେଶ୍ୱରରେ ଯଦି ଚାକିରି ଯୋଗାଡ ହୋଇଯାନ୍ତା କେତେ ଭଲ ହୁଅନ୍ତା ସତେ । ଝିମା ତାର ବାୟୋଡାଟାକୁ ଆଉ ଦୁଇଟି କନସଲଟେନ୍ସିରେ ଦେଇ ଆସିଥିଲା।

'ପ୍ରାରମ୍ଭ'ରୁ ଫୋନ ଆସିଥିଲା। ଏଥର ଆଉ ଇଣ୍ଟରଭ୍ୟୁ ହେବ ନାହିଁ। ସିଧାପୋଷ୍ଟିଂ ହେବ। ଆଉ ପୋଷ୍ଟିଂ ହେବା ପୂର୍ବରୁ ଝିମାକୁ ଦେବାକୁ ପଡିବ 'ପ୍ରାରମ୍ଭ'ରେ ମାସକର ଦରମା।

ଝିମା ଟଙ୍କା ଦେବାରେ ସମ୍ମତି ପ୍ରଦାନ କରିବା ସହିତ ବ୍ୟଗ୍ରତାରେ ପଚାରିଦେଇଥିଲା- କିଛି ପରବାଏ ନାହିଁ। ତେବେ, ମନ୍ଥଲି ସେଲେରି କେତେ କି ? ସେ ପଟୁ ଉତ୍ତର ଆସିଥିଲା- ସାତ ହଜାର ଟଙ୍କା।

ମନେ ମନେ ଖୁସି ହୋଇଯାଇଥିଲା ଝିମା। ଜଣାଇଥିଲା ଏଇ ବାର୍ତ୍ତା ବାପା ବୋଉଙ୍କୁ। ସେମାନେ କହିଥିଲେ, କିଛି ଚିନ୍ତା ନାହିଁ, କିଛି ଦ୍ୱିଧା ନାହିଁ ସାତ ହଜାର ଟଙ୍କା ଦେବାକୁ। ସରକାରୀ ଚାକିରିଟିଏ ହାତେଇବାକୁ ହେଲେ କେତେ ଧରକାରା ପଡେ। ଯାକୁ ହାତଗୁଞ୍ଜା ତାକୁ ହାତଗୁଞ୍ଜା କରି ଲକ୍ଷାଧିକ ଟଙ୍କା ଦେବାକୁ ପଡିଥାଏ। ସେଥିରେ ବି ଚାକିରିଟାଏ ପାଇବାର ପକ୍କା ପ୍ରତିଶୃତି ନଥାଏ। ସେହି ତୁଳନାରେ ଗୋଟିଏ ମାସର ଦରମା କନସଲଟେନ୍ସିକୁ ଦେବାରେ କଣ ବା କ୍ଷତି ଅଛି ? ପୁଣି ଏହି ଟଙ୍କା ଦେବାଟା ବେଆଇନ ନୁହେଁ କି ଲୋକାଚୋରାରେ ଦେବାର ନୁହେଁ । କାରଣ, ଏହି ଟଙ୍କାର ପ୍ରାପ୍ତି ସ୍ୱୀକାର କରି 'ପ୍ରାରମ୍ଭ' ରସିଦ ଖଣ୍ଡେ ମଧ୍ୟ ଦେବ ବୋଲି ମାଡାମ କହିଥିଲେ।

ଆଜିକାଲି ଅତ୍ୟାଧୁନିକ ବ୍ୟାକିଂ ବ୍ୟବସ୍ଥାରେ ବହୁତ ସୁବିଧା ରହିଛି । ଭାରତୀୟ ଷ୍ଟେଟ ବ୍ୟାଙ୍କ କୋର ବ୍ୟାଙ୍କିଂ ବ୍ୟବସ୍ଥା ହେବା ପରେ ପଇସା ପଠାଇବାର ଝନଝଟ ନାହିଁ । ନଚେତ, ପୋଷ୍ଟ ଅଫିସ ଯାଇ ମନିଅଡର କର । କମିସନ ଟଙ୍କା ବି ଦେବ । ଏଥର ଯେ ନିଜ ପାସବୁକରେ ଟଙ୍କା ଭର୍ତ୍ତି କରିଦେଲେ ନିଜ ଏଟିଏମ କାର୍ଡ ଦିଆଯାଇଥିବା ଅନ୍ୟ ବିଶ୍ୱସ୍ତ ଲୋକଟି ଏଟିଏମ କାଉଣ୍ଟରରୁ ତାଙ୍କୁ କାଢ଼ି ନେଇ ପାରିବ । ଏଥିରେ ଶୁଳ୍କାଦି ପଡିବ ନାହିଁ । ବାପା ତାଙ୍କ ପାସ ବୁକରେ ଭରି ଦେଇଥିଲେ ସାତ ହଜାର ଟଙ୍କା, ଆଉ ସେ ପଟୁ ବାପା ଦେଇଥିବା କାର୍ଡ ଦ୍ୱାରା ତାକୁ ଡ୍ର କରି ନେଇଯିବ ଝିମା ।

ସେଇଆ କଲା ଝିମା । ବାପା ଭରି ଦେଇଥିବା ଟଙ୍କାକୁ ସେ ଏଟି ଏମ କାର୍ଡରେ ଡ୍ର କରି 'ପ୍ରାରମ୍ଭ'ର ମାଡାମଙ୍କୁ ହସ୍ତାନ୍ତର କଲା । ମାଡାମ କହିଲେ ସାତଦିନ ଭିତରେ ପୋଷ୍ଟିଂ ହୋଇଯିବ ତୁମର । ଚାକିରିର ସ୍ଥାନ ହେଉଛି ଭୁବନେଶ୍ୱର ନଗରୀ ।

ମନେ ମନେ ଖୁସି ହେଲା ଝିମା, ଯା ବି ହେଉ, ସେ ଗୋଟିଏ ମଫସଲ ଗାଁରୁ ଆସି ଭୁବନେଶ୍ୱର ନଗରୀ ଭିତରେ ରହି ଗୋଟାଏ ବର୍ଷ ବିତାଇ ଦେଇଛି । ମନେ ଭାବି ନେଇଥିଲା ଚାକିରି ମିଳିଲେ ହୁଏ ତ କୌଣସି ବ୍ଲକ ଲେଭେଲ କିମ୍ବା ସବଡିଭିଜନାଲ ଲେଭେଲରେ ଓଡିଶାର ଅନ୍ୟ ଏକ ଦୂର ଅଦୂର ଭିନ୍ନ ସହରକୁ ତାକୁ ଯିବାକୁ ପଡିବ । ମାତ୍ର ତାହା ହେଉନି, ଏଇଠି ଏକା ତାକୁ ରହିବାକୁ ହେବ ।

ପରମ ଆଗ୍ରହ ଓ ଉତ୍କଣ୍ଠାରେ ବିତି ଯାଇଥିଲା ସାତ ଦିନ । କିଛି ଉତ୍ତର ଆସି ନ ଥିଲା । ଝିମା ଫୋନ ଲଗାଇଥିଲା ମାଡାମଙ୍କୁ । ମାଡାମ କହିଲେ- ବ୍ୟସ୍ତ ହେବାର କିଛି ନାହିଁ । ସେହି କମ୍ପାନୀର ଡି ଏମ ବିଦେଶ ଗସ୍ତରେ ଥିଲେ ତ ସେଥିପାଇଁ ଡେରି ହୋଇ ଯାଇଛି । ସେ ଦୁଇ ଦିନ ପରେ ଆସିଯିବେ । ତାପରେ ହେବ । ସେ ପୁଣି ପଚାରିଥିଲେ ଝିମାକୁ ଯେ ଆଉ ଜଣେ ଦି ଜଣ କ୍ୟାଣ୍ଡିଡେଟ ଅଛନ୍ତି କି ଝିମାର ଚିହ୍ନା ପରିଚିତ ? କମ୍ପାନୀ ଚାହୁଁଛି ଥରକୁ ଜଣେ ପୋଷ୍ଟିଂ ନ କରି ଥରକୁ ଦୁଇ ତିନି ଜଣକୁ ପୋଷ୍ଟି କରିଦେବ । ଝିମା ପ୍ରପୋଜ କଲା ତା ସଙ୍ଗରେ ପଢୁଥିବା ମିନିକୁ । ମାଡାମଙ୍କ ଉପଦେଶ ଅନୁସାରେ ମିନି ବି ପଠାଇଲା ତା ବାୟୋଡାଟା । ସାତ ହଜାର ଟଙ୍କା ବି ଦେଇ ଆସିଲା ପ୍ରାରମ୍ଭର ମାଡାମଙ୍କୁ ଯାଇ ।

ଦିଚାରିଦିନ ଗଡିଗଲା । ଝିମା ଆଉ ମିନି ପ୍ରତିଦିନ କ୍ଲାସରେ ଭେଟ ହେବା ମାତ୍ରେ ଜଣେ ଅନ୍ୟ ଜଣକୁ ପଚାରୁଥିଲା- ମାଡାମଙ୍କ ପାଖରୁ କିଛି ଖବର ଆସିଛି ? ଅନ୍ୟ ଜଣକ କହୁଥିଲା, ନା ତ କିଛି ନାହିଁ ।

ହଠାତ ଦିନେ ମାଡାମ ପାଖରୁ ଫୋନ ଆସିଲା । ସେ ଫୋନଟି ଚାକିରି

ପାଇବାର ସନ୍ଦେଶ ନେଇ ନୁହେଁ। ବରଂ, ଆଉ କିଛି ଟଙ୍କା ଦେବାର ସୂଚନା ନେଇ। ମାଡାମ କହିଥିଲେ- ଝିମା ଓ ମିନିକୁ ଆଉ ତିନି ହଜାର ଲେଖାଏଁ ଦେବାକୁ ପଡିବ କମ୍ପାନୀର ଟ୍ରେନିଂ ପାଇଁ। ଅର୍ଥାତ ପୋଷ୍ଟିଂ ହେବା ମାତ୍ରେ ସେମାନେ ଗୋଟିଏ ମାସ ଟ୍ରେନିଂ ନେବେ କମ୍ପାନୀ ତରଫରୁ। ତା ପରବର୍ତ୍ତୀ ମାସରୁ ନିୟମିତ ଭାବେ ଚାକିରିରେ ଯୋଗଦେବେ।

ମାଡାମଙ୍କ ପାଖରୁ ଝିମାଫୋନ ପାଇବା ବେଳକୁ ମିନି ପାଖରେ ନ ଥିଲା। ସେ ମିନିକୁ ଫୋନ ଲଗାଇ ଟ୍ରେନିଂ ଫି କଥା କହିଲା, ମିନି କହିଲା ଯେ ତା ନିକଟକୁ ମଧ୍ୟ ମାଡାମ ପାଖରୁ ଫୋନ ଆସିଥିଲା। ମିନି ତାର ପ୍ରତିକ୍ରିୟା ପ୍ରକାଶ କରି କହିଥିଲା ଯେ ତା ବାପା ତାକୁ ବିରୋଧ କରୁଛନ୍ତି। ସାତ ସାତ ହଜାର ଟଙ୍କା ତ ନେଲାଣି। ପୁଣି ତିନି ହଜାର କାହିଁକି ? ପ୍ରଥମେ ପୋଷ୍ଟିଂ ଅଡରଟା ଆସୁ। ସେମାନେ ନିଜେ କମ୍ପାନୀକୁ ଟ୍ରେନିଂ ପୂର୍ବରୁ ଟଙ୍କା ଦାଖଲ କରିବେ ନି କି ? କିନ୍ତୁ, ଏହିପ୍ରସ୍ତାବରେ ମାଡାମ ରାଜିହେଇ ନ ଥିଲେ। ସେମାନଙ୍କୁ ପୁଣି ଥରେ ତିନି ହଜାର ଲେଖାଏଁ ଦେବାକୁ ହେବ ପୋଷ୍ଟିଂ ହେବା ପୂର୍ବରୁ। ଏ ସମସ୍ତ କଥା ଶୁଣି ଝିମାର ବାପା ପରାମର୍ଶ ଦେଇଥିଲେ ପୁଣି ଥରେ ଆବଶ୍ୟକ ହେଉଥିବା ଟଙ୍କା ପଇଠ କରିଦେବାକୁ। ତାହା ନ କରି ଦ୍ୱନ୍ଦ ଭିତରକୁ ଯିବେବା କାହିଁକି ? ବରଂ, ତାହା ପଇଠ କରି ପୋଷ୍ଟିଂ ଆଦେଶ ପାଇବାର ପଥକୁ ସୁଗମ କରିବା ଉଚିତ।

ଦୁଇଟି ପର୍ଯ୍ୟାୟରେ ଦଶ ହଜାର ଲେଖାଏଁ ଦେଇ ଝିମା ଓ ମିନି କେବଳ ମଧୁର ସ୍ୱପ୍ନ ଦେଖିବାରେ ଲାଗିଲେ। ଆଜି ନୁହେଁ ତ ଆସନ୍ତାକାଲି ମିଳିବ ଚାକିରି। କିନ୍ତୁ, କେବେ ବି ମିଳୁ ନ ଥିଲା। ବାରମ୍ବାର ଫୋନ କରି ମାଡାମଙ୍କୁ ପଚାରିଲେ ଉତ୍ତର ଆସୁଥିଲା ବିଭିନ୍ନ ପ୍ରକାରର। କେବେ ସେ କହୁଥିଲେ ଡି ଏମ ଛୁଟିରେ ତ କେବେ ଡିଲିଙ୍ଗ ଆସିଷ୍ଟାଣ୍ଟଙ୍କ ସ୍ୱାସ୍ଥ୍ୟ ଖରାପ। କେବଳ ମଧୁର ମଧୁର ମିଛ ପ୍ରତିଶ୍ରୁତି। ଦିନେ ମିନି ମାଡାମଙ୍କୁ ପଚାରିଥିଲା- କେଉଁଠି ମିଳିବ କି ଆମକୁ ଚାକିରି ? ସେପଟୁ ଉତ୍ତର ଆସିଥିଲା- 'ବାଇକୋ ଇଣ୍ଡିଆ'ରେ। ଝିମା ଓ ମିନି ତାପରେ ଇଣ୍ଟରନେଟ ସାମ୍ନାରେ ବସିପଡି ଗୁଗୁଲ ସର୍ଚ୍ଚ କଲେ। ସତରେ 'ବାଇକୋ ଇଣ୍ଡିଆ' ନାମରେ ଅନୁଷ୍ଠାନଟିଏ ଅଛି ନା ନାହିଁ ? ଖୁସି ଓ ଉତକଣ୍ଠାରେ ଦେଖିଲେ ଯେ ଅଛି ସେମିତି ସଂସ୍ଥାଟିଏ। ଖୋଲିଲେ ତା ସମନ୍ଧୀୟ ବିବରଣୀ। ତା ବ୍ରାଞ୍ଚ ଅଛି ବି ଭୁବନେଶ୍ୱରର ମଞ୍ଚେଶ୍ୱରଠାରେ। ସେହି ସଂସ୍ଥାର ଅଫିସ କଣ୍ଟାକ୍ଟ ନମ୍ବର ପାଇ ଖୁସି ହୋଇ ଯାଇଥିଲେ। ସେହି ନମ୍ବରରେ ନିଜ ମୋବାଇଲରୁ ଫୋନ ଲଗାଇଲେ। ଝିମା ପଚାରରିଲା- ସାର, ପ୍ରାରମ୍ଭ କନସଲଟେନ୍ସି ତରଫରୁ ଝିମା ଓ ମିନି ନାମକ ଝିଅ ଦୁଇଟିଙ୍କୁ ଆନଗେଜମେଣ୍ଟ ଦେବାର ଅଛି କି ? ସେପଟୁ ଦୃଢ଼ ଓ

ସ୍ପଷ୍ଟ ସ୍ୱରରେ ଉତ୍ତର ଆସିଥିଲା- ନା। ଆମର କାହାକୁ ଆନଗେଜ କରିବାର ନାହିଁ। ବରଂ ଆମେ କିଛି କର୍ମଚାରୀଙ୍କୁ ଛଟେଇ କରିବାର ଅଛି।

ଆକଶରୁ ଖସି ପଡିଲେ ଝିମା ଓ ମିନି। କଣ କରିବେ ଏବେ। ଟଙ୍କା ଦେବାବେଳର ଦ୍ୱିତୀୟ ସର୍ତ୍ତକୁ ଉପଯୋଗ କରାଯାଉ ବୋଲି ସିଦ୍ଧାନ୍ତ ନେଲେ। ସେଥିରେ ସର୍ତ୍ତଥିଲା ଯେ ଯଦି ପ୍ରାର୍ଥିନୀ ଚାହିଁବେ ତାଙ୍କର ଟଙ୍କା ଫେରସ୍ତ ନେଇ ପାରିବେ। ମାଡାମଙ୍କୁ ଫୋନ କଲେ- ସେମାନେ ଚାକିରି କରିବେନି, ସେ ଟଙ୍କା ଫେରସ୍ତ କରି ଦିଅନ୍ତୁ। ମାଡାମ ରାଜି ହେଲେ । କହିଲେ- ମୁଁ ଫୋନ କରିବି ତୁମେ ଆସି ଟଙ୍କା ନେଇଯିବ।

ତାପରେ ଅନେକ ଦିନ ଧରି ମାଡାମଙ୍କର ଫୋନ ସୁଇଚ ଅଫ ହୁଏ। ମାଡମ ବୋଲି ସମ୍ମାନରେ ଡାକୁଥିବା ନାରୀ ଜଣକ ଏବେ ପ୍ରତାରକ ଭୂମିକାରେ ଠିଆ ହୋଇଛି। ଝିମା ଓ ମନିକୁ ନିଷ୍ଠୁର ଭାବେ ସେ କୁଠାରାଘାତ କରୁଛି। ସେ ଦୁହେଁ ତାର ଠକମୀର ଜାଲରେ ପଡିଯାଇଛନ୍ତି। ଏଥିରୁ ମୁକୁଳିବାର ବାଟ ନାହିଁ। ଝିମା ତ ପ୍ରଥମେ ପଶିଥିଲା ସେ ଜାଲ ଭିତରକୁ ନିଜ ଇଚ୍ଛାରେ ତାପରେ ତା ସହପାଠିନୀ ମିନିକୁ ବି ସେଠକୁ ଟାଣି ନେଇ ଫସାଇ ଦେଇଛି। ଝିମାର ବୋଉ ଝିମାକୁ କହୁଥିଲେ, କାହିଁକି ସେ ସେହି କନସଲଟେନ୍ସିକୁ ଯାଉଥିଲା ଯେ? ମାଡାମଙ୍କଠୁ ଟଙ୍କା ଫେରି ପାଇବା ପାଇଁ ତାଙ୍କ ନିକଟକୁ ମିନି ସଙ୍ଗେ ଝିମା ଯାଇ ଫେରିଲାଣି ପାଞ୍ଚଥର। କେବେ କହନ୍ତିନି ଦେବିନି ବୋଲି। ଆଜି ଆସ, ଆସନ୍ତାକାଲି ଆସ, ଆଜି ଅମୁକ ଅସୁବିଧା, ସମୁକ ଅସୁବିଧା, ସମୁକ ହେଲେ ପାଇ ଯିବ ଟଙ୍କା କହି ବିତିଗଲାଣି ମାସଟିଏ। ଅଟୋରେ ଯିବା ଆସିବାରେ ଖର୍ଚ୍ଚ ହୋଇଗଲାଣି ତିନିଶହ ସରିକି। ମିନି ଆଜି କ୍ଲାସ ଆସିନ ଥିଲା ଏବଂ ରିକ୍ରେସନ ସମୟରେ ଝିମାକୁ ଫୋନ କରି ପଚାରିଲା ଯେ କଣ କରାଯିବ ସେହି ଟଙ୍କା ଫେରସ୍ତ ବିଷୟରେ? ଝିମା ନିରପାୟ ହୋଇ କାନ୍ଦି ପକାଇଲା। ତାକୁ ଦୁଃଖ ଲାଗୁଥିଲା ଯେ ସେ କାହିଁ ମଫସଲରୁ ଆସିଛି ଭଲ ପାଠପଢ଼ି ଖଣ୍ଡେ ଚାକିରି ହାତେଇବା ପାଇଁ ସିନା, କଣ ଠକ ପ୍ରତାରକମାନଙ୍କ ହାବୁଡରେ ପଡି ଉବୁଟୁବୁ ହେବାକୁ?

ଝିମା ଆଖିରୁ ଲୁହ ପୋଛିଲା। ବାରଣ୍ଡାରେ ତାକୁ ଲକ୍ଷ୍ୟ କରି ଠିଆ ହୋଇଥିବା ସାରଥି ପଟେଲ ନାମକ ପିଲା ଯିଏକି ଝିମାକୁ ଭଉଣୀ ମାନ୍ୟ କରେ, ଦୌଡିବା ପ୍ରାୟେ ଚାଲି ଆସିଲା ଝିମା ପାଖକୁ। ଝିମା କାନ୍ଦିବାର କାରଣ ପଚାରିଲା। ଝିମା ନିଜର ସମ୍ମାନ ବଞ୍ଚାଇବାକୁ ହେଉ କିମ୍ବା ଠକାମୀରେ ପଡିଥିବା ଲଜ୍ଜାରେ ହେଉ କହିବାକୁ ରାଜି ନ ଥିଲା। ସାରଥି ବାଧ୍ୟକଲାରୁ ସେ କହିଲା ସଂକ୍ଷେପରେ। ସାରଥି

ପ୍ରତିଶ୍ରୁତି ଦେଇ କହିଲା- ଦିଅ ତୁମର ମନି ରିସିପ୍ଟ ମୋତେ, ମୁଁ ଫେରାଇ ଆଣିବି ସବୁ ଟଙ୍କା। ପ୍ରଥମ ଦିନ ତୁମେ ଓ ମିନି ମୋ ସଙ୍ଗରେ ଯିବ ମାଡାମ ପାଖକୁ ।

ଝିମା, ମିନି ଓ ସାରଥି ଯାଇ ପହଞ୍ଚିଥିଲେ ପ୍ରାରମ୍ଭ ଅଫିସରେ। ମାଡାମଙ୍କୁ ମିନି ଓ ଝିମା କହିଲେ ଯେ ତାଙ୍କ ଫେରସ୍ତ ପାଇବାକୁ ଥିବା ଟଙ୍କା ସାରଥିଙ୍କୁହିଁ ଦେବେ। ମାଡାମ ସରଳ ଶାନ୍ତ ଗଳାରେ କହିଲେ, ଆସନ୍ତୁ ଦି ଦିନ ପରେ, ନେଇ ଯିବେ। କଥା ପ୍ରସଙ୍ଗରେ ସେ ପଚାରି ନେଇଥିଲେ ସାରଥିଙ୍କର ପରିଚୟ।

ଝିମା ଓ ମିନି ଆଶାୟୀ ହେଲେ ଯେ ସାରଥି ଟଙ୍କା ଫେରସ୍ତ ଆଣିପାରିବେ। ସେ ଦୁହେଁ ସିନା ଓଡିଶାର କେଉଁ ଉପାନ୍ତ ଅଞ୍ଚଳରୁ ଆସିଛନ୍ତି ବୋଲି ମାଡାମ ତାଙ୍କ ସହିତ ଖେଳୁଛନ୍ତି, ସାରଥିଙ୍କ ଘର ତ ଖୋଦ ରାଜଧାନୀରେ। କେଉଁ ବାପଅଜା ଅମଳରୁ ରହନ୍ତି ଏଠି ଘରଦ୍ୱାର କରି। ତାଙ୍କୁ କଣ ଡରାଇ ପାରିବେ ମାଡାମ ?

ଅମିତ ପରାକ୍ରମ ନେଇ ଯୁଦ୍ଧ କ୍ଷେତ୍ରକୁ ଯାଇ ପରାସ୍ତ ହୋଇ ଫେରି ଆସିଥିଲେ ସାରଥି। ସେ କହିଥିଲେ ଏକ୍ସକ୍ୟୁଜ ମି। ପାଞ୍ଚଥର ଯାଇଛି ତା ପାଖକୁ। ସେ ଗୋଟିଏ ଗୋଧି। କିଛି ବାଧେନି ଯେତେ କଟୁ କଥା କହିଲେ ବି। ଏତେ କଟୁ କଥା ଶୁଣି ଅନ୍ୟ କେହି ଟଙ୍କା ଫେରସ୍ତ କରି ଦେଇଥାନ୍ତା। ତା ପାଖରେ ଦିନ ଦିନ ଧରି ବସିଛି ବି। କହିଛି ଆଜି ଟଙ୍କା ନ ଦେଲେ ଘରକୁ ଫେରିବି ନି ବୋଲି ଧମକ ବି ଦେଇଛି। ମାତ୍ର, କିଛି କାମ ଦେଲାନି। ମିଠା ମିଠା ପ୍ରତିଶ୍ରୁତି ଦେଇ ନିଜ ପ୍ରତି ଦୟା ପ୍ରବଣତା ସୃଷ୍ଟି କରି ଫେରାଇ ଦିଏ ମୋତେ। ମୁଁ ବା କଣ କରିବି ? ସେ ଯଦି ଜଣେ ମେଲ ପରସନ ହୋଇଥାନ୍ତା ନା, କଥାଟା ଅଲଗା ହୋଇଥାନ୍ତା। ଫିମେଲଟା ତ, ହାରିଗଲି।

ସାରଥିଙ୍କ କଥା ଶୁଣି ଝିମା ଓ ମିନି ଅସହାୟ ଭାବେ ହତାଶ ହୋଇପଡିଲେ। ସେମାନେ ବୁଝି ପାରିଲେ ସାରଥିର ଅସହାୟତାକୁ। କାଳେ ଯଦି ମାଡାମ ସାରଥି ନାଁରେ ମିସବିହେଭ କରିବାର ମିଛ ଅଭିଯୋଗ କରନ୍ତି ସାରଥି ଅଡୁଆରେ ପଡିଯିବେ।

ମିନି କହିଲା, ଚାଲ ଯିବା ଝିମା ମାଡାମ ପାଖକୁ। ଯଦି ଟଙ୍କା ନ ଦିଅନ୍ତି ଯାଚ୍ଛା ତା ଗାଳିଗୁଲଜ ପରି ଫେରି ଆସିବା।

ଝିମା କିନ୍ତୁ ରାଜି ହେଲାନି ମିନି କଥାରେ। ସେ କହିଲା, କଣ ହେବ ଲାଭ ସେଇଠୁ? କଂସାରୀ ଘରର ପାରାକୁ କୁଳା ଢ଼ାଉ ଢ଼ାଉ ? ଟଙ୍କା ମିଳି ଯିବ ? ବରଂ ଚାଲ ଯିବା ପୋଲିସ ଷ୍ଟେସନକୁ।

ମିନି କହିଲା, ବାପା କହୁଛନ୍ତି ପରା, ପୋଲିସ, କୋର୍ଟ କଚେରୀ କରି କିଛି ଲାଭ ନାହିଁ। କେସ ଚାଲିବ ବର୍ଷ ବର୍ଷ ଧରି। କିଏ ଦୌଡିବ ଭୁବନେଶ୍ୱର ତାରିଖକୁ

ତାରିଖ ? ଧନହାନୀ ପ୍ରାଣପୀଡା। ବରଂ, ଭାବିନିଅ ସେହି ଦଶହଜାର ଟଙ୍କା ପକେଟରୁ ଖସି ପଡିଲା କେଉଁଠି।

ଝିମା ସ୍ୱଗତୋକ୍ତି କରି କହିଲା- ଠିକ କହୁଛନ୍ତି ମଉସା। ମୋ ବାପାଙ୍କ ବି ସେଇ ମତ। ମୁଁ କିନ୍ତୁ ବିରୋଧ କରିଥିଲି ବାପାଙ୍କୁ ସେଦିନ। କହିଥିଲି- ତାହେଲେ ବାପା ଏମାନେ ସବୁ ରାଜଧାନୀରେ ବସି ଅସହାୟ, ନିରୀହ, ଚାକିରି ଆଶାୟୀ ପିଲାଙ୍କୁ ଲୁଟ କରି ଚାଲିଥିବେ ଦିନ ଦ୍ୱିପହରେ? ଆଉ ଆମେ ନିରବରେ ସହି ଯାଉଥିବା ସେମାନଙ୍କର ଉତ୍ପାତକୁ? ଅନ୍ତତଃ ଆମକୁ କିଛି ଗୋଟାଏ କରିବାକୁ ପଡିବ, ଯଦ୍ୱାରା ଅନ୍ୟମାନେ ଏପରି ଠକାମୀରେ ନ ପଡିବେ। ମୋର କଥା ଶୁଣି ବାପା ଯାହା କହିଲେ ସେଦିନ ମୁଁ ତାଙ୍କୁ ଉତ୍ତର ଦେବାକୁ ଅସମର୍ଥ ହେଇ ପଡିଲି ମିନି। କିଛି କହି ପାରିଲିନି।

ମିନି ଗଭୀର ଉତ୍ସୁକତା ସହିତ ପଚାରିଲା - କଣ କହିଲେ ମଉସା? ଝିମା କହିଲା- ବାପା କହିଲେ ଯେ ଯଦି ଆମ ପିଛାରେ ଗୁଣ୍ଡା ଲଗାଇ କିଛି ମିଚ୍‌ଚିଫ କରାଏ ମାଡାମ, କଣ କରି ପାରିବା ଆମେ? କିଏ ଅଛି ଆମର ଏଇ ବିରାଟ ନଗରୀରେ।

ଚୁପ ହେଇଗଲା ମିନି। କଥାଟା ଯେ ସତ ଏବଂ କିଛି ଅସମ୍ଭବ ନୁହେଁ ଆଜିକାଲିର ଏଇ କ୍ରାଇମ ପ୍ରୋନ ସୋସାଇଟିରେ, ହୃଦୟଙ୍ଗମ କଲା ମିନି।

ତେବେ କଣ କରିବେ ଝିମା ଓ ମିନି? ଦୁହେଁ ଠିକ କଲେ ଶେଷ ଥର ପାଇଁ ଯିବେ ମାଡାମ ପାଖକୁ। ନେହୁରା ହେବେ। ମୁଣ୍ଡିଆ ମାରିବେ ଟଙ୍କା ଫେରସ୍ତ କରିବାକୁ। ସେ ଦେବ ତ ଭଲ, ନ ଦେଲେ ଭୁଲି ଯିବେ। ସତରେ କଣ ଦୁହେଁ ଭୁଲି ପାରିବେ ଜୀବନରେ ଏପରି ପ୍ରତାରଣାକୁ?

ତାପର ଦିନ ଝିମା ଓ ମିନି ଯାଇଥିଲେ 'ପ୍ରାରମ୍ଭ' କନସଲଟେନ୍ସିକୁ। ମାଡାମ କିନ୍ତୁ ଛୁଟିରେ ଥିଲେ। ସେଦିନ ଅଫିସରେ ଥିଲେ ଅନ୍ୟମାନେ, ଅର୍ଥାତ ରିସିପସୋନିଷ୍ଟ, କିରଣୀ ଓ ଗେଟକିପର। ଝିମା ଓ ମିନି ଭାବୁଥିଲେ ବ୍ୟର୍ଥ ହେଲା ଆସିବାର। ମାତ୍ର, ଗୋଟିଏ ଖବର ପାଇ ଖୁସି ହୋଇଥିଲେ ଦୁହେଁ। କଥାଟି ହେଉଛି ଯେଉଁ ପାଞ୍ଚଜଣ ଝିଅ ପୁଅ ବିଭିନ୍ନ ଆଡୁ ଆସି ଉପସ୍ଥିତ ଥିଲେ, ସେମାନେ କେହି ବି ଆସିନ ଥିଲେ ଚାକିରି ଆଶାରେ। ସମସ୍ତେ ଆସିଥିଲେ ମାଡାମଙ୍କୁ ଭୁଲରେ ଦେଇଥିବା ଟଙ୍କା ଫେରସ୍ତ ନେବାକୁ।

ସେଦିନ ତାରିଖ ଦେଇଥିଲେ ମାଡାମ ସମସ୍ତ ଟଙ୍କା ଫେରସ୍ତ କରି ଦେବାକୁ। ଅଥଚ ଦେହ ଖରାପ ଆଳରେ ଅଫିସରେ ଅନୁପସ୍ଥିତ ଥିଲେ। ପୁଣି ଖବର ମିଳିଲା ଯେ ଶ୍ରୀକାନ୍ତ ନାମକ ଏକ ପିଲାଠୁ ମାଡାମ ନେଇଛନ୍ତି ୨୫ ହଜାର ଟଙ୍କା। ପିଲାଟି

ପୋଲିସ ଷ୍ଟେସନ ଯାଇ ଅଭିଯୋଗ କଲାରୁ ତାକୁ ଫେରାଇଛନ୍ତି ୧୦ ହଜାର। ଏଇ ସମସ୍ତ କଥା ପ୍ରକଟ ହୋଇଥିଲା ତିନିମାସର ଦରମା ପାଇ ନ ଥିବା ଅସନ୍ତୁଷ୍ଟା ରିସେପସୋନିଷ୍ଟଠାରୁ।

ଝିମା ମନରେ କେହି ଜଣେ ହାତୁଡି ପିଟି ଚେତେଇ ଦେଉଥିଲା। କହୁଥିଲା - ଏକ ହୁଅ। ସମସ୍ତେ ଏକ ହୁଅ। ଏହା ହେଉଛି ମାହେନ୍ଦ୍ର ମୁହୂର୍ତ୍ତ। ଅନ୍ୟାୟ ବିରୋଧରେ ଲଢ଼। ଅନ୍ୟାୟର ମୁକାବିଲା କର। ଝିମା ଉପସ୍ଥିତ ଅନ୍ୟ ପୁଅଝିଅଙ୍କ ସହିତ ଯୋଗାଯୋଗ କଲା। କହିଲା, ଆମକୁ ଏକ ହେବାକୁ ହେବ। କିଛି ଗୋଟାଏ କରିବାକୁ ହେବ। ମାତ୍ର, ସେଇଠି କେହି ଶେଷ ସିଦ୍ଧାନ୍ତରେ ପହଞ୍ଚି ପାରିନଥିଲେ। ସମସ୍ତେ ସମସ୍ତଙ୍କର ଫୋନ ନମ୍ବର ନେଇ ନିଜ ନିଜର ଗୃହକୁ ପ୍ରସ୍ଥାନ କରିଥିଲେ ଏକ ଆଶ୍ୱାସନାରେ ଯେ ଶେଷ ସିଦ୍ଧାନ୍ତଟି ନେବେ ଧିରେ ସୁସ୍ଥେ, ବୁଝିବିଚାରି। ଅବଶ୍ୟ ଗୋଟିଏ ସିଦ୍ଧାନ୍ତ ଅନ୍ତତଃ ସେଦିନ ନିଆ ଯାଇଥିଲା ଯେ ତାଙ୍କ ପରି ଠକାମୀରେ ପଡିଥିବା ଆହୁରି ଅନେକ ପିଲା ଅଛନ୍ତି। ସମସ୍ତଙ୍କୁ ଠୁଳ କରିବାକୁ ହେବ। ତା ପରେ ବିଦ୍ରୋହର ବହ୍ନି ତେଜିବାକୁ ହେବ ମାଡାମଙ୍କ ବିରୁଦ୍ଧରେ।

ପାଞ୍ଚଦିନ ପରେ ଝିମା ପାଖକୁ ଫୋନ ଆସଥିଲା। ତାକୁ କୁହାଯାଇଥିଲା ଯେ ଆସନ୍ତା ଗୁରୁବାର ଦିନ ମାନେ ଦୁଇଦିନ ପରେ ଦିନ ଦଶଟାରେ ଯିବାକୁ ହେବ 'ପ୍ରାରମ୍ଭ' ଅଫିସକୁ। ଅନ୍ୟ ସମସ୍ତେ ମଧ୍ୟ ଜମା ହେବେ ସେଠାରେ। ଟଙ୍କା ମଗାଯିବ ମାଡମଙ୍କୁ ଶେଷଥର ପାଇଁ। ଯଦି ନ ଦିଅନ୍ତି, ତେବେ ଦଳବଦ୍ଧ ହୋଇ ପୋଲିସ ଷ୍ଟେସନକୁ ଏତାଲା ଦେବାକୁ ଯିବେ ସମସ୍ତେ। ମନି ରିସିପ୍ଟର ଜେରକ୍ସ କପିମାନ ସଙ୍ଗରେ ଆଣିବାକୁ କୁହାଯାଇଥିଲା ଝିମାକୁ। ମିନି ପାଖକୁ ବି ସେମିତି ଖବର ଆସିଥିଲା।

ଝିମାର ବାପା ଝିମାକୁ ମନା କରୁଥିଲେ ସେହି ପ୍ରସ୍ତାବିତ ଏତଲା ଦେବା ଦିନ 'ପ୍ରାରମ୍ଭ'କୁ ଯିବାକୁ। ମିନିର ବାପା ବି। ସେମାନେ ମନା କରୁଥିଲେ ଝିଅଙ୍କର ସୁରକ୍ଷା ଦୃଷ୍ଟିରୁ। ମିନି ଓ ଝିମା ବୁଝିପାରୁଥିଲେ, ମାତ୍ର ସେମାନଙ୍କ ମନରେ କେହି ଜଣେ କହୁଥିଲା, ଏମିତି କଣ ଡରୁଆ ହୋଇ ଅନ୍ୟାୟକୁ ପ୍ରଶୟ ଦେଇହେବ? ସେମାନେ ଯଦି ପ୍ରତିରୋଧ ନ କରିବେ, ତେବେ କରିବ କିଏ?

ଝିମା ଓ ମିନି ଦୋ ଦୋ ପାଞ୍ଚ ହୋଇ ପହଞ୍ଚିଥିଲେ 'ପ୍ରାରମ୍ଭ'ରେ ସେହି ନିର୍ଦ୍ଧାରିତ ଦିନ। ନିରୂପିତ ସମୟ ଦଶଟାରେ ନୁହେଁ ବିଳମ୍ବରେ, ବାରଟାରେ। ସେଠି ଦେଖିଲେ ଯେ 'ପ୍ରାରମ୍ଭ' ଅଫିସ ଆଗରେ ସମବେତ ହୋଇଛନ୍ତି ପ୍ରାୟ କୋଡିଏ ସରିକି ପୁଅଝିଅ। ସମସ୍ତେ 'ପ୍ରାରମ୍ଭ'ର ଶିକାର ହୋଇଛନ୍ତି। କିଏ ଦେଇଛି ପଚିଶ ହଜାର ତ କିଏ ଦେଇଛି ପନ୍ଦର। ଆଉ କିଏ ଦଶ। ସମସ୍ତେ ଆଜି ସମବେତ ଏକାଠି।

ମାତ୍ର କାହା ବିରୁଦ୍ଧରେ ? ଆଜକୁ ଚାରିଦିନ ହେଲାଣି 'ପ୍ରାରମ୍ଭ' ଅଫିସ ବନ୍ଦ। କାହ ରି ଦେଖା ଦର୍ଶନ ନାହିଁ। ନା ଅଛି ରିସେପସୋନିଷ୍ଟ ନା ଅଛି ଜଗୁଆଳୀ। ନା କିରାନୀ। ବାଟରେ ଝୁଲୁଛି ମସ୍ତବଡ ତାଲାଟିଏ। ମାଡାମଙ୍କର ଫୋନ ନଟ ରିଚେବୁଲ। ରିସେପସୋନିଷ୍ଟର ଫୋନ ସୁଇଚ ଅଫ।

କ୍ରମ ବର୍ଦ୍ଧିଷ୍ଣୁ ସୂର୍ଯ୍ୟ କିରଣର ପ୍ରକୋପରୁ ରକ୍ଷା ପାଇବାକୁ ପିଲାମାନେ ପାଖରେ ଥିବା ଗଛମୂଳରେ ଜମାହେଲେଣି। ସେଇଠୁ ଆରମ୍ଭ କଲେଣି ଯାତ୍ରା ପୋଲିସ ଷ୍ଟେସନ ଆଡକୁ। ହଠାତ ଏକ ଠୋ ଶବ୍ଦରେ ଚମକି ପଡିଲେ ସମସ୍ତେ। କେହି ଜଣେ ଅସନ୍ତୁଷ୍ଟ ପୁଅ 'ପ୍ରାରମ୍ଭ କନସଲ୍ଟେନ୍ସି' ଲେଖାଥିବା ଗ୍ଲୋସାଇନ ବୋର୍ଡକୁ ମାରିଛି ଗୋଟିଏ ଟେକା। ସମସ୍ତଙ୍କ ଦୃଷ୍ଟି ସେପଟକୁ ଚାଲିଗଲା। ସମସ୍ତେ ଦେଖିଲେ ବୋଡଟି ଫାଟି ଯାଇଛି ଟେକା ମାଡରେ। ଗାନ୍ଧି ପରି ଦିଶୁଥିବା ଜଣେ ପିଲା ଆସି ସେଇ ଟେକା ମାରିଥିବା ପିଲାକୁ କହିଲା - ଭାଇ, ଏଥିରୁ କି ଲାଭ ପାଇବ ? ଜାତୀୟ ସମ୍ପତ୍ତି ନଷ୍ଟ ହେବ ଯାହା। ଟେକା ମାରିଥିବା ପିଲାଟି ଗାନ୍ଧି ପରି ଦିଶୁଥିବା ପିଲାକୁ ଖତେଇ ହୋଇ କହିଲା- ଜାଣିଛ ? ଏଇ ବୋଡ ଭିତରେ ଟଙ୍କା ଅଛି। ଟେକା ମାଡରେ ଖସି ପଡିଛି ମାଡାମକୁ ଦେଇଥିବା ମୋ ଟଙ୍କା। ମୁଁ ପାଇ ଯାଇଛି ମୋର ଟଙ୍କା। ତୁମେମାନେ ଯାଅ ପୋଲିସ ପାଖକୁ । ମୋର ଯିବାର ଦରକାର ନାହି, ଆସ୍ଥା ବି ନାହିଁ ପୋଲିସକୁ। ସଙ୍ଗେ ସଙ୍ଗେ ପାଖରେ ଥିବା ଅନ୍ୟ ପିଲାମାନେ ମଧ୍ୟ ସେ ବୋର୍ଡକୁ ଟେକା ମାରିଲେ ଫଟାଫଟ। ଝିମା ମଧ୍ୟ ଭାବୁଥିଲା, ସେ ନିଜେ ମାରିବ କି ଟେକା ଖଣ୍ଡେ ସେଇ ଗ୍ଲୋସାଇନ ବୋର୍ଡକୁ ?

ଝିମା ଟେକାଟିଏ ଉଠାଇବାବେଳକୁ ଦେଖିଲା ଗ୍ଲୋସାଇ ବୋର୍ଡଟି ଚୂର୍ଣ୍ଣ ବିଚୂର୍ଣ୍ଣ ହୋଇ ତଳେ ଖସି ପଡିଥିଲା।

■

'ଝଙ୍କାର' ଜୁନ ୨୦୧୧ ସଂଖ୍ୟାରେ ପ୍ରକାଶିତ ।

ତୁଳନା

ଶକ୍ତିଧର ମୋ ସାଙ୍ଗ। ତା ଗାଁ ଓ ମୋ ଗାଁ ପାଖା ପାଖି, ଗୋଟିଏ ପଞ୍ଚାୟତ ଭିତରେ। ତା ସହିତ ପ୍ରାଥମିକ ସ୍କୁଲରୁ ମୋର ପରିଚୟ। କଲେଜ ପର୍ଯ୍ୟନ୍ତ ପଢ଼ିଛୁ ବି ଦୁହେଁ ଗୋଟିଏ କ୍ଲାସରେ। ମାତ୍ର, ଚାକିରି କରିବାବେଳକୁ ଆମେ ବିଚ୍ଛିନ୍ନ ହୋଇ ଯାଇଥିଲୁ ପରସ୍ପର ପ୍ରତି। ମୁଁ ଏଇ ଦୁଇମାସ ତଳେ ସରକାରୀ ଚାକିରିରୁ ଅବସର ନେବାବେଳକୁ ଶକ୍ତିଧର ଏଇ ପାଞ୍ଚଦିନ ତଳେ ଅବସର ଗ୍ରହଣ କରିଛି।

ଶକ୍ତିଧରର ବିବାହ ହେଲା ମୋ ବିବାହଠୁ ଦୁଇବର୍ଷ ପୂର୍ବରୁ। ମୋର ବିଳମ୍ବ ବିବାହର କାରଣ ଥିଲା ମୋ ଭଉଣୀଟିଏ। ତା'ର ବିବାହ ପରେ ପରେ ମୋ ପାଇଁ କନ୍ୟା ଦେଖା ଆରମ୍ଭ କରିଥିଲେ ମୋ ମାଆବାପା। କିନ୍ତୁ ଶକ୍ତିଧରର ମୋ ପରି ସମସ୍ୟା ନ ଥିଲା। ସେ ଚାକିରି ପାଇବା ପରେ ପରେ ତା ବାପାବୋଉ ଲାଗି ପଡିଥିଲେ କନ୍ୟା ଦେଖାରେ। ଗୋଟିଏ ସୁପାତ୍ରୀ ଦେଖି ବାହା କରିଦେଲେ ଶକ୍ତିଧରକୁ। ଶକ୍ତିଧରର ବାହାଘରକୁ ମୁଁ ଯାଇଥିଲି ନିମନ୍ତ୍ରିତ ଅତିଥି ଭାବେ ନୁହେଁ, ଅନ୍ତରଙ୍ଗ ବନ୍ଧୁ ଭାବେ। ତା' ବାହାଘରର ଅନେକ ଦାୟିତ୍ୱ ସେ ମୋ ଉପରେ ନ୍ୟସ୍ତ କରିଥିଲା ଓ ସେସବୁକୁ ସୁଚାରୁ ରୂପେ ପରିଚାଳନା କରିଥିଲି ମୁଁ। ମାତ୍ର, ମୋ ବାହା ଘରକୁ ସେ ଆସି ପାରି ନଥିଲା। ମୋ ବାହାଘର ପାଇଁ ନିର୍ଦ୍ଧାରିତ ହୋଇଥିବା ତାରିଖ ଏପରି ଅସମୟରେ ପଡିଲା ଯେ ସେହି ସମୟ ଭିତରେ ଶକ୍ତିଧରର ପ୍ରଥମ ସନ୍ତାନର ସମ୍ଭାବିତ ଜନ୍ମ ଦିବସ ଡାକ୍ତରଙ୍କ ଦ୍ୱାରା ନିରୂପିତ ହୋଇଥିଲା। ଆସନ୍ନ ପ୍ରସବା ପତ୍ନୀଙ୍କୁ ଛାଡି ସେ ମୋ ବରାଦ ଯିବା ଦିନ ଆସି ପାରି ନ ଥିଲା ସିନା, ମୋ ବିବାହଭୋଜି ଦିନ ନିଜେ ଗୋଟିଏ ଘଣ୍ଟା ପାଇଁ ଆସି ଉପସ୍ଥିତ ରହିଥିଲା ମୋର ବାରମ୍ବାର ଅନୁରୋଧକୁ ରକ୍ଷାକରି। ସେ ମୋ ବାହାଘରେ କିଛି ଦାୟିତ୍ୱ ନେଇ ପାରି ନ ଥିବାରୁ ନିଜକୁ ଦୋଷୀ ମନେ କରୁଥିଲା।

କୁହେ, ଯିଏ ଯୁଆଡେ ପାରିଲା ଲାଗି ଯିବା କଥା କାମଧନ୍ଦାରେ। ଏଇ ଚାକିରି ମହଙ୍ଗା ଯୁଗରେ ସମସ୍ତଙ୍କୁ ସରକାରୀ ଚାକିରି ମିଳିବା ଆଶା ପୋଷଣ କରିବା ବୃଥା। ସେଥିପାଇଁ ଦିଟି ପିଲା ବ୍ୟବସାୟରେ ଲାଗିଛନ୍ତି। ଦି'ଟି କମ୍ପାନୀ ଚାକିରି ଓ ଅନ୍ୟଟି ଖୋଲିଛି ଏକ ଏନ.ଜି.ଓ.ଟିଏ।

ଅନେକଥର ଆମେ ଶକ୍ତିଧରର ଘରକୁ ଯାଇଛେ। ସେମାନେ ଆସିଛନ୍ତି ଆମ ଘରକୁ। ଶକ୍ତିଧରର ପିଲାମାନଙ୍କ ବାହାଘରକୁ ଯାଇ ଦିଦିନ ଲେଖାଏଁ ରହି ଆସିଛୁ। ଦି ଦିନ ନ ରହିଲେ ଶକ୍ତିଧର ଛାଡେ ନି। ସେ କୁହେ- ଆରେ, ତୁ କଣ ଲଫାପା ଅତିଥି ଯେ ଆସିବୁ ଆଉ ଭୋଜି ଖାଇ ଓ ଚାଲିଯିବୁ ସଙ୍ଗେ ସଙ୍ଗେ ? ଅତି କମରେ ଦିଦିନ ରହିବୁନା ଆମ ଘରେ । ଆମ ଘରେ ତୋର ଅସୁବିଧା କ'ଣ ଯେ!

ପ୍ରକୃତରେ ମୋର କିଛି ଆପତ୍ତି ନାହିଁ ଶକ୍ତିଧରର ଘରେ ରହିବା ପାଇଁ। ଆପତ୍ତି କରନ୍ତିନି ମୋର ପତ୍ନୀ ମଧ୍ୟ ସେମାନଙ୍କ ସ୍ନେହ ସଉକି ଦେଖି। ମାତ୍ର, ମୋ ସ୍ତ୍ରୀ କହନ୍ତି ଯେ ଶକ୍ତିଧରର ସ୍ତ୍ରୀଙ୍କ ଅହଙ୍କାରକୁ ସେ ପସନ୍ଦ କରନ୍ତି ନି। ତାଙ୍କୁ ଲାଗେ ସତେ ଯେପରି ଶକ୍ତିଧରର ପତ୍ନୀ ତାଙ୍କୁ ବିଦ୍ରୁପ କରନ୍ତି ପରୋକ୍ଷରେ। ମୁଁ ଥରେ ପଚାରିଲି ସ୍ତ୍ରୀଙ୍କୁ କଥାଟି ସ୍ପଷ୍ଟ କହିବାକୁ। ସେ କହିଲେ- ତାଙ୍କର ଗର୍ବ ଯେ ତାଙ୍କର ପାଞ୍ଚ ପାଞ୍ଚଟି ପୁଅ। ନାତି ନାତୁଣୀରେ ପୂରି ଉଠିବ ଘର। ମଲାଯାଏ ସେ ଏକଲା ହେବେନି କେବେ।

ମୁଁ ଅନୁଭବ କଲି ମୋ ସ୍ତ୍ରୀ ଆଗରେ ଏମିତି କହିବା ଅର୍ଥ ନିଜର ଗର୍ବ ପ୍ରକାଶ କରିବା ହୋଇଥାଇ ପାରେ। ମାତ୍ର, ପରୋକ୍ଷରେ ଆମର କଥା ସେ କହନ୍ତି ଯେପରି- ତୁମର ଏକମାତ୍ର କନ୍ୟାକୁ ବିବାହ କରିଦେଲେ ତୁମ ପାଖରେ ଆଉ ରହିବ କିଏ ତୁମର ଦେଖାରେଖା କରିବା ପାଇଁ ବୃଦ୍ଧ ବୟସରେ ?

ଶକ୍ତିଧରଠୁ ଆମ ଘର ପ୍ରାୟ ତିନି କିଲୋମିଟର। ଅବସର ନେବା ପରେ ଶକ୍ତିଧରର ସମୟ ନାତି ନାତୁଣୀ ମେଳରେ କଟି ଯାଉଛି। ସେଥିପାଇଁ ସେ ପୂର୍ବ ପରି ଆସି ପାରୁନି ଆମ ଘରକୁ। ବେଳେବେଳେ ଫୋନକରେ ଆମକୁ ତା ଘରଆଡକୁ ବୁଲିଯିବାକୁ।

ସେଦିନ ଫୋନ କରିଥିଲା ଶକ୍ତିଧର। ମୋ ଝିଅ ଓ ସ୍ତ୍ରୀ ଯାଇ ପହଞ୍ଚିଥିଲୁ ତା ଘରେ। ମୋ ଝିଅର ବିବାହ ପ୍ରସ୍ତାବ ଠିକ ହୋଇଥିବା କଥା ବି ଜଣାଇଦେବାର ଥିଲା ତାକୁ।

ଶକ୍ତିଧରର ଘରେ ପହଞ୍ଚି ଦେଖିଲି ବିଷାଦର ଛାୟା। ପୂର୍ବର ଆଉ ଗହଳ ଚହଳ ନ ଥିଲା। କାରଣ କଣ ପଚାରିଲି ଶକ୍ତିଧରକୁ। କଥାଟି ହେଉଛି ଶକ୍ତିଧରର ଦି ପିଲା, ଯେଉଁମାନେ ପାଖରେ ରହି ଚାକିରି କରି ଆସୁଥିଲେ, ଏବେ ବଦଳି ହୋଇଛନ୍ତି

ଅନ୍ୟତ୍ର। ସେ ଦୁହେଁ ଚାଲି ଗଲେଣି ନିଜ ପିଲାପିଲିଙ୍କି ଧରି ନୂତନ କର୍ମସ୍ଥଳୀକୁ। ନିକଟ ସହରକୁ ପ୍ରତିଦିନ ଯା'ଆସ କରି ହନ୍ତସନ୍ତ ହେଉଥିବେ ବା କାହିଁକି ? ସେଠି ସ୍ତ୍ରୀ ପିଲା ନେଇ ଶାନ୍ତିରେ ରହିବେନି କାହିଁକି ? ଆଉ ଦି ପଲାଙ୍କ ଭିତରୁ ଜଣକର ଦୋକାନ ଚଳିଲାନି। ସେ ଚାଲିଗଲାଣି ଅନ୍ୟ ଏକ ସହରକୁ, ଯେଉଁଠି ତା ଶ୍ୱଶୁରଘରେ ତା ବ୍ୟବସାୟରେ ସହାୟକ ହେଉଛନ୍ତି। ଅନ୍ୟ ବ୍ୟବସାୟୀ ପୁଅଟିର ବ୍ୟବସାୟ ମନ୍ଦ ଚଳୁନି ଏଠାରେ । ମାତ୍ର, ସେ ସନ୍ତୁଷ୍ଟ ନୁହେଁ ଏତିକିରେ । ସେ ଏକ ବଡ ସହରରେ ଷ୍ଟଲ ଯୋଗାଡ କରି ସେଠାକୁ ଚାଲି ଗଲାଣି ବଡ ଏକ ଧନ୍ଦା ଚଳାଇବାକୁ। ଆଉ ସବା ସାନ ପୁଅଟା ତ ଏନ.ଜି.ଓ. ଖୋଲିଛି ପୂର୍ବରୁ ନିକଟ ସହରରେ। ସେ ସେଠାକୁ ଯାଇ ରହିବ ବୋଲି କହୁଛି କାରଣ ଗାଁରେ ଥାଇ ସବୁ କାମକୁ ଆକଟ କରି ପାରୁନି।

ଶକ୍ତିଧର କହୁଥିଲା, ଏତେ ଘର ଦ୍ୱାର କାହା ପାଇଁ ମୁଁ ତିଆରିଥିଲି ? ମୋ ସ୍ତ୍ରୀ ଲକ୍ଷ୍ୟ କରୁଥିଲା, ଶକ୍ତିଧରର ସ୍ତ୍ରୀଙ୍କର ଅସହାୟତାକୁ। ତାଙ୍କ ଭିତରେ ଭାଙ୍ଗି ଯାଉଥିବା କାଚ ପରି ଅହଙ୍କାର ଓ ଗର୍ବ ସବୁକୁ।

ମୋ ସ୍ତ୍ରୀ ଏକାନ୍ତରେ ମୋତେ କହିଲେ- ଦେଖିଲ, ତାଙ୍କର କେତେ ଗର୍ବ ଥିଲା ଯେ ତାଙ୍କର ପାଞ୍ଚ ପାଞ୍ଚଟି ପିଲା। ଆଉ ଆମର ଗୋଟିଏ ଗୋଟିଏ ଝିଅ ବୋଲି କେମିତି ବିଦ୍ରୁପ କରୁଥିଲେ। ଝିଅକୁ ବିଦା କରିଦେଲେ ତା ଶାଶୁଘରକୁ ବୁଢ଼ାବୁଢ଼ୀ ବ୍ୟତୀତ କିଏ ରହିବ ବୋଲି ହସୁଥିଲେ। ତାଙ୍କର ଅବସ୍ଥା ଏବେ ହେଲା କଣ ? ଘରକୁ ଆବୋରି ରହିଲେ କି ପାଞ୍ଚ ପାଞ୍ଚଟି ପିଲା।

ମୁଁ ସ୍ତ୍ରୀ କହିବା କଥାର ସତ୍ୟତା ଅନୁଭବ କରୁଥିଲି। ତଥାପି କହିଲି- କେହି ରହିବାନି ଏଠାରେ। ସମସ୍ତେ ଯିବା ନିଜ ନିଜ ବାଟରେ।

■

'ଯୁଗଶ୍ରୀ ଯୁଗନାରୀ' ଜୁନ ୨୦୧୦ ସଂଖ୍ୟାରେ ପ୍ରକାଶିତ।

ଅଲୋଡା ଅନୁକମ୍ପା

ଗୋବିନ୍ଦ ପଧାନ ବିଷପାନ କରି ଆତ୍ମହତ୍ୟା କରିଥିବା କଥାଟି ରାଜ୍ୟସାରା ଚର୍ଚ୍ଚର ବିଷୟ ପାଲଟି ଯାଇଥିଲା। ସେ ଜଣେ ଛୋଟିଆ ଚାଷୀ। ଏବର୍ଷ ବର୍ଷା ଅଭାବରୁ ଚାଷ ହେଲାନି। ଧାନ କ୍ଷେତ ରୌଦ୍ର ତାପରେ ଜଳିଗଲା। ଅମଳ କରାଯିବ କଣ, ଗାଈଗୋରୁଙ୍କୁ ଚରିବାକୁ ଛାଡି ଦିଆଗଲା। ବଡ ଆଶା କରିଥିଲା ଗୋବିନ୍ଦ, ଧାନ ଅମଳ ପରେ ଧାନବିକ୍ରି କରି କରଜ ଟଙ୍କାତକ ସୁଝି ଦେବ। ଏପରି ଅବସ୍ଥାରେ କରିବ କଣ ? ବହୁ ମାନସିକ ଚାପରେ ସେ ଥିଲା। ସେଦିନ ପୋକମରା ଔଷଧ ଖାଇ ଦେଇଥିଲା।

ବିଲୁଆ ପଦର ଗାଁର ଗୋବିନ୍ଦ ପଧାନ ଘରେ କାନ୍ଦ ବୋବାଳି। ତାର ସ୍ତ୍ରୀ ଓ ମାଆ ବାପାଙ୍କର ବୁକୁଫଟା କ୍ରନ୍ଦନ ଏକ କରୁଣ ପରିବେଶ ସୃଷ୍ଟି କରିଥିଲା। ଏହି କରୁଣ ଦୃଶ୍ୟଟି କେବଳ ସେହି ଗାଁରେ ନୁହେଁ ସମଗ୍ର ରାଜ୍ୟରେ ପ୍ରସାରିତ ହୋଇ ଚାଲିଥିଲା ଟିଭି ମାଧ୍ୟମରେ। କାହିଁ ପାନ ଦୋକାନ କାହିଁ ଚା ଦୋକାନ କାହିଁ କାର୍ଯ୍ୟାଳୟ ସବୁଠି ଲୋକେ ଏ ବିଷୟରେ ଚର୍ଚ୍ଚା କରୁଥିଲେ। ଏପରିକି ମନ୍ତ୍ରୀ ଯନ୍ତ୍ରୀ ନେତା ଅଭିନେତାଙ୍କ ନିକଟରେ ପହଞ୍ଚି ସାରିଥିଲା ଏହି ଦୁଃଖଦ ଖବରଟି। ସାଶକ ଦଳ ଓ ବିରୋଧି ଦଳ ମଧ୍ୟରେ ବି ଚାଞ୍ଚଲ୍ୟ ସୃଷ୍ଟି ହୋଇ ଯାଇଥିଲା। କାରଣ ଏହି ଘଟଣାଟି ଚାଷୀ ଆତ୍ମହତ୍ୟାର ପ୍ରଥମ ଘଟଣା ନ ଥିଲା। ଥିଲା ତାଲିକାର କୋଡିଏ ନମ୍ବରରେ।

ଗୋବିନ୍ଦ ବଞ୍ଚିଥିବା ବେଳେ ପୂର୍ବରୁ ମରିଥିବା ଊଣେଇଶଟି ଚାଷୀର ଆତ୍ମହତ୍ୟା ବିଷୟରେ ଜାଣିଥିଲା। ସେ ମରିବା ପରେ ସ୍ୱର୍ଗକୁ କିନ୍ତୁ ଯାଇ ପାରିନ ଥିଲା। ତାର ମର ଶରୀରଟି ପଡି ରହିଥିଲା ତାର ଘର ଅଗଣାରେ ଓ ତାର ଆତ୍ମାଟି ଶୁଖିଲା ପତର ପବନରେ ଉର୍ଦ୍ଧଗାମୀ ହୋଇ ଉପରକୁ ଉଠି ଯିବା ପରି ଉଡି ଯାଇଥିଲା ଏକ ଅଜଣା

ଶକ୍ତିର ଯାଦୁକାରୀ ପ୍ରଭାବରେ। ଯାଇ ଯାଇ ପାଖ ଗାଁର ଶେଷ ମୁଣ୍ଡରେ ଅଟକି ଯାଇଥିଲା। ସେ ନିଜେ ତା ମନକୁ ଅଟକି ଯାଇ ନ ଥିଲା, ତାକୁ ଅଟକାଇ ଦେଇଥିଲେ ଦଳେ ଲୋକ। ଲୋକ ମାନେ ଦଳେ ଆତ୍ମା। ସେମାନେ ତାକୁ କୋଡିଏ ନମ୍ବର ଭାଇ କହି ସ୍ୱାଗତ ଜଣାଇଥିଲେ। ତାକୁ କହିଥିଲେ, ଭାଇ ଆମେ ସମସ୍ତେ ଆତ୍ମହତ୍ୟାକାରୀ ଚାଷୀମାନେ। ଆମ ପାଇଁ ଏବେ ସ୍ୱର୍ଗକୁ ବାଟ ନାହିଁ କି ନର୍କକୁ ବାଟ ନାହିଁ। କିଛି ଦିନ ଆମକୁ ଅପେକ୍ଷା କରିବାକୁ ପଡିବ, କାରଣ ଆମର ମୃତ୍ୟୁର ତାରିଖ ବହୁ ଆଗକୁ ଅଛି। ଆମର କର୍ମଫଳ ଅନୁସାରେ ଦଣ୍ଡାଦେଶ ହେବ ପରେ। ଗୋବିନ୍ଦ ପଧାନ ସେମାନଙ୍କ କଥାକୁ ସତ ମଣି ନ ଥିଲା। ସେ କହିଲା, ମୋ କଥା ଟିକେ ସ୍ୱତନ୍ତ୍ର। ମୋତେ ଯିବାକୁ ଦିଅ, ଯୁଆଡେ ମୋତେ ଏକ ଅଦୃଶ୍ୟ ଶକ୍ତି ଟାଣି ନେଉଛି। ସେହି ଦଳ ଲୋକେ 'ହଉ ଯାଅ' କହି ବାଟ ଛାଡି ଦେଲେ। କହିଲେ ମଧ୍ୟ, ଫେରିବା ବେଳେ ଏଠାକୁ ଆସିବ ଯେ। ଆମେ ଅପେକ୍ଷା କରିଛୁ। ସେହି ଅଦୃଶ୍ୟ ଶକ୍ତିଟି ତାକୁ ଟାଣି ନେଉଥିଲା ଉପରକୁ ଉପରକୁ। କିଛି ସମୟ ପରେ ସେ ପହଞ୍ଚିଥିଲା ଏକ ଦୁର୍ଗ ନିକଟରେ। ସେଠି ଅଟକିଗଲା ସେଠାରେ ଥିବା ବିରାଟକାୟ ଓ ବିଭତ୍ସ ଦିଶୁଥିବା ଦି ଜଣ ଜଗୁଆଳୀଙ୍କୁ ଦେଖି। ତଥାପି କହିଲା, ମୁଁ ମର୍ତ୍ତ୍ୟରୁ ଆସିଛି, ବାଟ ଛାଡନ୍ତୁ। ସେ ଦିଜଣ କହିଲେ, ତୁମେ ଆତ୍ମହତ୍ୟା ବାଲା ତ ! ବୁଲା ବୁଲି କର। ତୁମର ଡାକରା ଆସିଲେ ଯିବ। ଆମ ଲୋକ ଯାଇ ତୁମକୁ ଖୋଜି ଆଣି ପହଞ୍ଚାଇ ଦେବ ଜମ ମହାରାଜଙ୍କ ନିକଟରେ।

ଗୋବିନ୍ଦ ପଧାନ ଫେରି ଆସିଲା ତଳକୁ ତଳକୁ। ତାକୁ ଲାଗୁଥିଲା ସେ ଯେଉଁ ରାସ୍ତାରେ ଯାଇଥିଲା ସେହି ରାସ୍ତାରେ ଫେରୁଛି। ସେହି ଦଳେ ଲୋକ ତାକୁ ଠିକ କହିଥିଲେ। ଏବେ ସେହି ଅଦୃଶ୍ୟ ଶକ୍ତି ତାକୁ ଛାଡି ଦେଇଛି । ତାକୁ ଟାଣି ନେଉନି। ନିଜ ଇଚ୍ଛାରେ ସେ ଯାଉଛି। ତେବେ ସେ ଏବେ ଯିବ କୁଆଡେ ? ଇଚ୍ଛା ହେଲା, ସେମାନଙ୍କୁ ଭେଟିବ ଓ ସେମାନଙ୍କ ସହିତ ଟାଇମ ପାସ କରିବ।

ସେ ଆସି ଆସି ତା ଗାଁର ନିକଟତମ ଅନ୍ୟ ଏକ ଗାଁ ମୁଣ୍ଡରେ ପହଞ୍ଚିଲା। ସେଇଠି ଏକ ପିପ୍ପଳୀ ବୃକ୍ଷ। ସେହି ବୃକ୍ଷର ଡାଳମାନଙ୍କରେ ସେମାନେ କଳା କଳା ଛାଇ ହୋଇ ବାଦୁଡି ଝୁଲୁଥିବା ପରି ଝୁଲି ରହିଥିଲେ। ଗୋବିନ୍ଦକୁ ଜଣେ ଦେଖି କହିଲା, ଦେଖିଲ, ଆମେ କହୁ ନ ଥିଲୁ ତୁମେ ଫେରିବ ବୋଲି। ଆମ କଥା କଣ ମିଛ ହେଇଛି ?

ଗୋବିନ୍ଦ କହିଲା, ମିଛ ନୁହେଁ ଯେ, ଏବେ କରିବା କଣ ? ପୁଣି ମନର ଅନୁସନ୍ଧିତ୍ସା ମେଣ୍ଟାଇବାକୁ ପଚାରିଲା, ଆପଣମାନେ ସତରେ ଆତ୍ମହତ୍ୟା କରି ଏଠାକୁ

ଆସିଛନ୍ତି ? ଆପଣମାନେ କଣ ସମସ୍ତେ ଚାଷୀ ? ଆପଣମାନେ କେବେଠୁ ତାହାହେଲେ ଏମିତି ଏଠାରେ ରହି ଆସୁଛନ୍ତି ? କେତେ ଦିନ ଆମକୁ ଏଣେତେଣେ ବୁଲି କଷ୍ଟକରିବାକୁ ପଡିବ ?

ଜଣେ କହିଲା, ସେ କଥା କିଏ କହି ପାରିବ ? ଆମ ଭିତରୁ କେହି କେହି ମାସେରୁ ଅଧିକ ହେଲା ଆସିଲେଣି । ଏ ଯାଏ ଆସିନି ଡାକରା । ଗୋବିନ୍ଦ ପଚାରିଲା, ତେବେ କୁଆଡେ କୁଆଡେ ବୁଲାବୁଲି କର ? ଅନ୍ୟ ଜଣେ କହିଲା, ଯିଏ ଯୁଆଡେ ଯାଉ ମନ ଇଚ୍ଛା, ସନ୍ଧ୍ୟାରେ ଏଠାରେ କିନ୍ତୁ ଆସି ମିଳିତ ହେଉ । ତୁମେ ବି ଯାଅ ଯୁଆଡେ ଯିବ । କିନ୍ତୁ ସନ୍ଧ୍ୟାରେ ଏହି ଗଛକୁ ଆସିବ । ପୁଣି କହିଲା, ହଁ, ମୁଁ ଭୁଲି ଯାଇଛି ତୁମକୁ କହିବାକୁ ନୂଆ ଭାଇ, ତୁମେ ଯେମିତି ଏବେ ଆସିଲ, ତୁମରି ଗାଁ ପାଖି ପାଖି ଏବେ ଆମେ ରହୁଛେ । ପୁଣି ନୂଆ କିଏ ଆସିଲେ ସେପଟେ ଆମେ ଚାଲିଯାଉ । କାରଣ, ସେହି ପାଖରେ ଥିଲେ ନିଜର ଘରଲୋକମାନଙ୍କୁ ଦେଖି ହୁଏ ସୁବିଧାରେ, ପୁଣି ଯେଉଁ ଦଶ ଦିନ କ୍ରିୟା କର୍ମ କରି ପ୍ରେତକୁ ଖାଇବାକୁ ଦିଅନ୍ତି ତ କୁ ଗ୍ରହଣ କରିହୁଏ ।

ଗୋବିନ୍ଦ ପଚାରିଲା, ଆଚ୍ଛା ତୁମେ କୁଆଡେ ଯାଅ ? ସେ କହିଲା, ମୁଁ ଆମ ଗାଁ ଆଡେ ବୁଲି ଯାଏ । ମୋର ଘର ଲୋକେ କିପରି ଅଛନ୍ତି, ଲୋକେ ମୋତେ କିଏ କଣ ଟୀକା ଟୀପ୍ପଣୀ କରୁଛନ୍ତି ଶୁଣିଆସେ । ଜାଣିଛ ତ, ଆମେ ସେହି ଶରୀରଧାରୀ ଜୀବଙ୍କର ସୋରଶବ୍ଦ ଶୁଣି ପାରୁ, ସେମାନେ ଆମ କଥା ଶୁଣି ପାରନ୍ତି ନାହିଁ ।

ଗୋବିନ୍ଦ କହିଲା, ତାହେଲେ, ଆସନ୍ତାକାଲି ମୁଁ ଆମ ଗାଁକୁ ଯିବି । ତୁମେ ମୋ ସାଙ୍ଗରେ ଯିବ ନା ? ସେହି ପ୍ରେତ ଛାଇଟି ରାଜି ହେଲା ।

ଆରଦିନ ସକାଳ ହେଲା । ଗୋବିନ୍ଦ ପୂର୍ବଦିନର ସେହି ଛାଇ ସାଙ୍ଗକୁ ଡାକିଲା । ଚାଲ ଯିବା ଗାଁକୁ । ଏବେ ଓଟିଭିରେ ନିଉଜ ଦେଉଥିବ । ଦେଖିବ ମୋ ଆତ୍ମହତ୍ୟା କଥା ବାରମ୍ବାର ଦୋହରାଉଥିବ । ମୋ ସ୍ତ୍ରୀ ବୁକୁ ଫଟାଇ କାନ୍ଦୁଥିବ । ପୁତ୍ର ଶୋକରେ ମୋ ବୃଦ୍ଧ ପିତାମାତା କଣ କରୁଥିବେ ଯେ !

ଗୋବିନ୍ଦ ସେହି ସାଙ୍ଗକୁ ଧରି ତା ଘରଆଡେ ବୁଲିଆସିଲା । ତାଙ୍କ ଘରେ ଟିଭି ଚାଲିଥିଲା । ଓଟିଭିରେ ଗୋବିନ୍ଦ ଆତ୍ମହତ୍ୟାର ପରବର୍ତ୍ତୀ ଦୃଶ୍ୟ ପ୍ରସାରଣ ହେଉଥିଲା । ବୁକୁଫଟା କାନ୍ଦଣା କାନ୍ଦୁଥିଲେ ତା'ର ସ୍ତ୍ରୀ ଓ ବାପା ମାଆ । ଲୁହ ବାରମ୍ବାର ପୋଛି ପକାଉଥିଲା ତା ସ୍ତ୍ରୀ ପଣତରେ । ତା ସ୍ତ୍ରୀଠାରୁ ବାଇଟ ନେଉଥିବା ବେଳେ ମଡିଆବାଲାଙ୍କୁ ସେ କହୁଥିଲା, ଏବର୍ଷ ଚାଷ ସବୁ ମରିଗଲା । ଧାର ଉଧାର କରି ଚାଷ କରିଥିଲୁ । କେମିତି ଘର ଚଳାଉବୁ ଓ ଋଣ ସୁଝିବୁ ବୋଲି ସେ ସବୁବେଳେ ଚିନ୍ତାରେ ଥିଲେ ।

ଏପଟେ ବାପା ମାଆଙ୍କର ଔଷଧ ଖର୍ଚ୍ଚ। କଣ ଭାବିଲେ କେଜାଣି ହଠାତ ବିଷ ପିଇଦେଲେ। କପା ଚାଷରୁ ବଳିଥିବା ବିଷ ଘରେ ଥିଲା।

ଗୋବିନ୍ଦ ଧୈର୍ଯ୍ୟ ଧରି ଦେଖୁଥିଲା। ତା ଛାଇ ସାଙ୍ଗ ପଚାରିଲା, ତୁମ ବାପାବୋଉ କେଉଁଠି ? ଗୋବିନ୍ଦ ବାପାବୋଉଙ୍କ କୋଠରୀକୁ ପଶିଲା। ଦୁହେଁ ଶୋଇ ପଡିଥିଲେ। ଗୋବିନ୍ଦ ଓ ତା ଛାଇ ସାଙ୍ଗ ସେହି କୋଠରୀର ଛାତ ଉପରେ ଲଟକି କରି ରହିଲେ। କିଛି ସମୟ ପରେ ଗୋବିନ୍ଦର ବାପା ଉଠି ବସିଲେ ନିଦରୁ। କଣ ଭାବିଲେ ଟିକିଏ ଓ କାନ୍ଦିଲେ ଭୋ ଭୋ ହୋଇ। ତାଙ୍କ କାନ୍ଦ ଶୁଣି ଗୋବିନ୍ଦ ବୋଉ ଉଠି ପଡିଲେ ଓ ସେ ମଧ୍ୟ କାନ୍ଦିଲେ ବିକଳରେ। କାନ୍ଦି କାନ୍ଦି ବୋଉ ତାର କହୁଥିଲେ, ମୋ ଗୋବିନ୍ଦ ଥିଲେ କେତେ ବେଳଠୁ ଆମକୁ ଉଠାଇ ସାରନ୍ତାଣି। ଜଗବନ୍ଧୁ ଘରୁ ଗରମ ଭୁଜା ଆଣି ଖାଇବାକୁ କହନ୍ତାଣି। ଆମକୁ ଅନାଥ କରି ଚାଲି ଗଲୁରେ ବାପ। ଚାରିଆଡେ ଅନ୍ଧାର ଦିଶୁଛି ଆମକୁ। କଣ କରିବୁ ଏବେ ? ଗୋବିନ୍ଦ ଆଉ ସହ୍ୟ କରି ପାରିଲାନି ସେହି ଦୃଶ୍ୟ। ଘରୁ ବାହାରି ଆସିଲା ସେ ଓ ତା ପଛେ ପଛେ ତା ଛାଇ ସାଙ୍ଗ ମଧ୍ୟ।

ଉଦ୍ଦେଶ୍ୟହୀନ ଭାବେ ବୁଲିଲେ ଦୁଇ ଛାଇ ସାଙ୍ଗ। ପାଖ ସହରକୁ ଯାଇ ପହଞ୍ଚିଲେ ସେମାନେ। ଗୋଟିଏ ପାନ ଦୋକାନ କଡରେ ରହିଲେ। ସେଠାରେ ସମବେତ ହୋଇଥିବା ଲୋକମାନଙ୍କର କଥାବାର୍ତ୍ତା ଶୁଣିଲେ। ଲୋକଟିଏ କହୁଥିଲା, ଆସନ୍ତାକାଲି ବସୁଛି ବିଧାନସଭା। ଏଥର ହୁଲସ୍ଥୁଲ ହେବ ବିଧାନସଭା ଚାଷୀ ଆତ୍ମହତ୍ୟାକୁ ନେଇ। ଅନ୍ୟ ଲୋକଟି କହୁଥିଲା, ଦେଖୁନ, ରାଜ୍ୟରେ କୋଡିଏ କୋଡିଏ ଜଣ ଚାଷୀ ଆତ୍ମହତ୍ୟା କଲେଣି, ଅଥଚ ସରକାର ନୀରବ।

ଛାଇ ସାଙ୍ଗ ସହିତ ଗୋବିନ୍ଦ ଫେରିଲା ସନ୍ଧ୍ୟାରେ ସେହି ପିପ୍ପଳୀ ବୃକ୍ଷକୁ। ଫେରିବାବେଳେ ଛାଇ ସାଙ୍ଗ ଗୋବିନ୍ଦକୁ ପଚାରିଲା ତା ମନର ସନ୍ଦେହ, ବାପାବୋଉଙ୍କୁ ଦେଖିବା ପରେ ସେ କାହିଁକି ତାର ପ୍ରିୟ ପତ୍ନୀ ପାଖକୁ ଗଲାନି। ଗୋବିନ୍ଦ କଥାଟାକୁ ବାଆଁରେଇ ଦେଇ କହିଥିଲା, କହିବି ସେ ସବୁ କଥା ପରେ। ଧୈର୍ଯ୍ୟ ରଖ।

ସେଦିନ ରାତି ହେଲା। ପିପ୍ପଳୀ ବୃକ୍ଷର ଶାଖାମାନଙ୍କରେ ଆତ୍ମହତ୍ୟାକାରୀ ସମସ୍ତ ଆତ୍ମାମାନେ ବିଶ୍ରାମ ନେଲେ। ସମସ୍ତଙ୍କୁ ଗୋବିନ୍ଦ କହିଲା, ଆମେ ସବୁ ଆସନ୍ତାକାଲି କୁଆଡେ ଯିବାନି, ଯିବା ସମସ୍ତେ ବିଧାନ ସଭା। ସଭା ଆରମ୍ଭ ହେବା ପୂର୍ବରୁ ଆମେ ସମସ୍ତେ ଗୃହ ଭିତରେ ବିଭିନ୍ନ ଜାଗାରେ ବସି ଆମ ବିଷୟରେ ହେବାକୁ ଥିବା ଆଲୋଚାନ ଶୁଣିବା। ସମସ୍ତେ ଗୋବିନ୍ଦର କଥାରେ ରାଜି ହେଲେ।

ତୁମୁଳ ହଟ୍ଟଗୋଳ ଭିତରେ ବିଧାନସଭାରେ ଚାଷୀ ଆତ୍ମହତ୍ୟା କଥା ଆଲୋଚାନା ଚାଲିଲା। ବିରୋଧୀବାଲା କହୁଥାନ୍ତି ଚାଷୀକୁ ଅବହେଳା କରାଯାଉଛି।

ସେମାନଙ୍କ ପାଇଁ ଏହି ସରକାରଙ୍କ ନିକଟରେ କିଛି ଯୋଜନା ନାହିଁ। ଜମିରେ ଜଳସେଚନ ବ୍ୟବସ୍ଥା ନାହିଁ। ଚାଷୀ ଆତ୍ମହତ୍ୟା ଦିନକୁ ଦିନ ବଢ଼ିବାରେ ଲାଗିଛି। ମୃତ ଚାଷୀମାନଙ୍କର ପରିବାର ବର୍ଗକୁ ପାଞ୍ଚ ଲକ୍ଷ ଟଙ୍କା ଲେଖାଏଁ ଅନୁକମ୍ପାମୂଳକ ରାଶି ଦିଅନ୍ତୁ ସରକାର। ସରକାରୀ କଳର ମନ୍ତ୍ରୀ କହୁଥାନ୍ତି ଏହି ଚାଷୀମାନେ ମରୁଡି ହେତୁ ମରି ନାହାନ୍ତି। କିଏ ପ୍ରେମ ଜନିତ ବ୍ୟାପରରେ ମରିଛି ତ କିଏ ଘରୋଇ ଗଣ୍ଡଗୋଳ ହେତୁ ତ କିଏ ମଦ୍ୟପାନ ଜନିତ ଝମେଲା ହେତୁ ମରିଛି। ବିରୋଧୀବାଲା ସବୁ ଆତ୍ମହତ୍ୟାକୁ ଚାଷୀ ଆତ୍ମହତ୍ୟା ନାମରେ ନାମିତ କରୁଛନ୍ତି ସରକାରଙ୍କୁ ବଦନାମ କରିବାକୁ। ଯଦି ଚାହିଁବେ ମୋ ପାଖରେ ଜିଲ୍ଲାପାଳମାନଙ୍କ ତଦନ୍ତ ରିପୋଟ ଅଛି, ଯଦି ଚାହିଁବେ ପଢ଼ି ଶୁଣାଇଦେବି। ଏତକ କହିବା ପରେ ପାଟି ତୁଣ୍ଡରେ ବିଧାନ ସଭା କକ୍ଷଟି ପଡିଲା ଉଠିଲା। କିଛି ଲୋକ ବାଚସ୍ପତିଙ୍କ ଟେବୁଲ ପାଖକୁ ଦୌଡି ଯାଇ ଟେବୁଲ ବାଡେଇଲେ। କିଛି ଲୋକ କକ୍ଷ ଛାଡି ବାହାରକୁ ବାହାରି ଗଲେ।

ଗୋବିନ୍ଦର ଛାଇସାଙ୍ଗ ବିଧାନସଭା ଭିତରେ ବି ତା ସଙ୍ଗରେ ଥିଲା। ସେ ନିଜ ଆଡୁ ଆଗ୍ରହ ଦେଖାଇ କହିଲା, ଏଇ ଯେଉଁ ମଦ୍ୟପାନ କଥାଟି ପଡିଛି ତାହା ସତ ଭାଇ। ଗୋବିନ୍ଦ ପଚାରିଲା, କେମିତି ? ତା ଛାଇ ସାଙ୍ଗ କହିଲା, ମୋର ତ ସେଇଆ ହୋଇଛି। ମୋର ମଦ ପିଇବାର ଅଭ୍ୟାସ ଥିଲା। ପ୍ରତିଦିନ ମଦ ପିଇ ମାତାଲ ହୋଇ ମୁଁ ଘରକୁ ଫେରେ। ମୋ ଘରଣୀ ମୋତେ ଯେତେ ବାଟକୁ ଆଣିବାକୁ ଚେଷ୍ଟା କଲା ପାରିଲାନି। ତା କନ୍ଦାକଟା ଦେଖି ମୁଁ ବି ଭାବେ ଛାଡି ଦେବି ଏ ଖରାପ ଅଭ୍ୟାସଟା। କିନ୍ତୁ ହେଲାନି କେବେ। କାରଣ, ମୁଁ ମଦକୁ ପିଇବାର ଅଭ୍ୟାସ କରୁ କରୁ ସେ ମୋତେ ପିଇ ସାରିଥିଲା। ତାକୁ ଛାଡି ମୁଁ ଦିନଟେ ବି ରହିପାରୁ ନ ଥିଲି। ଦିନେ ସେ ରାଗି ଯାଇ କହିଲା, ତୁମେ ଯଦି ନ ଛାଡୁଛ ମୁଁ ବେଙ୍କରେ ରଶି ଦେଇ ଆତ୍ମହତ୍ୟା କରିଦେବି। ମୁଁ କାହିଁକି ଏ ପିଲାଛୁଆଙ୍କ ଜଞ୍ଜାଳ ବୁଝିବି ? ସେ ସେଦିନ ତାଗିଦ କରି କହିଲା, ତୁମେ ଯଦି ଆଜି ପିଇକି ଆସୁଛ, ତେବେ ମୋର ଶେଷ ଦିନ ବୋଲି ଜାଣ। ମୁଁ ଭାବିଲି ଏମିତି ତ ସେ କେତେ ଥର ମୋତେ ଡରାଇଛି, ଏଥର ବି ତୁଚ୍ଛାଟାରେ ମୋତେ ଡରାଉଛି। ମୁଁ ଡରିଲି ନାହିଁ। ପିଇ କରି ରାତିରେ ଘରକୁ ଫେରିଲି। ମୋତେ ଦେଖି ସେ ଭୀଷଣ ରାଗି ଯାଇଥିଲା। ତାର ଏପରି ରାଗ କେବେ ଦେଖି ନ ଥିଲି। ମୁଁ ତାକୁ କହିଥିଲି, ମୁଁ ଆଜି ପିଇକି ଆସିଲେ ତୁ ନିଜେ ମରି ଯିବାକୁ କହିଥିଲୁ ପରା ? ମରୁନୁ ? ମୋ ଉପରେ ଏମିତି ରାଗୁଛୁ କାହିଁକି ? ସେ ମୋ କଥା ଶୁଣି ସେ ଭୀଷଣ ଭାବେ ରାଗି ଯାଇଥିଲା ଓ ମୋତେ ଗୋଡାଇଲା ପିଟିବାକୁ। ମୁଁ ତ ଜୋର ପିଇ ନିଶାସକ୍ତ ଥିଲି। ଦୌଡି କୁଆଡେ ଯାଇ ପାରିଲି ନାହିଁ। ସେ ଗୋଟିଏ ବାଡିରେ

ମୋ ମୁଣ୍ଡରେ ଗୋଟିଏ ପାହାର ମାଇଲା ଯେ ମୋ ଚେତା ହଜି ଗଲା । ଏମିତି କଣ ମୋର ହେଲା ବୋଲି ଦେଖିଲା ବେଳକୁ ମୁଁ ଦେହରୁ ବାହାରି ଆସି ଛାତରେ ଲାଖି ଯାଇଛି ଛାଇଟିଏ ହୋଇ। ଏଇ ଛାଇ ହୋଇ ରହିଛି ସେହି ଦିନଠୁ। ଅବଶ୍ୟ ଜୀବନରେ ମୋତେ ମାରି ଦେବାର ଉଦ୍ଦେଶ୍ୟ ନ ଥିଲା ମୋ ସ୍ତ୍ରୀର। ସେ ମୋ ମରିବାର ଦେଖି କାନ୍ଦିଲା ବାହୁନି ବାହୁନି। ତାପରେ ପଡାରୁ ଦି ଜଣ ଲୋକ ଆସିଲେ ଓ ମୋ ଶରୀରକୁ ସିଲିଂ ଫେନରେ ଖଣ୍ଡେ ଦଉଡି ଦ୍ୱାରା ଝୁଲାଇ ଦେଲେ ବେକରେ ବାନ୍ଧି। ତା ପରେ ପରେ ମିଡିଆବାଲା ଆସିଲେ ଭିଡିଓ ଉଠାଇ ନେଲେ। ମୋ ସ୍ତ୍ରୀ ତା ପରେ କହିଲାନି ଯେ ସେ ମୋତେ ବାଡେଇବାରୁ ମୋର ମୃତ୍ୟୁ ହୋଇଛି ବୋଲି। ତାକୁ ଡରାଇ ଦେଇଥିଲେ ଯେ ସେପରି କହିଲେ ନରହତ୍ୟା ଦୋଷରେ ତାକୁ ପୋଲିସ ବାନ୍ଧି ନେଇ ଜେଲରେ ପୁରାଇବ। ବରଂ ସେ କହୁ ଯେ ତା ସ୍ୱାମୀ ଋଣ କରି ଚାଷ କରିଥିଲେ ଓ ମରୁଡି ହେବାରୁ ଚିନ୍ତାରେ ଥିଲେ। ଶେଷକୁ ଋଣ ସୁଝିବାର ଓ ଘର ଚଳାଇବାର କିଛି ପନ୍ଥା ନ ପାଇ ସିଲିଂ ଫେନରେ ଝୁଲି ପଡିଲେ। ଏତକ କହିଲେ ବରଂ ସେ ସରକାରୀ ସାହାଯ୍ୟ ପାଇ ପାରିବ।

ଏତେବେଳକୁ ସେ ଠାଟୁ ମୁଡିଆ ଲୋକଟା ବଡ ପାଟିରେ କହୁଥିଲେ, ସରକାର ସବୁ କଥା ମିଛ କହୁଛନ୍ତି। ମୋ ଗାଁ ନିକଟରେ ମରିଛି ଏବେ ଗୋବିନ୍ଦ ପଧାନ। ମୁଁ ଭଲ ଭାବେ ଜାଣିଛି ସେ ଚାଷ ନଷ୍ଟ ହେତୁ ଋଣ ସୁଝିବା ଚିନ୍ତାରେ ଫେନରେ ଉଚ୍‌କି ହେଇ ମରିଛି।

ଗୋବିନ୍ଦ ଭଲ ଭାବେ ଜାଣେ ସେଇ ନେତାଙ୍କୁ। ତାଙ୍କୁ ଗତ ଥର ନିର୍ବାଚନରେ ଭୋଟ ଦେଇ ଥିଲା ସେ। ସେ ବୁଝି ପାରିଲାନି କାହିଁକି ସେ ଲୋକଟା କଞ୍ଚା ମିଛ କହୁଛନ୍ତି। ଭାରି ବ୍ୟସ୍ତ ହୋଇ ପଡିଲା ଗୋବିନ୍ଦ। ମନେ ମନେ ଭାବିଲା ଏହାର ପ୍ରତିବାଦ ବାଧ୍ୟ କରିବ ସେ।

ତା ପରଦିନ ଗୋବିନ୍ଦ ତା ଛାଇ ସାଙ୍ଗକୁ କହିଲା, ଚାଲ ଯିବା ସେହି ଠାଟୁ ମୁଡିଆ ଲୋକଙ୍କ ଘରକୁ। ଏଇ ନିକଟ ସହରରେ ତାଙ୍କ ଘର।

ଆତ୍ମାମାନଙ୍କୁ ଡେରି ଲାଗେନି ଯିବା ପାଇଁ । ସମୟ ଲାଗେନି ବେଶୀ। ମନ ଯାନରେ ଯିବା ପରି ନିମିଷକେ ପହଂଚି ଗଲେ ସେମାନେ ସେହି ନେତା ଘର ପାଖରେ।

ସେମାନଙ୍କ ଆଗରେ ଚାଲି ଯାଉଥିବା ଗୋଟିଏ ପ୍ରାୟ ପନ୍ଦର ସତର ବର୍ଷର ଝିଅଟିଏକୁ ଦେଖାଇ ଗୋବିନ୍ଦ ତା ଛାଇସାଙ୍ଗକୁ କହିଥିଲା, ଦେଖ ସାଙ୍ଗ, ଏଇ ଝିଅଟା ଯେଉଁ ଯାଉଛି ମୁଁ ତା ଭିତରେ ପଶୁଛି। ତାକୁ ନେଇ ସେଇ ନେତା ପାଖକୁ ଯିବି ଓ ମୋ କଥା କହିବି। ତୁମେ ମୋତେ ନ ପାଇ ବ୍ୟସ୍ତ ହେବନି। ମୁଁ କାମ ସରିଲେ ତା

ଭିତରୁ ବାହାରି ଆସିଲେ ଫେରିବା ଆମ ଜାଗାକୁ। ସେ ଠାଟୁ ମୁଡିଆ ନେତା ଜଣକ ଘରୁ ବାହାରୁଥିଲେ ଅନ୍ୟତ୍ର ଯିବାକୁ। ବାହାରେ ଡ୍ରାଇଭର ଗାଡି ଧରି ଅପେକ୍ଷା କରି ଥିଲା ତାକୁ।

ଗୋବିନ୍ଦ ଓରଫ ଝିଅଟି ନେତାଙ୍କ ଗାଡି ପାଖକୁ ଯାଇ କହିଲା, ଆଜ୍ଞା, ନମସ୍କାର। ନେତା ଆବାକାବା ହେଲେ। ଏଇ ଝିଅଟା ଏଇ ସାହିର ବସନ୍ତ ପଣ୍ଡାଙ୍କ। ସେ କାହିଁକି ଆସି ତାକୁ ନମସ୍କାର ଜଣାଇଲାଣି। ସେ ଆଶ୍ଚର୍ଯ୍ୟରେ କହିଲେ, ଆରେ ଝିଅ ! ତୁ କୁଆଡେ ମୋ ପାଖକୁ ?

ଗୋବିନ୍ଦ ଓରଫ ଝିଅଟି କହିଲା, ମୁଁ ଝିଅ ନୁହେ ଆଜ୍ଞା, ମୁଁ ହେଉଛି ବିଲୁଆପଦର ଗ୍ରାମର ଗୋବିନ୍ଦ ପଧାନର ଆତ୍ମା।

ନେତାଟି ଡରି ଯାଇଥିଲେ। ଏଁ ! କଣ ? ଗୋବିନ୍ଦର ଆତ୍ମା। ଘର ଭିତରକୁ ଦଉଡି ଚାଲି ଯିବାକୁ ଉଦ୍ୟତ ହେଉଥିଲେ।

ଗୋବିନ୍ଦ ଡରୁଆ ନେତାଙ୍କୁ କହିଲା, ମୁଁ ଆପଣଙ୍କ କିଛି କ୍ଷତି କରିବିନି ଆଜ୍ଞା, ଡରନ୍ତୁ ନାହିଁ। ଗୋଟିଏ କଥା ପଚାରିବି ଖାଲି। ତା ପରେ ଚାଲି ଯିବି।

ନେତା ପାଟିରୁ ତାଙ୍କ ଡାହାଣ ହାତର ଆଙ୍ଗୁଠିରେ କିଛି ଛେପ ଆଣି ଛାତିରେ ମାରିଲେ ଓ ଦମ୍ ନେଲେ। କହିଲେ, ହଉ, କୁହ।

ଗୋବିନ୍ଦ ପଚାରିଲା, ଆପଣ କାହିଁକି ଆତ୍ମହତ୍ୟା କରିଥିବା ଲୋକଙ୍କ ପରିବାର ପାଇଁ ଲକ୍ଷ ଲକ୍ଷ ଟଙ୍କା ଦେବାକୁ ସରକାର ଉପରେ ଚାପ ପକାଉଛନ୍ତି ?

ନେତା କହିଲେ, ଦେଖ, ଗୋବିନ୍ଦ, ଆମେ ହେଲୁ ବିରୋଧୀ ଗୋଷ୍ଠୀ। ପ୍ରତ୍ୟକ୍ଷରେ ଲୋକଙ୍କ ସେବା ନ କରି ପାରିଲେ ବି ପରୋକ୍ଷରେ ତ କରି ପାରିବୁ। ଚାଷୀମାନେ ତ ଋଣ ସୁଝିନ ପାରି ଓ ଫସଲ ନଷ୍ଟ ହେତୁ କିଏ ବିଷ ଖାଇ ତ କିଏ ଉଚ୍‌କି ହେଇ ମରିଲେ। ସେମାନଙ୍କ ପରିବାର ପାଇଁ ଅର୍ଥ ବ୍ୟବସ୍ଥା କରୁଛୁ। ଏଥିରେ କ୍ଷତି କଣ ?

ଟିକିଏ ଧମକାଇବା ସ୍ୱରରେ ଗୋବିନ୍ଦ କହିଲା, ଯେତେ ଚାଷୀ ବୋଲି ବିରୋଧୀ ବାଲା କହୁଛନ୍ତି, ଏମାନେ କଣ ସମସ୍ତେ ଚାଷୀ ? ଏମାନେ କଣ ପ୍ରକୃତରେ ଋଣଚାପରେ ଆତ୍ମହତ୍ୟା କରିଛନ୍ତି ?

ନିଜକୁ ସଞ୍ଜତ କରି ନେତା କହିଲେ, ସବୁ ସତ କଥା ନୁହେଁ। ଆମେ ଜାଣିଛୁ ସେ କଥା।

ଜାଣିଛନ୍ତି ସତରେ ? କହିଲେ ମୋ କଥା, ଦେଖିବା। ଗୋବିନ୍ଦ ଟିକିଏ ଉତକ୍ଷିପ୍ତ ହୋଇ କହିଲା।

ନେତା ଟିକିଏ ହଡବଡେଇ ଗଲେ। କହିଲେ, ତୁମେ ଋଣଚାପରେ ମରିନ ତ, ଏଇ କଥା କହିବାକୁ ଚାହୁଁଛ ? ଟିକିଏ ପରେ ନିଜର ଭୁଲ ସ୍ୱୀକାର କରି କହିଲେ, ପ୍ରକୃତରେ ଗୋବିନ୍ଦ ତୁମ ବିଷୟରେ ସତ କଥା ମୁଁ ଜାଣିନି। କଣ ପାଇଁ ତୁମେ ବିଷ ଖାଇଲ କି ?

ଗୋବିନ୍ଦ ହସିଲା। କିଛି ନ ଜାଣି ମୋ ପରିବାର ନାଁରେ ପାଞ୍ଚ ଲକ୍ଷ ଟଙ୍କା ଦେବାକୁ ସରକାରକୁ କହୁଛ ନା ? ଯଦି ଟଙ୍କା ମିଳେ, ମୋ ସ୍ତ୍ରୀ ବିଟାଙ୍ଗୀ ସବୁ ପଇସା ନେଇ ପଳାଇବ ତା ପ୍ରେମିକା ସହିତ। ମୋ ବାପା ମାଙ୍କୁ ଟଙ୍କାଏ ବି ଦେବନି। ଜାଣିଛ ସେ କେତେ ହାରାମୀ।

ନେତା ପାଟିରୁ ବାହରି ପଡିଲା, ଏମିତି କଥା ?

ପୁଣି ଗୋବିନ୍ଦ କହିଲା, ଜାଣିଛ ନେତା ଆଜ୍ଞା, ମୁଁ ବିଷ ଖାଇ ମରିନି। ଦୁଧରେ ବିଷ ଦେଇ ମୋ ସ୍ତ୍ରୀ ବିଟାଙ୍ଗୀ ମୋତେ ମାରି ଦେଇଛି। ଏ ସବୁ ଚକ୍ରାନ୍ତ କରିଛି ତା ପ୍ରେମିକା ସହିତ, ଯା ସହିତ ମୋ ବିବାହ ପୂର୍ବରୁ ତାର ସଂପର୍କ ଥିଲା।

ନେତା ସମବେଦନା ସ୍ୱରରେ କହିଲେ, ଆହା, ଖରାପିଆ ସ୍ତ୍ରୀ ପାଇଁ ତୁମର ଜୀବନଟା ଗଲା। ଆମେ ଅନୁତପ୍ତ ଏଥିପାଇଁ ଭାଇ।

ଗୋବିନ୍ଦ ଏଥର କହିଲା, ଏମିତି ପସ୍ତେଇଲେ କଣ ହେବ ଆଜ୍ଞା, ବିନା ତଦନ୍ତରେ ତ ସମସ୍ତଙ୍କୁ ଚାଷୀ ଆତ୍ମହତ୍ୟାର ନାଁ ଦେଲ। ତଥାପି, ମୋର ସେଥିରେ କିଛି କହିବାର ନାହିଁ। ମୋର ନାଁ ଟା ସେଇ ଲିଷ୍ଟରୁ କାଟିବ କି ନାଇଁ କହିଲ ? ଆଚ୍ଛା କଥା, ମୋର ଜୀବନ ତ ନେଲା ବିଟାଙ୍ଗୀ, ପାଞ୍ଚ ଲକ୍ଷ ଟଙ୍କା ବି ପାଇବ ? କାହିଁକି ?

ନେତା ଭୟଭୀତ ହୋଇ କହିଲେ, ତୁମର ନାଁଟା ଆମେ କାଟି ଦେବା ଗୋବିନ୍ଦ, କାଟି ଦେବା ନିଶ୍ଚୟ। ତୁମେ ଯାଅ ଏଥର। ଏଇ ଝିଅକୁ କଷ୍ଟ ହେଉଥିବ।

■

'ନବନୀତା' ପୂଜା ୨୦୧୫ ସଂଖ୍ୟାରେ ପ୍ରକାଶିତ।

ଦୂରତ୍ୱ

ବିପିନ ପଟ୍ଟନାୟକଙ୍କ ସହିତ ସେଦିନ ହଠାତ୍ ଦେଖା ହୋଇଗଲା ସିନେମା ହଲ ଛକରେ। ଅନେକ ବର୍ଷ ହେଲା ତା ସହିତ ମୋର ଦେଖା ସାକ୍ଷାତ ହୋଇ ନ ଥିଲା। ଏଥିପାଇଁ ଭାରି ଖୁସି ଲାଗିଲା। ମୋ ମନରେ କୋଳାକୋଳି ଭାବ। ସେ ବି ଆନନ୍ଦ ଗଦ୍ ଗଦ୍ ହୋଇ ମୋତେ କୁଣ୍ଢେଇ ପକାଇଲା।

ବିପିନ ପଟ୍ଟନାୟକ ମୋର କଲେଜ ମେଟ। ଏଇଠୁ ପନ୍ଦର କିଲୋମିଟର ଦୂରରେ ଗୋଟିଏ ମଫସଲ ଗାଁରେ ତା'ଘର। କଲେଜ ପଢ଼ିବାବେଳେ ମୋ ସହିତ ତାର ଦୋସ୍ତି, ଅପେକ୍ଷାକୃତ ଭାବେ ସ୍ୱାଭାବିକଠୁ ସାମାନ୍ୟ ଅଧିକ। କଲେଜ ପଢ଼ା ପରେ କେଉଁ ଏକ ବିସ୍ମୃତ ଦିନରେ ଆମେ ଦୁହେଁ ବିଚ୍ଛିନ୍ନ ହୋଇ ଯାଇଥିଲୁ ପରସ୍ପରଠୁ। ସେ ଯା ଭିତରେ ହୋଇ ଯାଇଛି ରେଞ୍ଜ ଅଫିସର। ଆଉ ମୁଁ କିରାଣୀ। ଯା ଭିତରେ ଆମେ ଗୋଟାଏ ଗୋଟାଏ ସ୍ତ୍ରୀର ସ୍ୱାମୀ ଓ ଏକାଧିକ ସନ୍ତାନର ବାପା ବି ହୋଇ ସାରିଥିଲୁ।

ବିପିନର ସ୍ୱାସ୍ଥ୍ୟବାନ ଚେହେରା ଦେଖି ମୁଁ କହିଲି- ତୁ'ତ ବେଶ୍ ମୋଟେଇଛୁରେ ବିପିନ !

ମୋ କଥାକୁ ନୀରବ ସ୍ୱୀକୃତି ଜଣାଇ ବିପିନ ହସିଦେଲା। ମୋ ସ୍ୱାସ୍ଥ୍ୟ ଉପରେ ଟୀପ୍ପଣୀ ଦେଇ କହିଲା- ତୋତେ ତ ଯେବେ ଦେଖିଲେ ଏମିତି। କ୍ଷୟ ନାହିଁ କି ବୃଦ୍ଧି ନାହିଁ। ଏଭରଗ୍ରୀନ।

ମୁଁ ତା କଥାକୁ କିଛି ପରିମାଣରେ ସମର୍ଥନ ଜଣାଇଲି।

ବିପିନଠାରୁ ଜାଣିବାକୁ ଚାହିଁଲି ଯେ ଏବେ ସକୁଟେମ୍ବେ ତାକୁ ଆମ ଏଇ ସହରରେ ରହିବାକୁ ହେବ। କାରଣ ତା ସ୍ତ୍ରୀର ବଦଳି ଏଇ ସହରକୁ ହେଇଛି। ସେ ନିଜେ ଏଇ ସହରଠୁ ଚାଲିଶ କିଲୋମିଟର ଆଗରେ ଚାକିରୀ କରେ। ଏଇଠି ରହିଲେ

ସେ ମୋଟର ସାଇକେଲରେ ତା' ନିଜ କର୍ମକ୍ଷେତ୍ରକୁ ଯିବାକୁ ଅସୁବିଧା ହେବନି। ଏଠି ରହିଲେ ପୁଣି ତା' ସ୍ତ୍ରୀ ଛୁଆ ପିଲା ଶାନ୍ତିରେ ରହିବେ। ଏଥିପାଇଁ ବିପିନ ଖୋଜୁଥିଲା ଏକ ଭଡାଘର। ଖାଲିଥିବା ଭଡାଘରର ଠିକଣା ପଚାରୁଥିଲା ମୋତେ। ମୁଁ ଆମ ଘରଠୁ ପ୍ରାୟ ଦୁଇଶହ ମିଟର ଦୂରରେ ଥିବା ଗୋଟିଏ ଖାଲି ଘରର ଖବର ଦେଲି ବିପିନକୁ। ସଙ୍ଗେ ସଙ୍ଗେ ସଙ୍ଗେ ବିପିନ ସହିତ ଦେଖି ବି ଗଲି। ତା'ର ଘର ପସନ୍ଦ ହେଲା। ଶୁଭଦିନ ଦେଖି ସେମାନେ ଆସି ଏଠାରେ ରହିବେ।

ସେ ଦିନ ମୁଁ ଘରକୁ ଆସି ମୋ ସ୍ତ୍ରୀକୁ ଆସି ଖୁସିରେ କହିଥିଲି ଯେ ମୋର ଜଣେ ପୁରାତନ ବନ୍ଧୁ ଆମର ଅତି ନିକଟରେ ରହିବେ। ମଝିରେ ମଝିରେ ତାଙ୍କ ଆଡେ ବୁଲିବାଲି ଯିବାକୁ ମୁଁ ଆଗତୁରା ତାକୁ କହିଦେଲି।

ନିର୍ଦ୍ଦିଷ୍ଟ ଦିନରେ ସେ ଘରକୁ ଆସିଲା ତା' ସ୍ତ୍ରୀ, ଗୋଟିଏ ଛୋଟ ଛୁଆ ଓ ତା'ର ବୋଉ ସହିତ। ସ୍ତ୍ରୀ ପୁରୁଷ ଦୁହେଁ ଚାକିରି କ୍ଷେତ୍ରକୁ ବାହାରିଗଲେ ଛୋଟ ଛୁଆର ଦେଖାଶୁଣା ପାଇଁ ସଙ୍ଗରେ ଆସିଥାନ୍ତି ବିପିନର ବୋଉ।

ମୋ ପିଲା କବିଲା ସହିତ ଫୁରସତ୍ ସମୟରେ ତା ବସା ଆଡେ ବୁଲି ଯିବାକୁ ଦିନେ ଅନୁରୋଧ ଜଣାଇଲା ବିପିନ। ମୁଁ ତାକୁ ଅତି ସ୍ୱାଭାବିକ ଭାବେ କହିଥିଲି- ପାଖରେ ଅଛୁ ଯେତେବେଳେ ନ ଆସିବୁ କିପରି ? ଆମେ ଦୁହେଁ ସିନା ବନ୍ଧୁ ବନ୍ଧୁ, ଆମ ମିସେସମାନେ ତ ପରସ୍ପର ସହିତ ଚିହ୍ନା ପରିଚୟ ହୋଇନାହାନ୍ତି !

କିଛି ଦିନ ବିତିଗଲା। ରବିବାରର ସାନ୍ଧ୍ୟ ଅବସରରେ ଦିନେ ମୁଁ ମୋ ଛୁଆ ଦି'ଟା ଓ ସ୍ତ୍ରୀକୁ ନେଇ ବିପିନ ଘରକୁ ଗଲି। ବିପିନ ସହିତ ତା' ଡ୍ରଇଁରୁମରେ ମୁଁ ବସିଲି, ମୋ ସ୍ତ୍ରୀ ଓ ପିଲାମାନେ ଭିତରକୁ ଗଲେ। ବନ୍ଧୁ ପତ୍ନୀ ସହିତ ଚିହ୍ନା ପରିଚୟ,ସୁଖ ଦୁଃଖ ହେଲେ। ଚା' ପାନରେ ଆପ୍ୟାୟିତ ହୋଇ ଘରକୁ ଫେରିଲୁ। ଆମ ଘରକୁ ବୁଲି ଆସିବାକୁ ବନ୍ଧୁ ଓ ବନ୍ଧୁ ପତ୍ନୀଙ୍କୁ ଆମେ ଦୁହେଁ ମଧ୍ୟ ଅନୁରୋଧ କଲୁ।

ଅନେକ ରବିବାସରୀୟ ଅବସର ମୁହୂର୍ତ୍ତରେ ଆମେ ପ୍ରତ୍ୟାଶାରେ ପ୍ରତୀକ୍ଷା କରି ବସିଛୁ ପଟ୍ଟନାୟକ ଫେମିଲିକୁ। ହୁଏତ ସେଥର କୌଣସି କାର୍ଯ୍ୟବ୍ୟସ୍ତତା ଯୋଗୁଁ ଆସିପାରିନଥିବେ। ଏଥର ଆସିବେ ନିଶ୍ଚୟ। ଏମିତି ଅନେକ ରବିବାର ଓ ଛୁଟିଦିନ ଅତିକ୍ରାନ୍ତ ହୋଇ ଯାଉଥାଏ। ମାତ୍ର ଆମ ଘରେ ଥରକ ପାଇଁ ପଟ୍ଟନାୟକ ଫେମିଲିର ଆଗମନ ସମ୍ଭବ ହୋଇ ପାରୁ ନ ଥାଏ।

ମଝିରେ ମଝିରେ ମାର୍କେଟିଂ କରିବାବେଳେ କିମ୍ବା ଚିଠି ପୋଷ୍ଟ କଲାବେଳେ ବିପିନ ସହିତ ଦେଖାହୁଏ। ଦୋହରାଇ ଦିଏ ବୁଲି ଆସିବାର ଅନୁରୋଧକୁ। ବିପିନ

କହେ- ନ ଆସିବାର କାରଣ ହେଉଛି ସମୟର ଭୀଷଣ ଅଭାବ। ଏହା ସତ୍ତ୍ୱେ ସେ ପୁନଶ୍ଚ ପ୍ରତିଶୃତି ଦିଏ ପରିବାର ସହିତ ବୁଲି ଆସିବାକୁ ଆମ ଘରକୁ।

ବିପିନ ଓ ମୋ ଭିତରେ ବନ୍ଧୁତ୍ୱର ଏକ ଅନ୍ତରଙ୍ଗ ରୂପ ଠିଆ ହୋଇଛି। ଏଇ ରୂପ କେବଳ ବାହ୍ୟିକ ନୁହେଁ, ଆନ୍ତରିକ ମଧ୍ୟ। ମାତ୍ର ଆମେ ତା ଘରକୁ ଥରେ ବୁଲି ଯିବା ପରେ ଏତେ ପାଖରେ ଥାଇ ମଧ୍ୟ ଆମ ଘରକୁ ସେମାନେ ଥରେ ବି ବୁଲି ନ ଆସିବା ବିଷୟ ମୋ ମନରେ ଟିକିଏ କୋମଳ ଦଃଖର ଉନ୍ମୋଚନ ଘଟାଇଥିଲା। ମୁଁ ମୋ ସ୍ତ୍ରୀକୁ ସେମାନଙ୍କ ଆସିବାର ସମ୍ଭାବନାକୁ ଯେତେବେଳେ ଚେତାଇ ଦିଏ ସେ ମୃଦୁ ତାସ୍ଲ୍ୟରେ କହେ- ସେମାନେ ଆସିବେନି ମ, ତୁଚ୍ଛାକୁ କାହିଁକି ଗହ ଗହ ହେଉଛ ?

ମୋ ସ୍ତ୍ରୀର ଏପରି କଥାରେ ମୁଁ ଅପ୍ରକାଶ୍ୟ ବିରକ୍ତିରେ ଉବୁଟୁବୁ ହୁଏ। ମୋତେ ଲାଗେ ମୋ ସ୍ତ୍ରୀ ପରୋକ୍ଷ ଭାବରେ କହୁଛି ଯେ ବିପିନ ଆଉ ମୋ ଭିତରେ ବନ୍ଧୁତ୍ୱର ଗଭୀରତା ନାହିଁ। ମୋତେ ପୁଣି ଆଶ୍ଚର୍ଯ୍ୟ ଲାଗେ ଯେ ସେମାନେ ବୁଲି ଆସିବେନି ବୋଲି ମୋ ସ୍ତ୍ରୀ ସ୍ଥିର ନିଶ୍ଚିତ ହେଲା କିପରି ? ସେମାନେ ନ ଆସିବା କଥାଟି ମୋ ପାଇଁ ଏକ ପରୀକ୍ଷା ଓ ଏକ ଚ୍ୟାଲେଞ୍ଜର ବିଷୟ ମଧ୍ୟ। ମୁଁ ପଚାରି ଦିଏ- ତୁମେ କେମିତି ଜାଣିଲ ସେମାନେ ଆସିବେନି ବୋଲି ? ସେ ସହଜ ଗଳାରେ କହେ- ଆସିବାର ଥିଲେ ଆଜିଯାକେ ଆସି ନ ଥାନ୍ତେ !

ତାପରେ ବିପିନକୁ ବାଟରେ ଘାଟରେ ଯେତେଥର ଭେଟିଛି, ସେଇ ଗୋଟିଏ କଥା ତା ଠାରୁ ଶୁଣିଛି-ଯିବା। ସେ ମୋତେ ପାଲଟା ଅନୁରୋଧ ଜଣାଏ ପୁଣିଥରେ ତାଙ୍କ ଘରକୁ ଆମେ ବୁଲିଯିବାକୁ। ମୁଁ କିନ୍ତୁ ଉପରକୁ କିଛି କହି ନ ପାରିଲେ ବି ମନେ ମନେ ଦୃଢ଼ ପ୍ରତିଜ୍ଞ ଯେ ବିପିନ ସକୁଟୁମ୍ବେ ଆମ ଘରକୁ ନ ଆସିବା ପର୍ଯ୍ୟନ୍ତ ମୁଁ ଦ୍ୱିତୀୟବାର କେବେ ବି ଯିବିନି ତା ଘରକୁ। ମୋର ବି ତ ସ୍ୱାଭିମାନ ବୋଲି କିଛି ଅଛି ! ଇଜ୍ଜତ ଅଛି ।

ଥରେ ବିପିନ ସହିତ ଦେଖା ହୋଇଥିଲା ରାସ୍ତାରେ। ସେ ମୋତେ ଜଣାଇ ଦେଲା ଯେ ସେମାନେ ଆଉ ଦିନ ଚାରିପାଂଚଟା ରହିବେ ଏଇ ସହରରେ, ସେହି ଭଡାଘରେ। ତା'ପରେ ଚାଲିଯିବେ ନିଜ ଗାଁକୁ। କାରଣ ତା ସ୍ତ୍ରୀର ବଦଳି ସେ କରାଇ ନେଇଛି ତାଙ୍କ ଗାଁ ସ୍କୁଲକୁ।

ଏଇ ଖବର ଶୁଣି ମୁଁ ଖୁସି ହୋଇ ଥିଲି ସେଦିନ। କାରଣ ବିପିନର ସ୍ତ୍ରୀ, ପିଲା ଏଣିକି ଗାଁରେ ସୁଖରେ ରହିପାରିବେ। ସହରର ଭଡାଘରେ ରହି ଆଉ ଦୌଡିବାକୁ ପଡିବନି ଦୂରରେ ଥିବା କର୍ମସ୍ଥଳୀକୁ। ବିପିନକୁ ସେଥର କହିଲି- ଏତେଦିନ ରହିଲ ତ

କେବେ ଆସିଲନି ଆମ ଘର ଆଡେ। ଯିବା ଆଗରୁ ଅନ୍ତତଃ ଥରେ ଆସ । ଆଉ କେବେ ସାକ୍ଷାତ ହେବ କିନା, କିଏ ଜାଣେ? ଆମେ ଦୁହେଁ କେବେ କେମିତି ଭେଟ ହୋଇପାରୁ, ମାତ୍ର, ଆମ ମିସେସମାନେ ପରସ୍ପର ଭେଟ ହୋଇପାରିବେ କି?

ବିପିନ ପ୍ରତିଶ୍ରୁତି ଦେଲା, ଏଥର ଘର ଛାଡିବା ଆଗରୁ ନିଶ୍ଚୟ ସେମାନେ ବୁଲି ଆସିବେ।

ଏଥର ବିପିନର କଥାରେ ମୋ ମନରେ ସନ୍ଦେହର ଅବକାଶ ନ ଥିଲା। ମୁଁ ନିଜକୁ ଗର୍ବିତ ମନେ କରୁଥାଏ ଓ ସ୍ତ୍ରୀର ତାଚ୍ଛଲ୍ୟ ମନୋଭାବ ଯେ ଏଥର ଭାଙ୍ଗି ଚୂରମାର ହୋଇଯିବ, ଏକଥା ଭାବିଲେ ମୋତେ ଖୁସି ଲାଗୁଥାଏ।

ମୁଁ ଘରକୁ ଆସି ସବୁ କଥା ଜଣାଇଲି ମୋ ସ୍ତ୍ରୀକୁ। ଉଲ୍ଲସିତ ଓ ବିଜୟୀ ସ୍ୱରରେ କହିଲି- ସେମାନେ ଏଥର ଦିନେ ଦି ଦିନ ଭିତରେ ନିଶ୍ଚୟ ଆସୁଛନ୍ତି ଆମ ଘରକୁ। ମୋ ସ୍ତ୍ରୀ ବି ମୋ କଥାକୁ ବିଶ୍ୱାସ କଲା କାରଣ, ହୁଏତ ଏଥର ଥିଲା ଶେଷ ସୁଯୋଗ।

ଆମେ ପ୍ରତ୍ୟେକ ଆସନ୍ନ ସନ୍ଧ୍ୟାରେ ସେମାନଙ୍କ ଆଗମନକୁ ପ୍ରତୀକ୍ଷା କରି ରହିଲୁ। ସାମ୍ନା ଆଡକୁ ଦେଖିଲେ ସନ୍ଧ୍ୟାର ସ୍ୱଚ୍ଛାଲୋକିତ ରାସ୍ତାରେ ଜଣେ ସ୍ତ୍ରୀ, ଜଣେ ପୁରୁଷ ଓ ଚାଲି ଶିଖୁଥିବାର ଜଣେ ଛୋଟ ଛୁଆ ଧୀର ପଦପାତରେ ଆମ ଆଡକୁ ଆସୁଥିବାର ଚିତ୍ର ମୋ ଆଖି ଆଗରେ ଚିତ୍ରାୟିତ ହୁଏ।

ସେଦିନ ସସ୍ତ୍ରୀକ ସ୍ଥିର କଲି ବିପିନର ପରିବାରକୁ ଡାକିବି ଘରକୁ। ରବିବାରର ଡିନରଟା ଆମ ଘରେ ହେବ। ସେମାନେ ଆମ ସହର ଛାଡି ଚାଲି ଯାଉଛନ୍ତି ଯେତେବେଳେ, ସୌଜନ୍ୟତା ଦୃଷ୍ଟିରୁ ଏତିକି କଲେ କ୍ଷତି କଣ?

ବିପିନ ରହୁଥିବା ଭଡା ଘରକୁ ଗଲି- ମଧ୍ୟାହ୍ନ ଭୋଜନର ନିମନ୍ତ୍ରଣ ନେଇ। ଭିତର ଆଡୁ କବାଟ ବନ୍ଦ ଥିଲା। କରାଘାତ କରିବାକୁ କବାଟ ଖୋଲିଲା। ଜଣେ ଅଚିହ୍ନା ଲୋକ ବାହାରି ଆସି ପଚାରିଲେ- କାହାକୁ ଖୋଜୁଛନ୍ତି?

ମୁଁ କହିଲି- ବିପିନକୁ।

ଅଚିହ୍ନା ଲୋକର ନୀରବତା ଲକ୍ଷ୍ୟକରି ଦୋହରାଇଲି- ବିପିନ ମାନେ ବିପିନ ପଟ୍ଟନାୟକ ବାବୁ, ରେଞ୍ଜ ଅଫିସର?

ସେ ଭଦ୍ରବ୍ୟକ୍ତି କହିଲେ- ସେ ଦୁଇ ଦିନ ହେଲା ଏଇ ଘର ଛାଡି ତାଙ୍କ ଗାଁକୁ ଚାଲିଗଲେଣି।

ମୋତେ ଲାଗିଲା, ବିପିନ ଯେପରି ମୋ ଗାଲରେ ଶକ୍ତ ଗୋଟାଏ ଚାପୁଡା ମାରି ଚାଲି ଯାଇଛି। ଅକୁହା ଦୁଃଖରେ ମନକୁ ମନ କହିହେଲି- ଆମ ଘରକୁ ନ

ଆସିଲା ନାହିଁ, ଯିବା ଆଗରୁ ଅନ୍ତତଃ କହି ଦେଇ ତ ପାରିଥାନ୍ତା । ଏତେ ପାଖରେ ଥାଇ ବି ସେ ସକୁଟୁମ୍ବେ ମୋ ଘରକୁ କାହିଁକି ଥରୁଟେ ବି ଆସି ପାରି ନାହାନ୍ତି, ସେହି ଅସମାହିତ ପ୍ରଶ୍ନର ଉତ୍ତର ଖୋଜୁଥିଲି । ତଥାକଥିତ "ସମୟର ଭୀଷଣ ଅଭାବ" ତା ପାଇଁ ହୁଏତ ଏକ ଛଳନା । ହୁଏତ ମୋ ଭଳି ଏକ କିରାଣୀ ଘରକୁ ଆସି ସେ ତା ଅଫିସର ପଦ ମର୍ଯ୍ୟାଦାର ଅପଚୟ କରିବାକୁ ଚାହୁଁ ନ ଥିଲା । ବନ୍ଧୁ ପରିବାରକୁ ମଧ୍ୟାହ୍ନ ଭୋଜନରେ ଆପ୍ୟାୟିତ କରିବା କାର୍ଯ୍ୟରେ ବ୍ୟସ୍ତ ଥିବା ମୋ ପତ୍ନୀକୁ ଯାଇ କ'ଣ କହିବି ? ପରାସ୍ତ ସ୍ୱୀକାର କରି କହିବି କି- ତୁମର ଅନୁମାନ ସତ୍ୟ ବୋଲି । ପଚାରିବି କି- ତୁମେ କେମିତି ଜାଣିଲ ଯେ ସେମାନେ ଆସିବେନି ? ?

■

ତ୍ରୈମାସିକ ଗଳ୍ପ ପତ୍ରିକା "ଶରଧାବାଲି" ଜୁଲାଇ-ସେପଟେମ୍ବର ୯୬ରେ ପ୍ରକାଶିତ ।

ନିଃସଙ୍ଗୀ ତାରା

ଆଜି ରବିବାର। ଗୋଟାଏ ପୂର୍ବବର୍ତ୍ତୀ ଓ ପରବର୍ତ୍ତୀ ସପ୍ତାହର ଅନ୍ତବର୍ତ୍ତୀ ଏଇ ଛୁଟି ଦିନଟି ସପ୍ତାହବ୍ୟାପୀ ବୈତନିକ ଅବିରତ କାର୍ଯ୍ୟର ବିଶ୍ରାମୀ ହାଇଫେନ ହେଲେ ବି ଦେହ ଓ ମନର ସବୁ କର୍ମ ଚଂଚଳତା, ସ୍ଫୁରତା ଭସାଣି ଉତ୍ସବର ଦିନ ଏହା। ନିଷ୍କର୍ମଜାତ ମୁଠା ମୁଠା ଅବସାଦ ମୋ ଉପରକୁ କିଏ ଜଣେ ଫିଙ୍ଗି ଦେଉଥିଲା ପରି ମନେ ହେଉଥିଲା। ମନକୁ କିଛିଟ ଫୁର୍ତ୍ତି ଦେବାକୁ ଉପସ୍ଥିତ ଶାରଦୀୟ ସଂଧ୍ୟାରେ ବାହାରି ପଡିଲି ଟାଉନ ଆଡେ। ଝଙ୍କାର,ଗଳ୍ପଝରେ, ମାନସ, ଆସନ୍ତାକାଲି ଇତ୍ୟାଦିର ଶାରଦୀୟ ସଂଖ୍ୟାରୁ ଖଣ୍ଡେ ଦିଖଣ୍ଡ ନେବାର ପ୍ରବୃତ୍ତିକୁ ଏଡାଇ ନ ପାରି ବୁକ ଷ୍ଟଲ ସାମ୍ନାରେ ବ୍ରେକ ମାରି ସ୍କୁଟର ଷ୍ଟାଣ୍ଡ ମାଇଲି। ବୁକ ଷ୍ଟଲକୁ ପଶିବା ଆଗରୁ କୁନାକୁ ହଠାତ ଦେଖି କହିଲି: କଣ କିରେ, କୁଆଡେ ? କୁନା ମୋର ଦୂର ସଂପର୍କୀୟ ଅଥଚ ଅନ୍ତରଙ୍ଗ ବଡଭାଇ ମଣ୍ଟୁଙ୍କ ଭାଇ। ବିନୟ କଣ୍ଠରେ କୁନା ଉତ୍ତର ଦେଲା: ଦଶହରାକୁ ଭାଉଜ ଗାଁକୁ ଯାଉଛନ୍ତି ଯେ...। ମଣ୍ଟୁ ବୋଧହୁଏ କେଉଁ ଦୂରନ୍ତ ଜାଗାକୁ ଟ୍ରାନ୍ସଫର ହୋଇଛନ୍ତି, ତେଣୁ, ଭାଉଜଙ୍କୁ ଗାଁକୁ ନେବାରେ କୁନାର ଏ ସହାୟତା।

ମିନୁ ଭାଉଜ, ମଣ୍ଟୁଙ୍କ ସହଧର୍ମିଣୀଙ୍କ ଝାପସା ସ୍ମୃତି ଭିତରେ ତାଙ୍କର ନିର୍ବିକାର ଆତିଥେୟତା, ଗଭୀର ପତିପ୍ରାଣତା ମନେ ପଡିଲା ମୋର। ମଣ୍ଟୁ ଭାଇନାଙ୍କ ବିବାହ ଉତ୍ସବରେ ନିମନ୍ତ୍ରିତ ହୋଇ ମୁଁ ଯାଇଥିଲି ସେଦିନ। ବିବାହୋତ୍ସବର କିଛିଦିନ ପରେ ମଣ୍ଟୁ ଭାଇ ସସ୍ତ୍ରୀକ ଆମ ଘରକୁ ବୁଲି ଆସିଥିଲେ।

ମଣ୍ଟୁ ଭାଇଙ୍କ ବିବାହ ଗୋଟାଏ ଜମିଦାରୀ ପରିବାରରେ ହେବାରୁ ମୋର ଧାରଣା ଯେ ଭାଉଜ ଆତ୍ମାଭିମାନୀ, ଅହଙ୍କାରୀ ଥିବେ ନିଶ୍ଚୟ। ଭାଉଜ ଯେତେ ସୁନ୍ଦର ଥିଲେ ବି ତାଙ୍କର ମନର ଗର୍ବ ସେଇ ସୌନ୍ଦର୍ଯ୍ୟକୁ ବିକୃତ କରି ଦେଉଥିବ। ଆଉ ମଣ୍ଟୁ ଭାଇଙ୍କ ଯୋଡି ତାଙ୍କୁ ଖାପଛଡା ହୋଇ ଯାଉଥିବ। କିନ୍ତୁ ମୋର ଏହି

କଳ୍ପିତ ଧାରଣା ସମ୍ପୂର୍ଣ୍ଣ ଭୁଲ ଥିଲା। ମଣ୍ଟୁ ଭାଇଙ୍କୁ ମିନୁ ଭାଉଜଙ୍କ ଯୋଡି ବେଶ୍ ମାନୁଥିଲା। ମିନୁ ଭାଉଜ ଦେଖିବାକୁ ଅବିକୃତ ସୁନ୍ଦରୀ। ବିଖ୍ୟାତ ଏକ ଜମିଦାରୀ ବଂଶର ଝିଅ ହୋଇଥିଲେ ସୁଦ୍ଧା ସେହି ବଂଶ ଆଭିଜାତ୍ୟର ଅହମିକା ତାଙ୍କଠାରେ ଆଦୌ ନ ଥିଲା। ଗୋଟିଏ ରକ୍ଷଣଶୀଳ ପରିବାରରେ ରକ୍ଷଣଶୀଳ ମନୋଭାବ ଆଦୌ ପରିଲକ୍ଷିତ ହେଉନ ଥିଲା। ମଣ୍ଟୁ ଭାଇଙ୍କ ମାଧ୍ୟମରୁ ମିନୁ ଭାଉଜଙ୍କ ସହ ଆଳାପ କରି ସେଦିନ ଜାଣିଲି ଯେ ମିନୁ ଭାଉଜଙ୍କ ଶିକ୍ଷାଗତ ଯୋଗ୍ୟତା ଅତି କମ୍ ଥିଲେ ମଧ୍ୟ ସେ ଆଧୁନିକ ରୁଚିସମ୍ପନ୍ନା। ସେଦିନ ଭଗବାନଙ୍କ ନିକଟରେ କାମନା କରି ନିଶ୍ଚିନ୍ତ ହୋଇଥିଲି ଯେ ମଣ୍ଟୁ ସୁଖରେ ଦିନାତିପାତ କରିବେ। ମିନୁ ପରି ବଧୂର ସାହଚର୍ଯ୍ୟ ପାଇ ସୁନ୍ଦର ସଂସାରଟେ ଗଢ଼ିବେ। ପୁଅଝିଅଙ୍କୁ ଉଚ୍ଚଶିକ୍ଷା ଦେବେ। କୁନାର "ତୁମେ ଏବେ କେଉଁଠି ଅଛ" ପ୍ରଶ୍ନରେ ମୋର ଭାବନାର ପରିସମାପ୍ତି ଘଟିଲା। ମୁଁ କହିଲି, "ଏଇଠିକୁ ଏବେ ଆସିଛି ଟ୍ରାନ୍ସ୍‌ଫରରେ। ଆଗରୁ ସୁଦୂର କେଉଁଝରରେ ଥିଲି।" ମିନୁ ଭାଉଜଙ୍କୁ ଦେଖିବାର ଲୋଭ ସମ୍ବରଣ କରି ନ ପାରି ପଚାରିଲି, "ଭାଉଜ କେଉଁଠି ?" ହାତଠାରି ସେ ବସରେ ବସିଥିବାର ସୂଚନା ଦେଲା। ଦର୍ପିତ ପଦରେ ମୁଁ ବସକୁ ଉଠିଲି। କାହାନ୍ତି ମିନୁ ଭାଉଜ? ଫିମେଲ ସିଟର କେତେଜଣ ମହିଳାଙ୍କ ମଧ୍ୟରେ ସେ ତ ନାହାନ୍ତି। କିନ୍ତୁ, ଏ କିଏ ଜଣେ ଅପରିଚିତା ମୋ ଆଡକୁ ଶାଣିତ ଅନ୍ତର୍ଭେଦୀ ଦୃଷ୍ଟି ନିକ୍ଷେପ କରୁଛନ୍ତି। ମୋତେ ଚିହ୍ନିବାକୁ ରୀତିମତ ଚେଷ୍ଟା କରୁଛନ୍ତି। ତାଙ୍କୁ ଚିହ୍ନିବାକୁ ତାଙ୍କ ମୁଖକୁ ମୁଁ ବି ଗଭୀର ନିରୀକ୍ଷଣ କରୁଛି। କୁନା ଆସି କହିଲା "କଣ ଦାଦା, ଭାଉଜଙ୍କୁ ଚହ୍ନି ପାରୁନ! ଏ ପରା ଭାଉଜ" କହି ସେହି ଅପରିଚିତା ମହିଳାଙ୍କୁ ଦେଖାଇ ଦେଲା। ତାଙ୍କ ସିଟ ପାଖକୁ ଗଲି। ଏଇ ନିରାଡମ୍ବର ବସନ ଭୂଷିତା ନାରୀ କଣ ସେଦିନର ସେଇ ଅଳଙ୍କାରଭୂଷିତା ଦୀପ୍ତିମୟୀ ମିନୁ ଭାଉନ ହୋଇ ପାରନ୍ତି ? ଆରେ, ହଁ, ଏଇ ତ ସେ ମୁଖମଣ୍ଡଳ। କିନ୍ତୁ ସୁନ୍ଦର ମୁଖଟା ମଳିନ ପଡିଛି ଯେ! ସମଗ୍ର ଶରୀରରେ ଅପରିଚ୍ଛନ୍ନତାର ଛାୟା। ହା ହାକାର ବହ୍ନିରେ ଦଗ୍ଧା ଏକ ନାରୀମୂର୍ତ୍ତୀ ଯେପରି। ତାଙ୍କ ସିମନ୍ତରେ ସିନ୍ଦୁର ନାହିଁ। ମୃଗ ନୟନରେ କଳାକଜ୍ଜ୍ୱଳର ସୁଚିତ୍ରିତ ଗାର ନାହିଁ। ସେଦିନର ମୁଖମଣ୍ଡଳର ଔଜଲ୍ୟତା ଗଲା କୁଆଡେ? ତା' ହେଲେ ମଣ୍ଟୁ ଭାଇ ଆଉ ଇହ ଜଗତରେ...। ନା, ନା, ଏପରି ଅଶୁଭ ଅବାନ୍ତର କଥା ଚିନ୍ତିବା ପାପ। ମୋର ଆଶ୍ଚର୍ଯ୍ୟ ବିମୂଢ଼ତାର ନିଦାନ ଲକ୍ଷ୍ୟ କରି ବୋଧେ ସେ ଶାଢ଼ୀରେ ଲୁଚି ଥିବା ଲଙ୍ଗଳା ହାତ ଦୁଇଟିକୁ କାଢ଼ି ଦେଇ ମୋର ସଂନ୍ଦେହ ଖଣ୍ଡନ କଲେ। ସେ କହିଲେ, ରାଜୁ, ଭଲ ଅଛ ତ? ତାଙ୍କ ସରାଗବୋଳା କୁଶଳ ପ୍ରଶ୍ନ୍ୟୁତ୍ତରରେ ହଁଟିଏ ସୁଦ୍ଧା କହି ପାରିଲିନି। ସେଇ ନିଷ୍ଠୁର ବିଧାତା ଉପରେ ମୋର ବ୍ୟର୍ଥ ତଥା କ୍ରୁର

ଅଭିସମ୍ପାତ ବର୍ଷଣ କରି ଚାଲିଥିଲି। ମୁଁ ନିର୍ବାକ ସ୍ଥାଣୁ ପାଲଟି ଯାଇଥିଲି। ହଠାତ୍ ମୁଁ ପଛକୁ ଝୁଙ୍କି ପଡିଲି। ବସ ଚାଲିବା ଆରମ୍ଭ ହୋଇ ଯାଇଥିବାରୁ ଶୀଘ୍ର ଓହ୍ଲାଇ ପଡିଲି।

ପରେ ମଣ୍ଟୁ ଭାଇଙ୍କ ମୃତ୍ୟୁର ଖବର ଜାଣି ହୋଇଥିଲି ବିଶେଷ ମର୍ମାହତ। ଯେଉଁ ମନର ମଣିଷକୁ ନେଇ ମିନୁ ଭାଉଜ ଭବିଷ୍ୟତର ସୁରମ୍ୟ ଅଟ୍ଟାଳିକା ତୋଳିବାର ଆଶା ବାନ୍ଧି ଥିଲେ କେଉଁ ଏକ ଅସହିଷ୍ଣୁ ପାପ ଗ୍ରହର ଅଟ୍ଟହାସ୍ୟରେ ସେ ମଣିଷ ଗୋଟାଏ ମଟର ଦୁର୍ଘଟଣାରେ ବିଧିକୃତ ଏକ ପାଚେରୀର ସେ ପାଖକୁ ଡେଇଁ ପଡିଲେ। ଅଲଂଘନୀୟ ସେଇ ପାଚେରୀର ସେ ପଟରୁ ଏ ପଟକୁ ସେ ଆସି ପାରିଲେ ନାହିଁ। ବିଧିର କି ନିର୍ମମ ପରିହାସ? ଥରଟିଏ ହେଲେ ମିନୁ ଭାଉଜଙ୍କ କୋଳ ମୁଖରିତ ହୋଇଥାନ୍ତା ଭଲା।

ହାୟ! ନୈଷ୍ଠିକ ବ୍ରହ୍ମଣ ପରିବାରର ଝିଅ ଦ୍ୱିତୀୟ ବିବାହ ପାଇଁ ସାମାଜିକ ଅନୁମତି ବା ସ୍ୱୀକୃତି କେବେ ବି ପାଇ ପାରେନି। ଏପରି ମରି ଜୀଇବା ତାର ପରମ ଧର୍ମ। ଏଇ ଅସଫଳ ଜୀବନ ନେଇ ମିନୁ ଭାଉଜ ଆଜୀବନ ଜଳୁଥିଲେ, ଠିକ ଏକ ପାହାନ୍ତା ପ୍ରହରର କୁଆଁତାରା ନିଜ ଯନ୍ତ୍ରଣାର ଅଗ୍ନିରେ ନିଜେ ତିଳ ତିଳ କରି ଜଳି ଯାଉଥିବା ପରି।

■

ଓଡିଆ ଗଳ୍ପ ପତ୍ରିକା "ଗଳ୍ପଝର" ୧୯୮୨ ଅଗଷ୍ଟ ପନ୍ଦର ବିଶେଷାଙ୍କରେ ପ୍ରକାଶିତ।

ରୂପାନ୍ତର

ଗୁରୁବାବୁ ଯେ ଅପ୍ରତ୍ୟାଶିତ ଓ ଅଚାନକ ଭାବେ ଏପରି ଏକ ସିଦ୍ଧାନ୍ତ ନେବେ, ଏହା କେବେ କେହି କଳ୍ପନା କରି ନ ଥିଲେ। ସମସ୍ତେ ଭାବୁଥିଲେ ଗୁରୁବାବୁଙ୍କ ମୁଣ୍ଡ ବୋଧହୁଏ ଖରାପ ହୋଇ ଯାଇଛି। ତଥାପି ଏକ ଗୁରୁତ୍ୱପୂର୍ଣ୍ଣ ନିର୍ଣ୍ଣୟରେ ଉପନୀତ ହେବା ପୂର୍ବରୁ ସେ କାହାକୁ ପଚାରି ନ ଥିଲେ। ଯାହାକୁ ପଚାରନ୍ତୁ ବା ନ ପଚାରନ୍ତୁ, ନିଜର ଧର୍ମପତ୍ନୀଙ୍କୁ ତ ନିହାତି ପଚାରି ବୁଝିବା ନିହାତି ଆବଶ୍ୟକ ଥିଲା। ସ୍ୱାମୀର ସମସ୍ତ ସୁଖଦୁଃଖ, ବିଚାର ବିବେଚନା, ସମସ୍ୟା ସମାଧାନରେ ପତ୍ନୀର ଭାଗ ନିଶ୍ଚିତ ରୂପେ ରହିଛି। ତା ଛଡା ନିଜର ପିତା ମାତା ଏବେ ବି ବଞ୍ଚିଛନ୍ତି- ତାଙ୍କର ନିର୍ଣ୍ଣାୟାତ୍ମକ ସିଦ୍ଧାନ୍ତରେ ଯଦି ବି ଗୁରୁବାବୁ ଆସ୍ଥା ରଖନ୍ତି ନାହିଁ, ତଥାପି ସିଦ୍ଧାନ୍ତକୁ କାର୍ଯ୍ୟକାରୀ କରିବା ପୂର୍ବରୁ ସେମାନଙ୍କୁ ସୂଚନା ଟିକେ ଦେବାର ଉଚିତ ଥିଲା। ତାଙ୍କର ପୁଣି ଅଛନ୍ତି ଶାଶୁଶ୍ୱଶୁର। ସେମାନଙ୍କୁ ମଧ୍ୟ ପୂର୍ବରୁ ଗୁରୁବାବୁ କିଛି ଜଣାଇ ନ ଥିଲେ। ଏହା ବ୍ୟତୀତ ତାଙ୍କର ହିତାକାଂକ୍ଷୀ ବନ୍ଧୁ ଜଣେ ଦି'ଜଣ ମଧ୍ୟ ଅଛନ୍ତି, ଯାହାଙ୍କଠାରୁ ଗୁରୁ ବାବୁ ଅନେକ ସମୟରେ ସହଯୋଗ ଲୋଡନ୍ତି। କାହାକୁ କିଛି ନ କହି ଗୁରୁବାବୁ ସମସ୍ତଙ୍କୁ ଅବହେଳା କରିଛନ୍ତି, ସତେ ଯେପରି ସେ ଏକ ବଢ଼ନ୍ତା ପ୍ରଖର ନଈ ସୁଅକୁ ଲମ୍ଫ ପ୍ରଦାନ କରିଛନ୍ତି ଏକା ଏକା। ସମସ୍ତଙ୍କ ମତ ଏଇଆ ଯେ ସେ ହୁଏତ ସେଇ ବଢ଼ନ୍ତା ପ୍ରଖର ନଈର ସୁଅକୁ ଲମ୍ଫ ଦେବା ପୂର୍ବରୁ ଅନ୍ୟ ସମସ୍ତଙ୍କୁ କୂଳରେ ଠିଆ ରହିବାକୁ କହିପାରିଥାନ୍ତେ।

ଗୁରୁବାବୁ ଜଣେ ସରକାରୀ କର୍ମଚାରୀ। ରେଭିନ୍ୟୁ ବିଭାଗର ଜଣେ କିରାନୀ। ଚାକିରି କୋଡିଏ ବର୍ଷ ପୂରିବା ପରେ ପରେ ସେ ଚାକିରିରୁ ସ୍ୱେଚ୍ଛାକୃତ ଅବସର ନେଇଛନ୍ତି। ପୂର୍ବରୁ କାହାକୁ କିଛି ଜଣାଇଲେନି, କିଛି ପରାମର୍ଶ ନେଲେନି। ହୁଏତ କାହାକୁ ପଚାରିଥିଲେ ମନା କରିଥାନ୍ତେ। ସେଇ ଆଶଙ୍କାରେ ନୀରବରେ ନିଜର

ସିଦ୍ଧାନ୍ତକୁ କାର୍ଯ୍ୟକାରୀ କରାଇଛନ୍ତି ସେ। ତାଙ୍କର ସ୍ୱେଚ୍ଛାବସର ଦରଖାସ୍ତ ଜିଲ୍ଲାପାଳଙ୍କ ଦ୍ୱାରା ମଞ୍ଜୁରୀପ୍ରାପ୍ତ ହେବା ପରେ ସେ ସେଦିନ ଘରେ ପତ୍ନୀଙ୍କୁ ଡାକି କହିଥିଲେ- ବୁଝିଲ ସାବି; ମୁଁ ଆଜିଠୁ ସ୍ୱାଧୀନ। ମୋତେ ଆଉ କେଉଁ ତହସିଲଦାର କି ସବ୍‌କଲେକ୍ଟର ପିଅନ ହାତରେ ଡକାଇ ପଠାଇବନି କି ବେଳ ଅବେଳରେ ଅଫିସ୍ ଯିବାକୁ ଫୋନରେ ଡାକିବନି।

ଗୁରୁବାବୁଙ୍କ ପତ୍ନୀ କିଛି ବୁଝି ନ ପାରି ଗୁରୁବାବୁଙ୍କ ମୁହଁକୁ ଚାହିଁ ସ୍ୱାମୀ କଣ କହୁଛନ୍ତି ବୁଝିବାକୁ ଚେଷ୍ଟା କରୁଥିଲେ। କହୁଥିଲେ, ତୁମର କଥାର ମାନେ ମୁଁ କିଛି ବୁଝି...

ତାଙ୍କ କଥା ସରିବାକୁ ନେ ଦେଇ ଗୁରୁବାବୁ କହିଥିଲେ- ବୁଝିଲ ସାବି ! ମୁଁ ଚାକିରିରୁ ଅବସର ନେଇ ଯାଇଛି ଏବଂ ତାହାକୁ ଆଜି ସରକାର ମଞ୍ଜୁର କରିଛନ୍ତି ବୋଲି ମୋତେ ଜଣାଇ ଦେଇଛନ୍ତି।

ପତ୍ନୀ ସାବିତ୍ରୀ କିଛି ବୁଝି ପାରୁ ନ ଥିଲେ। ସ୍ୱାମୀ ତାଙ୍କୁ ଥଟ୍ଟାରେ ଆଜି ପରୀକ୍ଷା କରୁଛନ୍ତି କି? କେବେ ତ ଦିନେ ବି ଚାକିରି ଛାଡିବା ପ୍ରସ୍ତାବ ସେ କହିନାହାନ୍ତି ତାଙ୍କୁ। କାହିଁକି ବା ଚାକିରି ଛାଡିବେ? ପିଲା ଦି'ଟା କଲେଜ ଯିବେ ଆଉ ବର୍ଷେ ଦି ବର୍ଷ ପରେ। ତେଣିକି କାହୁଁ କେତେ ଖର୍ଚ୍ଚ ଅଛି ସେମାନଙ୍କର ଉଚ୍ଚତର ଶିକ୍ଷା ପାଇଁ। ତାଙ୍କର ନିଜର ପ୍ରାଥମିକ ଶିକ୍ଷୟତ୍ରୀର ଦରମାରୁ କ'ଣ ସେ ସବୁ ସୁବିଧା କରି ପାରିବେ? ନିଶ୍ଚୟ ଆଜି ତାଙ୍କର ମନରେ ଥଟ୍ଟା କରିବାର ଇଚ୍ଛାଟେ ଜୁଟିଛି, ସେଥିପାଇଁ ସେ ଏପରି ଥଟ୍ଟାରେ କହୁଛନ୍ତି ଭାବି ସାବିତ୍ରୀ କହିଲେ- ତୁମେ ଯାହା କର, ସେଥିରେ ମୋର କ'ଣ କହିବାର ଅଛି? ତୁମର ସ୍ତ୍ରୀ ପିଲାପିଲିଙ୍କି କେମିତି ଚଳାଇବ ତୁମେ ସେ କଥା ଜାଣ।

ଗୁରୁବାବୁ ଏପରି ଉତ୍ତର ଆଶା କରି ନ ଥିଲେ। ଏଥର ତାଙ୍କର ସମସ୍ତ ଆଶଙ୍କା ଦୂର ହୋଇଗଲା ବୋଲି ଭାବିଲେ। ସେ ମନେ ମନେ ଭାବିଲେ, ଚାକିରିରୁ ସେ ତାଙ୍କ ଇଚ୍ଛାନୁସାରେ ଅବସର ନେଉଥିବାରୁ ତାଙ୍କୁ ବିରୋଧ କରିବେ, ବିଦ୍ରୋହରେ ଉତ୍ଫଣ ହୋଇ ଉଠିବେ । ମାତ୍ର, ଦେଖିଲେ, ସେ ସମର୍ଥନ କରୁଛନ୍ତି ତାଙ୍କୁ। ସ୍ୱସ୍ତିରେ ନିଃଶ୍ୱାସ ମାରି କହିଲେ- ସତରେ ସାବି, ତୁମେ କେତେ ଭଲ! ମୁଁ ଭାବୁଥିଲି, ତୁମେ ବିରୋଧ କରିବ।

ସ୍ୱାମୀଙ୍କର କଥା ଶୁଣି ସାବିତ୍ରୀଙ୍କ ମନରେ ସନ୍ଦେହ ହେଲା। ସ୍ୱାମୀଙ୍କର କଥା ଥଟ୍ଟା ପରିହାସଜନିତ ନୁହେଁ। ଏହା ସତ୍ୟ ବୋଲି ତାଙ୍କର ବିଶ୍ୱାସ ହେଲା। ମନର ଆବେଗକୁ ସମ୍ଭାଳି ନ ପାରି ସେ କହିଲେ- ସତ କୁହ, ସତରେ ତୁମେ ଚାକିରି ଛାଡିଦେଲ ନା ଥଟ୍ଟାରେ କହୁଛ?

ଗୁରୁବାବୁ ପତ୍ନୀଙ୍କୁ ଚାହିଁ କହିଲେ- ମୁଁ କାହିଁକି ତୁମକୁ ଅଟ୍ଟା କରିବି ? ଜିଲ୍ଲାପାଳଙ୍କଠାରୁ ମଞ୍ଜୁର ହୋଇ ଆସିଥିବା ଅବସର ଆଦେଶପତ୍ର ପକେଟରୁ ବାହାର କରି ବଢ଼ାଇଦେଲେ ପତ୍ନୀଙ୍କ ହାତକୁ। କହିଲେ- ଏଇ ଦେଖୁନ, ଜିଲ୍ଲାପାଳ ମଞ୍ଜୁର କରିଛନ୍ତି।

ଏତେ ସହଜରେ ସ୍ୱାମୀଙ୍କୁ ଭୁଲରେ ସମର୍ଥନ କରୁଥିବା ସାବିତ୍ରୀଙ୍କ ଆଖିରୁ ଗଡିପଡିଲା ଲୁହ। ସେ କିଛି କୂଳକିନାରା ପାଇଲେନି। କ'ଣ କରିବେ ? କୋଉ ଭୂତ ଛୁଇଁଲା ତାଙ୍କ ମୁଣ୍ଡକୁ କେଜାଣି ! ପନ୍ଦରବର୍ଷ ଆହୁରି ବାକି ଥିଲା ଚାକିରି, ଅଥଚ ଚାକିରିରୁ ଅବସର ନେଲେ, କାହାକୁ କିଛି ନ ଜଣାଇ। ହାବୁକା ହାବୁକା କୋହରେ କାନ୍ଦିଉଠିଲେ ସାବିତ୍ରୀ।

ଗୁରୁ ବାବୁ ଆଶ୍ଚର୍ଯ୍ୟ ହେଲେ ପତ୍ନୀଙ୍କର ଏ ବିପରୀତ ମନୋଭାବ ଦେଖି। ବୁଝାଇବାକୁ ଯାଇ କହିଲେ- ଦେଖ ସାବିତ୍ରୀ, ମୁଁ ଯାହା କରିଛି, ବହୁତ ଭାବିଚିନ୍ତି କରିଛି। ତୁମେ ବ୍ୟସ୍ତ ହେବାର କିଛି ନାହିଁ। ମୋ' ଉପରେ ଭରସା ରଖ।

ପତ୍ନୀ ଲୁହଭରା ଆଖିରେ କାନ୍ଦି କାନ୍ଦି କହିଲେ- ଏତେ ବଡ ଡିସିଜନ ନେବା ଆଗରୁ ମତେ ଥରେ ପଚାରିଛ ? ମୁଁ କଣ ତୁମର କେହି ନୁହେଁ ?

ଗୁରୁବାବୁ ନିଜର ଦୋଷ ସ୍ୱୀକାର କରି କହିଲେ- ମୋଟ ଡିସିଜନକୁ ମୁଁ ନିଜେ ଫାଇନାଲ କରିଛି। କାରଣ, ଏହି କଥା ଆଗରୁ ଯଦି ତୁମ୍ଭମାନଙ୍କୁ କହିଥାନ୍ତି, କେହି ଜଣେ ବି ରାଜି ହୋଇ ନ ଥାନ୍ତ। ମନା କରିଥାନ୍ତ ନିଶ୍ଚୟ। ସେଥିପାଇଁ ମୁଁ କହିନି। ମାନୁଛି, ଏହା ମୋର ଭୁଲ। ମାତ୍ର ମୁଁ ନାଚାର।

ଗୁରୁବାବୁ ବୁଝାଉଥିଲେ ପତ୍ନୀ ସାବିତ୍ରୀଙ୍କୁ ଯେ କିରାଣୀ ଚାକିରିରେ ତାଙ୍କର ଆତ୍ମତୃପ୍ତି ମୂଳରୁହିଁ ନ ଥିଲା। 'ପେଟ ପୋଷ ନାହିଁ ଦୋଷ' ନ୍ୟାୟରେ ସେ ଏତେ ଦିନ ଧରି କରିଆସୁଥିଲେ କିରାଣୀ ଚାକିରି। ଉପରିସ୍ଥ ଅଧିକାରୀମାନଙ୍କ ମନୋମୁଖୀ ଶାସନର ସେ ଶିକାର ହେବାକୁ ପସନ୍ଦ କରନ୍ତିନି। ସେ ଚାହାନ୍ତି ସ୍ୱାଧୀନ ଜୀବନ। ସେ ଚାହାନ୍ତିନି ସାତ ପଛର ଜୁନିୟର ହେଡକ୍ଲାର୍କ ହୋଇ ବସିଥିବ ଆଉ ତା'ନିକଟକୁ ଯାଇ ସେ ସାର ସାର କହୁଥିବେ। ସେ ଚାହାନ୍ତିନି ହୀନମନ୍ୟଭାବେ ଅନ୍ୟମାନଙ୍କ ପରି ଗରିବ ଗୁରୁବାଙ୍କଠାରୁ ଅନ୍ୟାୟଭାବେ ପଇସା ନେଇ ସେମାନଙ୍କ କାର୍ଯ୍ୟ କରିବା। ତା'ଛଡା, ଏବେ ତ ତାଙ୍କର ପ୍ରମୋସନ ହୋଇ ଯାଉଛି ବରିଷ୍ଠ କିରାଣୀକୁ। ତାଙ୍କ ନିଜ ସହରରେ ଗୁଡାଏ ପୋଷ୍ଟ ଥିଲେ ବି ତାଙ୍କୁ ଅବସ୍ଥାପିତ କରାଯାଇଛି ଦୂରବର୍ତ୍ତୀ ଏକ ବ୍ଲକ ଅଫିସରେ। ସେଠାକୁ ଯିବାକୁ ସିଧାସଳଖ କମ୍ୟୁନିକେସନ ନାହିଁ। ଘରୁ ଚାଲିକି ଯିବାକୁ ହୁଏ ଦୁଇ କିଲୋମିଟର। ନତୁବା ଗୋଟିଏ ସାଇକେଲ ରଖିବାର

ବ୍ୟବସ୍ଥା କରିବାକୁ ହୁଏ। ବ୍ଲକରେ ଯୋଗଦାନ କରିବା ପରେ ତାଙ୍କ ଉପରେ ଲଦି ଦିଆଯାଇଛି ଓଜନିଆ ଦାୟିତ୍ୱ, ଯେଉଁଠି ଦିନରାତି ଖଟିବାକୁ ପଡେ। କୁଜିନେତା, ଠିକାଦାରମାନଙ୍କ ନ୍ୟାୟଅନ୍ୟାୟ ସବୁକଥା ମାନିବାକୁ ହୁଏ। ପରସେଣ୍ଟ ଖାଇ ଅନ୍ୟମାନଙ୍କୁ ସେୟାର ଦେବାକୁ ହୁଏ। ଏ ସବୁ ଧନ୍ଦା ଗୁରୁବାବୁଙ୍କୁ ଆସେନି। ନିଜର ଚାକିରିକାଳ ଭିତରେ ସେ କେବେ ବ୍ଲକ ଅଫିସକୁ ପୋଷ୍ଟିଂ ହୋଇ ନ ଥିଲେ। ଏ ସମସ୍ତ ଆଶଙ୍କିତ ବିପଦରୁ ମୁକ୍ତି ପାଇଁ ଗୁରୁବାବୁ ଠିକ୍ ବାଟ ବାଛି ନେଇଛନ୍ତି। କ'ଣ ବା ଅସୁବିଧା ହେବ ତାଙ୍କର? କିଛି ପେନସନ ତ ମିଳିବ। ପତ୍ନୀ ପ୍ରାଇମେରୀ ସ୍କୁଲ ଶିକ୍ଷୟତ୍ରୀ। ତାଙ୍କର ଦରମା ଅଛି। ତା'ଛଡା ଗୁରୁବାବୁ କଳାକୋର୍ଟ ପିନ୍ଧି ବାରରେ ଯୋଗଦେବେ। ଓକିଲାତି କରିବେ। ଓକିଲାତିରେ ଅଛି ସ୍ୱାଧିନତା, ସମ୍ମାନ। ଦଶଟାରେ ଯାଇ ପାଞ୍ଚଟାକୁ କିରାଣୀ ଚାକିରିରେ ଓଜନିଆ ମୁଣ୍ଡ ନେଇ ଘରକୁ ଫେରିବାର ନାହିଁ। ଇଚ୍ଛା କଲେ ଗଲ ନଚେତ ନାହିଁ। ଏଡଜନମେଣ୍ଟ ପିଟିସନ ଦେଲେ କେସ ଗଡିଲା ଆର ତାରିଖକୁ। କାହିଁକି ତୁମେ ଆସିଲନି ବୋଲି କୈଫିୟତ ମାଗିବାକୁ କେହି ନାହିଁ।

ସ୍ୱାମୀଙ୍କ ପାଟିରୁ ଓକିଲାତି କଥାଶୁଣି ପତ୍ନୀ ତାସ୍ଚଲ୍ୟ କରି କହିଲେ- ଓକିଲାତି ! ଓକିଲାତି କରିବ? ଦେଖୁନ, ଆମ ସାହିର ରମାକାନ୍ତ ଓଝାଙ୍କୁ। ଓକିଲାତି କରି କି ଅବସ୍ଥା ତାଙ୍କ ପରିବାରର।

ଗୁରୁବାବୁ ବୁଝାଇବା ସୂତ୍ରରେ କହିଲେ- ତୁମେ କାହାର ଉଦାହରଣ ଦେଇ ବୀତସ୍ପୃହ ହୁଅନି। ଓକିଲାତି ନିର୍ଭର କରେ ନିଜର ଆତ୍ମପ୍ରତ୍ୟୟ ଉପରେ, ପରିଶ୍ରମ ଉପରେ। ଆଉ, ତୁମେ ଯଦି ଉମାକାନ୍ତ ଓଝାଙ୍କ ଉଦାହାରଣ ଦେବ, ମୁଁ ଦେବି ଦେବୀପ୍ରସାଦ ମହାନ୍ତିଙ୍କର ଉଦାହରଣ, ଯାହାଙ୍କର ଦୁଇଟି ତିନିମହଲା କୋଠା ଅଛି ଏଇ ସହରରେ। ପୁଅଝିଅ ପଢୁଛନ୍ତି ଡାକ୍ତରୀ ପାଠ।

ଗୁରୁବାବୁଙ୍କ ଯୁକ୍ତିରେ ସାବିତ୍ରୀ ଜବାବ ଦେଇ ପାରିଲେନି ସିନା, କିନ୍ତୁ କହିଲେ- ଏତେ ରିକ୍ସ ନେବା କ'ଣ ଦରକାର? ମାସ ପୂରିଲେ ଦରମା ଗଣ୍ଡାକ ତ ଥିଲା, ଓକିଲାତିରେ କଣ ଭରସା ଅଛି?

ଗୁରୁବାବୁ ପତ୍ନୀଙ୍କୁ ସନ୍ତୋଷ କରାଇବାରେ ବ୍ୟର୍ଥ ହେଲେ କେବଳ ନୁହେଁ, ତାଙ୍କର ଚାକିରି ତ୍ୟାଗର ଖବର ପାଇ ତାଙ୍କ ଘରକୁ ଧାଇଁ ଆସିଥିବା ଶାଶୁଶ୍ୱଶୁରଙ୍କୁ ମଧ୍ୟ ସେ କରିପାରି ନ ଥିଲେ। ଶାଶୁ ତାଙ୍କର କହିଥିଲେ- ତୁମର ଚାକିରିକୁ ଦେଖି ମୁଁ ଝିଅ ଦେଇଥିଲି ବାବୁ। ତୁମେ ଏ କ'ଣ କଲ?

ଗୁରୁବାବୁ କାହାକୁ ସନ୍ତୁଷ୍ଟ କରିପାରି ନ ଥିଲେ ସତ, ମାତ୍ର ମନରେ ତାଙ୍କର ଗଭୀର ଆତ୍ମସନ୍ତୋଷ। ସେ ତାଙ୍କ ଆତ୍ମୀୟ ସ୍ୱଜନଙ୍କର ନିଷ୍ଫଳ ଉପଦେଶକୁ କର୍ଣ୍ଣପାତ

କରି ନ ଥିଲେ। ସେମାନଙ୍କ ମନୋଭାବ ଓ ଚିନ୍ତାଧାରାକୁ ହସୁଥିଲେ ମନେ ମନେ। ଏ ମଣିଷଗୁଡା କେତେ ଭୟାଳୁ, ନିରୀହ ସତେ! ଶଗଡଗୁଳାର ଜୀବନକୁ ଏମାନେ ଭଲ ପାଆନ୍ତି ଶେଷ ନିଶ୍ୱାସ ଥିବା ପର୍ଯ୍ୟନ୍ତ, କିନ୍ତୁ ପରିବର୍ତ୍ତନକୁ ଚାହାନ୍ତିନି। ସେମାନେ କଣ ଜାଣନ୍ତି, ଗୁରୁବାବୁଙ୍କ ଅନ୍ତରରେ ପ୍ରବଳତର ଇଚ୍ଛାଟେ କିପରି ଏତେ ଦିନ ଯାଏ ପାରିବାରିକ ପରିସ୍ଥିତିର ପଥର ତଳେ ଚାପି ହୋଇ ରହି ଆସିଛି ?ଗୁରୁବାବୁଙ୍କ ଛାତ୍ର ଜୀବନରୁ ପ୍ରବଳ ଇଚ୍ଛା ଥିଲା ଜଣେ ଭଲ ଓକିଲ ହେବାକୁ। ଘରର ଶୋଚନୀୟ ଆର୍ଥିକ ଅବସ୍ଥା ହେତୁ ସେ ତାଙ୍କ ବାପାଙ୍କ ପରାମର୍ଶ କ୍ରମେ ପଶି ଯାଇଥିଲେ କିରାଣୀ ଚାକିରିରେ। ମୁକୁଳିବାର ବାଟ ସେ ଏ ପର୍ଯ୍ୟନ୍ତ ଖୋଜୁଥିଲେ ଜଞ୍ଜାଳର ପାଶ ଭିତରୁ। ଏଥର ସେ ଏହା ହିଁ ପ୍ରକୃଷ୍ଟ ସମୟ ଭାବି ଚାକିରିରୁ ଅବସର ନେଲେ ନିଜର ଅବଦମିତ ଇଚ୍ଛାକୁ ପୂରଣ କରିବା ପାଇଁ। ଏମାନେ କଣ ବୁଝିବେ ଗୁରୁବାବୁଙ୍କ ମନର କଥା ? ଯଦି ବା ବୁଝିବେ ଏ ଦୁନିଆଁରେ ଜଣେ ବୁଝିବେ, ଯିଏ ତାଙ୍କ ଅନ୍ତରଙ୍ଗ ବନ୍ଧୁ ଥିଲେ ଏବଂ ଚାକିରିରେ ଥିବାବେଳେ ତାଙ୍କ ସହିତ ଓକିଲାତି ପାଠ ପଢ଼ିଥିଲେ। ସେ ହେଉଛନ୍ତି ସୁଧାଂଶୁ ଜେନା।

ସେହି ସୁଧାଂଶୁ ହିଁ ବୁଝିଲେ ତାଙ୍କୁ। କେଉଁଠି ଖବର ପାଇଲେ କେଜାଣି, ଗୁରୁବାବୁଙ୍କ ଏହି ପଦକ୍ଷେପ ପାଇଁ ସେଦିନ ଫୋନରେ କନ୍‌ଗ୍ରାଚୁଲେସନ ଜଣାଇଥିଲେ। କହିଥିଲେ- ସାବାସ ଗୁରୁ ! ତୁମେ ବନ୍ଧନ କଟାଇ ପାରିଛ। ମୁଁ କିନ୍ତୁ ପାରିଲିନି। ଯା ହେଉ, ତୁମେ ଅନେକ ଦିନରୁ କହି ଆସୁଥିବା କଥାଟାକୁ ଆଜି ନିଜେ ସତରେ ପରିଣତ କରିବାକୁ ଯାଉଛ। ତୁମକୁ ଆଶେଷ ଧନ୍ୟବାଦ।

ଗୁରୁବାବୁ କଟକ ଯାଇ ବାର ରେଜିଷ୍ଟ୍ରେସନ କରାଇଥିଲେ। କଳାକୋଟ ପିନ୍ଧିଲେ। ବାରରେ ଯୋଗଦେଲେ। ଅସନ୍ତୁଷ୍ଟା ପତ୍ନୀ ଓ ତାଙ୍କ ସପକ୍ଷରେ ଥିବା ବଡ ପୁଅ ଓ ସାନ ଝିଅ ମଧ୍ୟ ତାଙ୍କୁ ଖାପଛଡା ବ୍ୟବହାର କରୁଥିଲେ। ଗୁରୁବାବୁ ସବୁକୁ ସହ୍ୟ କରି ନିଜର କର୍ତ୍ତବ୍ୟ ପଥରେ ଆଗେଇ ଚାଲିଲେ। ମହକିଲମାନେ ଜୁଟିଲେ। ସେମାନଙ୍କ ପାଇଁ ପରିଶ୍ରମ କଲେ ଦିନରାତି। ତାଙ୍କର ବିଶ୍ୱାସ, ତାଙ୍କର ପରିଶ୍ରମ ହିଁ ତାଙ୍କୁ ବିଜୟର ପଥକୁ ଟାଣିନେବ। ଆଉ, ଦିନେନା ଦିନେ ଅସନ୍ତୁଷ୍ଟ ପତ୍ନୀ, ପିଲାଛୁଆ ତଥା ଶାଶୁଶ୍ୱଶୁର ନିଶ୍ଚେ ତାଙ୍କୁ ତାରିଫ୍ କରିବେ ତାଙ୍କର ଏହି ଦୁଃସାହସିକ ପଦକ୍ଷେପ ପାଇଁ।

ବିତିଗଲା ଅନେକ ଦିନ। କିଛି ବିଫଳତା କିଛି ସଫଳତାରେ ଚାଲିଲା ଗୁରୁବାବୁଙ୍କ ଓକିଲାତି। ମଝିରେ ମଝିରେ ଗୁରୁବାବୁଙ୍କ ସେଇ ପୁରୁଣା ଉଇଁଖିଆ ଶଗଡଗୁଳାର କିରାଣୀ ଚାକିରିକୁ ମନେପଡେ। ଓକିଲାତିରେ ତାଙ୍କର ପ୍ରବଳ ଉଦ୍ଦୀପନା

ଆସେ, ଆତ୍ମପ୍ରତ୍ୟୟ ବଢ଼େ। ନିଜେ ତ ଶତପ୍ରତିଶତ ସନ୍ତୁଷ୍ଟ। ମାତ୍ର, ପତ୍ନୀଙ୍କର ସେହି ଖାପଛଡା ଭାବ ସହଜରେ ଦୂରୀଭୂତ ହୋଇ ପାରୁନ ଥିଲା।

ଦିନେ ଦି ଜଣ ଲୋକ ଆସି ଗୁରୁବାବୁଙ୍କୁ ଡାକିଲେ, କଲିଂ ବେଲ ଦେଇ। ଗୁରୁବାବୁ ବାଥରୁମ ଯାଇଥିଲେ। ପତ୍ନୀ ସାବିତ୍ରୀ ଆସି ତାଙ୍କ ଓକିଲାତି ଅଫିସ କୋଠାରୀରେ ସେମାନଙ୍କୁ ବସିବାକୁ କହିଲେ। ଟିକିଏ ଅପେକ୍ଷା କରିବାକୁ କହିଲେ। ସେମାନଙ୍କ ଭିତରୁ ଜଣେ କହିଲେ, ମାଡାମ ! ଆମର ଆଉ ସମୟ ନାହିଁ। କଲିକତା ଯିବାର ଅଛି ଏବେ। ଟ୍ରେନ ସମୟ ହୋଇ ଯାଉଛି। ଆପଣ ଏଇ ଦଶହଜାର ଟଙ୍କା ରଖନ୍ତୁ, ସାରଙ୍କୁ ଦେଇଦେବେ। କହିବେ ଯେ କିଷନଲାଲ ଆସି ଏହା ଦେଇ ଯାଇଛନ୍ତି। କଲିକତାରୁ ଫେରିଲେ ସାରଙ୍କୁ ସେ ଭେଟିବେ।

ପତ୍ନୀ ସାବିତ୍ରୀ ଅବାକ୍ ହୋଇଗଲେ- ଥରକୁ ଦଶହଜାର ଟଙ୍କା ! ଏହା ତ ତାଙ୍କର ନେଟ ଦୁଇ ମାସ ଦରମାର ପାଖାପାଖି।

ସାବିତ୍ରୀଙ୍କ ମୂହୁର୍ତ୍ତ ନିରବତା ଦେଖି କିଷନଲାଲ ଭାବିଲେ ଯେ ବୋଧହୁଏ ପ୍ରତିଶୃତ ପରିମାଣରୁ କମ୍ ଦେଇଛନ୍ତି କି କ'ଣ ବୋଲି ମାଡାମ୍ ଭାବୁଛନ୍ତି। ସେ ସେଥିପାଇଁ ପୁଣି କହିଲେ - କେସ ଟେକ୍ ଅଫ କରିବା ପୂର୍ବରୁ ଟଙ୍କା ପଇସା କଥା କିଛି ଛିଣ୍ଡି ନ ଥିଲା ମାଡାମ୍। ସେ କେବଳ ମୋତେ କହିଥିଲେ- ତୁମ ଇଚ୍ଛା ଅନୁସାରେ ଦେବ, ସେଥିପାଇଁ ଚିନ୍ତା କରନି। ଗତକାଲି ସାର ମୋର ପୁଅକୁ ଜେଲରୁ ମୁକୁଳେଇ ଦେଇଛନ୍ତି। ଆମେ ବହୁତ ପରେସାନରେ ଥିଲୁ ମାଡାମ। ସେଥିପାଇଁ ଏତକ ଟଙ୍କା ଆଗତୁରା ମୁଁ ଦେଇ ଯାଉଛି।

ଆଉ କିଛି ଦିନ ଯିବା ପରେ ହଠାତ ଦିନେ ସାବିତ୍ରୀ ଚମକି ପଡିଲେ ସାନଝିଅ ସାନିଆର ଡାକରେ। ସକାଳୁ ସକାଳୁ ପେପରବାଲା ଦୈନିକ ସମ୍ବାଦପତ୍ର ଦେଇ ଚାଲି ଯାଇଥିଲା। ସେଠାରୁ ସାନିଆ ସେ ସମ୍ବାଦପତ୍ରକୁ ଉଠାଇ ଦେଖିଲା ତା ବାପାଙ୍କ ଫଟୋ ପ୍ରଥମ ପୃଷ୍ଠାର ସ୍ଥାନ ପାଇଛି। ଏକ ଆନନ୍ଦ ଉଦ୍‌ବେଗଭରା ସ୍ୱରରେ ସେ ବୋଉକୁ ଡକା ପାରିଲା- ବୋଉ ! ଦେଖେ, ବାପାଙ୍କ ଫଟୋ ସମ୍ବାଦ ପତ୍ରରେ ଛପା ଯାଇଛି।

ପ୍ରଥମେ ଅଜଣା ଆଶଙ୍କାରେ ଆତଙ୍କିତ ହୋଇପଡିଥିଲେ ସାବିତ୍ରୀ। କାରଣ ଖବରକାଗଜରେ ତ ଖରାପ ଲୋକଙ୍କ ଖରାପ କାମ ପାଇଁ ବେଶୀ ଖବର ବାହାରେ। ସେ ଆସି ଦେଖିଲେ ଓ ପଢ଼ିଲେ। ପ୍ରଥମ ପୃଷ୍ଠାର ତଳ ପାଖକୁ ବଡ ବଡ ବୋଲ୍ଡ ଅକ୍ଷରରେ ଲେଖା ହୋଇଛି- 'ଅଦାଲତ ଇତିହାସରେ ନୂଆ କଥା'। ତା'ତଳକୁ ଅପେକ୍ଷାକୃତ ସାନସାନ ଅକ୍ଷରରେ ପୁଣି ଲେଖା ହୋଇଛି ମୁଖ୍ୟ ଶୀର୍ଷକ- 'ଓଡିଆରେ ଅର୍ଜିଲେଖା ଓ ଜବାବ ସୁଆଲ'। ତା'ତଳକୁ ଲେଖା ହୋଇଥିବା ବିବରଣୀ ଏକ

ନିଃଶ୍ୱାସରେ ପଡ଼ିଗଲେ ସାବିତ୍ରୀ। ଦେହ ତାଙ୍କର ଆନନ୍ଦରେ ଶୀତେଇ ଉଠିଲା। କ'ଣ କହି ସ୍ୱାମୀଦେବଙ୍କୁ ଏତେଦିନ ଯାଏ ଭୁଲ ବୁଝି ଆସୁଥିବାର କ୍ଷମା ମାଗିନେବେ ଭାବିପାରୁ ନ ଥିଲେ। ଗୁରୁବାବୁଙ୍କୁ ଦୁଃସାହସିକ କାର୍ଯ୍ୟ ପାଇଁ ଅତିଶୟ କ୍ଷୁବ୍ଧ ହୋଇଥିବା ତାଙ୍କ ବାପାଙ୍କୁ ସାବିତ୍ରୀ ଫୋନ ଲଗାଇ କହୁଥିଲେ- ବାପା ! ଆଜି ସମ୍ବାଦପତ୍ରଟା ଟିକେ ଦେଖିଲ ତୁମ ଜୋଇଁପୁଅ ନାଁରେ କ'ଣ ବାହାରିଛି।

'ଝଙ୍କାର' ନଭେମ୍ବର ୨୦୦୭ ସଂଖ୍ୟାରେ ପ୍ରକାଶିତ

ଦେଶାନ୍ତରୀ ପକ୍ଷୀ

ଏମିତି ଏକ ସ୍ୱପ୍ନ ଲାଖି ଯାଇଥିଲା ସୁନିତାର ଆଖିରେ- କାହିଁ ଏକ ନାଁ ନ ଜଣା ସମୁଦ୍ରକୂଳିଆ ଗାଁ। ଗାଁ ଶେଷ ମୁଣ୍ଡକୁ ଏକ ଛୋଟ ଘର। ସେହି ଘରର କୂଳବଧୂ ସୁନିତା। ଘରେ ତାର ଶାଶୁ ବୁଢ଼ୀ ଓ ସ୍ୱାମୀଙ୍କୁ ଛାଡି ଆଉ କେହି ନାହିଁ। ହୁଏତ ତା କୋଳକୁ ଆସିବ କୁନି କୁନି ଦି'ଟା ଛୁଆ ଏକାଦିକ୍ରମେ। ତାଙ୍କ ଘର ବାରଣ୍ଡାରେ ଠିଆ ହୋଇ କାନ ଡେରି ଦେଲେ ଶୁଭୁଥିବ ସମୁଦ୍ରର ଗୀତ। ଝାଉଁବଣର ବାଁଶୁରୀ। ଘରର ଛାତ ଉପରକୁ ଉଠିଗଲେ ଦିଶିବ ଲୋଭନୀୟ ସମୁଦ୍ରର । ତା ଉପରେ ଦୋଳାୟମାନ ଢେଉସମୂହ। ଢ଼େଉମାନଙ୍କ ଉପରେ ଗଡି ଯାଉଥିବ ନୌକାମାନ ଉଠାପକା ହୋଇ। ନୌକା ଉପରେ ନୋଳିଆ ଜଣେ ଦିଜଣଙ୍କର ଛାୟାଚିତ୍ର କେଡେ ମନୋରମ ଦିଶୁଥିବ। ଫୁରସତ ସମୟରେ ସୁନିତା ସ୍ୱାମୀର ହାତଧରି ସମୁଦ୍ର ଆଡୁ ବୁଲି ଆସିବ ଘେରାଏ। ସୁନିତା ଓ ସ୍ୱାମୀର ପାଦ ଚିହ୍ନ ରହି ଯାଉଥିବ ଭିଜା ଭିଜା ବାଲି ବନ୍ତରାରେ। ସମୁଦ୍ର ଆସି ଦୁହିଁଙ୍କ ପାଦ ଧୋଇ ଦେଇ ପୁଣି ଫେରି ଯାଉଥିବ ଦୂରକୁ।

ଏମିତି ଏକ ସ୍ୱପ୍ନ ଜାଗି ଉଠିଥିଲା ସୁନିତା ମନରେ ସେଦିନ, ଯେଉଁଦିନ ଦିବାକର ମାଷ୍ଟ୍ରେ ତାକୁ ବିବାହ କରିବାକୁ ପ୍ରସ୍ତାବ ବାଢ଼ିଥିଲେ।

ଗାଁରେ ଏଇ କିଛି ବର୍ଷ ହେବ ଖୋଲିଛି ହାଇସ୍କୁଲ। ସରକାରୀ ଅନୁଦାନ ମିଳିନି ଏଯାଏ। ମେନେଜିଙ୍ଗ କମିଟି ଶିକ୍ଷକମାନଙ୍କୁ ଦରମା ତ ନୁହେଁ ଦିଅନ୍ତି କିଛି କିଛି ପାରିଶ୍ରମିକ, ଯାହାକି ପକେଟ ମନି ପାଇଁ ବି ଯଥେଷ୍ଟ ନୁହେଁ। ସେଇ ସ୍କୁଲର ହିନ୍ଦି ଶିକ୍ଷକ ଦିବାକର। ଗାଁ ତାଙ୍କର କୁଆଡେ ଉପକୂଳ ଅଞ୍ଚଳରେ। ସମୁଦ୍ର ପାଖାପାଖି।

ନୂଆ ହୋଇ ଖୋଲିଥିବା ସ୍କୁଲର ଛାତ୍ରୀ ଥିଲା ସୁନିତା। ସେଠାରେ ଅଧ୍ୟୟନ କରିଥିଲା ଚାରିବର୍ଷ। କୃତକାର୍ଯ୍ୟ ହୋଇଥିଲା ହାଇସ୍କୁଲ ପାଠର ଶେଷ ପରୀକ୍ଷାରେ। ସୁନିତା ଛାତ୍ରୀ ଥିବାବେଳେ ଦିବାକାର ତାକୁ ପାଠ୍ୟକ୍ରମ ବାହାରେ ଅନେକ କଥା

ପଚାରୁଥିଲେ। ସୁନିତା ଘରେ କେତେ ଜଣ ସଦସ୍ୟ ? ହାଇସ୍କୁଲ ପରେ ସୁନିତା କଲେଜ ପଢ଼ିବ ନା ସେଇଠି ତାର ପାଠଶେଷ ହେବ ? ଇତ୍ୟାଦି ଇତ୍ୟାଦି। ସୁନିତା ଉତ୍ତରରେ କହୁଥିଲା, ଘରେ ତାଙ୍କର ସଦସ୍ୟ କହିଲେ ତା ବିଧବା ମା ଓ ବିଧବା ଆଈ। ସୁନିତା ପଞ୍ଚମ ଶ୍ରେଣୀର ଛାତ୍ର ଥିବାବେଳେ ବାପା ତାର ଚାଲି ଯାଇଥିଲେ ପରପାରିକୁ। ବାପା ଥିଲେ ତାଙ୍କ ବାପା ବୋଉଙ୍କ ଏକମାତ୍ର ପୁଅ। ତାଙ୍କର ଅକାଳ ମୃତ୍ୟୁରେ ସେଥିପାଇଁ ଭାଙ୍ଗି ପଡିଥିଲେ ତା'ର ବୋଉ ଓ ଆଈ। ସବୁଆଡେ ଅନ୍ଧକାର ଦିଶିଥିଲା। ଚଳିବେ କେମତି ଏଇ ଜଟିଳ ଦୁନିଆଁରେ ବିଧବା ଦି'ଜଣ ପୁରୁଷଶୂନ୍ୟ ପରିବାରକୁ ନେଇ। ସୁନିତା ପୁଣି ତା ବାପାଙ୍କ ଏକମାତ୍ର ଅଲିଅଳ କନ୍ୟା। ନ ଥିଲେ ତା ଉପରେ ବା ତଳେ ଭାଇ ବା ଭଉଣୀ।

ସୁନିତା ସହିତ ହିନ୍ଦୀ ଶିକ୍ଷକ ଦିବାକରଙ୍କର ବିବାହ ପ୍ରସ୍ତାବ ନେଇ ଆସିଥିଲେ ସେ ଦିନ ସ୍କୁଲର ହେଡମାଷ୍ଟର। ସୁନିତାର ବୋଉ ଏଥିରେ ନାହିଁ କରିବାର କାରଣ ନ ଥିଲା। ଯଦି ବି ଏତେ କମ ଦରମାରେ ଦିବାକର କାର୍ଯ୍ୟ କରନ୍ତି ପରେ ସ୍କୁଲ ସରକାରୀ ଅନୁଦାନ ପାଇଲେ ବଢ଼ିବ ତାଙ୍କର ଦରମା। ସେ ପୁଣି ସମଜାତିର। ଶାନ୍ତ, ସୁଧାର, ସୁନ୍ଦର। ସୁନିତାକୁ ସୁନ୍ଦର ମାନିବେ ଦିବାକର। ପୁଣି ସୁନିତା ପାଇଁ ଅନ୍ୟ ଆଡୁ ପ୍ରସ୍ତାବମାନ ଆଦୌ ଆସୁନ ଥିଲା। ମାତ୍ର ଗୋଟିଏ କଥା ତାଙ୍କ ମନରେ ସନ୍ଦେହ ସୃଷ୍ଟି କରୁଥିଲା ଦିବାକରଙ୍କର ଘର କାହିଁ କେଉଁ ଉପକୂଳ ଅଞ୍ଚଳରେ। ଏତେ ଦୂରରେ ଦିବାକାରଙ୍କ ପିତାମାତା ସମ୍ବନ୍ଧ ଯୋଡିବାକୁ ସମ୍ମତ ହେବେ ତ ? ଏହି ପ୍ରଶ୍ନଟିକୁ ସୁନିତା ବୋଉ ପ୍ରଧାନ ଶିକ୍ଷକଙ୍କଠାରେ ଉପସ୍ଥାପନ କରିଥିଲେ। ଉତ୍ତରରେ ପ୍ରଧାନ ଶିକ୍ଷକ କହିଥିଲେ: ଦିବାକରଙ୍କର ପିତାମାତା ଆଉ ନାହାନ୍ତି। ଗଲେଣି ପରପାରକୁ। ତାଙ୍କର ସମ୍ପର୍କୀୟମାନେ ରାଜି ନ ହେବେ କାହିଁକି ? ଦିବାକର କ'ଣ ସେହି ଗାଁରେ ରହିବେ କି ସବୁବେଳେ ? ଚାକିରି ତ ଏଠି। ଦଶହରା, ଖରାଛୁଟୀ ଆଦି ଅବକାଶ ସମୟରେ ଗାଁକୁ ଯାଇ ବୁଲି ଆସିବା କଥା।

ଦିବାକର ପ୍ରସ୍ତାବ ଦେଇଥିଲେ ଯେ ତାଙ୍କ ବିବାହ ହେବ ହରିଶଙ୍କର ମନ୍ଦିରରେ। ତାଙ୍କ ଗାଁ ପରି ଶହ ଶହ ମାଇଲ ଦୂରରୁ ବରଯାତ୍ରୀ ଆସିବା ଅଯଥା ଖର୍ଚ୍ଚାନ୍ତ। ଯୌତୁକାଦିର କିଛି ଦାବି ନ ଥିଲା ଦିବାକର ପକ୍ଷରୁ। ଯାହା ବା ଦେବେ ଟଙ୍କା ଆକାରରେ । ସୁନିତାର ବୋଉ ଓ ଜ୍ଞାତି କୁଟୁମ୍ବ ଖୁସି ହୋଇଥିଲେ ଏହି ପ୍ରସ୍ତାବରେ। କାରଣ ସେମାନେ ଶୁଣିଥିଲେ ଯେ ଦିବାକରଙ୍କର ଗାଁ ଅଞ୍ଚଳରେ କୁଆଡେ ପ୍ରବଳ ଯୌତୁକ ଦାବୀ ହୁଏ। ଦିବାକର ଯେହେତୁ ନିଜେ ଯୌତୁକ ଦାବୀ କରି ନ ଥିଲେ ସୁନିତା ବୋଉ ଯୌତୁକ ରାକ୍ଷସର କବଳରୁ ମୁକୁଳିଥିବାରୁ ଖୁସି ଥିଲେ।

ପୂର୍ବ ପ୍ରସ୍ତାବିତ କାର୍ଯ୍ୟକ୍ରମ ଅନୁଯାୟୀ ବିବାହ ବେଳକୁ ଦିବାକରଙ୍କ ଗାଁରୁ କେହି କେହି ସମ୍ପର୍କୀୟ ଆସିବାର ଥିଲା। କିନ୍ତୁ ପହଞ୍ଚି ନ ଥିଲେ। ଦିବାକର ସନ୍ଦେହ କରି କହିଲେ କାଳେ କାହାର ଦେହ ପା' ବିଗିଡି ଥିବ ସେଥିପାଇଁ ଆସି ପାରି ନାହାନ୍ତି। ତାହାଙ୍କୁ ଯୋଗାଯୋଗ କରିବାର ମାଧ୍ୟମ ସେତେବେଳେ କିଛି ନ ଥିଲା। ପାତ୍ରୀ ପକ୍ଷରୁ ଯେହେତୁ ସମସ୍ତ ବିବାହ ସରଞ୍ଜାମ ଯୋଗାଡ ହୋଇଛି ବିବାହ କାର୍ଯ୍ୟ ସମାପନ କରାଯାଉ। ପ୍ରଧାନ ଶିକ୍ଷକ ଓ ତାଙ୍କ ପତ୍ନୀ ଦିବାକରଙ୍କ ପିତାମାତା ରୂପେ ବିବାହ ବେଦୀରେ ଉପସ୍ଥିତ ରହି କାର୍ଯ୍ୟ ତୁଲାଇଲେ।

ବିବାହ ପରେ ଦିବାକର ଚାଲି ଯାଇଥିଲେ ସୁନିତା ଘରକୁ କାହିଁକି ସେ ଆଉ ସ୍କୁଲ ଗୃହରେ ତିନି ଜଣ ଶିକ୍ଷକଙ୍କ ସହିତ ପୂର୍ବ ମେସ କରି ରହନ୍ତେ ! ସୁନିତାର ବୋଉକୁ ବେଶ ଖୁସି ଲାଗୁଥିଲା- ତାଙ୍କୁ ଲାଗୁ ଥିଲା ସେ ଯେପରି ଜୋଇଁଟିଏ ପାଇ ନାହାନ୍ତି, ପାଇଛନ୍ତି ପୁଅଟିଏ। ସବୁ ଘର କଥା ବୁଝନ୍ତି ଦିବାକର।

ସୁନିତା ମଧ୍ୟ ବେଶ ଖୁସି ଥିଲା ଦିବାକର ସହିତ। ତା'ର ଆଖିର ସେହି ସ୍ୱପ୍ନ ସାକାର ହେବାକୁ ଯାଉଛି। ସେଇ ସମୁଦ୍ର କୂଳିଆ ଗାଁ। ସମୁଦ୍ରର ସ୍ୱର, ସମୁଦ୍ରର ଦୃଶ୍ୟ କେତେ ମନୋରମ ଆହା! କଳ୍ପନା ଚକ୍ଷୁରେ ଓ ଟିଭି ପର୍ଦ୍ଦାରେ ଯାହା ଏ ଯାଏ ଦେଖିଛି ସୁନିତା। ସୁନିତା କହିଥିଲା: ଏଥର ଖରା ଛୁଟିରେ ତୁମ ଗାଁକୁ ଯିବା। ସମୁଦ୍ରରେ ଗାଧୋଇବା।

ଦିବାକର କହିଲେ: ତୁମକୁ ସମୁଦ୍ର ମୋଟେ ଭୟ ଲାଗେନି ?

ସହଜ ଭାବରେ ସୁନିତା କହିଥିଲା: ଯାହା ଶୁଣିକରି ଜାଣିଛି, ସମୁଦ୍ର କୂଳ ଅନେକ ଜାଗାରେ ଗହିରିଆ। ପୁରୀ ସମୁଦ୍ରକୂଳ ଅଗଭୀର ବୋଲି ଗାଧୋଇ ହୁଏ। ଆମ ଗାଁ ସମୁଦ୍ରରେ ଗାଧୋଇ ହୁଏନି। ସମୁଦ୍ରକୁ ଦେଖି ପାରିବ ଟିକିଏ ଦୂରରୁ କେବଳ। ପୁଣି ଜାଣିଛନା ? ଚନ୍ଦ୍ରଭାଗାର ଚୋରାବାଲିରେ କେତେ ଲୋକ ଗାଧୋଉଥିବା ସମୟରେ ମରି ଯାଇଛନ୍ତି।

ସୁନିତା ପ୍ରସ୍ତାବ ଦେଇଥିଲା: ଏଥର ଖରାଛୁଟିରେ ପୁରୀ ଯିବା। ସେଇଠୁ ସୁବିଧା ଦେଖି ତୁମ ଗାଁକୁ ଯିବା। ଦିବାକର ରାଜିହୋଇ ଯାଇଥିଲେ।

ପୂର୍ବ ନିର୍ଦ୍ଧାରିତ କାର୍ଯ୍ୟକ୍ରମ ଧ୍ରି ସୁନିତା ଓ ଦିବାକୟର ବାହାରିଥିଲେ ଖରାଛୁଟିରେ ପୁରୀକୁ। ସମୁଦ୍ରକୂଳବର୍ତ୍ତୀ ଏକ ଲଜ୍‌ରେ ରହିଲେ। ସମୁଦ୍ରକୁ ସତସତିକା ସ୍ୱଚକ୍ଷୁରେ ଦେଖି ସୁନିତା ଖୁସି ହୋଇଥିଲା। ତା'ପର ଦିନ ଥିଲା ସ୍ୱାମୀଙ୍କ ଗାଁକୁ ଯିବାର କାର୍ଯ୍ୟକ୍ରମ।

ସକାଳ ହେଲା। ସୁନିତା ଓ ଦିବାକାର ସମୁଦ୍ର ସ୍ନାନ ସାରି ଲଜ୍‌କୁ ଫେରିଲେ।

ଦିବାକର ବାହାରକୁ ଯାଇ ଜଳଖିଆ ଆଣିଲେ। ଦିବାକର କହିଲେ ସୁନିତାକୁ ସେ ଗାଁକୁ ଯିବାର କାର୍ଯ୍ୟକ୍ରମକୁ ସ୍ଥଗିତ ରଖିବାକୁ ହେବ। କାରଣ ଦିବାକରଙ୍କ ଘରେ ରହୁଥିବା ମଉସା ମାଉସୀ ଯାଇଛନ୍ତି ତୀର୍ଥକୁ। ଘରେ ତାଲା ପଡିଛି। ଏକଥା ସେ ଜ୍ଞାତ ହେଲେ ଜଳଖିଆ ହୋଟେଲ ପାଖରେ ଆକସ୍ମିକ ଭାବେ ଭେଟି ପାରିଥିବା ତାଙ୍କ ଗାଁର ଜଣେ ଭଦ୍ରବ୍ୟକ୍ତିଙ୍କ ଠାରୁ।

ସୁନିତାର ଦୁଃଖ ନ ଥିଲା। ସେ କହିଲା: ଠିକ ଅଛି। ଆସନ୍ତା ଦଶହରାକୁ ଯିବା। କାର୍ଯ୍ୟକ୍ରମ ସମାପ୍ତ କରି ଦୁହେଁ ଫେରି ଆସିଥିଲେ ଗାଁକୁ।

ସମୁଦ୍ର ଦର୍ଶନ ଓ ସ୍ନାନ ପରେ ସୁନିତାର ମନରୁ ସମୁଦ୍ରର ଲୋଭ ଲିଭିଲାନି ପୂରାପୂରି। ତା'ର ଇଚ୍ଛା ହେଉଥିଲା ସେ ସମୁଦ୍ର କୂଳରେ ବସିଥାନ୍ତା ସବୁଦିନ। ଦେଖୁଥାନ୍ତା ସମୁଦ୍ରର ଢେଉମାନଙ୍କର ନାଚ। ତା ସହିତ ତା ଉପରେ ତଳୁ ଉପର ହୋଇ ଉଡି ଉଡିକା ଖେଳୁଥିବା ପକ୍ଷୀମାନଙ୍କୁ। ସୂର୍ଯ୍ୟୋଦୟ ଓ ସୂର୍ଯ୍ୟାସ୍ତକୁ। ସେ ଦେଖନ୍ତା ସେ ସ୍ୱାମୀଙ୍କର ସମୁଦ୍ରକୂଳିଆ ଗାଁର ଛାତଘରର ଅପଷ୍ଟେଆରରୁ ସମୁଦ୍ରର ମନୋରମ ଦୃଶ୍ୟ।

ସମୁଦ୍ରର ସ୍ୱପ୍ନଭଙ୍ଗ ନ ହେବା ଆଗରୁ ଆଉ ଏକ ଭିନ୍ନ ସ୍ୱପ୍ନର ଅଞ୍ଜନ ଲଗାଇ ଦେଇଥିଲେ ସୁନିତା ଆଖିରେ ଦିବାକର। ସେ ସୁନିତାକୁ କହିଥଲେ: ଏଥର ମୁଁ ଚେଷ୍ଟା କରୁଛି ସୁନିତା ସପ୍ଲାଇ ଇନ୍‌ସପେକ୍ଟର ପୋଷ୍ଟ ପାଇଁ। ଯଦି ତାହା ହୁଏ ନା, ତୁମେ ମୋ ସ୍ୱର୍ଣ୍ଣ ମହଲର ରାଣୀ ହୋଇଯିବ। ଅପର୍ଯ୍ୟାପ୍ତ ଟଙ୍କା ଆସିବ ହାତକୁ।

ସୁନିତା କହିଲା: ମୁଁ କଣ ତୁମର ମନର ରାଣୀ ନୁହେଁ କି ?

ଦିବାକର କହିଲେ: ସେମିତି ଗରୀବ ରାଣୀ ନୁହେଁ। ରାଜରାଣୀ ହେବ, ବୁଝିଲ ରାଜରାଣୀ। ତୁମ ଦେହରେ ଦାମୀ ଦାମୀ ଶାଢ଼ୀ। ବେକରେ ମୋଟା ସୁନାହାର। ହାତରେ ସୁନା ଚୂଡି। କାନରେ ସୁନାର କାନଫୁଲ। ମୁଁ ବସିଥିବି ସର୍ବାଧୁନିକ ଟୁ ହ୍ୱିଲରରେ। ତୁମେ ମୋର ପଛେ ବସିଥିବ। ବୁଲି ଆସିବା ମନ ଇଚ୍ଛା ମାର୍କେଟିଙ୍ଗ କରି। ଆଉ ସୁବିଧା ଦେଖି ସମୁଦ୍ରରେ ଜାହାଜରେ ବସି ବୁଲି ଆସିବା ଆଣ୍ଡାମାନ।

ଦିବାକରଙ୍କ କଥାରେ ସୁନିତା ଆଶ୍ଚର୍ଯ୍ୟ ହୋଇ କହିଲା: ଏତେ କଥା ସତରେ ହୋଇ ପାରିବ ?

ଦିବାକର ପୁଣି କହିଲେ:ଏଇ ଗନ୍ଧିଆ ମାଷ୍ଟର ଚାକିରିରେ କଣ ଅଛି ? ରଡି ରଡି ତଣ୍ଟି ବଥାଇବ ଟିଉସନ ପଢ଼ାଇ। ତହିଁରୁ ମିଳିବ ମାତ୍ର ଦି'ଚାରି ଶହ ଟଙ୍କା। ଆମ ସ୍କୁଲର କେବେ ସରକାରୀ ଗ୍ରାଣ୍ଟ ପାଇବ ଯେ ସେ କ'ଣ ଠିକ ଅଛି ? ଆଉ, ମୁଁ ଯେଉଁ ଚାକିରି କଥା କହୁଛି, ସେଥିରେ ତ ଦରମା ଯେତିକି ତାଠାରୁ ଉପୁରି କାହିଁରେ କେତେ। ସମ୍ମାନ ବି ଅଛି ସେଠି।

ଗଭୀର ଆଗ୍ରହ ଓ ଉତ୍ସୁକତା ସହିତ ସୁନିତା ପଚାରିଥିଲା: ତା ହେଲେ ସେ ଚାକିରି ତୁମର ହେବ ନା ?

ଦିବାକର ଆତ୍ମପ୍ରତ୍ୟୟ ସହିତ କହିଥିଲେ: ହେବାଟା ସୁନିଶ୍ଚିତ। ହେଲେ ଲାଞ୍ଚ ପାଇଁ ଯେତେ ଟଙ୍କା ଲାଗିବ ଯେ'... ?

ସୁନିତା ପ୍ରଶ୍ନ କଲା: କେତେ ଟଙ୍କା ?

ଦିବାକର କହିଲେ: ଅନ୍ୟମାନେ ତ ବଢ଼ି ବଢ଼ି ଚାଲିଛନ୍ତି। ମୁଁ ଦି' ଲକ୍ଷରେ କଥା ଛିଣ୍ଡାଇଛି।

ହତାଶ ହୋଇ ସୁନିତା ଦୀର୍ଘଶ୍ୱାସ ଛାଡି କହିଲା: ଏତେ ଟଙ୍କା ।

ଦିବାକର ଅଶ୍ୱାସନା ଦେଇ କହିଲେ: ବିବାହ ବେଳେ ତୁମ ଘରେ ଦେଇଥିବା ପଚାଶ ହଜାର ଟଙ୍କା ଅଛି ମୋ ପାଖରେ। ଆଉ ଦେଢ଼ ଲକ୍ଷ ଟଙ୍କା କ'ଣ ଯୋଗାଡ କରି ପାରିବାନି ?

ସୁନିତା ପଚାରିଲା: କୁଆଡୁ ହେବ ?

ଦିବାକର କହିଲା: ଗୋଟିଏ ଉପାୟ ଅଛି। ତୁମର ଘରେ ରାଜି ହେବା କଥା। ତୁମର ଚାଷ ଜମିକୁ ବିକ୍ରି କଲେ ତ ଢ଼େର ଟଙ୍କା ମିଳିଯିବ। ପରେ ମୋ ଚାକିରି ହେବା ପରେ ଜମି କିଣି ଦେବା।

ଉତ୍‌ଫୁଲ୍ଲିତ ହୋଇ ସୁନିତା କହିଲା: ଠିକ କଥା ତ। ଖାଲି ବୋଉ ରାଜି ହେବା କଥା। ମାତ୍ର, ଏହି ଜମିଟି କାହିଁ ପିତୃପୁରୁଷରୁ ତ ଆମର ହୋଇ ରହିଛି। ବୋଉ ସହଜେ ରାଜି ହେବ ବୋଲି ମୋତେ ଲାଗୁନି।

ଦିବାକର ଅନୁନୟ ଭଙ୍ଗୀରେ ସୁନିତାକୁ କହିଲେ: ଦେଖ, ମାଆକୁ ବୁଝାଇବା ହେଉଛି ତୁମ କାମ। ମୋର ସେ ଚାକିରି ହେଲେ ଆମେ ତାଙ୍କୁ ସେତିକି ଜମି କିଣି ଦେବା ନି କି ? ଆଉ, ଖବରଦାର। ଏକଥା ଆଉ କାହାକୁ କହିବନି। ଲୁଚାଛପାରେ ପୋଷ୍ଟଟାକୁ ହାତେଇ ଆଣିଲେ ହେଲା। ଲାଞ୍ଚ ଫାଞ୍ଚ କଥା ଆଗରୁ ପ୍ରଘଟ ହୋଇଗଲେ ଚାକିରି ହାତଛଡା ହୋଇ ଯିବାର ଅଛି।

ପ୍ରଥମେ ପ୍ରଥମେ ସୁନିତାର ବୋଉ ପିତୃ ପୁରୁଷର ଜମିକୁ ବିକ୍ରି କରି ଦେବାକୁ ଚାହୁଁ ନ ଥିଲେ। କାରଣ, ଜମିରୁ ଲବ୍ଧ ଧାନ ତାଙ୍କର ଏକ ବର୍ଷର ଖାଦ୍ୟ ଯୋଗାଇ ଦେଇ ପାରୁଥିଲା। ବରଂ ଜମିକୁ ବନ୍ଧା ପକାଇ କିଛି ଟଙ୍କା ଅଣା ଯାଇପାରେ। ବନ୍ଧା ପକା ଟଙ୍କା ନିଅଣ୍ଟ ହେବ ହାତଗୁଞ୍ଜା ପାଇଁ। ପୁଣି ବନ୍ଧାରେ କେହି ରାଜି ନ ହେବାରୁ ତାକୁ ବିକ୍ରି କରି ଦେବାକୁ ସୁନିତା ବୋଉ ଅଗତ୍ୟା ରାଜି ହୋଇଥିଲେ।

ଜମିକୁ ଉଚିତ ମୂଲ୍ୟରେ ବିକିବାକୁ ସମୟ ନ ଥିଲା। ଏକାଧିକ ଗ୍ରାହାକଙ୍କ

ସହିତ ମୁଲଚାଲ କରିବାର ସମୟ ନ ଥିଲା। କାରଣ, ଦିବାକର ଟଙ୍କା ଦାଖଲ କରିବାର ଦିନ ପାଖେଇ ଆସୁଥିଲା। ଦୁଇ ଲକ୍ଷ ଟଙ୍କାର ସମ୍ପତ୍ତିକୁ ଦେଢ଼ ଲକ୍ଷ ଟଙ୍କାରେ ବିକ୍ରି କରାଗଲା।

ସମସ୍ତ ଟଙ୍କା ଧରି ଦିବାକର ଚାଲିଗଲେ ଭୁବନେଶ୍ୱର। ଯିବାବେଳେ, ସୁନିତା ଘର ବାଟରେ ପୂର୍ଣ୍ଣକୁମ୍ଭ ବସାଇଥିଲା। ସବୁ କଥା ବାର୍ତ୍ତା ଛିଣ୍ଡାଇ ଅତି ଶୀଘ୍ର ଫେରି ଆସିବାକୁ ଅନୁରୋଧ କରିଥିଲା। ଦିବାକର କହିଥିଲେ ଯେ, ସେ ଫେରୁ ଫେରୁ ଦି ଚାରି ଦିନ ଲାଗିବ ନିଶ୍ଚୟ। ଯଦି ସମ୍ଭବ ହୁଏ ଏକା ସାଥେ ପୋଷ୍ଟିଂ ଅଡରଟିକୁ ଧରି ଫେରିବେ।

ସୁନିତା ଆଖିରେ ଆଖିଏ ସ୍ୱପ୍ନ। ବଡ ଚାକିରି ହେବ ତା ସ୍ୱାମୀଙ୍କ। ସେ ଘର ତୋଳିବେ ଭୁବନେଶ୍ୱରରେ। ତାଙ୍କର କିଣା ହେବ ସର୍ବାଧୁନିକ ଫୋର ହ୍ୱିଲର। ସେଥିରେ ପଛ ପଟେ ବସି ସ୍ୱାମୀଙ୍କ ସହିତ ସପିଙ୍ଗ କରି ଯିବ। ତାର କିଣାହେବ କେତେ ରକମର ରକମର ଦାମୀ ଶାଢ଼ୀ ଓ ସୁନା ଗହଣା।

ଦିବାକର ଫେରିବା ପାଇଁ ଦେଇଥିବା ସମୟାବଧିର ପ୍ରତିଶ୍ରୃତି ଅତିକ୍ରମ କରିଗଲା। ଫେରିଲେନି ସେ। ଦିନଦିନ ଯାଇ ମାସ ମାସ ଯାଇ ବର୍ଷ ବିତିଗଲ।

ସୁନିତା ଓ ସୁନିତାର ବୋଉ ଝୁରି ହେଉଥିଲେ ଦିବାକରକୁ। ଚାରିଆଡ ଅନ୍ଧକାର ଦେଖାଯାଉଥିଲା ସେମାନଙ୍କୁ। ଉଆଁସ ରାତିର ଘନ ଅନ୍ଧକାରକୁ ଦୂରୀଭୂତ କରି ମିଞ୍ଜି ମିଞ୍ଜି ଜଳୁଥିବା ମହମବତୀଟିଏ ଲିଭିଯିବା ପରେ ସବୁଆଡେ କୁଢ଼ କୁଢ଼ ଅନ୍ଧକାର ମାଡିଯିବା ପରି ସେମାନଙ୍କ ଆଖିକୁ ଦିଶୁଥିଲା ଅନ୍ଧକାର ଓ ଅନ୍ଧକାର।

ଦିବାକରକୁ ଖୋଜିଯିବ କିଏ ? ମାଇପି ଦି'ଜଣ। ସେମାନେ ଯିବେ ବା କୁଆଡେ ? ସ୍କୁଲ ହେଡ ମାଷ୍ଟରକୁ ଅନୁରୋଧ କରିବାରୁ ସେ କହିଲେ: କୁଆଡେ ଯିବି ବା ମୁଁ। ମୁଁ ତାଙ୍କ ଘର ଦେଖିଛି ନା ଗାଁ। ସ୍କୁଲରେ ଦେଇଥିବା ଠିକଣା ମୋତେ ସନ୍ଦେହ ଲାଗୁଛି। ହୁଏ ତ ଏହା ଏକ ନକଲି ସାର୍ଟିଫିକେଟ।

କିଏ କିଏ କହନ୍ତି ଦିବାକର ଠକିବାକୁ ଆସିଥିଲା ସୁନିତା ଘରକୁ। ତୁଚ୍ଛାଟାରେ ବଡ ଚାକିରିର ମୋହ ଦେଖାଇ ଜମି ବିକ୍ରି କରାଇ ଟଙ୍କା ନେଇ ଛୁ କଲା। କିଏ କହେ - ଏତେ ଟଙ୍କା ଧରି ଯିବା ବାଟରେ ହୁଏ ତ ସେ କେଉଁ ଡକାୟତ ହାବୁଡରେ ପଡିଥିବ। ଟଙ୍କା ଲୁଟ କରି ଡକାୟତମାନେ ଦିବାକରକୁ ମାରି କୁଆଡେ ଫିଙ୍ଗି ଦେଇଥିବେ।

କିଏ କହେ ଦିବାକର ସୁନିତାକୁ ବିବାହ କରିବା ପୂର୍ବରୁ ବିବାହ କରିଛି ଅନ୍ୟତ୍ର। ତା'ର ସ୍ତ୍ରୀ ପିଲାପିଲି ଥିବେ ସେଆଡେ। ସେଥିପାଇଁ ସୁନିତାକୁ ଛାଡିଦେଲା।

ପୁଣି କିଏ କହେ- ଏପରି ଅଧର୍ମୀ, ଠକ, ଧପ୍ପାବାଜ ଯଦି ବି ବଞ୍ଚିଥିବ ଏଥର ହୋଇଥିବା ମହାବାତ୍ୟାରେ ଶେଷ ହୋଇଯାଇଥିବ।

ସମସ୍ତଙ୍କ କଥା ସୁନିତା ଶୁଣେ, କିଛି ଉତ୍ତର ଦେଇ ପାରେନା। କାଠ ପିତୁଳା ପରି ନୀରବ ରହେ। ତା'ର ମନରେ ପ୍ରଥମେ ବିଶ୍ୱାସ ହେଉଥିଲା: ତାକୁ ଦିବାକର କେତେ ଭଲ ପାଉନ ଥିଲେ। ସେ ତା'କୁ କଣ ଭୁଲି ଯାଇ ଅନ୍ୟତ୍ର ରହି ପାରିବେ? ସେ ଦିନେ ନା ଦିନେ ଫେରି ଆସିବେ ନିଶ୍ଚୟ। ମାତ୍ର; ତା'ର ଆତ୍ମପ୍ରତ୍ୟୟର ଆଲୋକିତ ଦୀପଟି ସନ୍ଦେହର ଦମକା ଦମକା ପବନରେ ଦୋଦୁଲ୍ୟମାନ ଅବସ୍ଥାକୁ ଆସି ଲିଭିଆସେ। ସୁନିତାର ଇଚ୍ଛା ହୁଏ, ଥରେ ଭଲା ଫେରି ଆସନ୍ତେ ଦିବାକର। ତାଙ୍କୁ ବାନ୍ଧିରଖନ୍ତା ଏପରି ପ୍ରେମରେ ଯେ ତା'ର ପୃଥିବୀର ପରିଧି ଡେଇଁ ବାହାରକୁ ଯାଇ ପାରନ୍ତେନି। ମାତ୍ର; ସେ କ'ଣ ଫେରିବେ? ସେ ବୋଧହୁଏ ଦେଶାନ୍ତରୀ ପକ୍ଷୀ। କୁଆଡେ ରହିଗଲେ ଅନନ୍ତ ଆକାଶରେ। ସେଇ ଅନନ୍ତ ଆକାଶର ବ୍ୟାପ୍ତି ଭିତରେ ତାକୁ ଖୋଜି ପାଇବ କିଏ?

■

'ଅମୃତାୟନ' -ଫେବୃଆରୀ ୨୦୦୯

ପୁରସ୍କାର

ରାଜଧାନୀର ଏକ ଅଗ୍ରଣୀ ସାହିତ୍ୟ ଅନୁଷ୍ଠାନ ଦ୍ୱାରା ପୁରସ୍କୃତ ହେଉଛନ୍ତି ରାକେଶ ବାବୁ। ସାହିତ୍ୟ କ୍ଷେତ୍ରରେ ତାଙ୍କର ରହିଛି ଉଲ୍ଲେଖନୀୟ ଅବଦାନ। ଏ ସଂକ୍ରାନ୍ତରେ ଅନୁଷ୍ଠାନ ତରଫରୁ ପତ୍ର ଆସିଛି ତାଙ୍କ ପାଖକୁ। ତାଙ୍କୁ ଅନୁରୋଧ କରାଯାଇଛି ଆସନ୍ତା ମାସ ଦଶ ତାରିଖରେ ଜୟଦେବ ଭବନରେ ଉପସ୍ଥିତ ରହି ନିଜର ପୁରସ୍କାର ଗ୍ରହଣ କରିବାକୁ। ଅନୁରୋଧ ପତ୍ରଟିକୁ ବାରମ୍ବାର ପଢୁଥାନ୍ତି ପତ୍ନୀ ହୂଲତା। ରାକେଶ ବାବୁଙ୍କ ଖୁସିଠୁ ତାଙ୍କର ଖୁସିକୁ ନିହାତି କିଛି ସଂଖ୍ୟାର ଗୁଣିତ କରି ହିସାବ କରାଯାଇପାରେ।

ରାକେଶବାବୁ ସିଦ୍ଧାନ୍ତ କଲେ ପୁରସ୍କାର ଗ୍ରହଣ ପାଇଁ ଯିବା ବେଳେ ସଙ୍ଗରେ ନେଇ ଯିବେ ତାଙ୍କ ପତ୍ନୀଙ୍କୁ। ଫୁରସତ ଅଭାବରେ ପୁରୀ ଜଗନ୍ନାଥ ଦର୍ଶନ ପାଇଁ ଅଭିଳାସ ଥିଲେ ମଧ୍ୟ ଏ ପର୍ଯ୍ୟନ୍ତ ପତ୍ନୀଙ୍କୁ ନେଇ ପାରି ନାହାନ୍ତି। ପୁରସ୍କାର ଗ୍ରହଣ ପରେ ସେ ସେପଟୁ ପୁରୀ ବୁଲି ଆସିବେ। ପତ୍ନୀ ମଧ୍ୟ ତାଙ୍କର ଏହି ପ୍ରସ୍ତାବରେ ଖୁସି ହେଲେ। ଶେଷକୁ ଏଇ ଅଞ୍ଚଳର ଦୁଇଟି ସାହିତ୍ୟିକ ବନ୍ଧୁ ମଧ୍ୟ ଜୁଟିଲେ ଏକ ସଙ୍ଗରେ ଯିବାକୁ। ସେ ଦୁଇ ଜଣ ସେହି ଅନୁଷ୍ଠାନ ଦ୍ୱାରା ପୁରସ୍କୃତ ହେବେ। ସୁବିଧାରେ ଯିବା ଆସିବାକୁ ଏମାନେ ଏକ ଭଡାଟିଆ ବୋଲେରୋ ଗାଡି ଠିକ୍ କଲେ।

ନିର୍ଦ୍ଧାରିତ ଦିନ ଦୁଇ କବି ବନ୍ଧୁ ଓ ପତ୍ନୀ ସହିତ ପୁରୀରୁ ଜଗନ୍ନାଥ ଦର୍ଶନ ସାରି ଭୁବନେଶ୍ୱର ପହଞ୍ଚିଲେ ରାକେଶ ବାବୁ। ପୁରସ୍କାର ପାଇବାକୁ ଥିବା ଅତିଥିଙ୍କ ପାଇଁ ରହିବା ସୁବିଧା କରାଯାଇଥିବା ଅତିଥି ଭବନରେ ପହଞ୍ଚିଲେ। ସେଠାରେ ଗୋଟିଏ ରୁମ୍‌ରେ ବିଶ୍ରାମ ନେଲେ ରାକେଶ ଓ ତାଙ୍କ ପତ୍ନୀ। ଗାଡି ଡ୍ରାଇଭର ପାର୍କ ସାମ୍ନାରେ ଗାଡି ରଖି ଗାଡି ଭିତରେ ଶୋଇଗଲା। ଅନ୍ୟ ଏକ କୋଠରୀରେ ଅନ୍ୟ କବି ବନ୍ଧୁଦ୍ୱୟ ବିଶ୍ରାମ ନେଲେ। ସନ୍ଧ୍ୟା ସାତଟାରେ କାର୍ଯ୍ୟକ୍ରମ। ଆହୁରି ଚାରି ଘଣ୍ଟା ବାକି।

ସାଢ଼େ ଛଅଟା ସମୟରେ ସମସ୍ତେ ବାହାରି ପଡିଲେ ନିରୂପିତ ସ୍ଥାନକୁ। ଜୟଦେବ ଭବନ - କେବେ ଦେଖି ନ ଥିଲେ ସୁଲତା। ହୁଏ ତ ସ୍ୱାମୀ ରାକେଶ କେବେ ଦର୍ଶକ ହୋଇ ଆସିଥାଇ ପାରନ୍ତି ଏଠାକୁ। ଆଜି କିନ୍ତୁ ସେ ଏଠାକୁ ଆସିଛନ୍ତି ଏକ ଭିନ୍ନ ରୂପରେ। ସେ ଆଜି ଏକ ସାହିତ୍ୟାନୁଷ୍ଠାନର ପୁରସ୍କାର ଯୋଗ୍ୟ ସମ୍ମାନୀୟ ଅତିଥି। ତାଙ୍କୁ ପୁରସ୍କାର ପ୍ରଦାନ କରିବେ ଖୋଦ ଓଡିଶାର ସଂସ୍କୃତି ମନ୍ତ୍ରୀ। ସୁଲତାଙ୍କ ଛାତି ଖୁସିରେ କୁଣ୍ଢେମୋଟ ହେଉଥାଏ।

ନିର୍ଦ୍ଧାରିତ ସମୟର ଅଧ ଘଣ୍ଟା ପରେ ଆସିଲେ ସଂସ୍କୃତି ମନ୍ତ୍ରୀ ମହାଶୟ। ସଭାକାର୍ଯ୍ୟ ଆରମ୍ଭ ହେଲା। ଅନୁଷ୍ଠାନର ବିବରଣୀ ପାଠ, ମୁଖ୍ୟ ବକ୍ତା ଓ ମୁଖ୍ୟ ଅତିଥିଙ୍କ ଭାଷଣ ପରେ ଆସିଲା ପୁରସ୍କାର ପ୍ରଦାନର ପର୍ବ। ଦି ଜଣଙ୍କର ପୁରସ୍କାର ପ୍ରଦାନ ପରେ ପଡିଲା ରାକେଶ ବାବୁଙ୍କ ପାଳି। ସେ ପୁରସ୍କାର ଗ୍ରହଣ କଲେ ଖୋଦ ମନ୍ତ୍ରୀ ମହାଶୟଙ୍କ ହାତରୁ। ପୁରସ୍କାର ଗ୍ରହଣ ବେଳେ ଫଟୋ ଉଠୁଥିଲା। ପତ୍ନୀ ସୁଲତା ମନେ ମନେ ଭାବୁଥିଲେ ମନ୍ତ୍ରୀ ସ୍ୱାମୀଙ୍କୁ ପୁରସ୍କାର ପ୍ରଦାନ କରିବାବେଳର ଫଟୋ ଗୋଟାଏ ମିଳନ୍ତା କି! ତାକୁ ଟାଙ୍ଗି ଦିଅନ୍ତେ ତାଙ୍କ ଡ୍ରଇଂ ରୁମରେ। ଏକଥା ସେ କହିଲେ ତାଙ୍କ ସ୍ୱାମୀଙ୍କୁ। ରାକେଶ ଫଟୋଗ୍ରାଫର ପାଖକୁ ଯାଇ ଅର୍ଡର ଦେଇ ଅସିଲେ। ଫଟୋଗ୍ରାଫରଠୁ ପ୍ରତିଶ୍ରୁତି ମିଳିଲା ଯେ ମିଟିଂ ଶେଷ ହେବାର ଦଶ ମିନିଟ ପରେ ପାଇ ପାରିବେ ଫଟୋ।

ପୁରସ୍କାର ମନୋନୀତ ସାହିତ୍ୟିକମାନଙ୍କ ପୁରସ୍କାର ଗ୍ରହଣ ଭିତରେ ହଠାତ୍ ସୁଲତା ଚମକି ପଡିଲେ, ପୁରସ୍କାର ବିତରଣ ମଞ୍ଚ ଉପରୁ ମାଇକରେ ତାଙ୍କର ନାମ ଉଚ୍ଚାରଣ କରି ତାଙ୍କୁ ଆହ୍ୱାନ କରାଯାଉଛି ପୁରସ୍କାର ଗ୍ରହଣ କରିବାକୁ। ସୁଲତା ତାଙ୍କ ଆଗ, ପଛ, ବାମ, ଡାହାଣରେ ବସିଥିବା ସମସ୍ତଙ୍କୁ ଦେଖିଲେ- ତାଙ୍କ ନାମଧାରୀ କେହି ଜଣେ କବୟତ୍ରୀ ଅଛନ୍ତି ନିଶ୍ଚୟ; ମାତ୍ର ଯେଉଁ କେତେ ଜଣ ନାରୀ ସଭା ସ୍ଥଳରେ ଉପସ୍ଥିତ ଥିଲେ କେହି ଆମନ୍ତ୍ରିତ ପୁରସ୍କାର ଗ୍ରହଣ କରିବାକୁ ନିଜ ସ୍ଥାନରୁ ଉଠିବାକୁ ଉଦ୍ୟତ ହେଉନ ଥିଲେ। ପାଖରେ ବସିଥିବା ତାଙ୍କ ସ୍ୱାମୀ କହୁଥିଲେ- ତୁମକୁ ଡକା ହେଉଛି, ଯାଅ। ଗ୍ରହଣ କର। ବିସ୍ମିତ ହୋଇ ସ୍ୱାମୀଙ୍କୁ ବଲ ବଲ କରି ଚାହିଁ ସୁଲତା କହିଲେ- ମୋତେ କାହିଁକି ? ସାହିତ୍ୟ କାହିଁ ମୁଁ କାହିଁ! ରାକେଶ ଜାଣନ୍ତି ସୁଲତା ସାହିତ୍ୟର 'ସ' ଅକ୍ଷର ଜାଣି ନାହାନ୍ତି। କେବଳ ତାଙ୍କର ବାରମ୍ବାର ବାଧ୍ୟବାଧକତାରେ କେତେବେଳେ ତାଙ୍କର ଲେଖା ପଢ଼ିଲେ ଶୁଣନ୍ତି। ହେଲେ ଏଇ ଫଟୋଗ୍ରାଫର ପାଖକୁ ଯିବାବେଳେ ସାହିତ୍ୟାନୁଷ୍ଠାର କୋଷାଧ୍ୟକ୍ଷ ତାଙ୍କୁ ପଚାରିଥିଲେ ତାଙ୍କ ପତ୍ନୀଙ୍କ ନାମ। ସେ କହିଲେ- ତୁମକୁ ଡକା ହେଉଛି, ଯାଅ। ମାଇକରେ ପୁଣି

ସୁଲତାଙ୍କ ନାମ ଘୋଷଣା ସାଙ୍ଗକୁ ସ୍ୱାମୀ ରାକେଶଙ୍କ ନାମ ଉଚ୍ଚାରଣ ହେଲା। ଅଗତ୍ୟା ସୁଲତା ଯାଇ ପୁରସ୍କାର ଗ୍ରହଣ କଲେ।

କାହିଁକି ? କାହିଁକି ? ଅଜସ୍ର କାହିଁକିରେ ସୁଲତାର ମନ ଭରି ଯାଉଥାଏ। ଏହି ପୁରସ୍କାର ପାଇ ତାଙ୍କୁ ସମ୍ମାନୀତ କରାଯାଇନି ବରଂ ଅସମ୍ମାନ କରାଯାଇଛି। ସେ ସାହିତ୍ୟର ସଂଜ୍ଞା ଭଲଭାବେ ଜାଣନ୍ତିନି। କେବେ କବିତାଟେ ବି ଲେଖି ନାହାନ୍ତି। ତାଙ୍କୁ ଏହି ପୁରସ୍କାର ପ୍ରଦାନ କରିବାର ତାତ୍ପର୍ଯ୍ୟ କଣ ?

ସଭା କାର୍ଯ୍ୟ ଶେଷ ହେବାକୁ ଆଉ ଅଳ୍ପ ସମୟ ବାକି। ଧନ୍ୟବାଦ ଅର୍ପଣ ପର୍ବ ଚାଲିଛି। ଅନୁଷ୍ଠାନର ସଭାପତି ରାକେଶ ବାବୁଙ୍କ ପାଖକୁ ଆସି ଖାଲିଥିବା ଚୌକିରେ ବସିଲେ। ସୁଲତାଙ୍କ ଦୃଷ୍ଟି ତାଙ୍କ ଆଡକୁ ଆକର୍ଷିତ ହେଲା। ସେ ରାକେଶଙ୍କୁ ବିନମ୍ରରେ କହିଲେ-ସାର୍, ମାଡାମ୍‌ଙ୍କ ଏକୋମୋଡେସନ ଚାର୍ଜ। ରାକେଶ ଟିକିଏ ହଡବଡେଇ ଗଲେ। ତା'ପରେ ପକେଟରୁ ଏକ ପାଞ୍ଚଶହ ଟଙ୍କିଆ ନୋଟ ବାହାର କରି ଧରାଇ ଦେଲେ ସଭାପତି ମହୋଦୟଙ୍କୁ। ସଭାପତି ଧନ୍ୟବାଦ କହି ଉଠିଗଲେ ସେଠାରୁ।

ସୁଲତା ଏଥର ଆଶ୍ଚର୍ଯ୍ୟର ଶେଷ ସୀମାକୁ ଚାଲି ଯାଇଥିଲେ। ସ୍ୱାମୀଙ୍କୁ ପଚାରିଲେ- ମାଡାମଙ୍କ ଏକୋମୋଡେସନ ଚାର୍ଜ ମାନେ? ରାକେଶ ଏହି ଏକୋମୋଡେସନ ଶବ୍ଦର ଅର୍ଥ ଏପର୍ଯ୍ୟନ୍ତ ପତ୍ନୀଙ୍କୁ କହି ନ ଥିଲେ। କାଳେ ପତ୍ନୀ ତାଙ୍କୁ ପ୍ରତିରୋଧ କରିବେ, କାଳେ ତାଙ୍କର ଆତ୍ମସମ୍ମାନ ପତ୍ନୀଙ୍କ ସାମ୍ନାରେ କିଛି ମଉଳି ଯିବ ଭାବି ଏଇ 'ଏକୋମୋଡେସନ ଚାର୍ଜ' କଥାକୁ ଗୋପନ ରଖିଥିଲେ ତାଙ୍କ ନିକଟରେ। ଏଥର ତାଙ୍କୁ କହିବାକୁ ବାଧ୍ୟ ହେଲେ। କହିଲେ ବୁଝାଇବା ଢ଼ଙ୍ଗରେ- ଆମେ ଆସିଲେ, ରହିଲେ ଅତିଥି ଭବନରେ। ସେ ବ୍ୟବସ୍ଥା ଅନୁଷ୍ଠାନ ତରଫରୁ ହୋଇଥିଲା ତ, ତା'ର ଖର୍ଚ୍ଚ ଏମାନେ ପୁରସ୍କୃତ ବ୍ୟକ୍ତିଙ୍କଠାରୁ ଉଠାନ୍ତି।

ସୁଲତା ରାଗରେ ଜଳି ଯାଉଥିଲେ। ତାଙ୍କର ଇଚ୍ଛା ହେଉଥିଲା, ସେ ପାଇଥିବା ପୁରସ୍କାରଟିକୁ ଖଣ୍ଡ ଖଣ୍ଡ କରି ଚିରି ଏଠି ଫୋପାଡି ଦେବାକୁ; ମାତ୍ର, ସେ କ୍ଷାନ୍ତ ହେଲେ, କାରଣ ଏହା ଦ୍ୱାରା ଉଭୟ ସ୍ୱାମୀ ଓ ଅନୁଷ୍ଠାନ ପ୍ରତି ଅବମାନନା ହେବ ନିଶ୍ଚୟ।

ରାକେଶ ଫଟୋଗ୍ରାଫର ପାଖକୁ ଚାଲିଗଲେ ବୋଧହୁଏ। ସଭା କାର୍ଯ୍ୟ ଶେଷ ହେଲା। ତାଙ୍କ ସାଙ୍ଗରେ ଆସିଥିବା ସାହିତ୍ୟିକ ବନ୍ଧୁଦ୍ୱୟଙ୍କ ସହିତ ସୁଲତା ପ୍ରକୋଷ୍ଠ ଭିତରୁ ବାହାରି ଆସିଲେ। ସୁଲତା ବନ୍ଧୁଦ୍ୱୟଙ୍କୁ ପ୍ରଶ୍ନ କଲେ- ଆପଣମାନେ ଏକୋମୋଡେସନ ଚାର୍ଜ ଦେଇଥିଲେ କି? ସେମାନେ କହିଲେ - ହଁ, ହଁ, ଆମେ ରାକେଶ ସାରଙ୍କ ସହିତ ମିଶି ଗୋଟିଏ ବ୍ୟାଙ୍କ ଡ୍ରାଫ୍ଟ କରି ପଠାଇଥିଲୁ।

ବୋଲେରୋ ଗାଡି ପାଖରେ ଅପେକ୍ଷାରତ ପତ୍ନୀ ଓ ବନ୍ଧୁମାନଙ୍କ ସହିତ ଯୋଗଦେଇ ଫଟୋଗ୍ରାଫରଠାରୁ ଆଣିଥିବା ଫଟୋ ଦେଖାଇ ରାକେଶ କହିଲେ- ଦେଖ, କେତେ ସୁନ୍ଦର ହୋଇଛି ଫଟୋ।

ସେହି ଫେଟୋକୁ ଦେଖିବାକୁ ସୁଲତାଙ୍କ ଇଚ୍ଛା ହେଉନ ଥିଲା। ତାଙ୍କର ଇଚ୍ଛା ହେଉଥିଲା ସ୍ୱାମୀଙ୍କ ଉପରେ ରାଗ ସୁଝାଇବାକୁ। ସେ କାହିଁକି ତାଙ୍କୁ ପୁରସ୍କାର ପ୍ରାର୍ଥୀ କରାଇଲେ ? ସେ ଯାହା ନୁହନ୍ତି ତାହା ଦେଖାଇ ହେବାକୁ ଚାହାନ୍ତିନି। ଘୃଣା ଲାଗେ ତାଙ୍କୁ ସେପରି ଜୀବନ ଜୀଇଁବାକୁ। ହୋଟେଲରେ ସୁଲତା ଓ ରାକେଶ ଗୋଟିଏ ଟେବୁଲରେ ସାମ୍ନା ସାମ୍ନି ବସି ଖାଇବାବେଳେ ସୁଲତା କହିଲେ ରାକେଶଙ୍କୁ - କ'ଣ ହେବ ମୋର ପୁରସ୍କାର ? ମୁଁ ତ କବିତା ଲେଖିନି, ଗପ ଲେଖିନି, କିଛି ବି ସାହିତ୍ୟ ଲେଖିନି। ଏହି ପୁରସ୍କାର ମୋ ପ୍ରତି ଅସମ୍ମାନ ନୁହେଁ କି ?

ରାକେଶ ସୁଲତାକୁ ବୁଝାଇବା ସ୍ୱରରେ କହିଲେ- ଏଇ ପୁରସ୍କାରକୁ ଆମେ ଟାଙ୍ଗିବା ଆମ ଡ୍ରଇଂରୁମରେ। ଯିଏ ଆସିବ ଡ୍ରଇଂରୁମରେ ବସିବ, ଦେଖିବ, ପତି-ପତ୍ନୀ ଦୁହେଁ କବି। ଏହା କଣ ଅସମ୍ମାନର କଥା ? ପ୍ରତିରୋଧର ସ୍ୱର ଉଠାଇ ସୁଲତା କହିଲେ- ଏଇ ଲୋକ ଦେଖାଣିଆକୁ ମୁଁ ପସନ୍ଦ କରେନି।

ରାକେଶ କହିଲେ- ଓ ବାବା, ଆଗେ ଲେଖୁନ ଥିଲ, ଏବେ ଲେଖିଲ, ଏଥିରେ କଣ ଅଛି। ଫକିରମୋହନ ପଚାଶ ବର୍ଷ ବୟସରୁ ଲେଖି ମୃତ୍ୟୁଞ୍ଜୟୀ ହୋଇପାରିଛନ୍ତି। ମୋର କେତୋଟି ଲେଖା ତୁମ ନାମରେ ପ୍ରକାଶ କରିଦେବା।

ସ୍ୱାମୀ ରାକେଶଙ୍କ ପ୍ରତି ସମ୍ମତ ହୋଇପାରୁନ ଥିଲେ ସୁଲତା। ତାଙ୍କ ପ୍ରତି ତାଙ୍କ ମନରେ ଜାଗି ଉଠୁଥିଲା ପ୍ରବଳ ବିଦ୍ରୋହ, ଅସନ୍ତୋଷ।

■

'ସମାଜ ରବିବାର' ଜାନୁୟାରୀ ୧୮-୨୪,୨୦୦୯ରେ ପ୍ରକାଶିତ।

କ୍ୟାଲେଣ୍ଡର

ପ୍ରତିଥର ନୂଆ ବର୍ଷ ଆସେ। ନୂଆ ବର୍ଷର କ୍ୟାଲେଣ୍ଡର କିଣା ହୋଇ ଘର କାନ୍ଥରେ ଟଙ୍ଗା ହୁଏ। କେଉଁ ବର୍ଷ ଡିସେମ୍ବରର ପନ୍ଦର ତାରିଖରୁ ବି ଆଗାମୀ ବର୍ଷର କ୍ୟାଲେଣ୍ଡର ଘରକୁ ଆସିଯାଇ ଥାଏ ତ କେଉଁ ବର୍ଷ ଜାନୁୟାରୀ ୧୫ ତାରିଖ ଯାଏ କ୍ୟାଲେଣ୍ଡର କିଣା ହୋଇ ନ ଥାଏ। କାରଣ, କ୍ୟାଲେଣ୍ଡର କିଣିବା କାମଟା ମୋର। ମୁଁ ଭୁଲାପଣିଆ ଲୋକଟା ତ। ମନେ ପଡିଲେ ସିନା ଚଟ୍ କିନା କିଣି ଆଣନ୍ତି। ପୁଣି କ୍ୟାଲେଣ୍ଡରର ଆବଶ୍ୟକତା ମୋର ଆଦୌ ନ ଥାଏ। ସରକାରୀ କ୍ୟାଲେଣ୍ଡର ମିଳିଲେ ମୋ କାମ ଶେଷ। ବେସରକାରୀ କ୍ୟାଲେଣ୍ଡର ଦରକାର ଥାଏ ଶ୍ରୀମତୀଙ୍କର କେବେ କେଉଁ ଓଷାବ୍ରତ, ଏକାଦଶୀ, ପୂର୍ଣ୍ଣିମା, ଅମାବାସ୍ୟା କିମ୍ବା ସଂକ୍ରାନ୍ତି ଇତ୍ୟାଦି ପଡୁଛି ଜାଣିବା ତାଙ୍କର ନିହାତି ଆବଶ୍ୟକ।

କ୍ୟାଲେଣ୍ଡର କିଣିବାକୁ ଦୋକାନକୁ ଗଲେ ମୁଁ ବିଷମ ଧନ୍ଦାରେ ପଡିଯାଏ। କେଉଁ କମ୍ପାନୀର କ୍ୟାଲେଣ୍ଡର ନେବି? କାରଣ ଦଶ ପନ୍ଦର ବର୍ଷ ତଳେ ଯେପରି କ୍ୟାଲେଣ୍ଡରଗୁଡାକ କେବଳ ତିଥି, ବାର ଓ ତାରିଖ ଦେଇ ଛପା ଯାଉଥିଲା ଏବେ ଆଉ ସେପରି ହେଉନାହିଁ। ଏବେ କମ୍ପୁଟର ଯୁଗରେ କ୍ୟାଲେଣ୍ଡରଗୁଡିକୁ ପ୍ରତିଯୋଗିତାମୂଳକ କରିବାକୁ ରଚିପୂର୍ଣ୍ଣ କରିବା ସାଙ୍ଗକୁ ତଥ୍ୟପୂର୍ଣ୍ଣ କରୁଛନ୍ତି ଏହାକୁ ବ୍ୟବସାୟ ବୋଲି ଧରିଥିବା କମ୍ପାନୀ ବା ନିର୍ମାତାମାନେ। ଭର୍ତ୍ତି କରୁଛନ୍ତି ଅନେକ ରୋଚକ, ଆକର୍ଷଣ ତଥ୍ୟାଦିରେ। ବାରଟି ରାଶିର ବାର ମାସର ଶୁଭାଶୁଭ ଫଳ ଦିଆଯାଉଛି କେଉଁଠି ତ ଅନ୍ୟ କେଉଁଠି ବର୍ଷକର ଶୁଭାଶୁଭ ଫଳ ଦିଆଯାଉଛି। ଏହା ସହିତ ଗର୍ଭସ୍ଥ ସନ୍ତାନର ଲିଙ୍ଗ ନିରୂପଣର ସୂତ୍ର, ବାସ୍ତୁଶାସ୍ତ୍ରର ନିୟମାବଳୀ, ସ୍ୱାସ୍ଥ୍ୟ ସମ୍ବନ୍ଧୀୟ ସୂଚନା, ବିବାହ ପୂର୍ବରୁ ରକ୍ତ ପରୀକ୍ଷା ଜରୁରୀ ଶିରୋନାମାରେ ଟିପ୍ପଣୀ, ସୁଖୀ ଦମ୍ପତ୍ୟ ଜୀବନର ଚାବିକାଠି, ବିଭିନ୍ନ ପ୍ରକାର ରଙ୍ଗର ଜୀବନ ଉପରେ ପ୍ରଭାବ,

ପ୍ରଣାୟାମ ଯୋଗାସନର ବିଭିନ୍ନ ମୁଦ୍ରା ଆଦି ତଥ୍ୟରେ ଭରପୁର କରୁଛନ୍ତି କ୍ୟାଲେଣ୍ଡର ପଛପାଖ। ଏ ବର୍ଷର ପହିଲା ଦିନରେ ମୁଁ ଫୁରସତରେ ଥିଲି ତ କ୍ୟାଲେଣ୍ଡରଟିଏ ଆଣିବାକୁ ଶ୍ରୀମତୀ ମନେ ପକାଇ ଦେବାରୁ ଦୋକାନରୁ ଗୋଟେ କିଣି ଆଣିଥିଲି। କିଣିବାବେଳେ ବାଛିବା ସମସ୍ୟାରୁ ମୁକ୍ତି ପାଇଁ ମୁଁ ଏବେ ଦିଟା ଜିନିଷ ଦେଖେ। ପ୍ରଥମରେ, କ୍ୟାଲେଣ୍ଡରକୁ ଝୁଲାଇବାକୁ ଶକ୍ତ ସୂତା ତା ଉପରେ ଲାଗିଛି କି ନାହିଁ। ଦ୍ୱିତୀୟରେ, ସେଥିରେ ବାର ରାଶିର ଅଷ୍ଟୋତ୍ତରୀ ଓ ବିଂଶୋତ୍ତରୀ ମତରେ ଆୟବ୍ୟୟ ଦେଇଛି କି ନାହିଁ। ବାସ୍, ଏହି ଦୁଇଟି ଜିନିଷ ଦେଖି କ୍ୟାଲେଣ୍ଡର ଧରି ଆଣିଲେ ବାକିତକ ତ କ୍ୟାଲେଣ୍ଡରକୁ କ୍ୟାଲେଣ୍ଡର ଭିନ୍ନ। ଆଉ ପର୍ବପର୍ବାଣୀ, ତିଥି, ଶୁଭାଶୁଭ କାଳ, ସୂର୍ଯ୍ୟୋଦୟ, ସୂର୍ଯ୍ୟାସ୍ତ ଆଦି ତ ସବୁ କ୍ୟାଲେଣ୍ଡରରେ ସମାନ।

ଘରେ ପହଞ୍ଚି କ୍ୟାଲେଣ୍ଡରଟିକୁ ଶ୍ରୀମତୀଙ୍କୁ ବଢ଼ାଇ ଦେଲି। ସେ ତାକୁ ଆଗ୍ରହରେ ଟାଣି ନେଇ ପଲଙ୍କ ଉପରେ ଶୋଇ ରହି ଆମୁଳଚୂଳ ପଢ଼ିବାକୁ ଲାଗିଲେ। ମୋତେ ଇସାରା ଦେଇ କହିଲେ- ଗାଧୋଇ ଆସ। ଦୁହେଁ ମିଶି ଖାଇବା। ରନ୍ଧାରନ୍ଧି କାମ ସରି ଯାଇଛି।

ମୁଁ ଗାଧୋଇ ପାଧୋଇ ଆସିବା ବେଳକୁ ଶ୍ରୀମତୀ ଉଠିବେ କ'ଣ ଭାତ ତିଅଣ ବାଢ଼ିବାକୁ, ମୁହଁମାଡି ଶୋଇଥିଲେ ପଲଙ୍କରେ। କ୍ୟାଲେଣ୍ଡରଟି ପଡିଛି ତାଙ୍କ ସମୀପରେ। ମୁଁ ଚମକି ପଡିଲି। ତାଙ୍କ ପୁରୁଣା ପେଟବ୍ୟଥା ରୋଗ ବାହାରିଲା କି ? ମୁଁ ପଚାରିଲି- କଣ ହେଇଛି ତୁମର ?

ସେ କିଛି ନ କହି ମୋ ମୁହଁକୁ ବଡ ବଡ ଆଖିରେ ଚାହିଁଲେ। ତାଙ୍କର ମୁଖରୁ ଜାଣି ହେଉଥିଲା ସତେ ଯେପରି ସେ କିଛି କହି ପାରିବେନି। ଯଦି କହି ଦିଅନ୍ତି ସେ କାନ୍ଦି ପକାଇବେ। ଥମ ଥମ ମେଘ ପରି, କେତେବେଳେ ବର୍ଷା ମାଡିପଡେ ଜଣା ପଡେନା। ପୁଣି ଦ୍ୱିତୀୟ ଥର ପଚାରିଲି, କଣ ହୋଇଛି କହୁନ କାହିଁକି ? ଖାଇବାକୁ ଦେବନି କି ?

ସେ ଏଥର କ୍ୟାଲେଣ୍ଡର ଆଡକୁ ହାତ ବଢ଼ାଇ ଦେଲେ। ମୁଁ କ୍ୟାଲେଣ୍ଡରକୁ ଆଣିବାରୁ ସେ ଏକ ପୃଷ୍ଠାକୁ ଅଙ୍ଗୁଳି ନିର୍ଦ୍ଦେଶ କରି ଏକ ନିର୍ଦ୍ଦିଷ୍ଟ ଅଂଶକୁ ପଢ଼ିବାକୁ କହିଲେ। ସେଠାରେ ଲେଖା ଅଛି- 'କିଏ ଆଗ, ସ୍ତ୍ରୀ ନା ପୁରୁଷ ?' ମୁଁ ପଢ଼ିଲି। ସେଠାରେ ଏକ ସୂତ୍ର ଦିଆଯାଇଛି। ସ୍ତ୍ରୀ ପୁରୁଷର ନାମର ଅକ୍ଷରକୁ ମିଶାଣ ହରଣ ଆଦି କରି ନିର୍ଣ୍ଣୟ କଲେ କିଏ ଆଗ ଯିବ ଉପରକୁ ଜଣାଇ ଦିଆ ଯାଇଛି। ମୁଁ ଆଉ ହିସାବ କଲିନି। ମୁଁ ଜାଣିଗଲି ସେ ଏପରି ବିଷର୍ଣ୍ଣ କାହିଁକି। ତାଙ୍କୁ ପଚାରିଲି- ତୁମର ପାଳି ବୋଧହୁଏ ଆଗ ପଡୁଛି, ନା ? ଏଥିପାଇଁ ମନ ଦୁଃଖ।

ସେ କହିଲେ- କାହିଁକି ? ଆଗ ପଡିଲେ ତ ମୁଁ ଖୁସି ହୁଅନ୍ତି । କେତେ ମୋର ସୌଭାଗ୍ୟ ହୁଅନ୍ତା । କାଚ ସିନ୍ଦୁର ପିନ୍ଧି ମୁଁ ମରନ୍ତି ।

ମୁଁ କହିଲି- ମୁଁ ଜାଣେ ପରା, ମଣିଷ ମାତ୍ରକେ ସ୍ୱାର୍ଥପର । ଉପରକୁ ଉପରକୁ ଖାଲି ଭାବ-ପ୍ରେମ ।

ଆଚ୍ଛା କହିଲ, ତୁମେ ତ ତୁମର ସୁଖରେ ଆଗ ଚାଲି ଯିବାକୁ ଚାହୁଁଛ । ତୁମେ ଚାଲି ଯିବା ପରେ ମୋର ଅବସ୍ଥା କଣ ହେବ ଚିନ୍ତା କରିଛ ? ତୁମ ବିନା ମୁଁ କେମିତି ବଞ୍ଚିବି ?

ଶ୍ରୀମତୀ କହିଲେ- ତୁମେ ଯେମିତ ବଞ୍ଚ । ମଙ୍ଗରାଜ ବୁଢ଼ା ପରି ବଞ୍ଚ କି ପାତ୍ର ବାବୁ ପରି ବଞ୍ଚ, ମୁଁ କଣ ଆଉ ଆସି ଦେଖିବି ତୁମକୁ ?

ସେ ଯେଉଁ ଦିଓଟି ଉଦାହରଣ ଦେଲେ ତାର ସଂକ୍ଷିପ୍ତ ସାରକଥା ଏହି ପରି । ମଙ୍ଗରାଜ ବିପତ୍ନୀକ ହୋଇଯିବା ପରେ ପୁଅବୋହୂଙ୍କ ସଂସାରରେ ରହନ୍ତି । ଆଉ ପାତ୍ରବାବୁ ବିପତ୍ନୀକ ହେବା ପରେ ଅନ୍ୟ ଏକ ପତ୍ନୀ ଆଣିଛନ୍ତି ଘରକୁ ।

ମୁଁ ଜାଣି ପାରିଲି ପତ୍ନୀ କେବଳ ତାଙ୍କରି ଚିନ୍ତାରେ ଅଛନ୍ତି ତାଙ୍କୁ କହିଲି- ଛାଡ, ମୁଁ ଯାହା କରିବି ନ କରିବି, ମୁଁ ଆଗ ଯିବି ବୋଲି ମନ ଦୁଃଖ କରୁଛ ତ ?

ସେ ମୁଣ୍ଡକୁ ହଲାଇ ହଁ ହଁ କଲି । ଆଖି ଦୁଇଟି ଛଳ ଛଳ ହୋଇ ଆସିଲା ତାଙ୍କର । ମୁଁ ତାଙ୍କୁ ବୁଝାଇବାକୁ କହିଲି- ଦେଖ, ମୁଁ ଯଦି ଆଗ ଯାଏ ଭଲ କଥା । ସେ ମୋ କଥାକୁ କାଟି ଦେଇ କହିଲେ- ଭଲ କଥା କଣ ? କେତେ କଷ୍ଟ ଜାଣିଛ ? ଧଳା ଶାଢ଼ୀ ପିନ୍ଧିବି । ବାରବ୍ରତ ତେର ଓଷା କରିବି । ପ୍ରତି ଏକାଦଶୀ ଉପବାସ କରିବି । ଦେଖୁନ ମୋ ବୋଉର କଷ୍ଟକୁ ।

ତାଙ୍କୁ ପ୍ରବୋଧନା ଦେଇ କହିଲି- ବୁଝିଲ, କଷ୍ଟ କଲେ କୃଷ୍ଣ ମିଳେ । ଆର ଜନମକୁ ତୁମର ଫଳ ରଖା ହୋଇଛି ।

ସେ ବିମୁଖ ହୋଇ କହିଲେ-ଛାଡ, ସେ ଆର ଜନମକୁ କଣ ମିଳିବ ନ ମିଳିବ । ବୁଢ଼ୀ ବୟସରେ ଏତେ କଷ୍ଟ ସହି ପାରିବିନି ମୁଁ ।

ଛଳ ଛଳ ଆଖିର ପାଣି ବାହାରି ପଡିଲା ତାଙ୍କର ।

ମୁଁ ଚିନ୍ତା କଲି- କି ଅସୁବିଧାରେ ପଡିଲା ମଣିଷଟା ଏଇ କ୍ୟାଲେଣ୍ଡଟା କିଣି । ମୁଁ ତାଙ୍କୁ ପ୍ରବୋଧନା ଦେଇ କହିଲି- ଜାଣିଛନା ବାସନ୍ତୀ, ଆମେ ଦୁହେଁ ପରା ଯୁଗ ଯୁଗର ସାଥି । ତୁମେ ମୋ ସହିତ ପ୍ରଥମ ମିଳନରେ 'ଆମେ ଯୁଗ ଯୁଗର ସାଥି ହୋଇ ରହିବା' ବୋଲି ଇଚ୍ଛା କରିଥିଲି । ମୋର ଯଦି ଆଗ ମରଣ ହୁଏ ଆଗ ଜନ୍ମ ନେବି ।

ତା'ପରେ ତୁମର ଜନ୍ମ ହେବ। ତେବେ ସିନା ମୁଁ ପର ଜନ୍ମକୁ ତୁମକୁ ବାହା ହୋଇ ପାରିବି।

ଶ୍ରୀମତୀ ମୋ ମୁହଁକୁ ଚାହିଁଲେ। କହିଲେ- ସତ କଥା ଯେ'। ମୁଁ ଯଦି ଆଗ ମରନ୍ତି, ତୁମେ ଜନ୍ମ ହେବା ଯାଏ ମୁଁ କଣ ଅପେକ୍ଷା କରି ପରେ ଜନ୍ମ ନିଅନ୍ତି ନି ?

ନା, ବାବା। ସେ କଥା ନୁହଁ। ତୁମେ ଜନ୍ମ ନ ନେଇ ଯଦି ଅପେକ୍ଷା କରିବ ତେବେ ଭୂତ ହୋଇ ରହିବ। ଭୂତ ଜୀବନ କୁଆଡେ ବହୁତ କଷ୍ଟ। ସେମାନଙ୍କୁ କୁହାଯାଏ ପରା ଅତୃପ୍ତ ଆତ୍ମା। ଅତୃପ୍ତିରେ ଛଟ ପଟ ହେଉଥାନ୍ତି ସେମାନେ। ବରଂ ଭଲ ବିଧବା ଜୀବନ। ବୁଝିଲ ?

ମୋତ ତାଗିଦ କରି କହିଲେ- ସେପରି ପାପ କଥା କୁହନି।

ଆଚ୍ଛା ଅଡୁଆରେ ପଡିଲା ମଣିଷ।

ଶ୍ରୀମତୀ ହିସାବ କରିଛନ୍ତି ସୂତ୍ର ଅନୁସାରେ। ମୁଁ ତ କରିନି। ମୁଁ ଏଥର କ୍ୟାଲେଣ୍ଡରକୁ ଆଣି ମୋ ସାମ୍ନାରେ ରଖି ହିସାବ କଲି। ମୋ ମନରେ ଆନନ୍ଦ ଓ ଖୁସି ଭାବ ଖେଳି ଉଠିବାର ଦେଖି ଶ୍ରୀମତୀ ପଚାରିଲେ- କଣ ମୋର ହିସାବ ଭୁଲ ଥିଲା ?

ମୁଁ ସଙ୍ଗେ ସଙ୍ଗେ ତା ଜବାବ ନ ଦେଇ କହିଲି- ବୁଝିଲ ବାସନ୍ତୀ, ଏଇ ଜୀବନଟା ଗୋଟିଏ ଯାତ୍ରା। ମାନେ ଏକା ଏକା ଗୋଟାଏ ପିକ୍‌ନିକ୍ ସ୍ପଟକୁ କିମ୍ବା ତୀର୍ଥ ଜାଗାକୁ ଚାଲି ଚାଲି ପହଞ୍ଚିବା ପରି। ବାଟରେ ଯିବାବେଳେ କେଉଁଠି ଅପରିଚିତ ବ୍ୟକ୍ତି ସହିତ ଦେଖା ସାକ୍ଷାତ, ଗଛ ମୂଳେ ବସି ତାଙ୍କ ସହିତ ଦି'ପଦ କଥାବାର୍ତ୍ତା। କଣ୍ଟାଫୁଟା ପାଦରୁ ଦୁହେଁ ଦିହିଁଙ୍କ କଣ୍ଟା କାଢ଼ିବା ପରି ସ୍ୱାମୀ ସ୍ତ୍ରୀର ଜୀବନ। ଆଉ ସେହି ଟୁରିଷ୍ଟ ବସଷ୍ଟପକୁ ପହଞ୍ଚିଗଲେ ଆଉ କେହି କାହାର ନୁହନ୍ତି। ଯେ ଯାହାର ଟୁରିଷ୍ଟ ଗାଡିରେ ଫେରି ଯାଆନ୍ତି ଗନ୍ତବ୍ୟ ସ୍ଥଳକୁ।

ଶ୍ରୀମତୀ ମୋ କଥାକୁ ବୁଝିଲେ କି ନାହିଁ କେଜାଣି, ଆଉ ଦମ୍ଭ ଧରି ରହି ନ ପାରି ପଚାରିଲେ- ମୋ ହିସାବ ଭୁଲ ନ ଠିକ କହିଲ ?

ମୁଁ ଖୁସି ହେଲେ ଡାହାଣ ହାତ ଆଙ୍ଗୁଠି ଦିଟାକୁ ଯେପରି ହଲାଇ ହଲାଇ ଟିଁଣିଂ ଟିଁଣିଂ କରିଥାଏ ସେପରି କରି ହସି ଦେଇ କହିଲି- ପୂରାପୂରି ଭୁଲ।

ସେ ହଠାତ୍ ଉତ୍‌ଫୁଲ୍ଲିତ ହୋଇ ବାଧ୍ୟ କଲେ ମୋତେ ପୁଣି ଥରେ ହିସାବ କରିବାକୁ ତାଙ୍କ ସାମ୍ନାରେ।

ମୁଁ କହିଲି-ଦେଖ। ତୁମ ନାମର ଅକ୍ଷର ସଂଖ୍ୟା ତିନି। ମୋ ନାମର ଅକ୍ଷର ସଂଖ୍ୟା ଚାରି।

ସେ ଅବାକ ହୋଇ କହିଲେ- ତୁମର ବି ତିନି ନା, ଚାରି କେମିତି ?

ମୁଁ ପୁଣି ଟିଣିଂ ଟିଣିଂ କରି ହାତ ହଲାଇଲି। ଭୁଲତା ହଲାଇ କହିଲି– ଦେଖ, ସେଇଠି ତୁମେ ଭୁଲ କରିଛ ମୂଳରୁ। ଆଉ ଅଯଥାରେ ମନଦୁଃଖ କରୁଛ। ଡକ ନାମକୁ ହିସାବ ନ କରି ଜାତକ ନାମକୁ ହିସାବ କରାଯାଏ ସିନା।

ପରମ ସୁଖରେ ଶ୍ରୀମତୀ ହସି କହିଲେ–ଚାଲ, ଖାଇବା ଚାଲ।

'ସମାଜ' ରବିବାର ମାର୍ଚ୍ଚ ୧୫–୨୧, ୨୦୦୯ ସଂଖ୍ୟାରେ ପ୍ରକାଶିତ।

କଷଟି

ଦୀର୍ଘ କର୍ମମୟ ଜୀବନରୁ ଅବସର ନେଲେ କୁବେର ବାବୁ। ଏଥର ଟିକିଏ ଶାନ୍ତିରେ ନିଶ୍ୱାସ ମାରିବେ ସେ। ପରାଧିନତାର ନିଗଡରୁ ମୁକୁଳି ସ୍ୱାଧିନତାର ଜୀବନ ବିତାଇବେ। ଅବଶିଷ୍ଟ ଜୀବନ କାଳକୁ ନିଜ ଇଚ୍ଛା ମୁତାବକ ଚଳାଇବେ। ସେଥିପାଇଁ ଖୁସି ଥିଲେ ସେ।

ତାଙ୍କର ଏଇ ଅବସର ନେବାରେ ଖୁସି ଥିଲେ ବି ତାଙ୍କର ସହଧର୍ମିଣୀ। ଖୁସି ଥିଲେ ବି ତାଙ୍କର ତିନି ପୁଅ ଓ ବୋହୂମାନେ। ତାଙ୍କର ପତି ଅନୁଗତା ସହଧର୍ମିଣୀ କହୁଥିଲେ: ଏଥର ଦୁହେଁ ଗୋଟାଏ ଜାଗାରେ ରହିବାର ସମୟ ଆସିଲା। ତୁମର ସେବା ଯତ୍ନ ମୁଁ ଭଲଭାବେ କରି ପାରିବି। ଏଣିକି ତୁମକୁ କିଏ କେଉଁଠିକି ବଦଳି କରି ପାରିବେନି। ବାହାରେ ରହି ହୋଟେଲ ଖାଇ ତୁମର ଦେହ ବିଗିଡି ଯାଉଥିଲା। ବଡ ପୁଅ ଓ ବୋହୂ କହୁଥିଲେ ଅତି ସରାଗରେ: ବାପା ମାଆ ଆମ ପାଖରେ ରହିବେ। ମଝିଁଆ ଓ ସାନ ପୁଅ ବୋହୂମାନେ ବି ବାପା ମାଙ୍କୁ ତାଙ୍କ ଘରେ ରହିବାକୁ କହୁଥିଲେ। ତିନି ପୁଅ ମଧ୍ୟରେ ଏକ ପ୍ରକାର ଗୋଟାଏ ନିରବ ପ୍ରତିଯୋଗିତା ଲାଗି ରହିଲା। କୁବେର ବାବୁ ସମସ୍ତଙ୍କୁ ସନ୍ତୁଷ୍ଟ କରିବା ପରି ଏକ ସମାଧାନର ସୁତ୍ରଟେ ବାହାର କରି କହିଲେ: ଆମ ଇଚ୍ଛା, ସମସ୍ତଙ୍କ ଘରେ ରହିବାକୁ। କେଉଁଠି ବି ରହିବୁନି ସବୁଦିନ। ଆଜି ବଡ ପୁଅ ଘରେ ଦି ମାସ ତ କାଲି ମଝିଁଆ ପୁଅ ଘରେ ତିନିମାସ। ପରେ ସାନ ଘରେ କିଛି ମାସ। କୁବେର ବାବୁଙ୍କ କଥାରେ ଉପରକୁ ସମସ୍ତେ ସନ୍ତୁଷ୍ଟ ପରି ମନେ ହେଲେ, ମାତ୍ର ମନ ଭିତରେ କେହି ସନ୍ତୁଷ୍ଟ ନ ଥିଲେ। ସେମାନେ ଚାହୁଁଥିଲେ ବାପା ମାଆଙ୍କ ଜୀବନ ଅବସାନ ପର୍ଯ୍ୟନ୍ତ ନିଜ ନିଜ ଘରେ ସେ ଦୁହିଁଙ୍କୁ ରଖିବାକୁ। କୁବେର ବାବୁ ମନକୁ ମନ ଚିନ୍ତା କଲେ କାହିଁକି ପୁଅମାନଙ୍କ ମଧ୍ୟରେ ଏହି ପ୍ରତିଯୋଗିତା ? ଆଗରୁ ତ ଏମାନେ ତାଙ୍କୁ ଏତେ ସମ୍ମାନ ଦେଖାଇ ଡାକୁ ନ ଥିଲେ। ଚାକିରି କାଳ

ଭିତରେ କୌଣସି ଦଶହରା ଛୁଟି କି ଖରା ଛୁଟିରେ ତାଙ୍କ ଘରେ ଛୁଟି ବିତାଇବାକୁ ଆମନ୍ତ୍ରଣ କରି ନ ଥିଲେ ।

ସେଦିନ କୁବେର ବାବୁଙ୍କୁ ଜ୍ୱର ହେଲା । ଯେତେ ଔଷଧ ଖାଇଲେ ବି ସଂପୂର୍ଣ୍ଣ ଭାବେ ଜ୍ୱର ଉପସମ ହେଲାନି । ପାଖେ ପାଖେ ତାଙ୍କର ସହଧର୍ମିଣୀ ରହି ସେବା ଶୁଶ୍ରୁଷା କରୁଥାନ୍ତି । ଏହି ଖବର ପାଇ ବଡପୁଅ ଓ ବୋହୂ ଦୌଡି ଆସିଲେ ସମ୍ବଲପୁରରୁ । ସେମାନେ କହୁଥିଲେ ବାପାଙ୍କୁ ନିଜ ଘରକୁ ନେଇଯିବାକୁ । ସେଠାରେ ସେମାନେ ବୁର୍ଲାରେ ଅଭିଜ୍ଞ ଡାକ୍ତରଙ୍କ ପରାମର୍ଶ ଅନୁଯାୟୀ ଚିକିତ୍ସା କରିବାକୁ ତତ୍ପର ହୋଇ ପଡିଲେ । ସାନ ପୁଅ ବି ଏ ଖବର ପାଇ ଚାଲି ଆସିଥିଲା ଭବାନୀପାଟଣାରୁ ସାଙ୍ଗରେ ବୋହୂକୁ ଧରି । ଦି'ଦିନ ପରେ ନିଜେ ଫେରିଗଲା । ବୋହୂକୁ ଛାଡିଗଲା ଏଇଠି । ଯିବାବେଳେ କହିଯାଇଥିଲା ଯେ ବାପା ଟିକେ ଭଲ ହେଲେ ତାଙ୍କୁ ଧରି ଭବାନୀପାଟଣା ବସାକୁ ନେଇ ଯିବାକୁ । ମଝିଆ ପୁଅ ତ ଏଠି ରହେ । ସେ ଓ ତା ସ୍ତ୍ରୀ କହିଥାନ୍ତି ବାପା ଏଇଠି ଆମ ପାଖରେ ରହିବେ ସବୁଦିନ ।

କୁବେର ବାବୁ ଆରୋଗ୍ୟ ହୋଇ ଯାଇଥିଲେ । କିଛି ଦିନ ପରେ କୁବେର ବାବୁଙ୍କ ଜଣେ ଡାକ୍ତର ବନ୍ଧୁ ତାଙ୍କ ଘରକୁ ବୁଲି ଆସିଥିଲେ । ତାଙ୍କ ଦେହପା ଦେଖିଥିଲେ । ତାଙ୍କ ଘରୁ ଚାଲିଯିବା ପରେ କୁବେରବାବୁ ପ୍ରକାଶ କରିଥିଲେ ଯେ ତାଙ୍କ ପେଟରେ କ୍ୟାନସର ହୋଇଛି । ଏହି ଭୟାନକ ତଥା ମାରାତ୍ମକ ରୋଗର ନାମ ଶୁଣି କୁବେରବାବୁଙ୍କ ପତ୍ନୀ ଖାଲି କାନ୍ଦିଲେ ଯେ କାନ୍ଦିଲେ । କୁବେରବାବୁ ଧୈର୍ଯ୍ୟ ଧରାଇ ପତ୍ନୀଙ୍କୁ କହୁଥିଲେ: ତୁମେ ଏତେ ବ୍ୟସ୍ତ ହେଉଛ କାହିଁକି ? ସବୁ ଠିକ ହେଇଯିବ । ଚିନ୍ତା କରନି କିଛି । କୁବେରବାବୁଙ୍କ କଥା ପ୍ରତି ସ୍ତ୍ରୀ କେତେ ଆଶ୍ୱାସିତ ହେଲେ କେଜାଣି ସମସ୍ତ ଦିଅଁ ଦେବତାଙ୍କୁ ଡାକିଲେ । କାହାକୁ ବୋଦା ତ କାହାକୁ ନଡିଆ ଯାଚିଲେ ।

ବଡ ପୁଅ ଏକଥା ଶୁଣି ଥରେ ଆସି ବାପାଙ୍କୁ ଦେଖି ଚାଲି ଗଲାଣି ଯା ଭିତରେ । ବହୁଦିନ ହେଲା ସେ ଆଉ ଆସିନି କି ପତ୍ରଟେ ଦେଇନି । କୁବେର ବାବୁ ବଡ ପୁଅ ପାଖକୁ ପତ୍ରଟେ ଦେଲେ ଭଲମନ୍ଦ ଜଣାଇ । ସେ ଲେଖିଲେ ଯେ ତାଙ୍କ ଦେହ ପା ଦିନକୁ ଦିନ ଖରାପ ଆଡକୁ ଯାଉଛି । ପେଟର ବ୍ୟଥା ବେଳେବେଳେ ଅସହ୍ୟ ହେଉଛି । ରାତି ରାତି ସେ ଶୋଉ ନାହାନ୍ତି । ତା ସାଙ୍ଗକୁ ସେ ଲେଖିଲେ: ତୋତେ ଅନେକ ଦିନ ହେଲା ଦେଖିନିରେ ବୁଲୁ । ସପରିବାର ଏଇ ଦଶହାରାକୁ ଆସିବୁ । ବୁଲିବାଲିକୁ ଯିବୁ ଏଠାରୁ । କିଛି ଦିନ ପରେ ଏକ ପ୍ରତ୍ୟୁତ୍ତର ପତ୍ର ପାଇଲେ କୁବେର ବାବୁ । ସେଥିରେ ଲେଖାଥିଲା: ଏଇ ଦଶହାରାକୁ ତ ଯାଇ ହେବନି ବାପା !

ମୁଁ କେତେବେଳେ ସୁବିଧା ଦେଖି ଯିବି। ଦଶହାରାକୁ ତୁମ ନାତି ରଞ୍ଜନର ବାଳ ପକାଇବା ପାଇଁ ତିରୁପତି ଯିବାକୁ ଆଗରୁ ସଂକଳ୍ପ କରି ଦେଇଛି।

ଭବାନୀପାଟଣାରେ ରହୁଥିବା ସାନ ପୁଅ ପାଖକୁ ଚିଠି ଖଣ୍ଡେ ଲେଖିଲେ କୁବେର ବାବୁ: ବାବୁ ମିଲୁ, ତୁ ସେଥର ମୋ କ୍ୟାନସର ଖବର ପାଇ ଦୌଡି ଆସିଥିଲୁ। ସେଦିନ ପରେ ପରେ ମୋ ଅବସ୍ଥା କ୍ରମଶଃ ଖରାପ ଆଡକୁ ଗତି କରୁଛି। ରାତିସାରା ମୋତେ ନିଦ ହେଉନି। ପେଟରେ ଯନ୍ତ୍ରଣା ଅସହ୍ୟ ହେଉଛି। ମୋ ଇଚ୍ଛା, ତୁ ଥରେ ସକୁଟୁମ୍ବେ ଆସି ମୋତେ ଦେଖିଯା'ନ୍ତୁ।

ସାନ ପୁଅକୁ ଚିଠିଦେବାର ଦି ତିନି ଦିନ ପରେ ସେ ସତକୁ ସତ ସକୁଟେମ୍ବେ ଆସି ପହଞ୍ଚିଲା। ସେ ଜିଦ୍ କଲା ଏଥର ବାପା ଓ ମାଆଙ୍କୁ ନେଇଯିବାକୁ। ସେଠାରେ ସେ ତାଙ୍କର ଟ୍ରିଟ୍‌ମେଣ୍ଟ କରିବେ। ବଡ ଡାକ୍ତରଙ୍କୁ ଦେଖାଇବ ବାପାଙ୍କୁ। ସାନ ବୋହୂ ବି ବହୁତ ଆଗ୍ରହ କରି କହିଲା ଶାଶୁ ଶ୍ୱଶୁରଙ୍କୁ ନେଇ ଯିବାକୁ ସଙ୍ଗରେ। ଏହି କଥା ଶୁଣି ମଝିଆ ପୁଅ ବୋହୂଙ୍କର ପ୍ରତିବାଦ ନ ଥିଲା। ଏକ 'ହଁ'... 'ନାହିଁ'...ର ନିରବତା ତାଙ୍କ ମନରେ। ଯେଉଁ ଦିନ ସାନ ପୁଅ ପହଞ୍ଚିଲା ଏଠାରେ ସେ ଦିନ ବଡ ପୁଅ ପାଖରୁ ଆଉ ଗୋଟାଏ ଚିଠି ଆସିଥିଲା। ସେ ଲେଖିଥିଲା ବାପାଙ୍କୁ ଯେ ବାପାଙ୍କର ଜି.ପି.ଏଫ. ଟଙ୍କା ମିଳିଲେ ଦଶ ପନ୍ଦର ହଜାର ତାଙ୍କୁ ଦେବାକୁ। ସେ ଆସ୍ତେ ଆସ୍ତେ ସୁଝି ଦେବାକୁ ପ୍ରତିଶ୍ରୁତି ଦେଇଛି ଚିଠିରେ। ସେଇ ଟଙ୍କାରେ ସେ କୁଆଡେ ଗୋଟାଏ ପ୍ଲଟ ନେବ ସେଠାରେ।

ସେଦିନ କୁବେର ବାବୁଙ୍କୁ ଭାରି ହାଲୁକା ଲାଗିଲା। ସେ ପତ୍ନୀଙ୍କୁ ଡାକି କହିଲେ: ମୋ କ୍ୟାନସର ଭଲ ହୋଇଯାଇଛି ମୀନା। ମୁଁ ରୋଗମୁକ୍ତ। କ୍ୟାନସର ପରି ଏକ ଦୁଃସାଧ୍ୟ ରୋଗ ଯାହାର ଔଷଧ ଏପର୍ଯ୍ୟନ୍ତ ଉଦ୍ଭାବନ ହୋଇନି ତାହା ପୁଣି ଆରୋଗ୍ୟ ହେଲା କିପରି ? ପତିଙ୍କ ମୁଖରୁ ଆରୋଗ୍ୟ ଖବର ଶୁଣି ସେ ଆନନ୍ଦିତ ହୋଇଥିଲେ ସତ ମାତ୍ର ବିସ୍ମୟ ଓ ସନ୍ଦେହ ମଧ୍ୟ ତାଙ୍କ ମନ ଭିତରେ ଜମି ରହିଥିଲା। କୁବେର ବାବୁ ପତ୍ନୀଙ୍କୁ ଡାକି ବୁଝାଇ କହିଲେ: ଦେଖ. ବଡ ପୁଅ କେମିତି ବାପାଠୁ ପତ୍ର ପାଇବା ସତ୍ତ୍ୱେ ଦେଖି ବି ଆସି ପାରିଲାନି। ନିଜ ପୁଅର ବାଳ ପକାଇବା ପାଇଁ ବରଂ ସେ ତିରୁପତି ଯାଇ ପାରିଲା। ପୁନଶ୍ଚ ମୋଠୁ ଆଶା କରୁଛି ଦଶପନ୍ଦର ହଜାର ଟଙ୍କା। ମଝିଆ ପୁଅ କଥା ତ ଛାଡ। ଜାଣିଛ, ତା ପାଖେ ରହି ଆସିଛେ ଦଶ ବର୍ଷ। ଏମାନେ ଚାହାନ୍ତିନି ନିଜ ସୁଖ ସୁବିଧା ଛାଡି ରୋଗା ବାପା ମାଆର ସେବାଯତ୍ନ କରିବାକୁ। ତୁମେ ତ ଜାଣ, ସେ ଦିନ ରାତି ଅଧରେ ପାଣି ଗରମ କରିଦେବାକୁ ମଝିଆ ବୋହୂକୁ କହିବାରୁ କିପରି ଝିଙ୍ଗାସିଆ କଥା କହିଲା। ଆଉ ଏଇ ସାନ ପୁଅକୁ ଦେଖ, ଚିଠି

ପାଇବା ମାତ୍ରେ ସେ ଆସି ଯାଇଛି। ମୁଁ ଜାଣେ ପରା, ମୋ ଅବସରକାଳୀନ ମୋଟା ଅର୍ଥଲାଭରୁ ଫାଇଦା ନେବାକୁ ଚାହାନ୍ତି। ଏଥିପାଇଁ ମୋତେ ତାଙ୍କ ଘରେ ରହିବାକୁ ଡାକୁଛନ୍ତି। ସେମାନଙ୍କୁ କଷଟିରେ କଷିବାକୁ ସିନା ମୁଁ କ୍ୟାନସର ରୋଗର ଛଳନା କରୁଥିଲି, ସତରେ କ'ଣ ମୋତେ କ୍ୟାନସର ହୋଇଛି !

ସ୍ୱାମୀଙ୍କ ମୁହଁରୁ କ୍ୟାନସର ହେବା ଏକ ମିଥ୍ୟା କଥା ଜାଣି ଆନନ୍ଦରେ ଉଲ୍ଲସିତ ହୋଇ ପଡିଲେ ପତ୍ନୀ। ଅଭିଯୋଗଭରା କଣ୍ଠରେ କହିଥିଲେ : ତୁମେ ମୋଠାରେ ଛଳନା କଲ କାହିଁକି ! ମୁଁ କେତେ ଦିଅଁ, ଦେବତାଙ୍କୁ ନ ଡାକିଛି ! କେତେ ସନ୍ତାପିତ ନ ହୋଇଛି !!

ଅଭିଯୋଗ ଖଣ୍ଡନ କରି କହିଲେ କୁବେର ବାବୁ : ତୁମକୁ ଯଦି ମୂଳରୁ ସତ୍ୟ କଥାଟା କହି ଦେଇଥାନ୍ତି, ତେବେ ବାପାଙ୍କ ରୋଗରେ ବ୍ୟଥିତ ପୁଅବୋହୂଙ୍କୁ ତୁମେ କ'ଣ ଲୁଚାଇ ରଖି ପାରିଥାନ୍ତ? ବରଂ ମୋର ରୋଗରେ ତୁମର ଶୋକାଚ୍ଛନ୍ନ ଭାବ ସେମାନଙ୍କ ମନରେ ପ୍ରକୃତ ରୋଗର ପ୍ରତ୍ୟୟ ଆଣି ଦେଇଛି।

ଏତକ କହି କୁବେର ବାବୁ ପଚାରିଲେ : ଏଥର ସାନପୁଅ ମିଲୁ ଘରକୁ ଯାଇ ସବୁଦିନ ରହିବ ତ?

ପତ୍ନୀ ସମ୍ମତି ସୂଚକ ଭଙ୍ଗୀରେ ମୁଣ୍ଡ ହଲାଇଲେ।

■

'ସମ୍ବାଦ' ରବିବାର ସେପ୍ଟେମ୍ବର ୨୯ରୁ ଅକ୍ଟୋବର ୫,୧୯୯୬ ସଂଖ୍ୟାରେ ପ୍ରକାଶିତ

ସୀମା

ନିର୍ମଳା ଦିଦି ଆଜି ଭାରିବ୍ୟସ୍ତ । ଘର କାମ ସାରି ସ୍କୁଲ ଯିବାରେ ତ ପ୍ରତିଦିନ ବ୍ୟସ୍ତ ରହନ୍ତି । ମାତ୍ର, ଆଜି ତାଙ୍କ ଉପରେ ଅନ୍ୟ ଏକ କାମର ଭାର ନ୍ୟସ୍ତ କରି ଦିଆଯାଇଛି । 'ନାରୀ ଜାଗୃତି'ର ସଭାପତି ହିସାବରେ ତାଙ୍କୁ ଆଜି ଉଦ୍‌ବୋଧନୀ ଭାଷଣ ଦେବାକୁ ହେବ ।

ଏଇ କିଛି ଦିନ ତଳେ ନିର୍ମଳା ଦିଦିଙ୍କ ସ୍କୁଲ ସାମ୍ନାରେ ଅଟକି ଯାଇଥିଲା ଏକ କାର । କାର ଭିତରୁ ବାହାରି ପଡି ଜଣେ ଅତ୍ୟାଧୁନିକା ଭଦ୍ରମହିଳା ତାଙ୍କ ସ୍କୁଲ ଆଡକୁ ଆସିଥିଲେ । ସ୍କୁଲର ହେଡ ମିଷ୍ଟ୍ରେସ ନିର୍ମଳା ଦିଦିଙ୍କୁ ନିଜର ପରିଚୟ ଦେଇଥିଲେ । ସେ ଥିଲେ ଏଇ କିଛି ଦିନ ତଳେ ଏଇ ଜିଲ୍ଲାର ମୁଖ୍ୟ ଶାସନାଧିକାରୀ ଭାବେ କାର୍ଯ୍ୟ ଭାର ଗ୍ରହଣ କରିଥିବା ଜିଲ୍ଲାପାଳଙ୍କ ପତ୍ନୀ । ସେ ନିର୍ମଳା ଦିଦିଙ୍କ ସହିତ କଥାବାର୍ତ୍ତା କରୁଥିବା ବେଳେ କହୁଥିଲେ ଆଜିର ଏଇ ପୁରୁଷପ୍ରଧାନ ସମାଜରେ ନାରୀ ଦଳିତ ନିଷ୍ପେଷିତ ହୋଇ ବଂଚିଛି । ତାର ସ୍ୱର ଉତ୍‌ତୋଳନ କରିବାର ନିହାତି ଦରକାର ପଡୁଛି । ସେ ଦୁଃଖ ପ୍ରକାଶ କରିଥିଲେ ଯେ ଏଇ ସହରରେ ନାରୀମାନଙ୍କର ସଙ୍ଗଠନଟିଏ ନାହିଁ । ସଙ୍ଗେ ସଙ୍ଗେ ପ୍ରସ୍ତାବ ଦେଇଥିଲେ ଏଇ 'ନାରୀ ଜାଗୃତି' ସମିତିର ଗଠନ ପାଇଁ । ସେ ନିର୍ମଳା ଦିଦିଙ୍କୁ ସମିତିର ସଭାପତି ରୂପେ କାର୍ଯ୍ୟ ତୁଲାଇବାର ଦାୟିତ୍ୱ ନ୍ୟସ୍ତ କରିଥିଲେ ମଧ୍ୟ । ନିର୍ମଳା ଦିଦି ପ୍ରଥମେ ମନା କରିଦେଇଥିଲେ ଏହି ପଦ ପାଇଁ । ମାତ୍ର, ସେ ଭଦ୍ର ମହିଳାଙ୍କ ବାଧ୍ୟବାଧକତାକୁ ଏଡାଇ ନ ପାରି ରାଜି ହୋଇଥିଲେ ଶେଷକୁ ।

ଦୁଇଦିନ ତଳେ ତିଆରି କରିଥିବା ଭାଷଣ ନୋଟକୁ ଗୁଣୁଗୁଣାଉ ଥିଲେ ନିର୍ମଳା ଦିଦି ଗୃହକାର୍ଯ୍ୟ କରିବା ଭିତରେ । ସ୍ୱାମୀ ସୁକାନ୍ତ ବାବୁ ସ୍ତ୍ରୀ ନିର୍ମଳାଙ୍କ ପ୍ରସ୍ତୁତି ଦେଖି ଥଟ୍ଟାରେ ପଚାରିଲେ: ଆଜି କଣ ତୁମର ପରୀକ୍ଷା ଅଛି କି ? ଆଜି ତୁମେ ଜଣା ପଡୁଛ ମାଟ୍ରିକ ପରୀକ୍ଷା ଦେଉଥିବା ଏକ ଷୋଡଶୀ କନ୍ୟା ପରି ।

ନିର୍ମଳା ଦିଦି ସିଧା ସଳଖ ଉତ୍ତର ଦେଇ କହିଲେ: ଆମ 'ନାରୀ ଜାଗୃତି' ସମିତିର ଆଜି ଉଦ୍‌ଘାଟନୀ ଦିବସ। ମୋତେ ଭାଷଣ ଦେବାକୁ ହେବ।

ସୁକାନ୍ତ ବାବୁ ସ୍ମିତ ହାସ୍ୟ ଟାଣି କହିଲେ: ଓହୋ! ସେଥିପାଇଁ ଏ ପ୍ରସ୍ତୁତି? ଆଚ୍ଛା, ଯାଅ ସେଇ କୋଣରେ ଠିଆ ହୁଅ। ଭାବି ନିଅ ତୁମ ସାମ୍ନାରେ ଅଛନ୍ତି ଶହ ଶହ ଶ୍ରୋତା। ତୁମର ଭାଷଣର ରିହାଲସାଲ କର, ଦେଖିବା।

ନିର୍ମଳା ଦିଦି ଭାବିଲେ: ତାଙ୍କର ଭାଷଣ ତ ପୁରୁଷମାନଙ୍କ ବିରୁଦ୍ଧରେ। ସେ ସ୍ୱାମୀଙ୍କ ସାମ୍ନାରେ ଭାଷଣ ରିହାଲସାଲ କରି ତାଙ୍କ ମନକୁ କାହିଁକି ଏବେ ଦୁଃଖ ଦେବେ। ତା ଛଡା ଏହି ରିହାଲସାଲ ପାଇଁ ସମୟ କାହିଁ? ସାମ୍ନା କାନ୍ଥରେ ଲାଗିଥିବା କାନ୍ଥ ଘଂଟାକୁ ଚାହିଁ କହିଲେ: ସମୟ କାହିଁ? ମୁଁ ସ୍କୁଲ ଯିବାକୁ ହେବ। ତୁମର ଯଦି ମୋ ଭାଷଣ ଶୁଣିବାର ଇଚ୍ଛା ଅଛି, ଆଜି ଆସ କଲେଜ ଫିଲ୍‌ଡକୁ ସାଢ଼େ ଚାରିଟାବେଳକୁ।

ସୁକାନ୍ତ ବାବୁ କହିଲେ: ମୋର ସମୟ ନାହିଁ ଆଜି। ହାୟର ଅଫିସରମାନେ ଆସିବେ ଆଜି ଫିଲ୍ଡ ଭିଜିଟ କରି।

ସୁକାନ୍ତ ବାବୁ ଜଙ୍ଗଲ ବିଭାଗର ଫରେଷ୍ଟର। ଆଜି ପୋଗ୍ରାମ ଅଛି ତାଙ୍କ ଉପରିସ୍ଥ ଅଫିସରଙ୍କ କ୍ଷେତ୍ର ପରିଦର୍ଶନ ପାଇଁ ।

ପ୍ରତିଦିନ ପରି ପିଲା ଦିଟା ନିଜ ନିଜ ସ୍କୁଲକୁ ବାହାରି ଯିବାପରେ ସୁକାନ୍ତ ବାହାରିଗଲେ ନିଜର ମୋଟର ସାଇକେଲରେ ନିଜର କର୍ମ କ୍ଷେତ୍ରକୁ। ଶେଷକୁ ନିର୍ମଳା ଦିଦି ଘରେ ତାଲା ପକାଇ ଚାଲିଲେ ନିଜ ସ୍କୁଲକୁ।

ଚାରିଟାରେ ସ୍କୁଲ ଛୁଟି ପରେ ତରତରହୋଇ ଘରକୁ ଫେରିଲେ ନିର୍ମଳା ଦିଦି। ହାତଗୋଡ ମୁହଁ ଧୁଆଧୋଇ ହେଲେ। ପ୍ରସାଧନ ସାମଗ୍ରୀ ନଗାଇ ଓ ଶାଢ଼ୀ ବଦଳାଇ ବାହାରି ପଡିଲେ କଲେଜ ଫିଲ୍ଡକୁ। ଘରଠୁ କଲେଜ ଫଲ୍ଡକୁ ଦୁଇ କିଲୋମିଟର ରାସ୍ତା। ରିକ୍ସାଟିଏ ଡାକି ବସି ପଡିଲେ।

ସୁକାନ୍ତ ବାବୁଙ୍କ ଉଚ୍ଚ ପଦସ୍ଥ ଅଧିକାରୀମାନଙ୍କ ଗସ୍ତ କାର୍ଯ୍ୟକ୍ରମ ବାତିଲ ହୋଇ ଯାଇଥିଲା। ସୁକାନ୍ତ ବାବୁ ଫେରିଲେ ଘର ଆଡକୁ। ସେତେବେଳକୁ ସମୟ ଚାରିଟା। ତାଙ୍କର ମନେ ପଡିଲା ସ୍ତ୍ରୀଙ୍କର ଆମନ୍ତ୍ରଣ କଥା। ସେ କଲେଜ ଫିଲ୍ଡ ଆଡକୁ ମୁହାଁଇଲେ।

ସେ ଦେଖିଲେ କଲେଜ ଫିଲ୍ଡରେ ବିପୁଳ ଜନସମାବେଶ। ସ୍ତ୍ରୀ ସଂଖ୍ୟା ଯେତିକି ପୁରୁଷ ସଂଖ୍ୟା ବି ସେତିକି। ନିଜ ମୋଟର ସାଇକେଲକୁ ଗୋଟିଏ କୃଷ୍ଣଚୂଡା ଗଛ ମୂଳେ ରଖି ଦେଇ ସୁକାନ୍ତ ବାବୁ ବସି ପଡିଲେ ନିକଟରେ ଥିବା ଚା ଦୋକାନର କାଠପଟା ଉପରେ। ସେଠାକୁ ବେଶ ଶୁଣାଯିବ ବକ୍ତାମାନଙ୍କର ଭାଷଣର ସ୍ୱର।

ପ୍ରଦୀପ ପ୍ରଜ୍ୱଳନ ପରେ ଜିଲ୍ଲାପାଳଙ୍କ ପତ୍ନୀ ଘୋଷଣା କଲେ: ବର୍ତ୍ତମାନ ଆମ ସମିତିର ସଭାପତି ଶ୍ରୀମତୀ ନିର୍ମଳା ମିଶ୍ର ତାଙ୍କର ଭାଷଣ ପ୍ରଦାନ କରିବେ।

ସୁକାନ୍ତ ବାବୁ ଆବେଗ ସହିତ ଉତ୍‌କର୍ଣ୍ଣ ହୋଇ ପଡିଲେ ମଂଚ ଆଡକୁ।

ନିର୍ମଳା ଦିଦି ମାଇକ୍ରୋନଫୋନ ସାମ୍ନାକୁ ଆସି ଭାଷଣ ଦେବାକୁ ଆରମ୍ଭ କଲେ।

କିଛି ଔପଚାରିକତା ପରେ ସେ କହିଲେ: ଆପଣମାନେ ଭାବୁଥିବେ ଏ ସମିତି ଗଠନର ଉଦ୍ଦେଶ୍ୟ ପୁରୁଷମାନଙ୍କ ବିରୁଦ୍ଧାଚରଣ କରିବା। ମାତ୍ର, ତାହା ନୁହେଁ। ହୁଏ ତ ମୋ ଭାଷଣ ଶୁଣିବାବେଳେ ଆପଣମାନେ ସେପରି ଅନୁଭବ କରି ପାରନ୍ତି। କିନ୍ତୁ ପୁରୁଷ ବିରୁଦ୍ଧରେ ଏହି ସମିତିର ଗଠନ ନୁହେ। ପୁରୁଷ ଓ ନାରୀ ସମାଜ-ଡାଳର ଦୁଇଟି ଫୁଲ। ଦୁହିଁଙ୍କ ବିବାଦ ହେଲେ ସମାଜ ଚଳିବ କିପରି ?

ସୁକାନ୍ତ ବାବୁ ଗର୍ବ ଅନୁଭବ କରୁଥିଲେ ସ୍ତ୍ରୀଙ୍କର ସ୍ପଷ୍ଟ ଓ ସୁମିଷ୍ଟ ଭାଷଣ ଶୁଣି।

ନିର୍ମଳା ଦିଦି ପୁଣି କହିଥିଲେ: ନାରୀ ଆଜି ଆଉ ଅବଳା ନୁହେଁ। ସେ ସବୁ କ୍ଷେତ୍ରରେ ପ୍ରବେଶ କରିଛି। ପୋଲିସ ବିଭାଗରେ କୁହନ୍ତୁ, ଶାସନ ବିଭାଗରେ କୁହନ୍ତୁ, ପାହାଡ ଚଢ଼ାରେ କୁହନ୍ତୁ ସବୁଠି । ଆକାଶରେ ପାଇଲଟିଂ କରି ଘୂରି ବୁଲୁଛି। ତଥାପି ସେ କଣ ସ୍ୱାଧୀନ ? ସେ କଣ ନିର୍ଭୟା ? ନୁହେଁ, କେବେ ନୁହେଁ । ସଦାବେଳେ ତା ମନରେ ଅଜଣା ଆଶଙ୍କାଟିଏ ବସା ବାନ୍ଧିଛି। ସେ ଚଳି ପାରୁନି ଏଇ ସମାଜରେ ସ୍ୱଛନ୍ଦରେ। ଶ୍ୱାପଦ ଶଙ୍କୁଳ ଜଙ୍ଗଲ ରାସ୍ତା ଦେଇ ପଥିକଟିଏ ଜଙ୍ଗଲ ପାର ହେବା ପରି ଭୟଟେ ତାର ମନ ଭିତରେ ସବୁବେଳେ ବସା ବାନ୍ଧିଛି। ସେ ଭୟାତୁର ହୋଇ ଉଠୁଛି, କେତେବେଳେ ସେ ଧର୍ଷିତା ହୋଇ ଯିବ କି? କେତେବେଳେ ତା ଉପରେ କିରୋସିନି କି ପେଟ୍ରୋଲ ଢ଼ାଳି ଜାଳି ଦିଆଯିବ କି ?

ସୁକାନ୍ତ ବାବୁ ସ୍ତ୍ରୀଙ୍କ ଭାଷଣ ଶୁଣି ଅନ୍ୟ ମନସ୍କ ହୋଇ ପଡିଲେ। ଠିକ କଥା କହୁଛନ୍ତି ତ ତାଙ୍କର ପତ୍ନୀ, ଯାହାକି ପ୍ରତ୍ୟେକ ନାରୀର ଅନ୍ତରର କଥା। ତଥାପି ସେ ଭାଷଣ ଆଡକୁ ମନ ଦେଇ ଶୁଣିଲେ।

ଏଇ ଦେଖନ୍ତୁ, ପୁରୁଷମାନଙ୍କ କୋମଳ ଅତ୍ୟାଚାରର କଥା। ସମାଜରେ ନାରୀ ଓ ପୁରୁଷ ଉଭୟଙ୍କର ଅଧିକାର ସମାନ। ଘରେ ଆର୍ଥିକ ସ୍ୱଚ୍ଛଳତା ଆଣିବାକୁ ଘରର ଅନ୍ଧାରୀ କୋଣରୁ ବାହାରକୁ ଗୋଡ କାଢ଼ି ସେ କରେ ଚାକିରି। ସେ କ୍ଲାନ୍ତ ଶ୍ରାନ୍ତ ହୋଇ ଫେରେ ନିଜ କର୍ମ କ୍ଷେତ୍ରରୁ। ତଥାପି ତାକୁ ଗୃହ କାର୍ଯ୍ୟ କରିବାକୁ ହୁଏ। ପୁରୁଷମାନେ ସେଇ କାମରେ ଟିକିଏ ବି ସାହାଯ୍ୟ ସହଯୋଗ କରନ୍ତି ନାହିଁ। ଯଦି ସେହି କାର୍ଯ୍ୟ ତୁଲାଇବାବେଳେ କିଛି ଅବହେଳା ହୋଇଯାଏ ତାକୁ ଗାଳି ଦିଅନ୍ତି।

ସେମାନେ ପାଣି ଗ୍ଲାସଟେ ନିଜେ ଆଣି ପିଇ ପାରନ୍ତି ନାହିଁ। ସ୍ତ୍ରୀ ହାତର ପାଣି ଗ୍ଲାସକୁ ଚାକି ବସିଥିବେ। ଏପରି ବି ପୁରୁଷ ଅଛନ୍ତି ସୁବିଧା ଅସୁବିଧାରେ ନିଜେ ବାଢ଼ି କରି ଭାତ ଖାଇ ପାରନ୍ତି ନାହିଁ। ଯଦି ବିରୋଧ କରି ସ୍ତ୍ରୀ କିଛି କହେ ତେବେ ସୁହାଗିଆ କଣ୍ଠରେ ସେମାନେ କହନ୍ତି: ତୁମ ହାତ ପରଶା କେତେ ଭଲ !

ସୁକାନ୍ତବାବୁ ଚମକି ପଡିଲେ। ଭୟଭୀତ ହୋଇ ପଡିଲେ। ଲଜ୍ଜିତ ହୋଇ ପଡିଲେ। ସ୍ତ୍ରୀ ନିର୍ମଳାଙ୍କର ଭାଷଣ ତ ତାଙ୍କ ପ୍ରତି ଆରୋପିତ। ତାଙ୍କ ସ୍ୱାମି ସ୍ତ୍ରୀଙ୍କ କଥାକୁ ତ ଏଇ ବିପୁଳ ସମାବେଶ ଭିତରେ ଘୋଷଣା କରି ଦେଉଛନ୍ତି ନିର୍ମଳା। ସେ ନିଜେ କେବେ ପାଣି ଗ୍ଲାସଟିଏ ଆଣି ପିଇ ନାହାନ୍ତି। ଭାତ ବାଢ଼ି ଖାଇ ନାହାନ୍ତି। ସେ ତ ନିଜେ ସ୍ତ୍ରୀଙ୍କର ହାତ ପରଶା ଭଲ ଲାଗେ ବୋଲି କହନ୍ତି। ତେବେ ପତ୍ନୀ ନିର୍ମଳାଙ୍କର କ'ଣ ମତିଭ୍ରମ ଘଟିଲାଣି କି? ନିଜର ବ୍ୟକ୍ତିଗତ ଘରୋଇ କଥାକୁ ସଭା ସମିତି ମଧ୍ୟରେ ଘୋଷଣା କରି ତାଙ୍କୁ ହିନସ୍ତା କରୁଛନ୍ତି। ସୁକାନ୍ତ ବାବୁ ଚାହିଁଲେ ସବୁଆଡେ, କେହି ତାଙ୍କୁ ବିଦ୍ରୁପ କରି ଦେଖୁ ନାହାନ୍ତି ତ ? ସେ ଚାରି ଆଡକୁ ଚାହିଁଲେ। ପ୍ରକୃତରେ କେହି ତାଙ୍କୁ ଦେଖୁ ନାହାନ୍ତି । ସାହସ ପାଇଲେ।

ପୁଣି ଭାସି ଆସିଲା ସ୍ୱର: ଏ ମୋର କଥା ନୁହେଁ, ପ୍ରତ୍ୟେକ କର୍ମଜିବୀ ମହିଳାଙ୍କ କଥା। ଆଉ ମୁଁ ଭାବୁଛି କର୍ମଜିବୀ ମହିଳାମାନେ ଏହି ସମାଜର ସବୁଠୁ ଅତ୍ୟାଚାରିତା ନାରୀ। କାରଣ, ଏମାନଙ୍କୁ ପୁରୁଷର କାମ ବି କରିବାକୁ ପଡେ ଓ ଗୃହିଣୀର କାର୍ଯ୍ୟ ବି। ପୁରୁଷମାନେ କ୍ଲବ ଯାଇ ପାରନ୍ତି, ଅଥଚ ଅତ୍ୟାବଶ୍ୟକୀୟ ଜିନିଷପତ୍ର କିଣିବାକୁ ଦୋକାନ ଯାଇ ପାରନ୍ତି ନାହି। ସେମାନେ ସ୍ତ୍ରୀଙ୍କୁ କହନ୍ତି: ମୋର ଜରୁରୀ କାମ ଅଛି, ଯାଉଛି। ଏଇ ପାଖ କିରାନା ଦୋକାନରୁ ଜିନିଷ ପତ୍ର ନେଇ ଆସିବ। ପୁଣି ସ୍ତ୍ରୀ ଦିନସାରା କାମ କରି କରି ରାତିରେ ବିଶ୍ରାମ ନେବା ବେଳକୁ ଯିବାବେଳେ ତା ଗୋଡ ହାତରେ ବିନ୍ଧା ଅନୁଭବ କଲେ କେହି ନଥିବେ ତାକୁ ଟିକିଏ ମୋଡି ମାଡି ଦେଇ ଉପଶମ କରିବାକୁ । ଏତିକି ବେଳେ ସ୍ୱାମୀ ଦେବତା କହିବେ: ଓଃ, ମୋ ଗୋଡ ହାତରେ ଭୀଷଣ ଦରଦ। ଟିକିଏ ମୋଡି ଦେଲ।

ଉପସ୍ଥିତ ଜନତାଙ୍କ ଉଚ୍ଛ୍ୱସିତ ଘନ ଘନ କରତାଳି।

ଏଥର ଆଉ ସମ୍ଭାଳି ପାରିଲେନି ସୁକାନ୍ତ ବାବୁ। ନା ଆଉ ନୁହେଁ। ଆଉ ଶୁଣି ପାରିବେନି ପତ୍ନୀଙ୍କର ଭାଷଣ। ଏଠୁ ପଳାଇବା ଭଲ। ଚା ଦୋକାନର କାଠ ପଟା ବେଞ୍ଚରୁ ଉଠି ମୋଟର ସାଇକେଲ ଆଡକୁ ଚାଲିଲେ। ଚିହ୍ନା ପରିଚିତଙ୍କ ହାବୁଡରୁ ରକ୍ଷା ପାଇବାକୁ କିଛି ବାଟ ଚଳାଇ ନେଇ ପରେ ଷ୍ଟାଟ କରି ଘର ମୁହାଁ ଚାଲିଲେ।

ଘରେପହଂଚି ଘରେ ବସିଲେ ହତାଶ ହୋଇ । ଚିନ୍ତା କରି ପାରିଲେ ନି ପତ୍ନୀ

ନିର୍ମଳା କାହିଁକି ତାଙ୍କ ପ୍ରତି ବିଦ୍ରୋହର ସ୍ୱର ଆଜି ଉଠାଇଛନ୍ତି। କେବେ ତ ସେ ଏପରି ବିଦ୍ରୋହର ଇଙ୍ଗିତଟିଏ ମଧ୍ୟ ଦେଇ ନାହାନ୍ତି । ଅବଶ୍ୟ ଯାହା କହିଛନ୍ତି ଭାଷଣରେ ତାହା ତାଙ୍କର ପତିଙ୍କୁ କହିଛନ୍ତି ବୋଲି ସୁକାନ୍ତ ବାବୁ ଭାବିନେଉଛନ୍ତି ସିନା, ସେ ତ ତାଙ୍କର ନାମ ଉଚ୍ଚାରଣ କରି ନାହାନ୍ତି। ବରଂ ସେ ସମସ୍ତ ପୁରୁଷ ସମାଜକୁ ସମସ୍ତ ଦୋଷ ତୃଟୀ ଆରୋପିତ କରିଛନ୍ତି ।

ମନକୁ ମନ ପ୍ରବୋଧନା ଦେଇ ରହିଲେ ସୁକାନ୍ତ ବାବୁ।

ମନକୁ ସେଇ ଗୋଟିଏ କଥା ଗୋଡାଇ ହୋଇ ଆସୁଛି। ନିର୍ମଳା ତାଙ୍କୁ ଅବଶ୍ୟ କେବେ ଦୋଷ ଦେଇ କହି ନାହାନ୍ତି। ସବୁ ସହି ନେଇଛନ୍ତି ଘର ଜଞ୍ଜାଳ। ସୁକାନ୍ତ ବାବୁ କେବେ ସହାନୁଭୁତିଶୀଳ ହୋଇ ଗୃହ କାର୍ଯ୍ୟରେ ସହଯୋଗ କରି ନାହାନ୍ତି। ତେବେ ଅନେକ ଦିନର ପୁଞ୍ଜିଭୂତ ଅସନ୍ତୋଷର ବିସ୍ଫୋରଣ ନୁହେଁ ତ ଏହା ?

ସନ୍ଧ୍ୟା ହୋଇ ଆସୁଥିଲା। ପିଲା ଦି'ଟା ବାହାରୁ ଖେଳାବୁଲା କରି ଫେରି ଆସିଲେଣି ଘରକୁ। ଅଥଚ ନିର୍ମଳା ଦିଦି ଆସିନି ଏ ଯାଏ। ସୁକାନ୍ତ ବାବୁଙ୍କର ମନେ ପଡିଲା ଯେ ଆଜି ରିକ୍‌ସା ସଂଘର ବାର୍ଷିକୋତ୍ସବ। ରିକ୍ସାବାଲାମାନେ ସେଇ ଉତ୍ସବରେ ଲାଗିଛନ୍ତି ସନ୍ଧ୍ୟାରେ। ଗୋଟିଏ ବି ରିକ୍ସା ମିଳିବନି ଏବେ ସବାରି ହେବାକୁ। ସୁକାନ୍ତ ବାବୁ ଭାବିଲେ କେମିତି ଆସିବେ ନିର୍ମଳା କଲେଜ ଫିଲ୍ଡରୁ। ଯଦି ନାରୀ ଜାଗୃତି ସମିତି ତରଫରୁ ନିର୍ମଳାଙ୍କୁ ଘରେ ପହଞ୍ଚାଇବାର ବ୍ୟବସ୍ଥା ହୋଇଥାଏ ତ ଭଲ କଥା। ନଚେତ, ସେ ଚାଲି ଚାଲି ଆସିବାକୁ ବାଧ୍ୟ। ସୁକାନ୍ତ ବାବୁ ବାହାରିଲେ, ନିର୍ମଳାଙ୍କୁ ନିଜ ଟୁ ହ୍ୱିଲରରେ ବସାଇ ଆଣିବାକୁ।

ଗାଡିଟିକୁ ବାହାରକୁ କାଢ଼ି କିକ୍ ମାରିବାକୁ ଯିବାବେଳକୁ ପଛ ପଟୁ ନିର୍ମଳା ଦିଦି ଆସି କହିଲେ: କୁଆଡେ ବାହରିଲ ?

ସୁକାନ୍ତ ଚମକିବା ପରି ଗଳାରେ କହିଲେ: ଏଁ, ତୁମେ ଆସିଲଣି ? ତୁମକୁ ଆଣିବାକୁ ଯାଉଥିଲି। ରିକ୍ସା ତ ମିଳୁନି ଏବେ। କେମିତି ଆସିଲ ?

ଅବିଶ୍ୱାସ୍ୟ କଣ୍ଠରେ ନିର୍ମଳା କହିଲେ: ମୋତେ ଆଣିବାକୁ ? ମୁଁ ତ ଆସିଲିଣି ଆମ ସମିତି ଭଡା କରିଥିବା କାରରେ। ଆସ ଘରକୁ।

ସୁକାନ୍ତ ବାବୁ ବିଶ୍ୱାସ କରି ପାରିଲେ ନାହିଁ ସେଇ ସଭାରେ ବିପ୍ଳବିନୀ ପରି ଭାଷଣ ଦେଉଥିବା ନିର୍ମଳା ଦିଦି ଏଇ ବୋଲି। କେତେ ସ୍ୱାଭାବିକ ତାଙ୍କର କଣ୍ଠ ସ୍ୱର। ସବୁଦିନ ପରି କେତେ ଶାନ୍ତଶିଷ୍ଟ ଆମନ୍ତ୍ରଣ: ଘରକୁ ଫେରିଆସ ଅର୍ଥାତ କିଛି ତ କାମ ନାଇଁ ବାହାରକୁ ଯିବ କାହିଁକି ?

ସୁକାନ୍ତ ବାବୁଙ୍କୁ ଲାଗିଲା ଏ ନିର୍ମଳା ସେଇ 'ନାରୀ ଜାଗୃତି ସମିତି'ର ସଭାପତି ନିର୍ମଳା ଦିଦି ନୁହନ୍ତି, ଏ ହେଉଛନ୍ତି ଭିନ୍ନ ଜଣେ ନାରୀ, କୋମଳା, ସର୍ବଂସହା, ଶାନ୍ତଶିଷ୍ଟା ତାଙ୍କର ସହଧର୍ମିଣୀ ନିର୍ମଳା ଦିଦି।

ରାତିରେ ଦୁହେଁ ଖାଇ ବସିଲେ ଏକା ସମୟରେ। ନିର୍ମଳା ଦିଦି ପଚାରିଲେ ସ୍ୱାମୀଙ୍କୁ: କଲେଜ ଫିଲ୍ଡକୁ ଯାଇଥିଲ କି ?

ଓଲଟା ପ୍ରଶ୍ନ କଲେ ସୁକାନ୍ତ ବାବୁ: ମୋତେ ସେଠି ଦେଖିଥିଲ କି ?

ନିର୍ମଳା ଦିଦି ପଚାରିଲେ ଦେଖିନି ଯେ, ପଚାରି ଦେଲି ସେମିତି। ସ୍ୱାମୀ ସୁକାନ୍ତ ତାଙ୍କର ଭାଷଣ ଶୁଣି ନାହାନ୍ତି ଭାବି ଆଶ୍ୱସ୍ତିରେ ନିଶ୍ୱାସ ମାରିଲେ।

ସୁକାନ୍ତ ବାବୁ ପଚାରିଲେ:କେମିତି ହେଲା ଭାଷଣ ?

ନିର୍ମଳା ଦିଦି ଗର୍ବାନୁଭବ କରି କହିଲେ: କେମିତି ହେଲା ମୁଁ ତ କହି ପାରିବିନି, ଅନ୍ୟମାନେ ବହୁତ ପ୍ରେଜ କରୁଥିଲେ। ଭାଷଣଦେବା ବେଳେ କ୍ଲାପିଙ୍ଗ୍ ହେଉଥିଲା ଜୋର।

ଘରେ ପିଲା ଦୁଇଟି ଶୋଇ ପଡିଥିଲେ ଆଗରୁ। ସୁକାନ୍ତ ବାବୁ ଶଯ୍ୟାରେ ପଡି ଭାବୁଥିଲେ ନିର୍ମଳାଙ୍କର ସୁଗୁଣ ଓ ନିରୀହତା ବିଷୟରେ। ନିର୍ମଳା ପ୍ରତି ସହାନୁଭୂତିରେ ସେ ଭିଜି ଗଲେ।

ନିର୍ମଳା ଦିଦି ଆସି ଶୋଇଲେ ତାଙ୍କ ପାଖକୁ ଲାଗି।

ସୁକାନ୍ତ ବାବୁ ଭାବ ବିହ୍ୱଳିତ କଣ୍ଠରେ କହିଲେ: ନିର୍ମଳା, ତୁମେ କେତେ ଭଲ। ଆଜି ସଭା ସମିତି ଦୌଡି ତୁମର ଗୋଡ ନିଶ୍ଚେ ବଥାଉଥିବ, ଆଣ ତୁମ ଗୋଡ ଟିକିଏ ମୋଡି ଦେବି। ଏତକ କହି ସ୍ତ୍ରୀଙ୍କର ଗୋଡକୁ ଧରି ପକାଇଲେ ସୁକାନ୍ତ ବାବୁ।

ନିର୍ମଳା ଦିଦି ହଠାତ ଉଠି ପଡି ସ୍ୱାମୀଙ୍କର ହାତ ଛିଂଚାଡି ଦେଇ କହିଲେ: ଏଁ, କଣ କରୁଛ ? କୁଆଡୁ ପାଗଳାମି ଜୁଟିଛି ତୁମ ମୁଣ୍ଡରେ ?

ସୁକାନ୍ତ ବାବୁ ବୁଝାଇବା କଣ୍ଠରେ କହିଲେ- ପାଗଳାମି ନୁହେଁ ନିର୍ମଳା। ତୁମେ ଏତେ ଦିନ ଦିନ ବର୍ଷ ବର୍ଷ ଧରି ମୋ ଗୋଡ ହାତ ମୋଡି ଆସୁଛ, ଅଥଚ ଆଜି ଦିନଟେ ମୋତେ ମୋଡିବାକୁ ସୁଯୋଗ ଦେବନି ?

ନିର୍ମଳା ଅନ୍ୟଦିନମାନଙ୍କ ପରି କହିଲେ: ଜାଣିଛ ନା ? ସ୍ୱାମୀ ଯଦି ସ୍ତ୍ରୀର ପାଦ ଧରେ ତାକୁ ପାପର ଭାଗିଦାର ହେବାକୁ ପଡେ। ଆଉ ମୁଁ ତୁମକୁ ସେଇ ପାପ କରିବାକୁ ଦେବି ନି ?

ସୁକାନ୍ତ ବାବୁ ଭାବି ପାରୁ ନ ଥିଲେ ଯେ ନିର୍ମଳାଙ୍କର ଚିନ୍ତାଧାରା କେଉଁ ଶାସ୍ତ୍ର ସମ୍ମତ ନା ଅନ୍ଧବିଶ୍ୱାସ ପ୍ରସୂତ।

ନାରୀ ଜାଗରଣ ପାଇଁ ଦୀର୍ଘ ଭାଷଣ ଦେଉଥିବା ନିର୍ମଳା ଦିଦି ପୁଣି ପତିଙ୍କର ଅଯାଚିତ ସେବାକୁ ପ୍ରତ୍ୟାଖ୍ୟାନ କାହିଁକି କରୁଛନ୍ତି କିଛି ବୁଝି ପାରୁ ନ ଥିଲେ। ପଚାରିଲେ: ହଇହେ, ତୁମେ ତେବେ କାହିଁକି ନାରୀ ଜାଗରଣ ପାଇଁ ଏତେ ଭାଷଣ ମାରୁଥିଲ।

ନିର୍ମଳା ଦିଦି କହିଲେ: ଏତେ ଦିନ ପରେ ଯେ ମୋ ପ୍ରତି ସହାନୁଭୂତିଶୀଳ ହୋଇ ମୋ କଥା ବୁଝିଛ, ଏହା ମୋ ପାଇଁ ବଡ କଥା।

ମୁଁ ନାରୀ ଜାଗରଣ ଚାହୁଁଛି ବୋଲି ତୁମକୁ ମୋ ଗୋଡ ମୋଡି ବୋଲାଇବି ? ସେ କଥା ନୁହେଁ। ସବୁ କଥାରେ ଗୋଟିଏ ଗୋଟିଏ ସୀମା ଥାଏ। ମୁଁ ଚାହେଁ ନାରୀର ସ୍ୱାଧୀନତା, ସ୍ୱେଚ୍ଛାଚାରିତା ନୁହେଁ।

'ତ୍ରିଶକ୍ତି' ରାଜ୍ୟସ୍ତରୀୟ ସରସ୍ୱତ ସଂକଳନ ୨୦୧୩ରେ ପ୍ରକାଶିତ

ଜୀବନ ପାତ୍ର ମୋ ଭରିଛ କେତେ ମତେ

ଧାଡି ଧାଡି ହୋଇ ଠିଆ ହୋଇଛନ୍ତି ସରକାରୀ କ୍ୱାର୍ଟରଗୁଡ଼ିକ। ବାହାରପଟୁ କାଠ ଜାଫ୍ରି। ଶେଷ କ୍ୱାର୍ଟରର ଜାଫ୍ରି ଫାଙ୍କରେ ହକର ଫିଙ୍ଗି ଦେଇଗଲା ଆଜିର ସମ୍ବାଦପତ୍ର। ସମ୍ବାଦପତ୍ରକୁ ଗୋଟାଇ ନେଲା ସୁଲତା।

ଦଶଟା ଆଡକୁ ସ୍ୱାମୀ ଅଫିସ ଚାଲିଯାନ୍ତି। ଛୁଆମାନେ ଯାନ୍ତି ସ୍କୁଲ। ସମସ୍ତେ ଯିବା ପରେ ଘରେ ଦ୍ୱିତୀୟ ବୋଲି କେହି ନାହିଁ। ପିଅନଙ୍କ ବି ଡାର ଛୁଟି ନେଇ ଖାଇବା ପାଇଁ ଚାଲିଯାଏ ବାରଟା ଆଡକୁ। ଏଇ ସମୟରେ ସୁଲତା ଏକାକୀତ୍ୱର ଜାଲରେ ଛଟପଟ ହୁଏ। ଏହି ବିରକ୍ତିକର ମୁହୂର୍ତ୍ତର ସାଥି ରୂପେ ତା ନିକଟକୁ ଆସେ ସମ୍ବାଦପତ୍ର। ତା ସହିତ କଥାବର୍ତ୍ତା ହୁଏ। କେତେ ହସଖୁସି ଦୁଃଖ ବିଷାଦଭରା କାହାଣୀ ନେଇ ସେ ତା ଆଗରେ ଉଭାହୁଏ।

ସମ୍ବାଦପତ୍ରକୁ ଗୋଟାଇ ନେଉ ନେଉ ସୁଲତାର ଆଖି ଆକର୍ଷିତ ହୋଇଗଲା ଗୋଟାଏ ଫଟୋ ଉପରେ। ଗୋଟାଏ ଚିହ୍ନା ଲୋକର ଫଟୋ। ଦେଖିଲା - ଅପେକ୍ଷାକୃତ ବଡ ବଡ ଅକ୍ଷରରେ ଲେଖା ହୋଇଛି "ହତ୍ୟା ନା ଆତ୍ମହତ୍ୟା"। ପଢ଼ିଲା। ଜାଣିଲା। ଆଶ୍ଚର୍ଯ୍ୟ ହେଲା। ଦୁଃଖିତ ହେଲା ଗଭୀର ଭାବରେ। ସେ ଫେରିଗଲା ତାର ଅତୀତ ପୁସ୍ତକର ସ୍ମୃତିସଜଳ ପୃଷ୍ଠାଗୁଡିକ ପାଖକୁ।

ଘଟଣାଟି ଥିଲା ତା ନିଜ ସହରର। ଫଟୋ ବାହାରିଥିବା ପିଲାଟିର ନାଁ ନୀରଦ ମହାନ୍ତି।

କିଛି ବର୍ଷ ପୂର୍ବେ ସୁଲତା ସମ୍ବାଦ ଉଲ୍ଲେଖିତ ସହରରେ ରହୁଥିଲା। ଗୋଟାଏ ଛୋଟ ସରକାରୀ କ୍ୱାର୍ଟର। ସେଥିରେ ତା ବାପା, ମାଆ, ଦୁଇଟି ଭାଇ ଓ ଗୋଟିଏ ଭଉଣୀ ସହିତ ସୁଲତା ରହୁଥିଲା। ସୁଲତାର ବାପା ଚାକିରି କରନ୍ତି। ମାଆ ବି। ସେମାନେ ଦଶଟା ଆଡକୁ ଘର ଛାଡି ସ୍କୁଲ ଓ ଅଫିସ ଯାଉଥିଲେ। ଯିବାପରେ ଘରେ ଝୁଲେ

ତାଲା। ବାପା ଫେରନ୍ତି ଡେରିରେ। ମାଆ ଚାରିଟା ବେଳକୁ ଘରେ ପହଞ୍ଚନ୍ତି। ମାଆ ପାଖରେ ଗୋଟିଏ ଚାବି ଓ ସୁଲତା ପାଖରେ ଅନ୍ୟଟି। ସୁଲତାର କେବେ ଆଗରୁ ଛୁଟି ହୋଇଗଲେ ସେ ଆଗରୁ ଏକା ଆସି ଘରେ ଥାଏ। ଘରେ ତା ପାଇଁ କିଛି କାମ ନ ଥାଏ। ଦାଣ୍ଡ ଆଡକୁ ବାହାରି ଆସେ। ସେ ବାହାରେ ଚୌକାଠ ଉପରେ କାନ୍ଧ ଆଉଜାଇ ଠିଆ ହୁଏ। ସାମ୍ନା ରାସ୍ତା ଆଡକୁ ଦେଖେ। ଦେଖେ ସେଇ ରାସ୍ତାରେ ଚଳପ୍ରଚଳ କରୁଥିବା ଲୋକଗୁଡାଙ୍କୁ। ଦେଖେ ଆରପଟକୁ ଯେଉଁଠି ଅଛି ଗୋଟାଏ ଅଫିସ। ସେଇଠି କେବେ କେମିତି ଲୋକମାନଙ୍କର ଗହଳି କେବେକେମତି ବେଶ୍ ଲାଗି ରହେ।

ସୁଲତାର ଦିନଗୁଡିକ ସେମିତ ସାଧାରଣ ଥିଲା। ନ ଥିଲା ସେମିତି କିଛି ମାଧୂର୍ଯ୍ୟ ଦ୍ୱାରବନ୍ଧ ଉପରେ ଆଉଜି ଠିଆହେବାରେ। କେବଳ ସମୟ କଟାଇବାର ଥିଲା ଏହା ଏକ ମାଧ୍ୟମ।

ସୁଲତାର ଅଙ୍ଗରେ ଯୌବନର ପଦାର୍ପଣ ହେଲା। ମନରେ ଗୋଟିଏ ଛନ ଛନ ଭାବ ଅବରନ୍ଧ ହୋଇ ରହିଲା । ଅଙ୍ଗ ସୌଷ୍ଠବ ଆହୁରି ପରିମାର୍ଜିତ ଓ ଆକର୍ଷକ ହେଲା । ଆଖି ଯୋଡିକ ହେଲା ଟଣା ଟଣା । ସେଇ ଦ୍ୱାରବନ୍ଧ ନିକଟରେ ସେ ଠିଆ ଉଠୁଥିଲା ବେଳେ ରାସ୍ତାର ଯେ କେହି ପଥିକ ତାକୁ ଦୃଷ୍ଟିପାତ ନ କରି ଯାଉଥିବାର ମନେ ହେଉ ନ ଥିଲା

ସେତେବେଳକୁ ତାର ଜୀବନ ପରିଧି ଭିତରକୁ ପଶି ଆସିଥିଲା ନୀରଦ ମହାନ୍ତି। ସେଇ ସାମ୍ନା ଅଫିସରେ କିଛି ଗୋଟାଏ ଚାକିରି କରେ ସେ । ସୁଲତା ଦିନେ ଆବିଷ୍କାର କଲା ଯେ ସେ ପିଲାଟା ତାକୁ ଏକଲୟରେ ଦେଖେ । ଅଫିସ ବାହାରକୁ ଆସି ସେ ଘଣ୍ଟା ଘଣ୍ଟା ଧରି ଠିଆ ହୁଏ । ସୁଲତା ବି ସେଇ ପିଲାର ଆଖିରେ ଆଖି ମିଶାଇ ଘଣ୍ଟା ଘଣ୍ଟା ସେଇ ଦ୍ୱାର ବନ୍ଧରେ ଠିଆ ହୁଏ । ଘରେ ସମସ୍ତେ ଥିଲେ ବି ସେଥି ପ୍ରତି କାହାରି ନଜର ପଡେନା ।

ଏବେ ସୁଲତା ଜାଣେନା ସେଇ ପିଲାଟି ସହିତ କେମିତି ତାର ସଂପର୍କ ଗଭୀର ହୋଇଗଲା ଓ କାହିଁକି ହୋଇଗଲା । ସୁଲତା କଲେଜ ଛାତ୍ରୀ ହେବା ପରେ ମିଳାମିଶାର ଦ୍ୱାର ଉନ୍ମୁକ୍ତ ହୋଇ ଯାଇଥିଲା ସେ ଅନେକ ଥର କଲେଜ ଯିବା ବାଟରେ ପାଖ ବୁଦୁବୁଦୁକିଆ ଜଙ୍ଗଲ ଆଡକୁ ଯାଇଛି । ତା ସହିତ ଘନିଷ୍ଠ ହୋଇଛି ମାତ୍ର, ଭାଗ୍ୟକୁ ତାର ସେମିତି କିଛି ହୋଇନି ଯଦ୍ୱାରା ସେ ଅନ୍ୟମାନଙ୍କ ସାମ୍ନାରେ ସେଇ ପିଲାର ସଂପର୍କକୁ ସେ ସ୍ୱୀକାର କରିବାକୁ ବାଧ୍ୟ ।

ପ୍ରାୟ ଅଧିକାଂଶ ପ୍ରେମିକ ପ୍ରେମିକା ମଧ୍ୟରେ ପ୍ରେମର ଶେଷ ପରିଣତି ଯାହା

ଘଟେ ତାହା ସୁଲତା ଜୀବନରେ ବି ଘଟିଥିଲା । ସେମାନେ ଠିକ କରିନେଲେ ବିବାହ କରିବାକୁ । ହେଲେ ସମାଜର ନାଲି ଆଖି ଆଗରେ ସୁଲତା ଥିଲା ଏକ ଡରକୁଳୀ ଜୀବ । ନୀରଦ ମହାନ୍ତି ପ୍ରସ୍ତାବ ଦେଲା ସେମାନେ ଘରଛାଡି ପଳାଇବେ ଗୋଟିଏ ନୂତନ ପୃଥିବୀର ସନ୍ଧାନରେ । ସୁଲତାର ସାହସ ନ ଥିଲେ ବି ନୀରଦର ବାରମ୍ବାର ପ୍ରେତ୍ସାହନରେ ସେ ଦିନେ ସମ୍ମତ ହୋଇଥିଲା । ପଛରେ ଛାଡି ଯିବାକୁ ବାପା ମାଆ ଭାଇ ଭଉଣୀ ଓ ତାର ଆଜନ୍ମ ପରିଚିତ ସହରକୁ ନିର୍ଦ୍ଧାରିତ ହୋଇଥିଲା ଦିନ ଓ ସମୟ ।

ରାତ୍ରୀର ନିର୍ଜନ ପ୍ରହର ଥିଲା ସେମାନଙ୍କର ନୂତନ ପୃଥିବୀକୁ ଜୟଯାତ୍ରାର ମାହେନ୍ଦ୍ର ମୁହୂର୍ତ୍ତ । ସେଇ ନିର୍ଦ୍ଧାରିତ ମୁହୂର୍ତ୍ତରେ ଟ୍ରେନ ଚାଲୁଥିବା ଧଡକ୍ ଧଡକ ଛାତିକୁ ନେଇ କୌଣସି ମତେ ବାହାରି ପଡିଲା ସୁଲତା । ବାହାରେ ନିରନ୍ଧ୍ର ଅନ୍ଧକାର । କୌଣସି ମତେ ଆଗକୁ ପାଦ ବଢ଼ାଇଲା ସେ । ଆଉ କେତେ ପାହୁଣ୍ଡ ଗଲେ ଭେଟିବ ତାର ଅଭିଳସିତ ପୁରୁଷକୁ । ତେଣିକି ଯାତ୍ରା ଆରମ୍ଭ ହେବ ପ୍ଲାଟଫର୍ମ ଆଡକୁ । ହଠାତ୍ ଅନ୍ଧାର ଚିରି ଗୋଟାଏ ଜିପ ଗାଡି ଆଖି ଝଲସା ପ୍ରଚୁର ଆଲୋକ ନେଇ ମାଡି ଆସିଲା ରାସ୍ତା ଆଡକୁ । ସୁଲତା କିଛି ଠିକ କରି ପାରିଲାନି କଣ କରିବ । ଲୁଚିବାକୁ ଜାଗା ନାହିଁ । ହଠାତ ଗାଡିଟା ବନ୍ଦ ହୋଇଗଲା ତା ସାମ୍ନାରେ । କିଏ ଚିହ୍ନା ଲୋକ ନା ଗୁଣ୍ଡା ବଦମାସ ହାବୁଡରେ ପଡିଲା ସୁଲତା ଜାଣି ପାରିନି । ସେଇ ଆକସ୍ମିକ ବିପଦରୁ ରକ୍ଷା ପାଇବାକୁ ଦୌଡିଲା ଘର ଆଡକୁ ଏକ ନିଶ୍ୱାସରେ । ଘରେ ଯାଇ ପହଞ୍ଚିଲା ବେଳକୁ ଘରେ ଏକ ବିସ୍ମୟ ଓ ଆଶଙ୍କାର ଭୟ ଉତ୍ତାଳ ମାରୁଛି । ତାପରି ଏକ ବାଧ୍ୟ ଝିଅ ଏଇ ନିଶାର୍ଦ୍ଧରେ ବହିର୍ଗତ ହେବାରେ ଘରର ସମସ୍ତେ ସ୍ତମ୍ଭୀଭୂତ । ସେ ଯାଇ ମାକୁ ତାର ଜାବୁଡି ଧରି କାନ୍ଦିଥିଲା ଯେ କାନ୍ଦିଥିଲା । କିଛି କହି ପାରି ନ ଥିଲା ।

ସେଦିନ ସୁଲତା କିଛି କହି ପାରି ନ ଥିଲେ ବି କଥାଟା ବାପା ମାଅକୁ କିଛି ଅଗୋଚର ରହିଲାନି । ସେ ଅର୍ଦ୍ଧରାତ୍ରୀରେ ତା ସାମ୍ନାରେ ଅଟକି ଯାଇଥିବା ଜିପରୁ ସମ୍ଭାବିତ ଅପରିଚିତ ମଣିଷଙ୍କ ତରଫରୁ ହେଉ କିମ୍ବା ଅନ୍ୟ କୌଣସି ସୂତ୍ରରୁ ହେଉ ସମସ୍ତ କଥା ସେମାନେ ଜାଣିଗଲେ । ତା ପରେ ତାକୁ ବାନ୍ଧି ଦିଆଗଲା ନଜର ବନ୍ଦୀରେ । ପଳାଇବାର ତ ପଳାଇବାର କାହା ସହିତ ସାକ୍ଷାତ ହେବାର ଅସମ୍ଭବ ହୋଇ ପଡିଲା ।

ତାପରେ ବାପା ମାଆ ସୁଲତାର ବିବାହ ପାଇଁ ପାତ୍ର ଦେଖିବାରେ ବ୍ୟସ୍ତ । ସୌଭାଗ୍ୟକୁ ଇଏ ଆସି ଜୁଟିଲେ । ବୀରବର ଧରୁଆ, ଓ.ଏ.ଏସ.ଅଫିସର । ସୁଖ ସମୃଦ୍ଧିର ପ୍ରାଚୁର୍ଯ୍ୟରେ ଭରି ଉଠିଲା ସୁଲତାର ଜୀବନ । କୋଳପୂରାଇ ପାଇଲା ସେ

ଦୁଇଟି ସନ୍ତାନ। ତାର ଜୀବନ ଇତିହାସ କଳଙ୍କିତ ଅଧ୍ୟାୟ ଉପରେ ଢ଼ାଳି ହୋଇଗଲା ନିରାଲୋଚନାର କଟ୍ କଟ୍ କଳା ସ୍ୟାହି। ବୀରବର ଧରୁଆ ପାଇଁ ସେ ଅଧ୍ୟାୟର ପୃଷ୍ଠାଗୁଡିକ ଲାଇବ୍ରେରୀର ପରିତ୍ୟକ୍ତ ଉଇଖିଆ ରେକ ପରି ଦୃଷ୍ଟି ଗୋଚରର ବାହାରେ। ସୁଲତା ତାଙ୍କ ଆଖିରେ ସତୀ, ସ୍ୱାଧ୍ୱି, ପତି ସୋହାଗିନୀ।

ସୁଖ ସମୃଦ୍ଧିର ବଜାର ଭିଡ ଭିତରେ ହଜି ଯାଉଥିବାବେଳେ ନୀରଦ ପରି ଅବାଞ୍ଛିତ ବ୍ୟକ୍ତିର ଖବର ଆଉ ରଖେ କିଏ ? ସମ୍ବାଦପତ୍ରରୁ ନୀରଦ ମହାନ୍ତିର ମୃତ୍ୟୁ ଖବର ପାଇ ଅପ୍ରକାଶିତ ଦୁଃଖରେ ମ୍ରିୟମାଣ ହୋଇ ପଡୁଥିଲା। ସେ ଯା ହେଲେ ବି ତାର ପ୍ରଥମ ପ୍ରେମିକ। ତା ମନରେ ଅନେକ ପ୍ରଶ୍ନ। ଲୋକଟା ଆତ୍ମହତ୍ୟା କଲା କାହିଁକି ? ଯଦି ଆତ୍ମହତ୍ୟା କରିନି କିଏ କାହିଁକି ତାକୁ ହତ୍ୟା କଲା ? ଏହି ମର୍ମନ୍ତୁଦ ଦୁର୍ଘଟଣା କ'ଣ ନୀରଦ ମହାନ୍ତି ଭାଗ୍ୟରେ ଲେଖାଥିଲା ? ଯଦି ତାର ଭାଗ୍ୟରେ ଏଇଆ ହିଁ ଲେଖା ଥିଲା ସେଦିନ ଏଇ କାଳରାତ୍ରୀରେ ସେଇ ତୀକ୍ଷ୍ଣ ଆଲୋକ ରଶ୍ମୀ ଯଦି ପଥରୋଧ କରି ନ ଥାନ୍ତା କଣ ହୋଇଥାନ୍ତା ସୁଲତାର ପରିଣତି ? ସେ ଶଙ୍ଖା ସିନ୍ଦୁରହୀନା ଶ୍ୱେତବସ୍ତ୍ରା ପରିହିତା ବିଧବା ପାଲଟି ଯାଇଥାନ୍ତା !! ଏଇ ଦୁଃଖାଭିଭୂତ ମୁହୂର୍ତ୍ତରେ ବି ସୁଲତା ଉଲ୍ଲସିତ ହୋଇ ଉଠୁଥାଏ। ସେ ଜଣେ ଶଙ୍ଖା ସିନ୍ଦୁରଯୁକ୍ତା ଓ.ଏ.ଏସ. ଅଫିସରଙ୍କ ସହଧର୍ମିଣୀ। ସୁଲତାର ମନ ଭିତରେ ଅନୁରଣିତ ହେଉଥାଏ "ହେ ମୋର ସୌଭାଗ୍ୟ ! ହେ ମୋର ସୌଭାଗ୍ୟ। ସେଇ ସୌଭାଗ୍ୟକୁ ଆଉ କିଛି କହିପାରୁନ ଥାଏ ସୁଲତା।

ବାହାର ଜାଫ୍ରି କବାଟ ଠେଲି ଘର ଭିତରକୁ ପଶି ଆସୁଥିଲେ ବୀରବର। ସୁଲତାର ଭାବନାର ପୂର୍ଣ୍ଣଚ୍ଛେଦ ପଡିଲା। ସୁଲତାର ଇଚ୍ଛା ହେଉଥିଲା ବୀରବରଙ୍କୁ ସମ୍ବାଦପତ୍ର ଦେଖାଇ କହିବାକୁ- ଏଇ ଦେଖ, ଆମ ଗାଁର ପିଲାଟା ଇଏ। କିରାଣୀ ଚାକିରୀ କରୁଥିଲା। ସେ ଆତ୍ମହତ୍ୟା କରିଛି ନା କିଏ ତାକୁ ମାରି ଦେଇଛି,କେଜାଣି । ଆହା. . .ଚୁ ଚୁ ।

ମାତ୍ର କିଛି କରିବା ଆଗରୁ ପ୍ରଶ୍ନ ଉନ୍ମୁଖୀ ସୁଲତାକୁ ଲକ୍ଷ୍ୟ କରି ବୀରବର କହିଲେ: କଣ ? ଏଇ ଅସମୟରେ କିପରି ଆସିଲ ବୋଲି ପଚାରିବ ତ ?

ସୁଲତା ସଙ୍ଗେ ସଙ୍ଗେ ମିଛ କହି ପକାଇଲା: ହଁ, ସେଇ କଥା ଏକା ପଚାରିବି ବୋଲି ଭାବୁଥିଲି।

ବୀରବର ଗୋଟାଏ ବିଜୟ ଉଲ୍ଲାସରେ ସୁଲତାକୁ କହିଲେ : ମୋର ପ୍ରମୋସନ ହୋଇଯାଇଛି ସୁଲୁ। ଏବେ ତୁମର ସ୍ୱାମୀ ଜଣେ ସେକେଣ୍ଡ କ୍ଲାସ ଅଫିସର। ରହିବାକୁ ବଂଗ୍ଲୋ ପରି ଘର ମିଳିବ ଏଣିକି।

ସୁଲତାର ମନରେ ପୁନଶ୍ଚ ଅନୁରଣିତ ହେଲା ସେଇ ସ୍ୱର . ... . ହେ ମୋର ସୌଭାଗ୍ୟ. . . .ହେ ମୋର ସୌଭାଗ୍ୟ । ମୋ ପ୍ରତି ତୁମର ଅଦେୟ କିଛି ନାହିଁ। ସବୁ ଦେଇ ଭରପୂର କରିଛ ମୋର ଜୀବନ।

ଖବର କାଗଜ ପୃଷ୍ଠାରେ ପ୍ରକାଶିତ ନୀରଦ ମହାନ୍ତି ନାମକ ବ୍ୟକ୍ତି ସଂପର୍କରେ କିଛି କହିଲାନି ବୀରବରଙ୍କୁ। କଣ ଆବଶ୍ୟକ ସେଇ ଅବାଞ୍ଛିତ ଆଲୋଚନା ? ଲୁତୁପୁତୁ କାଦୁଅରେ ବିରାଟ ପଥର ତଳେ ଛୋଟ ପଥରଟେ ଲୁଚିଯିବା ପରି ଲୁଚି ଗଲା ତାର କଳଙ୍କିତ ଅଧ୍ୟାୟ।

ସ୍ୱାମୀଙ୍କ ପଦୋନ୍ନତିର ଆନନ୍ଦରେ ତାର ଛାତିରେ ଆଉଜି ପଡିଲା ସୁଲତା।

ତ୍ରୟମାସିକ ସାହିତ୍ୟ ପତ୍ରିକା 'ସପ୍ତର୍ଷି'ର ଜୁନ-୧୯୯୭ରେ ପ୍ରକାଶିତ

କବି ପତ୍ନୀ ଓ ସ୍ୱାମୀଙ୍କ କବିତା

ସୁନନ୍ଦା ଦେବୀଙ୍କ ସ୍ୱାମୀ ଜଣେ କବି। ବିଭିନ୍ନ ପତ୍ର ପତ୍ରିକାରେ ତାଙ୍କର କବିତାମାନ ପ୍ରକାଶ ପାଏ। ତାଙ୍କର କବିତା ପ୍ରକାଶ ପାଇବା ପରେ କେବେ କେମିତି ଯୁବପିଢ଼ିର କବି ବନ୍ଧୁମାନେ ତାଙ୍କ ଘରେ ରୁଣ୍ଡ ହୁଅନ୍ତି। ସ୍ୱାମୀଙ୍କ ସହିତ ଆଲୋଚନା କରନ୍ତି। ସ୍ୱାମୀ ତାଙ୍କର ଚା ବରାଦ କରନ୍ତି। ସୁନନ୍ଦା ଦେବୀ ଚା ତିଆରି କରି ପରିବେଷଣ କରନ୍ତି।

ଏଥରର କଥା କିନ୍ତୁ ନିଆରା। ସ୍ୱାମୀ ରାଧାକୃଷ୍ଣ ବାବୁ ତାଙ୍କ ଘରେ ସମବେତ କବିବନ୍ଧୁମାନଙ୍କୁ ଚା ଦେବାକୁ ମନା କରି ଦେଇଛନ୍ତି। ତାଙ୍କୁ ମନା କରିବାର କାରଣରେ ବିସ୍ମିତ ହୋଇ ସୁନନ୍ଦା ଦେବୀ ସ୍ୱାମୀଙ୍କୁ ପଚାରିଲେ- ଏ ଯେତେ ସବୁ ଆସିଛନ୍ତି କେହି କବି ନୁହନ୍ତି, ଲେଖକ ନୁହନ୍ତି। ସବୁଯାକ କିରାଣୀ। ଏମାନେ କବିତାର ନିନ୍ଦା କରି ଆସିଛନ୍ତି।

ସୁନନ୍ଦା ଦେବୀ ଆହୁରି ଆଶ୍ଚର୍ଯ୍ୟ ହୋଇ ଯାଇଥିଲେ। ସେ କଣ ଗୋଟାଏ ଲେଖିଦେଲେ ଯେ ପ୍ରତିବାଦ କରୁଛନ୍ତି। ଜିଜ୍ଞାସା କରିବାରୁ ରାଧାକୃଷ୍ଣ ବାବୁ ପତ୍ନୀକୁ ବଢ଼ାଇ ଦେଲେ ତାଙ୍କ କବିତା ପ୍ରକାଶିତ ହୋଇଥିବା ପତ୍ରିକାକୁ।

ସୁନନ୍ଦା ଦେବୀ ଦେଖିଲେ- 'ଧାରେ ହସ' ନାମକ ପତ୍ରିକାରେ ତାଙ୍କର କବିତାଟିଏ ପ୍ରକାଶିତ ହୋଇଛି। ପଢ଼ିଲେ ଆମୂଳଚୂଳ। କବିତାର ମାନ ହେଉଛି ଏପରି- କିରାଣୀମାନେ ଫାଇଲ ପତ୍ର ସଜାଇ ରଖନ୍ତି। ଲାଞ୍ଚ ପାଇଲେ ଅଫିସରଙ୍କ ନିକଟକୁ ପ୍ରେରଣ କରନ୍ତି; ନଚେତ ନାହିଁ। କିରାଣୀମାନେ ଅଫିସରଙ୍କୁ ହାତ ମୁଠାରେ ରଖିଥାନ୍ତି। ଅଫିସରଙ୍କୁ ତୋଷାମଦ କରନ୍ତି। ଏହି ତୋଷାମଦ କରିବା କଳା ସେମାନେ ମାଆ ଗର୍ଭରୁ ଶିଖିଥାନ୍ତି ଓ ଅଫିସରପତ୍ନୀଙ୍କ କୃପା ଲାଭ କରି ଅଫିସରଙ୍କର ରାଗରୋଷରୁ ବର୍ତ୍ତନ୍ତି। ଇଂରେଜ ଶାସନ ଚାଲିଥିବାର ଅନେକ ବର୍ଷ ହେଲାଣି ଅଥଚ କିରାଣୀ ବାବୁମାନଙ୍କ ଶିରାପ୍ରଶିରାରେ ଗୋଲାମୀ ରକ୍ତ ବହୁଛି।

କବିତାଟିକୁ ପଢ଼ି ସାରିବା ପରେ ସ୍ୱାମୀ ରାଧାକୃଷ୍ଣଙ୍କୁ ସୁନନ୍ଦା ଦେବୀ କହିଲେ- ହଇହେ, ସବୁ କିରାଣୀ କଣ ଏମିତିଆ। ସମଗ୍ର ଗୋଷ୍ଠୀକୁ ଆକ୍ଷେପ କରି ଲେଖିଲ ଯେ ! ତୁମ ପିଲାଛୁଆଙ୍କୁ ସିନା ଭଗବାନ କିରାଣୀ କରିନି, ଆମ ସଂପର୍କୀୟମାନେ କିରାଣୀ କାମ କରନ୍ତି। କଣ ଭାବିବେ ସେମାନେ କହିଲ ? ଏଇ ପୁତୁରା ପୁଅ ଅବିନାଶ ପରା ଏଇଠି ରହୁଛି। ତୁମେ କବିତାଟିକୁ ପତ୍ରିକାକୁ ଦେବା ଆଗରୁ ଟିକେ ଅନ୍ତତଃ...।

ସୁନନ୍ଦା ଦେବୀଙ୍କ କଥା ନ ସରୁଣୁ ରାଧାକୃଷ୍ଣ ବାବୁ ରାଗ ତମ ତମ ହୋଇ କହିଲେ- ତୁମେ ପୁଣି ମୋତେ ଉପଦେଶ ଦେଉଛ। ଜାଣିଛନା ମୋ ପାଖରେ ଯଥେଷ୍ଟ ଦୃଷ୍ଟାନ୍ତ ଅଛି। କିରାଣୀମାନେ ଏମିତିଆ ବୋଲି ମୁଁ ଅକ୍ଳେଶରେ ପ୍ରମାଣ କରି ଦେଇ ପାରିବି।

ସୁନନ୍ଦା ଦେବୀ କହିଲେ- ପ୍ରମାଣ ଅଛି ଯେ, ସବୁ କିରାଣୀ କଣ ଏମିତି ଖରାପ ପ୍ରକୃତିର ? ତୁମେ କେବେ କଣ କୌଣସି କିରାଣୀଠୁ ସାହାଯ୍ୟ ସହାନୁଭୂତି ପାଇନ ? ହେଇ ରାମଚନ୍ଦ୍ର ବାବୁ ଆମ ଜମିର ପର୍ଚ୍ଚା ତିଆରି ଦେଲେ। କେତେ ଟଙ୍କା ଲାଞ୍ଚ ଦେଲ ତାଙ୍କୁ ?

ପତ୍ନୀଙ୍କ କଥାରେ ସ୍ୱାମୀ ରାଗିକରି କହିଲେ- ସେ ସବୁ ବାଜେ କଥା କୁହନି ମୋତେ। ମୁଁ ଯାହା ଲେଖିଛି ଠିକ୍ ଲେଖିଛି। No one can stop the flow of my pen.

କିଛି ସମୟ ପରେ ନିରବ ରହି ରାମକୃଷ୍ଣ ବାବୁଙ୍କୁ ତାଗିଦ କରି କହିଲେ- ଶୁଣ, ଏ ବିଷୟରେ ତୁମେ ମୋତେ ଯେପରି ଆଉ କିଛି ନ କୁହ।

ଏତେ କହି ରାଧାକୃଷ୍ଣ ବାବୁ ଚାଲିଗଲେ ଅନ୍ୟ କୋଠରୀକୁ।

ସୁନନ୍ଦା ଦେବୀଙ୍କ ପତୁରା ପୁଅ ସୁନନ୍ଦା ଦେବୀଙ୍କୁ କହୁଥିଲା ଯେ ତାଙ୍କ କବିତା ଉପରେ କିରାଣୀ ଗୋଷ୍ଠୀ ତେଜି ଉଠିଛି। କେହି କେହି କହୁଛନ୍ତି ଲେଖକକୁ ଦୁଇ ଚାରି ଥାପଡ ଦେବାକୁ।

ଗତକାଲି ଉପଖଣ୍ଡ ସ୍ତରୀୟ ଅମଲା ସଂଘର ସଭା ଅନୁଷ୍ଠିତ ହୋଇଥିଲା। ସଭାରେ ନିଷ୍ପତ୍ତି ନିଆଯାଇଛି ଯେ ସେମାନେ ରାଧାକୃଷ୍ଣ ବାବୁଙ୍କ ନାମରେ ଏକ ମାନହାନୀ ମୋକଦ୍ଦମା କରିବେ। ଏହାଛଡା ରାଧାକୃଷ୍ଣଙ୍କ ଦୋଷ ଦୁର୍ବଳତା ଖୋଜି ତାଙ୍କୁ ହଇରାଣ କରିବାକୁ ତତ୍ପର। ମାଟ୍ରିକ ପରୀକ୍ଷାବେଳେ ସେ ସୁପରିନଟେଣ୍ଡେଣ୍ଟ ଥିବା ବେଳେ ଜନୈକ ଛାତ୍ରଠାରୁ ତିନିହଜାର ଟଙ୍କା ନେଇ କପିରେ ସାହାଯ୍ୟ କରିଥିବା ବିଷୟ ତଦନ୍ତ ହେବାକୁ ପ୍ରସ୍ତାବରେ ଦାବୀ କରାଯାଇଛି।

ସୁନନ୍ଦା ଦେବୀ ଅବିନାଶ ସହ ଘଣ୍ଟାଏ କାଳ କଥାବାର୍ତ୍ତା କରି ନୈରାଶ୍ୟ ଓ

ଭୟଭୀତ ମନରେ ଥାନ୍ତି। ସେ ମନେ ମନେ ସ୍ଥିର କରିଥିଲେ ସ୍ୱାମୀଙ୍କର ବାରଣ ସତ୍ତ୍ୱେ ସେ ଏତକ କହିବେ ଯେ ସେ ତାଙ୍କର ନିନ୍ଦନୀୟ ଲେଖା ପାଇଁ କ୍ଷମାଭିକ୍ଷା କରନ୍ତୁ। ସବୁ ଝମେଲା ତୁଟିଯିବ।

ରାଧାକୃଷ୍ଣ ସ୍କୁଲରୁ ଆସିଲେ। ହାତଗୋଡ ଧୋଇ ଜଳଖିଆ ଖାଇବାକୁ ବସିଲେ। ସୁନନ୍ଦା ଦେବୀ ନିଜକୁ ପ୍ରସ୍ତୁତ କରି ନେଇଥିଲେ ଯେମିତି ହେଲେ ସ୍ୱାମୀଙ୍କୁ ପ୍ରବର୍ତ୍ତାଇବେ ଭୁଲ ସ୍ୱୀକାର କରି କ୍ଷମା ମାଗି ନେବାକୁ ସ୍ୱାମୀ ତାଙ୍କ କଥାରେ ଯେପରି ଉତ୍‌କ୍ଷିପ୍ତ ନ ହୁଅନ୍ତି ସେଥିପ୍ରତି ସତର୍କ ଥିଲେ।

ମନ ମୋହନିଆ ଢ଼ଙ୍ଗରେ ଜଳଖିଆ ପରିବେଷଣ କରି କହିଲେ- ତୁମ ଚାକିରି ଆଉ ରହିଲା ବର୍ଷଟେ। ତୁମର ପେନସନ ମିଳିଲେ କେତେ ମିଳିବକି? ସେଥିରେ ଚଳିଯିବାନି ସୁରୁଖୁରୁରେ?

ରାଧାକୃଷ୍ଣ ବାବୁ କହିଲେ- ପିଲାମାନେ ପାରିଲେଣି, ଆମର ଚିନ୍ତା କଣ? ସୁନନ୍ଦା ଦେବୀ କଥାର ମୋଡ ବଦଳାଇ କହିଲେ- ପିଲାମାନଙ୍କ ଉପରେ ନିର୍ଭର କରିବା କାହିଁକି? ଆମ ପେନସନ ଗଣ୍ଡାକରେ ଆମେ ସ୍ୱାଧିନ ହୋଇ ଚଳିବା ଭଲ। ଆଚ୍ଛା, ତୁମେ ରିଟାୟାର୍ଡ ହେବା ପରେ ପରେ ଯେପରି ପେନସନ ପେପର ଗଭ୍‌ମେଣ୍ଟକୁ ଚାଲିଯିବ, ଦେଖିବ।

ସ୍ୱାମୀ ଜଳଖିଆ ଗଣ୍ଡାକ ପାଟିରେ ଚାକୁଲେଇ ଚାକୁଲେଇ କହିଲେ- ନ ହେବ କାହିଁକି?

ସୁନନ୍ଦା ଦେବୀ କିଛି କହିବାର ଅଭିନୟ କରି ଜିଭ କାମୁଡି ଦେଇ ନୀରବ ରହିଗଲେ।

ରାଧାକୃଷ୍ଣ ବାବୁ ପଚାରିଲେ- କଣ ହେଲା? କହୁନ, କଣ କହୁଛ?

ସୁନନ୍ଦା ଦେବୀ କହିଲେ- ତୁମେ କାଳେ ରାଗିବ ବୋଲି କହୁ ନ ଥିଲି। କଥା କଣ କି ତୁମ ପେନସନ ପେପର ପଠାଇବା କାମ ଜଣେ କିରାଣୀ କରିବ। ପେନସନ ସରକାରଠୁ ସେଙ୍ଗସନ ହେବାରେ କିରାଣୀର କାମ ଅଛି। ଟ୍ରେଜେରୀ ଓ ବେଙ୍କରୁ ପେନସନ ପାଇବା କାମ ବି କିରାଣୀମାନେ କରିବେ। ମୁଁ ଡରୁଛି ଏଥିପାଇଁ ଯେ ସେମାନେ ଯଦି ଏକବଦ୍ଧ ହୋଇ ତୁମ କାମ ନ କରିବାକୁ ସିଦ୍ଧାନ୍ତ ନିଅନ୍ତି, ତାହହେଲେ...।

ରାଧାକାନ୍ତ ବାବୁ ହସି ଦେଲେ: କହିଲେ- ମୁଁ ଜାଣେ। ସେମାନଙ୍କର ଏକତା ମୋଟେ ନାହିଁ। ସେମାନେ କିଛି କରି ପାରିବେ ନାହିଁ।

ସୁନନ୍ଦା ଦେବୀ କହିଲେ- ସେ ଯାହା ହେଉ, ଏଥରକ ତୁମେ କ୍ଷମା ଭିକ୍ଷା

କର। ଆଉ ଭବିଷ୍ୟତରେ କାହା ବିରୁଦ୍ଧରେ କିଛି ଲେଖିବନି। ଆଚ୍ଛା, କହିଲ, କଣ ଲାଭ ହେଲା ଏଇ କବିତା ଲେଖାରୁ ?

ରାଧାକୃଷ୍ଣ ବାବୁ ଗର୍ବାନୁଭବ କରି କହିଲେ- ଲାଭ ? ଅନେକ ଲାଭ ହୋଇଛି। ମୋର କବିତାର କପି ଏଇ ସହରର ପ୍ରତ୍ୟେକ ଶିକ୍ଷିତ ଘରେ ପାଇବ। ସହସ୍ରାଧିକ ଲୋକ ପଢ଼ିଛନ୍ତି। ମୁଁ ଜଣେ ବିତର୍କିତ ବ୍ୟକ୍ତି ହୋଇ ଯାଇଛି। ଜାଣିଛନା, 'ସାଟାନିକ ଭର୍ସେସ' କଥା, 'ଲଜ୍ଜା' ପାଇଁ ତସଲିମା ନସରିନ ବିଶ୍ୱବିଖ୍ୟାତ ହେଲେ। ସ୍ୱରସ୍ୱତୀଙ୍କ ନଗ୍ନ ଚିତ୍ର ଆଙ୍କି ଶିଳ୍ପୀ ହୁସେନ ହେଲେ ବିଖ୍ୟାତ।

ସ୍ୱାମୀ ମୁଖରୁ ଶିଳ୍ପୀ ହୁସେନଙ୍କ କଥା ଶୁଣି ସୁନନ୍ଦା ଦେବୀଙ୍କ ମୁଖ ଉଜ୍ଜ୍ୱଳ ହୋଇ ଉଠିଲା। ସେ ସଙ୍ଗେ ସଙ୍ଗେ କହିଲେ: ଶିଳ୍ପୀ ହୁସେନ ତ କ୍ଷମା ମାଗିଥିଲେ। ତୁମେ ବି ମାଗି ନିଅ। ସବୁ ଝମେଲା ତୁଟିଯିବ।

ରାଧାକୃଷ୍ଣ ବାବୁ ବିମୁଖ ହୋଇ କହିଲେ- ତୁମେ ସେସବୁ କଥା ମୁଣ୍ଡରେ ପୁରାଅନି, ମୁଁ ବୁଝିବି ସେ କଥା।

ଦି ଦିନ ପରେ ସୁନନ୍ଦା ଦେବୀ ଅଶ୍ରୁଳ ବଦନରେ ସ୍ୱାମୀ ନିକଟକୁ ଯାଇ ସୁଁ ସୁଁ ହେଲେ। କିଛି କହିବାକୁ ଚାହୁଁଥିଲେ ଅଥଚ କହି ପାରୁନ ଥିଲେ।

ରାଧାକୃଷ୍ଣ ବାବୁ ପତ୍ନୀଙ୍କର ଏହି ଅପ୍ରତ୍ୟାଶିତ ଓ ଅଚାନକ ଦୁଃଖର କାରଣ କଣ ହୋଇପାରେ କିଛି ବୁଝି ନ ଥିଲେ। ପଚାରିଲେ- କଣ ହେଉଛି ? କାନ୍ଦୁଛ କାହିଁକି ?

ବାଷ୍ପରୁଦ୍ଧ କଣ୍ଠରେ ସୁନନ୍ଦା ଦେବୀ କହିଲେ, ତୁମ ଯୋଗୁ ତ ମୋର ଏ ଅବସ୍ଥା। ମୋର ଇଜ୍ଜତ ଯାଇଛି।

ସ୍ତ୍ରୀଙ୍କର ଇଜ୍ଜତ କଥା ଶୁଣି ଚମକି ପଡିଲେ ରାଧାକୃଷ୍ଣ ବାବୁ। ପଚାରିଲେ- କଣ ହୋଇଛି, କହୁନ ? କେଉଁ ମୁର୍ଖ ତୁମର ଇଜ୍ଜତ ନେଇଛି ? କିଏ ସେ ?

ସୁନନ୍ଦା ଦେବୀ କହିଲେ- କିଏ ଆଉ ହେବ। ଏ ବୁଢ଼ୀ ବୟସରେ କେଉଁ ପୁରୁଷ ମୋ ଇଜ୍ଜତ ନେବାକୁ ଆସିବ ! ତୁମ କବିତା ମୋ ଇଜ୍ଜତ ନେଇଛି।

ରାଧାକୃଷ୍ଣ ବାବୁ ସନ୍ଦିଗ୍ଧ ସ୍ୱରରେ ସ୍ୱଗୋତୋକ୍ତି କଲେ- ମୋ କବିତା !!

ସୁନନ୍ଦା ଦେବୀ ବୁଝାଇ କହିଲେ- ସବୁ ଆଡେ ପ୍ରଚାର ହୋଇ ଗଲାଣି। କବିତା ହେଉଛି କବିର ମାନସ ସନ୍ତାନ। କବିର ଅଙ୍ଗେ ନିଭା କଥା କବିତାରେ ରୂପ ନିଏ। ତୁମେ ହାଇସ୍କୁଲର ପ୍ରଧାନ ଶିକ୍ଷକ। ସେକେଣ୍ଡ କ୍ଲାସ ଅଫିସର। ତୁମ ଅଣ୍ଡରରେ ଜଣେ କିରାଣୀ ଅଛି। ତୁମେ ଯାହା କବିତାରେ ଲେଖିଛ ତାକୁ କଦର୍ଥ କରି ଲୋକେ କହୁଛନ୍ତି ଯେ ତୁମ କିରାଣୀ ସହିତ ମୋର ଇଏ ଅଛି ମାନେ ଲଭ ଅଛି।

ରାଧାକୃଷ୍ଣ ବାବୁଙ୍କ ରାଗ, ଅହଙ୍କାର, ଈର୍ଷା ଯାହା ଥିଲା ମୁହୂର୍ତ୍ତକେ ଧୂଳିସାତ୍ ହୋଇଗଲା। ସେ ତାଙ୍କ ମନକୁ ମନ ପଚାରିଲେ- ସତରେ ଏପରି କବିତାଟେ ସେ କାହିଁକି ଲେଖିଲେ? ଲେଖିଲେ ଯଦି ପ୍ରକାଶ ପାଇଁ ପଠାଇଲେ କାହିଁକି? ଯଦି ପଠାଇଲେ ତାହା 'ଧାରେ ହସ' ପତ୍ରିକାକୁ କାହିଁକି? ଏହା କାହା ମନରେ ଟିକିଏ ବି ହସ ତ ଫୁଟାଇ ପାରିନି ମାତ୍ର, ଅନେକଙ୍କ ମନରେ ଦୁଃଖ ଆଣି ଦେଇଛି। ଏପରିକି ତାଙ୍କ ପ୍ରିୟତମା ପତ୍ନୀଙ୍କ ମନରେ ବି। କିରାଣୀମାନଙ୍କ ଠାରୁ ପାଉଥିବା ସମ୍ମାନ ବି ଏବେ ସେ ହରାଇଛନ୍ତି। ନିଜକୁ ବହୁ ପ୍ରଚାରିତ କରିବା ପାଇଁ ଯେଉଁ କବିତାର ବୁମେରାଂ ଫିଙ୍ଗିଥିଲେ ସେଥିରେ ସେ ନିଜେ ରକ୍ତାକ୍ତ।

■

'ସପ୍ତର୍ଷି'ର ସେପ୍ଟେମ୍ବର ୧୯୯୭ ସଂଖ୍ୟାରେ ପ୍ରକାଶିତ।

ତୃତୀୟ ଈଶ୍ୱର

ସେଦିନ ଆମ ସହରର ମୁଖ୍ୟ ରାସ୍ତାରେ ମୁଁ ଭିନ୍ନ ଏକ ଗୃହ କାର୍ଯ୍ୟରେ ଗତିଶୀଳ ଥିବାବେଳେ ମୋର ସାଇକେଲର ପଥାରୂଢ଼ କଲା ନିତେଇ। ତାକୁ ଦେଖି ମୋ ପାଟିରୁ ବାହାରି ପଡିଲା, ଆରେ ନିତାଇ, କୁଆଡେ ? ସେ ମୋତେ ନେହୁରା ହୋଇ କହିଲା, ଆଜ୍ଞା, ଆପଣ ରକ୍ଷା କରନ୍ତୁ ମୋତେ। ରକ୍ଷା କରନ୍ତୁ ମୋ ଘଇଣୀକୁ, ନହେଲେ ଭାସିଗଲି।

କଣ ହୋଇଛି ବୋଲି ପଚାରିବାରୁ ସେ କହିଲା, ଆଜ୍ଞା ମୋ ସ୍ତ୍ରୀକୁ ଭର୍ତ୍ତି କରିଛି ଡାକ୍ତରଖାନାରେ। ତାର ପିଲା ହେବାର ଅଛି। ଡାକ୍ତର ତାର ପେଟ କାଟି ପିଲା ବାହାର କରିବାକୁ ହେବ। ଏଥିପାଇଁ ମାଗୁଛି ତିନି ହଜାର ଟଙ୍କା। ହଜାରେ ଟଙ୍କା ଘରୁ ଧରି କରି ଆସିଥିଲି ଆଜ୍ଞା। ସେଥିରୁ ଖର୍ଚ୍ଚ ହୋଇଗଲାଣି ପାଞ୍ଚଶହ ପାଖାପାଖି। ଆହୁରି ଅଢ଼େଇ ହଜାର ଟଙ୍କା ଦରକାର। ଆପଣ ଦେଇଥା'ନ୍ତୁ ଆଜ୍ଞା। ମୁଁ ସୁଝି ଦେବି ପରେ।

ମୁଁ ହଠାତ୍ ନିତେଇ ପରି ଅସହାୟ ଲୋକଙ୍କ ହାବୁଡରେ ପଡିବି ବୋଲି ଭାବି ନ ଥିଲି। ହଠାତ୍ ତାକୁ କିଛି କହି ନ ପାରି ନିରବ ରହିଗଲି। ମୋ ନିରବତା ଦେଖି ସେ ପୁଣି କହିଲା, ନ ହେଲେ ଡାକ୍ତରଙ୍କୁ କହି ଦେଇଥାନ୍ତୁ ଯେ ମୁଁ ପରେ ଆଣି ଦେଇଦେବି ଆଜ୍ଞା। ସେ ତ ଆପଣଙ୍କ ଚିହ୍ନା ପରିଚୟ ହେଇଥିବେ। ବହୁତ କଷ୍ଟ ପାଇଲାଣି ଆଜ୍ଞା ମୋ ସ୍ତ୍ରୀ।

ନିତେଇ ଆମ ଗାଁ ଲୋକ। କୁଲି ମଜୁରୀ କରି ତାର ଜୀବିକା ନିର୍ବାହ କରେ। ଗାଁ ଛାଡି ପନ୍ଦର ବର୍ଷ କାଳ ମୁଁ ଏଇ ସହରରେ ରହିବା ପରେ ମୁଁ ଶୁଣିଥିଲି ଗତବର୍ଷ ନିତେଇ ବାହା ହେବାର କଥା। ତା ସହିତ ମୋର ଏତେଟା ଏପରି ସଂପର୍କ ନ ଥିଲା ଯେ କହିବା ମାତ୍ରେ ତାକୁ ଅଢ଼େଇ ହଜାର ଟଙ୍କା ଗଣି ଦେବି। ମାନବିକତା ଦୃଷ୍ଟିରୁ କେବଳ ବିଚାର କରି କିଛି ସାହାଯ୍ୟ କରିବା କଥା। ଏହା ଛଡା ତାକୁ ମୁଁ ଭଲ ଭାବେ

ଜାଣିନି ଯେ ତାର ଟଙ୍କା ଦେଣନେଣ ପ୍ରକୃତି କେମିତି ଅଛି। ବଡ ସମସ୍ୟାରେ ପଡିଲି ମୁଁ। ହଁ କି ନାହିଁ କିଛି କହି ପାରିଲି ନାହିଁ ହଠାତ୍। ଭାବିଲି, ହଜାରେ ଟଙ୍କା ଦିଆଯାଇପାରେ। ଆଉ ଦେଢ଼ ହଜାର ଟଙ୍କା ଅନ୍ୟ କେଉଁ ଚିହ୍ନା ପରିଚିତ ଲୋକଠୁ ସଂଗ୍ରହ କରୁ ସେ। ସେ କଥା କହିଲି ନିତେଇକୁ। ସେ ପୁଣି ଅନୁନୟ ହୋଇ କହିଲା, ନାଇଁ ବାବୁ, ସେତିକିରେ ହେବ ନାହିଁ। ପୁଣି କହିଲା, ଆଉ କିଏ ଅଛି ମୋ ନିଜର ଯେ ଏବେ ଟଙ୍କା ପାଇବି? ସେ ପୁଣି କହିଲା, କେତେ କରି କହିଲି ଡାକ୍ତରକୁ। କିନ୍ତୁ ଟଙ୍କାଏ କମ ହେଲେ ହେବନି ପେଟକଟା ବୋଲି ସେ କହିଲା। ଟିକିଏ ରହି ସେ କହିଲା, ହଁ ଆଜ୍ଞା, ଆପଣ ଯଦି ଡାକ୍ତରକୁ କହିଦେବେ ହୁଏ ତ କିଛି କମ୍‌ରେ ହୋଇପାରେ।

ଗାଇନିକ ଡାକ୍ତର ନରେନ୍ଦ୍ର ବହୁତ ଭଲ ଲୋକ। ତାଙ୍କର ହାତ ଯଶ ଅଛି। ରୋଗୀ ତାଙ୍କ ହାତରେ ମରି ପାରେନି ସହଜରେ। ସମସ୍ତଙ୍କ ମୁଖରେ ତାଙ୍କର ପ୍ରଶଂସା। କିନ୍ତୁ ଏବେ ଏବେ ମୁଁ ଅନ୍ୟମାନଙ୍କଠାରୁ ଶୁଣିଛି ସେ କୁଆଡେ ପଇସାମୁହାଁ ହୋଇ ଗଲେଣି। ଲୋକବାକ ବି ଚିହ୍ନୁ ନାହାନ୍ତି। ଏପରି ସ୍ଥଳେ ତାଙ୍କୁ ଯାଇ ମୁଁ ଆପ୍ରୋଚ କରିବା ଠିକ୍ ହେବନି ନିଶ୍ଚୟ। ପୁଣି ମୋ ଭାଇବୋହୂର ଆସନ୍ନପ୍ରସବ ବେଳକୁ ସେ ଯଦି ମୋତେ ଚିହ୍ନନ୍ତି, ମୁଁ ଅସୁବିଧାରେ ପଡିବି। ତେବେ ମୋର ଚିହ୍ନା ପରିଚିତ ଫାର୍ମାସିଷ୍ଟଙ୍କୁ ପଚରାଯାଇ କିଛି ସମାଧାନର ସୂତ୍ର ବାହାରିବ ଯଦି ବୋଲି ମୋ ମନରେ ଚିନ୍ତା କଲି।

ଫାର୍ମାସିଷ୍ଟ ଆଗରେ ବଖାଣିଲି ସମସ୍ୟାଟା। ସେ କହିଲେ, ଦେଖନ୍ତୁ ଆଜ୍ଞା, ଡାକ୍ତର ନରେନ୍ଦ୍ର କହିଛନ୍ତି ମାନେ ସେ ସେତିକି ନେବେ ହିଁ ନେବେ, ନଚେତ, ଛୁଇଁବେନି ରୋଗୀକୁ। ମୋ ପାଖରେ ଥିବା ନିତେଇ ଏହା ଫାର୍ମାସିଷ୍ଟଠୁ ଶୁଣି ଆତଙ୍କିତ ହୋଇ କହିଲା, ତାହେଲେ ମୋ ସ୍ତ୍ରୀ କ'ଣ ମରିଯିବ ଆଜ୍ଞା? ତା ପେଟର ପିଲା ବି?

ଫାର୍ମାସିଷ୍ଟ ବାବୁ ସମାଧାନର ରାସ୍ତାଟିଏ ବତାଇ କହିଲେ, ଏମେଲେ ସାର ଆସିଛନ୍ତି ବୋଧହୁଏ ଭୁବନେଶ୍ୱରରୁ ଗତକାଲି। ଏଇ ଲୋକଟା ଯାଉ, କହୁ କଥାଟା। ସିଏ ଫୋନ କରିଦେଲେ ଡାକ୍ତରଙ୍କୁ କଥାଟା ସାମାଧାନ ହୋଇଯିବ। ମୁଁ ନିତେଇକୁ ଏମେଲେଙ୍କ ପାଖକୁ ପଠାଇ ଦେଲି। ତାକୁ କହିଲି, ତୁ ଯା, ଦେଖ। ଯଦି ଏମେଲେଙ୍କ ଦ୍ୱାରା ହେଉଛି ତ ଭଲ କଥା। ମୁଁ ଆସୁଛି ଘରକୁ। ମୁଁ ଚିନ୍ତା କଲି ଟଙ୍କା ଅଢ଼େଇ ହଜାର ପାଇଁ କଣ ନିତେଇର ସ୍ତ୍ରୀ ମରିଯିବ? ତା ସାଙ୍ଗକୁ ତାର ପେଟର ପିଲା? ମୋତେ ବହୁତ ସିରିୟସ ଲାଗିଲା କଥାଟା। ମୁଁ ଘରକୁ ଆସି ଅଢ଼େଇ ହଜାର ଟଙ୍କା ଧରି ଫେରିଲି ଡାକ୍ତରଖାନାକୁ। ନିତେଇକୁ ଭେଟିଲି ଡାକ୍ତରଖାନା ବାହାରେ। ସେ

କହିଲା ଯେ ଏମେଲେ ସାର ଗଲେଣି ବାହୁଡି ଭୁବନେଶ୍ୱର। ସେ ଶଙ୍କିତ ହୋଇ ମୋତେ କହିଲା, ଏଇ ଦେଖନ୍ତୁ ଆଜ୍ଞା, ଏ ଯେଉଁ ଲୋକଟା ଆସୁଛି ସେ ଡାକ୍ତରକୁ ପିଟିବି ବୋଲି ଆସୁଛି। ଏବେ କଣ ହେବ ମୋ ସ୍ତ୍ରୀର ଅବସ୍ଥା ଆଜ୍ଞା ଏମେଲେ ଘର ବାଟରେ ଏ ଲୋକଟା ଥିଲା। ମୋଠୁ ମୋ ଅବସ୍ଥା ଜାଣି ଛୁଟି ଆସିଛି ରାଗରେ। ହେ ପ୍ରଭୁ, ରକ୍ଷାକର। ହାତ ଦୁଇଟିକୁ ଯୋଡି ଦେଇ ଉପରକୁ ନମସ୍କାର କଲା ଈଶ୍ୱରଙ୍କ ଉଦ୍ଦେଶ୍ୟରେ ନିତେଇ। ମୁଁ ଜାଣିଲି ଲୋକଟା 'ଜାଗ୍ରତ ପ୍ରହରୀ' ନାମକ ଏକ ଅନୁଷ୍ଠାନର ସଭାପତି। ସେ ଦୁର୍ନୀତିଗ୍ରସ୍ତ ଲୋକଙ୍କୁ ଅସୁବିଧାରେ ପକାଏ। ସେମାନଙ୍କର ଭିତରିଆ କାରନାମାର ମୁଖା ଖୋଲି ଦିଏ। ତାର ମନ୍ଦ ଅଭ୍ୟାସ ଏଇଆ ଯେ ସେ ମଦ୍ୟ ପାନ କରେ।

ତା ପରେ ପରେ ଡାକ୍ତରଖାନାରେ ଭୟାବହ ପରିସ୍ଥିତି। ସେ ଲୋକଟା ଉଚ୍ଚ ପାଟିରେ ଡାକ୍ତରକୁ ଶୋଧୁଛି। ତା ପାଟିର ବାଡବତା ନାହିଁ। ବେଳେବେଳେ ଦୋ ଅକ୍ଷରୀ ବି ବାହାରି ପଡୁଛି। କହୁଛି, ଶ. . । ଗରିବ ଲେକଙ୍କୁ ଶୋଷିବା ପାଇଁ ଡାକ୍ତର ହୋଇଛି। ଶ. . ପଇସା ପଇସା ହେଇ ମରିଯାଉଛି। ସେ କେବଳ ଡାକ୍ତର ନରେନ୍ଦ୍ରକୁ ଗାଳି କରୁନ ଥିଲା। ଅନ୍ୟ କର୍ମଚାରୀମାନଙ୍କୁ ବି ଗାଳି କରୁଥିଲା। ଡାକ୍ତରଖାନାର ନର୍ସ ଓ ଅନ୍ୟାନ୍ୟ କର୍ମଚାରୀମାନେ ତାର ପାଟି ଶୁଣି କିଏ କୁଆଡେ ଲୁଚି ପଲାଇଲେ। ୱାର୍ଡରେ ଥିବା ରୋଗୀମାନଙ୍କର ଏଟେନଡେନ୍ସ ଓ ଆଖପାଖରେ ଥିବା ଲୋକମାନେ ଆସି ଜମା ହୋଇ ଯାଇଥିଲେ ସେହି ଲୋକର ପାଖାପାଖି। ମୁଁ ତାଠୁ ଟିକିଏ ଦୂରତ୍ୱ ରକ୍ଷା କରି ରହିଥିଲି। ସେ ଗାଲିଗୁଲଜ କରି ଫେରିଯିବା ବେଳେ ମୋ ନିକଟସ୍ଥ ହେବାବେଳକୁ ମୁଁ ଜାଣିବାକୁ ପାଇଲି ଯେ ସେ ପିଇଛି ଜୋର। ପାଟିରୁ ବାହାରି ପଡୁଛି ମଦର ଉତ୍କଟ ଗନ୍ଧ। ଏତିକି ବେଳେ ନିତେଇ ମୋ ପଛ ପଟେ ଆଇ ଭଗବାନଙ୍କୁ ଡାକୁଛି, ହେ ଭଗବାନ ପାରି କର ମୋ ସ୍ତ୍ରୀକୁ। ପାରି କର ଆମକୁ ପ୍ରଭୁ !

ମୁଁ ଅଫିସ ଯିବାର ସମୟ ଢ଼େର ବିତି ଯାଇଥିଲା। ମୁଁ ଆଣିଥିବା ଅଢ଼େଇ ହଜାର ଟଙ୍କା ନିତେଇକୁ ଦେଇ କହିଲି, ଯା, ଡାକ୍ତରକୁ ଦେଇ ଦେ। ଆଉ କହିବୁ ଶୀଘ୍ର ଅପରେସନ କରି ଛୁଆକୁ ବାହାର କର ବୋଲି।

ମୁଁ ସନ୍ଧ୍ୟାରେ ଅଫିସରୁ ଫେରିବା ପରେ ଆସିଲି ଡାକ୍ତରଖାନକୁ ନିତେଇ କଥା ବୁଝିବାକୁ। ନିତେଇ ମୋତେ ଦେଖିବା ମାତ୍ରେ କହିଲା, ଠାକୁର ରକ୍ଷା କଲେ ଆଜ୍ଞା। ମୋର ଝିଅଟିଏ ହୋଇଛି। ସେ ପୁଣି ଖୁସିରେ କହିଲା, ଆଜ୍ଞା, ଯେଉଁ ଡାକ୍ତର ପଇସା ନ ହେଲେ ହେବନି ବୋଲି କହୁଥିଲା ସେ ପୁଣି ପଇସା ନ ପାଇ ପେଟରୁ ଛୁଆ କାଢ଼ିଲା ଓ ଶେଷକୁ ମୋଠୁ ଟଙ୍କା ନେବାକୁ ମନା କଲା।

ମୁଁ ଖୁସି ହେଲି। କିନ୍ତୁ ଜାଣିବାକୁ ଇଚ୍ଛା ହେଲା ଯେ କେଉଁ ଠାକୁରଙ୍କ କୃପାରୁ ନିତେଇର ସ୍ତ୍ରୀ ଗର୍ଭ କଷ୍ଟରୁ ରକ୍ଷା ପାଇବା ସଙ୍ଗେ ସଙ୍ଗେ ମୃତ୍ୟୁ ମୁଖରୁ ଫେରି ଆସି ଲାଭ କଲା ଏକ କନ୍ୟା ସନ୍ତାନ। ଠାକୁରଙ୍କ ଅନ୍ୟ ନାମ ତ ଈଶ୍ୱର। ଈଶ୍ୱର ତ ପରମ ଦୟାଳୁ ଓ ପତିତପାବନ। ପ୍ରଥମ ଈଶ୍ୱର ତ ଭଗବାନ ଯିଏ ତିନି ଭୁବନର ପାଳକ। ଦ୍ୱିତୀୟ ଈଶ୍ୱର କୁହାଯାଏ ଡାକ୍ତରମାନଙ୍କୁ, କାରଣ ସେମାନେ ରୋଗୀକୁ ମୃତ୍ୟୁ ମୁଖରୁ ଟାଣିଆଣି ଜୀବନ ପ୍ରଦାନ କରିଥାଆନ୍ତି। ଆଉ ଏ କଥା ସ୍ପଷ୍ଟ ଯେ ଦ୍ୱିତୀୟ ଈଶ୍ୱରଙ୍କ କୃପା ନ ଥିଲା ନିତେଇର ସ୍ତ୍ରୀ ଉପରେ। ଯଦି ଥା'ନ୍ତା ସେ ଟଙ୍କା ଅପେକ୍ଷାରେ ଏତେ ବିଳମ୍ବ କରି ନ ଥାନ୍ତେ ଅପରେସନ କରିବାକୁ। ଯେତେବେଳେ ସେହି 'ଜାଗ୍ରତ ପ୍ରହରୀ'ର ସଭାପତି ଆସି ଡାକ୍ତରଙ୍କୁ ଅଶ୍ରାବ୍ୟ ଭାଷାରେ ଗାଳିଗୁଲଜ କରିଛି ସେତିକିବେଳେ ଅପରେସନ କାର୍ଯ୍ୟ ଆରମ୍ଭ ହୋଇଛି। ଏବେ, ମୋ ମନରେ ପ୍ରଶ୍ନ ଉଠୁଥିଲା ଏକ ତୃତୀୟ ଈଶ୍ୱରଙ୍କ କୃପାରୁ ଏକା ନିତେଇର ସ୍ତ୍ରୀ ରକ୍ଷା ପାଇଛି ନିଶ୍ଚୟ। ତେବେ, ସେଇ ଗାଳିଗୁଲଜ କରିଥିବା ଲୋକଟା କଣ ତୃତୀୟ ଈଶ୍ୱର !!

'ଓଜସ୍' ୨୦୧୪ ସଂଖ୍ୟାରେ ପ୍ରକାଶିତ

ଘର

ଶ୍ରୀମତୀଙ୍କୁ ମୋର ପ୍ରଥମ ପ୍ରଶ୍ନ ଥିଲା: ତୁମ ଜୀବନର ଲକ୍ଷ୍ୟ କଣ ? ସେ କିଛି ସମୟ ନିରବ ରହି ଲଜ୍ଜାବନତ ମୁଖ ସାମାନ୍ୟ ଉତ୍ତୋଳନ କରି ମୋତେ ପାଲଟା ପ୍ରଶ୍ନ କଲେ: ତୁମର କଣ ? ଏପରି ପ୍ରତିପ୍ରଶ୍ନର ସମ୍ମୁଖୀନ ମୁଁ ଯେ ହେବି ଏହା ମୋ କଳ୍ପନାର ବାହାରେ ଥିଲା, ତଥାପି ମୁଁ କହିଲି: ମୋର ଲକ୍ଷ୍ୟ ତ ଅନେକ, ମାତ୍ର ସୁନ୍ଦର ଘରଟିଏ କରିବା ହେଉଛି ମୋ ଜୀବନର ପ୍ରଧାନ ଲକ୍ଷ୍ୟ।

ମୋର ନିଜସ୍ୱ ଘର ନାହିଁ। ଗାଁରେ ବାପା ଅମଳର ଗୋଟିଏ କଞ୍ଚା ଇଟାର ଘର ଅଛି। ଗୋଟିଏ ଭାଇ ପାଇଁ ସେହି ଘରଦ୍ୱାର ଯଥେଷ୍ଟ ହେବ। କିନ୍ତୁ ଦୁଇ ଜଣଙ୍କୁ ନିଅଣ୍ଟ ହେବ। ଏଥିପାଇଁ ଯେ ଯେଉଁଠି ସୁବିଧା ଦେଖି ଘର ଖଣ୍ଡେ ଖଣ୍ଡେ କରିବାର ବାସନା ପୋଷଣ କରିଛୁ। ଗାଁର ଘର କାହାକୁ ମିଳିବ ତାହା ପଛର କଥା, ମାତ୍ର ସହରରେ ଘର ଖଣ୍ଡିଏ କଲେ କ୍ଷତି କଣ ? ନିଜେ ରହିଲ ତ ଭଲ କଥା ନଚେତ ଭଡା ଲଗାଇଲେ ଭଲ ଦୁଇ ପଇସା ମିଳିବ। ପୁଣି କେବେ ମୋତେ ଯଦି ଗାଁରେ ରହିବାକୁ ପଡିବ, ମୋ ପିଲାଛୁଆ ସହରରେ ରହି କଲେଜରେ ପଢ଼ିବା ପଇଁ ସେଇଠି ଘର ଖଣ୍ଡେ ହେଲେ ଉତ୍ତମ।

ଘର ଖଣ୍ଡେ କରିବାର ବାସନା ଦିନକୁ ଦିନ ପ୍ରବଳ ହେଲା। ବିଶେଷ କରି ମୋର ବିବାହ ପରେ ଏହାର ମାତ୍ରା ବଢ଼ିଲା। କାରଣ ବିବାହ ଆଗରୁ ମୁଁ ଏଠି ସେଠି ରହି ଯାଉଥିଲି। ବିବାହ ପରେ ଫେମିଲି କ୍ୱାର୍ଟର ଭଡା ନେଇ ରହିବାକୁ ବାଧ୍ୟ ହେଲି। ଭଡା ଘରର ଭଡା ପରିମାଣ ବାଧୁ ନ ବାଧୁ ବେଶୀ ବାଧୁଥାଏ ଘରବାଲାଙ୍କ ଦୌରାତ୍ମ୍ୟ। ଘର ଖଣ୍ଡେ ଭଡାରେ ଦିଅନ୍ତି ବୋଲି ଭଡାଟିଆମାନଙ୍କ ସ୍ୱତନ୍ତ୍ରତାକୁ ବି କିଣି ନିଅନ୍ତି। ଭଡା ଘରେ ନିଜ ଇଚ୍ଛା ଅନୁସାରେ କିଛି କରି ହୁଏନି। ଏମିତି ଘର ବାଲା ଅଛନ୍ତି ଯେ କାନ୍ଥରେ କଣ୍ଟା ବାଡେଇଲେ ମନା କରିବେ। ଖରାଦିନର ଦ୍ୱିପହର ବେଳା

କେବଳ ଫ୍ୟାନ ଚଳାଇବାକୁ ଅନୁମତି ଦେବେ, ବିଜୁଳି ବିଲଙ୍କୁ ତାଙ୍କର ଡର। ତାଛଡା, ଘରବାଲା ସହିତ କଣ ଟିକେ ଖଟ୍‌ଖାଟ୍ ହେଲେ ଘର ଛାଡିବାକୁ ସତର୍କ ବାଣୀ ଶୁଣାଇ ଦେବେ।

ଘର ତିଆରି ଖର୍ଚ୍ଚ ବାବଦରେ ମୋର ବିଶେଷ ଧାରଣା ନ ଥିଲା। ଘରର ପ୍ଲାନ ଅନୁଯାୟୀ ଖର୍ଚ୍ଚର ମାତ୍ରା କମ୍ କିମ୍ବା ବେଶୀ ହୋଇଥାଏ। ତେଣୁ ନିଜର କ୍ଷମତା ଅନୁସାରେ ନିଜ ରଚିକୁ ଖାପ ଖୁଆଇ ଗୋଟିଏ ହାଉସ ପ୍ଲାନ କରିବା କଥା। କୋଠରୀମାନ କେତେ ଫୁଟ ବାଏ କେତେ ଫୁଟ ହେବ ସେଥିପାଇଁ ଶ୍ରୀମତୀଙ୍କ ସହିତ କଥାବାର୍ତ୍ତା କଲି। ଶ୍ରୀମତୀ କହିଲେ: ଦେଖ, ଶୋଇବା କୋଠରୀ, ବୈଠକଖାନା, ରନ୍ଧା କୋଠରୀ, ପଢ଼ା କୋଠରୀ ଏପରି ଚାରୋଟି କୋଠାରୀ ନିହାତି ରହିବା କଥା। ତା ବାହାରେ ପାଇଖାନା ଆଉ କୁଅଁ ବି ରହିବ। ହଁ, ଘରେ ଆଗକୁ ଗୋଟିଏ ବାରଣ୍ଡା ନିଶ୍ଚୟ ରହିବ। ତା ଆଗକୁ କିଛି ଜାଗା ଛାଡିବା ଯେ ଫୁଲଗଛ ଲଗାଇବା। ଘରର ଆକାର ପ୍ରକାର ଠିକ ହୋଇଯିବା ପରେ ମୁଁ ପୁଣି କହିଲି: ସ୍ଲାପ ଛାତ ପକାଇବା କୁଆଡେ ବହୁତ ଖର୍ଚ୍ଚ। ଆମେ ଖପର ଛାତ କରିବା। କମ ଖର୍ଚ୍ଚରେ ହେବ। ଶ୍ରୀମତୀ ସମ୍ମତ ହେଲେ।

କଥା ପ୍ରସଙ୍ଗରେ ବନ୍ଧୁ ମହଲରେ ମୋର ଯୋଜନା ଉପସ୍ଥାପିତ କଲି। ସେମାନେ କହିଲେ ଯେ ଆମେ ରହୁଥିବା ସହରର ଦରଦାମ ଅନୁସାରେ ହିସାବରେ ଆମର ପ୍ଲାନ ଅନୁଯାୟୀ ଖର୍ଚ୍ଚ ହେବ ଷାଠିଏ ହଜାର ଟଙ୍କା। ଟିକିଏ ବଡ ସହରରେ ତ ଏହି ପ୍ଲାନକୁ ପଡନ୍ତା ଲକ୍ଷେ କିମ୍ବା ତାଠୁ ଅଧିକ। ମୁଁ ମୁଣ୍ଡରେ ହାତ ଦେଲି। ଷାଠିଏ ହଜାର ଟଙ୍କା ପାଇବି କେଉଁଠୁ? ପରେ ଶ୍ରୀମତୀଙ୍କ ସହିତ ବିଚାର ହୋଇ ପ୍ଲାନକୁ ଆହୁରି ସଙ୍କୁଚିତ କରିଦେଲି। ସ୍ଥିର ହେଲା, ଡ୍ରଇଂ ରୁମଟେ, କିଚେନଟେ ଏବଂ ବେଡରୁମଟେ ହେବ। ବେଡରୁମଟି ଷ୍ଟଡିରୁମ ଭାବେ ମଧ୍ୟ କାମ କରିବ। ସେପ୍ଟି ଲେଟ୍ରିନ ଅପେକ୍ଷା ବରପାଲି ପାଇଖାନାଟେ ବସାଇଲେ କମ ଖର୍ଚ୍ଚ ପଡିବ। ପଛକୁ ସୁବିଧା ଦେଖି କୋଠାରୀ ସଂଖ୍ୟା ବଢ଼ାଇଲେ ହେବ ନଚେତ ନାହିଁ। ପ୍ରଥମେ ଘର ଠିଆ ହେଲେ ହେଲା। ଘର ଭିତରର କାନ୍ଥ ସବୁକୁ ସିମେଣ୍ଟ ପ୍ଲାଷ୍ଟରିଙ୍ଗ କରି ବାହାରକୁ ପରେ ସୁବିଧା ଦେଖି କରାଯିବ। ଘର ଭିତରର ସବୁ କାନ୍ଥକୁ ଗୋଟିଏ ଇଟାରେ ଯୋଡେଇ ଦେଲେ କୋଠରୀ ସବୁ ଅପେକ୍ଷାକୃତ ଭାବେ ପ୍ରଶସ୍ତ ହେବା ସଙ୍ଗେ ସଙ୍ଗେ ଇଟା ଖର୍ଚ୍ଚ ମଧ୍ୟ କମିଯିବ। ତେବେ ଯେତେ କାଟିବାଛି ହିସାବ କଲେ ବି ଏହି ପ୍ଲାନର ଖର୍ଚ୍ଚ ପଡିବ ନିହାତି ଭାବେ ପଚିଶ ହଜାର ଟଙ୍କା।

ଏବେ ଚିନ୍ତାର ବିଷୟ, ଟଙ୍କା ଆସିବ କୁଆଡୁ? ଉପାର୍ଜନ ପନ୍ଥା କେବଳ

ଦରମା ଗଣ୍ଡାକ। ତା ବାହାରେ ଅନ୍ୟ କୌଣସି ପନ୍ଥା ନାହିଁ ଯେଉଁଥିରୁ କି ଦି ପଇସା ଆସିବ। ତେବେ ପାଞ୍ଚ ବର୍ଷରେ ଯଦି ଘର ତିଆରିବା ଆରମ୍ଭ କରାଯାଏ ଏବଠୁ ବର୍ଷକୁ ପାଞ୍ଚହଜାର ଟଙ୍କା ରଖିଲେ ଆବଶ୍ୟକୀୟ ଟଙ୍କା ଜମା ହୋଇଯିବ। ପୁଣି ପାଞ୍ଚ ବର୍ଷକୁ ଘରତିଆରି ଉପକରଣ ନିଶ୍ଚୟ ବଢ଼ି ଯାଇଥିବ। ତେବେ ବର୍ଷକୁ ଛଅହଜାର ଟାର୍ଗେଟ ରଖି ସଞ୍ଚୟ କରିବା ନିଶ୍ଚୟ ନିହାତି ଆବଶ୍ୟକ। ନଚେତ, ପାଞ୍ଚ ବର୍ଷ ଭିତରେ ବର୍ଦ୍ଧିତ ଦରକୁ ଖାପ ଖୁଆଇ ହେବ ନାହିଁ। ଶ୍ରୀମତୀ ମୋର ଏହି କଳ୍ପନା ଶୁଣି ପଚାରିଲେ: ବର୍ଷକୁ ଯଦି ଛଅହଜାର ମାସକୁ କେତେ ରଖିଲେ ହେବ? ମୁଁ ହିସାବ କରି ହତାଶା ବ୍ୟଞ୍ଜକ ଭାଷାରେ କହିଲି: ମାସକୁ ପାଞ୍ଚ ଶହ ଟଙ୍କା। ଶୀମତୀ ଆଶ୍ଚର୍ଯ୍ୟ ହେଲେ ଓ କହିଲେ: ଇ ମା ! ମାସକୁ ପାଞ୍ଚ ଶହ ଟଙ୍କା? ଭଲଭାବେ ହିସାବ କର ତ। ମୁଁ ପୁନଶ୍ଚ ପାଞ୍ଚ ଶହ ବୋଲି କହିବାରୁ ସେ କହିଲେ: ପାଞ୍ଚ ଶହ କୁଆଡୁ ସଞ୍ଚୟ ହେବ କହିଲ? ଆଜି ଯା'ର ବାହା ଘର ତ ତା'ର ବ୍ରତ ଘର। ତେଣିକି ବାର ମାସକୁ ତେର ଓଷା। ଘର ତିଆରିର ଆଶା ସେଦିନ ଆମର କେତେକାଂଶରେ ମଉଳି ଯାଇଥିଲା। ଯା ଭିତରେ ଶ୍ରୀମତୀ ମୋ ସହକର୍ମୀମାନଙ୍କର କେତୋଟି ସହଧର୍ମିଣୀମାନଙ୍କ ସଂସ୍ପର୍ଶରେ ଆସିଥିଲେ। ମୋ ସହକର୍ମୀମାନେ ଘର ତିଆରିଥିବା କଥା ସେ ତାଙ୍କ ଠାରୁ ଅବଗତ ହୋଇଥିଲେ। ମୋତେ ଶ୍ରୀମତୀ କହିଲେ: ହଇ ହେ, ଦେଖୁନ, ସେ ବିଶ୍ୱାଳ ବାବୁ, ପଣ୍ଡା ବାବୁ ଘର ତିଆରିଲେଣି। ସେମାନେ କେତେ ଦରମା ପାଉଛନ୍ତି କି? ମୁଁ ତାଙ୍କୁ କହିଲି: ଦରମା ଟଙ୍କାରେ କଣ ସେମାନେ ଘର କରିଛନ୍ତି? ବୁଝିଲ, ଆଜିକାଲି ତୁମେ ଯାହାର ଘର ଦେଖୁଛ କେହି କେବଳ ଦରମା ଟଙ୍କାରେ ଘର କରିନି। ଉପୁରି ହେଲା ଅସଲ। ଶ୍ରୀମତୀ ପଚାରିଲେ: ଉପୁରି କଣ ମ? ମୁଁ ମନେ ମନେ ବିରକ୍ତ ହେଲି। କହିଲି: ଦୁନିଆଁ ଯାଇ କେଉଁଠି ପହଞ୍ଚିଲାଣି, ଅଥଚ ତୁମେ ଏତେ ଛୋଟ କଥାର ଅର୍ଥ ଜାଣିନ? ଲାଞ୍ଚ। ଶ୍ରୀମତୀ କହିଲେ: ଓ ହୋ ! ସେଇଆ । କାହିଁ ତୁମେ ତ କେବେ ଉପୁରି ଟଙ୍କା ଆଣୁନ। କାହିଁକି ମ? ଏପରି ଗୋଳମାଳିଆ ପ୍ରଶ୍ନର ଉତ୍ତର ଦେବାକୁ ମୁଁ ପ୍ରସ୍ତୁତ ନ ଥିଲି। କହିଲି: ମୋ ସିଟରେ ମିଳିଲେ ସିନା। ଶ୍ରୀମତୀ କହିଲେ: ଗୋଟିଏ ଅଫିସରେ ଅଛ, ବିଶ୍ୱାଳ ବାବୁ ପାଉଛନ୍ତି, ସେ ଘର କରି ପାରିଲେ, ତୁମର ନାହିଁ? ଶ୍ରୀମତୀଙ୍କୁ ବୁଝାଇବାକୁ ଯୁଗଟେ ଲାଗିପାରେ ଭାବି ନିରବ ରହିଲି।

କିଛି ଦିନ ଯିବା ପରେ ମୁଁ ଶ୍ରୀମତୀଙ୍କୁ ଜଣାଇ ଦେଲି ଯେ ଘର ତିଆରି ପାଇଁ ଗୋଟିଏ ସଂସ୍ଥା ଋଣ ଟଙ୍କା ଯୋଗାଇ ଦେଉଛି। ତାହା କିସ୍ତି ଆକାରରେ ପରିଶୋଧ କରିବାକୁ ହୁଏ। ଶ୍ରୀମତୀ ଖୁସି ହେଲେ। ମୁଁ ବି ଖୁସି ଥିଲି। କିନ୍ତୁ ହିସାବରୁ ଜଣାଗଲା ଯେ ଏ ସହରରେ ଭଡା ଘରର ଦର ଯେତେ ବି ଅଳ୍ପ ହେଉ ଯଦି ଋଣ ଆଣି ଘର

ତିଆରି କରି ଭଡା ଦିଆଯାଏ ପ୍ରତିମାସର ସୁଧ କେବଳ ବାହାରିବ। ମୂଳ ଟଙ୍କା ପୁଣି ଦରମାରୁ ଦେବାକୁ ହେବ। ପୁନଶ୍ଚ, ଏହି ସଂସ୍ଥା ନିଜେ ଘର ତିଆରି କରି ଦେଉଛି। ତାହା କଲେ ବି ଟଙ୍କା ପରିଶୋଧ କରି ହେବନି। ସେଥିପାଇଁ ଋଣ ଆଣି ଘର ତିଆରି କରିବାର କିମ୍ବା ସେହି ସଂସ୍ଥା ଦ୍ୱାରା ତିଆରି କରାଇବାର କଳ୍ପନା ମନରୁ ପୋଛି ଦେଲୁ।

ସହର ଭିତରକୁ କେବେ କେମିତି ଶ୍ରୀମତୀ ମୋ ସଙ୍ଗରେ ବୁଲି ଗଲେ ତାଙ୍କର ମନ ଭାରାକ୍ରାନ୍ତ ହୋଇଯାଏ। ମୋତେ କହନ୍ତି, ଦେଖ ମ, କେଡେ ବଡ ବଡ ଘର। ଦୋ ମହଲା, ତିନି ମହଲା। କେତେ ଟଙ୍କା ଖର୍ଚ୍ଚ ହୋଇନ ଥିବ ସତେ । ମୁଁ ଉତ୍ତର ଦିଏ, ଟଙ୍କାବାଲା ଏମାନେ। ଏମାନଙ୍କ କଥା ଛାଡ। କିଏ ବିଜିନେସମେନ ତ କିଏ ଓଭରସିଅର, କିଏ କଣ୍ଟ୍ରାକ୍ଟର। ମୋର ଏପରି କଥାରେ ଶ୍ରୀମତୀ ବେଳେ ବେଳେ କହନ୍ତି: ତୁମେ ଭଲା ସେପରି ଓଭରସିଅର କି ବିଜିନେସମେନ ହୋଇଥାନ୍ତ। ଛୋଟ ଚାକିରିରେ ଘର ଖଣ୍ଡେ କଣ କରି ପାରିବ? ମୁଁ ବିରକ୍ତ ହୋଇ କହେ: ମୋତେ ରଗାଅନି କହୁଛି। ତୁମେ ଗୋଟିଏ ପଇସାବାଲାକୁ ବାହା ହେଲନି? ମୋତେ ବାହା ହେଉଥିଲ କାହିଁକି? ଏମିତି ବେଳେ ବେଳେ ଗଣ୍ଡଗୋଳ ହୁଏ। ଶେଷକୁ ସମାଧାନ କରିବାକୁ ଯାଇ ଶାନ୍ତ୍ୱନା ଦେଇ କହେ: ବୁଝିଲ କଲ୍ୟାଣୀ? ମଣିଷର ଦିନ ସବୁବେଳେ ସମାନ ଯାଏନି। ଆମର ଭାଗ୍ୟ ନ ବଦଳିବ କିଏ କହିବ? ଛୁଆ ପିଲା କଣ ଆମର ପଲେ ଅଛନ୍ତି ଯେ ଅଣ୍ଟିବନି? ଆମେ ତ ମାମୁଁ ମାଈ ଦି'ଜଣ। ଯଦି କରିବା ତ କରିବା ଦୁଇଟି। ତହିଁରୁ ବେଶୀ ନୁହେଁ। ଦେଖ ଏଥର ଘର ତିଆରି ପାଇଁ ମୁଁ ଯୋଜନା କରୁଛି କି ନାଇଁ । ବୁଦ୍ଧି ଥିଲେ ଟଙ୍କା ନ ଆସି କୁଆଡେ ଯିବ? ଦେଖିବ, ଦୁଇ ତିନି ବର୍ଷରେ ସାଠିଏ/ ସତୁର ହଜାର ଟଙ୍କା ନିଶ୍ଚୟ ରୋଜଗାର କରିବି। ତାପରେ ଘରଟେ ନିଶ୍ଚୟ। ଶ୍ରୀମତୀ କହିଲେ, କଣ କରିବ କହିଲ? ମୁଁ କହିଲି: ତୁମେ କଣ ପାଇବ ସେଥିରୁ? ତୁମକୁ ଟଙ୍କା ଦରକାର, ଘର ଦରକାର ତ? ପୂର୍ବରୁ ଘର ତିଆରି ବିଷୟରେ କିଛି ଆଭାଷ ନ ଦେଇ ହଠାତ ଘର ତିଆରି ଆରମ୍ଭ କରି ଶ୍ରୀମତୀଙ୍କୁ ଆଶ୍ଚର୍ଯ୍ୟ କରିବାର ଯୋଜନା କଲି ମନେ ମନେ।

ବିବାହର ପାଞ୍ଚ ବର୍ଷ ପରେ, ଅନେକ ପ୍ରତୀକ୍ଷା ପରେ ଯା ଭିତରେ ଆମର ଏକ ପୁତ୍ର ସନ୍ତାନ ଜନ୍ମ ହୋଇଥିଲା। ନବଜାତ ସନ୍ତାନ ସହିତ ଶ୍ରୀମତୀ ଗେଲ ହେଉଥିଲେ। ମୁଁ ତାଙ୍କ ପାଖକୁ ଗଲି। ତାଙ୍କ ବାମ କାନ୍ଧରେ ମୋର ଡାହାଣ ହାତ ରଖି କହିଲି: କଲ୍ୟାଣୀ ଆମର ଗୋଟାଏ ସୁନ୍ଦର ଘର ହୋଇଛି। ଶ୍ରୀମତୀ ଆଶ୍ଚର୍ଯ୍ୟ ଭାବେ ମୋତେ ଚାହିଁଲେ। ତାଙ୍କର ଏହି ଡିମା ଡିମା ଚାହିଁବାକୁ ପ୍ରଶ୍ନ କଲି: କ'ଣ ଚାହିଁଛ

ମ ? ସେ ଥତମତ ହୋଇ କହିଲେ: ତାହେଲେ ସେହି ଘର ତିଆରି ସଂସ୍ଥାକୁ ତମେ ଆବେଦନ କରିଥିଲ ନା ? ସେ ସଂସ୍ଥା କଣ ଘର ତିଆରି ଶେଷ କଲାଣି ? ମୁଁ ମୁଁ ହସି ହସି କହିଲି: ନା, ନା, ସେ ଇଟା ମାଟିର ଘର ନୁହେଁ ମ, ଏ ଆମରେ ଘର- ତମର, ମୋର ଓ ଏଇ ନୂଆ ବାବୁର।

ଶ୍ରୀମତୀ ବି ଫିକ କିନା ହସିଦେଲେ।

■

ଏହା ଆକାଶବାଣୀ ସମ୍ବଲପୁର କେନ୍ଦ୍ରରୁ ୧୯୮୬ ମସିହାରେ ତିନି ଥର ପ୍ରସାରିତ

ଶନିଦୋଷ

ମାରୱାଡି ଧର୍ମଶାଳାରେ ଆସନ୍ତାକାଲିଠୁ ସପ୍ତାହବ୍ୟାପୀ ଚାଲିବ ପ୍ରବଚନ। ପ୍ରବଚକ ହେଉଛନ୍ତି ସ୍ୱାମୀ ଅଖିଳାନନ୍ଦ ସରସ୍ୱତୀ। ସେ ଆସିଛନ୍ତି ସୁଦୂର ବୃନ୍ଦାବନ ଧାମରୁ। ତାଙ୍କ ପରି ଜଣେ ପ୍ରସିଦ୍ଧ ପ୍ରବଚକଙ୍କୁ ପାଇଥିବାରୁ ଉଦ୍ୟୋକ୍ତାଗଣ ନିଜକୁ ଧନ୍ୟ ମନେ କରୁଥିବା ସଙ୍ଗେ ସଙ୍ଗେ ଗର୍ବିତ ଅନୁଭବ କରୁଥିଲେ।

ଭରତ ବାବୁଙ୍କଠାରୁ ଏକଥା ଶୁଣି ମୁଁ ପଚାରିନେଲି ପ୍ରବଚକଙ୍କ କାର୍ଯ୍ୟ ନିର୍ଘଣ୍ଟ। ଆମ ପାଖରେ ଥାଇ ମନେଯୋଗ ଦେଇ ଆମ କଥାବାର୍ତ୍ତା ଶୁଣୁଥିବା ପ୍ରମୋଦବାବୁ ମଧ୍ୟ ଅବଗତ ହେଲେ କାର୍ଯ୍ୟକ୍ରମ ବିଷୟରେ। ସମସ୍ତେ ଏକ ମତ ହେଲେ ଯେ ଆମେ ପ୍ରତିଦିନ ସନ୍ଧ୍ୟା ଛଅଟାବେଳକୁ ପ୍ରବଚନ ସ୍ଥଳକୁ ଆସି ପ୍ରବଚନାମୃତ ସେବନ କରିବୁ। ଏପରି ମାହାର୍ଘ ସୁଯୋଗକୁ ହାତଛଡା କରାଯାଇ ନ ପାରେ।

କଲେଜ ଛକର ଜନ ଗହଳି ଭିତରୁ ଆମେ ତିନି ବନ୍ଧୁ ନିଜ ନିଜକୁ ନିଜ ନିଜର ଗୃହାଭିମୁଖୀ କରିବା ବେଳକୁ ହଠାତ ଆସି ପହଞ୍ଚିଲେ ଆମର ଅନ୍ୟତମ ବନ୍ଧୁ ବିନୋଦ ବାବୁ। ବିନୋଦବାବୁଙ୍କୁ ବି ସେହି ପ୍ରବଚନ କାର୍ଯ୍ୟକ୍ରମ ବିଷୟରେ ଅବଗତ କରାଇଦେଲୁ ଏବଂ ଅନୁରୋଧ କଲୁ ଯେ ସେ ବି ଏହି କାର୍ଯ୍ୟକ୍ରମକୁ ଉପଭୋଗ କରିବା ପାଇଁ ନିର୍ଦ୍ଧାରିତ ସମୟରେ ଧର୍ମଶାଳାରେ ପହଞ୍ଚି ପାରନ୍ତି କିମ୍ବା ଯଥା ସମୟରେ ଆସି ଆମ ସହିତ ମିଶି ପାରନ୍ତି।

ବିନୋଦ ବାବୁ କିନ୍ତୁ ଭିନ୍ନ ଧରଣର ଲୋକ। ତାଙ୍କର ଚିନ୍ତା ଓ ଚେତନା ଭିନ୍ନ ଓ ଅସାଧାରଣ। ପ୍ରବଚନ କାର୍ଯ୍ୟକ୍ରମରେ ଯୋଗଦାନ କରି ସୁଦୂର ବୃନ୍ଦାବନରୁ ଆସିଥିବା ତଥାକଥିତ ସିଦ୍ଧ ପ୍ରବଚକଙ୍କ ସ୍ୱମୁଖରୁ ନିସୃତ କଥାମୃତକୁ ଆସ୍ୱାଦନ କରିବାରେ ସେ ଏତେଟା ଗୁରୁତ୍ୱ ଦେଲେନି। ସେ ଅମନୋଯୋଗୀ ଓ ଅନିଚ୍ଛୁକ ପରି କହିଲେ, ଦେଖିବା।

ବିନୋଦ ବାବୁଙ୍କ ଏତାଦୃଶ ପ୍ରତ୍ୟୁତ୍ତର ଓ ଉଦାସୀନତା ପ୍ରତି ବାଧା ଦେଇ

ଭରତ କହିଲେ, ଦେଖିବା କଣ ? ତାଙ୍କୁ ସଜାଗ କରାଇ ଦେବାକୁ ଯାଇ କହିଲେ, ଜାଣିଛ ନା, କେମିତି ଭିଡ ହେବ ? ଯଥେଷ୍ଟ ପୂର୍ବରୁ ଆସି ଯଦି ସ୍ଥାନଟିଏ ବାଛି ନେଇ ନ ବସିଛ, ଜାଗା ପାଇବାର ସମ୍ଭାବନା କମ । ଠିଆ ହୋଇ କେତେ ସମୟ ଶୁଣିବ ?

ବିନୋଦ ବାବୁ କହିଲେ, ଆମେ ଆସିବା ବେଳକୁ ଯଦି ଜାଗା ଥିବ ବସିବା ନ ହେଲେ ଫେରିଯିବା ଘରକୁ । ଟିଭିରେ ଭଲ ସିନେମା ଯଦି ଦେଉଥିବ ଦେଖିନେବା ।

ତାସ୍ଚ୍ଛଲ୍ୟଭରା ବିରୋଧ କରି ଭରତ ବାବୁ କହିଲେ, ହୁଃ, ସିନେମା ଦେଖିବ ? ସିନେମା କୁଆଡେ ପଳାଇ ଯାଉଛି ? ଏହି ପ୍ରବଚକଙ୍କୁ ଥରେ ହରାଇଲେ ଆଉ ପାଇବନି, ଜାଣିଥା ।

ବିନୋଦ ବାବୁ ବିରୋଧ କରି କହିଲେ, ଏତେଟା ଗୁରୁତ୍ୱ ଦେଉଛ କାହିଁକି ପ୍ରବଚକଙ୍କୁ ? ଯେତେବେଳେ ବି ଟିଭିରେ ଗୋଟିଏ ଆଧ୍ୟାତ୍ମିକ ଚେନେଲ ଖୋଲିବ, ପ୍ରବଚନ ଆଉ ପ୍ରବଚନ । ସେ ପୁଣି ଆଉ ଟିକିଏ ଗୁରୁତ୍ୱାରୋପ କରି କହିଲେ, ପ୍ରବଚନ ଶୁଣି ବ ତ, ଏ କାନରେ ପଶାଇ ସେ କାନରେ ବାହାର କରି ଦେବ । ଟିକିଏ ବି କାମରେ ଲଗାଇବ ନାହିଁ ପ୍ରବଚନର ମଝିରେ ମଝିରେ ଦେଉଥିବା ଉପଦେଶକୁ । କି ଲାଭ ହୋ ପ୍ରବଚନ ସ୍ଥଳୀକୁ ଆସି ଅଯଥା ସମୟ ନଷ୍ଟ କରିବା । ନାରୀ କୁହକି ପୁରୁଷ କୁହ, ଆଜିକାଲି ଫେସନ ହେଇଗଲାଣି ପ୍ରବଚନ ଶୁଣିବା ।

ବିନୋଦ ବାବୁ ଓ ଭରତ ବାବୁଙ୍କ କଥାବାର୍ତ୍ତା ଶୁଣି ପ୍ରମୋଦ ବାବୁ କହିଲେ, ବିନୋଦ ବାବୁଙ୍କ ଉଦ୍ଦେଶ୍ୟରେ, ଜାଣିଛ ନା ବିନୋଦ ବାବୁ, ସାଧୁସନ୍ଥ କହନ୍ତି, ଏହି କଳିଯୁଗର ଅନ୍ଧକାର ରୂପକ ସମୁଦ୍ରକୁ ପାର ହେବା ପାଇଁ ପ୍ରବଚନ ଓ ହରିନାମ ହେଉଛି ଗୋଟିଏ ଗୋଟିଏ ଡଙ୍ଗା ବା ଜାହାଜ ସଦୃଶ । ଆଉ ଜାଣିଛ ନା ? ତୁମପରି ନେଗେଟିଭ ମେଣ୍ଟାଲିଟି ଲୋକ ଯଦି ଅର୍ଦ୍ଧାଧିକ ହୋଇଯିବେ ଏଇ ପୃଥିବୀରେ କଳି ଯୁଗର ଅବଧି ବଢ଼ିଯିବ କିଛି ବର୍ଷ ।

ବିନୋଦ ବାବୁ କିଛି ପ୍ରତିବାଦ ବା ବିରଦ୍ଧବାଣୀ ପ୍ରକଟ ନ କରି ରାଜି ହୋଇ କହିଲେ, ଠିକ ଅଛି । ଆସିବା ପ୍ରବଚନକୁ । କଳିଯୁଗର ଅବଧିକୁ କିଛି ଦିନ କମ କରିବାରେ ସାହାଯ୍ୟ କରିବା ।

ପରବର୍ତ୍ତୀ ଦିନ ମୁଁ, ପ୍ରମୋଦ ଆଉ ଭରତ କଲେଜ ଛକଠାରେ ମିଳିତ ହୋଇ ମାରଓ୍ୱାଡି ଧର୍ମଶାଳାକୁ ପଦବ୍ରଜରେ ଆସିଲୁ । ଧର୍ମଶାଳା ଭିତରକୁ ନବନିର୍ମିତ ସୁଦୃଶ୍ୟ ଅସ୍ଥାୟୀ ମୁଖଶାଳା ଦେଇ ପ୍ରବେଶ କରିବା ମାତ୍ରେ ଆମର ହୃଦବୋଧ ହେଲା ଯେ ଦମଦାର ହେବ ନିଶ୍ଚୟ ପ୍ରବଚନ କାର୍ଯ୍ୟକ୍ରମ । କାରଣ, ପ୍ରବେଶ ପଥରୁ ପ୍ରବଚନ ମଣ୍ଡପ ଦ୍ୱାର ପର୍ଯ୍ୟନ୍ତ ପ୍ରାୟ ଛଅଫୁଟ ଓସାର ଓ ବୁଲାବଙ୍କା କରି ଚାଳିଶ ଫୁଟ ଲମ୍ବା

କୋରିଡରରେ ଭରପୁର ହୋଇ ରହିଛି ଜୋତା ଆଉ ଜୋତା। ମଝିରେ କେବଳ ଚାଲି ଯିବା ପାଇଁ ସରୁ ରାସ୍ତାଟିଏ। ସୁବିଧା ଜାଗାଟିଏ ଖୋଜି ଖୋଜି ଚାଲି ଯାଇଥିଲୁ ପ୍ରବଚନ ମଣ୍ଡପର ଦ୍ୱାର ନିକଟକୁ। ମାତ୍ର ଆମ ତିନିଜଣଙ୍କର ତିନିହଳ ଜୋତା ରଖିବାକୁ ଖଣ୍ଡେ ଜାଗା ବି ପାଇପାରି ନ ଥିଲୁ। ପଛକୁ ଫେରି ଆପାତତଃ ପତଳା ଜୋତା ଥିବା ଜାଗାରେ ରଖି ଦେବୁ କି ଆମର ଜୋତାମାନ ବୋଲି ଭାବିଲୁ ସିନା, ପଛକୁ ଫେରି ସେପରି ଜାଗା ଖୋଜିବାର ଆଉ ସୁଯୋଗ ନ ଥିଲା। କାରଣ ଆମର ପଛକୁ ପଛ ମହିଳା ଓ ପୁରୁଷ ଶ୍ରୋତା ଦଳ ଆସୁଥିଲେ ଧସାଇ ପଶି ଓ ଫେରିବାକୁ ଆମକୁ ସ୍ତୁପୀକୃତ ଜୋତାମାନଙ୍କୁ ମାଡି ମାଡି ଫେରିବାକୁ ପଡିଥାନ୍ତା। ପୁଣି ଭାବିଲୁ, ଆମେ ଯଦି ଭିତରକୁ ଯିବାର ବିଳମ୍ବ କରୁ, ହୁଏ ତ ପ୍ରବଚନ ମଣ୍ଡପରେ ଆମକୁ ବସିବାକୁ ଜାଗା ଖଣ୍ଡେ ଖଣ୍ଡେ ମିଳିବକି ନା ସନ୍ଦେହ ଥିଲା। ଅଗତ୍ୟା ସେହି ଦ୍ୱାରର ବାମଡାହାଣ ପଟେ ଆମର ଜୋତାଗୁଡିକ ଖୋଲି ଦେଇ ପ୍ରବଚନ ମଣ୍ଡପକୁ ପ୍ରବେଶ କଲୁ। ସୁବିସ୍ତୃତ ପ୍ରବଚନ ମଣ୍ଡଳୀର ଜନାକୀର୍ଣ୍ଣ ଗହଳି ଭିତରେ କଷ୍ଟେ ମଷ୍ଟେ ଜାଗା ଖଣ୍ଡେ ଖଣ୍ଡେ ପାଇ ବସିଗଲୁ। ମୋର ପତ୍ନୀ, ଭରତ ଓ ପ୍ରମୋଦ ବାବୁଙ୍କର ପତ୍ନୀମାନେ ନିଜ ନିଜର ପଡୋଶିନୀମାନଙ୍କ ସହିତ ପୂର୍ବରୁ ଆସି ଆସ୍ଥାନ ଜମାଇ ସାରିଥିଲେ ପ୍ରବଚନ ମଣ୍ଡଳୀ ଭିତରେ।

ମୋର ଦୃଷ୍ଟି ପଡିଲା ସେଇ ନାରୀ ମଣ୍ଡଳୀ ଭିତରେ ଯେ ବିନୋଦ ବାବୁଙ୍କର ସହଧର୍ମିଣୀ ବସିଥିବାର। ନକାରାତ୍ମକ ଚିନ୍ତାଧାରା ସମ୍ପନ୍ନ ବିନୋଦ ତ ଆସିବାର କଥା ମୁଁ ଭାବି ପାରିନି, ତାଙ୍କ ସହଧର୍ମିଣୀ ଆସି ପ୍ରବଚନର ଶ୍ରୋତା ମଣ୍ଡଳୀରେ ମିଳିତ ହୋଇଥିବାର ଦେଖି ଖୁସି ହେଲି। ପ୍ରବଚନ ଚାଲିଲା ଦି ଘଣ୍ଟା ଧରି। ଆମେ ଶ୍ରୋତାମାନେ ମନ୍ତ୍ର ମୁଗ୍ଧ ହୋଇ ଶୁଣୁଥିଲୁ ସ୍ୱାମୀଜୀଙ୍କ ଭାଷଣ। ମଝିରେ କୀର୍ତ୍ତନ ଓ ଭଜନ ବୃନ୍ଦାବନାଗତ ବାଦକ ବୃନ୍ଦଙ୍କ ଦ୍ୱାରା ସମ୍ପାଦିତ ହୋଇ ପ୍ରବଚନ କାର୍ଯ୍ୟକ୍ରମକୁ କରୁଥିଲା ଉଲ୍ଲାସମୟ। କାର୍ଯ୍ୟକ୍ରମ ଶେଷକୁ ଥିଲା ପ୍ରସାଦ ସେବନ। ପ୍ରତ୍ୟେକ ଘର ବାହୁଡା ଶ୍ରୋତାଙ୍କୁ ଧରାଇ ଦିଆ ଯାଉଥିଲା ଗୋଟାଏ ଗୋଟାଏ ପ୍ରସାଦ ପୁଡିଆ। ସମସ୍ତ ଶ୍ରୋତାଗଣ ଏକା ସଙ୍ଗେ ନିଜ ନିଜ ଜୋତା ପନ୍ଧି ଧର୍ମଶାଳାରୁ ବାହାରକୁ ବାହାରିବା ପାଇଁ ସମୟ ସାପେକ୍ଷ ଓ କଷ୍ଟକର। ସେଥିପାଇଁ ମୁଁ ଦଣ୍ଡେ ଅପେକ୍ଷା କଲି ମଣ୍ଡପ ଭିତରେ। ପ୍ରମୋଦ ଓ ଭରତକୁ ଆଉ ଭେଟିଲିନି ସେଠାରେ। ସେ ଦୁହେଁ ବୋଧହୁଏ ବାହାରି ଗଲେଣି ମଣ୍ଡପର ବାହାରକୁ। ଆଶାଥିଲା ଯଦିଓ ଆମେ ଧର୍ମଶାଳା ବାହାରେ ଏକତ୍ରିତ ହୋଇ ଫେରିବାକୁ କଥା ହେଇନୁ, ମୁଁ ଆଶା କରିଥିଲି ସେ ଦୁହେଁ ମୋତେ ବାହାରେ ନିଶ୍ଚୟ ଅପେକ୍ଷା କରିଥିବେ। ପତଳା ହୋଇ ଆସୁଥିବା ଭିଡ

ଭିତରେ ନିଜକୁ ସାମିଲ କରି ମୁଁ ବାହାରି ଆସିଲି ପୂର୍ବରୁ ରଖା ହୋଇଥିବା ମୋ ଜୋତାକୁ ସଂଗ୍ରହ କରିବାକୁ। ବାହାରେ ଦେଖିଲି ଭରତ ଅପେକ୍ଷାର ନୟନ ମେଳାଇ ମୋତେ ଚାହିଁଛି। ମୁଁ ତା ନିକଟକୁ ଯାଇ ପଚାରିଲି।, ପ୍ରମୋଦ କ୍ଣ ଆସିନି ଏ ଯାଏ ?

ପ୍ରକୃତରେ ପ୍ରମୋଦର କଥା ଭରତ ଜାଣି ନ ଥିଲା। ତେଣୁ ପ୍ରାୟ ସମସ୍ତ ଶ୍ରୋତା ଧର୍ମଶାଳାରୁ ବାହାରିଯିବା ପର୍ଯ୍ୟନ୍ତ ଆମେ ଦୁହେଁ ଅପେକ୍ଷା କରିଥିଲୁ ପ୍ରମୋଦକୁ। କିନ୍ତୁ, ପ୍ରମୋଦର ଦେଖାନ ଥିଲା। ଆମେ ଭାବିଲୁ, ସିଏ ବୋଧହୁଏ ଆମକୁ ଛାଡି ଚାଲି ଗଲାଣି ଏକା ଏକା କିମ୍ବା କାହା ସଙ୍ଗେ ଲିଫ୍ଟରେ। ଆମେ ଦୁହେଁ ଘରକୁ ଫେରିବା ପାଇଁ ଉନ୍ମୁଖ ହେବା ବେଳକୁ ମୁଁ ଭରତକୁ କହିଲି, ଯିବା ପୂର୍ବରୁ କାଳେ ପ୍ରମୋଦ ଭିତରେ ରହିଗଲା କି ବୋଲି ଥରେ ଦେଖି ନେବା କଥା। ସେ ମୋ କଥାରେ ରାଜି ହେଲା। ଆମେ ଦୁହେଁ ପୁଣି ପ୍ରବଚନ ମଣ୍ଡପ ଆଡକୁ ଗଲୁ। ପ୍ରମୋଦକୁ ପ୍ରବଚନ କରିଡୋରରେ ଦେଖି ଆଶ୍ଚର୍ଯ୍ୟ ହେଲୁ ଯେ ପ୍ରମୋଦ ତା ଜୋତା ଖୋଜିବାରେ ବ୍ୟସ୍ତ ଅଛି। ଆମକୁ ଦେଖି ସେ ହତାଶ ହୋଇ କହିଲା, ମୋ ଜୋତା ଚୋରି ହୋଇଗଲା, ଭାଇ। ଏଇ କିଛି ଦିନ ତଳେ କିଣିଥିଲି ଅଢ଼େଇ ଶହ ଟଙ୍କାରେ।

ପ୍ରମୋଦର ଜୋତା ହଜିଥିବା କଥା ଶୁଣି ସେଇ ବାଟ ଦେଇ ଯାଉଥିବା ଭଦ୍ରବ୍ୟକ୍ତିଟିଏ କହିଲେ, ଭଲ ହୋଇଛି ଆଜ୍ଞା, ଶନିଦୋଷ କଟିଛି। ସାଙ୍ଗ ସାଥିଙ୍କୁ ଖୁସିରେ ମିଷ୍ଟାନ୍ନ ଭୋଜନ କରାନ୍ତୁ।

ଚିହ୍ନା ଚିହ୍ନା ଲାଗୁଥିବା ସେହି ଭଦ୍ରବ୍ୟକ୍ତିଟି ଚାଲିଗଲେ ତାଙ୍କ ବାଟରେ ଉପଦେଶ ଦେଇ। ମୁଁ ଦେଖିଲି, ପ୍ରମୋଦର ବିଷାଦଭରା ମୁଖମଣ୍ଡଳଟି ଆସ୍ତେ ଆସ୍ତେ ଆଲୋକିତ ହେବାରେ ଲାଗିଛି। ପ୍ରମୋଦକୁ କହିଲି, କି କଥା ସେ ଭଦ୍ର ବ୍ୟକ୍ତି କହିଲେ ମ। ଏକେତ ଜୋତା ହଜିବାର କଷ୍ଟ। ଦ୍ୱିତୀୟରେ, ପୁଣି ଅର୍ଥଶ୍ରାଦ୍ଧ କରିବ ମିଠା ଖୁଆଇବାକୁ।

ଭରତ ମୋ କଥାକୁ ପ୍ରତିବାଦ କରି କହିଲା, ଯଦି ଶନିଦୋଷ କଟି ଯାଉଛି ଜୋତା ଚୋରାରେ, ତେବେ ଭଲ କଥା। ଖୁସିରେ ନିଜର ସାଙ୍ଗ ସାଥିମାନଙ୍କୁ ମିଠା ବାଣ୍ଟିବାରେ ଦ୍ୱିଧା କରିବାର କ'ଣ ଅଛି ? ଶନି ଦୋଷ କଣ କମ ବଡ ଦୋଷ କି ?

ଏତିକିବେଳେ କେଉଁଠି ଥିଲେ କେଜାଣି, ବିନୋଦ ବାବୁ ସସ୍ତ୍ରୀକ ଆମ ପାଖରେ ଆସି ପହଞ୍ଚିଲେ। ବୋଧହୁଏ ତାଙ୍କର ଧର୍ମପରାୟଣା ସ୍ତ୍ରୀ ଏତେ ବେଳ ପର୍ଯ୍ୟନ୍ତ ଅଚଳାନନ୍ଦ ସ୍ୱାମୀଜୀଙ୍କ ଚରଣ ସ୍ପର୍ଶ କରିବାର ଲାଇନରେ ବ୍ୟସ୍ତ ଥିଲେ, ଯାହାକି ପ୍ରାୟ ସମସ୍ତ ପ୍ରବଚନର ସମାପ୍ତି ପରେ ମହିଳା ଶ୍ରୋତାମାନଙ୍କ ମଧ୍ୟରେ ଏକ ପ୍ରକାର ପ୍ରତିଯୋଗିତା ଚାଲେ। ବିନୋଦ ବାବୁ ଆମଠୁ ପ୍ରମୋଦର ଜୋତା ଚୋରି ହେବା ଓ

ଶନିଦୋଷ ଖଣ୍ଡନ କଥା ଶୁଣି ପ୍ରମୋଦକୁ କହିଲେ, ଶନିଦୋଷ କଟିବା ସହଜ କଥା ନୁହେଁ। ଆଜି ଡାକି ଦେ ଆମମାନଙ୍କୁ ମିଠା ଖାଇବାକୁ। ବିଳମ୍ବ କରିବା ଠିକ ନୁହେଁ। ସେଦିନର ନେଗେଟିଭ ମେଣ୍ଟାଲିଟି ବିନୋଦ ପ୍ରମୋଦକୁ ଏପରି ଉପଦେଶ ଦେବା ଭିତରେ ସେ ପ୍ରମୋଦର ମଙ୍ଗଳ କାମନା କରୁଥିଲା ନା ତା'ଠୁ ମିଷ୍ଟାନ୍ନ ଭୋଜନ କରିବାର ଲାଳାୟିତ ଥିଲେ ମୁଁ ଠିକ ଭାବେ ବୁଝି ପାରିଲିନି।

ଆମେ ଗୋଟିଏ ବାଇକ ଯୋଗାଡ କରି ଜୋତାହୀନ ପାଦ ଦୁଇଟିକୁ କଷ୍ଟ ନ ଦେବାକୁ ପ୍ରମୋଦକୁ ତା ବାସ ଭବନରେ ଛାଡି ଦେଇ ଆସିଲୁ। ପ୍ରବଚନ ଶୁଣିବା ଭିତରେ ପ୍ରତିକୂଳ ମନ୍ତବ୍ୟ ଦେଉଥିବା ବିନୋଦକୁ ପଚାରିଲି, ଆଗେ ତ ତୁମେ ପ୍ରବଚନ ଶୁଣିବାର ସପକ୍ଷରେ ନ ଥିଲ, ଏବେ କିନ୍ତୁ ଦେଖୁଛି ବିପରୀତ। ଆମଠୁ ତୁମେ ବେଶୀ ଆଗ୍ରହୀ ଓ ତତ୍ପର ଜଣା ପଡୁଛ। ଆମେ ସବୁ ଏକା ଏକା ଆସୁଥିବା ବେଳେ ତୁମେ ଦୁହେଁ ଆସୁଛ। ପୁଣି, ଆମଠୁ ପୂର୍ବରୁ ଆସି ବସିବା ଜାଗା ତୁମର ନିଶ୍ଚିତ କରି ନେଇ ପାରୁଛ।

ବିନୋଦ ହସି ଦେଇ କହିଲେ, କଳି ଯୁଗର ଅବଧିକୁ ମୁଁ କାହିଁକି ବିଳମ୍ବ କରାଇବାର କାରଣ ହେବି ଭାଇ ?

ପୂର୍ବରୁ କଳିଯୁଗ କଥା ଉତ୍‌ଥାପନ କରିଥିବା ପ୍ରମୋଦବାବୁଙ୍କ ଛାତିରେ ଶକ୍ତ ଭାବେ ଏହି ବିନୋଦ ବାବୁଙ୍କ ବକ୍ରୋକ୍ତି ବାଜିଥିବ ଓ କ୍ଷତାକ୍ତ କରିଥିବ ନିଶ୍ଚୟ, ମାତ୍ର, ପ୍ରମୋଦଙ୍କ ପ୍ରତିକ୍ରିୟା ଆମେ କିଛି ଲକ୍ଷ୍ୟ କଲୁ ନାହିଁ। ସହିଗଲେ ବୋଧହୁଏ କିଛି ପ୍ରତ୍ୟୁତ୍ତର ନ ଦେଇ ସେ।

ତା ପରବର୍ତ୍ତୀ ଦିନ ପ୍ରବଚନ ମଣ୍ଡପକୁ ଆସିବା ପୂର୍ବରୁ ଭରତ, ପ୍ରମୋଦ ଓ ମୁଁ ଏକତ୍ରିତ ହେଲୁ କଲେଜ ଛକ ଠାରେ ସେଇ ନିର୍ଦ୍ଧାରିତ ସମୟରେ। ପ୍ରମୋଦ ଆମକୁ ଚମକାଇ ଦେଇ କହିଲା, ଆସନ୍ତାକାଲି ସନ୍ଧ୍ୟାରେ ମୁଁ ବ୍ୟବସ୍ଥା କରିଛି ମିଷ୍ଟାନ୍ନ ଭୋଜନର। ତୁମେମାନେ ଯଥେଷ୍ଟ ପୂର୍ବରୁ ସସ୍ତ୍ରୀକ ଆମ ଘରକୁ ଆସିବ। ଭୋଜନ ସରିବା ପରେ ସାଙ୍ଗ ହୋଇ ଯିବା ପ୍ରବଚନ ମଣ୍ଡପକୁ।

ମୁଁ ପ୍ରମୋଦକୁ କହିଲି, ଆରେ ପ୍ରମୋଦ, କିଏ ଜଣେ ଅଚିହ୍ନା ଲୋକଟେ ଥଟ୍ଟାରେ କଥାଟେ କହିଦେଲା ବୋଲି ତୁ ସତରେ ସତ୍ୟ ମଣିଲୁ ?

ପ୍ରମୋଦ କହିଲା, ଗତକାଲି ଘରକୁ ଫେରି କହିଲି ମୋ ମାତାମଙ୍କୁ ମୋ ଜୋତା ଚୋରି ବାବଦରେ ଓ ତଦ୍ଦ୍ୱାରା ଶନିଦଶା ଖଣ୍ଡନ ବିଷୟରେ। ସେ କହିଲେ, ସତକଥା। ଦେଖ, ଆମର କେତେ ବିପଦ ପଡୁଛି। ସେଦିନ ମନ୍ଦିରରୁ ଫେରୁଥିବା ବେଳେ କେହି ଜଣେ ଲୁଟେରା ମୋ ବେକରୁ ସୁନା ଚେନ ଝିଙ୍କି ନେଲା। ପୁଅର

ଦେହ ପା ଠିକ ରହୁନି, ବାରମ୍ବାର ରୋଗାକ୍ରାନ୍ତ ହେଉଛି। ତାକୁ ପାଠ ଆସୁନି ଠିକ ଭାବେ। ସେଥର ତୁମର ବାଇକ ଏକ୍ସିଡେଣ୍ଟ ହୋଇ ଗୋଡ ଭଙ୍ଗାରୁ ଅଳ୍ପକେ ରକ୍ଷା ପାଇ ଯାଇଥିଲ। ଏସବୁ ଓ ଅନ୍ୟାନ୍ୟ ଅସୁବିଧା ତଥା ଦୁର୍ଯୋଗ ଭିତରେ ନିଶ୍ଚୟ ଶନିଦେବଙ୍କ କ୍ରୋଧ ଥିବ। ନହେଲେ ଏପରି ହେବ କାହିଁକି? ଡାକି ଦିଅ ତୁମର ସାଙ୍ଗମାନଙ୍କୁ ମିଷ୍ଟାନ୍ନ ଭୋଜନ ପାଇଁ। ମୁଁ କରୁଛି ତା ବ୍ୟବସ୍ଥା।

ଆମେ ସବୁ ତାର ପରଦିନ ସସ୍ତ୍ରୀକ ଜମା ହେଲୁ ପ୍ରମୋଦ ଘରେ। ସମସ୍ତଙ୍କୁ ବସିବା ଆସନ ଦେଇ ପ୍ରମୋଦ ଆଉ ତା ସ୍ତ୍ରୀ ପରଶି ଦେଲେ ଆମକୁ ଯିଏ ଯେତେ ଖାଇଲା ପାନତୁଆ, ପୁରି ସହିତ ଗୁଡ। ଆମେ ସବୁ ଆକଣ୍ଠ ଭୋଜନ କରି ଫେରିଲୁ ନିଜ ନିଜ ଘରକୁ ଓ ପରେ ପ୍ରବଚନ ସ୍ଥଳୀକୁ ଗମନ କଲୁ। ମୁଁ ପ୍ରମୋଦକୁ କହିଲି, ତୁ ଯେତିକି ଖାଦ୍ୟ ଖୁଆଇଲୁ ନା, ଆଜି ରାତିରେ ଆବଶ୍ୟକ ପଡିବନି ଭୋଜନ। ପ୍ରମୋଦ କହିଲା, ସେଇଆ ଚିନ୍ତା କରି ତ ମୋ ମିସେସ ବ୍ୟବସ୍ଥା କରିଛି ପୁରିର। ଆଉ ପାନତୁଆ ଓ ଗୁଡ ଦେବାର କାରଣ ରହିଛି ଅଲଗା।

ମୁଁ ପଚାରିଲି, ଏ ପାନଚୁଆ ଓ ଗୁଡ କାହିଁକି? ଆଜିକାଲି ଗୁଡ ଆଉ ଖାଉଛି କିଏ? ଆଉ ପାନତୁଆ ଜାଗାରେ ଖିରମନ କଲୁନି?

ପ୍ରମୋଦ କହିଲା, ଆରେ ତୁ ଜାଣିନୁ। ଶନି ଦେବଙ୍କ ପ୍ରିୟ ରଙ୍ଗ ହେଉଛି କଳା। କଳା ରଙ୍ଗର ଖାଦ୍ୟ ଦିଆଯାଏ ଶନିଦୋଷ ନିବାରଣ ପାଇଁ। କଳା ରଙ୍ଗର ଦ୍ରବ୍ୟ ଦାନ କରାଯାଏ।

ପ୍ରମୋଦ ଘରେ ମିଷ୍ଟାନ୍ତ ଭୋଜନ ବେଳେ ପରଶା ଯାଉଥିବା ଖାଦ୍ୟ ଦ୍ରବ୍ୟର ଚୟନର କାରଣ ଉପରେ ଯେଉଁ ପ୍ରଶ୍ନବାଚୀ ସୃଷ୍ଟି ହୋଇଥିଲା, ଏବେ ତାହା ସମାଧିତ ହୋଇ ଯାଇଥିଲା।

ହଁ, ପ୍ରମୋଦ ଘରେ ଆକଣ୍ଠ ଭୋଜନ ଖାଇ ତା ଡ୍ରଇଂ ରୁମରେ ବସିଥିବା ବେଳେ ମୁଁ ଥଟ୍ଟା ମଜାରେ କହିଲି, ଆଉ କାହାର ଗ୍ରହଦୋଷ ଅଛି କି ଆମ ଭିତରୁ। ଗ୍ରହଦୋଷମାନ କଟି ଯାଆନ୍ତା ଭଲା?

ସମସ୍ତେ ହସି ଉଠିଲେ ଏକା ଥରକେ।

ସତକୁ ସତ ପ୍ରବଚନ ସପ୍ତାହର ଚତୁର୍ଥ ଦିନ ଭରତର ଜୋତା ଆଉ ରଖା ହୋଇଥିବା ଜାଗାରେ ନ ଥିଲା। ଭରତ ତାର ଶନିଦୋଷ କଟି ଯାଇଛି ବୋଲି ଖୁସି ଥିଲା କିନା ମୁଁ ତା ମନ କଥା କହି ପାରିବିନି, କିନ୍ତୁ ପ୍ରମୋଦ ଧରିଥିବା ପନ୍ଥା ପରି ସେ ବି ଧରିଲା। ତା ପରଦିନ ଆମକୁ ଡାକି ମିଠା ଓ ଖାଦ୍ୟ ପରିବେଷଣ କଲା।

ଦିଥର ମିଷ୍ଟାନ୍ନ ଭୋଜନ କରିବା ପରେ ଆମ ଭିତରେ ଗୋଟିଏ ଗୋଟିଏ

ଇଚ୍ଛା ପୁଣି ଜାଗରୁକ ହେଉଥିଲା ନିଶ୍ଚୟ ତୃତୀୟ ଥର ପାଇଁ ଏପରି ଆୟୋଜନ ହୁଅନ୍ତାକି ? ଏ କଥା ପ୍ରକାଶ କରିଥିଲା ଭରତ ସେଦିନ । ମୋ ଉଦ୍ଦେଶ୍ୟରେ କହିଲା, ହରି ବାବୁ, କେବଳ ତୁମର ଶନିଦୋଷ ନ କଟି ରହିଛି ? ତୁମର ଜୋତା ଭଲା ଚୋରି ହୁଅନ୍ତା ।

ମୁଁ ନିର୍ବିକାର ଭାବେ କହିଲି, ହେଉ ଚୋରି ହେଲେ ମୁଁ ନିଶ୍ଚୟ ଦେବି ମିଷ୍ଟାନ୍ନ ଭୋଜନ । ମୁଁ କିନ୍ତୁ ଦୃଢ଼ ନିଶ୍ଚିତ ଥିଲି ଯେ ମୋ ଜୋତା ଚୋରି ହେବନି । କାରଣ ଥିଲା ଦୁଇଟି । ପ୍ରଥମତଃ, ମୋର ଜୋତା ଥିଲା ଅତି ପୁରୁଣା ଯାହାକୁ ଚୋରର ଦୃଷ୍ଟି ଆକର୍ଷଣ କରିବ ନାହିଁ । ଦ୍ୱିତୀୟତଃ, ମୁଁ ଜୋତା ଛାଡି ପ୍ରବଚନ ମଣ୍ଡପକୁ ପଶିବାର କାଏଦା ଅଲଗା । ପଟେ ଜୋତାକୁ ଗୋଟାଏ ଜାଗାରେ ତ ଅନ୍ୟ ପଟକୁ ଦୂର ଜାଗାରେ ରଖିଦିଏ, ଯାହାକି ଚୋର ପାଇଁ ସୁବିଧା ହୁଏ ନାହିଁ ଚୋରାଇବାର ।

ମୁଁ ଭରତ ଓ ପ୍ରମୋଦର ଉଦ୍ଦେଶ୍ୟରେ କହିଲି, ଯଦି ବିନୋଦ କିମ୍ବା ତା ସ୍ତ୍ରୀର ଜୋତା ଚୋରୀ ହୁଅନ୍ତା ସେ କଣ ତୁମମାନଙ୍କ ପରି ମିଷ୍ଟାନ୍ନ ଭୋଜନ ଦିଅନ୍ତା କି ଆମକୁ ?

ଭରତ କହିଲା, କେଜାଣି ସେ ତ ନେଗେଟିଭ୍ ମେଣ୍ଟାଲିଟିର ।

ପ୍ରମୋଦ କହିଲା, ନେଗେଟିଭ ମେଣ୍ଟାଲିଟି ହେଲେ କଣ ହେଲା ସେଇଠୁ ? ତାର କଣ ଶନିଶ୍ଚର ପ୍ରତି ଭୟ ନାହିଁ ?

ଚତୁର୍ଥ ଦିନ ପ୍ରବଚନ ମଧ୍ୟାନ୍ତରରେ ସଂକୀର୍ତ୍ତନ ହେବା ବେଳକୁ ମୁଁ ପ୍ରମୋଦକୁ କହିଲି, ବିନୋଦଠୁ ମିଠା ଖାଇ ପାରିବା କି ନାହିଁ ପରୀକ୍ଷା କରିବା ଚାଲ କହି ତାକୁ ନିର୍ଦ୍ଦେଶ ଦେଲି ମୋ ପଛେ ପଛେ ଆସିବାକୁ । ସ୍ତୁପୀକୃତ ଜୋତାଥିବା କୋରିଡରରେ ଏକ ସ୍ତମ୍ଭ ନିକଟକୁ ଡାକି ଦେଖାଇଦେଲି ଜୋତା ହଳକୁ ଓ କହିଲି, ଏହା ହେଉଛି ଶ୍ରୀମତୀ ବିନୋଦଙ୍କ ଜୋତା । ଯାକୁ ପାଦରେ ମାଡି ତୁ ୟୁରିନାଲ ଯା ଓ ସେଠାରେ ଏହାକୁ ଛାଡି ଆସିବୁ । ସେଇଆ କଲା ପ୍ରମୋଦ । ଫେରିବାବେଳେ ପ୍ରବଚନ ମଣ୍ଡପ ଦ୍ୱାର ଦେଶରେ ମୋତେ ଅଟକାଇ କରି ପଚାରିଲା, ତା ହେଲେ ତୁ ମୋର ଆଉ ଭରତର ଜୋତାକୁ ଏପରି କରିନୁ ତ ?

ମୁଁ ସତ୍ୟ ସ୍ୱୀକାର କରି କହିଲି, ରାଣ ପକାଇ କହୁଛି ପ୍ରମୋଦ । ତୋର ଜୋତା ସତରେ ଚୋରି ହୋଇଛି । ତୋଠୁ ମିଠା ଖାଇବା ପରେ ମୋ ମନରେ ଏହି ଆଇଡିଆଟା ଜୁଟିଛି । ତାପରେ ଭରତର ଜୋତା ଆଜି ବିନୋଦ ସ୍ତ୍ରୀ ଜୋତା ରଖିବା ପରି ଛାଡି ଆସିଥିଲି ୟୁରିନାଲରେ । ଅନୁନୟ ହୋଇ କହିଲି, ପ୍ଲିଜ କହିବୁନି ଭରତକୁ । କାଳେ ଯଦି କହିଦିଏ ସବୁ କଥା ତ ଭଣ୍ଡୁର ହେବ ତା ସହିତ ମୋ ଥଟ୍ଟା ମଜାଟିରେ ଗଣ୍ଡଗୋଳ ପଶିଯିବ । ପ୍ରମୋଦ ନ କହିବାର ପ୍ରତିଶୃତି ଦେଲା ।

ପ୍ରବଚନ ଶେଷ ହେଲା। ପ୍ରମୋଦ ଆଉ ମୁଁ ଜାଣି ଡେରି କରୁଥିଲୁ ପ୍ରବଚନ ମଣ୍ଡପରୁ ବାହାରକୁ ଆସିବାକୁ। ଭରତ ବି ଆମ ସଙ୍ଗରେ ଥିଲା। ବିନୋଦ ଆଉ ତା ସ୍ତ୍ରୀ କେତେବେଳେ ପ୍ରବଚନ ମଣ୍ଡପରୁ ବାହାରି ଆସିଥିଲେ ଭିଡ ଭିତରେ ଆମର ଜ୍ଞାତ ନ ଥିଲା। ମୁଁ ଆଉ ପ୍ରମୋଦ ଭାବିଥିଲୁ, ସେ ଦୁହେଁ ନିଶ୍ଚୟ ସେଇ ସ୍ତମ୍ଭ ପାଖାପାଖି ଦରାଣ୍ଡି ହେଉଥିବେ ଜୋତା ଖୋଜି ଖୋଜି। କିନ୍ତୁ, ଆଶ୍ଚର୍ଯ୍ୟର କଥା, ସେ ଦୁହେଁ ନ ଥିଲେ ସେଇଠି। ଉଦ୍‌ଗ୍ରୀବ ଓ ଜିଜ୍ଞାସୁ ହୋଇ ପ୍ରମୋଦ ଓ ମୁଁ ବାହାରି ଆସିଲୁ ଧର୍ମଶାଳା ବାହାରକୁ। ଆମ ଦି'ଜଣଙ୍କ ପଛେ ପଛେ ଭରତ ବି।

ଆମେ ଠିକ ଧର୍ମଶାଳାର ବାହାରକୁ ଆସିଛୁ କି ନାହିଁ ବିନୋଦ ତା ସ୍ତ୍ରୀକୁ ସ୍କୁଟର ପଛ ପଟେ ବସାଇ ଭୁଁ କରି ଚାଲିଗଲା ଆମ ସାମ୍ନାରୁ। ମୁଁ ସ୍ପଷ୍ଟ ଭାବେ ଦେଖି ପାରିଲି ଯେ ତା ସ୍ତ୍ରୀର ପାଦ ଦିଓଟି ନଗ୍ନ ଥିଲା।

ହେଲା ଅଡୁଆ। କାହାକୁ କହିଲାନି ବିନୋଦ। କହିବନି ବି ମିସେସଙ୍କ ଜୋତା ଚୋରି ହୋଇଛି ବୋଲି। ଭାରି ଚତୁର ଆଉ କଞ୍ଜୁସ। ସେଥିପାଇଁ ସେ ଭୁଁକିନା ଚାଲିଗଲା। ପସ୍ତେଇ ଲାଗିଲା ମୋତେ। ମୋ ପ୍ଲାନଟା ଫେଲ ମାରିଗଲା। ଟିକିଏ ପୂର୍ବରୁ ଭଲା ବାହାରକୁ ବାହାରିଥାନ୍ତି। ତଥାପି ତାର ପରଦିନ ମଣ୍ଡପ ଭିତରେ ବିନୋଦଙ୍କୁ ପଚାରିଲି, ଗତକାଲ କଣ ତୋ ମିସେସ ଖାଲି ଗୋଡରେ ତୋ ସ୍କୁଟର ପଛ ପଟେ ବସିଥିଲେ। ସେ କହିଲା, ନୂଆ ଜୋତା କିଣିଛି ତ କାଳେ କିଏ ନେଇ ଯିବ ଭାବି ଖାଲି ପାଦରେ ମୋ ସ୍କୁଟରରେ ବସି ପଡିଥିଲା।

ମୁଁ ଆଉ କିଛି ପ୍ରତିବାଦ କରି ପାରିଲିନି। କିନ୍ତୁ, ମୁଁ କିଛି କହି ପାରିଲିନି ଯେ ମୁଁ ଦେଖିଛି ତୋ ମିସେସ ଜୋତା ପିନ୍ଧି ଆସିଥିବାର ଓ ସେଇ ସ୍ତମ୍ଭ ପାଖରେ ରଖିଥିବାର। କାରଣ ମୋର ପ୍ଲାନଟା ଧରା ପଡିଯିବାର ଗ୍ଳାନିଟା ତେଜିୟାନ ଥିଲା। ମୁଁ ଭଲ କାମ କରୁନି ଜାଣିଥିଲି, ସେଥିପାଇଁ ମନରେ ଶାନ୍ତି ନ ଥିଲା।

କଣ ଆଉ କରା ଯାଇ ପାରିଥାନ୍ତା ଅଟ୍ଟାମଜାର କଥା ତ, ହେଲା ତ ହେଲା, ନ ହେଲେ ନାହିଁ। ମୁଁ ନିରବ ରହିଲି। କିନ୍ତୁ ଶେଷ ଦିନ ଯାହା ଘଟିଲା ମୁଁ ଭାବିନେଲି ମୋ ହାତକୁ ସୁଯୋଗଟା ବିଧାତା ଏକା ଧରାଇ ଦେଲା ଅଚାନକ। କଣ ହେଲା ନା, ସେଦିନ ବିନୋଦ ଆଉ ତା ସ୍ତ୍ରୀ ସ୍କୁଟରରେ ଆସିଥିଲେ ଓ ସ୍କୁଟର ରଖି ପ୍ରବଚନ ମଣ୍ଡପକୁ ଉପସ୍ଥିତ ହୋଇଥିଲେ। ପ୍ରବଚନ ଶେଷ ହେବା ପରେ ସ୍କୁଟର ରଖା ହୋଇଥିବା ଜାଗାକୁ ଯିବା ବେଳକୁ ଦେଖନ୍ତି ତ ସ୍କୁଟରଟା ନାହିଁ ଆଉ ସେଠି। ପାଖାପାଖି ଅନ୍ୟ ଜାଗାରେ ବି ନ ଥିଲା। କିଏ ନେଲା ସ୍କୁଟରଟା? ଆମେ ସମସ୍ତ ସାଙ୍ଗ ବିନୋଦ ବାବୁ

ଓ ତାଙ୍କ ଘରଣୀକୁ ପଚରାଉଚୁରା କଲୁ। ଚାବିଟା କା ପାଖରେ ଥିଲା ? ଠିକ ଭାବରେ ହେଣ୍ଡିଲ ଲକ ହୋଇଥିଲା ନା ନାହିଁ ?

ଆମ ଭିତରୁ କିଏ ଜଣେ କହିଲା, ହେଣ୍ଡିଲ ଲକ୍‌କୁ ଚୋର କଣ ଖୋଲି ପାରିବନି କି ?

କଥାଟି କଣ ହୋଇଛି ବିନୋଦ କହିଲା, ସେ ଦୁହେଁ ଆସି ସ୍କୁଟର ହେଣ୍ଡିଲ ଲକ୍ କଲେ। ଜୋତା ରଖିବାକୁ ସେହି ଚାବିଦ୍ୱାରା ଖୋଲାବନ୍ଦ ହେଉଥିବା ଫ୍ରଣ୍ଟ ଡିକିକୁ ଖୋଲି ଜୋତା ଭରିଲେ। ବିନୋଦ ବାବୁଙ୍କ ପେଣ୍ଟ ପକେଟଟି ରେଜା ପଇସା ରଖି ରଖି କଣା ହୋଇ ଯାଇଥିବାରୁ ସେ ସାର୍ଟ ପକେଟରେ ଚାବିଟିକୁ ରଖିବାକୁ ଯାଉଥିଲେ। ସ୍ତ୍ରୀ କହିଲେ, ସାର୍ଟ ପକେଟରୁ ସବୁ ଜିନିଷ ତଳେ ଅଜାଣତରେ ପଡିଯାଏ, ବିଶେଷ କରି ମୁଣ୍ଡିଆ ମାରିବା ବେଳକୁ। ସେ ଚାବିଟାକୁ ନେଇ ନିଜ ଭ୍ୟାନିଟି ବ୍ୟାଗରେ ପୁରାଇ ମଣ୍ଡପ ଭିତରକୁ ଗଲେ। ଭେନିଟି ବ୍ୟାଗରେ ଚାବିଟି ଅଛି, ଅଥଚ ସ୍କୁଟର ନାହିଁ। ଚୋର ଲକ ଭାଙ୍ଗି ଗାଡି ଚୋରି କରି ନେଇଛି।

ସ୍କୁଟର ଚୋରି ହୋଇଯିବାର ଦୁଃଖକୁ ଆମ ଆଗରେ ଢ଼ାଙ୍କିବାକୁ ବୋଧହୁଏ ବିନୋଦ କହୁଥିଲେ, ଠିକ ହୋଇଛି ପୁରୁଣା ଖେଚରା ସ୍କୁଟରଟା ଚୋରିହୋଇ। ନୂଆ ଗୋଟିଏ ଗାଡି କିଣିବି ବୋଲି ଭାବିଥିଲି। ସ୍କୁଟରରେ କାମ ଚଳି ଯାଉଥିଲା ତ। ଇଏ କହୁଥିଲେ କଣ ଦରକାର ନୂଆ କିଣିବାର। ଏହା ବ୍ୟତୀତ ସେହି ସ୍କୁଟର ଦ୍ୱାରା କାମ ଯେତିକି ହେଉ କିଣିବାକୁ ଗ୍ରାହକ ମିଳୁ ନ ଥିଲେ।

ମୁଁ କିନ୍ତୁ ସମସ୍ତ ସାଙ୍ଗମାନଙ୍କ ଦୃଷ୍ଟି ଆକର୍ଷଣ କରି ବିନୋଦ ପ୍ରତି କହିଲି, ଦେଖିଲ ଶନିଦୋଷ ଯଦି ଛାଡିବାର ଅଛି କେହି କଣ ରୋକି ପାରିବ ? ଦେଖ, ବିନୋଦ ଆଉ ଆମ ଭାଉଜଙ୍କ ଜୋତା ଚୋରି ନ ହେବ ବୋଲି ସେମାନେ ସ୍କୁଟର ଡିକି ଭିତରେ ଲୁଚାଇ ପ୍ରବଚନକୁ ଯାଉଥିଲେ। ହେଲା କଣ ? ଜୋତା ତ ଜୋତା, ଜୋତାକୁ ଧାରଣ କରିଥିବା ସ୍କୁଟରଟା ବି ଚୋରି ହୋଇଗଲା। ଆଉ ସ୍କୁଟର ତ ଲୁହାରେ ତିଆରି। ଲୁହା ତ ଶନିଦେବଙ୍କ ପ୍ରତୀକ। ଶନିଦୋଷ ନିବାରଣ ପାଇଁ ଲୌହଦାନ ଦିଆଯାଏ। ତେବେ ବିନୋଦର ଶନି ଦୋଷ ନିବାରଣାର୍ଥେ ବିନୋଦ ମିଷ୍ଟାନ୍ନ ଭୋଜନ ଦେବ ନା ଗୋଟିଏ ମସ୍ତ ଭୋଜିର ଆୟୋଜନ କରିବ ?

ସମସ୍ତେ ବିନୋଦ ଆଡକୁ ଚାହିଁ ରହିଲେ କି ଉତ୍ତର ଦେଉଛି ସେ। ବିନୋଦ କହିଲା, ତୁମମାନଙ୍କଠାରୁ ଦି'ଦିଥର ମିଷ୍ଟାନ୍ନ ଭୋଜନ ଖାଇ ସାରିବା ପରେ ମୁଁ କାହିଁକି ନ ଦେବି ? ଦେବି, କିନ୍ତୁ ମୋର ତ ଶନିଦୋଷ ନାହିଁ। ମୁଁ ଦିଦିନ ତଳେ ଯାଇଛି କୃଷ୍ଣ ଜ୍ୟୋତିଷ ପାଖକୁ ମୋ ଜାତକ ଧରି। ସେ ଗଣନା କରି ରୋକଠୋକ କରି କହିଲେ,

ତୋର ଶନି ଦୋଷ ନାହିଁ। ବରଂ ତୋ ଜାତକକୁ ଶନିଙ୍କର କୃପା ଦୃଷ୍ଟି ଅଛି। ତୋ ପାଇଁ ଶନିଗ୍ରହ ଶୁଭଫଳଦାୟକ।

ଭରତ କହିଲା, ସେ ଜ୍ୟୋତିଷଟାର ଗଣିତରେ ଭୁଲ ଭାଲ ହୋଇଥାଇ ପାରେ। ଏଇ ତ ସ୍କୁଟର ଚୋରି ହୋଇଛି ଜୋତା ସହିତ। ଏଥିରୁ ଆଉ କି ପ୍ରମାଣ ଦେବି ?

ପ୍ରମୋଦ, ଭରତ ଆଉ ମୁଁ ତ ଆସୁ ପଦବ୍ରଜରେ ପ୍ରବଚନ ମଣ୍ଡପକୁ। ବିନୋଦ ଆଉ ଭାଉଜ ସ୍କୁଟରରେ ଆସନ୍ତି। ଏବେ ସେମାନେ ଖାଲି ପାଦରେ ଯିବେ କିପରି ? ଆମ ଭିତରୁ ଦିଜଣ ସେ ଦି ଜଣଙ୍କୁ ଆମର ଜୋତା ଦେଇଦେବାକୁ କହିଲି ମୁଁ।

ଭରତ କହିଲା, ଭାଉଜ, ମୋ ଜୋତାଟା ତୁମକୁ ଠିକ ଲାଗିବ ବୋଧହୁଏ, ନିଅ, ଦେଖ।

ସେ ମନା କରି କହିଲେ, ନା, ନା, ଥାଉ। ଆମେ ଦୁହେଁ ସେମିତି ଚାଲି ଯିବୁ। ଦୁଃଖ ନାଇଁ। ଦିନେ ଦିଦିନ ଭିତରେ ନୂଆ ଗାଡି କିଣିବାର ଆନନ୍ଦ ଓ ଶନିଦୋଷ କଟି ଯାଇଥିବାର ଉଲ୍ଲାସ ଭିତରେ ଏଠାରୁ ଆମ ଘରକୁ ଖାଲି ପାଦରେ ଚାଲିଯିବାର ସାମାନ୍ୟତମ କଷ୍ଟକୁ ଭୁଲି ପାରିବୁ ନିଶ୍ଚୟ।

କିଛି ବାଟ ଆଗକୁ ଯାଇଛୁ କି ନାଇଁ ଗୋଟିଏ ସ୍କୁଟର ଆସି ଆମ ଆଗରେ ବ୍ରେକ କଷିଲା। ଦି'ଜଣ ପିଲା ସେଥିରେ ବସିଥିଲେ। ସେଥି ମଧ୍ୟରୁ ଜଣେ ବିନୋଦ ବାବୁଙ୍କ ବଡ ପୁଅ, ଯିଏ ଏଥର ମାଟ୍ରିକ ପାସ କରିଛି।

ସମସ୍ତେ ସ୍କୁଟର ଓ ବିନୋଦବାବୁଙ୍କ ପୁଅକୁ ଦେଖି ଆଶ୍ଚର୍ଯ୍ୟ ଚକିତ ହୋଇପଡିଲୁ।

ଦୀପକ ନିଜକୁ ଅପରାଧୀ ମନେ କରି କହୁଥିଲା, ସରି ବାପା ! ରିଜଲ୍ଟ ବାହାରିବା ଦିନଠୁ ସାଙ୍ଗ ଦି'ଟା ଢ଼ାବା ଯିବାକୁ କହୁଥିଲେ। କେତେବେଳେ ବି ସ୍କୁଟରର ଫୁରସତ ନ ଥିଲା ତୁମର। ଅନେକ ଥର ମାଗିଛି ବି ତୁମକୁ। ତୁମେ ଆଜି କାଲି କରି ଏଯାଏ ଦେଇ ନ ଥିଲ। ସାଙ୍ଗମାନେ ମୋତେ ବ୍ୟସ୍ତ କରୁଥାନ୍ତି। ଭାବିଲି, ପ୍ରବଚନ ସମୟ ଭିତରେ ଗାଡି ବ୍ୟବହାର ନ ହୋଇ ବାହାରେ ଷ୍ଟେଣ୍ଡରେ ରହୁଛି। ତାକୁ ସେତେବେଳେ ବିନିଯୋଗ କରାଯାଇ ପାରେ। ତୁମକୁ ମାଗିଲେ ତୁମେ କିନ୍ତୁ ନାହିଁ କରିଥାନ୍ତ। ପୂର୍ବ ପରି କହିଥାନ୍ତ, ଆଜି ନୁହେଁ ଅନ୍ୟ କେବେ ନେବୁ। ସେଥିପାଇଁ ତୁମେମାନେ ପ୍ରବଚନରେ ଥିବାବେଳେ ଘରୁ ଡୁପ୍ଲିକେଟ ଚାବିଟି ଖୋଜି ଆଣି ଗାଡିଟା ନେଇ ଢ଼ାବା ଯାଇଥିଲେ ଆମେ। ଫେରି ଆସିବାର ଥିଲା ଶୀଘ୍ର, କିନ୍ତୁ ଢାବାବାଲା ଡେରି କରିଦେଲା ଖାଇବାକୁ ଦେବାକୁ।

ସେଇଠୁ ବାପା, ପୁଅ ଓ ମାଆ ସ୍କୁଟରରେ ବସି ଘରକୁ ଗଲେ। ଆମେ ଆଉ

ସେ ଆଡକୁ ଦେଖି ପାରିଲୁନି। ମୋ ପାଟି ତ ବନ୍ଦ ହୋଇଗଲା ଅଠା ଅଠା ଲାଗି। ଆମେ ସେତେବେଳକୁ ପହଞ୍ଚି ଯାଇଥିଲୁ ପ୍ରଚଣ୍ଡ ଜଳୁଥିବା ଷ୍ଟ୍ରିଟ ଲାଇଟ ତଳକୁ। ବିନୋଦଠୁ ଭୋଜି ଖାଇବା ଆଶାଟା ଯେ ବିଧାତା ଫଟ କରି ଫଟାଇ ଦେଲା, ଓଃ, କି କଷ୍ଟ।

ଉପରୁ ପଡୁଥିବା ଲାଇଟରେ ଭରତ ମୋ ମୁଖକୁ ଦେଖି କହିଲା, ତୋ ମୁଖ ତ ଶୁଖି ଯାଇଛି, କଳା ପଡି ଯାଇଛି।

ମୁଁ ଚିନ୍ତା କରି ପାରୁନ ଥିଲି ଘରକୁ ଗଲେ ମୋ ମୁଖ ଦର୍ପଣ ଦେଖି ମୋ ମନର କଥାକୁ ଠିକଭାବେ ପଢ଼ି ପାରୁଥିବା ମୋ ସ୍ତ୍ରୀ ଆଗରେ କଣ କହିବି।

■

'ସୃଜନ ସଳିତା ନବନୀତା'ର ପୂଜା ୨୦୧୫ରେ ପ୍ରକାଶିତ

BLACK EAGLE BOOKS

www.blackeaglebooks.org
info@blackeaglebooks.org

Black Eagle Books, an independent publisher, was founded as
a nonprofit organization in April, 2019. It is our mission to
connect and engage the Indian diaspora and the world at large
with the best of works of world literature published on a
collaborative platform, with special emphasis on
foregrounding Contemporary Classics and New Writing.